V. Trenckner

The Milindapanho

V. Trenckner

The Milindapanho

ISBN/EAN: 9783337389550

Hergestellt in Europa, USA, Kanada, Australien, Japan

Cover: Foto ©Andreas Hilbeck / pixelio.de

Weitere Bücher finden Sie auf **www.hansebooks.com**

THE

MILINDAPAÑHO:

BEING

DIALOGUES BETWEEN KING MILINDA AND THE BUDDHIST SAGE NĀGASENA.

THE PALI TEXT EDITED

BY

V. TRENCKNER.

WILLIAMS AND NORGATE,
14, HENRIETTA STREET, COVENT GARDEN, LONDON;
AND 20, SOUTH FREDERICK STREET, EDINBURGH.

1880.

PREFACE.

The resources at my disposition in preparing this edition were, in the first instance, the two Copenhagen MSS., nos. XXXIII and XXXIV, marked in my notes A and B. For a most valuable addition to these aids I am indebted to the never failing liberality of Dr. R. Rost, to whom in consequence is essentially due whatever merit my edition may possess. From his own rich library he sent me the two MSS. marked C and M.

B is by far the oldest MS. of the Copenhagen collection, and in fact very ancient. Though little experienced in judging of very old Singhalese MSS., if I may venture a guess as to its age I should say that it is at least 400 years old: the Copenhagen SN., the oldest of our dated MSS., from the beginning of the 18th century, in comparison with it looking quite modern. The character, which is large and bold but rather negligently written, differs not a little from that commonly used. Some idea may be formed of it, when I say that at first I read yā for dhā, vā for pā, etc. A final ya is often followed by a stroke resembling the Singh. vowel e, a peculiarity I have not met with anywhere else. The letter n frequently takes a cursive form, which by precluding the possibility of a confusion with t was of service in a few cases, especially in pakkhanna, which the Singhalese usually write pakkhanta or confound with pakkanta. But in spite of its age B is far from presenting throughout a good text; its principal fault is the occasional omission of parallel clauses,[1] and it not unfrequently gives absurd readings. On the other hand it often preserves the correct reading corrupted in A and C, which I presume may be considered pretty fair specimens of the common run of Singhalese copies. A and B abound in corrections, which I have noted Ab, etc.; in C and M, being modern copies not much read by native scholars, they are unfrequent.

The various readings of a fourth Singh. MS. (D) were communicated to me by the late R. C. Childers, but no farther than the end of the Bāhirakathā (p. 24).

M is a Burmese MS. and partakes of the peculiarities of its compeers. In the first place, its spelling is of course Burmese. The orthography used in Birmah — I am too little acquainted with Siamese MSS. to be sure whether the remark is applicable to these likewise, but I am disposed to think so, generally speaking — is not much to the taste of European Pali scholars, for it abounds in gross blunders most puzzling to those familiar with the comparative correctness of the better sort of Singh. MSS. It is, however, but fair to add that on closer acquaintance certain spellings are met with which strike our attention by agreeing closer with Sanskrit or etymology than the corresponding Singhalese forms. Now the Burmese can scarcely be suspected of introducing Sanskritisms, and it is rather to be presumed that in such cases they have been the sole preservers of the true and original Pali form. Thus they write bhingāra, paṭikacc' eva, pidhīyati, samiñj°, etc., for Singh. bhinkāra, paṭigacc' eva, pithīyati, sammiñj°, etc. I suppose that

---

[1] Towards the end there is a larger lacuna extending from [illegible] p. 401 [10] to [illegible] p. 416 [17]. A more recent hand, beginning at [illegible] p. 401 [9] and marked B' in the various readings, supplies the rest of the text.

we shall have to adopt such Burmese readings in editing old texts, and I mean to do so in my forthcoming edition of the Majjhimanikāyo. But in the case of a text composed in Ceylon, it is doubtful whether we are justified in doing as much, as we are ignorant of the exact age of those Singhalese readings. For which reason I have in this text throughout retained the latter.

Secondly, M presents, not the traditional text of the Singh. MSS., but a revised one, like many other Burmese copies especially of uncanonical writings. The plan was to render the text more easily intelligible to readers not very familiar with Pali. Hence, if the construction is slightly intricate, the words are transposed, what should be understood is supplied, for a less familiar word one better known is substituted, etc. In some cases the corrector has done good service by amending errors in the text handed down. For I have not noticed a single case of any note where there is good reason for supposing that the original text handled by the corrector differed from that of our Singh. MSS., especially that of B, where it disagrees with AC. Some of these amendments are very good, and I have adopted them in my text. A considerably larger number of errors were left untouched, and a few of them I have tried to do away with on my own account.

But it cannot be expected that I should have been able to make everything smooth; not a few errors I have been obliged to leave as they are. The text has not reached our day without suffering from the ravages of time. The table of contents given at p. 2 does not agree very well with the present state of the text. There are, besides minor corruptions, several lacunae here and there: interpolations and perhaps transpositions have been introduced, and the close of the work has been long since lost. A spurious supplement, or rather two, were added, perhaps in Siam; at least the Singh. MSS. end with the notice, "Siyamdesato (Sāmindadesato Ali) ānitapotthakato issatthassa pañhato paṭṭhāya pariyosānavacanāni gahetvā likhitaṃ" ti jānitabbaṃ." M in this place has independent and partly better readings, manifestly derived from a MS. different from the Siamese one in question. B is the only one of my MSS. which marks precisely where the lacuna begins, for it ends there with the title "Milindapañhaṃ." I might have chosen that form of the name for the title of the book, but I preferred "Milindapañho," because, as we learn from Rask, Turnour, and others, such is its usual name in Ceylon. The supplement has "Milindapañhā," which, as titles of books are generally collective singulars, and as the Burmese and probably also the Siamese prefer pañhā to pañho or pañhaṃ, is rather a feminine than a plural.

In point of spelling I have scarcely at all deviated from my predecessors. For want of type the guttural nasal remained unmarked, but I employ it wherever it is due, even if the Singhalese, and often also the Burmese, substitute an anusvāra. For vy I have written by throughout, like M. Senart; the Burmese have it so universally, and my oldest Singh. MS. mostly. To mark sandhi I have allowed myself the innovation of a "Makkeph," as it is called in Hebrew grammar. To my mind it is not quite correct to make Pali words end in m, ñ, d, etc., without a hint of the reason, or to write e. g. tañ ñeva, as if ñeva were an independent form of yeva. But I am far from laying any stress on the matter.

As regards the question of the date at which the Milindapañho was either originally composed or converted into its present shape, I regret my inability to be as precise as desirable. After the identity of Milinda with the Bactrian king Menander has been placed beyond doubt, it is evident that the original work cannot be older than the middle of the second century B. C., and from its utter want of historical actuality it must be not a little younger, at least a hundred years or two. But it is next to impossible to conceive that any tradition about Milinda should have reached Ceylon and that the work should have been composed there. It must have been imported from northern India, where alone the name of the conqueror can have been preserved. In all probability the original was in Sanskrit, and our text is a translation. There are, I think, a few vestiges from which to infer that such is the case. The opening phrase "taṁyathā 'nusūyate" is not found in any other Pali writing, and it is only in Milindapañho that quotations, real or pretended, are introduced by "bhavati ha." Here a new problem is laid before us, viz., at what time the Pali version was written, and there is the same difficulty about an exact solution. Our text can scarcely be older than the first century A. D., but it may be younger. There is however a limit which cannot be passed. It is older than the beginning of the fifth century, for it is quoted by Buddhaghosa, who besides it mentions no writings but those of commentators, and to have acquired sufficient authority it cannot then have been of recent production. Perhaps we shall not err greatly by fixing its date at between 100 and 200 of our era. From the Milindapañho itself no help is to be obtained, for, as it has been pointed out long ago, its chronology is utterly worthless.

The Burmese MS. adds a title to each question, e. g. (p. 73), "Rājā Buddhanidassanapañhaṁ pucchanto āha: Bhante N. . . . Buddhanidassanapañhā dasamī." I wished to have given these titles in an appendix, as they might serve for an index; but time pressed, and I was obliged to omit them. They may one day appear in a supplement, accompanied among other matter by such illustrations as may be extracted from the Singhalese translation, printed in Ceylon in 1878, which I regret to say has not yet come into my hands.

Copenhagen, June, 1880.

V. TRENCKNER.

ABBREVIATIONS.

AN.	= Aṅguttaranikāyo.	Pd.	= Paramatthadīpanī.
As.	= Atthasālinī.	Pj.	= Paramatthajotikā.
Bv.	= Buddhavaṁso.	Ps.	= Papañcasūdanī.
Cp.	= Cariyāpiṭakaṁ.	SN.	= Saṁyuttanikāyo.
Dh.	= Dhammapadaṁ.	Sn.	= Suttanipāto.
DN.	= Dīghanikāyo.	Ss.	= Sārasaṅgaho.
It.	= Itivuttakaṁ.	Th.	= Theragāthā.
Jāt.	= Jātakaṁ.	Therīg.	= Therīgāthā.
MN.	= Majjhimanikāyo.	Ud.	= Udānaṁ.
Mp.	= Manorathapūraṇī.	Vin.	= Vinayapiṭakaṁ.

NAMO

TASSA BHAGAVATO ARAHATO SAMMĀSAMBUDDHASSA.

Milindo nāma so rājā Sāgalāyaṁ puruttame
upagañchi Nāgasenaṁ, Gaṅgā va yatha sāgaraṁ.
Āsajja rājā citrakathiṁ ukkādhāraṁ tamonudaṁ
apucchi nipuṇe pañhe ṭhānāṭhānagate puthū.
Pucchāvissajjanā c' eva gambhīratthūpanissitā
hadayaṅgamā kaṇṇasukhā abbhutā lomahaṁsanā.
Abhidhammavinayogāḷhā suttajālasamatthitā
Nāgasenakathā citrā opammehi nayehi ca.
Tattha ñāṇaṁ paṇidhāya hāsayitvāna mānasaṁ
suṇotha nipuṇe pañhe kaṅkhāṭhānavidālane ti.

Taṁyathā 'nusūyate. — Atthi Yonakānaṁ nānāpuṭabhedanaṁ Sāgalan nāma nagaraṁ nadī-pabbata-sobhitaṁ ramaṇīya-bhūmippadesabhāgaṁ ārām-uyyānopavana-taḷāka-pokkharaṇī-sampannaṁ nadī-pabbata-vana-rāmaṇeyyakaṁ sutavantanimmitaṁ nihata-paccatthika-paccāmittaṁ anupapīḷitaṁ vividha-vicitra-daḷha-m-aṭṭāla-koṭṭakaṁ varapavara-gopuratoraṇaṁ gambhīraparikhā-paṇḍarapākāra-parikkhittantepuraṁ suvibhatta-vīthi-caccara-catukka-siṅghāṭakaṁ suppasāritānekavidha-varabhaṇḍa-

---

[11] anuppīḷitaṁ B. [12] -koṭṭhakaṁ ACM.

paripūritantarāpaṇaṃ vividha-dānagga-sata-samupasobhitaṃ Himagirisikharasaṅkāsa-varabhavanasatasahassa-patimaṇḍitaṃ gaja-haya-ratha-patti-samākulaṃ abhirūpa-naranāri-gaṇānucaritaṃ ākiṇṇa-janamanussaṃ puthu-khattiya-brāhmaṇa-vessa-suddaṃ vividha-samaṇabrāhmaṇa-sabhājana-saṅghaṭitaṃ bahuvidhavijjāvanta-naravīra-nisevitaṃ Kāsika-Koṭumbarakādi-nānāvidha-vatthāpaṇa-sampannaṃ suppasārita-rucira-bahuvidha-pupphagandhāpaṇa-gandhagandhitaṃ āsiṃsaniya-bahuratana-paripūritaṃ disāmukha-suppasāritāpaṇa-siṅgāravāṇijagaṇānucaritaṃ kahāpaṇa-rajata-suvaṇṇa-kaṃsa-patthara-paripūraṃ pajjotamāna-nidhi-niketaṃ pahūta-dhanadhañña-vittūpakaraṇaṃ paripuṇṇa-kosakoṭṭhāgāraṃ bahv-annapānaṃ bahuvidha-khajja-bhojja-leyya-peyya-sāyaniyaṃ Uttarakuru-saṅkāsaṃ sampannasassaṃ Āḷakamandā viya devapuraṃ.

Ettha ṭhatvā tesaṃ pubbakammaṃ kathetabbaṃ, kathentena ca chaddhā vibhajitvā kathetabbaṃ, seyyathīdaṃ: Pubbayogo, Milindapañhaṃ, Lakkhaṇapañhaṃ, Meṇḍakapañhaṃ, Anumānapañhaṃ, Opammakathāpañhan ti. Tattha Milindapañho: Lakkhaṇapañho Vimaticchedanapañho ti duvidho; Meṇḍakapañho pi: Mahāvaggo Yogikathāpañho ti duvidho.

Pubbayogo ti tesaṃ pubbakammaṃ. Atīte kira Kassapassa bhagavato sāsane vattamāne Gaṅgāya samīpe ekasmiṃ āvāse mahābhikkhusaṅgho paṭivasati. Tattha vattasīlasampannā bhikkhū pāto va uṭṭhāya yaṭṭhisammuñjaniyo ādāya buddhaguṇe āvajjentā aṅgaṇaṃ sammajjitvā kacavaraṃ byūhaṃ karonti. Ath' eko bhikkhu ekaṃ sāmaṇeraṃ: ehi sāmaṇera, imaṃ kacavaraṃ chaḍḍehīti āha; so asuṇanto viya gacchati. So dutiyam pi tatiyam pi āmantiyamāno asuṇanto viya gacchat' eva. Tato so bhikkhu: dubbaco ayaṃ sāmaṇero ti kuddho sammuñ-

---

8 saṅghāṭitaṃ AsC. 9 Kodu- M. 10 -siṅgāri- BC. 11 bavha- D; bahunna- M. 12 chadhā AM 13 chaḍḍh- A throughout.

janidaṇḍena pahāraṃ adāsi. Tato so rodanto bhayena kacavaraṃ chaḍḍento: Iminā 'haṃ kacavarachaḍḍanapuññakammena yāvāhaṃ nibbānaṃ pāpuṇāmi etth' antare nibbattanibbattaṭṭhāne majjhantikasuriyo viya mahesakkho mahātejo bhaveyyan-ti paṭhamapatthanaṃ paṭṭhapesi. Kacavaraṃ chaḍḍetvā nahānatthāya Gaṅgātitthaṃ gato Gaṅgāya ūmivegaṃ gaggarāyamānaṃ disvā: Yāvāhaṃ nibbānaṃ pāpuṇāmi etth' antare nibbattanibbattaṭṭhāne ayaṃ ūmivego viya ṭhānuppattikapaṭibhāno bhaveyyaṃ akkhayapaṭibhāno ti dutiyam-pi patthanaṃ paṭṭhapesi. So pi bhikkhu sammuñjanisālāya sammuñjaniṃ ṭhapetvā nahānatthāya Gaṅgātitthaṃ gacchanto sāmaṇerassa patthanaṃ sutvā: esa mayā payojito pi tāva evaṃ pattheti, mayhaṃ kiṃ na samijjhissatīti cintetvā: Yāvāhaṃ nibbānaṃ pāpuṇāmi etth' antare nibbattanibbattaṭṭhāne ayaṃ Gaṅgāūmivego viya akkhayapaṭibhāno bhaveyyaṃ, iminā pucchitapucchitaṃ sabbaṃ pañhapaṭibhānaṃ vijaṭetuṃ nibbeṭhetuṃ samattho bhaveyyan-ti patthanaṃ paṭṭhapesi. Te ubho pi devesu ca manussesu ca saṃsarantā ekaṃ buddhantaraṃ khepesuṃ. Atha amhākaṃ Bhagavatā pi yathā Moggaliputta-Tissatthero dissati evam-ete pi dissanti: Mama parinibbānato pañcavassasate atikkante ete uppajjissanti, yaṃ mayā sukhumaṃ katvā desitaṃ dhammavinayaṃ taṃ ete pañhapucchana-opammayutti-vasena nijjaṭaṃ niggumbaṃ katvā vibhajissantīti niddiṭṭhā.

Tesu sāmaṇero Jambudīpe Sāgalanagare Milindo nāma rājā ahosi, paṇḍito byatto medhāvī paṭibalo, atītānāgata-paccuppannānaṃ samantayogavidhānakiriyānaṃ karaṇakāle nisammakārī hoti; bahūni c' assa satthāni uggahitāni honti, seyyathīdaṃ: suti sammuti saṅkhyā yogā nīti visesikā gaṇikā gandhabbā tikicchā cātubbedā purāṇā itihāsā jotisā māyā hetu mantaṇā yuddhā chandasā muddā,

---

[9] bhaveyyaṃ akkhayap. bhaveyyanti AC. [10] saṅkhā A. [11] gaṇitā AC.
[12] jotiyā D, jotisana B, joti M. [13] chandāsā AC, chandasa B.

vacanena ekūnavīsati; vādī durāsado duppasaho, puthutitthakarānaṁ aggam-akkhāyati; sakala-Jambudīpe Milindena raññā samo koci nāhosi, yad-idaṁ thāmena javena sūriyena paññāya, aḍḍho mahaddhano mahābhogo, anantabalavāhano.

Ath' ekadivasaṁ Milindo rājā anantabalavāhanaṁ caturanginiṁ balaggasenābyūhaṁ dassanakamyatāya nagarā nikkhamitvā bahinagare senāgaṇanaṁ kāretvā so rājā bhassappavādako lokāyata-vitaṇḍa-janasallāpa-ppavattakotūhalo sūriyaṁ oloketvā amacce āmantesi: Bahu tāva divasāvaseso, kiṁ karissāma idān' eva nagaraṁ pavisitvā; atthi koci paṇḍito samaṇo vā brāhmaṇo vā sanghī gaṇī gaṇācariyo, api arahantaṁ sammāsambuddhaṁ paṭijānamāno, yo mayā saddhiṁ sallapituṁ sakkoti kankhaṁ paṭivinetun-ti. Evaṁ vutte pañcasatā Yonakā rājānaṁ Milindaṁ etad-avocuṁ: Atthi mahārāja cha satthāro: Pūraṇo Kassapo, Makkhali Gosālo, Nigaṇṭho Nātaputto, Sañjayo Belaṭṭhaputto, Ajito Kesakambalī, Pakudho Kaccāyano, te sanghino gaṇino gaṇācariyakā ñātā yasassino titthakarā, sādhusammatā bahujanassa, gaccha tvaṁ mahārāja, te pañhaṁ pucchassu kankhaṁ paṭivinayassūti.

Atha kho Milindo rājā pañcahi Yonakasatehi parivuto bhadravāhanaṁ rathavaram-āruyha yena Pūraṇo Kassapo ten' upasankami, upasankamitvā Pūraṇena Kassapena saddhiṁ sammodi, sammodanīyaṁ kathaṁ sārāṇīyaṁ vītisāretvā ekamantaṁ nisīdi. Ekamantaṁ nisinno kho Milindo rājā Pūraṇaṁ Kassapaṁ etad-avoca: Ko bhante Kassapa lokaṁ pāletīti. — Paṭhavī mahārāja lokaṁ pāletīti. — Yadi bhante Kassapa paṭhavī lokaṁ pāleti atha kasmā Avīcinirayaṁ gacchantā sattā paṭhaviṁ

---

[4] suriyena AaC, sūrena Ab, surena DM. [7] caturanginī B. [11] Pūrāṇo all throughout. [12] Nātha- A, Nāta- M [13] Belaṭṭhiputto ACD. [15] Kakudho BC.

atikkamitvā gacchantîti. — Evaṁ vutte Pūraṇo Kassapo n'eva sakkhi ogilituṁ n'eva sakkhi uggilituṁ, pattakkhandho tuṇhībhūto pajjhāyanto nisīdi.

Atha kho Milindo rājā Makkhali-Gosālaṁ etad-avoca: Atthi bhante Gosāla kusalākusalāni kammāni, atthi sukaṭa-dukkaṭānaṁ kammānaṁ phalaṁ vipāko ti. — Na-tthi mahārāja kusalākusalāni kammāni, na-tthi sukaṭa-dukkaṭānaṁ kammānaṁ phalaṁ vipāko, ye te mahārāja idhaloke khattiyā te paralokaṁ gantvā pi puna khattiyā va bhavissanti, ye te brāhmaṇā vessā suddā caṇḍālā pukkusā te paralokaṁ gantvā pi puna brāhmaṇā vessā suddā caṇḍālā pukkusā va bhavissanti, kiṁ kusalākusalehi kammehîti. — Yadi bhante Gosāla idhaloke khattiyā brāhmaṇā vessā suddā caṇḍālā pukkusā paralokaṁ gantvā pi puna khattiyā brāhmaṇā vessā suddā caṇḍālā pukkusā va bhavissanti, na-tthi kusalākusalehi kammehi karaṇīyaṁ; tena hi bhante Gosāla ye te idhaloke hatthacchinnā te paralokaṁ gantvā pi puna hatthacchinnā va bhavissanti, ye pādacchinnā te pādacchinnā va bhavissanti, ye kaṇṇanāsacchinnā te kaṇṇanāsacchinnā va bhavissantîti. — Evaṁ vutte Gosālo tuṇhī ahosi.

Atha kho Milindassa rañño etad-ahosi: Tuccho vata bho Jambudīpo, palāpo vata bho Jambudīpo, na-tthi koci samaṇo vā brāhmaṇo vā yo mayā saddhiṁ sallapituṁ sakkoti kaṅkhaṁ paṭivinetun-ti. Atha kho Milindo rājā amacce āmantesi: Ramaṇīyā vata bho dosinā ratti, kan-nu khv-ajja samaṇaṁ vā brāhmaṇaṁ vā upasaṅkameyyāma pañhaṁ pucchituṁ, ko mayā saddhiṁ sallapituṁ sakkoti kaṅkhaṁ paṭivinetun-ti. Evaṁ vutte amaccā tuṇhībhūtā rañño mukhaṁ olokayamānā aṭṭhaṁsu.

Tena kho pana samayena Sāgalanagaraṁ dvādasa vassāni suññaṁ ahosi samaṇa-brāhmaṇa-gahapati-paṇḍitehi; yattha samaṇa-brāhmaṇa-gahapati-paṇḍitā paṭivasantîti suṇāti tattha gantvā rājā te pañhaṁ pucchati;

te sabbe pi pañhavissajjanena rājānaṁ ārādhetuṁ asakkontā yena vā tena vā pakkamanti, ye aññaṁ disaṁ na pakkamanti te sabbe tuṇhībhūtā acchanti. Bhikkhū pana yebhuyyena Himavantam-eva gacchanti.

Tena kho pana samayena koṭisatā arahanto Himavante pabbate Rakkhitatale paṭivasanti. Atha kho āyasmā Assagutto dibbāya sotadhātuyā Milindassa rañño vacanaṁ sutvā Yugandharamatthake bhikkhusanghaṁ sannipātetvā bhikkhū pucchi: Atth' āvuso koci bhikkhu paṭibalo Milindena raññā saddhiṁ sallapituṁ kankhaṁ paṭivinetun-ti. Evaṁ vutte koṭisatā arahanto tuṇhī ahesuṁ. Dutiyam-pi kho tatiyam-pi kho puṭṭhā tuṇhī ahesuṁ. Atha kho āyasmā Assagutto bhikkhusanghaṁ etad-avoca: Atth' āvuso Tāvatiṁsabhavane Vejayantassa pācīnato Ketumatī nāma vimānaṁ, tattha Mahāseno nāma devaputto paṭivasati, so paṭibalo tena Milindena raññā saddhiṁ sallapituṁ kankhaṁ paṭivinetun-ti. Atha kho koṭisatā arahanto Yugandharapabbate antarahitā Tāvatiṁsabhavane pāturahaṁsu.

Addasā kho Sakko devānam-indo te bhikkhū dūrato va āgacchante, disvāna yen' āyasmā Assagutto ten' upasankami, upasankamitvā āyasmantaṁ Assaguttaṁ abhivādetvā ekamantaṁ aṭṭhāsi. Ekamantaṁ ṭhito kho Sakko devānam-indo āyasmantaṁ Assaguttaṁ etad-avoca: Mahā kho bhante bhikkhusangho anuppatto, ahaṁ sanghassa ārāmiko, ken' attho, kiṁ mayā karaṇīyan-ti. Atha kho āyasmā Assagutto Sakkaṁ devānam-indaṁ etad-avoca: Ayaṁ kho mahārāja Jambudīpe Sāgalanagare Milindo nāma rājā, vādī durāsado duppasaho, puthutitthakarānaṁ aggam-akkhāyati, so bhikkhusanghaṁ upasankamitvā diṭṭhivādena pañhaṁ pucchitvā bhikkhusanghaṁ viheṭhetīti. Atha kho Sakko devānam-indo āyasmantaṁ Assaguttaṁ etad-avoca: Ayaṁ kho bhante Milindo rājā ito cuto manussesu uppanno; eso kho bhante Ketumatīvimāne Mahāseno nāma devaputto paṭivasati, so tena Milindena raññā saddhiṁ paṭibalo sallapituṁ kaṅkhaṁ paṭivinetuṁ, taṁ devaputtaṁ yācissāma manussalokūpapattiyā ti.

Atha kho Sakko devānam-indo bhikkhusaṅghaṁ purakkhatvā Ketumatīvimānaṁ pavisitvā Mahāsenaṁ devaputtaṁ āliṅgitvā etad-avoca: Yācati taṁ mārisa bhikkhusaṅgho manussalokūpapattiyā ti. — Na me bhante manussaloken' attho kammabahulena, tibbo manussaloko, idh' evāhaṁ bhante devaloke uparūparuppattiko hutvā parinibbāyissāmīti. Dutiyam-pi kho tatiyam-pi kho Sakke devānam-inde yācante Mahāseno devaputto evam āha: Na me bhante manussaloken' attho kammabahulena, tibbo manussaloko, idh' evāhaṁ bhante devaloke uparūparuppattiko hutvā parinibbāyissāmīti. Atha kho āyasmā Assagutto Mahāsenaṁ devaputtaṁ etad-avoca: Idha mayaṁ mārisa sadevakaṁ lokaṁ anuvilokayamānā aññatra tayā Milindassa rañño vādaṁ bhinditvā sāsanaṁ paggahetuṁ samatthaṁ aññaṁ kañci na passāma, yācati taṁ mārisa bhikkhusaṅgho: sādhu sappurisa, manussaloke nibbattitvā Dasabalassa sāsanaṁ paggaṇhitvā dehīti. Evaṁ vutte Mahāseno devaputto: ahaṁ kira Milindassa rañño vādaṁ bhinditvā sāsanaṁ paggahetuṁ samattho bhavissāmīti haṭṭhatuṭṭho udaggudaggo hutvā: Sādhu bhante, manussaloke uppajjissāmīti paṭiññaṁ adāsi.

Atha kho te bhikkhū devaloke taṁ karaṇīyaṁ tīretvā devesu Tāvatiṁsesu antarahitā Himavante pabbate Rakkhitatale pāturahesuṁ. Atha kho āyasmā Assagutto bhikkhusaṅghaṁ etad-avoca: Atth' āvuso imasmiṁ bhikkhusaṅghe koci bhikkhu sannipātaṁ anāgato ti. Evaṁ vutte aññataro bhikkhu āyasmantaṁ Assaguttaṁ etad avoca: Atthi bhante, āyasmā Rohaṇo ito sattame divase

---

[9] uparūparūpapattiko D, uparūpariupappattiko M, either time [11] Sakko devānamindo all. [14] kiñci all. [20] paggaṇhāhiti M.

Himavantaṁ pabbataṁ pavisitvā nirodhaṁ samāpanno, tassa santike dūtaṁ pāhethāti. Āyasmā pi Rohaṇo taṁ khaṇañ-ñeva nirodhā vuṭṭhāya: saṅgho maṁ patimānetīti Himavante pabbate antarahito Rakkhitatale koṭisatānaṁ arahantānaṁ purato pāturahosi. Atha kho āyasmā Assagutto āyasmantaṁ Rohaṇaṁ etad-avoca: Kin-nu kho āvuso Rohaṇa buddhasāsane palujjante na passasi saṅghassa karaṇīyānīti. — Amanasikāro me bhante ahosīti. — Tena h' āvuso Rohaṇa daṇḍakammaṁ karohīti. — Kiṁ bhante karomīti. — Atth' āvuso Rohaṇa Himavantapabbatapasse Kajaṅgalaṁ-nāma brāhmaṇagāmo, tattha Soṇuttaro nāma brāhmaṇo paṭivasati, tassa putto uppajjissati Nāgaseno nāma dārako; tena hi tvaṁ āvuso Rohaṇa dasamāsādhikāni satta vassāni taṁ kulaṁ piṇḍāya pavisa, piṇḍāya pavisitvā Nāgasenaṁ dārakaṁ nīharitvā pabbājehi, pabbajite ca tasmiṁ daṇḍakammato muccissasīti āha. Āyasmā pi kho Rohaṇo: sādhūti sampaṭicchi.

Mahāseno pi kho devaputto devalokā cavitvā Soṇuttarabrāhmaṇassa bhariyāya kucchismiṁ paṭisandhiṁ aggahesi. Saha paṭisandhigahaṇā tayo acchariyā abbhutā dhammā pāturahesuṁ: āvudhabhaṇḍāni pajjaliṁsu, aggasassaṁ abhinipphannaṁ, mahāmegho abhippavassi. Āyasmā pi kho Rohaṇo tassa paṭisandhigahaṇato paṭṭhāya dasamāsādhikāni satta vassāni taṁ kulaṁ piṇḍāya pavisanto ekadivasam-pi kaṭacchumattaṁ bhattaṁ vā uḷuṅkamattaṁ yāguṁ vā abhivādanaṁ vā añjalikammaṁ vā sāmīcikammaṁ vā nālattha, atha kho akkosañ-ñeva paribhāsañ-ñeva[1] paṭilabhati, aticchatha bhante ti vacanamattam-pi vattā nāma nāhosi. Dasamāsādhikānaṁ pana sattannaṁ vassānaṁ accayena ekadivasaṁ aticchatha bhante ti vacanamattaṁ alattha. Taṁ divasam-eva ca brāhmaṇo pi

[1] akkosaññeva paribhāsaññeva B.

bahikammantā āgacchanto paṭipathe theraṁ disvā: Kiṁ bho pabbajita amhākaṁ geham-agamatthāti āha. — Āma brāhmaṇa, agamamhāti. — Api kiñci labhitthāti. — Āma brāhmaṇa, labhimhāti. So anattamano gehaṁ gantvā pucchi: Tassa pabbajitassa kiñci adatthāti. — Na kiñci adamhāti.

Brāhmaṇo dutiyadivase gharadvāre yeva nisīdi: ajja pabbajitaṁ musāvādena niggahessāmīti. Thero dutiyadivase brāhmaṇassa gharadvāraṁ sampatto; brāhmaṇo theraṁ disvā va evam-āha: Tumhe hiyyo amhākaṁ gehe kiñci alabhitvā yeva labhimhāti avocuttha, vaṭṭati nu kho tumhākaṁ musāvādo ti. Thero āha: Mayaṁ brāhmaṇa tumhākaṁ gehe dasamāsādhikāni satta vassāni aticchathāti vacanamattam-pi alabhitvā hiyyo aticchathāti vacanamattaṁ alabhimha, ath' etaṁ vacīpaṭisanthāraṁ upādāya evam-avocumhāti. Brāhmaṇo cintesi: ime vācāpaṭisanthāramattam-pi labhitvā janamajjhe labhimhāti pasaṁsanti, aññaṁ kiñci khādaniyaṁ vā bhojaniyaṁ vā labhitvā kasmā na-ppasaṁsantīti pasīditvā attano atthāya paṭiyāditabhattato kaṭacchubhikkhaṁ tadūpiyañ-ca byañjanaṁ dāpetvā: Imaṁ bhikkhaṁ sabbakālaṁ tumhe labhissathāti āha. So punadivasato-ppabhuti upasaṅkamantassa therassa upasamaṁ disvā bhiyyosomattāya pasīditvā theraṁ niccakālaṁ attano ghare bhattavissaggakaraṇatthāya yāci. Thero tuṇhībhāvena adhivāsetvā divase divase bhattakiccaṁ katvā gacchanto thokaṁ thokaṁ buddhavacanaṁ kathetvā gacchati.

Sā pi kho brāhmaṇī dasamāsaccayena puttaṁ vijāyi, Nāgaseno ti 'ssa nāmaṁ ahosi. So anukkamena vaḍḍhanto sattavassiko jāto. Atha kho Nāgasenassa dārakassa pitā Nāgasenaṁ dārakaṁ etad-avoca: Imasmiṁ

---

[1] āgamatthāti DM. [2] āgam- CDM. [3] sampatto AD (perhaps to be read there . . . sampatte). [10] va om. D. [13] vacanapaṭisanthāramattaṁ AD. [21] thokathokaṁ B.

kho tāta Nāgasena brāhmaṇakule sikkhāni sikkheyyāsīti. — Katamāni tāta imasmiṁ brāhmaṇakule sikkhāni nāmāti. — Tayo kho tāta Nāgasena vedā sikkhāni nāma, avasesāni sippāni sippaṁ nāmāti. — Tena hi tāta sikkhissāmīti. — Atha kho Soṇuttaro brāhmaṇo ācariyabrāhmaṇassa ācariyabhāgaṁ sahassaṁ datvā antopāsāde ekasmiṁ gabbhe ekato mañcakaṁ paññāpetvā ācariyabrāhmaṇaṁ etad-avoca: Sajjhāyāpehi kho tvaṁ brāhmaṇa imaṁ dārakaṁ mantānīti. Tena hi tāta dāraka uggaṇhāhi mantānīti ācariyabrāhmaṇo sajjhāyati. Nāgasenassa dārakassa eken' eva uddesena tayo vedā hadayaṅgatā vācuggatā sūpadhāritā suvavatthāpitā sumanasikatā ahesuṁ, sakim-eva cakkhuṁ udapādi tīsu vedesu sa-nighaṇḍu-keṭubhesu sākkharappabhedesu itihāsapañcamesu, padako veyyākaraṇo lokāyata-mahāpurisalakkhaṇesu anavayo ahosi. Atha kho Nāgaseno dārako pitaraṁ etad-avoca: Atthi nu kho tāta imasmiṁ brāhmaṇakule ito uttarim-pi sikkhitabbāni, udāhu ettakān' evāti. — Na-tthi tāta Nāgasena imasmiṁ brāhmaṇakule ito uttariṁ sikkhitabbāni, ettakān' eva sikkhitabbānīti. — Atha kho Nāgaseno dārako ācariyassa anuyogaṁ datvā pāsādā oruyha pubbavāsanāya coditahadayo rahogato paṭisallīno attano sippassa ādi-majjha-pariyosānaṁ olokento ādimhi vā majjhe vā pariyosāne vā appamattakam-pi sāraṁ adisvā: tucchā vata bho ime vedā, palāpā vata bho ime vedā, asārā nissārā ti vippaṭisārī anattamano ahosi.

Tena kho pana samayena āyasmā Rohaṇo Vattaniye senāsane nisinno Nāgasenassa dārakassa cetasā cetoparivitakkam-aññāya nivāsetvā pattacīvaram-ādāya Vattaniye senāsane antarahito Kajaṅgala-brāhmaṇagāmassa purato pāturahosi. Addasā kho Nāgaseno dārako attano dvārakoṭṭhake ṭhito āyasmantaṁ Rohaṇaṁ dūrato va āgacchantaṁ, disvāna attamano udaggo pamudito pītisomanassajāto: app-eva nāmāyaṁ pabbajito kadāci sāraṁ jāneyyāti yen' āyasmā Rohaṇo ten' upasaṅkami, upasaṅkamitvā āyasmantaṃ Rohaṇaṃ etad avoca: Ko nu kho tvaṃ mārisa, ediso bhaṇḍu kāsāvavasano ti. — Pabbajito nāmâhaṃ dārakâti. — Kena tvaṃ mārisa pabbajito nāmâsîti. — Pāpakānaṃ malānaṃ pabbājetuṃ pabbajito, tasmā 'haṃ dāraka pabbajito nāmâti. — Kiṃkāraṇā mārisa kesā te na yathā aññesan ti. — Soḷas' ime dāraka palibodhe disvā kesamassuṃ ohāretvā pabbajito, katame soḷasa: alaṃkārapalibodho maṇḍanapalibodho telamakkhanapalibodho dhovanapalibodho mālāpalibodho gandhanapalibodho vāsanapalibodho harītakapalibodho āmalakapalibodho rangapalibodho bandhanapalibodho kocchapalibodho kappakapalibodho vijaṭanapalibodho ūkāpalibodho, kesesu vilūnesu socanti kilamanti paridevanti urattāḷiṃ kandanti sammoham āpajjanti, imesu kho dāraka soḷasa-palibodhesu paliguṇṭhitā manussā sabbāni atisukhumāni sippāni nāsentîti. — Kiṃkāraṇā mārisa vatthāni pi te na yathā aññesan ti. — Kāmanissitāni kho dāraka vatthāni kamanīyāni gihibyañjanāni, yāni kānici kho bhayāni vatthato uppajjanti tāni kāsāvavasanassa na honti, tasmā vatthāni pi me na yathā aññesan ti. — Jānāsi kho tvaṃ mārisa sippāni nāmâti. — Āma dāraka, jānām' ahaṃ sippāni, yaṃ loke uttamaṃ mantaṃ tam pi jānāmîti. — Mayham pi taṃ mārisa dātuṃ sakkā ti. — Āma dāraka, sakkā ti. — Tena hi me dehîti. — Akālo kho dāraka, antaragharaṃ piṇḍāya paviṭṭh' amhâti.

Atha kho Nāgaseno dārako āyasmato Rohaṇassa hatthato pattaṃ gahetvā gharaṃ pavesetvā paṇītena khādaniyena bhojaniyena sahatthā santappetvā sampavāretvā āyasmantaṃ Rohaṇaṃ bhuttāviṃ onītapattapāṇiṃ etad avoca: Dehi me dāni mārisa mantan ti. — Yadā kho tvaṃ dāraka nippalibodho hutvā mātāpitaro anujānāpetvā mayā gahitaṃ pabbajitavesaṃ gaṇhissasi tadā dassāmîti āha. Atha kho

[3] nāma sîti C. [8] gandhapali- M. [11] soḷasesu M. [12] dātuṃ sakko all.

Nāgaseno dārako mātāpitaro upasaṅkamitvā āha: Amma tāta, ayaṁ pabbajito: yaṁ loke uttamaṁ mantaṁ taṁ jānāmīti vadati, na ca attano santike apabbajitassa deti, ahaṁ etassa santike pabbajitvā taṁ mantaṁ uggaṇhissāmīti. Ath' assa mātāpitaro: pabbajitvā pi no putto mantaṁ gaṇhātu, gahetvā pun' āgacchatīti maññamānā: Gaṇha puttāti anujāniṁsu. Atha kho āyasmā Rohaṇo Nāgasenaṁ dārakaṁ ādāya yena Vattaniyaṁ senāsanaṁ yena Vijambhavatthu ten' upasaṅkami, upasaṅkamitvā Vijambhavatthusmiṁ senāsane ekarattiṁ vasitvā yena Rakkhitatalaṁ ten' upasaṅkami, upasaṅkamitvā koṭisatānaṁ arahantānaṁ majjhe Nāgasenaṁ dārakaṁ pabbājesi. Pabbajito ca pan' āyasmā Nāgaseno āyasmantaṁ Rohaṇaṁ etad-avoca: Gahito me bhante tava veso, detha me dāni mantan-ti. Atha kho āyasmā Rohaṇo: kimhi nu kho 'haṁ Nāgasenaṁ paṭhamaṁ vineyyaṁ, Suttante vā Abhidhamme vā ti cintetvā: paṇḍito kho ayaṁ Nāgaseno, sakkoti sukhen' eva Abhidhammaṁ pariyāpuṇitun-ti paṭhamaṁ Abhidhamme vinesi. Āyasmā ca Nāgaseno: kusalā dhammā akusalā dhammā abyākatā dhammā ti tika-duka-patimaṇḍitaṁ Dhammasaṅgaṇiṁ, khandhavibhaṅgādi-aṭṭhārasa-vibhaṅga-patimaṇḍitaṁ Vibhaṅgappakaraṇaṁ, saṅgaho asaṅgaho ti-ādinā cuddasavidhena vibhattaṁ Dhātukathāpakaraṇaṁ, khandhapaññatti-āyatanapaññattīti-ādinā chabbidhena vibhattaṁ Puggalapaññattiṁ, sakavāde pañca suttasatāni paravāde pañca suttasatānīti suttasahassaṁ samodhānetvā vibhattaṁ Kathāvatthuppakaraṇaṁ, mūlayamakaṁ khandhayamakan-ti-ādinā dasavidhena vibhattaṁ Yamakaṁ, hetupaccayo ārammaṇapaccayo ti-ādinā catuvīsatividhena vibhattaṁ Paṭṭhānappakaraṇan-ti sabban-taṁ Abhidhammapiṭakaṁ eken' eva sajjhāyena paguṇaṁ katvā:

---

14 Dhātukathāppakaraṇaṁ AC.

Tiṭṭhatha bhante, na puna osāretha, ettaken' evâhaṁ sajjhāyissāmîti āha.

Ath' āyasmā Nāgaseno yena koṭisatā arahanto ten' upasaṅkami, upasaṅkamitvā koṭisatānaṁ arahantānaṁ etad-avoca: Ahaṁ kho bhante kusalā dhammā akusalā dhammā abyākatā dhammā ti imesu tīsu padesu pakkhipitvā sabban-taṁ Abhidhammapiṭakaṁ vitthārena osāressāmîti. — Sādhu Nāgasena, osārehîti. — Atha kho āyasmā Nāgaseno satta māsāni satta-ppakaraṇe vitthārena osāresi; paṭhavī unnadi, devatā sādhukāram-adaṁsu, brahmāno apphoṭesuṁ, dibbāni candanacuṇṇāni dibbāni ca mandāravapupphāni abhippavassiṁsu. Atha kho koṭisatā arahanto āyasmantaṁ Nāgasenaṁ paripuṇṇavīsativassaṁ Rakkhitatale upasampādesuṁ. Upasampanno ca pan' āyasmā Nāgaseno tassā rattiyā accayena pubbaṇhasamayaṁ nivāsetvā pattacīvaram-ādāya upajjhāyena saddhiṁ gāmaṁ piṇḍāya pavisanto evarūpaṁ parivitakkaṁ uppādesi: tuccho vata me upajjhāyo, bālo vata me upajjhāyo, ṭhapetvā avasesaṁ buddhavacanaṁ paṭhamaṁ maṁ Abhidhamme vinesîti. Atha kho āyasmā Rohaṇo āyasmato Nāgasenassa cetasā cetoparivitakkam-aññāya āyasmantaṁ Nāgasenaṁ etad-avoca: Ananucchaviyaṁ kho Nāgasena parivitakkaṁ vitakkesi, na kho pan' etaṁ Nāgasena tavânucchaviyan-ti. Atha kho āyasmato Nāgasenassa etad-ahosi: acchariyaṁ vata bho, abbhutaṁ vata bho, yatra hi nāma me upajjhāyo cetasā cetoparivitakkaṁ jānissati, paṇḍito vata me upajjhāyo, yan-nūnâhaṁ upajjhāyaṁ khamāpeyyan-ti. Atha kho āyasmā Nāgaseno āyasmantaṁ Rohaṇaṁ etad-avoca: Khamatha me bhante, na puna evarūpaṁ vitakkessāmîti.

Atha kho āyasmā Rohaṇo āyasmantaṁ Nāgasenaṁ

---

[11] apphoṭhesuṁ D, appoṭhesuṁ ABC. [13] pubbanha- all throughout except B.

etad-avoca: Na kho tyāhaṁ Nāgasena ettāvatā khamāmi, atthi kho Nāgasena Sāgalaṁ nāma nagaraṁ, tattha Milindo nāma rājā rajjaṁ kāreti, so diṭṭhivādena pañhaṁ pucchitvā bhikkhusaṅghaṁ viheṭheti, sace tvaṁ tattha gantvā taṁ rājānaṁ dametvā pasādessasi evāhan-taṁ khamissāmîti. - Tiṭṭhatu bhante eko Milindo rājā, sace bhante sakala-Jambudîpe sabbe rājāno āgantvā maṁ pañhaṁ puccheyyuṁ sabban-taṁ vissajjetvā sampadālessāmi, khamatha me bhante ti vatvā: Na khamāmîti vutte: Tena hi bhante imaṁ temāsaṁ kassa santike vasissāmîti āha. Ayaṁ kho Nāgasena āyasmā Assagutto Vattaniye senāsane viharati, gaccha tvaṁ Nāgasena, yen' āyasmā Assagutto ten' upasaṅkama, upasaṅkamitvā mama vacanena āyasmato Assaguttassa pāde sirasā vanda, evañ-ca naṁ vadehi: upajjhāyo me bhante tumhākaṁ pāde sirasā vandati, appābādhaṁ appātaṅkaṁ lahuṭṭhānaṁ balaṁ phāsuvihāraṁ pucchati, imaṁ temāsaṁ tumhākaṁ santike vasituṁ maṁ pahiṇîti; konāmo te upajjhāyo ti ca vutte: Rohaṇatthero nāma bhante ti vadeyyāsi; ahaṁ konāmo ti ca vutte evaṁ vadeyyāsi: mama upajjhāyo bhante tumhākaṁ nāmaṁ jānātîti. Evaṁ bhante ti kho āyasmā Nāgaseno āyasmantaṁ Rohaṇaṁ abhivādetvā padakkhiṇaṁ katvā pattacîvaram-ādāya anupubbena cārikaṁ caramāno yena Vattaniyaṁ senāsanaṁ yen' āyasmā Assagutto ten' upasaṅkami, upasaṅkamitvā āyasmantaṁ Assaguttaṁ abhivādetvā ekamantaṁ aṭṭhāsi. Ekamantaṁ ṭhito kho āyasmā Nāgaseno āyasmantaṁ Assaguttaṁ etad-avoca: Upajjhāyo me bhante tumhākaṁ pāde sirasā vandati, evañ-ca vadeti: appābādhaṁ appātaṅkaṁ lahuṭṭhānaṁ balaṁ phāsuvihāraṁ pucchati, upajjhāyo maṁ bhante imaṁ temāsaṁ tumhākaṁ santike vasituṁ pahiṇîti. Atha kho āyasmā Assagutto āyasmantaṁ Nāgasenaṁ etad-avoca:

---

[1] ca om. ROM.

Tvaṁ kiṁnāmo 'sīti. — Ahaṁ bhante Nāgaseno nāmāti. — Konāmo te upajjhāyo ti. — Upajjhāyo me bhante Rohaṇatthero nāmāti. — Ahaṁ konāmo ti. — Upajjhāyo me bhante tumhākaṁ nāmaṁ jānātīti. — Sādhu Nāgasena, pattacīvaraṁ paṭisāmehīti. Sādhu bhante ti pattacīvaraṁ paṭisāmetvā punadivase pariveṇaṁ sammajjitvā mukhodakaṁ dantapoṇaṁ upaṭṭhāpesi. Thero sammaṭṭhaṭṭhānaṁ paṭisammajji, taṁ udakaṁ chaḍḍetvā aññaṁ udakaṁ āhari, tañ-ca dantakaṭṭhaṁ apanetvā aññaṁ dantakaṭṭhaṁ gaṇhi, na allāpasallāpaṁ akāsi. Evaṁ satta divasāni katvā sattame divase puna pucchitvā puna tena tath' eva vutte vassāvāsaṁ anujāni.

Tena kho pana samayena ekā mahāupāsikā āyasmantaṁ Assaguttaṁ tiṁsamattāni vassāni upaṭṭhāsi. Atha kho sā mahāupāsikā temāsaccayena yen' āyasmā Assagutto ten' upasaṅkami, upasaṅkamitvā āyasmantaṁ Assaguttaṁ etad-avoca: Atthi nu kho tāta tumhākaṁ santike añño bhikkhūti. — Atthi mahāupāsike amhākaṁ santike Nāgaseno nāma bhikkhūti. — Tena hi tāta Assagutta adhivāsehi Nāgasenena saddhiṁ svātanāya bhattan-ti. Adhivāsesi kho āyasmā Assagutto tuṇhībhāvena. Atha kho āyasmā Assagutto tassā rattiyā accayena pubbaṇhasamayaṁ nivāsetvā pattacīvaraṁ-ādāya āyasmatā Nāgasenena saddhiṁ pacchāsamaṇena yena mahāupāsikāya nivesanaṁ ten' upasaṅkami, upasaṅkamitvā paññatte āsane nisīdi. Atha kho sā mahāupāsikā āyasmantaṁ Assaguttaṁ āyasmantañ-ca Nāgasenaṁ paṇītena khādanīyena bhojanīyena sahatthā santappesi sampavāresi. Atha kho āyasmā Assagutto bhuttāvī onītapattapāṇī āyasmantaṁ Nāgasenaṁ etad-avoca: Tvaṁ Nāgasena mahāupāsikāya anumodanaṁ karohīti. Idaṁ vatvā uṭṭhāy' āsanā pakkāmi.

---

[7] sammaddhaṭṭhānaṁ B, sammaṭṭhaṭṭhānaṁ Ca, sammajjaṭṭhānaṁ DM, sammajjanaṭṭhānaṁ ACb. [21] āyasmantañca Nāgasenañca BC, āyasmantaṁ Nāgasenañca A.

Atha kho sā mahāupāsikā āyasmantaṁ Nāgasenaṁ etad-avoca: Mahallikā kho 'haṁ tāta Nāgasena, gambhīrāya dhammakathāya mayhaṁ anumodanaṁ karohîti. Atha kho āyasmā Nāgaseno tassā mahāupāsikāya gambhīrāya Abhidhammakathāya lokuttarāya suññatāpaṭisaṁyuttāya anumodanaṁ akāsi. Atha kho tassā mahāupāsikāya tasmiṁ yeva āsane virajaṁ vītamalaṁ dhammacakkhuṁ udapādi: yaṁ kiñci samudayadhammaṁ sabban-taṁ nirodhadhamman-ti. Āyasmā pi kho Nāgaseno tassā mahāupāsikāya anumodanaṁ katvā attanā desitaṁ dhammaṁ paccavekkhanto vipassanaṁ paṭṭhapetvā tasmiṁ yeva āsane nisinno sotāpattiphale patiṭṭhāsi.

Atha kho āyasmā Assagutto maṇḍalamāḷe nisinno va dvinnam-pi dhammacakkhupaṭilābhaṁ ñatvā sādhukāraṁ [1]pavattesi: Sādhu sādhu Nāgasena, ekena kaṇḍappahārena dve mahākāyā padālitā ti. Anekāni ca devatāsahassāni sādhukāraṁ pavattesuṁ. Atha kho āyasmā Nāgaseno uṭṭhāy' āsanā yen' āyasmā Assagutto ten' upasaṅkami, upasaṅkamitvā āyasmantaṁ Assaguttaṁ abhivādetvā ekamantaṁ nisīdi. Ekamantaṁ nisinnaṁ kho āyasmantaṁ Nāgasenaṁ āyasmā Assagutto etad-avoca: Gaccha tvaṁ Nāgasena Pāṭaliputtaṁ, Pāṭaliputtanagare Asokārāme āyasmā Dhammarakkhito paṭivasati, tassa santike buddhavacanaṁ pariyāpuṇāhîti. — Kīva dūre[2] bhante ito Pāṭaliputtanagaran-ti. — [3]Yojanasatāni kho Nāgasenâti. — Dūre kho bhante maggo, antarāmagge bhikkhā dullabhā, kathâhaṁ gamissāmîti. — Gaccha tvaṁ Nāgasena, antarāmagge piṇḍapātaṁ labhissasi, sālīnaṁ odanaṁ vicitakāḷakaṁ anekasūpaṁ anekabyañjanan-ti. Evaṁ bhante ti kho āyasmā Nāgaseno āyasmantaṁ Assaguttaṁ abhivādetvā padakkhiṇaṁ katvā pattacīvaram-ādāya yena Pāṭaliputtaṁ tena cārikaṁ pakkāmi.

---

[1] ñava B. [2] dūro ABCD. [3] Tiyojanasatāni should probably be the reading

Tena kho pana samayena Pāṭaliputtako seṭṭhi pañcahi sakaṭasatehi Pāṭaliputtagāmimaggaṁ paṭipanno hoti. Addasā kho Pāṭaliputtako seṭṭhi āyasmantaṁ Nāgasenaṁ dūrato va āgacchantaṁ, disvāna pañca sakaṭasatāni paṭipaṇāmetvā yen' āyasmā Nāgaseno ten' upasaṅkami, upasaṅkamitvā āyasmantaṁ Nāgasenaṁ abhivādetvā: Kuhiṁ gacchasi tātāti āha. Pāṭaliputtaṁ gahapatīti. — Sādhu tāta, mayam-pi Pāṭaliputtaṁ gacchāma, amhehi saddhiṁ sukhaṁ gacchathāti. — Atha kho Pāṭaliputtako seṭṭhi āyasmato Nāgasenassa iriyāpathe pasīditvā āyasmantaṁ Nāgasenaṁ paṇītena khādaniyena bhojaniyena sahatthā santappetvā sampavāretvā āyasmantaṁ Nāgasenaṁ bhuttāviṁ onītapattapāṇiṁ aññataraṁ nīcaṁ āsanaṁ gahetvā ekamantaṁ nisīdi. Ekamantaṁ nisinno kho Pāṭaliputtako seṭṭhi āyasmantaṁ Nāgasenaṁ etad-avoca: Kinnāmo si tvaṁ tātāti. — Ahaṁ gahapati Nāgaseno nāmāti. — Jānāsi kho tvaṁ tāta buddhavacanaṁ nāmāti. — Jānāmi kho 'haṁ gahapati Abhidhammapadānīti. — Lābhā no tāta, suladdhaṁ no tāta, aham-pi kho tāta ābhidhammiko tvam-pi ābhidhammiko, bhaṇa tāta Abhidhammapadānīti. — Atha kho āyasmā Nāgaseno Pāṭaliputtakassa seṭṭhissa Abhidhammaṁ desesi, desente desente yeva Pāṭaliputtakassa seṭṭhissa virajaṁ vītamalaṁ dhammacakkhuṁ udapādi: yaṁ kiñci samudayadhammaṁ sabban-taṁ nirodhadhamman-ti. Atha kho Pāṭaliputtako seṭṭhi pañcamattāni sakaṭasatāni purato uyyojetvā sayaṁ pacchato gacchanto Pāṭaliputtassa avidūre dvedhāpathe ṭhatvā āyasmantaṁ Nāgasenaṁ etad-avoca: Ayaṁ kho tāta Nāgasena Asokārāmassa maggo; imaṁ kho tāta mayhaṁ kambalaratanaṁ soḷasahatthaṁ āyāmena aṭṭhahatthaṁ vitthārena, paṭigaṇhāhi kho tāta imaṁ kambalara-

---

13 onītapattapāṇiṁ disvā M 19 abhidhammiko ACM the first time, CM the second 20 bhaṇatha ACbM 21 desente once CD. 28 idaṁ AC.

tanaṁ anukampaṁ upādāyāti. Paṭiggahesi kho āyasmā Nāgaseno taṁ kambalaratanaṁ anukampaṁ upādāya. Atha kho Pāṭaliputtako seṭṭhi attamano udaggo pamuditahadayo pītisomanassajāto āyasmantaṁ Nāgasenaṁ abhivādetvā padakkhiṇaṁ katvā pakkāmi.

Atha kho āyasmā Nāgaseno yena Asokārāmo yen' āyasmā Dhammarakkhito ten' upasankami, upasankamitvā āyasmantaṁ Dhammarakkhitaṁ abhivādetvā attano āgatakāraṇaṁ kathetvā āyasmato Dhammarakkhitassa santike tepiṭakaṁ buddhavacanaṁ eken' eva uddesena tīhi māsehi byañjanato pariyāpuṇitvā puna tīhi māsehi atthato manasākāsi. Atha kho āyasmā Dhammarakkhito āyasmantaṁ Nāgasenaṁ etad-avoca: Seyyathā pi Nāgasena gopālako gāvo rakkhati, aññe gorasaṁ paribhuñjanti, evam-eva kho tvaṁ Nāgasena tepiṭakaṁ buddhavacanaṁ dhārento pi na bhāgī sāmaññassāti. — Hotu bhante, alaṁ ettakenāti ten' eva divasabhāgena tena rattibhāgena saha paṭisambhidāhi arahattaṁ pāpuṇi. Saha saccapaṭivedhena āyasmato Nāgasenassa sabbe devā sādhukāraṁ adaṁsu, paṭhavī unnadi, brahmāno apphoṭesuṁ, dibbāni candanacuṇṇāni c' eva dibbāni ca mandāravapupphāni abhippavassiṁsu.

Tena kho pana samayena koṭisatā arahanto Himavante pabbate Rakkhitatale sannipatitvā āyasmato Nāgasenassa santike dūtaṁ pāhesuṁ: āgacchatu Nāgaseno, dassanakāmā mayaṁ Nāgasenan-ti. Atha kho āyasmā Nāgaseno dūtassa vacanaṁ sutvā Asokārāme antarahito Himavante pabbate Rakkhitatale koṭisatānaṁ arahantānaṁ purato pāturahosi. Atha kho koṭisatā arahanto āyasmantaṁ Nāgasenaṁ etad-avocuṁ: Eso kho Nāgasena Milindo rājā bhikkhusanghaṁ viheṭheti vādapaṭivādena pañhapucchāya; sādhu Nāgasena, gaccha tvaṁ Milindaṁ

---

[10] apphoṭesuṁ ABCD. [11] mandārapupphāni C

rājānaṁ damehīti. — Tiṭṭhatu bhante eko Milindo rājā, sace bhante sakala-Jambudīpe rājāno āgantvā maṁ pañhaṁ puccheyyuṁ sabbaṁ taṁ vissajjetvā sampadālessāmi, gacchatha vo bhante asambhītā Sāgalanagaran ti. — Atha kho therā bhikkhū Sāgalanagaraṁ kāsāvapajjotaṁ isivātaparivātaṁ akaṁsu.

Tena kho pana samayena āyasmā Āyupālo Saṅkheyyapariveṇe paṭivasati. Atha kho Milindo rājā amacce etad avoca: Ramaṇīyā vata bho dosinā ratti, kan nu khv ajja samaṇaṁ vā brāhmaṇaṁ vā upasaṅkameyyāma sākacchāya pañhapucchanāya, ko mayā saddhiṁ sallapituṁ ussahati kaṅkhaṁ paṭivinetun ti. Evaṁ vutte pañcasatā Yonakā rājānaṁ Milindaṁ etad avocuṁ: Atthi mahārāja Āyupālo nāma thero tepiṭako bahussuto āgatāgamo, so etarahi Saṅkheyyapariveṇe paṭivasati, gaccha tvaṁ mahārāja, āyasmantaṁ Āyupālaṁ pañhaṁ pucchassūti. — Tena hi bhaṇe bhadantassa ārocethāti. Atha kho nemittiko āyasmato Āyupālassa santike dūtaṁ pāhesi: rājā bhante Milindo āyasmantaṁ Āyupālaṁ dassanakāmo ti. Āyasmā pi kho Āyupālo evam āha: Tena hi āgacchatūti. Atha kho Milindo rājā pañcamattehi Yonakasatehi parivuto rathavaram āruyha yena Saṅkheyyapariveṇaṁ yen' āyasmā Āyupālo ten' upasaṅkami, upasaṅkamitvā āyasmatā Āyupālena saddhiṁ sammodi, sammodanīyaṁ kathaṁ sārāṇīyaṁ vītisāretvā ekamantaṁ nisīdi. Ekamantaṁ nisinno kho Milindo rājā āyasmantaṁ Āyupālaṁ etad avoca: Kimatthiyā bhante Āyupāla tumhākaṁ pabbajjā, ko ca tumhākaṁ paramattho ti. — Thero āha: Dhammacariyasamacariyatthā kho mahārāja pabbajjā ti. — Atthi pana bhante koci gihī pi dhammacārī samacārī ti. Āma mahārāja, atthi gihī pi dhammacārī samacārī. Bhagavati kho mahārāja Bārāṇa-

[1] kinnu CDM. [2] nemittako DM. [3] bhagavata ABCD.

siyaṁ Isipatane migadāye dhammacakkaṁ pavattente aṭṭhārasannaṁ brahmakoṭīnaṁ dhammābhisamayo ahosi, devatānaṁ pana dhammābhisamayo gaṇanapathaṁ vītivatto; sabbe te gihibhūtā na pabbajitā. Puna ca paraṁ mahārāja Bhagavatā Mahāsamayasuttante desiyamāne, Mahāmangalasuttante desiyamāne, Samacittapariyāyasuttante desiyamāne, Rāhulovādasuttante desiyamāne, Parābhavasuttante desiyamāne gaṇanapatham - atītānaṁ devatānaṁ dhammābhisamayo ahosi; sabbe te gihibhūtā na pabbajitā ti. — Tena hi bhante Āyupāla niratthikā tumhākaṁ pabbajjā, pubbe katassa pāpakammassa nissandena samaṇā Sakyaputtiyā pabbajanti dhutangāni ca pariharanti. Ye kho te bhante Āyupāla bhikkhū ekāsanikā nūna te pubbe paresaṁ bhogahārakā corā, te paresaṁ bhoge acchinditvā tassa kammassa nissandena etarahi ekāsanikā bhavanti, na labhanti kālena kālaṁ paribhuñjituṁ, na - tthi tesaṁ sīlaṁ, na - tthi tapo, na - tthi brahmacariyaṁ. Ye kho pana te bhante Āyupāla bhikkhū abbhokāsikā nūna te pubbe gāmaghātakā corā, te paresaṁ gehāni vināsetvā tassa kammassa nissandena etarahi abbhokāsikā bhavanti, na labhanti senāsanāni paribhuñjituṁ, na - tthi tesaṁ sīlaṁ, na - tthi tapo, na - tthi brahmacariyaṁ. Ye kho pana te bhante Āyupāla bhikkhū nesajjikā nūna te pubbe panthadūsakā corā, te panthike jane gahetvā bandhitvā nisīdāpetvā tassa kammassa nissandena etarahi nesajjikā bhavanti, na labhanti seyyaṁ kappetuṁ, na - tthi tesaṁ sīlaṁ, na - tthi tapo, na - tthi brahmacariyan - ti āha.

Evaṁ vutte āyasmā Āyupālo tuṇhī ahosi, na kiñci paṭibhāsi. Atha kho pañcasatā Yonakā rājānaṁ Milindaṁ etad - avocuṁ: Paṇḍito mahārāja thero, api ca kho avisārado na kiñci paṭibhāsatīti. Atha kho Milindo rājā āyasmantaṁ Āyupālaṁ tuṇhībhūtaṁ disvā apphoṭetvā

---

[18] pana om. ABC. [32] apphoṭhetvā C, appoṭhetvā AB

ukkuṭṭhiṁ katvā Yonake etad avoca: Tuccho vata bho Jambudīpo, palāpo vata bho Jambudīpo, na-tthi koci samaṇo vā brāhmaṇo vā yo mayā saddhiṁ sallapituṁ ussahati kaṅkhaṁ paṭivinetun-ti. Atha kho Milindassa rañño sabban-taṁ parisaṁ anuvilokentassa abhīte amaṅkubhūte Yonake disvā etad-ahosi: nissaṁsayaṁ atthi maññe añño koci paṇḍito bhikkhu yo mayā saddhiṁ sallapituṁ ussahati, yen' ime Yonakā na maṅkubhūtā ti. Atha kho Milindo rājā Yonake etad-avoca: Atthi bhaṇe añño koci paṇḍito bhikkhu yo mayā saddhiṁ sallapituṁ ussahati kaṅkhaṁ paṭivinetun-ti.

Tena kho pana samayena āyasmā Nāgaseno samaṇagaṇaparivuto saṅghī gaṇī gaṇācariyo ñāto yasassī sādhusammato bahujanassa paṇḍito byatto medhāvī nipuṇo viññū vibhāvī vinīto visārado bahussuto tepiṭako vedagū pabhinnabuddhimā āgatāgamo pabhinnapaṭisambhido navaṅgasatthusāsana-pariyattidharo pāramippatto jinavacane dhammattha-desanā-paṭivedha-kusalo akkhaya-vicitra-paṭibhāno citrakathī kalyāṇavākkaraṇo durāsado duppasaho duruttaro durāvaraṇo dunnivārayo, sāgaro viya akkhobbho, girirājā viya niccalo, raṇañjaho tamonudo pabhaṅkaro, mahākathī paragaṇigaṇa-mathano paratitthiya-maddano, bhikkhūnaṁ bhikkhunīnaṁ upāsakānaṁ upāsikānaṁ rājūnaṁ rājamahāmattānaṁ sakkato garukato mānito pūjito apacito, lābhī cīvara-piṇḍapāta-senāsana-gilānappaccayabhesajja-parikkhārānaṁ lābhagga-yasaggappatto, buddhānaṁ viññūnaṁ sotāvadhānena samannāgatānaṁ sandassento navaṅgaṁ jinasāsanaratanaṁ, upadisanto dhammamaggaṁ, dhārento dhammapajjotaṁ, ussāpento dhammayūpaṁ, yajanto dhammayāgaṁ, paggaṇhāpento dhammaddhajaṁ, ussāpento dhammaketuṁ, uppalāsento dhammasaṅkhaṁ, āhananto dhammabheriṁ, nadanto

---

6 nissaṁsayaṁ kho atthi A. 21 raṇañjaho viya Bb. 22 paratitthiyappamaddano AC. 28 uddisanto D, upadassento M. 29 dhammabbaggaṁ AaBCD. 30 uppalāpento ACD, upadassento M

sīhanādaṁ, gajjanto indagajjitaṁ, madhura-gira-gajjitena ñāṇavaravijjujāla-pariveṭhitena[1] karuṇājala-bharitena mahatā dhammāmata-meghena sakalalokaṁ[2] abhitappayanto, gāma-nigama-rājadhānisu[3] cārikaṁ caramāno anupubbena Sāgalanagaraṁ anuppatto hoti. Tatra sudaṁ āyasmā Nāgaseno asītiyā bhikkhusahassehi saddhiṁ Saṅkheyya-pariveṇe paṭivasati. Ten' āhu:

Bahussuto citrakathī nipuṇo ca visārado
sāmāyiko ca kusalo paṭibhāne ca kovido.
Te ca tepiṭakā bhikkhū pañcanekāyikā pi ca
catunekāyikā c' eva Nāgasenaṁ purakkharuṁ.
Gambhīrapañño medhāvī maggāmaggassa kovido
uttamatthaṁ anuppatto Nāgaseno visārado
Tehi bhikkhūhi parivuto nipuṇehi saccavādihi
caranto gāmanigamaṁ Sāgalaṁ upasaṅkami.
Saṅkheyyapariveṇasmiṁ Nāgaseno tadā vasi,
katheti so manussehi pabbate kesarī yathā ti.

Atha kho Devamantiyo rājānaṁ Milindaṁ etad avoca: Āgamehi tvaṁ mahārāja, āgamehi tvaṁ mahārāja, atthi mahārāja Nāgaseno nāma thero paṇḍito byatto medhāvī vinīto visārado bahussuto citrakathī kalyāṇapaṭibhāno, attha-dhamma-nirutti-paṭibhāna-paṭisambhidāsu pāramippatto, so etarahi Saṅkheyyapariveṇe paṭivasati, gaccha tvaṁ mahārāja, āyasmantaṁ Nāgasenaṁ pañhaṁ pucchassu, ussahati so tayā saddhiṁ sallapituṁ kaṅkhaṁ paṭivinetun ti. Atha kho Milindassa rañño sahasā Nāgaseno ti saddaṁ sutvā va ahud eva bhayaṁ, ahud eva chambhitattaṁ, ahud eva lomahaṁso. Atha kho Milindo rājā Devamantiyaṁ etad avoca: Ussahati bho Nāgaseno bhikkhu mayā saddhiṁ sallapitun ti. — Ussahati mahārāja api Inda-Yama-Varuṇa-Kuvera-Pajāpati-

[1] -vijjulatāpari- A. [2] sakalaṁ AC [3] -dhānisu ABC.

Suyāma-Santusitalokapālehi pitupitāmahena Mahābrahmunā pi saddhiṁ sallapituṁ, kimaṅga pana manussabhūtenāti. — Atha kho Milindo rājā Devamantiyaṁ etad-avoca: Tena hi tvaṁ Devamantiya bhadantassa santike dūtaṁ pesehīti. Evaṁ devāti kho Devamantiyo āyasmato Nāgasenassa santike dūtaṁ pāhesi: rājā bhante Milindo āyasmantaṁ dassanakāmo ti. Āyasmā pi kho Nāgaseno evam-āha: Tena hi āgacchatūti. Atha kho Milindo rājā pañcamattehi Yonakasatehi parivuto rathavaram-āruyha mahatā balakāyena saddhiṁ yena Saṅkheyyapariveṇaṁ yen' āyasmā Nāgaseno ten' upasaṅkami.

Tena kho pana samayena āyasmā Nāgaseno asītiyā bhikkhusahassehi saddhiṁ maṇḍalamāḷe nisinno hoti. Addasā kho Milindo rājā āyasmato Nāgasenassa parisaṁ dūrato va, disvāna Devamantiyaṁ etad-avoca: Kass' esā Devamantiya mahatī parisā ti. — Āyasmato kho mahārāja Nāgasenassa parisā ti. — Atha kho Milindassa rañño āyasmato Nāgasenassa parisaṁ dūrato va disvā ahud-eva bhayaṁ, ahud-eva chambhitattaṁ, ahud-eva lomahaṁso. Atha kho Milindo rājā, khaggaparivārito viya gajo, garuḷaparivārito viya nāgo, ajagaraparivārito viya kotthuko, mahisaparivārito viya accho, nāgānubaddho viya maṇḍūko, saddūlānubaddho viya migo, ahiguṇṭhikasamāgato viya pannago, majjārasamāgato viya unduro, bhūtavejjasamāgato viya pisāco, Rāhumukhagato viya cando, pannago viya peḷantaragato, sakuṇo viya pañjarantaragato, maccho viya jālantaragato, vāḷavanam-anuppaviṭṭho viya puriso, Vessavaṇāparādhiko viya yakkho, parikkhīṇāyuko viya devaputto, bhīto ubbiggo utrasto saṁviggo lomahaṭṭhajāto vimano dummano bhantacitto vipariṇatamānaso: mā maṁ ayaṁ jano paribhavīti dhitiṁ upaṭṭhapetvā Devamantiyaṁ etad-avoca: Mā kho tvaṁ

---

19 mahatā ca AC. 23 -sahassena all. 31 maṇḍuko CM 33 -mukhogato B.

Devamantiya āyasmantaṁ Nāgasenaṁ mayhaṁ ācikkheyyāsi, anakkhātañ-ñevāhaṁ Nāgasenaṁ jānissāmīti. — Sādhu mahārāja, tvañ-ñeva jānāhīti.

Tena kho pana samayena āyasmā Nāgaseno tassā bhikkhuparisāya purato cattālīsāya bhikkhusahassānaṁ navakataro hoti, pacchato cattālīsāya bhikkhusahassānaṁ buḍḍhataro. Atha kho Milindo rājā sabban-taṁ bhikkhusanghaṁ purato ca pacchato ca majjhato ca anuvilokento addasā kho āyasmantaṁ Nāgasenaṁ dūrato va bhikkhusanghassa majjhe nisinnaṁ, kesarasīhaṁ viya vigatabhayabheravaṁ vigatalomahaṁsaṁ vigatabhayasārajjaṁ, disvāna ākāren' eva aññāsi: eso kho ettha Nāgaseno ti. Atha kho Milindo rājā Devamantiyaṁ etad avoca: Eso kho Devamantiya āyasmā Nāgaseno ti. — Āma mahārāja, eso kho Nāgaseno, suṭṭhu kho tvaṁ mahārāja Nāgasenaṁ aññāsīti. — Tato rājā tuṭṭho ahosi: anakkhāto va mayā Nāgaseno aññāto ti. Atha kho Milindassa rañño āyasmantaṁ Nāgasenaṁ disvā va ahud-eva bhayaṁ, ahud-eva chambhitattaṁ, ahud-eva lomahaṁso. Ten' āhu:

Caraṇena c' eva sampannaṁ, sudantaṁ uttame dame,
disvā rājā Nāgasenaṁ idaṁ vacanam-abravi:
Kathikā mayā bahū diṭṭhā, sākacchā osaṭā bahū,
na tādisaṁ bhayaṁ āsi ajja tāso yathā mama.
Nissaṁsayaṁ parājayo mama ajja bhavissati,
jayo ca Nāgasenassa, yathā cittaṁ na saṇṭhitan-ti.

Bāhirakathā niṭṭhitā.

---

[11] eso kho mahārāja Nāgaseno BC. [13] abravī AC. [14] jayo va AC.

Atha kho Milindo rājā yen' āyasmā Nāgaseno ten' upasaṅkami, upasaṅkamitvā āyasmatā Nāgasenena saddhiṁ sammodi, sammodanīyaṁ kathaṁ sārāṇīyaṁ vītisāretvā ekamantaṁ nisīdi. Āyasmā pi kho Nāgaseno paṭisammodi, yen' eva rañño Milindassa cittaṁ ārādhesi. Atha kho Milindo rājā āyasmantaṁ Nāgasenaṁ etad-avoca: Katham-bhadanto ñāyati, kinnāmo si bhante ti. — Nāgaseno ti kho ahaṁ mahārāja ñāyāmi, Nāgaseno ti maṁ mahārāja sabrahmacārī samudācaranti, api ca mātāpitaro nāmaṁ karonti Nāgaseno ti vā Sūraseno ti vā Vīraseno ti vā Sīhaseno ti vā, api ca kho mahārāja saṅkhā samaññā paññatti vohāro nāmamattaṁ yad-idaṁ Nāgaseno ti, na h' ettha puggalo upalabbhatīti. — Atha kho Milindo rājā evam-āha: Suṇantu me bhonto pañcasatā Yonakā asītisahassā ca bhikkhū, ayaṁ Nāgaseno evam-āha: na h' ettha puggalo upalabbhatīti, kallan-nu kho tad-abhinanditun-ti. Atha kho Milindo rājā āyasmantaṁ Nāgasenaṁ etad-avoca: Sace bhante Nāgasena puggalo nūpalabbhati, ko carahi tumhākaṁ cīvara-piṇḍapāta-senāsana-gilānapaccayabhesajja-parikkhāraṁ deti, ko taṁ paribhuñjati, ko sīlaṁ rakkhati, ko bhāvanam-anuyuñjati, ko magga-phala-nibbānāni sacchikaroti, ko pāṇaṁ hanati, ko adinnaṁ ādiyati, ko kāmesu micchā carati, ko musā bhaṇati, ko majjaṁ pivati, ko pañcānantariyakammaṁ karoti; tasmā na-tthi kusalaṁ, na-tthi akusalaṁ, na-tthi kusalākusalānaṁ kammānaṁ kattā vā kāretā vā, na-tthi sukatadukkatānaṁ kammānaṁ phalaṁ vipāko,

---

[9] ten' eva AC. [10] Surasena ABC. [11] bhavanam- ABC.

sace bhante Nāgasena yo tumhe māreti na-tthi tassāpi pāṇātipāto, tumhākam-pi bhante Nāgasena na-tthi ācariyo na-tthi upajjhāyo na-tthi upasampadā; Nāgaseno ti maṁ mahārāja sabrahmacārī samudācarantīti yaṁ vadesi, katamo ettha Nāgaseno, kin-nu kho bhante kesā Nāgaseno ti. — Na hi mahārājāti. — Lomā Nāgaseno ti. — Na hi mahārājāti. — Nakhā — pe — dantā taco maṁsaṁ nahāru aṭṭhī aṭṭhimiñjā vakkaṁ hadayaṁ yakanaṁ kilomakaṁ pihakaṁ papphāsaṁ antaṁ antaguṇaṁ udariyaṁ karīsaṁ pittaṁ semhaṁ pubbo lohitaṁ sedo medo assu vasā khelo siṅghāṇikā lasikā muttaṁ matthake matthaluṅgaṁ Nāgaseno ti. — Na hi mahārājāti. — Kin-nu kho bhante rūpaṁ Nāgaseno ti. — Na hi mahārājāti. — Vedanā Nāgaseno ti. — Na hi mahārājāti. — Saññā Nāgaseno ti. — Na hi mahārājāti. — Saṅkhārā Nāgaseno ti. — Na hi mahārājāti. — Viññāṇaṁ Nāgaseno ti. — Na hi mahārājāti. — Kim-pana bhante rūpa-vedanā-saññā-saṅkhāra-viññāṇaṁ Nāgaseno ti. — Na hi mahārājāti. — Kim-pana bhante aññatra rūpa-vedanā-saññā-saṅkhāra-viññāṇaṁ Nāgaseno ti. — Na hi mahārājāti. — Tam-ahaṁ bhante pucchanto pucchanto na passāmi Nāgasenaṁ, saddo yeva nu kho bhante Nāgaseno, ko pan' ettha Nāgaseno, alikaṁ tvaṁ bhante bhāsasi musāvādaṁ, na-tthi Nāgaseno ti.

Atha kho āyasmā Nāgaseno Milindaṁ rājānaṁ etad-avoca: Tvaṁ kho si mahārāja khattiyasukhumālo accantasukhumālo, tassa te mahārāja majjhantikasamayaṁ tattāya bhūmiyā uṇhāya vālikāya kharā sakkhara-kaṭhala-vālikā madditvā pādena gacchantassa pādā rujanti, kāyo kilamati, cittaṁ upahaññati, dukkhasahagataṁ kāyaviññāṇaṁ uppajjati, kin-nu tvaṁ pāden' āgato si udāhu vāhanenāti. — Nāhaṁ bhante pāden' āgacchāmi, rathenā-

8 nahārū B 8 aṭṭhi A 12 -luṅgantiti N ABC. 16 sālu- A, either time.
19 pāden' ag- AC

haṁ āgato 'smīti. — Sace tvaṁ mahārāja rathen' āgato si rathaṁ me ārocehi, kin-nu kho mahārāja īsā ratho ti. — Na hi bhante ti. — Akkho ratho ti. — Na hi bhante ti. — Cakkāni ratho ti. — Na hi bhante ti. — Rathapañjaraṁ ratho ti. — Na hi bhante ti. — Rathadaṇḍako ratho ti. — Na hi bhante ti. — Yugaṁ ratho ti. — Na hi bhante ti. — Rasmiyo ratho ti. — Na hi bhante ti. — Patodalaṭṭhi ratho ti. — Na hi bhante ti. — Kin-nu kho mahārāja īsā-akkha-cakka-rathapañjara-rathadaṇḍa-yuga-rasmi-patodaṁ ratho ti. — Na hi bhante ti. — Kim-pana mahārāja aññatra īsā-akkha-cakka-rathapañjara-rathadaṇḍa-yuga-rasmi-patodaṁ ratho ti. — Na hi bhante ti. — Tam-ahaṁ mahārāja pucchanto pucchanto na passāmi rathaṁ, saddo yeva nu kho mahārāja ratho, ko pan' ettha ratho, alikaṁ tvaṁ mahārāja bhāsasi musāvādaṁ, na-tthi ratho, tvaṁ si mahārāja sakala-Jambudīpe aggarājā, kassa pana tvaṁ bhāyitvā musā bhāsasi, suṇantu me bhonto pañcasatā Yonakā asītisahassā ca bhikkhū, ayaṁ Milindo rājā evam-āha: rathenâhaṁ āgato 'smīti: sace tvaṁ mahārāja rathen' āgato si rathaṁ me ārocehīti vutto samāno rathaṁ na sampādeti, kallan-nu kho tad-abhinanditun-ti.

Evaṁ vutte pañcasatā Yonakā āyasmato Nāgasenassa sādhukāraṁ datvā Milindaṁ rājānaṁ etad-avocum: Idāni kho tvaṁ mahārāja sakkonto bhāsassūti. Atha kho Milindo rājā āyasmantaṁ Nāgasenaṁ etad-avoca: Nâhaṁ bhante Nāgasena musā bhaṇāmi, īsañ-ca paṭicca akkhañ-ca paṭicca cakkāni ca paṭicca rathapañjarañ-ca paṭicca rathadaṇḍakañ-ca paṭicca ratho ti saṅkhā samaññā paññatti vohāro nāmaṁ pavattatīti. — Sādhu kho tvaṁ mahārāja rathaṁ jānāsi, evam-eva kho mahārāja mayham-pi kese ca paṭicca lome ca paṭicca — pe —

7 ratharasmiyo AC. 17 bhāsitvā BC

matthalungañ-ca paṭicca rūpañ-ca paṭicca vedanañ-ca paṭicca saññañ-ca paṭicca sankhāre ca paṭicca viññāṇañ-ca paṭicca Nāgaseno ti sankhā samaññā paññatti vohāro nāmamattaṁ pavattati, paramatthato pan' ettha puggalo nūpalabbhati. Bhāsitam-p' etaṁ mahārāja Vajirāya bhikkhuniyā Bhagavato sammukhā:

Yathā hi angasambhārā hoti saddo ratho iti,
evaṁ khandhesu santesu hoti satto ti sammutīti.

Acchariyaṁ bhante Nāgasena, abbhutaṁ bhante Nāgasena, aticitrāni pañhapaṭibhānāni vissajjitāni, yadi Buddho tiṭṭheyya sādhukāraṁ dadeyya, sādhu sādhu Nāgasena, aticitrāni pañhapaṭibhānāni vissajjitāni.

Kativasso si tvaṁ bhante Nāgasenāti. — Sattavasso 'haṁ mahārājāti. — Ke te bhante satta, tvaṁ vā satta gaṇanā vā sattāti. — Tena kho pana samayena Milindassa rañño sabbābharaṇapaṭimaṇḍitassa alankatapaṭiyattassa paṭhaviyaṁ chāyā dissati, udakamaṇike chāyā dissati. Atha kho āyasmā Nāgaseno Milindaṁ rājānaṁ etad avoca: Ayaṁ te mahārāja chāyā paṭhaviyaṁ udakamaṇike ca dissati, kim-pana mahārāja tvaṁ vā rājā chāyā vā rājā ti. — Ahaṁ bhante Nāgasena rājā, nāyaṁ chāyā rājā, maṁ pana nissāya chāyā pavattatīti. — Evam-eva kho mahārāja vassānaṁ gaṇanā sattāti, na panāhaṁ satta, maṁ pana nissāya satta pavattati chāyūpamaṁ mahārājāti. — Acchariyaṁ bhante Nāgasena, abbhutaṁ bhante Nāgasena, aticitrāni pañhapaṭibhānāni vissajjitānīti.

Rājā āha: Bhante Nāgasena, sallapissasi mayā saddhin-ti. — Sace tvaṁ mahārāja paṇḍitavādā sallapissasi sallapissāmi, sace pana rājavādā sallapissasi na sallapissāmīti. — Kathaṁ bhante Nāgasena paṇḍitā sallapantīti. — Paṇḍitānaṁ kho mahārāja sallāpe āveṭhanam-pi kayirati, nibbeṭhanam-pi kayirati, niggaho pi kayirati, paṭikammam-pi kayirati, viseso pi kayirati, paṭiviseso pi kayirati, na ca tena paṇḍitā kuppanti, evaṁ kho mahārāja paṇḍitā sallapantîti. — Kathaṁ pana bhante rājāno sallapantîti. — Rājāno kho mahārāja sallāpe ekaṁ vatthuṁ paṭijānanti, yo taṁ vatthuṁ vilometi tassa daṇḍaṁ āṇāpenti: imassa daṇḍaṁ paṇethâti[1], evaṁ kho mahārāja rājāno sallapantîti. — Paṇḍitavādā 'haṁ bhante sallapissāmi no rājavādā, vissattho bhadanto sallapatu, yathā bhikkhunā vā sāmaṇerena vā upāsakena vā ārāmikena vā saddhiṁ sallapati evaṁ vissattho bhadanto sallapatu, mā bhāyatûti. Suṭṭhu mahārājâti thero abbhanumodi. Rājā āha: Bhante Nāgasena, pucchissāmîti. — Puccha mahārājâti. — Pucchito si me bhante ti. — Vissajjitaṁ mahārājâti. — Kiṁ pana bhante tayā vissajjitan ti. — Kiṁ pana mahārāja tayā pucchitan-ti.

Atha kho Milindassa rañño etad-ahosi: paṇḍito kho ayaṁ bhikkhu, paṭibalo mayā saddhiṁ sallapituṁ, bahukāni ca me ṭhānāni pucchitabbāni bhavissanti, yāva apucchitāni yeva tāni ṭhānāni bhavissanti atha suriyo atthaṁ gamissati, yan-nūnâhaṁ sve antepure sallapeyyan-ti. Atha kho rājā Devamantiyaṁ etad-avoca: Tena hi tvaṁ Devamantiya bhadantassa āroceyyāsi: sve antepure raññā saddhiṁ sallāpo bhavissatîti. Idaṁ vatvā Milindo rājā uṭṭhāy' āsanā theraṁ Nāgasenaṁ āpucchitvā assaṁ abhirūhitvā Nāgaseno Nāgaseno ti sajjhāyaṁ karonto pakkāmi. Atha kho Devamantiyo āyasmantaṁ Nāgasenaṁ etad-avoca: Rājā bhante Milindo evam-āha: sve antepure sallāpo bhavissatîti. Suṭṭhûti thero abbhanumodi. Atha kho tassā rattiyā accayena Devamantiyo ca Anantakāyo ca Mankuro ca Sabbadinno ca yena Milindo rājā ten' upasankamiṁsu, upasankamitvā rājānaṁ Milindaṁ etad-avocuṁ: Āgacchati mahārāja bhadanto Nāgaseno

[1] panethâti B.

ti. — Āma, āgacchatûti. — Kittakehi bhikkhūhi saddhiṁ āgacchatûti. — Yattake bhikkhū icchati tattakehi bhikkhūhi saddhiṁ āgacchatûti. — Atha kho Sabbadinno āha: Āgacchatu mahārāja dasahi bhikkhūhi saddhin-ti. Dutiyam-pi kho rājā āha: Yattake bhikkhū icchati tattakehi bhikkhūhi saddhiṁ āgacchatûti. Dutiyam-pi kho Sabbadinno āha: Āgacchatu mahārāja dasahi bhikkhūhi saddhin-ti. Tatiyam-pi kho rājā āha: Yattake bhikkhū icchati tattakehi bhikkhūhi saddhiṁ āgacchatûti. Tatiyam-pi kho Sabbadinno āha: Āgacchatu mahārāja dasahi bhikkhūhi saddhin-ti. — Sabbo panâyaṁ sakkāro paṭiyādito, ahaṁ bhaṇāmi: yattake bhikkhū icchati tattakehi bhikkhūhi saddhiṁ āgacchatûti, ayaṁ bhaṇe Sabbadinno aññathā bhaṇati, kin-nu mayaṁ na paṭibalā bhikkhūnaṁ bhojanaṁ dātun-ti. — Evaṁ vutte Sabbadinno maṅku ahosi.

Atha kho Devamantiyo ca Anantakāyo ca Maṅkuro ca yen' āyasmā Nāgaseno ten' upasaṅkamiṁsu, upasaṅkamitvā āyasmantaṁ Nāgasenaṁ etad-avocum: Rājā bhante Milindo evam-āha: yattake bhikkhū icchati tattakehi bhikkhūhi saddhiṁ āgacchatûti. Atha kho āyasmā Nāgaseno pubbanhasamayaṁ nivāsetvā pattacīvaram-ādāya asītiyā bhikkhusahassehi saddhiṁ Sāgalaṁ pāvisi. Atha kho Anantakāyo āyasmantaṁ Nāgasenaṁ nissāya gacchanto āyasmantaṁ Nāgasenaṁ etad-avoca: Bhante Nāgasena, yaṁ pan' etaṁ brūmi Nāgaseno ti katam' ettha Nāgaseno ti. Thero āha: Ko pan' ettha Nāgaseno ti maññasîti. — Yo so bhante abbhantare-vāyo jīvo pavisati ca nikkhamati ca so Nāgaseno ti maññāmîti. — Yadi pan' eso vāto nikkhamitvā na paviseyya pavisitvā na nikkhameyya jīveyya nu kho so puriso ti. — Na hi

[8] yattakehi B throughout, C once; yattakehi bhikkhūhi M twice. [14] katham-ettha B [16] -vāyoso M; -sāvo B. [19] pavisitvā vā na AC.

bhante ti. — Ye pan' ime saṅkhadhamakā saṅkhaṁ dhamenti tesaṁ vāto puna pavisatīti. — Na hi bhante ti. — Ye pan' ime vaṁsadhamakā vaṁsaṁ dhamenti tesaṁ vāto puna pavisatīti. — Na hi bhante ti. — Ye pan' ime siṅgadhamakā siṅgaṁ dhamenti tesaṁ vāto puna pavisatīti. — Na hi bhante ti. — Atha kissa pana te na marantīti. — Nāhaṁ paṭibalo tayā vādinā saddhiṁ sallapituṁ, sādhu bhante, atthaṁ jappehīti. — N' eso jīvo, assāsa-passāsā nām' ete kāyasaṅkhārā ti thero Abhidhammakathaṁ akāsi. Atha Anantakāyo upāsakattaṁ paṭivedesi.

Atha kho āyasmā Nāgaseno yena Milindassa rañño nivesanaṁ ten' upasaṅkami, upasaṅkamitvā paññatte āsane nisīdi. Atha kho Milindo rājā āyasmantaṁ Nāgasenaṁ saparisaṁ paṇītena khādaniyena bhojaniyena sahatthā santappetvā sampavāretvā ekamekaṁ bhikkhuṁ ekamekena dussayugena acchādetvā āyasmantaṁ Nāgasenaṁ ticīvarena acchādetvā āyasmantaṁ Nāgasenaṁ etad-avoca: Bhante Nāgasena, dasahi bhikkhūhi saddhiṁ idha nisīdatha, avasesā gacchantūti. Atha kho Milindo rājā āyasmantaṁ Nāgasenaṁ bhuttāviṁ onītapattapāṇiṁ viditvā aññataraṁ nīcaṁ āsanaṁ gahetvā ekamantaṁ nisīdi. Ekamantaṁ nisinno kho Milindo rājā āyasmantaṁ Nāgasenaṁ etad-avoca: Bhante Nāgasena, kimhi hoti kathāsallāpo ti. — Atthena mayaṁ mahārāja atthikā, atthe hotu kathāsallāpo ti.

Rājā āha: Kimatthiyā bhante Nāgasena tumhākaṁ pabbajjā, ko ca tumhākaṁ paramattho ti. Thero āha: Kin-ti mahārāja idaṁ dukkhaṁ nirujjheyya aññañ-ca dukkhaṁ na uppajjeyyāti etadatthā mahārāja amhākaṁ pabbajjā, anupādā' parinibbānaṁ kho pana amhākaṁ paramattho ti. — Kim-pana bhante Nāgasena sabbe

---

[10] etadatthāya A.M.

etadatthāya pabbajantīti. — Na hi mahārāja, keci etadatthāya pabbajanti, keci rājābhinītā pabbajanti, keci corābhinītā pabbajanti, keci iṇaṭṭā pabbajanti, keci ājīvikatthāya pabbajanti; ye pana sammā pabbajanti te etadatthāya pabbajantīti. — Tvaṁ pana bhante etadatthāya pabbajito sīti. — Ahaṁ kho mahārāja daharako santo pabbajito, na jānāmi: iman-nām-atthāya pabbajāmīti, api ca kho me evaṁ ahosi: paṇḍitā ime samaṇā Sakyaputtiyā, te maṁ sikkhāpessantīti, svāhaṁ tehi sikkhāpito jānāmi ca passāmi ca: imassa nām' atthāya pabbajjā ti. — Kallo si bhante Nāgasenāti.

Rājā āha: Bhante Nāgasena, atthi koci mato na paṭisandahatīti. — Thero āha: Koci paṭisandahati, koci na paṭisandahatīti. — Ko paṭisandahati, ko na paṭisandahatīti. — Sakkileso mahārāja paṭisandahati, nikkileso na paṭisandahatīti. — Tvaṁ pana bhante paṭisandahissasīti. — Sace mahārāja saupādāno bhavissāmi paṭisandahissāmi, sace anupādāno bhavissāmi na paṭisandahissāmīti. — Kallo si bhante Nāgasenāti.

Rājā āha: Bhante Nāgasena, yo na paṭisandahati nanu so yoniso manasikārena na paṭisandahatīti. — Yoniso ca mahārāja manasikārena paññāya ca aññehi ca kusalehi dhammehīti. — Nanu bhante yoniso manasikāro yeva paññā ti. — Na hi mahārāja, añño manasikāro aññā paññā; imesaṁ kho mahārāja aj-eḷaka-go-mahisa-oṭṭha-gadrabhānam pi manasikāro atthi, paññā pana tesaṁ na-tthīti. — Kallo si bhante Nāgasenāti.

Rājā āha: Kiṁlakkhaṇo bhante manasikāro, kiṁlakkhaṇā paññā ti. — Ūhanalakkhaṇo kho mahārāja manasikāro, chedanalakkhaṇā paññā ti. — Kathaṁ ūhanalakkhaṇo manasikāro, kathaṁ chedanalakkhaṇā paññā; opammaṁ karohīti. — Jānāsi tvaṁ mahārāja yavalāvake

---

[11] paññā ti all.

ti. — Āma bhante, jānāmîti. — Kathaṁ mahārāja yavalāvakā yavaṁ lunantîti. — Vāmena bhante hatthena yavakalāpaṁ gahetvā dakkhiṇena hatthena dāttaṁ gahetvā dāttena chindantîti. — Yathā mahārāja yavalāvako vāmena hatthena yavakalāpaṁ gahetvā dakkhiṇena hatthena dāttaṁ gahetvā dāttena chindati, evam-eva kho mahārāja yogāvacaro manasikārena mānasaṁ gahetvā paññāya kilese chindati. Evaṁ kho mahārāja ūhanalakkhaṇo manasikāro, evaṁ chedanalakkhaṇā paññā ti. — Kallo si bhante Nāgasenâti.

Rājā āha: Bhante Nāgasena, yaṁ pan' etaṁ brūsi: aññehi ca kusalehi dhammehîti, katame te kusalā dhammā ti. — Sīlaṁ mahārāja saddhā viriyaṁ sati samādhi, ime te kusalā dhammā ti. — Kiṁlakkhaṇaṁ bhante sīlan-ti. — Patiṭṭhānalakkhaṇaṁ mahārāja sīlaṁ sabbesaṁ kusalānaṁ dhammānaṁ: indriya-bala-bojjhaṅga-magga-satipaṭṭhāna-sammappadhāna-iddhipāda-jhāna-vimokha-samādhi-samāpattīnaṁ sīlaṁ patiṭṭhā, sīle patiṭṭhitassa kho mahārāja sabbe kusalā dhammā na parihāyantîti. — Opammaṁ karohîti. — Yathā mahārāja ye keci bījagāmabhūtagāmā vuddhiṁ virūḷhiṁ vepullaṁ āpajjanti sabbe te pathaviṁ nissāya pathaviyaṁ patiṭṭhāya evam-ete bījagāma-bhūtagāmā vuddhiṁ virūḷhiṁ vepullaṁ āpajjanti, evam-eva kho mahārāja yogāvacaro sīlaṁ nissāya sīle patiṭṭhāya pañc' indriyāni bhāveti: saddhindriyaṁ viriyindriyaṁ satindriyaṁ samādhindriyaṁ paññindriyan-ti. — Bhiyyo opammaṁ karohîti. — Yathā mahārāja ye keci balakaraṇīyā kammantā karīyanti sabbe te pathaviṁ nissāya pathaviyaṁ patiṭṭhāya evam-ete balakaraṇīyā kammantā karīyanti, evam-eva kho mahārāja yogāvacaro sīlaṁ nissāya sīle patiṭṭhāya pañc' indriyāni bhāveti: saddhindriyaṁ viriyindriyaṁ satindriyaṁ samādhindriyaṁ

[1] yavalāya- M in both places. [2] dattaṁ BM (only here)

paññindriyan - ti. — Bhiyyo opammaṁ karohīti. — Yathā mahārāja nagaravaḍḍhaki nagaraṁ māpetukāmo paṭhamaṁ nagaraṭṭhānaṁ sodhāpetvā khāṇukaṇṭakaṁ apakaḍḍhāpetvā samaṁ kārāpetvā tato aparabhāge vīthi-catukka-singhāṭakādi-paricchedena vibhajitvā nagaraṁ māpeti, evam - eva kho mahārāja yogāvacaro sīlaṁ nissāya sīle patiṭṭhāya pañc' indriyāni bhāveti: saddhindriyaṁ viriyindriyaṁ satindriyaṁ samādhindriyaṁ paññindriyan - ti. — Bhiyyo opammaṁ karohīti. — Yathā mahārāja laṅghako sippaṁ dassetukāmo paṭhaviṁ khaṇāpetvā sakkhara-kaṭhalakaṁ apakaḍḍhāpetvā bhūmiṁ samaṁ kārāpetvā mudukāya bhūmiyā sippaṁ dasseti, evam - eva kho mahārāja yogāvacaro sīlaṁ nissāya sīle patiṭṭhāya pañc' indriyāni bhāveti: saddhindriyaṁ viriyindriyaṁ satindriyaṁ samādhindriyaṁ paññindriyaṁ. Bhāsitam - p' etaṁ mahārāja Bhagavatā:

Sīle patiṭṭhāya naro sapañño
cittaṁ paññañ - ca bhāvayaṁ
ātāpī nipako bhikkhu
so imaṁ vijaṭaye jaṭan - ti.
Ayaṁ patiṭṭhā dharaṇī va pāṇinaṁ,
idañ - ca mūlaṁ kusalābhivuddhiyā,
mukhañ - c' idaṁ sabbajinānusāsane
yo sīlakkhandho varapātimokkhiyo ti. —

Kallo si bhante Nāgasenāti.

Rājā āha: Bhante Nāgasena, kiṁlakkhaṇā saddhā ti. — Sampasādanalakkhaṇā ca mahārāja saddhā sampakkhandanalakkhaṇā cāti. — Katham - bhante sampasādanalakkhaṇā saddhā ti. Saddhā kho mahārāja uppajjamānā nīvaraṇe vikkhambheti, vinīvaraṇaṁ cittaṁ hoti

---

[7] -vaḍḍhakī ACM. [8] kāretvā AC. [12] bhāsitametaṁ M throughout. [13] ātāpī all. [14] sīlakkhandho AC.

acchaṁ vippasannaṁ anāvilaṁ, evaṁ kho mahārāja sampasādanalakkhaṇā saddhā ti. — Opammaṁ karohīti. — Yathā mahārāja rājā cakkavattī[1] caturanginiyā senāya saddhiṁ addhānamaggapaṭipanno parittaṁ udakaṁ tareyya, taṁ udakaṁ hatthīhi ca assehi ca rathehi ca pattīhi ca khubhitaṁ bhaveyya āvilaṁ luḷitaṁ kalalībhūtaṁ, uttiṇṇo ca rājā cakkavattī manusse āṇāpeyya: pānīyaṁ bhaṇe āharatha, pivissāmīti, rañño udakappasādako maṇi bhaveyya, evaṁ devāti kho te manussā rañño cakkavattissa paṭissutvā taṁ udakappasādakaṁ maṇiṁ udake pakkhipeyyuṁ, tasmiṁ udake pakkhittamatte sankha-sevāla-paṇakaṁ vigaccheyya kaddamo ca sannisīdeyya, accham-bhaveyya udakaṁ vippasannaṁ anāvilaṁ, tato rañño cakkavattissa pānīyaṁ upanāmeyyuṁ: pivatu devo pānīyan-ti. Yathā mahārāja udakaṁ evaṁ cittaṁ daṭṭhabbaṁ, yathā te manussā evaṁ yogāvacaro daṭṭhabbo, yathā sankha-sevāla-paṇakaṁ kaddamo ca evaṁ kilesā daṭṭhabbā, yathā udakappasādako maṇi evaṁ saddhā daṭṭhabbā, yathā udakappasādake maṇimhi udake pakkhittamatte sankha-sevāla-paṇakaṁ vigaccheyya kaddamo ca sannisīdeyya, accham-bhaveyya udakaṁ vippasannaṁ anāvilaṁ, evam-eva kho mahārāja saddhā uppajjamānā nīvaraṇe vikkhambheti, vinīvaraṇaṁ cittaṁ hoti acchaṁ vippasannaṁ anāvilaṁ. Evaṁ kho mahārāja sampasādanalakkhaṇā saddhā ti. — Katham-bhante sampakkhandanalakkhaṇā saddhā ti. — Yathā mahārāja yogāvacaro aññesaṁ cittaṁ vimuttaṁ passitvā sotāpattiphale vā sakadāgāmiphale vā anāgāmiphale vā arahatte vā sampakkhandati, yogaṁ karoti appattassa pattiyā anadhigatassa adhigamāya asacchikatassa sacchikiriyāya, evaṁ kho mahārāja sampakkhandanalakkhaṇā saddhā ti. — Opammaṁ karohīti. — Yathā mahārāja uparipabbate

[1] cakkavatti all.

mahāmegho abhippavasseyya, taṁ udakaṁ yathāninnaṁ pavattamānaṁ pabbata-kandara-padara-sākhā paripūretvā nadiṁ paripūreyya, sā ubhato kūlāni saṁvissandantī[1] gaccheyya, atha mahājanakāyo āgantvā tassā nadiyā uttānataṁ vā gambhīrataṁ vā ajānanto bhīto vitthato tīre tiṭṭheyya, ath' aññataro puriso āgantvā attano thāmañ-ca balañ-ca sampassanto gāḷhaṁ kacchaṁ bandhitvā pakkhanditvā tareyya, taṁ tiṇṇaṁ passitvā mahājanakāyo pi tareyya, evam-eva kho mahārāja yogāvacaro aññesaṁ cittaṁ vimuttaṁ passitvā sotāpattiphale vā sakadāgāmiphale vā anāgāmiphale vā arahatte vā sampakkhandati, yogaṁ karoti appattassa pattiyā anadhigatassa adhigamāya asacchikatassa sacchikiriyāya. Evaṁ kho mahārāja sampakkhandanalakkhaṇā saddhā. Bhāsitam-p' etaṁ mahārāja Bhagavatā Saṁyuttanikāyavare:

Saddhāya tarati oghaṁ, appamādena aṇṇavaṁ,
viriyena dukkhaṁ acceti, paññāya parisujjhatîti. —

Kallo si bhante Nāgasenâti.

Rājā āha: Bhante Nāgasena, kiṁlakkhaṇaṁ viriyan-ti. — Upatthambhanalakkhaṇaṁ mahārāja viriyaṁ, viriyūpatthambhitā sabbe kusalā dhammā na parihāyantîti. — Opammaṁ karohîti. — Yathā mahārāja puriso gehe patante aññena dārunā upatthambheyya, upatthambhitaṁ santaṁ evan-taṁ gehaṁ na pateyya, evaṁ eva kho mahārāja upatthambhanalakkhaṇaṁ viriyaṁ, viriyūpatthambhitā sabbe kusalā dhammā na parihāyantîti. — Bhiyyo opammaṁ karohîti. — Yathā mahārāja parittakaṁ senaṁ mahatī senā bhañjeyya, tato rājā aññamaññaṁ anusāreyya anupeseyya, tāya saddhiṁ parittakā senā mahatiṁ senaṁ bhañjeyya, evam-eva kho mahārāja upatthambhanalakkhaṇaṁ viriyaṁ, viriyūpatthambhitā sabbe kusalā dhammā na parihāyanti.

---

[1] -danti all.

Bhāsitam-p' etaṁ mahārāja Bhagavatā: Viriyavā kho bhikkhave ariyasāvako akusalaṁ pajahati kusalaṁ bhāveti, sāvajjaṁ pajahati anavajjaṁ bhāveti, suddham-attānaṁ pariharatîti. Kallo si bhante Nāgasenâti.

Rājā āha: Bhante Nāgasena, kiṁlakkhaṇā satîti. — Apilāpanalakkhaṇā mahārāja sati upagaṇhanalakkhaṇā câti. — Katham-bhante apilāpanalakkhaṇā satîti. — Sati mahārāja uppajjamānā kusalākusala-sāvajjānavajja-hīnappaṇīta-kaṇhasukka-sappaṭibhāga-dhamme apilāpeti: ime cattāro satipaṭṭhānā, ime cattāro sammappadhānā, ime cattāro iddhipādā, imāni pañc' indriyāni, imāni pañca balāni, ime satta bojjhaṅgā, ayaṁ ariyo aṭṭhaṅgiko maggo, ayaṁ samatho, ayaṁ vipassanā, ayaṁ vijjā, ayaṁ vimuttîti, tato yogāvacaro sevitabbe dhamme sevati asevitabbe dhamme na sevati, bhajitabbe dhamme bhajati abhajitabbe dhamme na bhajati. Evaṁ kho mahārāja apilāpanalakkhaṇā satîti. — Opammaṁ karohîti. — Yathā mahārāja rañño cakkavattissa bhaṇḍāgāriko rājānaṁ cakkavattiṁ sāyapātaṁ yasaṁ sarāpeti: ettakā deva te hatthî, ettakā assā, ettakā rathā, ettakā pattî, ettakaṁ hiraññaṁ, ettakaṁ suvaṇṇaṁ, ettakaṁ sāpateyyaṁ, taṁ devo saratûti rañño sāpateyyaṁ apilāpeti, evam-eva kho mahārāja sati uppajjamānā kusalākusala-sāvajjānavajja-hīnappaṇīta-kaṇhasukka-sappaṭibhāga-dhamme apilāpeti: ime cattāro satipaṭṭhānā, ime cattāro sammappadhānā, ime cattāro iddhipādā, imāni pañc' indriyāni, imāni pañca balāni, ime satta bojjhaṅgā, ayaṁ ariyo aṭṭhaṅgiko maggo, ayaṁ samatho, ayaṁ vipassanā, ayaṁ vijjā, ayaṁ vimuttîti, tato yogāvacaro sevitabbe dhamme sevati asevitabbe dhamme na sevati, bhajitabbe dhamme bhajati na bhajitabbe dhamme na bhajati. Evaṁ kho mahārāja apilāpanalakkhaṇā satîti. — Katham-bhante upagaṇhanalakkhaṇā satîti. — Sati mahārāja uppajjamānā hitāhitānaṁ dhammānaṁ gatiyo samannesati: ime dhammā hitā ime dhammā ahitā, ime dhammā upakārā ime dhammā anupakārā ti, tato yogāvacaro ahite dhamme apanudeti hite dhamme upagaṇhāti, anupakāre dhamme apanudeti upakāre dhamme upagaṇhāti. Evaṃ kho mahārāja upagaṇhanalakkhaṇā satīti. — Opammaṃ karohīti. — Yathā mahārāja rañño cakkavattissa pariṇāyakaratanaṃ rañño hitāhite jānāti: ime rañño hitā ime ahitā, ime upakārā ime anupakārā ti, tato ahite apanudeti hite upagaṇhāti, anupakāre apanudeti upakāre upagaṇhāti, evam-eva kho mahārāja sati uppajjamānā hitāhitānaṃ dhammānaṃ gatiyo samannesati: ime dhammā hitā ime dhammā ahitā, ime dhammā upakārā ime dhammā anupakārā ti, tato yogāvacaro ahite dhamme apanudeti hite dhamme upagaṇhāti, anupakāre dhamme apanudeti upakāre dhamme upagaṇhāti. Evaṃ kho mahārāja upagaṇhanalakkhaṇā sati. Bhāsitam-p' etaṃ mahārāja Bhagavatā: Satiñ-ca khvāhaṃ bhikkhave sabbatthikaṃ vadāmīti. — Kallo si bhante Nāgasenāti.

Rājā āha: Bhante Nāgasena, kiṃlakkhaṇo samādhīti. — Pamukhalakkhaṇo mahārāja samādhi, ye keci kusalā dhammā sabbe te samādhipamukhā honti samādhininnā samādhiponā samādhipabbhārā ti. — Opammaṃ karohīti. Yathā mahārāja kūṭāgārassa yā kāci gopānasiyo sabbā tā kūṭaṅgamā honti kūṭaninnā kūṭasamosaraṇā, kūṭaṃ tāsaṃ aggam-akkhāyati, evam-eva kho mahārāja ye keci kusalā dhammā sabbe te samādhipamukhā honti samādhininnā samādhiponā samādhipabbhārā ti. — Bhiyyo opammaṃ karohīti. — Yathā mahārāja koci rājā caturaṅginiyā senāya saddhiṃ saṅgāmaṃ otareyya, sabbā va senā, hatthī ca assā ca rathā ca pattī ca, tappamukhā bhaveyyuṃ tanninnā tapponā tappabbhārā, taṃ yeva anupariyāyeyyuṃ, evam-eva kho mahārāja ye keci kusalā dhammā sabbe te samādhipamukhā samādhininnā samā-

¹ anupadeti A throughout, B four times.

dhiponā samādhipabbhārā. Evaṁ kho mahārāja pamukhalakkhaṇo samādhi. Bhāsitam-p' etaṁ mahārāja Bhagavatā: Samādhim-bhikkhave bhāvetha, samāhito yathābhūtaṁ pajānātīti. — Kallo si bhante Nāgasenāti.

Rājā āha: Bhante Nāgasena, kiṁlakkhaṇā paññā ti. — Pubbe kho mahārāja mayā vuttaṁ: chedanalakkhaṇā paññā ti, api ca obhāsanalakkhaṇā pi paññā ti. — Katham-bhante obhāsanalakkhaṇā paññā ti. — Paññā mahārāja uppajjamānā avijjandhakāraṁ vidhameti, vijjobhāsaṁ janeti, ñāṇālokaṁ vidaṁseti, ariyasaccāni pākaṭāni karoti, tato yogāvacaro aniccan-ti vā dukkhan-ti vā anattā ti vā sammappaññāya passatīti. — Opammaṁ karohīti. — Yathā mahārāja puriso andhakāre gehe padīpaṁ paveseyya, paviṭṭho padīpo andhakāraṁ vidhameti, obhāsaṁ janeti, ālokaṁ vidaṁseti, rūpāni pākaṭāni karoti, evam-eva kho mahārāja paññā uppajjamānā avijjandhakāraṁ vidhameti, vijjobhāsaṁ janeti, ñāṇālokaṁ vidaṁseti, ariyasaccāni pākaṭāni karoti, tato yogāvacaro aniccan-ti vā dukkhan-ti vā anattā ti vā sammappaññāya passati. Evaṁ kho mahārāja obhāsanalakkhaṇā paññā ti. — Kallo si bhante Nāgasenāti.

Rājā āha: Bhante Nāgasena, ime dhammā nānā santā ekaṁ atthaṁ abhinipphādentīti. — Āma mahārāja, ime dhammā nānā santā ekaṁ atthaṁ abhinipphādenti: kilese hanantīti. — Katham-bhante ime dhammā nānā santā ekaṁ atthaṁ abhinipphādenti: kilese hananti, opammaṁ karohīti. — Yathā mahārāja senā nānā santā, hatthī ca assā ca rathā ca pattī ca, ekaṁ atthaṁ abhinipphādenti: saṅgāme parasenaṁ abhivijinanti, evam-eva kho mahārāja ime dhammā nānā santā ekaṁ attham abhinipphādenti: kilese hanantīti. — Kallo si bhante Nāgasenāti.

Paṭhamo vaggo.

— —

Rājā āha: Bhante Nāgasena, yo uppajjati so eva so udāhu añño ti. — Thero āha: Na ca so na ca añño ti. — Opammaṁ karohîti. — Taṁ kiṁ-maññasi mahārāja: yadā tvaṁ daharo taruṇo mando uttānaseyyako ahosi so yeva tvaṁ etarahi mahanto ti. — Na hi bhante, añño so daharo taruṇo mando uttānaseyyako ahosi, añño ahaṁ etarahi mahanto ti. — Evaṁ sante kho mahārāja mātā ti pi na bhavissati, pitā ti pi na bhavissati, ācariyo ti pi na bhavissati, sippavā ti pi na bhavissati, sīlavā ti pi na bhavissati, paññāvā ti pi na bhavissati, kin-nu kho mahārāja aññā eva kalalassa mātā, aññā abbudassa mātā, aññā pesiyā mātā, aññā ghanassa mātā, aññā khuddakassa mātā, aññā mahantassa mātā, añño sippaṁ sikkhati, añño sikkhito bhavati, añño pāpakammaṁ karoti, aññassa hatthapādā chijjantîti. — Na hi bhante, tvaṁ pana bhante evaṁ vutte kiṁ vadeyyāsîti. — Thero āha: Ahañ-ñeva kho mahārāja daharo ahosiṁ taruṇo mando uttānaseyyako, ahañ-ñeva etarahi mahanto, imañ-ñeva kāyaṁ nissāya sabbe te ekasaṅgahîtā ti. — Opammaṁ karohîti. — Yathā mahārāja kocid-eva puriso padīpaṁ padīpeyya, kiṁ so sabbarattiṁ dīpeyyâti. — Āma bhante, sabbarattiṁ dīpeyyâti. — Kin-nu kho mahārāja yā purime yāme acci sā majjhime yāme accîti. — Na hi bhante ti. — Yā majjhime yāme acci sā pacchime yāme accîti. — Na hi bhante ti. — Kin-nu kho mahārāja añño so ahosi purime yāme padīpo, añño majjhime yāme padīpo, añño pacchime yāme padīpo ti. — Na hi bhante, taṁ yeva nissāya sabbarattiṁ padīpito ti. — Evam-eva kho mahārāja dhammasantati sandahati, añño uppajjati añño nirujjhati, apubbaṁ acarimaṁ viya sandahati, tena na ca so na ca añño pacchimaviññāṇasaṅgahaṁ gacchatîti. — Bhiyyo opammaṁ karohîti. — Yathā mahārāja

[18] paññavā AM.

khīraṃ duyhamānaṃ kālantarena dadhi parivatteyya, dadhito navanītaṃ, navanītato ghataṃ parivatteyya, yo nu kho mahārāja evaṃ vadeyya: yaṃ yeva khīraṃ taṃ yeva dadhi taṃ yeva navanītaṃ taṃ yeva ghatan-ti, sammā nu kho so mahārāja vadamāno vadeyyāti. — Na hi bhante, taṃ yeva nissāya sambhūtan-ti. — Evam-eva kho mahārāja dhammasantati sandahati, añño uppajjati añño nirujjhati, apubbaṃ acarimaṃ viya sandahati, tena na ca so na ca añño pacchimaviññāṇasaṅgahaṃ gacchatīti. — Kallo si bhante Nāgasenāti.

Rājā āha: Bhante Nāgasena, yo na paṭisandahati jānāti so: na paṭisandahissāmīti. — Āma mahārāja, yo na paṭisandahati jānāti so: na paṭisandahissāmīti. — Katham-bhante jānātīti. — Yo hetu yo paccayo paṭisandahanāya tassa hetussa tassa paccayassa uparamā jānāti so: na paṭisandahissāmīti. — Opammaṃ karohīti. — Yathā mahārāja kassako gahapatiko kasitvā ca vapitvā ca dhaññāgāraṃ paripūreyya, so aparena samayena n' eva kaseyya na vapeyya, yathāsambhatañ-ca dhaññaṃ paribhuñjeyya vā vissajjeyya vā yathāpaccayaṃ vā kareyya, jāneyya so mahārāja kassako gahapatiko: na me dhaññāgāraṃ paripūrissatīti. — Āma bhante, jāneyyāti. — Kathaṃ jāneyyāti. — Yo hetu yo paccayo dhaññāgārassa paripūraṇāya tassa hetussa tassa paccayassa uparamā jāneyya: na me dhaññāgāraṃ paripūrissatīti. — Evam-eva kho mahārāja yo hetu yo paccayo paṭisandahanāya tassa hetussa tassa paccayassa uparamā jānāti so: na paṭisandahissāmīti. — Kallo si bhante Nāgasenāti.

Rājā āha: Bhante Nāgasena, yassa ñāṇaṃ uppannaṃ tassa paññā uppannā ti. — Āma mahārāja, yassa ñāṇaṃ uppannaṃ tassa paññā uppannā ti. — Kim-bhante

---

[14] jānāti ABC. [15] paripūressati ABC; -rayissati M. [16] jānati all.
[18] paripūrissati ABC.

yañ-ñeva ñāṇaṁ sā yeva paññā ti. — Āma mahārāja, yañ-ñeva ñāṇaṁ sā yeva paññā ti. — Yassa pana bhante tañ-ñeva ñāṇaṁ sā yeva paññā uppannā kiṁ sammuyheyya so udāhu na sammuyheyyāti. — Katthaci mahārāja sammuyheyya, katthaci na sammuyheyyāti. — Kuhiṁ bhante sammuyheyya, kuhiṁ na sammuyheyyāti. — Aññātapubbesu vā mahārāja sippaṭṭhānesu agatapubbāya vā disāya assutapubbāya vā nāmapaññattiyā sammuyheyyāti. — Kuhiṁ na sammuyheyyāti. — Yaṁ kho pana mahārāja tāya paññāya kataṁ: aniccan-ti vā dukkhan-ti vā anattā ti vā, tahiṁ na sammuyheyyāti. — Moho pan' assa bhante kuhiṁ gacchatīti. — Moho kho mahārāja ñāṇe uppannamatte tatth' eva nirujjhatīti. — Opammaṁ karohīti. — Yathā mahārāja koci-eva puriso andhakāre gehe padīpaṁ āropeyya, tato andhakāro nirujjheyya āloko pātubhaveyya, evam-eva kho mahārāja ñāṇe uppannamatte moho tatth' eva nirujjhatīti. — Paññā pana bhante kuhiṁ gacchatīti. — Paññā pi kho mahārāja sakiccayaṁ katvā tatth' eva nirujjhati, yaṁ pana tāya paññāya kataṁ: aniccan-ti vā dukkhan-ti vā anattā ti vā, taṁ na nirujjhatīti. — Bhante Nāgasena, yaṁ pan' etaṁ brūsi: paññā sakiccayaṁ katvā tatth' eva nirujjhati, yaṁ pana tāya paññāya kataṁ: aniccan-ti vā dukkhan-ti vā anattā ti vā, taṁ na nirujjhatīti, tassa opammaṁ karohīti. — Yathā mahārāja koci puriso rattiṁ lekhaṁ pesetukāmo lekhakaṁ pakkosāpetvā padīpaṁ āropetvā lekhaṁ likhāpeyya, likhite pana lekhe padīpaṁ vijjhāpeyya, vijjhāpite pi padīpe lekhaṁ na vinasseyya, evam-eva kho mahārāja paññā sakiccayaṁ katvā tatth' eva nirujjhati, yaṁ pana tāya paññāya kataṁ: aniccan-ti vā dukkhan-ti vā anattā ti vā, taṁ na nirujjhatīti. — Bhiyyo opammaṁ karohīti. — Yathā mahārāja puratthimesu ja-

---

[19] sakiccaṁ M throughout. [27] vijjhap- ABC throughout

napadesu manussā anugharaṁ pañca pañca udakaghaṭakāni ṭhapenti āliṁpanaṁ vijjhāpetuṁ, ghare paditte tāni pañca udakaghaṭakāni gharass' upari khipanti, tato aggi vijjhāyati, kin-nu kho mahārāja tesaṁ manussānaṁ evaṁ hoti: puna tehi ghaṭehi ghaṭakiccaṁ karissāmāti. — Na hi bhante: alaṁ tehi ghaṭehi, kiṁ tehi ghaṭehīti. — Yathā mahārāja pañca udakaghaṭakāni evaṁ pañc' indriyāni daṭṭhabbāni: saddhindriyaṁ viriyindriyaṁ satindriyaṁ samādhindriyaṁ paññindriyaṁ, yathā te manussā evaṁ yogāvacaro daṭṭhabbo, yathā aggi evaṁ kilesā daṭṭhabbā, yathā pañcahi udakaghaṭakehi aggi vijjhāpīyati evaṁ pañcindriyehi kilesā vijjhāpīyanti, vijjhāpitā pi kilesā na puna sambhavanti, evam-eva kho mahārāja paññā sakiccayaṁ katvā tatth' eva nirujjhati, yaṁ pana tāya paññāya kataṁ: aniccan-ti vā dukkhan-ti vā anattā ti vā, taṁ na nirujjhatīti. — Bhiyyo opammaṁ karohīti. — Yathā mahārāja vejjo pañca mūlabhesajjāni gahetvā gilānakaṁ upasaṅkamitvā tāni pañca mūlabhesajjāni piṁsitvā gilānakaṁ pāyeyya, tehi ca dosā niddhameyyuṁ, kin-nu kho mahārāja tassa vejjassa evaṁ hoti: puna tehi mūlabhesajjehi bhesajjakiccaṁ karissāmīti. — Na hi bhante: alan-tehi mūlabhesajjehi, kiṁ tehi mūlabhesajjehīti. — Yathā mahārāja pañca mūlabhesajjāni evaṁ pañc' indriyāni daṭṭhabbāni: saddhindriyaṁ viriyindriyaṁ satindriyaṁ samādhindriyaṁ paññindriyaṁ, yathā vejjo evaṁ yogāvacaro daṭṭhabbo, yathā byādhi evaṁ kilesā daṭṭhabbā, yathā byādhito puriso evaṁ puthujjano daṭṭhabbo, yathā pañcamūlabhesajjehi gilānassa dosā niddhantā, dose niddhante gilāno arogo hoti, evaṁ pañcindriyehi kilesā niddhamīyanti, niddhamitā ca kilesā na puna sambhavanti, evam-eva kho mahārāja paññā sakiccayaṁ katvā tatth' eva nirujjhati, yaṁ pana tāya paññāya kataṁ: aniccan-ti

---

[1] ghaṭehi kiccaṁ RM. [2] ārogo AC.

vā dukkhan-ti vā anattā ti vā, taṁ na nirujjhatîti. — Bhiyyo opammaṁ karohîti. — Yathā mahārāja saṅgāmāvacaro yodho pañca kaṇḍāni gahetvā saṅgāmaṁ otareyya parasenaṁ vijetuṁ, so saṅgāmagato tāni pañca kaṇḍāni khipeyya, tehi ca parasenā bhijjeyya, kin-nu kho mahārāja tassa saṅgāmāvacarassa yodhassa evaṁ hoti: puna tehi kaṇḍehi kaṇḍakiccaṁ karissāmîti. — Na hi bhante: alan-tehi kaṇḍehi, kin-tehi kaṇḍehîti. — Yathā mahārāja pañca kaṇḍāni evaṁ pañc' indriyāni daṭṭhabbāni: saddhindriyaṁ viriyindriyaṁ satindriyaṁ samādhindriyaṁ paññindriyaṁ, yathā saṅgāmāvacaro yodho evaṁ yogāvacaro daṭṭhabbo, yathā parasenā evaṁ kilesā daṭṭhabbā, yathā pañcahi kaṇḍehi parasenā bhijjati evaṁ pañcindriyehi kilesā bhijjanti, bhaggā ca kilesā na puna sambhavanti, evam-eva kho mahārāja paññā sakiccayaṁ katvā tatth' eva nirujjhati, yaṁ pana tāya paññāya kataṁ: aniccan-ti vā dukkhan-ti vā anattā ti vā, taṁ na nirujjhatîti. — Kallo si bhante Nāgasenâti.

Rājā āha: Bhante Nāgasena, yo na paṭisandahati vedeti so kañci dukkhaṁ vedanan-ti. — Thero āha: Kañci vedeti, kañci na vedetîti. — Kaṁ vedeti, kaṁ na vedetîti. — Kāyikaṁ mahārāja vedanaṁ vedeti, cetasikaṁ vedanaṁ na vedetîti. — Katham-bhante kāyikaṁ vedanaṁ vedeti, kathaṁ cetasikaṁ vedanaṁ na vedetîti. — Yo hetu yo paccayo kāyikāya dukkhavedanāya uppattiyā tassa hetussa tassa paccayassa anuparamā kāyikaṁ dukkhavedanaṁ vedeti, yo hetu yo paccayo cetasikāya dukkhavedanāya uppattiyā tassa hetussa tassa paccayassa uparamā cetasikaṁ dukkhavedanaṁ na vedeti. Bhāsitam-p' etaṁ mahārāja Bhagavatā: So ekaṁ vedanaṁ vedeti: kāyikaṁ, na cetasikan-ti. — Bhante Nāgasena, yo so dukkhavedanaṁ vedeti kasmā so na parinibbāyatîti. — Na-tthi mahārāja arahato anunayo vā paṭigho vā, na ca arahanto apakkaṁ pātenti, paripākaṁ āgamenti paṇḍitā. Bhāsitam-p' etaṁ mahārāja therena Sāriputtena Dhammasenāpatinā:

Nābhinandāmi maraṇaṁ, nābhinandāmi jīvitaṁ,
kālañ-ca patikankhāmi, nibbisaṁ bhatako yathā.
Nābhinandāmi maraṇaṁ, nābhinandāmi jīvitaṁ,
kālañ-ca patikankhāmi sampajāno patissato ti. —

Kallo si bhante Nāgasenāti.

Rājā āha: Bhante Nāgasena, sukhā vedanā kusalā vā akusalā vā abyākatā vā ti. — Siyā mahārāja kusalā, siyā akusalā, siyā abyākatā ti. — Yadi bhante kusalā na dukkhā, yadi dukkhā na kusalā, kusalaṁ dukkhan-ti na uppajjatîti. — Taṁ kim-maññasi mahārāja: idha purisassa hatthe tattaṁ ayoguḷaṁ nikkhipeyya, dutiye hatthe sītaṁ himapiṇḍaṁ nikkhipeyya, kin-nu kho mahārāja ubho pi te daheyyun-ti. — Āma bhante, ubho pi te daheyyun-ti. — Kin-nu kho te mahārāja ubho pi uṇhā ti. — Na hi bhante ti. — Kim-pana te mahārāja ubho pi sītalā ti. — Na hi bhante ti. — Ājānāhi niggahaṁ: yadi tattaṁ dahati, na ca te ubho pi uṇhā, tena na uppajjati, yadi sītalaṁ dahati, na ca te ubho pi sītalā, tena na uppajjati; kissa pana te mahārāja ubho pi dahanti, na ca te ubho pi uṇhā, na ca te ubho pi sītalā, ekaṁ uṇhaṁ ekaṁ sītalaṁ, ubho pi te dahantîti tena na uppajjatîti. — Nāhaṁ paṭibalo tayā vādinā saddhiṁ sallapituṁ, sādhu, atthaṁ jappehîti. — Tato thero Abhidhammasaṁyuttāya kathāya rājānaṁ Milindaṁ saññāpesi: Cha-y-imāni mahārāja gehanissitāni somanassāni cha nekkhammanissitāni somanassāni, cha gehanissitāni domanassāni cha nekkhammanissitāni domanassāni, cha gehanissitā upekhā cha nekkhammanissitā upekhā ti imāni

---

[16] te om. BM.

cha chakkāni, atītā pi chattiṁsavidhā vedanā, anāgatā pi chattiṁsavidhā vedanā, paccuppannā pi chattiṁsavidhā vedanā, tad-ekajjhaṁ abhisaññūhitvā abhisankhipitvā aṭṭhasataṁ vedanā hontîti. — Kallo si bhante Nāgasenâti.

Rājā āha: Bhante Nāgasena, ko paṭisandahatîti. — Thero āha: Nāmarūpaṁ kho mahārāja paṭisandahatîti. — Kiṁ imaṁ yeva nāmarūpaṁ paṭisandahatîti. — Na kho mahārāja imaṁ yeva nāmarūpaṁ paṭisandahati, iminā pana mahārāja nāmarūpena kammaṁ karoti sobhanaṁ vā pāpakaṁ vā, tena kammena aññaṁ nāmarūpaṁ paṭisandahatîti. — Yadi bhante na imaṁ yeva nāmarūpaṁ paṭisandahati nanu so mutto bhavissati pāpakehi kammehîti. — Thero āha: Yadi na paṭisandaheyya mutto bhaveyya pāpakehi kammehi, yasmā ca kho mahārāja paṭisandahati tasmā na mutto pāpakehi kammehîti. — Opammaṁ karohîti. — Yathā mahārāja kocid-eva puriso aññatarassa purisassa ambaṁ avahareyya, tam-enaṁ ambasāmiko gahetvā rañño dasseyya: iminā deva purisena mayhaṁ ambā avahaṭā ti, so evaṁ vadeyya: nāhaṁ deva imassa ambe avaharāmi, aññe te ambā ye iminā ropitā, aññe te ambā ye mayā avahaṭā, nāhaṁ daṇḍappatto ti, kin-nu kho so mahārāja puriso daṇḍappatto bhaveyyâti. — Āma bhante, daṇḍappatto bhaveyyâti. — Kena kāraṇenâti. — Kiñcâpi so evaṁ vadeyya, purimaṁ bhante ambaṁ apaccakkhāya pacchimena ambena so puriso daṇḍappatto bhaveyyâti. — Evam-eva kho mahārāja iminā nāmarūpena kammaṁ karoti sobhanaṁ vā pāpakaṁ vā, tena kammena aññaṁ nāmarūpaṁ paṭisandahati, tasmā na mutto pāpakehi kammehîti. — Bhiyyo opammaṁ karohîti. — Yathā mahārāja koci puriso aññatarassa purisassa sāliṁ avahareyya — pe — ucchuṁ avahareyya —

[6] aṭṭhasatavedanā AM. [7] kiṁ paṭi- M. [8] idaṁ M throughout. [9] sobhanaṁ M throughout. [10] yadi pana paṭis- B. [11] ye om. ABC.

pe —, yathā mahārāja koci puriso hemantike kāle aggiṁ jaletvā visivetvā avijjhāpetvā pakkameyya, atha kho so aggi aññatarassa purisassa khettaṁ ḍaheyya, tam-enaṁ khettasāmiko gahetvā rañño dasseyya: iminā deva purisena mayhaṁ khettaṁ daḍḍhan-ti, so evaṁ vadeyya: nāhaṁ deva imassa khettaṁ jhāpemi, añño so aggi yo mayā avijjhāpito, añño so aggi yen' imassa khettaṁ daḍḍhaṁ, nāhaṁ daṇḍappatto ti, kin-nu kho so mahārāja puriso daṇḍappatto bhaveyyāti. — Āma bhante, daṇḍappatto bhaveyyāti. — Kena kāraṇenāti. — Kiñcāpi so evaṁ vadeyya, purimaṁ bhante aggiṁ apaccakkhāya pacchimena agginā so puriso daṇḍappatto bhaveyyāti. — Evam eva kho mahārāja iminā nāmarūpena kammaṁ karoti sobhanaṁ vā pāpakaṁ vā, tena kammena aññaṁ nāmarūpaṁ paṭisandahati, tasmā na mutto pāpakehi kammehīti. — Bhiyyo opammaṁ karohīti. — Yathā mahārāja kocid-eva puriso padīpaṁ ādāya māḷaṁ abhirūhitvā bhuñjeyya, padīpo jhāyamāno tiṇaṁ jhāpeyya, tiṇaṁ jhāyamānaṁ gharaṁ jhāpeyya, gharaṁ jhāyamānaṁ gāmaṁ jhāpeyya, gāmajano taṁ purisaṁ gahetvā evaṁ vadeyya: kissa tvaṁ bho purisa gāmaṁ jhāpesīti. so evaṁ vadeyya: nāhaṁ bho gāmaṁ jhāpemi, añño so padīpaggi yassāhaṁ ālokena bhuñjiṁ, añño so aggi yena gāmo jhāpito ti; te vivadamānā tava santike āgaccheyyuṁ, kassa tvaṁ mahārāja atthaṁ dhāreyyāsīti. — Gāmajanassa bhante ti. — Kiṁkāraṇā ti. — Kiñcāpi so evaṁ vadeyya, api ca tato eva so aggi nibbatto ti. — Evam eva kho mahārāja kiñcāpi aññaṁ māraṇantikaṁ nāmarūpaṁ aññaṁ paṭisandhismiṁ nāmarūpaṁ, api ca tato yeva taṁ nibbattaṁ, tasmā na mutto pāpakehi kammehīti — Bhiyyo opammaṁ karohīti. — Yathā mahārāja kocid-eva puriso dahariṁ dārikaṁ vāretvā suṅkaṁ datvā pakkameyya, sā

---

[1] jāletvā AC [11] evaṁ ABC. [18] mara- M throughout.

aparena samayena mahatī assa vayappattā, tato añño puriso sunkaṁ datvā vivāhaṁ kareyya, itaro āgantvā evaṁ vadeyya: kissa pana me tvaṁ ambho purisa bhariyaṁ nesîti, so evaṁ vadeyya: nâhaṁ tava bhariyaṁ nemi, aññā sā dārikā daharī taruṇī yā tayā váritā ca dinnasunkā ca, aññā 'yaṁ dārikā mahatī vayappattā mayā váritā ca dinnasunkā câti; te vivadamānā tava santike āgaccheyyuṁ, kassa tvaṁ mahārāja atthaṁ dhāreyyāsîti. — Purimassa bhante ti. — Kinkāraṇā ti. — Kiñcâpi so evaṁ vadeyya, api ca tato yeva sā mahatī nibbattā ti. — Evam-eva kho mahārāja kiñcâpi aññaṁ māraṇantikaṁ nāmarūpaṁ aññaṁ paṭisandhismiṁ nāmarūpaṁ, api ca tato yeva taṁ nibbattaṁ, tasmā na parimutto pāpakehi kammehîti. — Bhiyyo opammaṁ karohîti. — Yathā mahārāja kocid-eva puriso gopālakassa hatthato khīraghaṭaṁ kiṇitvā tass' eva hatthe nikkhipitvā pakkameyya: sve gahetvā gamissāmîti, taṁ aparajju dadhi sampajjeyya, so āgantvā evaṁ vadeyya: dehi me khīraghaṭan-ti, so dadhiṁ dasseyya, itaro evaṁ vadeyya: nâhaṁ tava hatthato dadhiṁ kiṇāmi, dehi me khīraghaṭan-ti, so evaṁ vadeyya: ajānato te khīraṁ dadhi bhūtan-ti; te vivadamānā tava santike āgaccheyyuṁ, kassa tvaṁ mahārāja atthaṁ dhāreyyāsîti. — Gopālakassa bhante ti. — Kinkāraṇā ti. — Kiñcâpi so evaṁ vadeyya, api ca tato yeva taṁ nibbattan-ti. — Evam-eva kho mahārāja kiñcâpi aññaṁ māraṇantikaṁ nāmarūpaṁ aññaṁ paṭisandhismiṁ nāmarūpaṁ, api ca tato yeva taṁ nibbattaṁ, tasmā na parimutto pāpakehi kammehîti. — Kallo si bhante Nāgasenâti.

Rājā āha: Bhante Nāgasena, tvaṁ pana paṭisandahissasîti. — Alaṁ mahārāja, kin-tena pucchitena, nanu mayā paṭigacc' eva akkhātaṁ: sace mahārāja sa-upādāno

21 ajānanto M, ajānata B, ajānataṁ AC. 28 paṭisaṅkareva M, paṭigandeva AC, and so all throughout.

bhavissāmi paṭisandahissāmi, sace anupādāno bhavissāmi na paṭisandahissāmīti. — Opammaṁ karohīti. — Yathā mahārāja kocid-eva puriso rañño adhikāraṁ kāreyya, rājā tuṭṭho adhikāraṁ dadeyya, so tena adhikārena pañcahi kāmaguṇehi samappito samaṅgibhūto paricareyya, so ce janassa āroceyya: na me rājā kiñci paṭikarotīti, kin-nu kho so mahārāja puriso yuttakārī bhaveyyāti. — Na hi bhante ti. — Evam-eva kho mahārāja kin-te etena pucchitena, nanu mayā paṭigacc' eva akkhātaṁ: sace sa-upādāno bhavissāmi paṭisandahissāmi, sace anupādāno bhavissāmi na paṭisandahissāmīti. — Kallo si bhante Nāgasenāti.

Rājā āha: Bhante Nāgasena, yam-pan' etaṁ brūsi: nāmarūpan-ti, tattha katamaṁ nāmaṁ katamaṁ rūpan-ti. — Yaṁ tattha mahārāja oḷārikaṁ etaṁ rūpaṁ, ye tattha sukhumā cittacetasikā dhammā etaṁ nāman-ti. — Bhante Nāgasena, kena kāraṇena nāmaṁ yeva na paṭisandahati rūpaṁ yeva vā ti. — Aññamaññūpanissitā mahārāja ete dhammā, ekato va uppajjantīti. — Opammaṁ karohīti. — Yathā mahārāja kukkuṭiyā kalalaṁ na bhaveyya, aṇḍam-pi na bhaveyya, yañ-ca tattha kalalaṁ yañ-ca aṇḍaṁ ubho p' ete aññamaññanissitā, ekato va nesaṁ uppatti hoti, evam-eva kho mahārāja yadi tattha nāmaṁ na bhaveyya rūpam-pi na bhaveyya, yañ-c' eva tattha nāmaṁ yañ-c' eva rūpaṁ ubho p' ete aññamaññanissitā, ekato va nesaṁ uppatti hoti; evam-etaṁ dīgham-addhānaṁ sambhāvitan-ti. — Kallo si bhante Nāgasenāti.

Rājā āha: Bhante Nāgasena, yam-pan' etaṁ brūsi: dīgham-addhānan-ti, kim-etaṁ addhānaṁ nāmāti. — Atīto mahārāja addhā, anāgato addhā, paccuppanno addhā ti. — Kim-pana bhante addhā atthīti. — Koci mahārāja addhā atthi, koci na-tthīti. — Katamo pana bhante atthi,

---

[3] kareyya M. [10] aññamaññaṁ nissitā C.

katamo na-tthīti. — Ye te mahārāja saṅkhārā atītā vigatā niruddhā vipariṇatā so addhā na-tthi, ye dhammā vipākā ye ca vipākadhammadhammā ye ca aññatra paṭisandhiṁ denti, so addhā atthi, ye sattā kālakatā aññatra uppannā so ca addhā atthi, ye sattā kālakatā aññatra anuppannā so addhā na-tthi, ye ca sattā parinibbutā so ca addhā na-tthi parinibbutattā ti. — Kallo si bhante Nāgasenāti.

Dutiyo vaggo.

Rājā āha: Bhante Nāgasena, atītassa addhānassa kiṁ mūlaṁ, anāgatassa addhānassa kiṁ mūlaṁ, paccuppannassa addhānassa kiṁ mūlan-ti. — Atītassa ca mahārāja addhānassa anāgatassa ca addhānassa paccuppannassa ca addhānassa avijjā mūlaṁ, avijjāpaccayā saṅkhārā, saṅkhārapaccayā viññāṇaṁ, viññāṇapaccayā nāmarūpaṁ, nāmarūpapaccayā saḷāyatanaṁ, saḷāyatanapaccayā phasso, phassapaccayā vedanā, vedanāpaccayā taṇhā, taṇhāpaccayā upādānaṁ, upādānapaccayā bhavo, bhavapaccayā jāti, jātipaccayā jarā-maraṇaṁ soka-parideva-dukkha-domanass-upāyāsā sambhavanti; evam-etassa kevalassa addhānassa purimā koṭi na paññāyatīti. — Kallo si bhante Nāgasenāti.

Rājā āha: Bhante Nāgasena, yam-pan' etaṁ brūsi: purimā koṭi na paññāyatīti, tassa opammaṁ karohīti. — Yathā mahārāja puriso parittaṁ bījaṁ paṭhaviyaṁ nikkhipeyya, tato aṅkuro uṭṭhahitvā anupubbena vuddhiṁ virūḷhiṁ vepullaṁ āpajjitvā phalaṁ dadeyya, tato pi

---

[1] vipākadhammā dhammā C [2] te ca aññatra all.

bījaṁ gahetvā puna ropeyya, tato pi aṅkuro uṭṭhahitvā anupubbena vuḍḍhiṁ virūḷhiṁ vepullaṁ āpajjitvā phalaṁ dadeyya, evam-etissā santatiyā atthi anto ti. — Na-tthi bhante ti. — Evam-eva kho mahārāja addhānassāpi purimā koṭi na paññāyatīti. Bhiyyo opammaṁ karohîti. — Yathā mahārāja kukkuṭiyā aṇḍaṁ, aṇḍato kukkuṭī, kukkuṭiyā aṇḍan-ti evam-etissā santatiyā atthi anto ti. — Na-tthi bhante ti. — Evam-eva kho mahārāja addhānassāpi purimā koṭi na paññāyatîti. Bhiyyo opammaṁ karohîti. — Thero paṭhaviyā cakkaṁ ālikhitvā Milindaṁ rājānaṁ etad-avoca: Atthi mahārāja imassa cakkassa anto ti. — Na-tthi bhante ti. — Evam-eva kho mahārāja imāni cakkāni vuttāni Bhagavatā: cakkhuñ-ca paṭicca rūpe ca uppajjati cakkhuviññāṇaṁ, tiṇṇaṁ saṅgati phasso, phassapaccayā vedanā, vedanāpaccayā taṇhā, taṇhāpaccayā kammaṁ, kammato puna cakkhuṁ jāyati, evam-etissā santatiyā atthi anto ti. — Na-tthi bhante ti. — Sotañ-ca paṭicca sadde ca - pe — manañ-ca paṭicca dhamme ca uppajjati manoviññāṇaṁ, tiṇṇaṁ saṅgati phasso, phassapaccayā vedanā, vedanāpaccayā taṇhā, taṇhāpaccayā kammaṁ, kammato puna mano jāyati, evam-etissā santatiyā atthi anto ti. — Na-tthi bhante ti. — Evam-eva kho mahārāja addhānassāpi purimā koṭi na paññāyatîti. — Kallo 'si bhante Nāgasenâti.

Rājā āha: Bhante Nāgasena, yaṁ pan' etaṁ brūsi: purimā koṭi na paññāyatîti, katamā ca sā purimā koṭîti. — Yo kho mahārāja atīto addhā esā purimā koṭîti. — Bhante Nāgasena, yaṁ pan' etaṁ brūsi: purimā koṭi na paññāyatîti, kim-pana bhante sabbā pi purimā koṭi na paññāyatîti. — Kāci mahārāja paññāyati, kāci na paññāyatîti. — Katamā bhante paññāyati, katamā na paññāyatîti. Ito pubbe mahārāja sabbena sabbaṁ sabbathā sabbaṁ avijjā nâhosîti esā purimā koṭi na paññāyati, yaṁ ahutvā sambhoti hutvā paṭivigacchati esā purimā koṭi paññāyatîti. — Bhante Nāgasena, yaṁ abhutvā sambhoti hutvā paṭivigacchati nanu taṁ ubhato chinnaṁ atthaṁ gacchatîti. — Yadi mahārāja ubhato chinnā atthaṁ gacchati ubhato chinnā sakkā vaḍḍhetun-ti. — Āma, sā pi sakkā vaḍḍhetun-ti. Nāhaṁ bhante etaṁ pucchāmi, koṭito sakkā vaḍḍhetun-ti. — Āma, sakkā vaḍḍhetun-ti. — Opammaṁ karohîti. — Thero tassa rukkhūpamaṁ akāsi: khandhā ca kevalassa dukkhakkhandhassa bījānîti. — Kallo si bhante Nāgasenâti.

Rājā āha: Bhante Nāgasena, atthi keci saṅkhārā ye jāyantîti. — Āma mahārāja, atthi saṅkhārā ye jāyantîti. — Katame te bhante ti. — Cakkhusmiñ-ca kho mahārāja sati rūpesu ca cakkhuviññāṇaṁ hoti, cakkhuviññāṇe sati cakkhusamphasso hoti, cakkhusamphasse sati vedanā hoti, vedanāya sati taṇhā hoti, taṇhāya sati upādānaṁ hoti, upādāne sati bhavo hoti, bhave sati jāti hoti, jātiyā sati jarā-maraṇaṁ soka-parideva-dukkha-domanass-upāyāsā sambhavanti, evam-etassa kevalassa dukkhakkhandhassa samudayo hoti. Cakkhusmiñ-ca kho mahārāja asati rūpesu ca asati cakkhuviññāṇaṁ na hoti, cakkhuviññāṇe asati cakkhusamphasso na hoti, cakkhusamphasse asati vedanā na hoti, vedanāya asati taṇhā na hoti, taṇhāya asati upādānaṁ na hoti, upādāne asati bhavo na hoti, bhave asati jāti na hoti, jātiyā asati jarā-maraṇaṁ soka-parideva-dukkha-domanass-upāyāsā na honti, evam-etassa kevalassa dukkhakkhandhassa nirodho hotîti. — Kallo si bhante Nāgasenâti.

Rājā āha: Bhante Nāgasena, atthi keci saṅkhārā ye abhavantā jāyantîti. — Na-tthi mahārāja keci saṅkhārā ye abhavantā jāyanti, bhavantā yeva kho mahārāja saṅkhārā jāyantîti. — Opammaṁ karohîti. — Taṁ kim-maññasi mahārāja: idaṁ gehaṁ abhavantaṁ jātaṁ yattha

[1] chinnaṁ A. [2] Āma sā pi sakkā vaḍḍhetunti om. C.

tvaṁ nisinno āsīti. — Na-tthi kiñci bhante idha abhavantaṁ jātaṁ, bhavantaṁ yeva jātaṁ, imāni kho bhante dārūni vane ahesuṁ, ayañ-ca mattikā paṭhaviyaṁ ahosi, itthīnañ-ca purisānañ-ca tajjena vāyāmena evam-idaṁ gehaṁ nibbattan-ti. — Evam-eva kho mahārāja na-tthi keci saṅkhārā ye abhavantā jāyanti, bhavantā yeva saṅkhārā jāyantīti. — Bhiyyo opammaṁ karohīti. — Yathā mahārāja ye keci bījagāma-bhūtagāmā paṭhaviyaṁ nikkhittā anupubbena vuddhiṁ virūḷhiṁ vepullaṁ āpajjamānā pupphāni ca phalāni ca dadeyyuṁ na te rukkhā abhavantā jātā, bhavantā yeva te rukkhā jātā, evam-eva kho mahārāja na-tthi keci saṅkhārā ye abhavantā jāyanti, bhavantā yeva [te] saṅkhārā jāyantīti. — Bhiyyo opammaṁ karohīti. — Yathā mahārāja kumbhakāro paṭhaviyā mattikaṁ uddharitvā nānābhājanāni karoti, na tāni bhājanāni abhavantāni jātāni, bhavantāni yeva jātāni, evam-eva kho mahārāja na-tthi keci saṅkhārā ye abhavantā jāyanti, bhavantā yeva saṅkhārā jāyantīti. — Bhiyyo opammaṁ karohīti. — Yathā mahārāja vīṇāya pattaṁ na siyā, cammaṁ na siyā, doṇi na siyā, daṇḍo na siyā, upavīṇo na siyā, tantiyo na siyuṁ, koṇo na siyā, purisassa ca tajjo vāyāmo na siyā, jāyeyya saddo ti. — Na hi bhante ti. — Yato ca kho mahārāja vīṇāya pattaṁ siyā, cammaṁ siyā, doṇi siyā, daṇḍo siyā, upavīṇo siyā, tantiyo siyuṁ, koṇo siyā, purisassa ca tajjo vāyāmo siyā, jāyeyya saddo ti. — Āma bhante, jāyeyyāti. — Evam-eva kho mahārāja na-tthi keci saṅkhārā ye abhavantā jāyanti, bhavantā yeva kho saṅkhārā jāyantīti. — Bhiyyo opammaṁ karohīti. — Yathā mahārāja araṇi na siyā, araṇipotako na siyā, araṇiyottakaṁ na siyā, uttarāraṇi na siyā, coḷakaṁ na siyā, purisassa ca tajjo vāyāmo na siyā, jāyeyya aggīti. — Na hi bhante ti. — Yato ca kho mahārāja araṇi siyā, araṇipotako siyā, araṇiyottakaṁ siyā, uttarāraṇi siyā, coḷakaṁ siyā, purisassa ca tajjo vāyāmo siyā, jāyeyya so aggīti. — Āma bhante, jāyeyyāti. — Evam-eva kho mahārāja na-tthi keci saṅkhārā ye abhavantā jāyanti, bhavantā yeva kho saṅkhārā jāyantīti. — Bhiyyo opammaṁ karohīti. — Yathā mahārāja maṇi na siyā, ātapo na siyā, gomayaṁ na siyā, jāyeyya so aggīti. — Na hi bhante ti. — Yato ca kho mahārāja maṇi siyā, ātapo siyā, gomayaṁ siyā, jāyeyya aggīti. — Āma bhante, jāyeyyāti. — Evam-eva kho mahārāja na-tthi keci saṅkhārā ye abhavantā jāyanti, bhavantā yeva kho saṅkhārā jāyantīti. — Bhiyyo opammaṁ karohīti. — Yathā mahārāja ādāso na siyā, ābhā na siyā, mukhaṁ na siyā, jāyeyya attā ti. — Na hi bhante ti. — Yato ca kho mahārāja ādāso siyā, ābhā siyā, mukhaṁ siyā, jāyeyya attā ti. — Āma bhante, jāyeyyāti. — Evam-eva kho mahārāja na-tthi keci saṅkhārā ye abhavantā jāyanti, bhavantā yeva kho saṅkhārā jāyantīti. — Kallo si bhante Nāgasenāti.

Rājā āha: Bhante Nāgasena, vedagū upalabbhatīti. — Ko pan' esa mahārāja vedagū nāmāti. — Yo bhante abbhantare jīvo cakkhunā rūpaṁ passati, sotena saddaṁ suṇāti, ghānena gandhaṁ ghāyati, jivhāya rasaṁ sāyati, kāyena phoṭṭhabbaṁ phusati, manasā dhammaṁ vijānāti, — yathā mayaṁ idha pāsāde nisinnā yena yena vātapānena iccheyyāma passituṁ tena tena vātapānena passeyyāma, puratthimena pi vātapānena passeyyāma, pacchimena pi vātapānena passeyyāma, uttarena pi vātapānena passeyyāma, dakkhiṇena pi vātapānena passeyyāma, — evam-eva kho bhante ayaṁ abbhantare jīvo yena yena dvārena icchati passituṁ tena tena dvārena passatīti. — Thero āha: Pañcadvāraṁ mahārāja bhaṇissāmi, taṁ suṇohi, sādhukaṁ manasikarohi: Yadi abbhantare jīvo cakkhunā rūpaṁ passati, yathā mayaṁ idha pāsāde nisinnā yena yena vātapānena iccheyyāma passituṁ tena tena vātapānena rūpaṁ yeva passeyyāma, puratthimena pi vātapānena rūpaṁ yeva passeyyāma, pacchimena pi vātapānena rūpaṁ yeva passeyyāma, uttarena pi vātapānena rūpaṁ yeva passeyyāma, dakkhiṇena pi vātapānena rūpaṁ yeva passeyyāma, evam-etena abbhantare jīvena [cakkhunā pi rūpaṁ yeva passitabbaṁ,] sotena pi rūpaṁ yeva passitabbaṁ, ghānena pi rūpaṁ yeva passitabbaṁ, jivhāya pi rūpaṁ yeva passitabbaṁ, kāyena pi rūpaṁ yeva passitabbaṁ, manasā pi rūpaṁ yeva passitabbaṁ; cakkhunā pi saddo yeva sotabbo, ghānena pi saddo yeva sotabbo, jivhāya pi saddo yeva sotabbo, kāyena pi saddo yeva sotabbo, manasā pi saddo yeva sotabbo; cakkhunā pi gandho yeva ghāyitabbo, sotena pi gandho yeva ghāyitabbo, jivhāya pi gandho yeva ghāyitabbo, kāyena pi gandho yeva ghāyitabbo, manasā pi gandho yeva ghāyitabbo; cakkhunā pi raso yeva sāyitabbo, sotena pi raso yeva sāyitabbo, ghānena pi raso yeva sāyitabbo, kāyena pi raso yeva sāyitabbo, manasā pi raso yeva sāyitabbo; cakkhunā pi phoṭṭhabbaṁ yeva phusitabbaṁ, sotena pi phoṭṭhabbaṁ yeva phusitabbaṁ, ghānena pi phoṭṭhabbaṁ yeva phusitabbaṁ, jivhāya pi phoṭṭhabbaṁ yeva phusitabbaṁ, manasā pi phoṭṭhabbaṁ yeva phusitabbaṁ; cakkhunā pi dhammaṁ yeva vijānitabbaṁ, sotena pi dhammaṁ yeva vijānitabbaṁ, ghānena pi dhammaṁ yeva vijānitabbaṁ, jivhāya pi dhammaṁ yeva vijānitabbaṁ, kāyena pi dhammaṁ yeva vijānitabban-ti. — Na hi bhante ti. — Na kho te mahārāja yujjati purimena vā pacchimaṁ pacchimena vā purimaṁ. Yathā vā pana mahārāja mayaṁ idha pāsāde nisinnā imesu jālavātapānesu ugghāṭitesu mahantena ākāsena bahimukhā suṭṭhutaraṁ rūpaṁ passāma, evam-etena abbhantare jīvenāpi cakkhudvāresu ugghāṭitesu mahantena ākāsena suṭṭhutaraṁ rūpaṁ passitabbaṁ, sotesu ugghāṭitesu ghāne ugghāṭite jivhāya ugghāṭitāya kāye ugghāṭite mahantena ākāsena suṭṭhutaraṁ saddo sotabbo, gandho ghāyitabbo, raso sāyitabbo, phoṭṭhabbo phusitabbo ti. — Na hi bhante ti. — Na kho te mahārāja yujjati purimena vā pacchimaṁ pacchimena vā purimaṁ. Yathā vā pana mahārāja ayaṁ Dinno nikkhamitvā bahidvārakoṭṭhake tiṭṭheyya, jānāsi tvaṁ mahārāja: ayaṁ Dinno nikkhamitvā bahidvārakoṭṭhake ṭhito ti. — Āma bhante, jānāmīti. — Yathā vā pana mahārāja ayaṁ Dinno anto pavisitvā tava purato tiṭṭheyya, jānāsi tvaṁ mahārāja: ayaṁ Dinno anto pavisitvā mama purato ṭhito ti. — Āma bhante, jānāmīti. — Evam-eva kho mahārāja abbhantare so jīvo jivhāya rase nikkhitte jāneyya: ambilattaṁ vā lavaṇattaṁ vā tittakattaṁ vā kaṭukattaṁ vā kasāyattaṁ vā madhurattaṁ vā ti. — Āma bhante, jāneyyāti. — Te rase anto paviṭṭhe jāneyya: ambilattaṁ vā lavaṇattaṁ vā tittakattaṁ vā kaṭukattaṁ vā kasāyattaṁ vā madhurattaṁ vā ti. Na hi bhante ti. — Na kho te mahārāja yujjati purimena vā pacchimaṁ pacchimena vā purimaṁ. Yathā mahārāja kocid-eva puriso madhughaṭasataṁ āharāpetvā madhudoṇiṁ pūrāpetvā purisassa mukhaṁ pidahitvā madhudoṇiyā pakkhipeyya, jāneyya so mahārāja puriso: madhu sampannaṁ vā na sampannaṁ vā ti. — Na hi bhante ti. — Kena kāraṇenāti. — Na hi tassa bhante mukhe madhu paviṭṭhan-ti. — Na kho te mahārāja yujjati purimena vā pacchimaṁ pacchimena vā purimaṁ-ti. — Nāhaṁ paṭibalo tayā vādinā saddhiṁ sallapituṁ; sādhu, atthaṁ jappehīti. — Thero Abhidhammasaṁyuttāya kathāya rājānaṁ Milindaṁ saññāpesi: Idha mahārāja cakkhuñ-ca paṭicca rūpe ca uppajjati cakkhuviññāṇaṁ, taṁsahajātā phasso vedanā saññā cetanā ekaggatā jīvitindriyaṁ manasikāro ti evam-ete dhammā paccayato jāyanti, na h' ettha vedagū upalabbhati; sotañ-ca paṭicca sadde ca — pe — manañ-ca paṭicca dhamme ca uppajjati manoviññāṇaṁ, taṁsahajātā phasso vedanā saññā cetanā

---

[8] [8] -koṭṭake B. [26] [26] taṁsahajāta- ACM.

ekaggatā jīvitindriyaṁ manasikāro ti evam-ete dhammā paccayato jāyanti, na h' ettha vedagū upalabbhatîti. — Kallo si bhante Nāgasenāti.

Rājā āha: Bhante Nāgasena, yattha cakkhuviññāṇaṁ uppajjati tattha manoviññāṇam-pi uppajjatîti. — Āma mahārāja, yattha cakkhuviññāṇaṁ uppajjati tattha manoviññāṇam-pi uppajjatîti. — Kin-nu kho bhante Nāgasena paṭhamaṁ cakkhuviññāṇaṁ uppajjati pacchā manoviññāṇaṁ, udāhu manoviññāṇaṁ paṭhamaṁ uppajjati pacchā cakkhuviññāṇan-ti. — Paṭhamaṁ mahārāja cakkhuviññāṇaṁ uppajjati pacchā manoviññāṇan-ti. — Kin-nu kho bhante Nāgasena cakkhuviññāṇaṁ manoviññāṇaṁ āṇāpeti: yatthâhaṁ uppajjāmi tvam-pi tattha uppajjāhîti, udāhu manoviññāṇaṁ cakkhuviññāṇaṁ āṇāpeti: yattha tvaṁ uppajjissasi aham-pi tattha uppajjissāmîti. — Na hi mahārāja, anallāpo tesaṁ aññamaññehîti. — Katham-bhante Nāgasena yattha cakkhuviññāṇaṁ uppajjati tattha manoviññāṇam-pi uppajjatîti. — Ninnattā ca mahārāja dvārattā ca ciṇṇattā ca samudācaritattā câti. — Katham-bhante Nāgasena ninnattā yattha cakkhuviññāṇaṁ uppajjati tattha manoviññāṇam-pi uppajjati, opammaṁ karohîti. — Taṁ kim-maññasi mahārāja: deve vassante katamena udakaṁ gaccheyyâti. — Yena bhante ninnaṁ tena gaccheyyâti. — Athâparena samayena devo vasseyya, katamena taṁ udakaṁ gaccheyyâti. — Yena bhante purimaṁ udakaṁ gataṁ tam-pi tena gaccheyyâti. — Kin-nu kho mahārāja purimaṁ udakaṁ pacchimaṁ udakaṁ āṇāpeti: yenâhaṁ gacchāmi tvam-pi tena gacchāhîti, pacchimaṁ vā udakaṁ purimaṁ udakaṁ āṇāpeti: yena tvaṁ gacchissasi aham-pi tena gacchissāmîti. — Na hi bhante, anālāpo tesaṁ aññamaññehi, ninnattā gacchantîti. — Evam-eva kho mahārāja ninnattā yattha cakkhuviññāṇaṁ uppajjati tattha manoviññāṇam-pi uppajjati, na cakkhu-

---

[11] anālāpo, so M throughout, AKC only here.

viññāṇaṁ manoviññāṇaṁ āṇāpeti: yatthāhaṁ uppajjāmi tvam-pi tattha uppajjāhīti, na pi manoviññāṇaṁ cakkhuviññāṇaṁ āṇāpeti: yattha tvaṁ uppajjissasi aham-pi tattha uppajjissāmīti, anālāpo tesaṁ aññamaññehi, ninnattā uppajjantīti. — Kathaṁ bhante Nāgasena dvārattā yattha cakkhuviññāṇaṁ uppajjati tattha manoviññāṇam-pi uppajjati, opammaṁ karohīti. — Taṁ kiṁ maññasi mahārāja: rañño paccantimaṁ nagaraṁ daḷhapākāratoraṇaṁ ekadvāraṁ, tato puriso nikkhamitukāmo bhaveyya, katamena nikkhameyyāti. — Dvārena bhante nikkhameyyāti. — Athāparo puriso nikkhamitukāmo bhaveyya, katamena so nikkhameyyāti. — Yena bhante purimo puriso nikkhanto so pi tena nikkhameyyāti. — Kin-nu kho mahārāja purimo puriso pacchimaṁ purisaṁ āṇāpeti: yenāhaṁ gacchāmi tvam-pi tena gacchāhīti, pacchimo vā puriso purimaṁ purisaṁ āṇāpeti: yena tvaṁ gacchissasi aham-pi tena gacchissāmīti. — Na hi bhante, anālāpo tesaṁ aññamaññehi, dvārattā gacchantīti. — Evam-eva kho mahārāja dvārattā yattha cakkhuviññāṇaṁ uppajjati tattha manoviññāṇam-pi uppajjati, na ca cakkhuviññāṇaṁ manoviññāṇaṁ āṇāpeti: yatthāhaṁ uppajjāmi tvam-pi tattha uppajjāhīti, nāpi manoviññāṇaṁ cakkhuviññāṇaṁ āṇāpeti: yattha tvaṁ uppajjissasi aham-pi tattha uppajjissāmīti, anālāpo tesaṁ aññamaññehi, dvārattā uppajjantīti. — Kathaṁ bhante Nāgasena ciṇṇattā yattha cakkhuviññāṇaṁ uppajjati tattha manoviññāṇam-pi uppajjati, opammaṁ karohīti. — Taṁ kiṁ maññasi mahārāja: paṭhamaṁ ekaṁ sakaṭaṁ gaccheyya, atha dutiyaṁ sakaṭaṁ katamena gaccheyyāti. — Yena bhante purimaṁ sakaṭaṁ gataṁ tam-pi tena gaccheyyāti. — Kin-nu kho mahārāja purimaṁ sakaṭaṁ pacchimaṁ sakaṭaṁ āṇāpeti: yenāhaṁ gacchāmi tvam-pi tena gacchāhīti, pacchimaṁ

---

[14] uppajjatīti all.

vā sakaṭaṁ purimaṁ sakaṭaṁ āṇāpeti: yena tvaṁ gacchissasi aham-pi tena gacchissāmīti. — Na hi bhante, anālāpo tesaṁ aññamaññehi, ciṇṇattā gacchantīti. — Evam-eva kho mahārāja ciṇṇattā yattha cakkhuviññāṇaṁ uppajjati tattha manoviññāṇam-pi uppajjati, na ca cakkhuviññāṇaṁ manoviññāṇaṁ āṇāpeti: yatthâhaṁ uppajjāmi tvam-pi tattha uppajjāhīti, nāpi manoviññāṇaṁ cakkhuviññāṇaṁ āṇāpeti: yattha tvaṁ uppajjissasi aham-pi tattha uppajjissāmīti, anālāpo tesaṁ aññamaññehi, ciṇṇattā uppajjantīti. — Katham-bhante Nāgasena samudācaritattā yattha cakkhuviññāṇaṁ uppajjati tattha manoviññāṇam-pi uppajjati, opammaṁ karohīti. — Yathā mahārāja muddā-gaṇanā-saṅkhā-lekhā-sippaṭṭhānesu ādikammikassa dandhāyanā bhavati, athâparena samayena nisammakiriyāya samudācaritattā adandhāyanā bhavati, evam-eva kho mahārāja samudācaritattā yattha cakkhuviññāṇaṁ uppajjati tattha manoviññāṇaṁ-pi uppajjati, na ca cakkhuviññāṇaṁ manoviññāṇaṁ āṇāpeti: yatthâhaṁ uppajjāmi tvam-pi tattha uppajjāhīti, nāpi manoviññāṇaṁ cakkhuviññāṇaṁ āṇāpeti: yattha tvaṁ uppajjissasi aham-pi tattha uppajjissāmīti, anālāpo tesaṁ aññamaññehi, samudācaritattā uppajjantīti. — Bhante Nāgasena, yattha sotaviññāṇaṁ uppajjati tattha manoviññāṇam-pi uppajjati — pe — yattha ghānaviññāṇaṁ uppajjati, yattha jivhāviññāṇaṁ uppajjati, yattha kāyaviññāṇaṁ uppajjati tattha manoviññāṇam-pi uppajjatīti. — Āma mahārāja, yattha kāyaviññāṇaṁ uppajjati tattha manoviññāṇam-pi uppajjatîti. — Kin-nu kho bhante Nāgasena paṭhamaṁ kāyaviññāṇaṁ uppajjati pacchā manoviññāṇaṁ, udāhu manoviññāṇaṁ paṭhamaṁ uppajjati pacchā kāyaviññāṇan-ti. — Kāyaviññāṇaṁ mahārāja paṭhamaṁ uppajjati pacchā manoviññāṇan-ti. — Kin-nu kho bhante Nāgasena — pe

---

[28] uppajjatîti all.

— anālāpo tesaṁ aññamaññehi, samudācaritattā uppajjantīti. — Kallo si bhante Nāgasenāti.

Rājā āha: Bhante Nāgasena, yattha manoviññāṇaṁ uppajjati vedanā pi tattha uppajjatīti. — Āma mahārāja, yattha manoviññāṇaṁ uppajjati, phasso pi tattha uppajjati, vedanā pi tattha uppajjati, saññā pi tattha uppajjati, cetanā pi tattha uppajjati, vitakko pi tattha uppajjati, vicāro pi tattha uppajjati, sabbe pi phassapamukhā dhammā tattha uppajjantīti.

Bhante Nāgasena, kiṁlakkhaṇo phasso ti. — Phusanalakkhaṇo mahārāja phasso ti. — Opammaṁ karohīti. — Yathā mahārāja dve meṇḍā yujjheyyuṁ, tesu yathā eko meṇḍo evaṁ cakkhu daṭṭhabbaṁ, yathā dutiyo meṇḍo evaṁ rūpaṁ daṭṭhabbaṁ, yathā tesaṁ sannipāto evaṁ phasso daṭṭhabbo ti. — Bhiyyo opammaṁ karohīti. — Yathā mahārāja dve pāṇī vajjeyyuṁ, tesu yathā eko pāṇi evaṁ cakkhu daṭṭhabbaṁ, yathā dutiyo pāṇi evaṁ rūpaṁ daṭṭhabbaṁ, yathā tesaṁ sannipāto evaṁ phasso daṭṭhabbo ti. — Bhiyyo opammaṁ karohīti. — Yathā mahārāja dve sammā vajjeyyuṁ, tesu yathā eko sammo evaṁ cakkhu daṭṭhabbaṁ, yathā dutiyo sammo evaṁ rūpaṁ daṭṭhabbaṁ, yathā tesaṁ sannipāto evaṁ phasso daṭṭhabbo ti. — Kallo si bhante Nāgasenāti.

Bhante Nāgasena, kiṁlakkhaṇā vedanā ti. — Vedayitalakkhaṇā mahārāja vedanā anubhavanalakkhaṇā cāti. — Opammaṁ karohīti. — Yathā mahārāja koci-d-eva puriso rañño adhikāraṁ kareyya, tassa rājā tuṭṭho adhikāraṁ dadeyya, so tena adhikārena pañcahi kāmaguṇehi samappito samaṅgibhūto paricareyya, tassa evam-assa: mayā kho pubbe rañño adhikāro kato, tassa me rājā tuṭṭho adhikāraṁ adāsi, svāhaṁ tatonidānaṁ imaṁ evarūpaṁ vedanaṁ vediyāmīti; — yathā vā pana mahārāja

---

[11] anubhavalak- AC in both places.

kocid-eva puriso kusalaṁ kammaṁ katvā kāyassa bhedā param-maraṇā sugatiṁ saggaṁ lokaṁ uppajjeyya, so tattha dibbehi pañcahi kāmaguṇehi samappito samangibhūto paricareyya, tassa evam-assa: ahaṁ kho pubbe kusalaṁ kammaṁ akāsiṁ, so 'haṁ tatonidānaṁ imaṁ evarūpaṁ vedanaṁ vediyāmīti; — evam-eva kho mahārāja vedayitalakkhaṇā c' eva vedanā anubhavanalakkhaṇā cāti. — Kallo si bhante Nāgasenāti.

Bhante Nāgasena, kiṁlakkhaṇā saññā ti. — Sañjānanalakkhaṇā mahārāja saññā; kiṁ sañjānāti: nīlam-pi sañjānāti, pītam-pi sañjānāti, lohitam-pi sañjānāti, odātam-pi sañjānāti, mañjeṭṭham-pi sañjānāti; evaṁ kho mahārāja sañjānanalakkhaṇā saññā ti. — Opammaṁ karohiti. — Yathā mahārāja rañño bhaṇḍāgāriko bhaṇḍāgāraṁ pavisitvā nīla-pīta-lohit-odāta-mañjeṭṭhāni rājabhogāni rūpāni passitvā sañjānāti, evam-eva kho mahārāja sañjānanalakkhaṇā saññā ti. — Kallo si bhante Nāgasenāti.

Bhante Nāgasena, kiṁlakkhaṇā cetanā ti. — Cetayitalakkhaṇā mahārāja cetanā abhisaṅkharaṇalakkhaṇā cāti. — Opammaṁ karohīti. — Yathā mahārāja kocid-eva puriso visaṁ abhisankharitvā attanā ca piveyya pare ca pāyeyya, so attanā pi dukkhito bhaveyya, pare pi dukkhitā bhaveyyuṁ, evam-eva kho mahārāja idh' ekacco puggalo akusalaṁ kammaṁ cetanāya cetayitvā kāyassa bhedā param-maraṇā apāyaṁ duggatiṁ vinipātaṁ nirayaṁ uppajjeyya, ye pi tassa anusikkhanti te pi kāyassa bhedā param-maraṇā apāyaṁ duggatiṁ vinipātaṁ nirayaṁ uppajjanti. Yathā vā pana mahārāja kocid-eva puriso sappi-navanīta-tela-madhu-phāṇitaṁ ekajjhaṁ abhisankharitvā attanā ca piveyya pare ca pāyeyya, so attanā pi sukhito bhaveyya, pare pi sukhitā bhaveyyuṁ,

[1] pañca BM. [17] upapajj- M throughout (mostly written uppapajj-).

evam-eva kho mahārāja idh' ekacco puggalo kusalaṁ kammaṁ cetanāya cetayitvā kāyassa bhedā param-maraṇā sugatiṁ saggaṁ lokaṁ uppajjati, ye pi tassa anusikkhanti te pi kāyassa bhedā param-maraṇā sugatiṁ saggaṁ lokaṁ uppajjanti. Evaṁ kho mahārāja cetayitalakkhaṇā cetanā abhisaṅkharaṇalakkhaṇā cāti. — Kallo si bhante Nāgasenāti.

Bhante Nāgasena, kiṁlakkhaṇaṁ viññāṇan-ti. — Vijānanalakkhaṇaṁ mahārāja viññāṇan-ti. — Opammaṁ karohīti. — Yathā mahārāja nagaraguttiko majjhe nagare siṅghāṭake nisinno passeyya puratthimadisato purisaṁ āgacchantaṁ, passeyya dakkhiṇadisato purisaṁ āgacchantaṁ, passeyya pacchimadisato purisaṁ āgacchantaṁ, passeyya uttaradisato purisaṁ āgacchantaṁ, evam-eva kho mahārāja yañ-ca puriso cakkhunā rūpaṁ passati taṁ viññāṇena vijānāti, yañ-ca sotena saddaṁ suṇāti taṁ viññāṇena vijānāti, yañ-ca ghānena gandhaṁ ghāyati taṁ viññāṇena vijānāti, yañ-ca jivhāya rasaṁ sāyati taṁ viññāṇena vijānāti, yañ-ca kāyena phoṭṭhabbaṁ phusati taṁ viññāṇena vijānāti, yañ-ca manasā dhammaṁ vijānāti taṁ viññāṇena vijānāti. Evaṁ kho mahārāja vijānanalakkhaṇaṁ viññāṇan-ti. Kallo si bhante Nāgasenāti.

Bhante Nāgasena, kiṁlakkhaṇo vitakko ti. — Appanālakkhaṇo mahārāja vitakko ti. — Opammaṁ karohīti. — Yathā mahārāja vaḍḍhaki suparikammakataṁ dāruṁ sandhismiṁ appeti, evaṁ kho mahārāja appanālakkhaṇo vitakko ti. — Kallo si bhante Nāgasenāti.

Bhante Nāgasena, kiṁlakkhaṇo vicāro ti. — Anumajjanalakkhaṇo mahārāja vicāro ti. — Opammaṁ karohīti. — Yathā mahārāja kaṁsathālaṁ ākoṭitaṁ pacchā

---

[1] evameva kho all. [21] evameva kho AM. [24] vaḍḍhakī AC. [28] kaṁsatalaṁ C.

anuravati anusaudahati; yathā mahārāja ākoṭanā evaṁ vitakko daṭṭhabbo, yathā anuravanā evaṁ vicāro daṭṭhabbo ti. — Kallo si bhante Nāgasenāti.

Tatiyo vaggo.

Rājā āha: Bhante Nāgasena, sakkā imesaṁ dhammānaṁ ekatobhāvan-gatānaṁ vinibbhujitvā vinibbhujitvā nānākaraṇaṁ paññāpetuṁ: ayaṁ phasso, ayaṁ vedanā, ayaṁ saññā, ayaṁ cetanā, idaṁ viññānaṁ, ayaṁ vitakko, ayaṁ vicāro ti. — Na sakkā mahārāja imesaṁ dhammānaṁ ekatobhāvan-gatānaṁ vinibbhujitvā vinibbhujitvā nānākaraṇaṁ paññāpetuṁ: ayaṁ phasso, ayaṁ vedanā, ayaṁ saññā, ayaṁ cetanā, idaṁ viññāṇaṁ, ayaṁ vitakko, ayaṁ vicāro ti. — Opammaṁ karohīti. Yathā mahārāja rañño sūdo yūsaṁ vā rasaṁ vā kareyya, so tattha dadhim-pi pakkhipeyya, loṇam pi pakkhipeyya, singiveram-pi pakkhipeyya, jīrakam-pi pakkhipeyya, maricam-pi pakkhipeyya, aññāni pi pakārāni pakkhipeyya; tam-enaṁ rājā evaṁ vadeyya: dadhissa me rasaṁ āhara, loṇassa me rasaṁ āhara, singiverassa me rasaṁ āhara, jīrakassa me rasaṁ āhara, maricassa me rasaṁ āhara, sabbesaṁ me pakkhittānaṁ rasaṁ āharāti; sakkā nu kho mahārāja tesaṁ rasānaṁ ekatobhāvan-gatānaṁ vinibbhujitvā vinibbhujitvā rasaṁ āharituṁ: ambilattaṁ vā lavaṇattaṁ vā tittattaṁ vā kaṭukattaṁ vā kasāyattaṁ vā madhurattaṁ vā ti. Na hi bhante sakkā tesaṁ rasānaṁ ekatobhā-

---

[6] -bhāvagat- C twice, M throughout. [7] nānākāraṇaṁ B once, M throughout. [12] tittakattaṁ A in both places.

van-gatānaṁ vinibbhujitvā vinibbhujitvā rasaṁ āharituṁ: ambilattaṁ vā lavaṇattaṁ vā tittattaṁ vā kaṭukattaṁ vā kasāyattaṁ vā madhurattaṁ vā, api ca kho pana sakena sakena lakkhaṇena upaṭṭhahantîti. — Evam-eva kho mahārāja na sakkā imesaṁ dhammānaṁ ekatobhāvan-gatānaṁ vinibbhujitvā vinibbhujitvā nānākaraṇaṁ paññāpetuṁ: ayaṁ phasso, ayaṁ vedanā, ayaṁ saññā, ayaṁ cetanā, idaṁ viññāṇaṁ, ayaṁ vitakko, ayaṁ vicāro ti, api ca kho pana sakena sakena lakkhaṇena upaṭṭhahantîti. — Kallo si bhante Nāgasenâti.

Thero āha: Loṇaṁ mahārāja cakkhuviññeyyan-ti. — Āma bhante, cakkhuviññeyyan-ti. — Suṭṭhu kho mahārāja jānāhîti. — Kiṁ-pana bhante jivhāviññeyyan-ti. — Āma mahārāja, jivhāviññeyyan-ti. — Kiṁ-pana bhante sabbaṁ loṇaṁ jivhāya vijānātîti. — Āma mahārāja, sabbaṁ loṇaṁ jivhāya vijānātîti. — Yadi bhante sabbaṁ loṇaṁ jivhāya vijānāti, kissa pana taṁ sakaṭehi balivaddā āharanti, nanu loṇam-eva āharitabban-ti. — Na sakkā mahārāja loṇam-eva āharituṁ, ekatobhāvan-gatā ete dhammā, gocaranānattan-gatā: loṇaṁ garubhāvo câti. Sakkā pana mahārāja loṇaṁ tulāya tulayitun-ti. — Āma bhante, sakkā ti. — Na sakkā mahārāja loṇaṁ tulāya tulayituṁ, garubhāvo tulāya tulîyatîti. — Kallo si bhante Nāgasenâti.

Nāgasena-Milindarāja-pañhā niṭṭhitā.

---

13 jānesîti AC. 23 -rājamahāpañhā AC.

Rājā āha: Bhante Nāgasena, yān' imāni pañc' āyatanāni kin-nu tāni nānākammehi nibbattāni udāhu ekena kammenāti. — Nānākammehi mahārāja nibbattāni, na ekena kammenāti. — Opammaṁ karohīti. — Taṁ kiṁ maññasi mahārāja: ekasmiṁ khette pañca bījāni vapeyyuṁ, tesaṁ nānābījānaṁ nānāphalāni nibbatteyyun-ti. — Āma bhante, nibbatteyyun-ti. — Evam-eva kho mahārāja yān' imāni pañc' āyatanāni tāni nānākammehi nibbattāni, na ekena kammenāti. — Kallo si bhante Nāgasenāti.

Rājā āha: Bhante Nāgasena, kena kāraṇena manussā na sabbe samakā, aññe appāyukā aññe dīghāyukā, aññe bavhābādhā aññe appābādhā, aññe dubbaṇṇā aññe vaṇṇavanto, aññe appesakkhā aññe mahesakkhā, aññe appabhogā aññe mahābhogā, aññe nīcakulīnā aññe mahākulīnā, aññe duppaññā aññe paññāvanto ti. Thero āha: Kissa pana mahārāja rukkhā na sabbe samakā, aññe ambilā aññe lavaṇā aññe tittakā aññe kaṭukā aññe kasāvā aññe madhurā ti. — Maññāmi bhante bījānaṁ nānākaraṇenāti. — Evam-eva kho mahārāja kammānaṁ nānākaraṇena manussā na sabbe samakā, aññe appāyukā aññe dīghāyukā, aññe bavhābādhā aññe appābādhā, aññe dubbaṇṇā aññe vaṇṇavanto, aññe appesakkhā aññe mahesakkhā, aññe appabhogā aññe mahābhogā, aññe nīcakulīnā aññe mahākulīnā, aññe duppaññā aññe paññāvanto. Bhāsitam-p' etaṁ mahārāja Bhagavatā: Kammassakā māṇava sattā, kammadāyādā kammayonī kammabandhū kammapaṭisaraṇā, kammaṁ satte vibhajati, yad-idaṁ hīnappaṇītatāyāti. — Kallo si bhante Nāgasenāti.

Rājā āha: Bhante Nāgasena, tumhe bhaṇatha: kin-ti imaṁ dukkhaṁ nirujjheyya aññañ-ca dukkhaṁ na uppaj-

---

[19] bahvāb- M throughout, C once; bavhābādh- B in both places. [20] paññavanto M in both places, B once. [21] -yoni -bandhu all [22] hīnaṁ M.

jeyyāti. — Etadatthā mahārāja amhākaṁ pabbajjā ti. — Kiṁ paṭigacc' eva vāyamitena, nanu sampatte kāle vāyamitabban-ti. — Thero āha: Sampatte kāle mahārāja vāyāmo akiccakaro bhavati, paṭigacc' eva vāyāmo kiccakaro bhavatīti. — Opammaṁ karohīti. — Taṁ kiṁ-maññasi mahārāja: yadā tvaṁ pipāsito bhaveyyāsi tadā tvaṁ udapānaṁ khaṇāpeyyāsi taḷākaṁ khaṇāpeyyāsi: pānīyaṁ pivissāmīti. — Na hi bhante ti. — Evam-eva kho mahārāja sampatte kāle vāyāmo akiccakaro bhavati, paṭigacc' eva vāyāmo kiccakaro bhavatīti. — Bhiyyo opammaṁ karohīti. — Taṁ kim-maññasi mahārāja: yadā tvaṁ bubhukkhito bhaveyyāsi tadā tvaṁ khettaṁ kasāpeyyāsi sāliṁ ropāpeyyāsi dhaññaṁ atiharāpeyyāsi: bhattaṁ bhuñjissāmīti. — Na hi bhante ti. — Evam-eva kho mahārāja sampatte kāle vāyāmo akiccakaro bhavati, paṭigacc' eva vāyāmo kiccakaro bhavatīti. — Bhiyyo opammaṁ karohīti. — Taṁ kim-maññasi mahārāja: yadā te saṅgāmo paccupaṭṭhito bhaveyya tadā tvaṁ parikhaṁ khaṇāpeyyāsi pākāraṁ kārāpeyyāsi gopuraṁ kārāpeyyāsi aṭṭālakaṁ kārāpeyyāsi dhaññaṁ atiharāpeyyāsi, tadā tvaṁ hatthismiṁ sikkheyyāsi assasmiṁ sikkheyyāsi rathasmiṁ sikkheyyāsi dhanusmiṁ sikkheyyāsi tharusmiṁ sikkheyyāsīti. — Na hi bhante ti. — Evam-eva kho mahārāja sampatte kāle vāyāmo akiccakaro bhavati, paṭigacc' eva vāyāmo kiccakaro bhavati. Bhāsitam-p' etaṁ mahārāja Bhagavatā:

Paṭigacc' eva taṁ kayirā yaṁ jaññā hitam-attano;
na sākaṭikacintāya, mantā dhīro parakkame.
Yathā sākaṭiko nāma samaṁ hitvā mahāpathaṁ
visamaṁ maggam-āruyha akkhacchinno va jhāyati.

---

[1] etadatthāya AM [2] for paṭigacc' eva see p. 45. [3] aṭṭālaṁ A.

Evaṁ dhammā apakkamma adhammam-anuvattiya mano maccumukhaṁ patto akkhacchinno va socatîti. —

Kallo si bhante Nāgasenâti.

Rājā āha: Bhante Nāgasena, tumhe bhaṇatha: pākatikaaggito nerayiko aggi mahābhitāpataro hoti, khuddako pi pāsāṇo pākatike aggimhi pakkhitto divasam-pi dhamamāno na vilayaṁ gacchati, kūṭāgāramatto pi pāsāṇo nerayikaggimhi pakkhitto khaṇena vilayaṁ gacchatîti; etaṁ vacanaṁ na saddahāmi. Evañ-ca pana vadetha: ye ca tattha uppannā sattā te anekāni pi vassasahassāni niraye paccamānā na vilayaṁ gacchantîti; tam-pi vacanaṁ na saddahāmîti. — Thero āha: Taṁ kim-maññasi mahārāja: yā tā santi makariniyo pi suṁsumāriniyo pi kacchapiniyo pi moriniyo pi kapotiniyo pi kin-nu tā kakkhaḷāni pāsāṇāni sakkharāyo ca khādantîti. — Āma bhante, khādantîti. — Kim-pana tāni tāsaṁ kucchiyaṁ koṭṭhabbhantaragatāni vilayaṁ gacchantîti. — Āma bhante, vilayaṁ gacchantîti. — Yo pana tāsaṁ kucchiyaṁ gabbho so pi vilayaṁ gacchatîti. — Na hi bhante ti. — Kena kāraṇenâti. — Maññāmi bhante kammādhikatena na vilayaṁ gacchatîti. — Evam-eva kho mahārāja kammādhikatena nerayikā sattā anekāni pi vassasahassāni niraye paccamānā na vilayaṁ gacchanti [tatth' eva jāyanti tatth' eva vaḍḍhanti tatth' eva maranti]. Bhāsitam-p' etaṁ mahārāja Bhagavatā: So na tāva kālaṁ karoti yāva na taṁ pāpaṁ kammaṁ byantihotîti. — Bhiyyo opammaṁ karohîti. — Taṁ kim-maññasi mahārāja: yā tā santi sīhiniyo pi byagghiniyo pi dīpiniyo pi kukkuriniyo pi kin-nu tā kakkhaḷāni aṭṭhikāni maṁsāni khādantîti. — Āma bhante, khādantîti. — Kim-pana tāni tāsaṁ kuc-

[1] mando AC (māno SN. II, 22). [2] (va jhāyati SN I r.) [3][3] the passage in brackets is wanting in BM in both places, at p. 68, l. 7 in all.

chiyaṁ koṭṭhabbhantaragatāni vilayaṁ gacchantîti. — Āma bhante, vilayaṁ gacchantîti. — Yo pana tāsaṁ kucchiyaṁ gabbho so pi vilayaṁ gacchatîti. — Na hi bhante ti. — Kena kāraṇenâti. — Maññāmi bhante kammādhikatena na vilayaṁ gacchatîti. — Evam-eva kho mahārāja kammādhikatena nerayikā sattā anekāni pi vassasahassāni niraye paccamānā na vilayaṁ gacchantîti. — Bhiyyo opammaṁ karohîti. — Taṁ kim-maññasi mahārāja: yā tā santi Yonakasukhumāliniyo pi khattiyasukhumāliniyo pi brāhmaṇasukhumāliniyo pi gahapatisukhumāliniyo pi kin-nu tā kakkhaḷāni khajjakāni maṁsāni khādantîti. — Āma bhante, khādantîti. — Kim-pana tāni tāsaṁ kucchiyaṁ koṭṭhabbhantaragatāni vilayaṁ gacchantîti. — Āma bhante, vilayaṁ gacchantîti. — Yo pana tāsaṁ kucchiyaṁ gabbho so pi vilayaṁ gacchatîti. — Na hi bhante ti. — Kena kāraṇenâti. — Maññāmi bhante kammādhikatena na vilayaṁ gacchatîti. — Evam-eva kho mahārāja kammādhikatena nerayikā sattā anekāni pi vassasahassāni niraye paccamānā na vilayaṁ gacchanti [tatth' eva jāyanti tatth' eva vaḍḍhanti tatth' eva maranti]. Bhāsitam-p' etaṁ mahārāja Bhagavatā: So na tāva kālaṁ karoti yāva na taṁ pāpaṁ kammaṁ byantihotîti. — Kallo si bhante Nāgasenâti.

Rājā āha: Bhante Nāgasena, tumhe bhaṇatha: ayaṁ mahāpaṭhavī udake patiṭṭhitā, udakaṁ vāte patiṭṭhitaṁ, vāto ākāse patiṭṭhito ti; etam-pi vacanaṁ na saddahāmîti. — Thero dhammakarakena udakaṁ gahetvā rājānaṁ Milindaṁ saññāpesi: Yathā mahārāja imaṁ udakaṁ vātena ādhāritaṁ evaṁ tam-pi udakaṁ vātena ādhāritan-ti. — Kallo si bhante Nāgasenâti.

Rājā āha: Bhante Nāgasena, nirodho nibbānan-ti. — Āma mahārāja, nirodho nibbānan-ti. — Katham-

---

[14] evam-pi ABC. [16] idaṁ M.

bhante Nāgasena nirodho nibbānan-ti. — Sabbe bālaputhujjanā kho mahārāja ajjhattika-bāhire āyatane abhinandanti abhivadanti ajjhosāya tiṭṭhanti, te tena sotena vuyhanti, na parimuccanti jātiyā jarā-maraṇena sokena paridevena dukkhehi domanassehi upāyāsehi, na parimuccanti dukkhasmā ti vadāmi. Sutavā ca kho mahārāja ariyasāvako ajjhattika-bāhire āyatane nābhinandati nābhivadati nājjhosāya tiṭṭhati, tassa taṁ anabhinandato anabhivadato anajjhosāya tiṭṭhato taṇhā nirujjhati, taṇhānirodhā upādānanirodho, upādānanirodhā bhavanirodho, bhavanirodhā jātinirodho, jātinirodhā jarā-maraṇaṁ soka-parideva-dukkha-domanass-upāyāsā nirujjhanti, evam-etassa kevalassa dukkhakkhandhassa nirodho hoti. Evaṁ kho mahārāja nirodho nibbānan-ti. — Kallo si bhante Nāgasenāti.

Rājā āha: Bhante Nāgasena, sabbe va labhanti nibbānan-ti. — Na kho mahārāja sabbe va labhanti nibbānaṁ, api ca kho mahārāja yo sammā paṭipanno abhiññeyye dhamme abhijānāti, pariññeyye dhamme parijānāti, pahātabbe dhamme pajahati, bhāvetabbe dhamme bhāveti, sacchikātabbe dhamme sacchikaroti, so labhati nibbānan-ti. — Kallo si bhante Nāgasenāti.

Rājā āha: Bhante Nāgasena, yo na labhati nibbānaṁ jānāti so: sukhaṁ nibbānan-ti. Āma mahārāja, yo na labhati nibbānaṁ jānāti so: sukhaṁ nibbānan-ti. — Katham-bhante Nāgasena alabhanto jānāti: sukhaṁ nibbānan-ti. — Taṁ kim-maññasi mahārāja: yesaṁ na-cchinnā hatthapādā jāneyyuṁ te mahārāja: dukkhaṁ hatthapādacchedanan-ti. — Āma bhante, jāneyyun-ti. — Kathaṁ jāneyyun-ti. — Aññesaṁ bhante chinnahatthapādānaṁ paridevitasaddaṁ sutvā jānanti: dukkhaṁ

[1] jarāya mar. BC. [11] ye.nāsacchinnā ABbC, yesaṁ yesaṁ na chinnā M.

hatthapādacchedanan-ti. — Evam-eva kho mahārāja yesaṁ diṭṭhaṁ nibbānaṁ tesaṁ saddaṁ sutvā jānāti: sukhaṁ nibbānan-ti. — Kallo si bhante Nāgasenâti.

Catuttha vaggo.

Rājā āha: Bhante Nāgasena, Buddho tayā diṭṭho ti. — Na hi mahārājâti. — Atha te ācariyehi Buddho diṭṭho ti. — Na hi mahārājâti. — Tena hi bhante Nāgasena na-tthi Buddho ti. — Kim-pana mahārāja Himavati Ūhānadī tayā diṭṭhā ti. — Na hi bhante ti. — Atha te pitarā Ūhānadī diṭṭhā ti. — Na hi bhante ti. — Tena hi mahārāja na-tthi Ūhānadī ti. — Atthi bhante, kiñcâpi me Ūhānadī na diṭṭhā pitarā pi me Ūhānadī na diṭṭhā, api ca atthi Ūhānadī ti. — Evam-eva kho mahārāja kiñcâpi mayā Bhagavā na diṭṭho ācariyehi pi me Bhagavā na diṭṭho, api ca atthi Bhagavā ti. — Kallo si bhante Nāgasenâti.

Rājā āha: Bhante Nāgasena, Buddho anuttaro ti. — Āma mahārāja, Bhagavā anuttaro ti. — Katham-bhante Nāgasena adiṭṭhapubbaṁ jānāsi: Buddho anuttaro ti. — Taṁ kim-maññasi mahārāja: yehi adiṭṭhapubbo mahāsamuddo jāneyyuṁ te mahārāja: mahanto kho mahāsamuddo gambhīro appameyyo duppariyogāho, yattha' imā pañca mahānadiyo satataṁ samitaṁ appenti, seyyathidaṁ: Gangā Yamunā Aciravatī Sarabhū Mahī, n' eva tassa ūnattaṁ vā pūrattaṁ vā paññāyatîti. — Āma bhante, jāneyyun-ti. — Evam-eva kho mahārāja sāvake mahante

---

[21] mahanto kho samuddo AC. [23] pūranattaṁ ABC.

parinibbute passitvā jānāmi: Bhagavā anuttaro ti. — Kallo si bhante Nāgasenāti.

Rājā āha: Bhante Nāgasena, sakkā jānituṁ: Buddho anuttaro ti. — Āma mahārāja, sakkā jānituṁ: Bhagavā anuttaro ti. — Katham-bhante Nāgasena sakkā jānituṁ: Buddho anuttaro ti. — Bhūtapubbaṁ mahārāja Tissatthero nāma lekhācariyo ahosi, bahūni vassāni abbhatītāni kālakatassa, kathaṁ so ñāyatīti. — Lekhena bhante ti. — Evam-eva kho mahārāja yo dhammaṁ passati so Bhagavantaṁ passati, dhammo hi mahārāja Bhagavatā desito ti. — Kallo si bhante Nāgasenāti.

Rājā āha: Bhante Nāgasena, dhammo tayā diṭṭho ti. — Buddhanettiyā kho mahārāja Buddhapaññattiyā yāvajīvaṁ sāvakehi vattitabban-ti. — Kallo si bhante Nāgasenāti.

Rājā āha: Bhante Nāgasena, na ca saṅkamati paṭisandahati câti. — Āma mahārāja, na ca saṅkamati paṭisandahati câti. — Katham-bhante Nāgasena na ca saṅkamati paṭisandahati ca, opammaṁ karohîti. — Yathā mahārāja koci-d-eva puriso padīpato padīpaṁ padīpeyya, kin-nu kho so mahārāja padīpo padīpamhā saṅkanto ti. — Na hi bhante ti. — Evam-eva kho mahārāja na ca saṅkamati paṭisandahati câti. — Bhiyyo opammaṁ karohîti. — Abhijānāsi nu tvaṁ mahārāja daharako santo silokācariyassa santike kañci silokaṁ gahitan-ti. — Āma bhante ti. — Kin-nu kho mahārāja so siloko ācariyamhā saṅkanto ti. — Na hi bhante ti. — Evam-eva kho mahārāja na ca saṅkamati paṭisandahati câti. — Kallo si bhante Nāgasenāti.

Rājā āha: Bhante Nāgasena, vedagū upalabbhatîti. — Thero āha: Paramatthena kho mahārāja vedagū na upalabbhatîti. — Kallo si bhante Nāgasenāti.

---

[13] Nāgasena om. AC. [14] -nu AaBC, om. M.

Rājā āha: Bhante Nāgasena, atthi koci satto yo imamhā kāyā aññaṁ kāyaṁ saṅkamatīti. — Na hi mahārājāti. — Yadi bhante Nāgasena imamhā kāyā aññaṁ kāyaṁ saṅkamanto na-tthi, nanu mutto bhavissati pāpakehi kammehīti. — Āma mahārāja, yadi na paṭisandaheyya mutto bhavissati pāpakehi kammehi; yasmā ca kho mahārāja paṭisandahati, tasmā na parimutto pāpakehi kammehīti. — Opammaṁ karohīti. — Yathā mahārāja koci-d-eva puriso aññatarassa purisassa ambaṁ avahareyya, kiṁ so daṇḍappatto bhaveyyāti. — Āma bhante, daṇḍappatto bhaveyyāti. — Na kho so mahārāja tāni ambāni avahari yāni tena ropitāni, kasmā daṇḍappatto bhaveyyāti. — Tāni bhante ambāni nissāya jātāni, tasmā daṇḍappatto bhaveyyāti. — Evam-eva kho mahārāja iminā nāmarūpena kammaṁ karoti sobhanaṁ vā asobhanaṁ vā, tena kammena aññaṁ nāmarūpaṁ paṭisandahati, tasmā na parimutto pāpakehi kammehīti. — Kallo si bhante Nāgasenāti.

Rājā āha: Bhante Nāgasena, iminā nāmarūpena kammaṁ kataṁ kusalaṁ vā akusalaṁ vā, kuhiṁ tāni kammāni tiṭṭhantīti. — Anubandheyyuṁ kho mahārāja tāni kammāni 'chāyā va anapāyinī' ti. — Sakkā pana bhante tāni kammāni dassetuṁ: idha vā idha vā tāni kammāni tiṭṭhantīti. — Na sakkā mahārāja tāni kammāni dassetuṁ: idha vā idha vā tāni kammāni tiṭṭhantīti. — Opammaṁ karohīti. — Taṁ kim-maññasi mahārāja: yān' imāni rukkhāni anibbattaphalāni sakkā tesaṁ phalāni dassetuṁ: idha vā idha vā tāni phalāni tiṭṭhantīti. — Na hi bhante ti. — Evam-eva kho mahārāja abbocchinnāya santatiyā na sakkā tāni kammāni dassetuṁ: idha vā idha vā tāni kammāni tiṭṭhantīti. — Kallo si bhante Nāgasenāti.

" ti om. ABC.

Rājā āha: Bhante Nāgasena, yo uppajjati jānāti so: uppajjissāmīti. — Āma mahārāja, yo uppajjati jānāti so: uppajjissāmīti. — Opammaṁ karohīti. — Yathā mahārāja kassako gahapatiko bījāni paṭhaviyaṁ nikkhipitvā sammā deve vassante jānāti: dhaññaṁ nibbattissatīti. — Āma bhante, jāneyyāti. — Evam-eva kho mahārāja yo uppajjati jānāti so: uppajjissāmīti. — Kallo si bhante Nāgasenāti.

Rājā āha: Bhante Nāgasena, Buddho atthīti. — Āma mahārāja, Bhagavā atthīti. — Sakkā pana bhante Nāgasena Buddho nidassetuṁ: idha vā idha vā ti. — Parinibbuto mahārāja Bhagavā anupādisesāya nibbānadhātuyā, na sakkā Bhagavā nidassetuṁ: idha vā idha vā ti. — Opammaṁ karohīti. — Taṁ kim-maññasi mahārāja: mahato aggikkhandhassa jalamānassa yā acci atthaṅ-gatā sakkā sā acci dassetuṁ: idha vā idha vā ti. — Na hi bhante, niruddhā sā acci, appaññattiṁ gatā ti. — Evam-eva kho mahārāja Bhagavā anupādisesāya nibbānadhātuyā parinibbuto, atthaṅ-gato Bhagavā na sakkā nidassetuṁ: idha vā idha vā ti; dhammakāyena pana kho mahārāja sakkā Bhagavā nidassetuṁ, dhammo hi mahārāja Bhagavatā desito ti. — Kallo si bhante Nāgasenāti.

Pañcamo vaggo.

Rājā āha: Bhante Nāgasena, piyo pabbajitānaṁ kāyo ti. — Na kho mahārāja piyo pabbajitānaṁ kāyo ti. — Atha kissa nu kho bhante kelāyatha mamāyathāti. — Kim-pana te mahārāja kadāci karahaci saṅgāmagatassa kaṇḍappahāro hotīti. — Āma bhante, hotīti. — Kin-nu kho mahārāja so vaṇo ālepena ca ālimpīyati telena ca makkhīyati sukhumena ca colapaṭṭena paliveṭhīyatīti. — Āma bhante, ālepena ca ālimpīyati telena ca makkhīyati sukhumena ca colapaṭṭena paliveṭhīyatīti. — Kin-nu kho mahārāja piyo te vaṇo, yena ālepena ca ālimpīyati telena ca makkhīyati sukhumena ca colapaṭṭena paliveṭhīyatīti. — Na me bhante piyo vaṇo, api ca maṁsassa rūhanatthāya ālepena ca ālimpīyati telena ca makkhīyati sukhumena ca colapaṭṭena paliveṭhīyatīti. — Evam-eva kho mahārāja appiyo pabbajitānaṁ kāyo, atha ca pabbajitā anajjhositā kāyaṁ pariharanti brahmacariyānuggahāya. Api ca kho mahārāja vaṇūpamo kāyo vutto Bhagavatā, tena pabbajitā vaṇam-iva kāyaṁ pariharanti anajjhositā. Bhāsitam-p' etaṁ mahārāja Bhagavatā:

Allacammapaṭicchanno navadvāro mahāvaṇo
samantato paggharati asucī pūtigandhiyo ti. —

Kallo si bhante Nāgasenāti.

Rājā āha: Bhante Nāgasena, Buddho sabbaññū sabbadassāvī ti. — Āma mahārāja, Bhagavā sabbaññū sabbadassāvī ti. — Atha kissa nu kho bhante Nāgasena sāvakānaṁ anupubbena sikkhāpadaṁ paññāpesīti. — Atthi pana te mahārāja koci vejjo yo imissaṁ paṭhaviyaṁ sabbabhesajjāni jānātīti. — Āma bhante, atthīti. — Kin-nu kho mahārāja so vejjo gilānakaṁ sampatte kāle bhesajjaṁ pāyeti udāhu asampatte kāle ti. — Sampatte kāle bhante gilānakaṁ bhesajjaṁ pāyeti, no asampatte kāle ti. — Evam-eva kho mahārāja Bhagavā sabbaññū sabbadassāvī na akāle sāvakānaṁ sikkhāpadaṁ paññāpeti, sampatte kāle sāvakānaṁ sikkhāpadaṁ paññāpeti yāvajīvaṁ anatikkamanīyan-ti. — Kallo si bhante Nāgasenāti.

---

[1] vaṇo yena ālepena ABC. [2] na kho bhante ABC.

Rājā āha: Bhante Nāgasena, Buddho dvattiṁsa-mahāpurisalakkhaṇehi samannāgato asītiyā ca anubyañjanehi parirañjito suvaṇṇavaṇṇo kañcanasannibhattaco byāmappabho ti. — Āma mahārāja, Bhagavā dvattiṁsa-mahāpurisalakkhaṇehi samannāgato asītiyā ca anubyañjanehi parirañjito suvaṇṇavaṇṇo kañcanasannibhattaco byāmappabho ti. — Kim-pan' assa bhante mātāpitaro pi dvattiṁsa-mahāpurisalakkhaṇehi samannāgatā asītiyā ca anubyañjanehi parirañjitā suvaṇṇavaṇṇā kañcanasanni-bhattacā byāmappabhā ti. — Na hi mahārājāti. — Evaṁ sante kho bhante Nāgasena uppajjati Buddho dvattiṁsa-mahāpurisalakkhaṇehi samannāgato asītiyā ca anubyañjanehi parirañjito suvaṇṇavaṇṇo kañcanasannibhattaco byāmappabho ti; api ca mātusadiso vā putto hoti mātu-pakkho vā, pitusadiso vā putto hoti pitupakkho vā ti. — Thero āha: Atthi pana mahārāja kiñci padumaṁ sata-pattan-ti. — Āma bhante, atthīti. — Tassa pana kuhiṁ sambhavo ti. Kaddame jāyati, udake āsīyatīti. — Kin-nu kho mahārāja padumaṁ kaddamena sadisaṁ vaṇṇena vā gandhena vā rasena vā ti. — Na hi bhante ti. — Atha udakena sadisaṁ vaṇṇena vā gandhena vā rasena vā ti. — Na hi bhante ti. — Evam-eva kho mahārāja Bhagavā dvattiṁsa-mahāpurisalakkhaṇehi sa-mannāgato asītiyā ca anubyañjanehi parirañjito suvaṇṇa-vaṇṇo kañcanasannibhattaco byāmappabho, no c' assa mātāpitaro dvattiṁsa-mahāpurisalakkhaṇehi samannāgatā asītiyā ca anubyañjanehi parirañjitā suvaṇṇavaṇṇā kañ-canasannibhattacā byāmappabhā ti. — Kallo si bhante Nāgasenāti.

Rājā āha: Bhante Nāgasena, Buddho brahmacārī ti. — Āma mahārāja, Bhagavā brahmacārī ti. — Tena hi bhante Nāgasena Buddho Brahmuno sisso ti. — Atthi pana te mahārāja hatthipāmokkho ti. — Āma bhante,

---

[1] battiṁsa- B throughout, except once. [11] na uppajjati A

atthīti. — Kin-nu kho mahārāja so hatthī kadāci karahaci koñcanādaṁ nadatīti. — Āma bhante, nadatīti. — Tena hi mahārāja so hatthī koñcānaṁ sisso ti. — Na hi bhante ti. — Kim-pana mahārāja Brahmā sabuddhiko abuddhiko ti. — Sabuddhiko bhante ti. — Tena hi mahārāja Brahmā Bhagavato sisso ti. — Kallo si bhante Nāgasenāti.

Rājā āha: Bhante Nāgasena, upasampadā sundarā ti. — Āma mahārāja, upasampadā sundarā ti. — Atthi pana bhante Buddhassa upasampadā udāhu na-tthīti. — Upasampanno kho mahārāja Bhagavā bodhirukkhamūle saha sabbaññutañāṇena, na-tthi Bhagavato upasampadā aññehi dinnā yathā sāvakānaṁ mahārāja Bhagavā sikkhāpadaṁ paññāpeti yāvajīvaṁ anatikkamanīyan-ti. — Kallo si bhante Nāgasenāti.

Rājā āha: Bhante Nāgasena, yo ca mātari matāya rodati, yo ca dhammapemena rodati, ubhinnaṁ tesaṁ rodantānaṁ kassa assu bhesajjaṁ, kassa na bhesajjan-ti. — Ekassa kho mahārāja assu rāga-dosa-mohehi samalaṁ uṇhaṁ, ekassa pīti-somanassena vimalaṁ sītalaṁ; yaṁ kho mahārāja sītalaṁ taṁ bhesajjaṁ, yaṁ uṇhaṁ taṁ na bhesajjan-ti. — Kallo si bhante Nāgasenāti.

Rājā āha: Bhante Nāgasena, kiṁ nānākaraṇaṁ sarāgassa ca vītarāgassa cāti. — Eko kho mahārāja ajjhosito, eko anajjhosito ti. — Kiṁ etaṁ bhante: ajjhosito anajjhosito nāmāti. — Eko kho mahārāja atthiko, eko anatthiko ti. — Passām' ahaṁ bhante evarūpaṁ: yo ca sarāgo yo ca vītarāgo sabbo p' eso sobhanaṁ yeva icchati khādaniyaṁ vā bhojaniyaṁ vā, na koci pāpakaṁ icchatīti. — Avītarāgo kho mahārāja rasapaṭisaṁvedī ca rasarāgapaṭisaṁvedī ca bhojanaṁ bhuñjati, vītarāgo pana rasa-

---

[1] hatthi all in both places. [2] M repeats sāvakānaṁ as an attempt to make sense, but something more seems to have fallen out. [3] kho om. AC.

paṭisaṁvedī bhojanaṁ bhuñjati, no ca kho rasarāgapaṭisaṁvedī ti. — Kallo si bhante Nāgasenāti.

Rājā āha: Bhante Nāgasena, paññā kuhiṁ paṭivasatîti. — Na katthaci mahārājāti. — Tena hi bhante Nāgasena na-tthi paññā ti. — Vāto mahārāja kuhiṁ paṭivasatîti. — Na katthaci bhante ti. — Tena hi mahārāja na-tthi vāto ti. — Kallo si bhante Nāgasenâti.

Rājā āha: Bhante Nāgasena, yaṁ pan' etaṁ brūsi: saṁsāro ti, katamo so saṁsāro ti. — Idha mahārāja jāto idh' eva marati, idha mato aññatra uppajjati, tahiṁ jāto tahiṁ yeva marati, tahiṁ mato aññatra uppajjati; evaṁ kho mahārāja saṁsāro hotîti. — Opammaṁ karohîti. — Yathā mahārāja kocid-eva puriso pakkaṁ ambaṁ khāditvā aṭṭhiṁ ropeyya, tato mahanto ambarukkho nibbattitvā phalāni dadeyya, atha so puriso tato pi pakkaṁ ambaṁ khāditvā aṭṭhiṁ ropeyya, tato pi mahanto ambarukkho nibbattitvā phalāni dadeyya, evam-etesaṁ rukkhānaṁ koṭi na paññāyati; evam-eva kho mahārāja idha jāto idh' eva marati, idha mato aññatra uppajjati, tahiṁ jāto tahiṁ yeva marati, tahiṁ mato aññatra uppajjati; evaṁ kho mahārāja saṁsāro hotîti. — Kallo si bhante Nāgasenâti.

Rājā āha: Bhante Nāgasena, kena atītaṁ cirakataṁ saratîti. Satiyā mahārājâti. — Nanu bhante Nāgasena cittena sarati, no satiyā ti. — Abhijānāsi nu tvaṁ mahārāja kiñcid-eva karaṇīyam katvā pamuṭṭhan-ti. — Āma bhante ti. — Kin-nu kho tvaṁ mahārāja tasmiṁ samaye acittako ahosîti. — Na hi bhante, sati tasmiṁ samaye nâhosîti. — Atha kasmā tvaṁ mahārāja evam-āha: cittena sarati, no satiyā ti. — Kallo si bhante Nāgasenâti.

Rājā āha: Bhante Nāgasena, sabbā sati abhijānantā

---

[14] pammuṭṭh- ABC.

uppajjati udāhu kaṭumikā va satîti. — Abhijānantā pi mahārāja sati uppajjati, kaṭumikā pi satîti. — Evaṁ hi kho bhante Nāgasena sabbaṁ satiṁ abhijānanti, na-tthi kaṭumikā satîti. — Yadi na-tthi mahārāja kaṭumikā sati na-tthi kiñci sippikānaṁ kammāyatanehi vā sippāyatanehi vā vijjaṭṭhānehi vā karaṇīyaṁ, niratthakā ācariyā; yasmā ca kho mahārāja atthi kaṭumikā sati tasmā atthi kammāyatanehi vā sippāyatanehi vā vijjāyatanehi vā karaṇīyaṁ, attho ca ācariyehîti. — Kallo si bhante Nāgasenâti.

Chaṭṭho vaggo.

Rājā āha: Bhante Nāgasena, katihi ākārehi sati uppajjatîti. — Soḷasahi ākārehi mahārāja sati uppajjati. katamehi soḷasahi ākārehi: abhijānato pi mahārāja sati uppajjati, kaṭumikāya pi sati uppajjati, oḷārikaviññāṇato pi sati uppajjati, hitaviññāṇato pi sati uppajjati, ahitaviññāṇato pi sati uppajjati, sabhāganimittato pi sati uppajjati, visabhāganimittato pi sati uppajjati, kathābhiññāṇato pi sati uppajjati, lakkhaṇato pi sati uppajjati, saraṇato pi sati uppajjati, muddāto pi sati uppajjati, gaṇanāto pi sati uppajjati, dhāraṇato pi sati uppajjati, bhāvanāto pi sati uppajjati, potthakanibandhanato pi sati uppajjati, upanikkhepato pi sati uppajjati, anubhūtato pi sati uppajjati. Kathaṁ abhijānato sati uppajjati: yathā mahārāja āyasmā ca Ānando Khujjuttarā ca upāsikā ye vā pan'

[1] bh. N hesa sabbaṁ A, bh. N. na hesa sabbaṁ C, bh. N. na ho sabbaṁ Ba, bh. N. va sabbaṁ Bb. [19] gaṇanato A [21] upanikkhepanato AbB. [24] uppajjatîti all.

añño pi keci jātissarā jātiṁ saranti, evaṁ abhijānato sati uppajjati. Kathaṁ kaṭumikāya sati uppajjati: yo pakatiyā muṭṭhassatiko pare ca taṁ sarāpanatthaṁ nibandhanti, evaṁ kaṭumikāya sati uppajjati. Kathaṁ oḷārikaviññāṇato sati uppajjati: yadā rajje vā abhisitto hoti sotāpattiphalaṁ vā patto hoti, evaṁ oḷārikaviññāṇato sati uppajjati. Kathaṁ hitaviññāṇato sati uppajjati: yamhi sukhāpito: amukasmiṁ evaṁ sukhāpito ti sarati, evaṁ hitaviññāṇato sati uppajjati. Kathaṁ ahitaviññāṇato sati uppajjati: yamhi dukkhāpito: amukasmiṁ evaṁ dukkhāpito ti sarati, evaṁ ahitaviññāṇato sati uppajjati. Kathaṁ sabhāganimittato sati uppajjati: sadisaṁ puggalaṁ disvā mātaraṁ vā pitaraṁ vā bhātaraṁ vā bhaginiṁ vā sarati, oṭṭhaṁ vā goṇaṁ vā gadrabhaṁ vā disvā aññaṁ tādisaṁ oṭṭhaṁ vā goṇaṁ vā gadrabhaṁ vā sarati, evaṁ sabhāganimittato sati uppajjati. Kathaṁ visabhāganimittato sati uppajjati: asukassa nāma [evaṁ] vaṇṇo ediso, saddo ediso, gandho ediso, raso ediso, phoṭṭhabbo ediso ti sarati, evaṁ visabhāganimittato sati uppajjati. Kathaṁ kathābhiññāṇato sati uppajjati: yo pakatiyā muṭṭhassatiko hoti taṁ pare sarāpenti, tena so sarati, evaṁ kathābhiññāṇato sati uppajjati. Kathaṁ lakkhaṇato sati uppajjati: yo balivaddānaṁ aṅkena jānāti lakkhaṇena jānāti, evaṁ lakkhaṇato sati uppajjati. Kathaṁ saraṇato sati uppajjati: yo pakatiyā muṭṭhassatiko hoti, yo taṁ: sarāhi bho, sarāhi bho ti punappunaṁ sarāpeti, evaṁ saraṇato sati uppajjati. Kathaṁ muddāto sati uppajjati: lipiyā sikkhitattā jānāti: imassa akkharassa anantaraṁ imaṁ akkharaṁ kātabban-ti, evaṁ muddāto sati uppajjati. Kathaṁ gaṇanāto sati uppajjati: gaṇanāya sikkhitattā gaṇakā bahum-pi gaṇenti, evaṁ gaṇanāto sati uppajjati. Kathaṁ dhāraṇato sati uppajjati: dhāraṇāya sikkhitattā dhāraṇakā bahum-pi

---

[28] muṭṭhassati AC. [29] gaṇanato ABC in both places. [30] gaṇanakā AB

dhārenti, evaṃ dhāraṇato sati uppajjati. Kathaṃ bhāvanāto sati uppajjati: idha bhikkhu anekavihitaṃ pubbenivāsaṃ anussarati, seyyathīdaṃ: ekam-pi jātiṃ dve pi jātiyo — pe — iti sākāraṃ sa-uddesaṃ pubbenivāsaṃ anussarati, evaṃ bhāvanāto sati uppajjati. Kathaṃ potthakanibandhanato sati uppajjati: rājāno anusāsaniyaṃ anussarantā: ekaṃ potthakaṃ āharathāti tena potthakena anussaranti, evaṃ potthakanibandhanato sati uppajjati. Kathaṃ upanikkhepato sati uppajjati: upanikkhittaṃ bhaṇḍaṃ disvā sarati, evaṃ upanikkhepato sati uppajjati. Kathaṃ anubhūtato sati uppajjati: diṭṭhattā rūpaṃ sarati, sutattā saddaṃ sarati, ghāyitattā gandhaṃ sarati, sāyitattā rasaṃ sarati, phuṭṭhattā phoṭṭhabbaṃ sarati, viññātattā dhammaṃ sarati, evaṃ anubhūtato sati uppajjati. Imehi kho mahārāja soḷasahi ākārehi sati uppajjatīti. — Kallo si bhante Nāgasenāti.

Rājā āha: Bhante Nāgasena, tumhe evaṃ bhaṇatha: yo vassasataṃ akusalaṃ kareyya maraṇakāle ca ekaṃ Buddhagataṃ satiṃ paṭilabheyya so devesu uppajjeyyāti; etaṃ na saddahāmi. Evañ-ca pana vadetha: ekena pāṇātipātena nirayo uppajjeyyāti; etam-pi na saddahāmīti. — Taṃ kim-maññasi mahārāja: khuddako pi pāsāṇo vinā nāvāya udake uppilaveyyāti. — Na hi bhante ti. — Kin-nu kho mahārāja vāhasatam-pi pāsāṇānaṃ nāvāya āropitaṃ udake uppilaveyyāti. — Āma bhante, uppilaveyyāti. — Yathā mahārāja nāvā evaṃ kusalāni kammāni daṭṭhabbānīti. — Kallo si bhante Nāgasenāti.

Rājā āha: Bhante Nāgasena, kiṃ tumhe atītassa dukkhassa pahānāya vāyamathāti. — Na hi mahārājāti. — Kim-pana anāgatassa dukkhassa pahānāya vāyamathāti. — Na hi mahārājāti. — Kim-pana paccuppannassa

---

[1] bhāvanato ABC. [4] saud. anekavihitaṃ pubb. Cb. [5] bhāvanato AC. [9, 10] upanikkhepanato AC. [21] etam-pi vacanaṃ na A.

dukkhassa pahānāya vāyamathâti. — Na hi mahārājâti. — Yadi tumhe na atītassa dukkhassa pahānāya vāyamatha, na anāgatassa dukkhassa pahānāya vāyamatha, na paccuppannassa dukkhassa pahānāya vāyamatha, atha kimatthāya vāyamathâti. — Thero āha: Kin-ti mahārāja idañ-ca dukkhaṁ nirujjheyya aññañ-ca dukkhaṁ na uppajjeyyâti etadatthāya vāyamāmâti. — Atthi pana bhante Nāgasena anāgataṁ dukkhan-ti. — Na-tthi mahārājâti. — Tumhe kho bhante Nāgasena atipaṇḍitā ye tumhe asantānaṁ dukkhānaṁ pahānāya vāyamathâti. — Atthi pana te mahārāja keci paṭirājāno paccatthikā paccāmittā paccupaṭṭhitā hontîti. — Āma bhante, atthîti. — Kin-nu kho mahārāja tadā tumhe parikhaṁ khaṇāpeyyātha pākāraṁ cināpeyyātha gopuraṁ kārāpeyyātha aṭṭālakaṁ kārāpeyyātha dhaññaṁ atiharāpeyyāthâti. — Na hi bhante, paṭigacc' eva taṁ paṭiyattaṁ hotîti. — Kiṁ tumhe mahārāja tadā hatthismiṁ sikkheyyātha assasmiṁ sikkheyyātha rathasmiṁ sikkheyyātha dhanusmiṁ sikkheyyātha tharusmiṁ sikkheyyāthâti. — Na hi bhante, paṭigacc' eva taṁ sikkhitaṁ hotîti. — Kiss' atthāyâti. — Anāgatānaṁ bhante bhayānaṁ paṭibāhanatthāyâti. — Kin-nu kho mahārāja atthi anāgataṁ bhayan-ti. — Na-tthi bhante ti. — Tumhe ca kho mahārāja atipaṇḍitā ye tumhe anāgatānaṁ bhayānaṁ paṭibāhanatthāya paṭiyādethâti. — Bhiyyo opammaṁ karohîti. — Taṁ kim-maññasi mahārāja: yadā tvaṁ pipāsito bhaveyyāsi tadā tvaṁ udapānaṁ khaṇāpeyyāsi pokkharaṇiṁ khaṇāpeyyāsi taḷākaṁ khaṇāpeyyāsi: pānīyaṁ pivissāmîti. — Na hi bhante, paṭigacc' eva taṁ paṭiyattaṁ hotîti. — Kiss' atthāyâti. — Anāgatānaṁ bhante pipāsānaṁ paṭibāhanatthāya paṭiyattaṁ hotîti. — Atthi pana mahārāja anāgatā pipāsā ti. — Na-tthi bhante ti. — Tumhe kho mahārāja ati-

---

[14] aṭṭalaṁ B. [15] bhiyyo wanting in all.

paṇḍitā ye tumhe anāgatānaṁ pipāsānaṁ paṭibāhanatthāya taṁ paṭiyādethāti. — Bhiyyo opammaṁ karohīti. — Taṁ kiṁ maññasi mahārāja: yadā tvaṁ bubhukkhito bhaveyyāsi tadā tvaṁ khettaṁ kasāpeyyāsi sāliṁ vapāpeyyāsi: bhattaṁ bhuñjissāmīti. — Na hi bhante, paṭigacc' eva taṁ paṭiyattaṁ hotīti. — Kiss' atthāyāti. — Anāgatānaṁ bhante bubhukkhānaṁ paṭibāhanatthāyāti. — Atthi pana mahārāja anāgatā bubhukkhā ti. — Na-tthī bhante ti. — Tumhe kho mahārāja atipaṇḍitā ye tumhe asantānaṁ anāgatānaṁ bubhukkhānaṁ paṭibāhanatthāya paṭiyādethāti. — Kallo si bhante Nāgasenāti.

Rājā āha: Bhante Nāgasena, kīva dūro ito brahmaloko ti. — Dūro kho mahārāja ito brahmaloko, kūṭāgāramattā silā tamhā patitā ahorattena aṭṭhacattālīsa yojanasahassāni bhassamānā catuhi māsehi paṭhaviyaṁ patiṭṭhaheyyāti. — Bhante Nāgasena, tumhe evaṁ bhaṇatha: seyyathā pi balavā puriso sammiñjitaṁ vā bāhaṁ pasāreyya pasāritaṁ vā bāhaṁ sammiñjeyya, evam-eva iddhimā bhikkhu cetovasippatto Jambudīpe antarahito brahmaloke pātubhaveyyāti: etaṁ vacanaṁ na saddahāmi, evaṁ atisīghaṁ tāva bahūni yojanasatāni gacchissatīti. — Thero āha: Kuhiṁ pana mahārāja tava jātabhūmīti. — Atthi bhante Alasando nāma dīpo, tatthāhaṁ jāto ti. — Kīva dūro mahārāja ito Alasando hotīti. Dumattāni bhante yojanasatānīti. — Abhijānāsi nu tvaṁ mahārāja tattha kiñcid-eva karaṇīyaṁ karitvā saritā ti. — Āma bhante, sarāmīti. — Lahuṁ kho tvaṁ mahārāja gato si dumattāni yojanasatānīti. — Kallo si bhante Nāgasenāti.

Rājā āha: Bhante Nāgasena, yo idha kālakato brahmaloke uppajjeyya yo ca idha kālakato Kasmīre uppajjeyya, ko cirataraṁ ko sīghataran-ti. — Samakaṁ mahārājāti. — Opammaṁ karohīti. — Kuhiṁ pana mahārāja

---

[18] evam-evaṁ AC. [22] karitvā sarāhītī M

tava jātanagaran-ti. — Atthi bhante Kalasigāmo nāma, tatthāhaṁ jāto ti. — Kīva dūro mahārāja ito Kalasigāmo hotīti. — Dumattāni bhante yojanasatānīti. — Kīva dūraṁ mahārāja ito Kasmīraṁ hotīti. — Dvādasa bhante yojanānīti. — Iṅgha tvaṁ mahārāja Kalasigāmaṁ cintehīti. — Cintito bhante ti. — Iṅgha tvaṁ mahārāja Kasmīraṁ cintehīti. — Cintitaṁ bhante ti. — Kataman-nu kho mahārāja cirena cintitaṁ katamaṁ sīghataran-ti. — Samakaṁ bhante ti. — Evam-eva kho mahārāja yo idha kālakato brahmaloke uppajjeyya yo ca idha kālakato Kasmīre uppajjeyya samakaṁ yeva uppajjantīti. — Bhiyyo opammaṁ karohīti. — Taṁ kiṁ-maññasi mahārāja: dve sakuṇā ākāsena gaccheyyuṁ, tesu eko ucce rukkhe nisīdeyya eko nīce rukkhe nisīdeyya, tesaṁ samakaṁ patiṭṭhitānaṁ katamassa chāyā paṭhamataraṁ paṭhaviyaṁ patiṭṭhaheyya katamassa chāyā cirena paṭhaviyaṁ patiṭṭhaheyyâti. — Samakaṁ bhante ti. — Evam-eva kho mahārāja yo idha kālakato brahmaloke uppajjeyya yo ca idha kālakato Kasmīre uppajjeyya samakaṁ yeva uppajjantīti. — Kallo si bhante Nāgasenâti.

Rājā āha: Kati nu kho bhante Nāgasena bojjhaṅgā ti. — Satta kho mahārāja bojjhaṅgā ti. — Katīhi pana bhante bojjhaṅgehi bujjhatīti. — Ekena kho mahārāja bojjhaṅgena bujjhati: dhammavicayasambojjhaṅgenâti. — Atha kissa nu kho bhante vuccanti satta bojjhaṅgā ti. — Taṁ kiṁ-maññasi mahārāja: asi kosiyā pakkhitto aggahito hatthena ussahati chejjaṁ chinditun-ti. — Na hi bhante ti. — Evam-eva kho mahārāja dhammavicayasambojjhaṅgena vinā chahi bojjhaṅgehi na bujjhatīti. — Kallo si bhante Nāgasenâti.

Rājā āha: Bhante Nāgasena, kataman-nu kho bahutaraṁ, puññaṁ vā apuññaṁ vā ti. — Puññaṁ kho

---

[1] yatthāhaṁ ABC. [2] kīva dūro ... Kasmīrato B. [3,3] uccarukkhe BCa.

mahārāja bahutaraṁ, apuññaṁ thokan-ti. — Kena kāraṇenāti. — Apuññaṁ kho mahārāja karonto vippaṭisārī hoti: pāpakammaṁ mayā katan-ti; tena pāpaṁ na vaḍḍhati. Puññaṁ kho mahārāja karonto avippaṭisārī hoti, avippaṭisārissa pāmojjaṁ jāyati, pamuditassa pīti jāyati, pītimanassa kāyo passambhati, passaddhakāyo sukhaṁ vedeti, sukhino cittaṁ samādhiyati, samāhito yathābhūtaṁ pajānāti, tena kāraṇena puññaṁ vaḍḍhati; puriso kho mahārāja chinnahatthapādo Bhagavato ekaṁ uppalahatthaṁ datvā ekanavuti kappāni vinipātaṁ na gacchissati; iminā pi mahārāja kāraṇena bhaṇāmi: puññaṁ bahutaraṁ, apuññaṁ thokan-ti. — Kallo si bhante Nāgasenāti.

Rājā āha: Bhante Nāgasena, yo jānanto pāpakammaṁ karoti yo ca ajānanto pāpakammaṁ karoti, kassa bahutaraṁ apuññan-ti. — Thero āha: Yo kho mahārāja ajānanto pāpakammaṁ karoti tassa bahutaraṁ apuññan-ti. — Tena hi bhante Nāgasena yo amhākaṁ rājaputto vā rājamahāmatto vā ajānanto pāpakammaṁ karoti taṁ mayaṁ diguṇaṁ daṇḍemāti. — Taṁ kim-maññasi mahārāja: tattaṁ ayoguḷaṁ ādittaṁ sampajjalitaṁ sajotibhūtaṁ eko ajānanto gaṇheyya eko jānanto gaṇheyya, katamo balikataraṁ dayheyyāti. — Yo kho bhante ajānanto gaṇheyya so balikataraṁ dayheyyāti. — Evam-eva kho mahārāja yo ajānanto pāpakammaṁ karoti tassa bahutaraṁ apuññan-ti. — Kallo si bhante Nāgasenāti.

Rājā āha: Bhante Nāgasena, atthi koci iminā sarīradehena Uttarakuruṁ vā gaccheyya brahmalokaṁ vā aññaṁ vā pana dīpan-ti. — Atthi mahārāja yo iminā cātummahābhūtikena kāyena Uttarakuruṁ vā gaccheyya brahmalokaṁ vā aññaṁ vā pana dīpan-ti. — Kathaṁ-bhante Nāgasena iminā cātummahābhūtikena kāyena Uttarakuruṁ vā gaccheyya brahmalokaṁ vā aññaṁ vā

[3] pāpaṁ kammaṁ B. [7] vediyati A. [17-19] balavataraṁ Bb. bahutaraṁ M. [27-28] ḍayh- M.

pana dīpan-ti. — Abhijānāsi nu tvaṁ mahārāja imissā pathaviyā vidatthiṁ vā ratanaṁ vā langhitvā ti. — Āma bhante, abhijānāmi; ahaṁ-bhante Nāgasena aṭṭha pi ratanīyo langhāmīti. — Kathaṁ tvaṁ mahārāja aṭṭha pi ratanīyo langhesīti. — Ahaṁ hi bhante cittaṁ uppādemi: ettha nipatissāmīti; saha cittuppādena kāyo me lahuko hotīti. — Evam-eva kho mahārāja iddhimā bhikkhu cetovasippatto kāyaṁ citte samāropetvā cittavasena vehāsaṁ gacchatīti. — Kallo si bhante Nāgasenāti.

Rājā āha: Bhante Nāgasena, tumhe evaṁ bhaṇatha: aṭṭhikāni dīghāni yojanasatikāni pīti; rukkho pi tāva na-tthi yojanasatiko, kuto pana aṭṭhikāni dīghāni yojanasatikāni bhavissantīti. — Taṁ kim-maññasi mahārāja: sutan-te mahāsamudde pañcayojanasatikā pi macchā atthīti. — Āma bhante, sutan-ti. — Nanu mahārāja pañcayojanasatikassa macchassa aṭṭhikāni dīghāni bhavissanti yojanasatikāni pīti. — Kallo si bhante Nāgasenāti.

Rājā āha: Bhante Nāgasena, tumhe evaṁ bhaṇatha: sakkā assāsa-passāse nirodhetun-ti. — Āma mahārāja, sakkā assāsa-passāse nirodhetun-ti. — Katham-bhante Nāgasena sakkā assāsa-passāse nirodhetun-ti. — Taṁ kim-maññasi mahārāja: sutapubbo te koci kākacchamāno ti. — Āma bhante, sutapubbo ti. — Kin-nu kho mahārāja so saddo kāye namite viramеyyāti. — Āma bhante, viramеyyāti. — So hi nāma mahārāja saddo abhāvitakāyassa abhāvitasīlassa abhāvitacittassa abhāvitapaññassa kāye namite viramissati, kim-pana bhāvitakāyassa bhāvitasīlassa bhāvitacittassa bhāvitapaññassa catutthajjhānaṁ samāpannassa assāsa-passāsā na nirujjhissantīti. — Kallo si bhante Nāgasenāti.

Rājā āha: Bhante Nāgasena, samuddo samuddo ti vuccati, kena kāraṇena udakaṁ samuddo ti vuccatīti. —

---

[1] ratanaṁ AbC. [2] langhinti M. [14-17] namate all except Bb.

Thero āha: Yattakaṁ mahārāja udakaṁ tattakaṁ loṇaṁ, yattakaṁ loṇaṁ tattakaṁ udakaṁ, tasmā samuddo ti vuccatīti. — Kallo si bhante Nāgasenāti.

Rājā āha: Bhante Nāgasena, kena kāraṇena samuddo ekaraso loṇaraso ti. — Cirasaṇṭhitattā kho mahārāja udakassa samuddo ekaraso loṇaraso ti. — Kallo si bhante Nāgasenāti.

Rājā āha: Bhante Nāgasena, sakkā sabbaṁ sukhumaṁ chinditun-ti. — Āma mahārāja, sakkā sabbaṁ sukhumaṁ chinditun-ti. — Kim-pana bhante sabbaṁ sukhuman-ti. — Dhammo kho mahārāja sabbasukhumo, na kho mahārāja dhammā sabbe sukhumā, sukhuman-ti vā thūlan-ti vā mahārāja dhammānam-etam-adhivacanaṁ, yaṁ kiñci chinditabbaṁ sabbaṁ taṁ paññāya chindati, n'atthi dutiyaṁ paññāya chedanan-ti. — Kallo si bhante Nāgasenāti.

Rājā āha: Bhante Nāgasena, viññāṇan-ti vā paññā ti vā bhūtasmiṁ jīvo ti vā, ime dhammā nānatthā c' eva nānābyañjanā ca, udāhu ekatthā, byañjanam-eva nānan-ti. — Vijānanalakkhaṇaṁ mahārāja viññāṇaṁ, pajānanalakkhaṇā paññā, bhūtasmiṁ jīvo na upalabbhatīti. Yadi jīvo na upalabbhati, atha ko carahi cakkhunā rūpaṁ passati, sotena saddaṁ suṇāti, ghānena gandhaṁ ghāyati, jivhāya rasaṁ sāyati, kāyena phoṭṭhabbaṁ phusati, manasā dhammaṁ vijānātīti. — Thero āha: Yadi jīvo cakkhunā rūpaṁ passati — pe — manasā dhammaṁ vijānāti, so jīvo cakkhudvāresu uppāṭitesu mahantena ākāsena bahimukho suṭṭhutaraṁ rūpaṁ passeyya, sotesu uppāṭitesu ghāne uppāṭite jivhāya uppāṭitāya kāye uppāṭite mahantena ākāsena suṭṭhutaraṁ saddaṁ suṇeyya gandhaṁ ghāyeyya rasaṁ sāyeyya phoṭṭhabbaṁ phuseyyāti. — Na

---

[9] sabbasukhumaṁ M. [11] sabbasukhumā M [14] nānatthā AB. [22] atha kho ABC.

hi bhante ti. — Tena hi mahārāja bhūtasmiṁ jīvo na upalabbhatīti. — Kallo si bhante Nāgasenāti.

Thero āha: Dukkaraṁ mahārāja Bhagavatā katan-ti. — Kim-pana bhante Nāgasena Bhagavatā dukkaraṁ katan-ti. — Dukkaraṁ mahārāja Bhagavatā kataṁ: imesaṁ arūpīnaṁ cittacetasikānaṁ dhammānaṁ ekārammaṇe vattamānānaṁ vavatthānaṁ akkhātaṁ: ayaṁ phasso, ayaṁ vedanā, ayaṁ saññā, ayaṁ cetanā, idaṁ cittan-ti. — Opammaṁ karohīti. — Yathā mahārāja kocid-eva puriso nāvāya mahāsamuddaṁ ajjhogāhitvā hatthapuṭena udakaṁ gahetvā jivhāya sāyitvā — jāneyya nu kho mahārāja so puriso: idaṁ Gangāya udakaṁ, idaṁ Yamunāya udakaṁ, idaṁ Aciravatiyā udakaṁ, idaṁ Sarabhuyā udakaṁ, idaṁ Mahiyā udakan-ti. — Dukkaraṁ bhante jānitun-ti. — Ato dukkarataraṁ kho mahārāja Bhagavatā kataṁ: imesaṁ arūpīnaṁ cittacetasikānaṁ dhammānaṁ ekārammaṇe vattamānānaṁ vavatthānaṁ akkhātaṁ: ayaṁ phasso, ayaṁ vedanā, ayaṁ saññā, ayaṁ cetanā, idaṁ cittan-ti. — Suṭṭhu bhante ti rājā abbhanumodi.

Sattamo vaggo.

Thero āha: Jānāsi kho mahārāja sampati kā velā ti. — Āma bhante, jānāmi, sampati paṭhamo yāmo atikkanto, majjhimo yāmo vattati, ukkā padīpiyanti, cattāri paṭākāni āṇattāni, gamissanti bhaṇḍato rājadeyyā ti. — Yonakā evam-āhaṁsu: Kallo si mahārāja, paṇḍito bhikkhūti. — Āma bhaṇe, paṇḍito thero, ediso ācariyo bhaveyya mādiso

---

[8] dhammānaṁ om ABC. [10] ajjhogahetvā ABC, -gāhetvā M. [15] tato Ab, ito M [24] sace ediso M.

ca antevāsī, nacirass' eva paṇḍito dhammaṁ ājāneyyāti. — Tassa pañhaveyyākaraṇena tuṭṭho rājā theraṁ Nāgasenaṁ satasahassagghanakena kambalena acchādetvā: Bhante Nāgasena, ajjatagge te aṭṭhasataṁ bhattaṁ paññāpemi, yaṁ kiñci antepure kappiyaṁ tena ca pavāremīti āha. — Alaṁ mahārāja, jīvāmīti. — Jānāmi bhante Nāgasena jīvasi, api ca attānañ-ca rakkha mamañ-ca rakkhāhi; kathaṁ attānaṁ rakkhasi: Nāgaseno Milindaṁ rājānaṁ pasādesi na ca kiñci alabhīti parāpavādo āgaccheyyāti, evaṁ attānaṁ rakkha; kathaṁ mamaṁ rakkhasi: Milindo rājā pasanno pasannākāraṁ na karotīti parāpavādo āgaccheyyāti, evaṁ mamaṁ rakkhāhīti. — Tathā hotu mahārājāti. — Seyyathā pi bhante sīho migarājā suvaṇṇapañjare pakkhitto pi bahimukho yeva hoti, evam-eva kho 'haṁ bhante kiñcāpi agāraṁ ajjhāvasāmi, bahimukho yeva pana acchāmi, sace 'haṁ bhante agārasmā anagāriyaṁ pabbajeyyaṁ na ciraṁ jīveyyaṁ, bahū me paccatthikā ti.

Atha kho āyasmā Nāgaseno Milindassa rañño pañhaṁ vissajjetvā uṭṭhāy' āsanā saṅghārāmaṁ agamāsi. Acirapakkante ca āyasmante Nāgasene Milindassa rañño etad-ahosi: Kiṁ mayā pucchitaṁ, kiṁ bhadantena vissajjitan-ti. Atha kho Milindassa rañño etad-ahosi: Sabbaṁ mayā supucchitaṁ, sabbaṁ bhadantena suvissajjitan-ti. Āyasmato pi Nāgasenassa saṅghārāmaṁ gatassa etad-ahosi: Kiṁ Milindena raññā pucchitaṁ, kiṁ mayā vissajjitan-ti. Atha kho āyasmato Nāgasenassa etad-ahosi: Sabbaṁ Milindena raññā supucchitaṁ, sabbaṁ mayā suvissajjitan-ti. Atha kho āyasmā Nāgaseno tassā rattiyā accayena pubbaṇhasamayaṁ nivāsetvā pattacīvaram-ādāya yena Milindassa rañño nivesanaṁ ten' upasaṅkami, upasaṅkamitvā paññatte āsane nisīdi. Atha kho Milindo rājā āyasmantaṁ Nāgasenaṁ abhivādetvā

---

[9] rakkhāhīti all. [10] mama BC. [11] bahu all.

ekamantaṁ nisīdi, ekamantaṁ nisinno kho Milindo rājā āyasmantaṁ Nāgasenaṁ etad-avoca: Mā kho bhadantassa evaṁ ahosi: Nāgaseno mayā pañhaṁ pucchito ti ten' eva somanassena na taṁ rattāvasesaṁ supiti, na te evaṁ daṭṭhabbaṁ; tassa mayhaṁ bhante taṁ rattāvasesaṁ etad-ahosi: kiṁ mayā pucchitaṁ, kiṁ bhadantena vissajjitan-ti; sabbaṁ mayā supucchitaṁ, sabbaṁ bhadantena suvissajjitan-ti. Thero pi evam-āha: Mā kho mahārājassa evaṁ ahosi: Milindassa rañño mayā pañho vissajjito ti ten' eva somanassena taṁ rattāvasesaṁ vītināmesīti, na te evaṁ daṭṭhabbaṁ; tassa mayhaṁ mahārāja taṁ rattāvasesaṁ etad-ahosi: kiṁ Milindena raññā pucchitaṁ, kiṁ mayā vissajjitan-ti; sabbaṁ Milindena raññā supucchitaṁ, sabbaṁ mayā suvissajjitan-ti. — Iti ha te mahānāgā aññamaññassa subhāsitaṁ samanumodiṁsūti.

Milindapañhānaṁ pucchāvissajjanā samattā.

---

* somanassena taṁ AbCM.

Bhassappavedī vetaṇḍī atibuddhi vicakkhaṇo
Milindo ñāṇabhedāya Nāgasenam upāgami.
Vasanto tassa chāyāya paripucchanto punappunaṃ
pabhinnabuddhi hutvāna so pi āsi tipeṭako.
Navaṅgaṃ anumajjanto rattibhāge rahogato
addakkhi meṇḍake pañhe dunniveṭhe saniggahe:
Pariyāyabhāsitaṃ atthi, atthi sandhāya bhāsitaṃ,
sabhāvabhāsitaṃ atthi Dhammarājassa sāsane.
Tesaṃ atthaṃ aviññāya meṇḍake Jinabhāsite
anāgatamhi addhāne viggaho tattha hessati.
Handa kathiṃ pasādetvā chejjapessāmi meṇḍake,
tassa niddiṭṭhamaggena niddisissanty anāgate ti.

Atha kho Milindo rājā pabhātāya rattiyā uggate aruṇe sīsaṃ nahātvā sirasi añjaliṃ paggahetvā atītānāgata-paccuppanne sammāsambuddhe anussaritvā aṭṭha vatapadāni samādiyi: Ito me anāgatāni satta divasāni aṭṭha guṇe samādiyitvā tapo caritabbo bhavissati, so 'haṃ ciṇṇatapo samāno ācariyaṃ ārādhetvā meṇḍake pañhe pucchissāmīti. Atha kho Milindo rājā pakatidussayugaṃ apanetvā ābharaṇāni ca omuñcitvā kāsāyaṃ nivāsetvā muṇḍakapaṭisīsakaṃ sīse paṭimuñcitvā munibhāvaṃ upagantvā aṭṭha guṇe samādiyi: Imaṃ sattāhaṃ mayā na rājatthe anusāsitabbo, na rāgūpasaṃhitaṃ cittaṃ uppādetabbaṃ, na dosūpasaṃhitaṃ cittaṃ uppādetabbaṃ, na mohūpasaṃhitaṃ cittaṃ uppādetabbaṃ, dāsakammakara-porisa-jane pi nivātavuttinā bhavitabbaṃ,

[11] bhedāpessāmi M. [12] niddisissant' anāg. A., -ssanti 'nāg. B. [13] nahāyitvā A. [14] samādiyitvā AC.

kāyikaṃ vācasikaṃ anurakkhitabbaṃ, cha pi āyatanāni niravasesato anurakkhitabbāni, mettābhāvanāya mānasaṃ pakkhipitabban-ti ime aṭṭha guṇe samādiyitvā tesv-eva aṭṭhasu guṇesu mānasaṃ patiṭṭhapetvā bahi anikkhamitvā sattāhaṃ vītināmetvā aṭṭhame divase pabhātāya rattiyā pag-eva pātarāsaṃ katvā okkhittacakkhu mitabhāṇī susaṇṭhitena iriyāpathena avikkhittena cittena haṭṭhena udaggena vippasannena theraṃ Nāgasenaṃ upasaṅkamitvā therassa pāde sirasā vanditvā ekamantaṃ ṭhito idam-avoca:

Atthi me bhante Nāgasena koci attho tumhehi saddhiṃ mantayitabbo, na tattha añño koci tatiyo icchitabbo, suññe okāse pavivitte araññe aṭṭhaṅgupāgate samaṇasāruppe tattha so pañho pucchitabbo bhavissati, tattha me guyhaṃ na kātabbaṃ na rahassakaṃ, arahām' ahaṃ rahassakaṃ suṇituṃ sumantane upagate. Upamāya pi so attho upaparikkhitabbo, yathā kiṃ viya: Yathā nāma bhante Nāgasena mahāpaṭhavī nikkhepaṃ arahati nikkhepe upagate, evam-eva kho bhante Nāgasena arahām' ahaṃ rahassakaṃ suṇituṃ sumantane upagate ti.

Guruṇā pi saha pavivittaṃ pavanaṃ pavisitvā idam-avoca: Bhante Nāgasena, idha purisena mantayitukāmena aṭṭha-ṭṭhānāni parivajjayitabbāni bhavanti, na tesu ṭhānesu viññū puriso atthaṃ manteti, mantito pi attho paripatati na sambhavati; katamāni aṭṭha-ṭṭhānāni: visamaṭṭhānaṃ parivajjanīyaṃ, sabhayaṃ parivajjanīyaṃ, ativātaṭṭhānaṃ parivajjanīyaṃ, paṭicchannaṭṭhānaṃ parivajjanīyaṃ, devaṭṭhānaṃ parivajjanīyaṃ, pantho parivajjanīyo, saṅkamo parivajjanīyo, udakatitthaṃ parivajjanīyaṃ, imāni aṭṭha-ṭṭhānāni parivajjanīyānīti. — Thero āha: Ko doso visamaṭṭhāne sabhaye ativāte paṭicchanne devaṭṭhāne panthe saṅkame udakatitthe ti. — Visame

[4] patiṭṭhāpetvā A. [9] etadavoca B. [16] sumantane ACM. [20] sumantane ACMa. [21] pavivittūpavanaṃ A. [22] sumantayitu- A. [28] patho, pathe M throughout.

bhante Nāgasena mantito attho vikirati vidhamati paggharati na sambhavati; sabhaye mano santasati, santasito na sammā attham samanupassati; ativāte saddo avibhūto hoti; paṭicchanne upassutim tiṭṭhanti; devaṭṭhāne mantito attho garukam pariṇamati; panthe mantito attho tuccho bhavati; sankame calācalo bhavati; udakatitthe pākaṭo bhavati. Bhavatiha:

Visamam sabhayam ativāto paṭicchannam devanissitam pantho ca sankamo tittham, aṭṭh' ete parivajjayāti.

Bhante Nāgasena, aṭṭh' ime puggalā mantiyamānā mantitam attham byāpādenti, katame aṭṭha: rāgacarito dosacarito mohacarito mānacarito luddho alaso ekacintī bālo ti, ime aṭṭha puggalā mantitam attham byāpādentīti. — Thero āha: Tesam ko doso ti. — Rāgacarito bhante Nāgasena rāgavasena mantitam attham byāpādeti, dosacarito dosavasena mantitam attham byāpādeti, mohacarito mohavasena mantitam attham byāpādeti, mānacarito mānavasena mantitam attham byāpādeti, luddho lobhavasena mantitam attham byāpādeti, alaso alasatāya mantitam attham byāpādeti, ekacintī ekacintitāya mantitam attham byāpādeti, bālo bālatāya mantitam attham byāpādeti. Bhavatiha:

Ratto duṭṭho ca mūḷho ca mānī luddho tathā 'laso ekacintī ca bālo ca, ete atthavināsakā ti.

Bhante Nāgasena, nav' ime puggalā mantitam guyham vivaranti na dhārenti, katame nava: rāgacarito dosacarito mohacarito bhīruko āmisagaruko itthī soṇḍo paṇḍako dārako ti. — Thero āha: Tesam ko doso ti. — Rāgacarito bhante Nāgasena rāgavasena mantitam guyham vivarati na dhāreti, duṭṭho dosavasena mantitam guyham vivarati na dhāreti, mūḷho mohavasena mantitam guyham vivarati na dhāreti, bhīruko bhayavasena mantitaṁ guyhaṁ vivarati na dhāreti, āmisagaruko āmisahetu mantitaṁ guyhaṁ vivarati na dhāreti, itthī ittaratāya mantitaṁ guyhaṁ vivarati na dhāreti, soṇḍiko surālolatāya mantitaṁ guyhaṁ vivarati na dhāreti, paṇḍako anekaṁsikatāya mantitaṁ guyhaṁ vivarati na dhāreti, dārako capalatāya mantitaṁ guyhaṁ vivarati na dhāreti. Bhavatiha:

Ratto duṭṭho ca mūḷho ca bhīru āmisacakkhuko
itthī soṇḍo paṇḍako ca, navamo bhavati dārako:
Nav' ete puggalā loke ittarā calitā calā;
etehi mantitaṁ guyhaṁ khippaṁ bhavati pākaṭan - ti.

Bhante Nāgasena, aṭṭhahi kāraṇehi buddhi pariṇamati paripākaṁ gacchati, katamehi aṭṭhahi: vayapariṇāmena buddhi pariṇamati paripākaṁ gacchati, yasapariṇāmena buddhi pariṇamati paripākaṁ gacchati, paripucchāya buddhi pariṇamati paripākaṁ gacchati, titthasaṁvāsena buddhi pariṇamati paripākaṁ gacchati, yoniso manasikārena buddhi pariṇamati paripākaṁ gacchati, sākacchāya buddhi pariṇamati paripākaṁ gacchati, snehūpasevanavasena buddhi pariṇamati paripākaṁ gacchati, patirūpadesavāsena buddhi pariṇamati paripākaṁ gacchati. Bhavatīha:

Vayena yasa-pucchāhi titthavāsena yoniso
sākacchā' snehasaṁsevā' patirūpavasena ca:
Etāni aṭṭha ṭhānāni buddhivisadakārakā,
yesaṁ etāni sambhonti tesaṁ buddhi pabhijjatīti.

Bhante Nāgasena, ayaṁ bhumibhāgo aṭṭha-mantadosavivajjito, ahañ-ca loke paramo mantisahāyo, guyham-anurakkhī cāhaṁ, yāvāhaṁ jīvissāmi tāva guyham-anurakkhissāmi, aṭṭhahi ca me kāraṇehi buddhi pariṇāmaṁ gatā; dullabho etarahi mādiso antevāsī.

Sammā paṭipanne antevāsike ye ācariyānaṁ pañcavīsati ācariyaguṇā tehi guṇehi ācariyena sammā paṭipajjitabbaṁ. Katame pañcavīsati guṇā: idha bhante ācariyena antevāsimhi satataṁ samitaṁ ārakkhā upaṭṭhapetabbā, asevana-sevanā jānitabbā, pamattāppamattatā jānitabbā, seyyāvakāso jānitabbo, gelaññaṁ jānitabbaṁ, bhojanaṁ laddhāladdhaṁ jānitabbaṁ, viseso jānitabbo, pattagataṁ saṁvibhajitabbaṁ, assāsetabbo: mā bhāyi, attho te abhikkamatîti, iminā puggalena paṭicaratîti paṭicāro jānitabbo, gāme paṭicāro jānitabbo, vihāre paṭicāro jānitabbo, na tena saha sallāpo kātabbo, chiddaṁ disvā adhivāsetabbaṁ, sakkaccakārinā bhavitabbaṁ, akhaṇḍakārinā bhavitabbaṁ, arahassakārinā bhavitabbaṁ, niravasesakārinā bhavitabbaṁ, janem' imaṁ sippesûti janakacittaṁ upaṭṭhapetabbaṁ, kathaṁ ayaṁ na parihāyeyyâti vaḍḍhicittaṁ upaṭṭhapetabbaṁ, balavaṁ imaṁ karomī sikkhābalenâti cittaṁ upaṭṭhapetabbaṁ, mettacittaṁ upaṭṭhapetabbaṁ, āpadāsu na vijahitabbaṁ, karaṇīye na-ppamajjitabbaṁ, khalite dhammena paggahetabbo ti. Ime kho bhante pañcavīsati ācariyassa ācariyaguṇā, tehi guṇehi mayi sammā paṭipajjassu. Saṁsayo me bhante uppanno, atthi meṇḍakapañhā Jinabhāsitā, anāgate addhāne tattha viggaho uppajjissati, anāgate ca addhāne dullabhā bhavissanti tumhādisā buddhimanto, tesu me pañhesu cakkhuṁ dehi paravādānaṁ niggahāyâti.

Thero sādhûti sampaṭicchitvā dasa upāsakassa upāsakaguṇe paridīpesi: Dasa ime mahārāja upāsakassa upāsakaguṇā, katame dasa: idha mahārāja upāsako saṅghena samānasukhadukkho hoti, dhammādhipateyyo hoti, yathābalaṁ saṁvibhāgarato hoti, Jinasāsanaparihāniṁ disvā abhivaḍḍhiyā vāyamati, sammādiṭṭhiko hoti, apagatakotūhalamaṅgaliko jīvitahetu pi na aññaṁ satthāraṁ uddisati, kāyikaṁ vācasikañ-c' assa rakkhitaṁ hoti, samaggārāmo hoti samaggarato, anusuyyako hoti, na ca kuhanavasena sāsane carati, Buddhaṁ saraṇaṁ gato hoti, dhammaṁ saraṇaṁ gato hoti, saṅghaṁ saraṇaṁ gato hoti. Ime kho mahārāja dasa upāsakassa upāsakaguṇā, te sabbe guṇā tayi saṁvijjanti, taṁ te yuttaṁ pattaṁ anucchavikaṁ patirūpaṁ yaṁ tvaṁ Jinasāsanaparihāniṁ disvā abhivaḍḍhiṁ icchasi. Karomi te okāsaṁ, puccha maṁ tvaṁ yathāsukhan-ti.

Atha kho Milindo rājā katāvakāso nipacca guruno pāde sirasi añjaliṁ katvā etad-avoca: Bhante Nāgasena, ime titthiyā evaṁ bhaṇanti: yadi Buddho pūjaṁ sādiyati na parinibbuto Buddho, saṁyutto lokena antobhaviko lokasmiṁ lokasādhāraṇo, tasmā tassa kato adhikāro vañjho bhavati aphalo; yadi parinibbuto, visaṁyutto lokena nissaṭo sabbabhavehi, tassa pūjā na uppajjati, parinibbuto na kiñci sādiyati, asādiyantassa kato adhikāro vañjho bhavati aphalo ti. Ubhatokoṭiko 'eso pañho, n' eso visayo appattamānasānaṁ, mahantānaṁ yev' eso visayo, bhind' etaṁ diṭṭhijālaṁ, ekaṁse ṭhapaya, tav' eso pañho anuppatto, anāgatānaṁ Jinaputtānaṁ cakkhuṁ dehi paravādaniggahāyāti. — Thero āha: Parinibbuto mahārāja Bhagavā, na ca Bhagavā pūjaṁ sādiyati, bodhimūle yeva Tathāgatassa sādiyanā pahīnā, kim-pana anupādisesāya nibbānadhātuyā parinibbutassa. Bhāsitam-p' etaṁ mahārāja therena Sāriputtena Dhammasenāpatinā:

Pūjiyantā asamasamā sadevamānusehi te
na sādiyanti sakkāraṁ, buddhānaṁ esa dhammatā ti.

Rājā āha: Bhante Nāgasena, putto vā pituno vaṇṇaṁ bhāsati pitā vā puttassa vaṇṇaṁ bhāsati, na c' etaṁ kāraṇaṁ paravādānaṁ niggahāya, pasādappakāsanaṁ nām' etaṁ, iṅgha me tvaṁ tattha kāraṇaṁ sammā brūhi sakavādassa patiṭṭhāpanāya diṭṭhijālaviniveṭhanāyâti. — Thero āha: Parinibbuto mahārāja Bhagavā, na ca Bhagavā pūjaṁ sādiyati, asādiyantass' eva Tathāgatassa devamanussā dhāturatanaṁ vatthuṁ karitvā Tathāgatassa ñāṇaratanārammaṇena sammāpaṭipattiṁ sevantā tisso sampattiyo paṭilabhanti. Yathā mahārāja mahatimahāaggikkhandho pajjalitvā nibbāyeyya, api nu kho so mahārāja aggikkhandho sādiyati tiṇakaṭṭhupādānan-ti. — Jalamāno pi so bhante mahāaggikkhandho tiṇakaṭṭhupādānaṁ na sādiyati, kim-pana nibbuto upasanto acetano sādiyatîti. — Tasmiṁ pana mahārāja aggikkhandhe uparate upasante loke aggi suñño hotîti. — Na hi bhante, kaṭṭhaṁ aggissa vatthu hoti upādānaṁ, ye keci manussā aggikāmā te attano thāmabalaviriyena paccattapurisakārena kaṭṭhaṁ manthayitvā aggiṁ nibbattetvā tena agginā aggikaraṇīyani kammāni karontîti. — Tena hi mahārāja titthiyānaṁ vacanaṁ micchā bhavati: asādiyantassa kato adhikāro vañjho bhavati aphalo ti. Yathā mahārāja mahatimahāaggikkhandho pajjali, evam-eva Bhagavā dasasahassimhi lokadhātuyā buddhasiriyā pajjali; yathā mahārāja mahatimahāaggikkhandho pajjalitvā nibbuto, evam-eva Bhagavā dasasahassimhi lokadhātuyā buddhasiriyā pajjalitvā anupādisesāya nibbānadhātuyā parinibbuto; yathā mahārāja nibbuto aggikkhandho tiṇakaṭṭhupādānaṁ na sādiyati, evam-eva kho lokahitassa sādiyanā pahīnā upasantā; yathā mahārāja manussā nibbute aggikkhandhe anupādānā attano thāmabalaviriyena paccattapurisakārena kaṭṭhaṁ manthayitvā aggiṁ nibbattetvā tena agginā aggikaraṇīyāni kammāni karonti, evam-eva devamanussā Tathāgatassa parinibbutassa asādiyantass' eva dhāturatanaṁ vatthuṁ karitvā Tathāgatassa ñāṇara-

---

[7] nibbāpeyya AC. [9] -kaṭṭhū- B throughout. [13] kaṭṭhaṁ bhante aggissa BC. [14] -purisakkārena ABC throughout.

tanārammaṇena sammāpaṭipattiṃ sevantā tisso sampattiyo paṭilabhanti. Iminā pi mahārāja kāraṇena Tathāgatassa parinibbutassa asādiyantass' eva kato adhikāro avañjho bhavati saphalo ti.

Aparam - pi mahārāja uttariṃ kāraṇaṃ suṇohi yena kāraṇena Tathāgatassa parinibbutassa asādiyantass' eva kato adhikāro avañjho bhavati saphalo: yathā mahārāja mahatimahāvāto vāyitvā uparameyya, api nu kho so mahārāja uparato vāto sādiyati puna nibbattāpanan - ti. — Na hi bhante uparatassa vātassa ābhogo vā manasikāro vā puna nibbattāpanāya, kiṅkāraṇaṃ: acetanā sā vāyodhātūti. — Api nu tassa mahārāja uparatassa vātassa vāto ti samaññā upagacchatīti. — Na hi bhante, tālavaṇṭa-vidhūpanāni vātassa uppattiyā paccayā, ye keci manussā uṇhābhitattā pariḷāhaparipīḷitā te tālavaṇṭena vā vidhūpanena vā attano thāmabalaviriyena paccattapurisakārena vātaṃ nibbattetvā tena vātena uṇhaṃ nibbāpenti pariḷāhaṃ vūpasamentīti. — Tena hi mahārāja titthiyānaṃ vacanaṃ micchā bhavati: asādiyantassa kato adhikāro vañjho bhavati aphalo ti. Yathā mahārāja mahatimahāvāto vāyi, evam - eva Bhagavā dasasahassimhi lokadhātuyā sītala-madhura-santa-sukhuma mettāvātena upavāyi; yathā mahārāja mahatimahāvāto vāyitvā uparato, evam - eva Bhagavā sītala-madhura-santa-sukhuma-mettāvātena upavāyitvā anupādisesāya nibbānadhātuyā parinibbuto; yathā mahārāja uparato vāto puna nibbattāpanaṃ na sādiyati, evam - eva lokahitassa sādiyanā pahīnā opasantā; yathā mahārāja te manussā uṇhābhitattā pariḷāhaparipīḷitā, evam - eva devamanussā tividhaggi-santāpa-pariḷāha-paripīḷitā; yathā tālavaṇṭa-vidhūpanāni vātassa nibbattiyā paccayā honti, evam - eva Tathāgatassa dhātu ca ñāṇaratanañ - ca paccayo hoti tissannaṃ sam-

[1] ūkāraṇa alt.

pattinaṁ paṭilābhāya; yathā manussā uṇhābhitattā pariḷāhaparipīḷitā tālavaṇṭena vā vidhūpanena vā vātaṁ nibbattetvā uṇhaṁ nibbāpenti pariḷāhaṁ vūpasamenti, evam-eva devamanussā Tathāgatassa parinibbutassa asādiyantass' eva dhātuñ-ca ñāṇaratanañ-ca pūjetvā kusalaṁ nibbattetvā tena kusalena tividhaggi-santāpa-pariḷāhaṁ nibbāpenti vūpasamenti. Iminā pi mahārāja kāraṇena Tathāgatassa parinibbutassa asādiyantass' eva kato adhikāro avañjho bhavati saphalo ti.

Aparam-pi mahārāja uttariṁ kāraṇaṁ suṇohi paravādānaṁ niggahāya: yathā mahārāja puriso bheriṁ ākoṭetvā saddaṁ nibbatteyya, yo so bherisaddo purisena nibbattito so saddo antaradhāyeyya, api nu kho so mahārāja saddo sādiyati puna nibbattāpanan-ti. — Na hi bhante, antarahito so saddo, na-tthi tassa puna uppādāya ābhogo vā manasikāro vā, sakiṁ nibbatte bherisadde antarahite so bherisaddo samucchinno hoti, bheri pana bhante paccayo hoti saddassa nibbattiyā, atha puriso paccaye sati attajena vāyāmena bheriṁ ākoṭetvā saddaṁ nibbatteti ti. — Evam-eva kho mahārāja Bhagavā sīla-samādhi-paññā-vimutti-vimuttiñāṇadassana-paribhāvitaṁ dhāturatanañ-ca dhammañ-ca vinayañ-ca anusatthiñ-ca satthāraṁ ṭhapayitvā sayaṁ anupādisesāya nibbānadhātuyā parinibbuto, na ca parinibbute Bhagavati sampattilābho upacchinno hoti, bhavadukkhapaṭipīḷitā sattā dhāturatanañ-ca dhammavinayañ-ca anusatthiñ-ca paccayaṁ karitvā sampattikāmā sampattiyo paṭilabhanti. Iminā pi mahārāja kāraṇena Tathāgatassa parinibbutassa asādiyantass' eva kato adhikāro avañjho bhavati saphalo ti. Diṭṭhañ-c' etaṁ mahārāja Bhagavatā anāgatam-addhānaṁ kathitañ-ca bhaṇitañ-ca ācikkhitañ-ca: Siyā kho pan' Ānanda tumhākaṁ evam-assa: atīta-

---

[11] ānusatthiñca B twice, C once. [12] dhammavinayañca B. [13] ṭhapetvā B.

satthukaṁ pāvacanaṁ, na-tthi no satthā ti; na kho pan' etaṁ Ānanda evaṁ daṭṭhabbaṁ, yo vo Ānanda mayā dhammo ca vinayo ca desito paññatto so vo mam' accayena satthā ti. Parinibbutassa Tathāgatassa asādiyantassa kato adhikāro vañjho bhavati aphalo ti taṁ tesaṁ titthiyānaṁ vacanaṁ micchā abhūtaṁ vitathaṁ alikaṁ viruddhaṁ viparītaṁ, dukkhadāyakaṁ dukkhavipākaṁ apāyagamanīyan-ti.

Aparam-pi mahārāja uttariṁ kāraṇaṁ suṇohi yena kāraṇena Tathāgatassa parinibbutassa asādiyantass' eva kato adhikāro avañjho bhavati saphalo: sādiyati nu kho mahārāja ayaṁ mahāpaṭhavī: sabbabījāni mayi saṁvirūhantūti. — Na hi bhante ti. — Kissa pana tāni mahārāja bījāni asādiyantiyā mahāpaṭhaviyā saṁvirūhitvā daḷhamūlajaṭā-patiṭṭhitā khandhasārasākhā-parivitthiṇṇā pupphaphaladharā hontīti. — Asādiyantī pi bhante mahāpaṭhavī tesaṁ bījānaṁ vatthu hoti paccayaṁ deti virūhanāya, tāni bījāni taṁ vatthuṁ nissāya tena paccayena saṁvirūhitvā daḷhamūlajaṭā-patiṭṭhitā khandhasārasākhā-parivitthiṇṇā pupphaphaladharā hontīti. — Tena hi mahārāja titthiyā sake vāde naṭṭhā honti hatā viruddhā, sace te bhaṇanti: asādiyantassa kato adhikāro vañjho bhavati aphalo ti. Yathā mahārāja mahāpaṭhavī evaṁ Tathāgato arahaṁ sammāsambuddho, yathā mahārāja mahāpaṭhavī na kiñci sādiyati evaṁ Tathāgato na kiñci sādiyati, yathā mahārāja tāni bījāni paṭhaviṁ nissāya saṁvirūhitvā daḷhamūlajaṭā-patiṭṭhitā khandhasārasākhā-parivitthiṇṇā pupphaphaladharā honti evaṁ devamanussā Tathāgatassa parinibbutassa asādiyantass' eva dhātuñ-ca ñāṇaratanañ-ca nissāya daḷhakusalamūla-patiṭṭhitā samādhikkhandha-dhammasāra-sīlasākhā-parivitthiṇṇā vimuttipuppha-sāmaññaphaladharā honti. Iminā pi ma-

[7] dukkhadāyakaṁ om. BC. [8] -gāminīyanti AaB. [9] -hantīti B. [10] asādiyanti all. [11] vatthuṁ AC. [12] samādhikkhandha- CM.

hārāja kāraṇena Tathāgatassa parinibbutassa asādiyantass' eva kato adhikāro avañjho bhavati saphalo ti.

Aparam-pi mahārāja uttariṁ kāraṇaṁ suṇohi yena kāraṇena Tathāgatassa parinibbutassa asādiyantass' eva kato adhikāro avañjho bhavati saphalo: sādiyanti nu kho mahārāja ime oṭṭhā goṇā gadrabhā ajā pasū manussā antokucchismiṁ kimikulānaṁ sambhavan-ti. — Na hi bhante ti. — Kissa pana te mahārāja kimayo tesaṁ asādiyantānaṁ antokucchismiṁ sambhavitvā bahuputtanattā vepullataṁ pāpuṇantīti. — Pāpassa bhante kammassa balavatāya asādiyantānaṁ yeva tesaṁ sattānaṁ antokucchismiṁ kimayo sambhavitvā bahuputtanattā vepullataṁ pāpuṇantīti. — Evam-eva kho mahārāja Tathāgatassa parinibbutassa asādiyantass' eva dhātussa ca ñāṇārammaṇassa ca balavatāya Tathāgate kato adhikāro avañjho bhavati saphalo ti.

Aparam-pi mahārāja uttariṁ kāraṇaṁ suṇohi yena kāraṇena Tathāgatassa parinibbutassa asādiyantass' eva kato adhikāro avañjho bhavati saphalo: sādiyanti nu kho mahārāja ime manussā: ime aṭṭhanavuti rogā kāye nibbattantūti. — Na hi bhante ti. — Kissa pana te mahārāja rogā asādiyantānaṁ kāye nipatantīti. — Pubbe katena bhante duccaritenāti. — Yadi mahārāja pubbe kataṁ akusalaṁ idha vedanīyaṁ hoti, tena hi mahārāja pubbe katam-pi idha katam-pi kusalākusalaṁ kammaṁ avañjhaṁ bhavati saphalan-ti. Iminā pi mahārāja kāraṇena Tathāgatassa parinibbutassa asādiyantass' eva kato adhikāro avañjho bhavati saphalo ti.

Sutapubbaṁ pana tayā mahārāja Nandako nāma yakkho theraṁ Sāriputtaṁ āsādayitvā paṭhaviṁ paviṭṭho ti. — Āma bhante, sūyati, loke pākaṭo eso ti. — Api nu kho mahārāja thero Sāriputto sādiyi Nandakassa yakkhassa

---

[1] pasū all. [2] asādiyitvā BCM, apasādayitvā A.

mahāpaṭhavīgilanan-ti. — Ubbattiyante pi bhante sadevake loke, patamāne pi chamāyaṁ candimasuriye, vikirante pi Sinerupabbatarāje, thero Sāriputto na parassa dukkhaṁ sādiyeyya, taṁ kissa hetu: yena hetunā thero Sāriputto kujjheyya vā dusseyya vā so hetu therassa Sāriputtassa samūhato samucchinno, hetuno samugghātitattā bhante thero Sāriputto jīvitahārake pi kopaṁ na kareyyāti. — Yadi mahārāja thero Sāriputto Nandakassa yakkhassa paṭhavīgilanaṁ na sādiyi kissa pana Nandako yakkho paṭhaviṁ paviṭṭho ti. — Akusalassa bhante kammassa balavatāyāti. — Yadi mahārāja akusalassa kammassa balavatāya Nandako yakkho paṭhaviṁ paviṭṭho, asādiyantassāpi kato aparādho avañjho bhavati saphalo, tena hi mahārāja kusalassa pi kammassa balavatāya asādiyantassa kato adhikāro avañjho bhavati saphalo ti. Iminā pi mahārāja kāraṇena Tathāgatassa parinibbutassa asādiyantass' eva kato adhikāro avañjho bhavati saphalo ti.

Kati nu kho te mahārāja manussā ye etarahi mahāpaṭhaviṁ paviṭṭhā, atthi te tattha savanan-ti. — Āma bhante, sūyatīti. — Ingha tvaṁ mahārāja sāvehiti. — Ciñcamāṇavikā bhante, Suppabuddho ca Sakko, Devadatto ca thero, Nandako ca yakkho, Nando ca māṇavako ti, sutaṁ m'etaṁ bhante: ime pañca janā mahāpaṭhaviṁ paviṭṭhā ti. — Kismiṁ te mahārāja aparaddhā ti. — Bhagavati ca bhante sāvakesu cāti. — Api nu kho mahārāja Bhagavā vā sāvakā vā sādiyiṁsu imesaṁ mahāpaṭhaviṁ pavisanan-ti. — Na hi bhante ti. — Tena hi mahārāja Tathāgatassa parinibbutassa asādiyantass' eva kato adhikāro avañjho bhavati saphalo ti. — Suviññāpito bhante Nāgasena pañho gambhīro uttānīkato, guyhaṁ

---

[9] pathavi- AB. [11] kusalassāpi B; kusalakusalassa A. [22] ciñcā māṇ. Aa [27] bhagavā sāvakā all. [29] -paṭhavi- AaM. [31] uttāni- ACM.

vidaṁsitaṁ, ganthi bhinnā, gahanaṁ agahanaṁ kataṁ, naṭṭhā paravādā, bhaggā kudiṭṭhi, nippabhā jātā kutitthiyā, tvaṁ gaṇivarapavaram-āsajjāti.

—

Bhante Nāgasena, Buddho sabbaññū ti. — Āma mahārāja, Bhagavā sabbaññū, na ca Bhagavato satataṁ samitaṁ ñāṇadassanaṁ paccupaṭṭhitaṁ, āvajjanapaṭibaddhaṁ Bhagavato sabbaññutañāṇaṁ, āvajjitvā yadicchakaṁ jānātīti. — Tena hi bhante Nāgasena Buddho asabbaññū, yadi tassa pariyesanāya sabbaññutañāṇaṁ hotīti. — † Vāhasataṁ kho mahārāja vīhīnaṁ aḍḍhacūḷañ-ca vāhā vīhi satt' ammaṇāni dve ca tumbā ekaccharakkhaṇe pavattacittassa ettakā vīhi lakkhaṁ ṭhapiyamāne parikkhayaṁ pariyādānaṁ gaccheyyuṁ. Tatr' ime sattavidhā cittā pavattanti: Ye te mahārāja sarāgā sadosā samohā sakkilesā abhāvitakāyā abhāvitasīlā abhāvitacittā abhāvitapaññā tesaṁ taṁ cittaṁ garukaṁ uppajjati dandhaṁ pavattati, kiṅkāraṇaṁ: abhāvitattā cittassa. Yathā mahārāja vaṁsanāḷassa vitatassa visālassa vitthiṇṇassa saṁsibbita-visibbitassa sākhājaṭājaṭitassa ākaḍḍhiyantassa garukaṁ hoti āgamanaṁ dandhaṁ, kiṅkāraṇaṁ: saṁsibbita-visibbitattā sākhānaṁ, evam-eva kho mahārāja ye te sarāgā sadosā samohā sakkilesā abhāvitakāyā abhāvitasīlā abhāvitacittā abhāvitapaññā tesaṁ taṁ cittaṁ garukaṁ uppajjati dandhaṁ pavattati, kiṅkāraṇaṁ: saṁsibbita-visibbitattā kilesehi. Idaṁ paṭhamaṁ cittaṁ.

Tatr' idaṁ dutiyaṁ cittaṁ vibhattim-āpajjati: Ye te mahārāja sotāpannā pihitāpāyā diṭṭhippattā viññātasatthusāsanā tesaṁ taṁ cittaṁ tīsu ṭhānesu lahukaṁ

---

[1] vidhaṁsitaṁ AbM [5] -yesanā B. [8] hontīti B. [9] -cuḷakaṁ ca B. [10] vāha vīha B. [11] ekaccharakkhaṇe AC [14] sakilesā M throughout [17] kiṅkāraṇā A once, Ab 5 times, B once, C 5 times, M 4 times. [18] cittassa C, visatassa M, visattassa AacB.

uppajjati lahukaṁ pavattati, uparibhūmisu garukaṁ uppajjati dandhaṁ pavattati, kiṅkāraṇaṁ: tīsu ṭhānesu cittassa parisuddhattā, upari kilesānaṁ appahīnattā. Yathā mahārāja vaṁsanāḷassa tipabbagaṇṭhiparisuddhassa upari sākhājaṭājaṭitassa ākaḍḍhiyantassa yāva tipabbaṁ tāva lahukaṁ 'eti, tato upari thaddhaṁ, kiṅkāraṇaṁ: heṭṭhā parisuddhattā, upari sākhājaṭājaṭitattā, evam-eva kho mahārāja ye te sotāpannā pihitāpāyā diṭṭhippattā viññātasatthusāsanā tesaṁ taṁ cittaṁ tīsu ṭhānesu lahukaṁ uppajjati lahukaṁ pavattati, uparibhūmisu garukaṁ uppajjati dandhaṁ pavattati, kiṅkāraṇaṁ: tīsu ṭhānesu parisuddhattā, upari kilesānaṁ appahīnattā. Idaṁ dutiyaṁ cittaṁ.

Tatr' idaṁ tatiyaṁ cittaṁ vibhattim-āpajjati: Ye te mahārāja sakadāgāmino, yesaṁ rāga-dosa-mohā tanubhūtā, tesaṁ taṁ cittaṁ pañcasu ṭhānesu lahukaṁ uppajjati lahukaṁ pavattati, uparibhūmisu garukaṁ uppajjati dandhaṁ pavattati, kiṅkāraṇaṁ: pañcasu ṭhānesu parisuddhattā, upari kilesānaṁ appahīnattā. Yathā mahārāja vaṁsanāḷassa pañcapabbagaṇṭhiparisuddhassa upari sākhājaṭājaṭitassa ākaḍḍhiyantassa yāva pañcapabbaṁ tāva lahukaṁ eti, tato upari thaddhaṁ, kiṅkāraṇaṁ: heṭṭhā parisuddhattā, upari sākhājaṭājaṭitattā, evam-eva kho mahārāja ye te sakadāgāmino, yesaṁ rāga-dosa-mohā tanubhūtā, tesaṁ taṁ cittaṁ pañcasu ṭhānesu lahukaṁ uppajjati lahukaṁ pavattati, uparibhūmisu garukaṁ uppajjati dandhaṁ pavattati, kiṅkāraṇaṁ: pañcasu ṭhānesu cittassa parisuddhattā, upari kilesānaṁ appahīnattā. Idaṁ tatiyaṁ cittaṁ.

Tatr' idaṁ catutthaṁ cittaṁ vibhattim-āpajjati: Ye te mahārāja anāgāmino, yesaṁ pañc' orambhāgiyāni saṁyojanāni pahīnāni, tesaṁ taṁ cittaṁ dasasu ṭhānesu la-

---

[11] saññoj- M throughout.

hukaṁ uppajjati lahukaṁ pavattati, uparibhūmisu garukaṁ uppajjati dandhaṁ pavattati, kiṁkāraṇaṁ: dasasu ṭhānesu cittassa parisuddhattā, upari kilesānaṁ appahīnattā. Yathā mahārāja vaṁsanāḷassa dasapabbaganṭhiparisuddhassa upari sākhājaṭājaṭitassa ākaḍḍhiyantassa yāva dasapabbaṁ tāva lahukaṁ eti, tato upari thaddhaṁ, kiṁkāraṇaṁ: heṭṭhā parisuddhattā, upari sākhājaṭājaṭitattā, evam-eva kho mahārāja ye te anāgāmino, yesaṁ pañc' orambhāgiyāni saṁyojanāni pahīnāni, tesaṁ taṁ cittaṁ dasasu ṭhānesu lahukaṁ uppajjati lahukaṁ pavattati, uparibhūmisu garukaṁ uppajjati dandhaṁ pavattati, kiṁkāraṇaṁ: dasasu ṭhānesu cittassa parisuddhattā, upari kilesānaṁ appahīnattā. Idaṁ catutthaṁ cittaṁ.

Tatr' idaṁ pañcamaṁ cittaṁ vibhattim-āpajjati: Ye te mahārāja arahanto khīṇāsavā dhotamalā vantakilesā vusitavanto katakaraṇīyā ohitabhārā anuppattasadatthā parikkhīṇabhavasaṁyojanā pattapaṭisambhidā sāvakabhūmisu parisuddhā, tesaṁ taṁ cittaṁ sāvakavisaye lahukaṁ uppajjati lahukaṁ pavattati, paccekabuddhabhūmisu garukaṁ uppajjati dandhaṁ pavattati, kiṁkāraṇaṁ: parisuddhattā sāvakavisaye, aparisuddhattā paccekabuddhavisaye. Yathā mahārāja vaṁsanāḷassa sabbapabbaganṭhiparisuddhassa ākaḍḍhiyantassa lahukaṁ hoti āgamanaṁ adandhaṁ, kiṁkāraṇaṁ: sabbapabbaganṭhiparisuddhattā, agahanattā vaṁsassa; evam-eva kho mahārāja ye te arahanto khīṇāsavā dhotamalā vantakilesā vusitavanto katakaraṇīya ohitabhārā anuppattasadatthā parikkhīṇabhavasaṁyojanā pattapaṭisambhidā sāvakabhūmisu parisuddhā, tesaṁ taṁ cittaṁ sāvakavisaye lahukaṁ uppajjati lahukaṁ pavattati, paccekabuddhabhūmisu garukaṁ uppajjati dandhaṁ pavattati, kiṁkāraṇaṁ: parisuddhattā sāvakavisaye, aparisuddhattā paccekabuddhavisaye. Idaṁ pañcamaṁ cittaṁ.

Tatr' idaṁ chaṭṭhaṁ cittaṁ vibhattim-āpajjati: Ye te mahārāja paccekabuddhā, sayambhuno anācariyakā, ekacārino khaggavisāṇakappā, sakavisaye parisuddha-vimala-cittā, tesaṁ taṁ cittaṁ sakavisaye lahukaṁ uppajjati lahukaṁ pavattati, sabbaññūbuddhabhūmisu garukaṁ uppajjati dandhaṁ pavattati, kinkāraṇaṁ: parisuddhattā sakavisaye, mahantattā sabbaññūbuddhavisayassa. Yathā mahārāja puriso sakavisayaṁ parittaṁ nadiṁ rattim-pi divā pi yadicchakaṁ asambhīto otareyya, athāparato mahāsamuddaṁ gambhīraṁ vitthataṁ agādham-apāraṁ disvā bhāyeyya dandhāyeyya na visaheyya otarituṁ, kinkāraṇaṁ: ciṇṇattā sakavisayassa, mahantattā ca mahāsamuddassa; evam-eva kho mahārāja ye te paccekabuddhā, sayambhuno anācariyakā, ekacārino khaggavisāṇakappā, sakavisaye parisuddha-vimala-cittā, tesaṁ taṁ cittaṁ sakavisaye lahukaṁ uppajjati lahukaṁ pavattati, sabbaññūbuddhabhūmisu garukaṁ uppajjati dandhaṁ pavattati, kinkāraṇaṁ: parisuddhattā sakavisayassa, mahantattā sabbaññūbuddhavisayassa. Idaṁ chaṭṭhaṁ cittaṁ.

Tatr' idaṁ sattamaṁ cittaṁ vibhattim-āpajjati: Ye te mahārāja sammāsambuddhā sabbaññuno dasabaladharā catuvesārajja-visāradā, aṭṭhārasahi buddhadhammehi samannāgatā, anantajinā anāvaraṇañāṇā, tesaṁ taṁ cittaṁ sabbattha lahukaṁ uppajjati lahukaṁ pavattati, kinkāraṇaṁ: sabbattha parisuddhattā. Api nu kho mahārāja nārācassa sudhotassa vimalassa nigganṭhissa sukhumadhārassa ajimhassa avankassa akuṭilassa dalhacāpa-samārūḷhassa khomasukhume vā kappāsasukhume vā kambalasukhume vā balavanipātitassa dandhāyitattaṁ vā lagganaṁ vā hotīti. — Na hi bhante, kinkāraṇaṁ: sukhumattā vatthānaṁ, sudhotattā nārācassa, nipātassa ca balavattā

[9] atha parato AaM. [10] laggataṁ AB [11] bhante ti ABC.

ti. — Evam-eva kho mahārāja ye te sammāsambuddhā sabbaññuno dasabaladharā catuvesārajja-visāradā, aṭṭhārasahi buddhadhammehi samannāgatā, anantajinā anāvaraṇañāṇā, tesaṁ taṁ cittaṁ sabbattha lahukaṁ uppajjati lahukaṁ pavattati, kiṁkāraṇaṁ: sabbattha parisuddhattā. Idaṁ sattamaṁ cittaṁ.

Tatra mahārāja yam-idaṁ sabbaññūbuddhānaṁ cittaṁ taṁ channam-pi cittānaṁ gaṇanaṁ atikkamitvā asaṅkheyyena guṇena parisuddhañ-ca lahukañ-ca. Yasmā ca Bhagavato cittaṁ parisuddhañ-ca lahukañ-ca, tasmā mahārāja Bhagavā yamakapāṭihīraṁ dasseti, yamakapāṭihīre mahārāja ñātabbaṁ: buddhānaṁ bhagavantānaṁ cittaṁ evaṁ lahuparivattan-ti, na tattha sakkā uttariṁ kāraṇaṁ vattuṁ. Te pi mahārāja pāṭihīrā sabbaññūbuddhānaṁ cittaṁ upādāya gaṇanam-pi saṅkham-pi kalam-pi kalabhāgam-pi na upenti, āvajjanapaṭibaddhaṁ mahārāja Bhagavato sabbaññutañāṇaṁ, āvajjitvā yadicchakaṁ jānāti. Yathā mahārāja puriso hatthe ṭhapitaṁ yaṁ kiñci dutiye hatthe ṭhapeyya, vivaṭena mukhena vācaṁ nicchāreyya, mukhagataṁ bhojanaṁ gileyya, ummīletvā vā nimīleyya nimīletvā vā ummīleyya, sammiñjitaṁ vā bāhaṁ pasāreyya pasāritaṁ vā bāhaṁ sammiñjeyya, cirataraṁ etaṁ mahārāja, lahutaraṁ Bhagavato sabbaññutañāṇaṁ, lahutaraṁ āvajjanaṁ, āvajjitvā yadicchakaṁ jānāti, āvajjanavikalamattakena na tāvatā buddhā bhagavanto asabbaññuno nāma [na] hontīti.

Āvajjanam-pi bhante Nāgasena pariyesanāya kātabbaṁ, iṅgha maṁ tattha kāraṇena saññāpehīti. — Yathā mahārāja purisassa aḍḍhassa mahaddhanassa mahābhogassa pahūta-jātarūpa-rajata-vittūpakaraṇassa pahūtadhana-dhaññassa sāli-vīhi-yava-taṇḍula-tila-mugga-māsa-pubbaṇṇāparaṇṇa-sappi-tela-navanīta-khīra-dadhi-madhu-

[1] sammiñj- M throughout. [2] -kena uttāreti ABC

guḷa-phāṇitā ca khaḷopi-kumbhi-piṭhara-koṭṭha-bhājanagatā bhaveyyuṁ, tassa ca purisassa pāhunako āgaccheyya bhattāraho bhattābhikaṅkhī, tassa ca gehe yaṁ randhaṁ bhojanaṁ taṁ pariniṭṭhitaṁ bhaveyya, kumbhito taṇḍule nīharitvā bhojanaṁ randheyya; api nu kho so mahārāja puriso tāvatakena bhojanavekallamattakena adhano nāma kapaṇo nāma bhaveyyâti. — Na hi bhante, cakkavattirañño ghare pi bhante akāle bhojanavekallaṁ hoti, kiṁ pana gahapatikassâti. — Evam-eva kho mahārāja Tathāgatassa āvajjanavikalamattakaṁ sabbaññutañāṇaṁ, āvajjitvā yadicchakaṁ jānāti. Yathā vā pana mahārāja rukkho assa phalito oṇata-vinato piṇḍibhārabharito, na kiñci tattha patitaṁ phalaṁ bhaveyya; api nu kho so mahārāja rukkho tāvatakena patitaphalavekallamattakena aphalo nāma bhaveyyâti. — Na hi bhante, patanapaṭibaddhāni tāni rukkhaphalāni, patite yadicchakaṁ labhatîti. — Evam-eva kho mahārāja Tathāgatassa āvajjanapaṭibaddhaṁ sabbaññutañāṇaṁ, āvajjitvā yadicchakaṁ jānātîti. — Bhante Nāgasena, āvajjitvā āvajjitvā Buddho yadicchakaṁ jānātîti. — Āma mahārāja, Bhagavā āvajjitvā āvajjitvā yadicchakaṁ jānāti; yathā mahārāja cakkavattirājā yadā cakkaratanaṁ sarati: upetu me cakkaratanan-ti, sarite cakkaratanaṁ upeti; evam-eva kho mahārāja Tathāgato āvajjitvā āvajjitvā yadicchakaṁ jānātîti. — Daḷhaṁ bhante Nāgasena kāraṇaṁ, Buddho sabbaññū, sampaṭicchāma: Buddho sabbaññū ti.

— ——

Bhante Nāgasena, Devadatto kena pabbājito ti. — Cha-y-ime mahārāja khattiyakumārā: Bhaddiyo ca Anuruddho ca Ānando ca Bhagu ca Kimbilo ca Deva-

---

1 -phāṇitañca all. 1 khalopi AbC, kalopi AaM. 28 -cchāmi A.

datto ca, Upāli kappako sattamo, abhisambuddhe Satthari Sakyakulānandajanane Bhagavantaṁ anupabbajantā nikkhamiṁsu; te Bhagavā pabbājesīti. — Nanu bhante Devadattena pabbajitvā sangho bhinno ti. — Āma mahārāja, Devadattena pabbajitvā sangho bhinno. Na gihī sanghaṁ bhindati, na bhikkhunī na sikkhamānā na sāmaṇero na sāmaṇerī sanghaṁ bhindati, bhikkhu pakatatto samānasaṁvāsako samānasīmāyaṁ ṭhito sanghaṁ bhindatīti. — Sanghabhedako bhante puggalo kiṁ kammaṁ phusatīti. Kappaṭṭhitikaṁ mahārāja kammaṁ phusatīti. — Kim-pana bhante Nāgasena Buddho jānāti: Devadatto pabbajitvā sanghaṁ bhindissati, sanghaṁ bhinditvā kappaṁ niraye paccissatīti. — Āma mahārāja, Tathāgato jānāti: Devadatto pabbajitvā sanghaṁ bhindissati, sanghaṁ bhinditvā kappaṁ niraye paccissatīti. — Yadi bhante Nāgaseno Buddho jānāti: Devadatto pabbajitvā sanghaṁ bhindissati, sanghaṁ bhinditvā kappaṁ niraye paccissatīti, tena hi bhante Nāgasena: Buddho kāruṇiko anukampako hitesī, sabbasattānaṁ ahitaṁ apanetvā hitam-upadahatīti yaṁ vacanaṁ taṁ micchā. Yadi taṁ ajānitvā pabbājesi, tena hi Buddho asabbaññū. Ayam-pi ubhatokoṭiko pañho tavānuppatto, vijaṭehi etaṁ mahājaṭaṁ, bhinda parappavādaṁ, anāgate addhāne tayā sadisā buddhimanto bhikkhū dullabhā bhavissanti, ettha tava balaṁ pakāsehīti.

Kāruṇiko mahārāja Bhagavā sabbaññū ca. Kāruññena mahārāja Bhagavā sabbaññutañāṇena Devadattassa gatiṁ olokento addasa Devadattaṁ aparāpariyakammaṁ āyūhitvā anekāni kappakoṭisatasahassāni nirayena nirayaṁ vinipātena vinipātaṁ gacchantaṁ. Taṁ Bhagavā sabbaññutañāṇena jānitvā: imassa apariyantakataṁ kammaṁ mama sāsane pabbajitassa pariyantakataṁ bhavissati,

¹ Upālī B ² -janane AbC ³ sabbaññū ti all

purimaṁ upādāya pariyantakataṁ dukkhaṁ bhavissati, apabbajito pi ayaṁ moghapuriso kappaṭṭhiyam-eva kammaṁ āyūhissatīti kāruññena Devadattaṁ pabbājesīti. — Tena hi bhante Nāgasena Buddho vadhitvā telena makkheti, papāte pātetvā hatthaṁ deti, māretvā jīvitaṁ pariyesati, yaṁ so paṭhamaṁ dukkhaṁ datvā pacchā sukhaṁ upadahatīti. — Vadheti pi mahārāja Tathāgato sattānaṁ hitavasena, pāteti pi sattānaṁ hitavasena, māreti pi sattānaṁ hitavasena, vadhitvā pi mahārāja Tathāgato sattānaṁ hitam-eva upadahati, pātetvā pi sattānaṁ hitam-eva upadahati, māretvā pi sattānaṁ hitam-eva upadahati. Yathā mahārāja mātāpitaro nāma vadhitvā pi pātayitvā pi puttānaṁ hitam-eva upadahanti, evam-eva kho mahārāja Tathāgato vadheti pi sattānaṁ hitavasena, pāteti pi sattānaṁ hitavasena, māreti pi sattānaṁ hitavasena, vadhitvā pi mahārāja Tathāgato sattānaṁ hitam-eva upadahati, pātetvā pi sattānaṁ hitam-eva upadahati, māretvā pi sattānaṁ hitam-eva upadahati. Yena yena yogena sattānaṁ guṇavaḍḍhi hoti tena tena yogena sabbasattānaṁ hitam-eva upadahati. Sace mahārāja Devadatto na pabbajeyya gihibhūto samāno nirayasaṁvattanikaṁ bahuṁ pāpakammaṁ katvā anekāni kappakoṭisatasahassāni nirayena nirayaṁ vinipātena vinipātaṁ gacchanto bahuṁ dukkhaṁ vedayissati. Taṁ Bhagavā jānamāno kāruññena Devadattaṁ pabbājesi: mama sāsane pabbajitassa dukkhaṁ pariyantakataṁ bhavissatīti kāruññena garukaṁ dukkhaṁ lahukaṁ akāsi. Yathā mahārāja dhana-yasa-siri-ñātibalena balavā puriso attano ñātiṁ vā mittaṁ vā raññā garudaṇḍaṁ dhārentaṁ attano bahuvissatthabhāvena samatthatāya garukaṁ daṇḍaṁ lahukaṁ kāreti, evam-eva kho mahārāja Bhagavā bahūni kappakoṭisatasahassāni dukkhaṁ vediyamānaṁ Devadattaṁ

---

[21] vediyissati AaB. [30] -vissaṭṭha- AM.

pabbājetvā sīla-samādhi-paññā-vimutti-bala-samattha-bhāvena garukaṃ dukkhaṃ lahukaṃ akāsi. Yathā vā pana mahārāja kusalo bhisakko sallakatto garukaṃ byādhiṃ balavosadhabalena lahukaṃ karoti, evam-eva kho mahārāja bahūni kappakoṭisatasahassāni dukkhaṃ vediyamānaṃ Devadattaṃ Bhagavā yogaññutāya pabbājetvā kāruññabalopatthaddha-dhammosadhabalena garukaṃ dukkhaṃ lahukaṃ akāsi. Api nu kho so mahārāja Bhagavā bahuvedanīyaṃ Devadattaṃ appavedanīyaṃ karonto kiñci apuññaṃ āpajjeyyāti. — Na kiñci bhante apuññaṃ āpajjeyya, antamaso gaddūhanamattam-pīti. — Imam-pi kho tvaṃ mahārāja kāraṇaṃ atthato sampaṭiccha yena kāraṇena Bhagavā Devadattaṃ pabbājesi.

Aparam-pi mahārāja uttariṃ kāraṇaṃ suṇohi yena kāraṇena Bhagavā Devadattaṃ pabbājesi. Yathā mahārāja coraṃ āgucāriṃ gahetvā rañño dasseyyuṃ: ayaṃ te deva coro āgucārī, imassa yaṃ icchasi taṃ daṇḍaṃ paṇehīti, tam-enaṃ rājā evaṃ vadeyya: tena hi bhaṇe imaṃ coraṃ bahinagaraṃ nīharitvā āghātane sīsaṃ chindathāti; evaṃ devāti kho te rañño paṭissutvā taṃ bahinagaraṃ nīharitvā āghātanaṃ nayeyyuṃ, tam-enaṃ passeyya kocid-eva puriso rañño santikā laddhavaro laddha-yasa-dhana-bhogo ādeyyavacano balavicchitakārī, so tassa kāruññaṃ katvā te purise evaṃ vadeyya: alaṃ bho, kiṃ tumhākaṃ imassa sīsacchedanena, tena hi bho imassa hatthaṃ vā pādaṃ vā chinditvā jīvitaṃ rakkhatha, ahaṃ etassa kāraṇā rañño santike paṭivacanaṃ karissāmīti; te tassa balavato vacanena tassa corassa hatthaṃ vā pādaṃ vā chinditvā jīvitaṃ rakkheyyuṃ; api nu kho so mahārāja puriso evaṃkārī tassa corassa kiccakārī assāti. — Jīvitadāyako so bhante puriso tassa corassa, jīvite dinne kiṃ tassa akataṃ nāma atthīti. — Yā pana

[9] yogaññatāya AB. [11] idaṃ M. [18] dasseuṃ AbBC [19] āghātanaṭṭhāne ABb [21] kāraṇaṃ A.

tassa hatthapādacchedane vedanā so tāya vedanāya kiñci apuññaṁ āpajjeyyāti. — Attanā katena so bhante coro dukkhaṁ vedanaṁ vediyati, jīvitadāyako pana puriso na kiñci apuññaṁ āpajjeyyāti. — Evam-eva kho mahārāja Bhagavā kāruññena Devadattaṁ pabbājesi: mama sāsane pabbajitassa dukkhaṁ pariyantakataṁ bhavissatīti. Pariyantakatañ-ca mahārāja Devadattassa dukkhaṁ. Devadatto mahārāja maraṇakāle:

Imehi aṭṭhīhi tam-aggapuggalaṁ
devātidevaṁ naradammasārathiṁ
samantacakkhuṁ satapuññalakkhaṇaṁ
pāṇehi Buddhaṁ saraṇaṁ upemīti

pāṇupetaṁ saraṇaṁ-agamāsi. Devadatto mahārāja, chakoṭṭhāse kate kappe, atikkante paṭhamakoṭṭhāse saṅghaṁ bhindi, pañcakoṭṭhāsaṁ niraye paccitvā tato muccitvā Aṭṭhissaro nāma paccekabuddho bhavissati. Api nu kho so mahārāja Bhagavā evaṁkārī Devadattassa kiccakārī assāti. Sabbadado bhante Nāgasena Tathāgato Devadattassa, yaṁ Tathāgato Devadattaṁ paccekabodhiṁ pāpessati, kiṁ Tathāgatena Devadattassa akataṁ nāma atthīti. — Yaṁ pana mahārāja Devadatto saṅghaṁ bhinditvā niraye dukkhaṁ vedanaṁ vediyati, api nu kho Bhagavā tatonidānaṁ kiñci apuññaṁ āpajjeyyāti. — Na hi bhante, attanā katena bhante Devadatto kappaṁ niraye paccati, dukkhapariyantakārako Satthā na kiñci apuññaṁ āpajjatīti. — Imam-pi kho tvaṁ mahārāja kāraṇaṁ atthato sampaṭiccha yena kāraṇena Bhagavā Devadattaṁ pabbājesi.

Aparam-pi mahārāja uttariṁ kāraṇaṁ suṇohi yena kāraṇena Bhagavā Devadattaṁ pabbājesi. Yathā mahārāja

[17] bhinditvā A. [18] pañca koṭṭhāse M. [19] muñcitvā ACM. [20] mahārāja bhagavā A. [21] idaṁ M.

kusalo bhisakko sallakatto vāta-pitta-semhasannipāta-utupariṇāma-visamaparihāra-opakkamikopakkantaṁ pūti-kuṇapa-duggandhābhisannaṁ antosallaṁ susiragataṁ pubba-ruhira-sampuṇṇaṁ vaṇaṁ vūpasamento vaṇamukhaṁ kakkhaḷa-tikhiṇa-khāra-kaṭukena bhesajjena anulimpati paripaccanāya, paripaccitvā mudubhāvam-upagataṁ satthena vikantayitvā dahati salākāya, daḍḍhe khāralavaṇaṁ deti bhesajjenânulimpati vaṇarūhanāya byādhitassa sotthi-bhāvam-anuppattiyā; api nu kho so mahārāja bhisakko sallakatto ahitacitto bhesajjenânulimpati, satthena vikanteti, dahati salākāya, khāralavaṇaṁ detîti. — Na hi bhante, hitacitto sotthikāmo tāni kiriyāni karotîti. — Yā pan' assa bhesajjakiriyākaraṇena uppannā dukkha-vedanā, tatonidānam so bhisakko sallakatto kiñci apuññaṁ āpajjeyyâti. — Hitacitto bhante sotthikāmo bhisakko sallakatto tāni kiriyāni karoti, kiṁ so tatonidānaṁ apuññaṁ āpajjeyya, saggagāmī so bhante bhisakko sallakatto ti. — Evam-eva kho mahārāja Bhagavā kāruññena Devadattaṁ pabbājesi, dukkhaparimuttiyā.

Aparam-pi mahārāja uttariṁ kāraṇaṁ suṇohi yena kāraṇena Bhagavā Devadattaṁ pabbājesi. Yathā mahārāja puriso kaṇṭakena viddho assa, ath' aññataro puriso tassa hitakāmo sotthikāmo tiṇhena kaṇṭakena vā satthamukhena vā samantā chinditvā paggharantena lohitena taṁ kaṇṭakaṁ nīhareyya; api nu kho so mahārāja puriso ahitakāmo taṁ kaṇṭakaṁ nīharatîti. — Na hi bhante, hitakāmo so bhante puriso sotthikāmo taṁ kaṇṭakaṁ nīharati, sace so bhante puriso taṁ kaṇṭakaṁ na nīhareyya maraṇaṁ vā so tena pāpuṇeyya maraṇamattaṁ vā dukkhan-ti. — Evam-eva kho mahārāja Tathāgato kāruññena Devadattaṁ pabbājesi, dukkhaparimuttiyā; sace mahārāja Bhagavā Devadattaṁ na pabbājeyya

[1] -mikopakkam C, -mikokantam M, -mikokalaṁ B. [13] yā ca pan' assa A. [14] satthakena vā B.

kappakoṭisatasahassam-pi Devadatto bhavaparamparāya niraye pacceyyāti. — Anusotagāmiṁ bhante Nāgasena Devadattaṁ Tathāgato paṭisotaṁ pāpesi, vipanthapaṭipannaṁ Devadattaṁ panthe paṭipādesi, papāte patitassa Devadattassa patiṭṭhaṁ adāsi, visamagataṁ Devadattaṁ Tathāgato samaṁ āropesi. Ime ca bhante Nāgasena hetū imāni ca kāraṇāni na sakkā aññena sandassetuṁ aññatra tavādisena buddhimatā ti.

Bhante Nāgasena, bhāsitam-p' etaṁ Bhagavatā: Aṭṭh' ime bhikkhave hetū aṭṭha paccayā mahato bhūmicālassa pātubhāvāyāti. Asesavacanaṁ idaṁ, nissesavacanaṁ idaṁ, nippariyāyavacanaṁ idaṁ, na-tth' añño navamo hetu mahato bhūmicālassa pātubhāvāya; yadi bhante Nāgasena añño navamo hetu bhaveyya mahato bhūmicālassa pātubhāvāya, tam-pi Bhagavā hetuṁ katheyya, yasmā ca kho bhante Nāgasena na-tth' añño navamo hetu mahato bhūmicālassa pātubhāvāya, tasmā anācikkhito Bhagavatā. Ayañ-ca navamo hetu dissati mahato bhūmicālassa pātubhāvāya, yaṁ Vessantarena raññā mahādāne dīyamāne sattakkhattuṁ mahāpaṭhavī kampitā. Yadi bhante Nāgasena aṭṭh' eva hetū aṭṭha paccayā mahato bhūmicālassa pātubhāvāya, tena hi: Vessantarena raññā mahādāne dīyamāne sattakkhattuṁ mahāpaṭhavī kampitā ti yaṁ vacanaṁ taṁ micchā. Yadi Vessantarena raññā mahādāne dīyamāne sattakkhattuṁ mahāpaṭhavī kampitā, tena hi: aṭṭh' eva hetū aṭṭha paccayā mahato bhūmicālassa pātubhāvāyāti tam-pi vacanaṁ micchā. Ayam-pi ubhatokoṭiko pañho sukhumo dunnibbeṭhiyo andhakaraṇo ca gambhīro ca, so tavānuppatto,

---

[3] Devadattaṁ om. all [21] kampitā ti all. [22] -cayā ti mah. ABC. [25] -kāraṇo AbC

n'eso aññena ittarapaññena sakkā vissajjetuṁ aññatra tavādisena buddhimatā ti.

Bhāsitam-p' etaṁ mahārāja Bhagavatā: Aṭṭh' ime bhikkhave hetū aṭṭha paccayā mahato bhūmicālassa pātubhāvāyāti. Vessantarena pi raññā mahādāne dīyamāne sattakkhattuṁ mahāpaṭhavī kampitā. Tañ-ca pana akālikaṁ kadācuppattikaṁ, aṭṭhahi hetūhi vippamuttaṁ, tasmā agaṇitaṁ aṭṭhahi hetūhi. Yathā mahārāja loke tayo yeva meghā gaṇīyanti: vassiko hemantiko pāvussako ti, yadi te muñcitvā añño megho pavassati na so megho gaṇīyati sammatehi meghehi, akālamegho t' eva saṅkhaṁ gacchati; evam-eva kho mahārāja Vessantarena raññā mahādāne dīyamāne yaṁ sattakkhattuṁ mahāpaṭhavī kampitā, akālikaṁ etaṁ kadācuppattikaṁ, aṭṭhahi hetūhi vippamuttaṁ, na taṁ gaṇīyati aṭṭhahi hetūhi. Yathā vā pana mahārāja Himavantā pabbatā pañca nadīsatāni sandanti, tesaṁ mahārāja pañcannaṁ nadīsatānaṁ das' eva nadiyo nadīgaṇanāya gaṇīyanti, seyyathīdaṁ: Gaṅgā Yamunā Aciravatī Sarabhū Mahī Sindhu Sarassatī Vetravatī Vītaṁsā Candabhāgā, avasesā nadiyo nadīgaṇanāya agaṇitā, kiṅkāraṇaṁ: na tā nadiyo dhuvasalilā; evam-eva kho mahārāja Vessantarena raññā mahādāne dīyamāne yaṁ sattakkhattuṁ mahāpaṭhavī kampitā, akālikaṁ etaṁ kadācuppattikaṁ, aṭṭhahi hetūhi vippamuttaṁ, na taṁ gaṇīyati aṭṭhahi hetūhi. Yathā vā pana mahārāja rañño satam-pi dvisatam-pi amaccā honti, tesaṁ cha yeva janā amaccagaṇanāya gaṇīyanti, seyyathīdaṁ: senāpati purohito akkhadasso bhaṇḍāgāriko chattagāhako khaggagāhako, ete yeva amaccagaṇanāya gaṇīyanti, kiṅkāraṇaṁ: yuttattā rājaguṇehi, avasesā agaṇitā, sabbe amaccā t' eva saṅkhaṁ

---

9 pavassiko A 11.31 tveva all. 21 sarasvatī BC. 21 vetrāvatī AbC.
21 vītasā M, vītaṁsā A, vitaṁsya C 22 -kāraṇā AbM. 33 -kāraṇā AM.

gacchanti; evam-eva kho mahārāja Vessantarena raññā mahādāne dīyamāne yaṁ sattakkhattuṁ mahāpaṭhavī kampitā, akālikaṁ etaṁ kadācuppattikaṁ, aṭṭhahi hetūhi vippamuttaṁ, na taṁ gaṇīyati aṭṭhahi hetūhi.

Sūyati nu kho mahārāja etarahi Jinasāsane katādhikārānaṁ diṭṭhadhammasukhavedanīyaṁ kammaṁ, kitti ca yesaṁ abbhuggatā devamanussesūti. — Āma bhante, sūyati etarahi Jinasāsane katādhikārānaṁ diṭṭhadhammasukhavedanīyaṁ kammaṁ, kitti ca yesaṁ abbhuggatā devamanussesu, satta te janā ti. — Ko ca ko ca mahārājāti. — Sumano ca bhante mālākāro Ekasāṭako ca brāhmaṇo Puṇṇo ca bhatako Mallikā ca devī Gopālamātā ca devī Suppiyā ca upāsikā Puṇṇā ca dāsī ti ime satta diṭṭhadhammasukhavedanīyā sattā, kitti ca imesaṁ abbhuggatā devamanussesūti. — Apare pi sūyanti nu kho atīte mānusaken' eva sarīradehena Tidasabhavanaṁ gatā ti. — Āma bhante, sūyantīti. — Ko ca ko ca mahārājāti. — Guttilo ca gandhabbo Sādhīno ca rājā Nimī ca rājā Mandhātā ca rājā ti ime caturo janā sūyanti: ten' eva mānusakena sarīradehena Tidasabhavanaṁ gatā ti, sucirampi kataṁ sūyati sukata-dukkatan-ti. — Sutapubbaṁ pana tayā mahārāja: atīte vā addhāne vattamāne vā addhāne itthannāmassa dāne dīyamāne sakiṁ vā dvikkhattuṁ vā tikkhattuṁ vā mahāpaṭhavī kampitā ti. — Na hi bhante ti. — Atthi me mahārāja āgamo adhigamo pariyatti savanaṁ sikkhābalaṁ sussūsā paripucchā ācariyupāsanaṁ, mayā pi na-ssutapubbaṁ: itthannāmassa dāne dīyamāne sakiṁ vā dvikkhattuṁ vā tikkhattuṁ vā mahāpaṭhavī kampitā ti, ṭhapetvā Vessantarassa rājavasabhassa dānavaraṁ. Bhagavato ca mahārāja Kassapassa bhagavato ca Sakyamunino ti dvinnaṁ buddhānaṁ antare

---

[12] mālakāro AaB. [13] sādhīno AM. [14] sakiṁ va dvattikkhattuṁ vā mah. B.

gaṇanapathaṁ vītivattā vassakoṭiyo atikkantā, tattha pi me savanaṁ na-tthi: itthannāmassa dāne dīyamāne sakiṁ vā dvikkhattuṁ vā tikkhattuṁ vā mahāpaṭhavī kampitā ti. Na mahārāja tāvatakena viriyena tāvatakena parakkamena mahāpaṭhavī kampati, guṇabhārabharitā mahārāja sabbasoceyyakiriyaguṇabhārabharitā dhāretuṁ na visahantī mahāpaṭhavī calati kampati pavedhati. Yathā mahārāja sakaṭassa atibhārabharitassa nābhiyo ca nemiyo ca phalanti akkho bhijjati, evam-eva kho mahārāja sabbasoceyyakiriyaguṇabhārabharitā mahāpaṭhavī dhāretuṁ na visahantī calati kampati pavedhati. Yathā vā pana mahārāja gaganaṁ anilajalavegasañchāditaṁ ussannajalabhārabharitaṁ ativātena phuṭitattā nadati ravati galagalāyati, evam-eva kho mahārāja mahāpaṭhavī rañño Vessantarassa dānabala-vipulaussannabhārabharitā dhāretuṁ na visahantī calati kampati pavedhati. Na hi mahārāja rañño Vessantarassa cittaṁ rāgavasena pavattati, na dosavasena pavattati, na mohavasena pavattati, na mānavasena pavattati, na diṭṭhivasena pavattati, na kilesavasena pavattati, na vitakkavasena pavattati, na arativasena pavattati, atha kho dānavasena bahulaṁ pavattati: kin-ti anāgatā yācakā mama santike āgaccheyyuṁ āgatā ca yācakā yathākāmaṁ labhitvā attamanā bhaveyyun-ti satataṁ samitaṁ dānam-pati mānasaṁ ṭhapitaṁ hoti. Rañño mahārāja Vessantarassa satataṁ samitaṁ dasasu ṭhānesu mānasaṁ ṭhapitaṁ hoti: dame same khantiyaṁ saṁvare yame niyame akkodhe avihiṁsāyaṁ sacce soceyye. Rañño mahārāja Vessantarassa kāmesanā pahīnā, bhavesanā paṭippassaddhā, brahmacariyesanāy' eva ussukkaṁ āpanno. Rañño mahārāja Vessantarassa attarakkhā pahīnā, pararakkhāya ussukkaṁ āpanno: kin-ti ime sattā samaggā assu arogā sadhanā

---

5 -bhāritā C throughout, AaB twice. 7 -hanti all nearly throughout
13 puli- B, puṭhi- C; wanting in M. 15 bhavesanā pahīnā paṭipp. A; the passage wanting in B. 20 -ñāya yeva AaBl. 21 arogā ACM

dīghāyukā ti bahulaṁ yeva mānasaṁ pavattati. Dadamāno ca mahārāja Vessantaro rājā taṁ dānaṁ na bhavasampattihetu deti, na dhanahetu deti, na paṭidānahetu deti, na upalāpanahetu deti, na āyuhetu deti, na vaṇṇahetu deti, na sukhahetu deti, na balahetu deti, na yasahetu deti, na puttahetu deti, na dhītuhetu deti, atha kho sabbaññutañāṇassa hetu sabbaññutañāṇaratanassa kāraṇā evarūpe atula-vipulānuttare dānavare adāsi. Sabbaññutaṁ patto ca imaṁ gāthaṁ abhāsi:

Jāliṁ Kaṇhājinaṁ dhītaṁ Maddideviṁ patibbataṁ cajamāno na cintesiṁ, bodhiyā yeva kāraṇā ti.

Vessantaro mahārāja rājā akkodhena kodhaṁ jināti, asādhuṁ sādhunā jināti, kadariyaṁ dānena jināti, alikavādinaṁ saccena jināti, sabbaṁ akusalaṁ kusalena jināti.

Tassa evaṁ dadamānassa dhammānugatassa dhammasīsakassa dānanissanda-balaviriyavipulavihārena heṭṭhā mahāvātā sañcalanti, saṇikaṁ saṇikaṁ sakiṁ sakiṁ ākulākulā vāyanti, oṇamanti unnamanti vinamanti, sīnapattā pādapā papatanti, gumbagumbaṁ valāhakā gagane sandhāvanti, rajosañcitā vātā dāruṇā honti, gaganaṁ uppīlitaṁ, vātā vāyanti sahasā dhamadhamāyanti, mahāmahā bhīmo saddo niccharati, tesu vātesu kupitesu udakaṁ saṇikaṁ saṇikaṁ calati, udake calite khubbhanti macchakacchapā, jāyanti yamaka-yamakā ūmiyo, tasanti jalacarā sattā, jalavīci yuganaddho vattati, vīcinādo pavattati, ghorā bubbuḷā uṭṭhahanti, pheṇamālā bhavanti, uttarati mahāsamuddo, disāvidisaṁ dhāvati udakaṁ, ussotapaṭisota-mukhā sandanti salilādhārā, tasanti asurā garuḷā nāgā yakkhā, ubbijjanti: kin-nu kho kathan-nu kho sāgaro viparivattatīti gamanapatham-esanti bhītacittā, khubhite luḷite jaladhare pakampati mahāpaṭhavī sanagā

[14] -kulaṁ A. [15] sīnappattā AC. [16] patanti A [17] gumbagumbā A
[18] -vidisā B. [21] sānagā B, sannagā Aa, sanāgā CM.

sasāgarā, parivattati Sinerugiri kūṭaselasikharo vinamamāno hoti, vimanā honti ahi-nakula-biḷāra-kotthuka-sūkara-miga-pakkhino, rodanti yakkhā appesakkhā, hasanti yakkhā mahesakkhā, kampamānāya mahāpaṭhaviyā. Yathā mahārāja mahatimahāpariyoge uddhanagate udakasampuṇṇe ākiṇṇataṇḍule heṭṭhato aggi jalamāno paṭhamaṁ tāva pariyogaṁ santāpeti, pariyogo santatto udakaṁ santāpeti, udakaṁ santattaṁ taṇḍulaṁ santāpeti, taṇḍulaṁ santattaṁ ummujjati nimujjati, bubbuḷakajātaṁ hoti, pheṇamāli uttarati; — evam-eva kho mahārāja Vessantaro rājā yaṁ loke duccajaṁ taṁ caji, tassa taṁ duccajaṁ cajantassa dānassa sabhāvanissandena heṭṭhā mahāvātā dhāretuṁ na visahantā parikuppiṁsu, mahāvātesu parikupitesu udakaṁ kampi, udake kampite mahāpaṭhavī kampi, iti tadā mahāvātā ca udakañ-ca paṭhavī cāti ime tayo ekamanā viya ahesuṁ, mahādānanissandena vipulabalaviriyena, na-tth' ediso mahārāja aññassa dānānubhāvo yathā Vessantarassa rañño mahādānānubhāvo. Yathā mahārāja mahiyā bahuvidhā maṇayo vijjanti, seyyathīdaṁ: indanīlo mahānīlo jotiraso veḷuriyo ummāpuppho sirīsapuppho manoharo suriyakanto candakanto vajiro kajjopakkamako phussarāgo lohitanko masāragallo, ete sabbe atikkamma cakkavattimaṇi aggam-akkhāyati, cakkavattimaṇi mahārāja samantā yojanaṁ obhāseti, — evam-eva kho mahārāja yaṁ kiñci mahiyā dānaṁ vijjati api asadisadānaṁ paramaṁ, taṁ sabbaṁ atikkamma Vessantarassa rañño mahādānaṁ aggam-akkhāyati. Vessantarassa mahārāja rañño mahādāne dīyamāne sattakkhattuṁ mahāpaṭhavī kampitā ti.

Acchariyaṁ bhante Nāgasena buddhānaṁ, abbhutaṁ bhante Nāgasena buddhānaṁ, yaṁ Tathāgato bodhisatto

---

[9] heṭṭhā B. [10] -mālino A, -mālī BC. [11] -kupiṁsu ABC [12] paṭhavī ti ime BCM.

samāno asamo lokena evaṁ-khanti evaṁ-citto evaṁ-adhimutti evaṁ-adhippāyo. Bodhisattānaṁ bhante Nāgasena parakkamo dakkhāpito, pāramī ca jinānaṁ bhiyyo obhāsitā, cariyaṁ carato pi tāva Tathāgatassa sadevake loke seṭṭhabhāvo anudassito; sādhu bhante Nāgasena, thomitaṁ Jinasāsanaṁ, jotitā Jinapāramī, chinnā titthiyānaṁ vādagaṇṭhi, bhinnā parappavādakumbhā, pañho gambhīro uttānīkato, gahanaṁ agahanaṁ kataṁ, sammā laddhaṁ Jinaputtānaṁ nibbāhanaṁ, evam-etaṁ gaṇivarapavara, tathā sampaṭicchāmīti.

Bhante Nāgasena, tumhe evaṁ bhaṇatha: Sivirājena yācakassa cakkhūni dinnāni, andhassa sato puna dibbacakkhūni uppannānīti. Etam-pi vacanaṁ sakasaṭaṁ saniggahaṁ sadosaṁ. Hetusamugghāte ahetusmiṁ avatthumhi na-tthi dibbacakkhussa uppādo ti Sutte vuttaṁ. Yadi bhante Nāgasena Sivirājena yācakassa cakkhūni dinnāni, tena hi: puna dibbacakkhūni uppannānīti yaṁ vacanaṁ taṁ micchā. Yadi dibbacakkhūni uppannāni, tena hi: Sivirājena yācakassa cakkhūni dinnānīti yaṁ vacanaṁ tam-pi micchā. Ayam-pi ubhatokoṭiko pañho, ganṭhito pi ganṭhitaro, vedhato pi vedhataro, gahanato pi gahanataro, so tavānuppatto, tattha chandam-abhijanehi nibbāhanāya paravādānaṁ niggahāyāti. — Dinnāni mahārāja Sivirājena yācakassa cakkhūni, tattha mā vimatiṁ uppādehi; puna dibbāni ca cakkhūni uppannāni, tatthāpi mā vimatiṁ janehīti. — Api nu kho bhante Nāgasena hetusamugghāte ahetusmiṁ avatthumhi dibbacakkhu uppajjatīti. — Na hi mahārājāti. — Kim-pana bhante

---

[1] pañho om. all. [8] uttānikato ACM [10] sakasaṭaṁ Aall, sakasaṭaṁ M. [13] avatthusmiṁ A, avatthusmhi M [17] avatthusmiṁhi B. avatthusmiṁ M. [24] bhante Nāgasena A.

ettha kāraṇaṁ yena kāraṇena hetusamugghāte ahetusmiṁ avatthumhi dibbacakkhu uppajjati, ingha tāva kāraṇena maṁ saññāpehîti.

Kim-pana mahārāja atthi loke saccaṁ nāma yena saccavādino saccakiriyaṁ karontîti. — Āma bhante, atthi loke saccaṁ nāma, saccena bhante Nāgasena saccavādino saccakiriyaṁ katvā devaṁ vassāpenti, aggiṁ nibbāpenti, visaṁ paṭihananti, aññam-pi vividhaṁ kattabbaṁ karontîti. — Tena hi mahārāja yujjati sameti: Sivirājassa saccabalena dibbacakkhūni uppannānîti, saccabalena mahārāja avatthumhi dibbacakkhu uppajjati, saccaṁ yeva tattha vatthu bhavati dibbacakkhussa uppādāya. Yathā mahārāja ye keci siddhā saccam-anugāyanti: mahāmegho pavassatûti, tesaṁ saha saccam-anugītena mahāmegho pavassati; api nu kho mahārāja atthi ākāse vassahetu sannicito yena hetunā mahāmegho pavassatîti. — Na hi bhante, saccaṁ yeva tattha hetu bhavati mahato meghassa pavassanāyâti. — Evam-eva kho mahārāja na-tthi tassa pakatihetu, saccaṁ yev' ettha vatthu bhavati dibbacakkhussa uppādāyâti.

Yathā vā pana mahārāja ye keci siddhā saccam-anugāyanti: jalita-pajjalita-mahāaggikkhandho paṭinivattatûti, tesaṁ saha saccam-anugītena jalita-pajjalita-mahāaggikkhandho khaṇena paṭinivattati, api nu kho mahārāja atthi tasmiṁ jalita-pajjalite mahāaggikkhandhe hetu sannicito yena hetunā jalita-pajjalita-mahāaggikkhandho khaṇena paṭinivattatîti. — Na hi bhante, saccaṁ yeva tattha vatthu hoti tassa jalita-pajjalitassa mahāaggikkhandhassa khaṇena paṭinivattanāyâti. — Evam-eva kho mahārāja na-tthi tassa pakatihetu, saccaṁ yev' ettha vatthu bhavati dibbacakkhussa uppādāyâti.

Yathā vā pana mahārāja ye keci siddhā saccam-

---

[1] avatthusmiṁ M [11] -pajjalita- B

anugāyanti: visaṁ halāhalaṁ agadaṁ bhavatūti, tesaṁ saha saccam-anugītena visaṁ halāhalaṁ khaṇena agadaṁ bhavati, api nu kho mahārāja atthi tasmiṁ halāhalavise hetu sannicito yena hetunā visaṁ halāhalaṁ khaṇena agadaṁ bhavatīti. — Na hi bhante, saccaṁ yeva tattha hetu bhavati visassa halāhalassa khaṇena paṭighātāyāti. — Evam-eva kho mahārāja vinā pakatihetuṁ saccaṁ yev' ettha vatthu bhavati dibbacakkhussa uppādāyāti.

Catunnam-pi mahārāja ariyasaccānaṁ paṭivedhāya na-tth' aññaṁ vatthu, saccaṁ vatthuṁ karitvā cattāri ariyasaccāni paṭivijjhantīti.

Atthi mahārāja Cīnavisaye Cīnarājā, so mahāsamudde baliṁ kātukāmo catumāse catumāse saccakiriyaṁ katvā sīharathena antomahāsamudde yojanaṁ pavisati, tassa rathasīsassa purato mahāvārikkhandho paṭikkamati, nikkhantassa puna otthavati, api nu kho mahārāja so mahāsamuddo sadevamanussena pi lokena pakatikāyabalena sakkā paṭikkamāpetun-ti. — Atiparittake pi bhante taḷāke udakaṁ na sakkā sadevamanussena pi lokena pakatikāyabalena paṭikkamāpetuṁ, kiṁ pana mahāsamudde udakan-ti. — Iminā pi mahārāja kāraṇena saccabalaṁ ñātabbaṁ, na-tthi taṁ ṭhānaṁ yaṁ saccena na pattabban-ti.

Nagare mahārāja Pāṭaliputte Asoko dhammarājā sanegama-jānapada-amacca-bhaṭabala-mahāmattehi parivuto Gangaṁ nadiṁ navasalilasampuṇṇaṁ samatittikaṁ samabharitaṁ pañcayojanasatāyāmaṁ yojanaputhulaṁ sandamānaṁ disvā amacce evam-āha: Atthi koci bhaṇe samattho [yo] imaṁ Mahāgangaṁ paṭisotaṁ sandāpetun-ti. Amaccā āhaṁsu: Dukkaraṁ devāti. Tasmiṁ yeva Gangākūle ṭhitā Bindumatī nāma gaṇikā assosi: raññā kira

---

[19] aññam vatthuṁ M. [20] vatthu karitvā B. [21] sambharitaṁ CM. [22] bindumatī all.

evaṁ vuttaṁ: sakkā nu kho imaṁ Mahāgaṅgaṁ paṭisotaṁ sandāpetun-ti. Sā evam-āha: Ahaṁ hi nagare Pāṭaliputte gaṇikā rūpūpajīvinī antimajīvikā, mama tāva rājā saccakiriyaṁ passatūti. Atha sā saccakiriyaṁ akāsi. Saha tassā saccakiriyāya khaṇena sā Mahāgaṅgā galagalantī paṭisotaṁ sanditthā, mahato janakāyassa passato. Atha rājā Mahāgaṅgāya āvaṭṭaūmivegajanitaṁ halāhalasaddaṁ sutvā vimhito acchariyabbhutajāto amacce evam-āha: Kissāyaṁ bhaṇe Mahāgaṅgā paṭisotaṁ sandatīti. Bindumatī mahārāja gaṇikā tava vacanaṁ sutvā saccakiriyaṁ akāsi, tassā saccakiriyāya Mahāgaṅgā ubbhamukhā sandatīti. Atha saṁviggahadayo rājā turitaturito sayaṁ gantvā taṁ gaṇikaṁ pucchi: Saccaṁ kira je tayā saccakiriyāya ayaṁ Gaṅgā paṭisotaṁ sandāpitā ti. Āma devāti. Rājā āha: Kin-te tattha balaṁ atthi, ko vā te vacanaṁ ādiyati anummatto, kena tvaṁ balena imaṁ Mahāgaṅgaṁ paṭisotaṁ sandāpesīti. Sā āha: Saccabalenâhaṁ mahārāja imaṁ Mahāgaṅgaṁ paṭisotaṁ sandāpesin-ti. Rājā āha: Kin-te saccabalaṁ atthi coriyā dhuttiyā asatiyā chinnikāya pāpiyā bhinnasīmāya atikkantikāya andhajanavilopikāyâti. Saccaṁ mahārāja tādisikā ahaṁ, tādisikāya pi me mahārāja saccakiriyā atthi yāyâhaṁ icchamānā sadevakam-pi lokaṁ parivatteyyan-ti. Rājā āha: Katamā pana sā hoti saccakiriyā, iṅgha maṁ sāvehīti. Yo me mahārāja dhanaṁ deti khattiyo vā brāhmaṇo vā vesso vā suddo vā añño vā koci tesaṁ samakaṁ yeva upaṭṭhahāmi, khattiyo ti viseso na-tthi, suddo ti atimaññanā na-tthi, anunayapaṭighavippamuttā dhanasāmikaṁ paricarāmi, esā me deva saccakiriyā yāyâhaṁ imaṁ Mahāgaṅgaṁ paṭisotaṁ sandāpesin-ti.

Iti pi mahārāja sacce ṭhitā na kañci atthaṁ na vindanti. Dinnāni ca mahārāja Sivirājena yācakassa

[3] -jīvinī all. [6] galalanti all [26] bhinnasilāya M. [41] kiñci all

cakkhūni, dibbacakkhūni ca uppannāni, tañ-ca saccakiriyāya. Yaṁ pana Sutte vuttaṁ: Maṁsacakkhusmiṁ naṭṭhe ahetusmiṁ avatthumhi na-tthi dibbacakkhussa uppādo ti, taṁ bhāvanāmayaṁ cakkhuṁ sandhāya vuttan-ti evam-etaṁ mahārāja dhārehīti. — Sādhu bhante Nāgasena, sunibbeṭhito pañho, suniddiṭṭho niggaho, sumaddītā parappavādā, evam-etaṁ, tathā sampaṭicchāmīti.

— — —

Bhante Nāgasena, bhāsitam-p' etaṁ Bhagavatā: Tiṇṇaṁ kho pana bhikkhave sannipātā gabbhassa avakkanti hoti: idha mātāpitaro ca sannipatitā honti, mātā ca utunī hoti, gandhabbo ca paccupaṭṭhito hoti; imesaṁ kho bhikkhave tiṇṇaṁ sannipātā gabbhassa avakkanti hotīti. Asesavacanam-etaṁ, nissesavacanam-etaṁ, nippariyāyavacanam-etaṁ, arahassavacanam-etaṁ, sadevamanussānaṁ majjhe nisīditvā bhaṇitaṁ. Ayañ-ca dvinnaṁ sannipātā gabbhassa avakkanti dissati: Dukūlena tāpasena Pārikāya tāpasiyā utunīkāle dakkhiṇena hatthanguṭṭhena nābhi parāmaṭṭhā, tassa tena nābhiparāmasanena Sāmo kumāro nibbatto. Mātangenāpi isinā brāhmanakaññāya utunīkāle dakkhiṇena hatthanguṭṭhena nābhi parāmaṭṭhā, tassa tena parāmasanena Maṇḍabyo māṇavako nibbatto ti. Yadi bhante Nāgasena Bhagavatā bhaṇitaṁ: Tiṇṇaṁ kho pana bhikkhave sannipātā gabbhassa avakkanti hotīti, tena hi: Sāmo ca kumāro Maṇḍabyo ca māṇavako ubho pi te nābhiparāmasanena nibbattā ti yaṁ vacanaṁ taṁ micchā. Yadi Tathāgatena bhaṇitaṁ: Sāmo ca kumāro Maṇḍabyo ca māṇavako nābhiparāmasanena nibbattā ti, tena hi: Tiṇṇaṁ kho pana bhikkhave sanni-

---

7 sampaṭicchāmīti BC. 16 dukul- M throughout, AC three times 17 utunīkale ABC, utukāle M 18 -sena pi B 19 utunīkāle BC, utukāle M. 20 yadi bhante sāmo M.

pātā gabbhassa avakkanti hotīti yaṁ vacanaṁ tam-pi micchā. Ayam-pi ubhatokoṭiko pañho sugambhīro sunipuṇo visayo buddhimantānaṁ, so tavānuppatto, chinda vimatipathaṁ, dhārehi ñāṇavarapajjotan-ti.

Bhāsitam-p' etaṁ mahārāja Bhagavatā: Tiṇṇaṁ kho pana bhikkhave sannipātā gabbhassa avakkanti hoti: idha mātāpitaro ca sannipatitā honti, mātā ca utunī hoti, gandhabbo ca paccupaṭṭhito hoti, evaṁ tiṇṇaṁ sannipātā gabbhassa avakkanti hotīti. Bhaṇitañ-ca: Sāmo ca kumāro Maṇḍabyo ca māṇavako nābhiparāmasanena nibbattā ti. — Tena hi bhante Nāgasena yena kāraṇena pañho suvinicchito hoti tena kāraṇena maṁ saññāpehīti. — Sutapubbaṁ pana tayā mahārāja: Saṅkicco ca kumāro Isisiṅgo ca tāpaso thero ca Kumārakassapo iminā nāma te nibbattā ti. — Āma bhante, sūyati, abbhuggatā tesaṁ jāti: dve migadhenuyo tāva utunikāle dvinnaṁ tāpasānaṁ passāvaṭṭhānaṁ āgantvā sasambhavaṁ passāvaṁ piviṁsu, tena passāvasambhavena Saṅkicco ca kumāro Isisiṅgo ca tāpaso nibbattā. Therassa Udāyissa bhikkhunupassayaṁ upagatassa rattacittena bhikkhuniyā aṅgajātaṁ upanijjhāyantassa sambhavaṁ kāsāve mucci; atha kho āyasmā Udāyi taṁ bhikkhuniṁ etad-avoca: Gaccha bhagini udakaṁ āhara, antaravāsakaṁ dhovissāmīti. Re 'yya, aham-eva dhovissāmīti. Tato sā bhikkhunī utunisamaye taṁ sambhavaṁ ekadesaṁ mukhena aggahesi, ekadesaṁ aṅgajāte pakkhipi, tena thero Kumārakassapo nibbatto ti evam-etaṁ jano āhāti. — Api nu kho tvaṁ mahārāja saddahasi taṁ vacanan-ti. — Āma bhante, balavaṁ tattha mayaṁ kāraṇaṁ upalabhāma yena mayaṁ kāraṇena saddahāma: iminā kāraṇena nibbattā ti. — Kim-pan' ettha mahārāja kāraṇan-ti. —

[18] utunikāle all. [19] nibbatto all. [20] bhikkhunīpassayaṁ AaCb. [21] -ssāmīti āha AB. [22] utunisamaye ACM, utusamaye B. [23] upalabbhāma AbBC.

Suparikammakate bhante kalale bījaṁ nipatitvā khippaṁ saṁvirūlhatiti. — Āma mahārājāti. — Evam-eva kho bhante sā bhikkhunī utunī samānā saṇṭhite kalale ruhire pacchinnavege ṭhapitāya dhātuyā taṁ sambhavaṁ gahetvā tasmiṁ kalale pakkhipi, tena tassā gabbho saṇṭhāsi; evaṁ tattha kāraṇaṁ paccema tesaṁ nibbattiyā ti. Evam-etaṁ mahārāja, tathā sampaṭicchāmi: yonippavesena gabbho sambhavatiti. Sampaṭicchasi pana tvaṁ mahārāja Kumārakassapassa gabbhāvakkaman-ti. — Āma bhante ti. — Sādhu mahārāja, paccāgato si mama visayaṁ, ekavidhena pi gabbhassāvakkantiṁ kathayanto mamānubalaṁ bhavissasi; atha yā pana tā dve migadhenuyo passāvaṁ pivitvā gabbhaṁ paṭilabhiṁsu tāsaṁ tvaṁ saddahasi gabbhassāvakkamanan-ti. — Āma bhante, yaṁ kiñci bhuttaṁ pītaṁ khāyitaṁ lehitaṁ sabban-taṁ kalalaṁ osarati, ṭhānagataṁ vuddhim-āpajjati. Yathā bhante Nāgasena yā kāci saritā nāma sabbā tā mahāsamuddaṁ osaranti, ṭhānagatā vuddhim-āpajjanti, evam-eva kho bhante Nāgasena yaṁ kiñci bhuttaṁ pītaṁ khāyitaṁ lehitaṁ sabban-taṁ kalalaṁ osarati, ṭhānagataṁ vuddhim-āpajjati. Tenāhaṁ kāraṇena saddahāmi: mukhagatena pi gabbhassāvakkanti hotīti. — Sādhu mahārāja, bāḷhataraṁ upagato si mama visayaṁ, mukhapānena pi dvayasannipāto bhavati, Saṅkiccassa kumārassa Isisiṅgassa tāpasassa therassa ca Kumārakassapassa gabbhāvakkamanaṁ sampaṭicchasīti. — Āma bhante, sannipāto osaratīti.

Sāmo pi mahārāja kumāro Maṇḍabyo pi māṇavako tīsu sannipātesu antogadhā ekarasā yeva purimena; tattha kāraṇaṁ vakkhāmi. Dukūlo ca mahārāja tāpaso Pārikā ca tāpasī ubho pi te araññavāsā ahesuṁ pavivekādhimuttā uttamatthagavesakā, tapatejena yāva brahmalokaṁ

---

[1] gabbhāvakkamananti C.

santāpesuṁ. Tesaṁ tadā Sakko devānam-indo cāyapātaṁ upaṭṭhānaṁ āgacchati. So tesaṁ garugatametta-tāya upadhārento addasa anāgatamaddhāne dvinnam-pi tesaṁ cakkhūnaṁ antaradhānaṁ, disvā te evam-āha: Ekam-me bhonto vacanaṁ karotha, sādhu, ekaṁ puttaṁ janeyyātha, so tumhākaṁ upaṭṭhāko bhavissati ālambano câti. Alaṁ Kosiya, mā evaṁ bhaṇīti te tassa taṁ vacanaṁ na sampaṭicchiṁsu. Anukampako atthakāmo Sakko devānam-indo dutiyam-pi tatiyam-pi te evam-āha: Ekam-me bhonto vacanaṁ karotha, sādhu, ekaṁ puttaṁ janeyyātha, so tumhākaṁ upaṭṭhāko bhavissati ālambano câti. Tatiyam-pi te āhaṁsu: Alaṁ Kosiya, mā tvaṁ amhe anatthe niyojehi, kadā 'yaṁ kāyo na bhijjissati, bhijjatu ayaṁ kāyo bhedanadhammo, bhijjantiyā pi dharaṇiyā, patante pi selasikhare, phalante pi ākāse, patante pi candimasuriye n'eva mayaṁ lokadhammehi missayissāma, mā tvaṁ amhākaṁ samaṇabhāvaṁ upagacchi, upagatassa te eso visaññā: anatthacaro tvaṁ maññe ti. Tato Sakko devānam-indo tesaṁ manaṁ alabhamāno garugato pañjaliko puna yāci: Yadi me vacanaṁ na ussahatha kātuṁ, yadā tāpasī utunī hoti pupphavatī tadā tvaṁ bhante dakkhiṇena hatthaṅguṭṭhena nābhiṁ parāmaseyyāsi, tena sā gabbhaṁ lacchati, sannipāto yev' esa gabbhāvakkantiyā ti. Sakkom' ahaṁ Kosiya taṁ vacanaṁ kātuṁ, na tāvatakena amhākaṁ tapo bhijjati, hotū ti sampaṭicchiṁsu. Tāya ca pana velāya devabhavane atthi devaputto ussannakusalamūlo khīṇāyuko, āyukkhayaṁ patto yadicchakaṁ samattho okkamituṁ, api cakkavattikule pi. Atha Sakko devānam-indo taṁ devaputtaṁ upasaṅkamitvā evam-āha: Ehi kho mārisa, suppabhāto te divaso, atthasiddhi upagatā, yam-ahaṁ te upaṭṭhānam-āgamiṁ, ramaṇīye te okāse vāso bhavissati,

[9] tesaṁ A (and perhaps BC). [10] garubato AbM [11] agamiṁ AB, upāgamiṁ M

patirūpe kule paṭisandhi bhavissati, sundarehi mātāpitūhi vaḍḍhetabbo bhavissasi, ehi me vacanaṁ karohīti yāci. Dutiyam-pi tatiyam-pi yāci sirasi pañjalikato. Tato so devaputto evam-āha: Katamaṁ taṁ mārisa kulaṁ yaṁ tvaṁ abhikkhaṇaṁ kittayasi punappunan-ti. Dukūlo ca tāpaso Pārikā ca tāpasī ti. So tassa vacanaṁ sutvā tuṭṭho sampaṭicchi: Sādhu mārisa, yo tava chando so hotu; ākaṅkhamāno ahaṁ mārisa patthite kule uppajjeyyaṁ, kimhi kule uppajjāmi, aṇḍaje vā jalābuje vā saṁsedaje vā opapātike vā ti. Jalābujāya mārisa yoniyā uppajjāhīti. Atha Sakko devānam-indo uppattidivasaṁ vigaṇetvā Dukūlassa tāpasassa ārocesi: Asukasmiṁ nāma divase tāpasī utunī bhavissati pupphavatī, tadā tvaṁ bhante dakkhiṇena hatthaṅguṭṭhena nābhiṁ parāmaseyyāsīti. Tasmiṁ mahārāja divase tāpasī ca utunī pupphavatī ahosi, devaputto ca tatthūpago paccupaṭṭhito ahosi, tāpaso ca dakkhiṇena hatthaṅguṭṭhena tāpasiyā nābhiṁ parāmasi. Iti te tayo sannipātā ahesuṁ. Nābhiparāmasanena tāpasiyā rāgo udapādi; so pan' assā rāgo nābhiparāmasanaṁ paṭicca, mā tvaṁ sannipātaṁ ajjhācāram-eva maññi. Ūhasanam-pi sannipāto, ullapanam-pi sannipāto, upanijjhāyanam-pi sannipāto, pubbabhāgabhāvato rāgassa uppādāya āmasanena sannipāto jāyati, sannipātā okkamanaṁ hotīti anajjhācāre pi mahārāja parāmasanena gabbhāvakkanti hoti. Yathā mahārāja aggi jalamāno aparāmasanena pi upagatassa sītaṁ byapahanti, evam-eva kho mahārāja anajjhācāre pi parāmasanena gabbhassāvakkanti hoti.

Catunnaṁ vasena mahārāja sattānaṁ gabbhāvakkanti hoti: kammavasena yonivasena kulavasena āyācanavasena; api ca sabbe p' ete sattā kammasambhavā kammasamuṭ-

---

[9] hotīti ABC. [11] atha kho ABC. [13] -divasaṁ viditvā B [21] ullapanam-pi B. [22 23] masane AaBM. [27] -masane all.

ṭhānā. Kathaṁ mahārāja kammavasena sattānaṁ gabbhāvakkanti hoti: ussannakusalamūlā mahārāja sattā yadicchakaṁ uppajjanti, khattiyamahāsālakule vā brāhmaṇamahāsālakule vā gahapatimahāsālakule vā devesu vā aṇḍajāya vā yoniyā jalābujāya vā yoniyā saṁsedajāya vā yoniyā opapātikāya vā yoniyā. Yathā mahārāja puriso aḍḍho mahaddhano mahābhogo pahūta-jātarūpa-rajato pahūta-vittūpakaraṇo pahūta-dhana-dhañño pahūta-ñātipakkho dāsiṁ vā dāsaṁ vā khettaṁ vā vatthuṁ vā gāmaṁ vā nigamaṁ vā janapadaṁ vā yaṁ kiñci manasā abhipatthitaṁ yadicchakaṁ dviguṇa-tiguṇam-pi dhanaṁ datvā kiṇāti, evam-eva kho mahārāja ussannakusalamūlā sattā yadicchakaṁ uppajjanti, khattiyamahāsālakule vā brāhmaṇamahāsālakule vā gahapatimahāsālakule vā devesu vā aṇḍajāya vā yoniyā jalābujāya vā yoniyā saṁsedajāya vā yoniyā opapātikāya vā yoniyā. Evaṁ kammavasena sattānaṁ gabbhāvakkanti hoti.

Kathaṁ yonivasena sattānaṁ gabbhāvakkanti hoti: kukkuṭānaṁ mahārāja vātena gabbhāvakkanti hoti, balākānaṁ meghasaddena gabbhāvakkanti hoti, sabbe pi devā agabbhaseyyakā sattā yeva, tesaṁ nānāvaṇṇena gabbhāvakkanti hoti. Yathā mahārāja manussā nānāvaṇṇena mahiyā caranti, keci purato paṭicchādenti, keci pacchato paṭicchādenti, keci naggā honti, keci bhaṇḍū honti setapaṭadharā, keci molibaddhā honti, keci bhaṇḍū kāsāvavasanā honti, keci kāsāvavasanā molibaddhā honti, keci jaṭino vākacīradharā honti, keci cammavasanā honti, keci rasmiyo nivāsenti, sabbe p' ete manussā nānāvaṇṇena mahiyā caranti; evam-eva kho mahārāja sattā yeva te sabbe, tesaṁ nānāvaṇṇena gabbhāvakkanti hoti. Evaṁ yonivasena sattānaṁ gabbhāvakkanti hoti.

Kathaṁ kulavasena sattānaṁ gabbhāvakkanti hoti: kulaṁ nāma mahārāja cattāri kulāni: aṇḍajaṁ jalābujaṁ

---

[1] -mahāsāra- A throughout. [2] dāsidāsaṁ va B [3,4] bhaṇḍa all

saṁsedajaṁ opapātikaṁ; yadi tattha gandhabbo yato kutoci āgantvā aṇḍaje kule uppajjati so tattha aṇḍajo hoti — pe — jalābuje kule, saṁsedaje kule, opapātike kule uppajjati so tattha opapātiko hoti, tesu tesu kulesu tādisā yeva sattā sambhavanti. Yathā mahārāja Himavati Nerupabbataṁ yo koci migapakkhino upenti sabbe te sakavaṇṇaṁ vijahitvā suvaṇṇavaṇṇā honti, evam-eva kho mahārāja yo koci gandhabbo yato kutoci āgantvā aṇḍajaṁ yoniṁ upagantvā sabhāvavaṇṇaṁ vijahitvā aṇḍajo hoti — pe — jalābujaṁ, saṁsedajaṁ, opapātikaṁ yoniṁ upagantvā sabhāvavaṇṇaṁ vijahitvā opapātiko hoti. Evaṁ kulavasena sattānaṁ gabbhāvakkanti hoti.

Kathaṁ āyācanavasena sattānaṁ gabbhāvakkanti hoti: idha mahārāja kulaṁ hoti aputtakaṁ bahusāpateyyaṁ saddhaṁ pasannaṁ sīlavantaṁ kalyāṇadhammaṁ tapanissitaṁ, devaputto ca ussannakusalamūlo cavanadhammo hoti, atha Sakko devānam-indo tassa kulassa anukampāya taṁ devaputtaṁ āyācati: paṇidhehi mārisa amukassa kulassa mahesiyā kucchin-ti, so tassa āyācanahetu taṁ kulaṁ paṇidheti. Yathā mahārāja manussā puññakāmā samaṇaṁ manobhāvanīyaṁ āyācitvā gehaṁ upanenti: ayaṁ upagantvā sabbassa kulassa sukhāvaho bhavissatīti, evam-eva kho mahārāja Sakko devānam-indo taṁ devaputtaṁ āyācitvā taṁ kulaṁ upaneti. Evaṁ āyācanavasena sattānaṁ gabbhāvakkanti hoti.

Sāmo mahārāja kumāro Sakkena devānam-indena āyācito Pārikāya tāpasiyā kucchiṁ okkanto. Sāmo mahārāja kumāro katapuñño, mātāpitaro sīlavanto kalyāṇadhammā, āyācako samattho, tiṇṇaṁ cetopaṇidhiyā Sāmo kumāro nibbatto. Idha mahārāja nayakusalo puriso sukaṭṭhe anūpakhette bījaṁ ropeyya, api nu tassa bījassa antarāyaṁ vivajjentassa vuddhiyā koci antarāyo bhavey-

[17] hoti om. AB. [19] amukassa M. [20] -dhammo ABbC. [21] anupa- all.

yāti. — Na hi bhante, nirupaghātaṁ bhante bījaṁ khippaṁ saṁvirūheyyāti. — Evam-eva kho mahārāja Sāmo kumāro mutto uppannantarāyehi tiṇṇaṁ cetopaṇidhiyā nibbatto. Api nu kho mahārāja sutapubbaṁ tayā isīnaṁ manopadosena iddho phīto mahājanapado sajano samucchinno ti. — Āma bhante, sūyati mahiyā: Daṇḍakāraññaṁ Mejjhāraññaṁ Kāliṅgāraññaṁ Mātaṅgāraññaṁ sabbantaṁ araññaṁ araññabhūtaṁ, sabbe p' ete janapadā isīnaṁ manopadosena khayaṁ gatā ti. — Yadi mahārāja tesaṁ manopadosena susamiddhā janapadā ucchijjanti, api nu kho tesaṁ manopasādena kiñci nibbatteyyāti. — Āma bhante ti. — Tena hi mahārāja Sāmo kumāro tiṇṇaṁ balavantānaṁ cetopasādena nibbatto: isinimmito devanimmito puññanimmito ti evam-etaṁ mahārāja dhārehi. Tayo 'me mahārāja devaputtā Sakkena devānam-indena āyācitaṁ kulaṁ uppannā, katame tayo: Sāmo kumāro, Mahāpanādo, Kusarājā, tayo p' ete bodhisattā ti. — Suniddiṭṭhā bhante Nāgasena gabbhāvakkanti, sukathitaṁ kāraṇaṁ, andhakāro āloko kato, jaṭā vijaṭitā, nicchuddhā parappavādā, evam-etaṁ, tathā sampaṭicchāmīti.

—

Bhante Nāgasena, bhāsitam-p' etaṁ Bhagavatā: Pañc' eva dāni Ānanda vassasatāni saddhammo ṭhassatīti. Puna ca parinibbānasamaye Subhaddena paribbājakena pañhaṁ puṭṭhena Bhagavatā bhaṇitaṁ: Ime ca Subhadda bhikkhū sammā vihareyyuṁ, asuñño loko arahantehi assāti; asesavacanam-etaṁ, nissesavacanam-etaṁ, nippariyāyavacanam-etaṁ. Yadi bhante Nāgasena Tathāgatena bhaṇitaṁ: Pañc' eva dāni Ānanda vassasatāni saddhammo ṭhassatīti, tena hi: asuñño loko arahantehi

[9] uppattanta- A. [10] āyācitā ACM. [11] andhakāre AC. [12] nicchuddā A, nicchedā M.

assāti yaṁ vacanaṁ taṁ micchā. Yadi Tathāgatena bhaṇitaṁ: asuñño loko arahantehi assāti, tena hi: Pañc' eva dāni Ānanda vassasatāni saddhammo ṭhassatīti tam-pi vacanaṁ micchā. Ayam-pi ubhatokoṭiko pañho, gahanato pi gahanataro, balavato pi balavataro, ganṭhito pi ganṭhitaro, so tavānuppatto, tattha te ñāṇabalavipphāraṁ dassehi, makaro viya sāgarabbhantaragato ti.

Bhāsitam-p' etaṁ mahārāja Bhagavatā: Pañc' eva dāni Ānanda vassasatāni saddhammo ṭhassatīti. Parinibbānasamaye ca Subhaddassa paribbājakassa bhaṇitaṁ: Ime ca Subhadda bhikkhū sammā vihareyyuṁ, asuñño loko arahantehi assāti. Tañ-ca pana mahārāja Bhagavato vacanaṁ nānatthañ-c' eva hoti nānābyañjanañ-ca. Ayaṁ sāsanaparicchedo, ayaṁ paṭipattiparidīpanā ti dūraṁ vivajjitā te ubho aññamaññaṁ. Yathā mahārāja nabhaṁ paṭhavito dūraṁ vivajjitaṁ, nirayaṁ saggato dūraṁ vivajjitaṁ, kusalaṁ akusalato dūraṁ vivajjitaṁ, sukhaṁ dukkhato dūraṁ vivajjitaṁ, evam-eva kho mahārāja te ubho aññamaññaṁ dūraṁ vivajjitā. Api ca mahārāja, mā te pucchā moghā assa, rasato te saṁsandetvā kathayissāmi. Pañc' eva dāni Ānanda vassasatāni saddhammo ṭhassatīti yaṁ Bhagavā āha, taṁ khayaṁ paridīpayanto sesakaṁ paricchindi: vassasahassaṁ Ānanda saddhammo tiṭṭheyya sace bhikkhuniyo na pabbajeyyuṁ, pañc' eva dāni Ānanda vassasatāni saddhammo ṭhassatīti. Api nu kho mahārāja Bhagavā evaṁ vadanto saddhammassa antaradhānaṁ vā vadeti abhisamayaṁ vā paṭikkosatīti. — Na hi bhante ti. — Naṭṭhaṁ mahārāja parikittayanto sesakaṁ paridīpayanto paricchindi. Yathā mahārāja puriso naṭṭhāyiko sabbasesakaṁ gahetvā janassa paridīpeyya: ettakaṁ me bhaṇḍaṁ naṭṭhaṁ, idaṁ

---

[12] nānātth- B.

sesakan-ti, evam-eva kho mahārāja Bhagavā naṭṭhaṁ paridīpayanto sesakaṁ devamanussānaṁ kathesi: Pañc' eva dāni Ānanda vassasatāni saddhammo ṭhassatīti. Yaṁ pana mahārāja Bhagavatā bhaṇitaṁ: Pañc' eva dāni Ānanda vassasatāni saddhammo ṭhassatīti, sāsanaparicchedo eso; yaṁ pana parinibbānasamaye Subhaddassa paribbājakassa samaṇe parikittayanto āha: Ime ca Subhadda bhikkhū sammā vihareyyuṁ, asuñño loko arahantehi assāti, paṭipattiparidīpanā esā. Tvaṁ pana taṁ paricchedañ-ca paridīpanañ-ca ekarasaṁ karosi. Yadi pana te chando ekarasaṁ katvā kathayissāmi, sādhukaṁ suṇohi manasikarohi avimanasamānaso.

Idha mahārāja taḷāko bhaveyya navasalilasampuṇṇo samukham-uttariyamāno paricchinno parivaṭumakato, apariyādiṇṇe yeva tasmiṁ taḷāke udakūpari mahāmegho aparāparaṁ anuppabandhanto abhivasseyya, api nu kho mahārāja tasmiṁ taḷāke udakaṁ parikkhayaṁ pariyādānaṁ gaccheyyāti. — Na hi bhante ti. — Kena kāraṇena mahārājāti. — Meghassa bhante anuppabandhatāyāti. — Evam-eva kho mahārāja Jinasāsanavara-saddhamma-taḷāko ācārasīlaguṇavattapaṭipatti-vimalanavasalilasampuṇṇo uttariyamāno bhavaggam-abhibhavitvā ṭhito. Yadi tattha Buddhaputtā ācārasīlaguṇavattapaṭipatti-meghavassaṁ aparāparaṁ anuppabandhāpeyyuṁ abhivassāpeyyuṁ, evam-idaṁ Jinasāsanavara-saddhamma-taḷāko ciraṁ dīgham-addhānaṁ tiṭṭheyya, arahantehi ca loko asuñño bhaveyya. Imam-atthaṁ Bhagavatā sandhāya bhāsitaṁ: Ime ca Subhadda bhikkhū sammā vihareyyuṁ, asuñño loko arahantehi assāti.

Idha pana mahārāja mahatimahāaggikkhandhe jalamāne aparāparaṁ sukkha-tiṇa-kaṭṭha-gomayāni upasaṁhareyyuṁ, api nu kho so mahārāja aggikkhandho nibbā-

[7] samaṇo ABC. [14] sammukham- ABC. [19] -bandhattāyāti AC, -bandhatāyāti BM.

yeyyāti. — Na hi bhante, bhiyyo bhiyyo so aggikkhandho jaleyya, bhiyyo bhiyyo pabhāseyyāti. — Evam-eva kho mahārāja dasasahassimhi lokadhātuyā Jinasāsanavaraṁ ācārasīlaguṇavattapaṭipattiyā jalati pabhāsati. Yadi pana mahārāja taduttariṁ Buddhaputtā pañcahi padhāniyangehi samannāgatā satatam-appamattā padaheyyuṁ, tīsu sikkhāsu chandajātā sikkheyyuṁ, cārittañ-ca vārittañ-ca sīlaṁ samattaṁ paripūreyyuṁ, evam-idaṁ Jinasāsanavaraṁ bhiyyo bhiyyo ciraṁ dīgham-addhānaṁ tiṭṭheyya, asuñño loko arahantehi assāti imam-atthaṁ Bhagavatā sandhāya bhāsitaṁ: Ime ca Subhadda bhikkhū sammā vihareyyuṁ, asuñño loko arahantehi assāti.

Idha pana mahārāja siniddha-sama-sumajjita-sappabhāsa-vimalādāsaṁ saṇhasukhuma-gerukacuṇṇena aparāparaṁ majjeyyuṁ, api nu kho mahārāja tasmiṁ ādāse mala-kaddama-rajojallaṁ jāyeyyāti. — Na hi bhante, aññadatthu vimalataraṁ yeva bhaveyyāti. — Evam-eva kho mahārāja Jinasāsanavaraṁ pakatinimmalaṁ byapagata-kilesamalarajojallaṁ; yadi taṁ Buddhaputtā ācārasīla-guṇa-vattapaṭipatti-sallekhadhutaguṇena Jinasāsanavaraṁ sallikheyyuṁ, evam-idaṁ Jinasāsanavaraṁ ciraṁ dīgham-addhānaṁ tiṭṭheyya asuñño ca loko arahantehi assāti imam-atthaṁ Bhagavatā sandhāya bhāsitaṁ: Ime ca Subhadda bhikkhū sammā vihareyyuṁ, asuñño loko arahantehi assāti. Paṭipattimūlakaṁ mahārāja Satthusāsanaṁ paṭipattisārakaṁ, paṭipattiyā anantarahitāya tiṭṭhatīti.

Bhante Nāgasena, saddhammantaradhānan-ti yaṁ vadesi, katamaṁ taṁ saddhammantaradhānan-ti. — Tīṇ' imāni mahārāja sāsanantaradhānāni, katamāni tīṇi: adhigamantaradhānaṁ, paṭipattantaradhānaṁ, lingantaradhā-

---

[8] obbhāseyyāti D. [9] samatthaṁ CM, sattaṁ Aa, satataṁ Ab; sīlasamattaṁ D. [10] -gatamalakilesarajo- all. [10] -dhāna- C [11] paṭipattantara- CM.

naṁ. Adhigame mahārāja antarahite suppaṭipannassāpi dhammābhisamayo na hoti, paṭipattiyā antarahitāya sikkhāpadapaññatti antaradhāyati, lingaṁ yeva tiṭṭhati, linge antarahite paveṇupacchedo hoti. Imāni kho mahārāja tīṇi antaradhānānīti. — Suviññāpito bhante Nāgasena pañho gambhīro uttānīkato, gaṇṭhi bhinno, naṭṭhā parappavādā bhaggā nippabhā katā, tvaṁ gaṇivaravasabham-āsajjāti.

Bhante Nāgasena, Tathāgato sabbaṁ akusalaṁ jhāpetvā sabbaññutaṁ patto, udāhu sāvasese akusale sabbaññutaṁ patto ti. — Sabbaṁ mahārāja akusalaṁ jhāpetvā Bhagavā sabbaññutaṁ patto, na-tthi Bhagavato sesakaṁ akusalan-ti. — Kim-pana bhante dukkhā vedanā Tathāgatassa kāye uppannapubbā ti. — Āma mahārāja, Rājagahe Bhagavato pādo sakalikāya khato, lohitapakkhandikābādho uppanno, kāye abhisanne Jīvakena vireko kārito, vātābādhe uppanne upaṭṭhākena therena uṇhodakaṁ pariyiṭṭhan-ti. — Yadi bhante Nāgasena Tathāgato sabbaṁ akusalaṁ jhāpetvā sabbaññutaṁ patto, tena hi: Bhagavato pādo sakalikāya khato lohitapakkhandikā ca ābādho uppanno ti yaṁ vacanaṁ taṁ micchā. Yadi Tathāgatassa pādo sakalikāya khato lohitapakkhandikā ca ābādho uppanno, tena hi: Tathāgato sabbaṁ akusalaṁ jhāpetvā sabbaññutaṁ patto ti tam-pi vacanaṁ micchā, na-tthi bhante vinā kammena vedayitaṁ, sabban-taṁ vedayitaṁ kammamūlakaṁ, kammen' eva vediyati. Ayam-pi ubhatokoṭiko pañho tavānuppatto, so tayā nibbāhitabbo ti.

Na hi mahārāja sabban-taṁ vedayitaṁ kammamūlakaṁ. Aṭṭhahi mahārāja kāraṇehi vedayitāni uppajjanti, yehi kāraṇehi puthusattā vedanā vediyanti, katamehi aṭṭhahi: vātasamuṭṭhānāni pi kho mahārāja idh' ekaccāni vedayitāni uppajjanti, pittasamuṭṭhānāni pi kho mahārāja — pe — semhasamuṭṭhānāni pi kho mahārāja — pe — sannipātikāni pi kho mahārāja — pe — utupariṇāmajāni pi kho mahārāja — pe — visamaparihārajāni pi kho mahārāja — pe — opakkamikāni pi kho mahārāja — pe — kammavipākajāni pi kho mahārāja idh' ekaccāni vedayitāni uppajjanti. Imehi kho mahārāja aṭṭhahi kāraṇehi puthusattā vedanā vediyanti. Tattha ye te satte kammaṁ vibhādati te ime sattā kāraṇaṁ paṭibāhanti, tesaṁ taṁ vacanaṁ micchā ti. — Bhante Nāgasena, yañ-ca vātikaṁ yañ-ca pittikaṁ yañ-ca semhikaṁ yañ-ca sannipātikaṁ yañ-ca utupariṇāmajaṁ yañ-ca visamaparihārajaṁ yañ-ca opakkamikaṁ, sabbe te kammasamuṭṭhānā yeva, kammen' eva te sabbe sambhavantīti. — Yadi mahārāja te pi sabbe kammasamuṭṭhānā va ābādhā bhaveyyuṁ, na tesaṁ koṭṭhāsato lakkhaṇāni bhaveyyuṁ. Vāto kho mahārāja kuppamāno dasavidhena kuppati: sītena uṇhena jighacchāya pipāsāya atibhuttena ṭhānena padhānena ādhāvanena opakkamena kammavipākena; tatra ye te nava vidhā, na te atīte na anāgate, vattamānake bhave uppajjanti, tasmā na vattabbā: kammasambhavā sabbā vedanā ti. Pittaṁ mahārāja kuppamānaṁ tividhena kuppati: sītena uṇhena visamabhojanena. Semhaṁ mahārāja kuppamānaṁ tividhena kuppati: sītena uṇhena annapānena. Yo ca mahārāja vāto yañ-ca pittaṁ yañ-ca semhaṁ tehi tehi kopehi kuppitvā missībhutvā sakaṁ sakaṁ vedanaṁ ākaḍḍhati. Utupariṇāmajā mahārāja vedanā utupariṇāmena uppajjati, visamaparihārajā vedanā visamaparihārena uppajjati, opakkamikā mahārāja vedanā atthi kiriyā atthi kammavipākā, kammavipākajā vedanā pubbe katena kammena uppajjati. Iti kho mahārāja appaṁ kammavipākajaṁ, bahutaraṁ avasesaṁ. Tattha bālā:

---

[9] vibādhati M, vikhādati A. [10] te sabbe pi A. [11] jiga- AaBC.

sabbaṁ kammavipākajaṁ yevāti atidhāvanti, taṁ kammaṁ na sakkā vinā Buddhañāṇena vavatthānaṁ kātuṁ.

Yaṁ pana mahārāja Bhagavato pādo sakalikāya khato, taṁ vedayitaṁ n' eva vātasamuṭṭhānaṁ na pittasamuṭṭhānaṁ na semhasamuṭṭhānaṁ na sannipātikaṁ na utupariṇāmajaṁ na visamaparihārajaṁ na kammavipākajaṁ, opakkamikaṁ yeva. Devadatto hi mahārāja bahūni jātisatasahassāni Tathāgate āghātaṁ bandhi. So tena āghātena mahatiṁ garuṁ silaṁ gahetvā: matthake pātessāmîti muñci. Ath' aññe dve selā āgantvā taṁ silaṁ Tathāgataṁ asampattaṁ yeva sampaṭicchiṁsu, tāyaṁ pahārena papaṭikā bhijjitvā Bhagavato pāde patitvā ruhiraṁ uppādesi. Kammavipākato vā mahārāja Bhagavato esā vedanā nibbattā kiriyato vā, tat' uddhaṁ na-tth' aññā vedanā. Yathā mahārāja khettaduṭṭhatāya vā bījaṁ na sambhavati bījaduṭṭhatāya vā, evam-eva kho mahārāja kammavipākato vā Bhagavato esā vedanā nibbattā kiriyato vā, tat' uddhaṁ na-tth' aññā vedanā. Yathā vā pana mahārāja koṭṭhaduṭṭhatāya vā bhojanaṁ visamaṁ pariṇamati āhāraduṭṭhatāya vā, evam-eva kho mahārāja kammavipākato vā Bhagavato esā vedanā nibbattā kiriyato vā, tat' uddhaṁ na-tth' aññā vedanā.

Api ca mahārāja na-tthi Bhagavato kammavipākajā vedanā, na-tthi visamaparihārajā vedanā, avasesehi samuṭṭhānehi Bhagavato vedanā uppajjati. Tāya ca pana vedanāya na sakkā Bhagavantaṁ jīvitā voropetuṁ. Nipatanti mahārāja imasmiṁ catumahābhūtike kāye iṭṭhāniṭṭhā subhāsubhā vedanā. Idha mahārāja ākāse khitto leḍḍu mahāpaṭhaviyā nipatati, api nu kho so mahārāja leḍḍu pubbe katena mahāpaṭhaviyā nipatatîti. — Na hi bhante, na-tthi so bhante hetu mahāpaṭhaviyā yena hetunā mahāpaṭhavī kusalākusalaṁ vipākaṁ paṭisaṁvedeyya,

---

[18] tāsaṁ all. [19] taduddhaṁ M throughout. [20] leḍḍu B throughout.

paccuppannena bhante akammakena hetunā so leḍḍu mahāpaṭhaviyaṁ nipatatīti. — Yathā mahārāja mahāpaṭhavī evaṁ Tathāgato daṭṭhabbo, yathā leḍḍu pubbe akatena mahāpaṭhaviyaṁ nipatati evam-eva kho mahārāja Tathāgatassa pubbe akatena sā sakalikā pāde nipatitā. Idha pana mahārāja manussā mahāpaṭhaviṁ bhindanti ca khaṇanti ca; api nu kho te mahārāja manussā pubbe katena mahāpaṭhaviṁ bhindanti ca khaṇanti cāti. — Na hi bhante ti. — Evam-eva kho mahārāja yā sā sakalikā Bhagavato pāde nipatitā na sā sakalikā pubbe katena Bhagavato pāde nipatitā. Yo pi mahārāja Bhagavato lohitapakkhandikābādho uppanno so pi ābādho na pubbe katena uppanno, sannipātiken' eva uppanno. Ye keci mahārāja Bhagavato kāyikā ābādhā uppannā na te kammābhinibbattā, channaṁ etesaṁ samuṭṭhānānaṁ aññatarato nibbattā. Bhāsitam-p' etaṁ mahārāja Bhagavatā devātidevena Saṁyuttanikāyavaralañcake Moliyasīvake veyyākaraṇe: Pittasamuṭṭhānāni pi kho Sīvaka idh' ekaccāni vedayitāni uppajjanti; sāmam-pi kho etaṁ Sīvaka veditabbaṁ yathā pittasamuṭṭhānāni pi idh' ekaccāni vedayitāni uppajjanti, lokassa pi kho etaṁ Sīvaka saccasammataṁ yathā pittasamuṭṭhānāni pi idh' ekaccāni vedayitāni uppajjanti. Tatra Sīvaka ye te samaṇabrāhmaṇā evaṁvādino evaṁdiṭṭhino: yaṁ kiñcāyaṁ purisapuggalo paṭisaṁvedeti sukhaṁ vā dukkhaṁ vā adukkhamasukhaṁ vā sabban-taṁ pubbe katahetūti, yañ-ca sāmaṁ ñātaṁ tañ-ca atidhāvanti, yañ-ca loke saccasammataṁ tañ-ca atidhāvanti, tasmā tesaṁ samaṇabrāhmaṇānaṁ micchā ti vadāmi. Semhasamuṭṭhānāni pi kho Sīvaka idh' ekaccāni vedayitāni uppajjanti, vātasamuṭṭhānāni pi kho Sīvaka — sannipātikāni pi kho Sīvaka — utupariṇāmajāni pi kho Sīvaka — visamaparihārajāni

17 saṁyuttake nik- AbBCM; -lañcamoliya- B. 21 uppajjantīti ABC throughout.

pi kho Sīvaka — opakkamikāni pi kho Sīvaka — kammavipākajāni pi kho Sīvaka idh' ekaccāni vedayitāni uppajjanti; sāmam-pi kho etaṁ Sīvaka veditabbaṁ yathā kammavipākajāni pi idh' ekaccāni vedayitāni uppajjanti, lokassa pi kho etaṁ Sīvaka saccasammataṁ yathā kammavipākajāni pi idh' ekaccāni vedayitāni uppajjanti. Tatra Sīvaka ye te samaṇabrāhmaṇā evaṁvādino evaṁdiṭṭhino: yaṁ kiñcâyaṁ purisapuggalo paṭisaṁvedeti sukhaṁ vā dukkhaṁ vā adukkhamasukhaṁ vā sabban-taṁ pubbe katahetûti, yañ-ca sāmañ-ñātaṁ tañ-ca atidhāvanti, yañ-ca loke saccasammataṁ tañ-ca atidhāvanti, tasmā tesaṁ samaṇabrāhmaṇānaṁ micchā ti vadāmîti. Iti pi mahārāja na sabbā vedanā kammavipākajā. Sabbaṁ mahārāja akusalaṁ jhāpetvā Bhagavā sabbaññutaṁ patto ti evam-etaṁ dhārehîti. — Sādhu bhante Nāgasena, evam-etaṁ, tathā sampaṭicchāmîti.

— —

Bhante Nāgasena, tumhe bhaṇatha: yaṁ kiñci karaṇīyaṁ Tathāgatassa sabban-taṁ bodhiyā yeva mūle pariniṭṭhitaṁ, na-tthi Tathāgatassa uttariṁ karaṇīyam katassa vā paticayo ti. Idañ-ca temāsaṁ paṭisallānaṁ dissati. Yadi bhante Nāgasena yaṁ kiñci karaṇīyaṁ Tathāgatassa sabban-taṁ bodhiyā yeva mūle pariniṭṭhitaṁ, na-tthi Tathāgatassa uttariṁ karaṇīyaṁ katassa vā paticayo; tena hi: temāsaṁ paṭisallīno ti yaṁ vacanaṁ taṁ micchā. Yadi temāsaṁ paṭisallīno, tena hi: yaṁ kiñci karaṇīyaṁ Tathāgatassa sabban-taṁ bodhiyā yeva mūle pariniṭṭhitan-ti tam-pi vacanaṁ micchā. Na-tthi katakaraṇīyassa paṭisallānaṁ, sakaraṇīyass' eva paṭi-

[11] dhārayāhîti B. [16] paticayo M throughout; paricayo A three times, B once, C throughout. [20] paṭisallānaṁ A seven times, B once, CM throughout except once or twice; patisallānaṁ A twice. [24] patisallīno B twice.

sallāṇaṁ. Yathā nāma byādhitass' eva bhesajjena karaṇīyaṁ hoti, abyādhitassa kiṁ bhesajjena, chātass' eva bhojanena karaṇīyaṁ hoti, achātassa kiṁ bhojanena; evam-eva kho bhante Nāgasena na-tthi katakaraṇīyassa paṭisallāṇaṁ, sakaraṇīyass' eva paṭisallāṇaṁ. Ayam-pi ubhatokoṭiko pañho tavānuppatto, so tayā nibbāhitabbo ti.

Yaṁ kiñci mahārāja karaṇīyaṁ Tathāgatassa sabbantaṁ bodhiyā yeva mūle pariniṭṭhitaṁ, na-tthi Tathāgatassa uttariṁ karaṇīyaṁ katassā vā paticayo. Bhagavā ca temāsaṁ paṭisallīno. Paṭisallāṇaṁ kho mahārāja bahuguṇaṁ, sabbe pi tathāgatā paṭisallīyitvā sabbaññutaṁ pattā, taṁ te sukataguṇam-anussarantā paṭisallāṇaṁ sevanti. Yathā mahārāja puriso rañño santikā laddhavaro paṭiladdhasabhogo taṁ sukataguṇam-anussaranto aparāparaṁ rañño upaṭṭhānaṁ eti, evam-eva kho mahārāja sabbe pi tathāgatā paṭisallīyitvā sabbaññutaṁ pattā, taṁ te sukataguṇam-anussarantā paṭisallāṇaṁ sevanti. Yathā vā pana mahārāja puriso āturo dukkhito bāḷhagilāno bhisakkam-upasevitvā sotthim-anuppatto taṁ sukataguṇam-anussaranto aparāparaṁ bhisakkam-upasevati, evam-eva kho mahārāja sabbe pi tathāgatā paṭisallīyitvā sabbaññutaṁ pattā, taṁ te sukataguṇam-anussarantā paṭisallāṇaṁ sevanti.

Aṭṭhavīsati kho pan' ime mahārāja paṭisallāṇaguṇā ye guṇe samanupassantā tathāgatā paṭisallāṇaṁ sevanti, katame aṭṭhavīsati: idha mahārāja paṭisallāṇaṁ paṭisallīyamānaṁ rakkhati, āyuṁ vaḍḍheti, balaṁ deti, vajjaṁ pidahati, ayasam-apaneti, yasam-upaneti, aratiṁ vinodeti, ratim-upadahati, bhayam-apaneti, vesārajjaṁ karoti, kosajjam-apaneti, viriyam-abhijaneti, rāgam-apaneti, dosam-apaneti, moham-apaneti, mānaṁ nihanti, vitakkaṁ bhañjati, cittaṁ ekaggaṁ karoti, mānasaṁ snehayati,

[11] -ddhabhogo Aa. [13] patis- B [14] samanussarantā B, anussarantā M.

hāsaṁ janeti, garukaṁ karoti, lābham-uppādayati, namassiyaṁ karoti, pītiṁ pāpeti, pāmojjaṁ karoti, sankhārānaṁ sabhāvaṁ dassayati, bhavapaṭisandhiṁ ugghāṭeti, sabbasāmaññaṁ deti. Ime kho mahārāja aṭṭhavīsati paṭisallānaguṇā ye guṇe samanupassantā tathāgatā paṭisallānaṁ sevanti. Api ca kho mahārāja tathāgatā santaṁ sukhaṁ samāpattiratim-anubhavitukāmā paṭisallānaṁ sevanti pariyositasankappā. Catuhi kho mahārāja kāraṇehi tathāgatā paṭisallānaṁ sevanti, katamehi catuhi: vihāraphāsutāya pi mahārāja tathāgatā paṭisallānaṁ[4] sevanti, anavajjaguṇabahulatāya pi tathāgatā paṭisallānaṁ sevanti, asesaariyavīthito pi tathāgatā paṭisallānaṁ sevanti, sabbabuddhānaṁ thuta-thomita-vaṇṇita-pasatthato pi tathāgatā paṭisallānaṁ sevanti. Imehi kho mahārāja catuhi kāraṇehi tathāgatā paṭisallānaṁ sevanti. Iti kho mahārāja paṭisallānaṁ sevanti, na sakaraṇīyatāya, na katassa [vā] paticayāya, atha kho guṇavisesadassāvitāya tathāgatā paṭisallānaṁ sevantīti. — Sādhu bhante Nāgasena, evam-etaṁ, tathā sampaṭicchāmîti.

—

Bhante Nāgasena, bhāsitam-p' etaṁ Bhagavatā: Tathāgatassa kho Ānanda cattāro iddhipādā bhāvitā bahulīkatā yānikatā vatthukatā anuṭṭhitā paricitā susamāraddhā; ākankhamāno Ānanda Tathāgato kappaṁ vā tiṭṭheyya kappāvasesaṁ vā ti. Puna ca bhaṇitaṁ: Ito tiṇṇaṁ māsānaṁ accayena Tathāgato parinibbāyissatîti. Yadi bhante Nāgasena Bhagavatā bhaṇitaṁ: Tathāgatassa kho Ānanda cattāro iddhipādā bhāvitā — pe — kappāvasesaṁ vā ti, tena hi temāsaparicchedo micchā. Yadi Tathāgatena bhaṇitaṁ: Ito tiṇṇaṁ māsānaṁ accayena

---

[3] samanupassantā M. [4] kho om AC.

Tathāgato parinibbāyissatīti, tena hi: Tathāgatassa kho Ānanda cattāro iddhipādā bhāvitā — pe — kappāvasesaṁ vā ti tam-pi vacanaṁ micchā. Na-tthi tathāgatānaṁ aṭṭhāne gajjitaṁ, amoghavacanā buddhā bhagavanto tathavacanā advejjhavacanā. Ayam-pi ubhatokoṭiko pañho gambhīro sunipuṇo dunnijjhāpayo, so tavānuppatto, bhind' etaṁ diṭṭhijālaṁ, ekaṁse ṭhapaya, bhinda parappavādan-ti.

Bhāsitam-p' etaṁ mahārāja Bhagavatā: Tathāgatassa kho Ānanda cattāro iddhipādā bhāvitā — pe — kappāvasesaṁ vā ti. Temāsaparicchedo ca bhaṇito. So ca pana kappo āyukappo vuccati. Na mahārāja Bhagavā attano balaṁ kittayamāno evam-āha, iddhibalaṁ pana mahārāja Bhagavā parikittayamāno evam-āha: Tathāgatassa kho Ānanda cattāro iddhipādā bhāvitā — pe — kappāvasesaṁ vā ti. Yathā mahārāja rañño assājāniyyo bhaveyya sīghagati anilajavo, tassa rājā javabalaṁ parikittayanto sanegama-jānapada-bhaṭa-balattha-brāhmaṇa-gahapatika-amaccajanamajjhe evaṁ vadeyya: Ākankhamāno me bho ayaṁ hayavaro sāgarajalapariyantaṁ mahiṁ anuvicaritvā khaṇena idh' āgaccheyyāti, na ca taṁ javagatiṁ tassaṁ parisāyaṁ dasseyya, vijjati ca so javo tassa, samattho ca so khaṇena sāgarajalapariyantaṁ mahiṁ anuvicarituṁ; — evam-eva kho mahārāja Bhagavā attano iddhibalaṁ parikittayamāno evam-āha, tam-pi tevijjānaṁ chaḷabhiññānaṁ arahantānaṁ vimalakhīṇāsavānaṁ devamanussānañ-ca majjhe nisīditvā bhaṇitaṁ: Tathāgatassa kho Ānanda cattāro iddhipādā bhāvitā bahulīkatā yānikatā vatthukatā anuṭṭhitā paricitā susamāraddhā; ākankhamāno Ānanda Tathāgato kappaṁ vā tiṭṭheyya kappāvasesaṁ vā ti; vijjati ca taṁ mahārāja iddhibalaṁ Bhagavato, samattho ca Bhagavā iddhibalena kappaṁ vā ṭhātuṁ kappāvasesaṁ vā, na ca Bhagavā

---

[1] ṭhapaya AaBC. [11] ti vuccati M. [14] -jāniyo AOM.

taṁ iddhibalaṁ tassaṁ parisāyaṁ dasseti. Anatthiko mahārāja Bhagavā sabbabhavehi, garahitā ca Tathāgatassa sabbabhavā. Bhāsitam-p' etaṁ mahārāja Bhagavatā: Seyyathā pi bhikkhave appamattako pi gūtho duggandho hoti, evam-eva kho ahaṁ bhikkhave appamattakam-pi bhavaṁ na vaṇṇemi, antamaso accharāsaṅghātamattam-pîti. Api nu kho mahārāja Bhagavā sabbabhavagatiyoniyo gūthasamaṁ disvā iddhibalaṁ nissāya bhavesu chandarāgaṁ kareyyâti. — Na hi bhante ti. — Tena hi mahārāja Bhagavā iddhibalaṁ parikittayamāno evarūpaṁ Buddhasīhanādam-abhinadîti. — Sādhu bhante Nāgasena, evam-etaṁ, tathā sampaṭicchāmîti.

Paṭhamo vaggo.

Bhante Nāgasena, bhāsitam-p' etaṁ Bhagavatā: Abhiññāyâham-bhikkhave dhammaṁ desemi, no anabhiññāyâti. Puna ca Vinayapaññattiyā evaṁ bhaṇitaṁ: Ākaṅkhamāno Ānando saṅgho mam' accayena khuddānukhuddakāni sikkhāpadāni samūhanatûti. Kin-nu kho bhante Nāgasena khuddānukhuddakāni sikkhāpadāni duppaññattāni udāhu avatthusmiṁ ajānitvā paññattāni, yaṁ Bhagavā attano accayena khuddānukhuddakāni sikkhāpadāni samūhanāpeti. Yadi bhante Nāgasena Bhagavatā bhaṇitaṁ: Abhiññāyâham-bhikkhave dhammaṁ desemi, no anabhiññāyâti, tena hi: Ākaṅkhamāno Ānanda saṅgho mam' accayena khuddānukhuddakāni sikkhāpadāni samūhanatûti yaṁ vacanaṁ taṁ micchā. Yadi Tathāgatena

[14] puna ca paraṁ ABa [15] samūhanatûti An throughout, B the first time.

Vinayapaṇṇattiyā evaṁ bhaṇitaṁ: Ākankhamāno Ānanda saṅgho mam' accayena khuddānukhuddakāni sikkhāpadāni samūhanatûti, tena hi: Abhiññāyâham-bhikkhave dhammaṁ desemi, no anabhiññāyâti tam-pi vacanaṁ micchā. Ayam-pi ubhatokoṭiko pañho saṇho sukhumo sunipuṇo gambhīro sugambhīro duunijjhāpayo, so tavânuppatto, tattha te ñāṇabalavipphāraṁ dassehîti.

Bhāsitam-p' etaṁ mahārāja Bhagavatā: Abhiññāyâham-bhikkhave dhammaṁ desemi, no anabhiññāyâti. Vinayapaṇṇattiyā pi evaṁ bhaṇitaṁ: Ākankhamāno Ānanda saṅgho mam' accayena khuddānukhuddakāni sikkhāpadāni samūhanatûti. Taṁ pana mahārāja Tathāgato bhikkhū vīmaṁsamāno āha: ukkalissanti nu kho mama sāvakā mayā vissajjāpiyamānā mam' accayena khuddānukhuddakāni sikkhāpadāni udāhu ādiyissantîti. Yathā mahārāja cakkavattirājā putte evaṁ vadeyya: ayaṁ kho tātā mahājanapado sabbadisāsu sāgarapariyanto, dukkaro tātā tāvatakena balena dhāretuṁ, etha tumhe tātā mam' accayena paccante paccante dese pajahathâti; api nu kho te mahārāja kumārā pitu accayena hatthagate janapade sabbe te paccante paccante dese muñceyyun-ti. — Na hi bhante, rājāno bhante luddhatarā, kumārā rajjalobhena taduttariṁ diguṇa-tiguṇaṁ janapadaṁ parikaḍḍheyyuṁ, kim-pana te hatthagataṁ janapadaṁ muñceyyun-ti. — Evam-eva kho mahārāja Tathāgato bhikkhū vīmaṁsamāno evam-āha: Ākankhamāno Ānanda saṅgho mam' accayena khuddānukhuddakāni sikkhāpadāni samūhanatûti. Dukkhaparimuttiyā mahārāja Buddhaputtā dhammalobhena aññam-pi uttariṁ diyaḍḍhaṁ sikkhāpadasataṁ gopeyyuṁ, kim-pana pakatipaññattaṁ sikkhāpadaṁ muñceyyun-ti.

Bhante Nāgasena, yaṁ Bhagavā āha: khuddānu-

---

[13] bhikkhu all. [11] ukkamissanti AsC. [21] hatthagataṁ janapadaṁ ABC

khuddakāni sikkhāpadānīti, etthāyaṁ jano sammūḷho vimatijāto adhikato saṁsayapakkhanno: katamāni tāni khuddakāni sikkhāpadāni, katamāni anukhuddakāni sikkhāpadānīti. Dukkaṭaṁ mahārāja khuddakaṁ sikkhāpadaṁ, dubbhāsitaṁ anukhuddakaṁ sikkhāpadaṁ, imāni dve khuddānukhuddakāni sikkhāpadāni. Pubbakehi pi mahārāja mahātherehi ettha vimati uppāditā, tehi pi ekajjhaṁ na kato Dhammasaṇṭhitipariyāye Bhagavatā eso pañho upadiṭṭho ti. — Ciranikkhittaṁ bhante Nāgasena Jinarahassaṁ ajj' etarahi loke vivaṭaṁ pākaṭaṁ katan - ti.

Bhante Nāgasena, bhāsitam - p' etaṁ Bhagavatā: Na - tth' Ānanda Tathāgatassa dhammesu ācariyamuṭṭhīti. Puna ca therena Māluṅkyāputtena pañhaṁ puṭṭho na byākāsi. Eso kho bhante Nāgasena pañho dvayanto ekantanissito bhavissati ajānanena vā guyhakaraṇena vā. Yadi bhante Nāgasena Bhagavatā bhaṇitaṁ: Na - tth' Ānanda Tathāgatassa dhammesu ācariyamuṭṭhīti, tena hi therassa Māluṅkyāputtassa ajānantena na byākataṁ. Yadi jānantena na byākataṁ, tena hi atthi Tathāgatassa dhammesu ācariyamuṭṭhi. Ayam - pi ubhatokoṭiko pañho tavānuppatto, so tayā nibbāhitabbo ti.

Bhāsitam - p' etaṁ mahārāja Bhagavatā: Na - tth' Ānanda Tathāgatassa dhammesu ācariyamuṭṭhīti. Abyākato ca therena Māluṅkyāputtena pucchito pañho, tañ - ca pana na ajānanena na guyhakaraṇena. Cattār' imāni mahārāja pañhabyākaraṇāni, katamāni cattāri: ekaṁsabyākaraṇīyo pañho, vibhajja byākaraṇīyo pañho, paṭipucchābyākaraṇīyo pañho, ṭhapanīyo pañho. Katamo ca mahārāja ekaṁsabyākaraṇīyo pañho: rūpaṁ aniccan - ti

---

³ -pakkhanno all. ¹⁵ ajānantena all ¹⁶ ṭhap. pañho ti all.

ekaṁsabyākaraṇīyo pañho, vedanā aniccā ti, saññā aniccā ti, sankhārā aniccā ti, viññāṇaṁ aniccan-ti ekaṁsabyākaraṇīyo pañho; ayaṁ ekaṁsabyākaraṇīyo pañho. Katamo vibhajja byākaraṇīyo pañho: aniccaṁ pana rūpan-ti vibhajja byākaraṇīyo pañho, aniccā pana vedanā ti, aniccā pana saññā ti, aniccā pana sankhārā ti, aniccaṁ pana viññāṇan-ti vibhajja byākaraṇīyo pañho; ayaṁ vibhajja byākaraṇīyo pañho. Katamo paṭipucchābyākaraṇīyo pañho: kin-nu kho cakkhunā sabbaṁ vijānātīti, ayaṁ paṭipucchābyākaraṇīyo pañho. Katamo ṭhapanīyo pañho: sassato loko ti ṭhapanīyo pañho, asassato loko ti, antavā loko ti, anantavā loko ti, antavā ca anantavā ca loko ti, n' ev' antavā nānantavā loko ti, taṁ jīvaṁ taṁ sarīran-ti, aññaṁ jīvaṁ aññaṁ sarīran-ti, hoti tathāgato param-maraṇā ti, na hoti tathāgato param-maraṇā ti, hoti ca na ca hoti tathāgato param-maraṇā ti, n' eva hoti na na hoti tathāgato param-maraṇā ti ṭhapanīyo pañho; ayaṁ ṭhapanīyo pañho. Bhagavā mahārāja therassa Mālunkyāputtassa taṁ ṭhapanīyaṁ pañhaṁ na byākāsi. So pana pañho kinkāraṇā ṭhapanīyo: na tassa dīpanāya hetu vā kāranaṁ vā atthi, tasmā so pañho ṭhapanīyo, na-tthi buddhānaṁ bhagavantānaṁ akāraṇam-ahetukaṁ giram-udīraṇan-ti. — Sādhu bhante Nāgasena, evam-etaṁ, tathā sampaṭicchāmīti.

Bhante Nāgasena, bhāsitam-p' etaṁ Bhagavatā:

Sabbe tasanti daṇḍassa, sabbe bhāyanti maccuno ti.

Puna ca bhaṇitaṁ: Arahā sabbabhayam-atikkanto ti. Kin-nu kho bhante Nāgasena arahā daṇḍabhayā

---

[1] hoti ca na ca hoti ca C, hoti ca na hoti ca AHM

tasati, niraye vā nerayikā sattā jalitā kaṭhitā tattā santattā tamhā jalitaggijālakā mahānirayā cavamānā maccuno bhāyanti. Yadi bhante Nāgasena Bhagavatā bhaṇitaṁ: Sabbe tasanti daṇḍassa, sabbe bhāyanti maccuno ti, tena hi: Arahā sabbabhayam-atikkanto ti yaṁ vacanaṁ taṁ micchā. Yadi Bhagavatā bhaṇitaṁ: Arahā sabbabhayam-atikkanto ti, tena hi: Sabbe tasanti daṇḍassa, sabbe bhāyanti maccuno ti tam-pi vacanaṁ micchā. Ayam-pi ubhatokoṭiko pañho tavānuppatto, so tayā nibbāhitabbo ti.

N' etaṁ mahārāja vacanaṁ Bhagavatā arahanto upādāya bhaṇitaṁ: Sabbe tasanti daṇḍassa, sabbe bhāyanti maccuno ti, ṭhapito arahā tasmiṁ vatthusmiṁ, samūhato bhayahetu arahato; ye te mahārāja sattā sakilesā yesañ-ca adhimattā attānudiṭṭhi ye ca sukhadukkhesu unnatāvanatā, te upādāya Bhagavatā bhaṇitaṁ: Sabbe tasanti daṇḍassa, sabbe bhāyanti maccuno ti. Arahato mahārāja sabbagati upacchinnā, yoni viddhaṁsitā, paṭisandhi upahatā, bhaggā phāsū, samūhatā sabbabhavālayā, samucchinnā sabbasaṅkhārā, hataṁ kusalākusalaṁ, vihatā avijjā, abījaṁ viññāṇaṁ kataṁ, daḍḍhā sabbakilesā, ativattā lokadhammā, tasmā arahā na santasati sabbabhayehi. Idha mahārāja rañño cattāro mahāmattā bhaveyyuṁ, anurattā laddhayasā vissāsikā, ṭhapitā mahati issariye ṭhāne, atha rājā kismici karaṇīye samuppanne yāvatā sakavijite sabbajanassa āṇāpeyya: sabbe va me baliṁ karontu, sādhetha tumhe cattāro mahāmattā taṁ karaṇīyan-ti; api nu kho mahārāja tesaṁ catunnaṁ mahāmattānaṁ balibhayā santāso uppajjeyyāti. — Na hi bhante ti. — Kena kāraṇena mahārājāti. — Ṭhapitā te bhante raññā uttame ṭhāne, na-tthi tesaṁ bali, samatikkantabalino te, avasese upādāya raññā

---

[1] bhāyantīti ABC. [2] sakilesā AC. [3] phāsu B, pathāsu AC, pathā M. [4] samatikkantābalino all except As.

āṇāpitaṁ: sabbe va me baliṁ karontûti. — Evam-eva kho mahārāja n' etaṁ vacanaṁ Bhagavatā arahante upādāya bhaṇitaṁ, ṭhapito arahā tasmiṁ vatthusmiṁ, samūhato bhayahetu arahato; ye te mahārāja sattā sakilesā yesañ-ca adhimattā attānudiṭṭhi ye ca sukhadukkhesu unnatāvanatā, te upādāya Bhagavatā bhaṇitaṁ: Sabbe tasanti daṇḍassa, sabbe bhāyanti maccuno ti. Tasmā arahā na tasati sabbabhayehîti.

N' etaṁ bhante Nāgasena vacanaṁ sâvasesaṁ, niravasesavacanam-etaṁ: sabbe ti, tattha me uttariṁ kāraṇaṁ brūhi taṁ vacanaṁ patiṭṭhāpetun-ti. — Idha mahārāja gāme gāmasāmiko āṇāpakaṁ āṇāpeyya: ehi bho āṇāpaka, yāvatā gāme gāmikā te sabbe sīghaṁ mama santike sannipātehîti; so: sādhu sāmîti sampaṭicchitvā gāmamajjhe ṭhatvā tikkhattuṁ saddam-anussāveyya: yāvatā gāme gāmikā te sabbe sīghasīghaṁ sāmino santike sannipatantûti; tato te gāmikā āṇāpakassa vacanena turitaturitā sannipatitvā gāmasāmikassa ārocenti: sannipatitā sāmi sabbe gāmikā, yaṁ te karaṇīyaṁ taṁ karohîti. Iti so mahārāja gāmasāmiko kuṭipurise sannipātento sabbe gāmike āṇāpeti, te ca āṇattā na sabbe sannipatanti, kuṭipurisā yeva sannipatanti, ettakā yeva me gāmikā ti gāmasāmiko ca tathā sampaṭicchati; aññe bahutarā anāgatā, itthi-purisā dāsi-dāsā bhatakā kammakarā gāmikā gilānā go-mahisā aj-elakā supānā, ye anāgatā sabbe te agaṇitā, kuṭipurise yeva upādāya āṇāpitattā: sabbe sannipatantûti. Evam eva kho mahārāja n' etaṁ vacanaṁ Bhagavatā arahante upādāya bhaṇitaṁ, ṭhapito arahā tasmiṁ vatthusmiṁ, samūhato bhayahetu arahato; ye te mahārāja sattā sakilesā yesañ-ca adhimattā attānudiṭṭhi ye ca sukhadukkhesu unnatāvanatā, te upādāya Bhagavatā bhaṇitaṁ: Sabbe tasanti daṇḍassa, sabbe bhāyanti

---

[4] sakkilesā AC. [13] sīghaṁ sīghaṁ C (sīnghaṁ sīnghaṁ M throughout). [25] suvānā M. [30] sakkilesā Ab.

maccuno ti. Tasmā arahā na tasati sabbabhayehi. Atthi mahārāja sāvasesaṁ vacanaṁ sāvaseso attho, atthi sāvasesaṁ vacanaṁ niravaseso attho, atthi niravasesaṁ vacanaṁ sāvaseso attho, atthi niravasesaṁ vacanaṁ niravaseso attho, tena tena attho sampaṭicchitabbo. Pañcavidhena mahārāja attho sampaṭicchitabbo, āhaccapadena kho mahārāja, rasena, ācariyavaṁsatāya, adhippāyā, kāraṇuttariyatāya. Ettha hi: āhaccapadan-ti suttaṁ adhippetaṁ, raso ti suttānulomaṁ, ācariyavaṁso ti ācariyavādo, adhippāyo ti attano mati, kāraṇuttariyatā ti imehi catuhi samentaṁ kāraṇaṁ. Imehi kho mahārāja pañcahi kāraṇehi attho sampaṭicchitabbo. Evam-eso pañho suvinicchito hotīti.

Hotu bhante Nāgasena, tathā taṁ sampaṭicchāmi, ṭhapito hotu arahā tasmiṁ vatthusmiṁ, tasantu avasesā sattā. Niraye pana nerayikā sattā, dukkhā tippā kaṭukā vedanā vediyamānā, jalitapajjalita-sabbangapaccangā ruṇṇa-kāruñña-kandita-paridevita-lālappita-mukhā asayhatibba-dukkhābhibhūtā attāṇā asaraṇā asaraṇībhūtā anappasokāturā antima-pacchima-gatikā ekantasokaparāyanā, uṇha-tikhiṇa-caṇḍa-khara-tapana-tejavantā bhīmabhaya-janaka-nināda-mahāsaddā saṁsibbita-chabbidha-jālāmālākulā samantā satayojanānupharaṇaccivegā kadariyā tapanā mahānirayā cavamānā maccuno bhāyantīti. Āma mahārājāti. — Nanu bhante Nāgasena nirayo ekantadukkhavedaniyo, kissa pana te nerayikā sattā ekantadukkhavedaniyā nirayā cavamānā maccuno bhāyanti, kissa niraye ramantīti. — Na te mahārāja nerayikā sattā niraye ramanti, muccitukāmā va te nirayā; maraṇass' eso mahārāja ānubhāvo yena tesaṁ santāso uppajjatīti. — Etaṁ kho bhante Nāgasena na saddahissāmi yaṁ muccitukāmānaṁ

[6 8] āhaccapād- AB. [7] -vaṁsatā all. [10] -ābhibhūtā B. [12] -ninnāda- M.
[13] saṁsīvita- BC, saṁsivita- M. [14] -mālāsamākulā A. [15] -nācci- ABC.
[16] kadariya B, -yaṁ CM. [18 21] -vedaniy- C. [19] ca te AM. [21] na om. ABC.

cutiyā santāso uppajjati; hāsanīyaṃ bhante Nāgasena taṃ ṭhānaṃ yaṃ te patthitaṃ labhanti. Kāraṇena maṃ saññāpehīti.

Maraṇan-ti kho mahārāja etaṃ adiṭṭhasaccānaṃ tāsanīyaṃ ṭhānaṃ, ettha ayaṃ jano tasati ca ubbijjati ca. Yo ca mahārāja kaṇhasappassa bhāyati so maraṇassa bhāyanto kaṇhasappassa bhāyati, yo ca hatthissa bhāyati — pe — sīhassa byagghassa dīpissa acchassa taracchassa mahisassa gavayassa aggissa udakassa khāṇukassa kaṇṭakassa bhāyati, yo ca sattiyā bhāyati so maraṇassa bhāyanto sattiyā bhāyati. Maraṇass' eso mahārāja sarasabhāvatejo, tassa sarasabhāvatejena sakilesā sattā maraṇassa tasanti bhāyanti, muccitukāmā pi mahārāja nerayikā sattā maraṇassa tasanti bhāyanti. Idha mahārāja purisassa kāye medagaṇṭhi uppajjeyya, so tena rogena dukkhito upaddavā parimuccitukāmo bhisakkaṃ sallakattaṃ āmantāpeyya, tassa so bhisakko sallakatto sampaṭicchitvā tassa rogassa uddharaṇāya upakaraṇaṃ upaṭṭhāpeyya: satthakaṃ tikhiṇaṃ kareyya, dahanasalākā aggimhi pakkhipeyya, khāralavaṇaṃ nisadāya piṃsāpeyya; api nu kho mahārāja tassa āturassa tikhiṇasatthakacchedanena yamakasalākādahanena khāraloṇappavesanena tāso uppajjeyyāti. — Āma bhante ti. — Iti mahārāja tassa āturassa rogā muccitukāmassāpi vedanābhayā santāso uppajjati, evam-eva kho mahārāja nirayā muccitukāmānam-pi nerayikānaṃ sattānaṃ maraṇabhayā santāso uppajjati. Idha mahārāja puriso issarāparādhiko baddho saṅkhalikabandhanena gabbhe pakkhitto parimuccitukāmo assa, tam-enaṃ so issaro mocetukāmo pakkosāpeyya; api nu kho mahārāja tassa issarāparādhikassa purisassa: kata-

---

[1] uppajjatīti ABC. [2] hasanīyaṃ A. [3] tāsanīyaṃ AC; -nīyaṭṭhānaṃ BM. [4.10] ca om. ABC. [5] gavassa AB. [6] khāṇussa B; khāṇukaṇṭakassa AaC. [11] maraṇassa so AbC, so maraṇassa kho M. [12] sāgaralavaṇaṃ B. [13] uppajjatīti ABM. [14] tamena ABC.

doso ahan-ti jānantassa issaradassanena santāso uppajjeyyāti. — Āma bhante ti. — Iti mahārāja tassa issarāparādhikassa purisassa muccitukāmassāpi issarabhayā santāso uppajjati, evam-eva kho mahārāja nirayā muccitukāmānam-pi nerayikānaṁ sattānaṁ maraṇabhayā santāso uppajjatīti. — Aparam-pi bhante uttariṁ kāraṇaṁ brūhi yenāhaṁ kāraṇena okappeyyan-ti. — Idha mahārāja puriso daṭṭhavisena āsīvisena daṭṭho bhaveyya, so tena visavikārena pateyya uppateyya, vaṭṭeyya pavaṭṭeyya, ath' aññataro puriso balavantena mantapadena taṁ daṭṭhavisaṁ āsīvisaṁ ānetvā taṁ daṭṭhavisaṁ paccācamāpeyya; api nu kho mahārāja tassa visagatassa purisassa tasmiṁ daṭṭhavise sappe sotthihetu upagacchante santāso uppajjeyyāti. — Āma bhante ti. — Iti mahārāja tathārūpe ahimhi sotthihetu pi upagacchante tassa santāso uppajjati, evam-eva kho mahārāja nirayā parimuccitukāmānam-pi nerayikānaṁ sattānaṁ maraṇabhayā santāso uppajjati. Aniṭṭhaṁ mahārāja sabbasattānaṁ maraṇaṁ, tasmā nerayikā sattā nirayā parimuccitukāmā pi maccuno bhāyantīti. Sādhu bhante Nāgasena, evam-etaṁ, tathā sampaṭicchāmīti.

Bhante Nāgasena, bhāsitam-p' etaṁ Bhagavatā:

Na antalikkhe, na samuddamajjhe,
na pabbatānaṁ vivaraṁ pavissa,
na vijjatī so jagatippadeso
yattha-ṭṭhito muñceyya Maccupāsā ti.

Puna Bhagavatā parittā ca uddiṭṭhā, seyyathīdaṁ: Ratanasuttaṁ Khandhaparittaṁ Moraparittaṁ Dhajagga-

---

[8] parimuccitu- AC. [9] upapateyya B. [10] paccāvamāpeyya A (paccāvak-khāpeyya M). [11] upavajjante B. [12] muñceyya pāpakammā maccupāsā B (comp. Dh. v. 127).

parittaṁ Āṭānāṭiyaparittaṁ Aṅgulimālaparittaṁ. Yadi bhante Nāgasena ākāsagato pi samuddamajjhagato pi pāsāda-kuṭi-leṇa-guhā-pabbhāra-darī-bila-vivara-pabbatantaragato pi na muccati Maccupāsā, tena hi parittakammaṁ micchā. Yadi parittakaraṇena Maccupāsā parimutti bhavati, tena hi: Na antalikkhe — pe — Maccupāsā ti tam-pi vacanaṁ micchā. Ayam-pi ubhatokoṭiko pañho gaṇṭhito pi gaṇṭhitaro tavânuppatto, so tayā nibbāhitabbo ti.

Bhāsitam-p' etaṁ mahārāja Bhagavatā:

Na antalikkhe, na samuddamajjhe,
na pabbatānaṁ vivaraṁ pavissa,
na vijjatī so jagatippadeso
yattha-ṭṭhito muñceyya Maccupāsā ti.

Parittā ca Bhagavatā uddiṭṭhā. Tañ-ca pana sāvasesāyukassa vayasampannassa apetakammāvaraṇassa, na-tthi mahārāja khīṇāyukassa ṭhitiyā kiriyā vā upakkamo vā. Yathā mahārāja matassa rukkhassa sukkhassa koḷāpassa nisnehassa uparuddhajīvitassa gatāyusaṅkhārassa kumbhasahassena pi udake ākirante allattaṁ vā pallavitaharitabhāvo vā na bhaveyya, evam-eva kho mahārāja bhesajjaparittakammena na-tthi khīṇāyukassa ṭhitiyā kiriyā vā upakkamo vā. Yāni tāni mahārāja mahiyā osadhāni bhesajjāni tāni pi khīṇāyukassa akiccakarāni bhavanti, sāvasesāyukaṁ mahārāja vayasampannaṁ apetakammāvaraṇaṁ parittaṁ rakkhati gopeti, tass' atthāya Bhagavatā parittā uddiṭṭhā. Yathā mahārāja kassako paripakke dhaññe mate sassanāḷe udakappavesaṁ vāreyya, yaṁ pana sassaṁ taruṇaṁ meghasannibhaṁ vayasampannaṁ taṁ udakavaḍḍhiyā vaḍḍhati, evam-eva kho mahārāja khīṇāyukassa bhesajjaparittakiriyā ṭhapitā

---

[1] Āṭānāṭiyasuttaṁ AaM. [2] tadatthāya A.

paṭikkhittā, ye pana te manussā sāvasesāyukā vayasampannā tesaṁ atthāya parittabhesajjāni bhaṇitāni, te parittabhesajjehi vaḍḍhantīti.

Yadi bhante Nāgasena khīṇāyuko marati sāvasesāyuko jīvati, tena hi parittabhesajjāni niratthakāni hontīti. — Diṭṭhapubbo pana tayā mahārāja koci rogo bhesajjehi paṭinivattito ti. — Āma bhante, anekasatāni diṭṭhānīti. — Tena hi mahārāja: parittabhesajjakiriyā niratthikā ti yaṁ vacanaṁ taṁ micchā bhavatīti. — Dissanti bhante Nāgasena vejjānaṁ upakkame bhesajjapānānulepā, tena tesaṁ upakkamena rogo paṭinivattatīti. — Parittāni pi mahārāja pavattayamānānaṁ saddo sūyati, jivhā sukkhati, hadayaṁ byāvaṭṭati, kaṇṭho ākurati; tena tesaṁ pavattena sabbabyādhayo vūpasamanti, sabbā ītiyo apagacchanti. Diṭṭhapubbo pana tayā mahārāja koci ahinā daṭṭho mantapadena visaṁ pātiyamāno visaṁ cikkhassanto uddhaṁ-adho ācamayamāno ti. — Āma bhante, ajj' etarahi pi taṁ loke vattatīti. — Tena hi mahārāja: parittabhesajjakiriyā niratthikā ti yaṁ vacanaṁ taṁ micchā bhavati. Kataparittaṁ hi mahārāja purisaṁ ḍasitukāmo ahi na ḍasati, vivaṭaṁ mukhaṁ pidahati, corānaṁ ukkhittalaguḷam-pi na sambhavati, te laguḷaṁ muñcitvā pemaṁ karonti, kupito pi hatthināgo samāgantvā uparamati, pajjalitamahāaggikkhandho pi upagantvā nibbāyati, visaṁ halāhalam-pi khāyitaṁ agadaṁ sampajjati āhāratthaṁ vā pharati, vadhakā hantukāmā upagantvā dāsabhūtā sampajjanti, akkanto pi pāso na saṁvarati. Sutapubbaṁ pana tayā mahārāja morassa kataparittassa satta vassasatāni luddako nāsakkhi pāsaṁ upanetuṁ, akataparittassa taṁ yeva divasaṁ pāsaṁ upa-

---

[10] upakkama AB₂C. [11] āturati AaM. [12] vūpasamenti all. [13] apagacchantīti ABC. [14] pātiyamāno M, pāriy- B. [15] chikkhassanto C, jik- AaB, cchik- Ma, jjhik- Mb. [16] saṁcarati AaM.

nesîti. — Āma bhante, sūyati, abbhuggato so saddo sadevake loke ti. — Tena hi mahārāja: parittabhesajjakiriyā niratthikā ti yaṁ vacanaṁ taṁ micchā bhavati. Sutapubbaṁ pana tayā mahārāja: dānavo bhariyaṁ parirakkhanto samugge pakkhipitvā gilitvā kucchinā pariharati, ath' eko vijjādharo tassa dānavassa mukhena pavisitvā tāya saddhiṁ abhiramati, yadā so dānavo aññāsi atha samuggaṁ vamitvā vivari, saha samugge vivaṭe vijjādharo yenakāmaṁ pakkamîti. — Āma bhante, sūyati, abbhuggato so pi saddo sadevake loke ti. — Nanu so mahārāja vijjādharo parittabalena gahaṇā mutto ti. — Āma bhante ti. — Tena hi mahārāja atthi parittabalaṁ. Sutapubbaṁ tayā mahārāja: aparo vijjādharo Bārāṇasirañño antepure mahesiyā saddhiṁ sampaduṭṭho, gahaṇaṁ patto samāno khaṇena adassanaṁ gato mantabalenâti. — Āma bhante, sūyatîti. — Nanu so mahārāja vijjādharo parittabalena gahaṇā mutto ti. — Āma bhante ti. — Tena hi mahārāja atthi parittabalan - ti.

Bhante Nāgasena, kiṁ sabbe yeva parittaṁ rakkhatîti. — Ekacce mahārāja rakkhati, ekacce na rakkhatîti. — Tena hi bhante Nāgasena parittaṁ na sabbatthikan - ti. — Api nu kho mahārāja bhojanaṁ sabbesaṁ jîvitaṁ rakkhatîti. — Ekacce bhante rakkhati, ekacce na rakkhatîti. — Kinkāraṇā ti. — Yato bhante ekacce taṁ yeva bhojanaṁ atibhuñjitvā visūcikāya marantîti. — Tena hi mahārāja bhojanaṁ na sabbesaṁ jîvitaṁ rakkhatîti. — Dvîhi bhante Nāgasena kāraṇehi bhojanaṁ jîvitaṁ harati: atibhuttena vā usmādubbalatāya vā; āyudadaṁ bhante Nāgasena bhojanaṁ durupacārena jîvitaṁ haratîti. — Evam - eva kho mahārāja parittaṁ ekacce rakkhati, ekacce na rakkhati. Tîhi mahārāja kāraṇehi parittaṁ na

---

[9] bhavatîti ABC. [10] pakkāmîti M. [12] parittabalanti all. [13] -pana tayā C. [14] antepure BCb. [15] kiṁ om. AB. [16] abhibhuñjitvā B.

rakkhati: kammāvaraṇena, kilesāvaraṇena, asaddahanatāya. Sattānurakkhanaṁ mahārāja parittaṁ attanā katena ārakkhaṁ jahati. Yathā mahārāja mātā puttaṁ kucchigataṁ poseti hitena upacārena janeti, janayitvā asuci-mala-singhāṇikam-apanetvā uttamavarasugandhaṁ upalimpati, pare akkosante vā paharante vā ākampitahadayā ākaḍḍhitvā sāmino upaneti, yadi pana tassā putto aparaddho hoti velātivatto atha naṁ sā daṇḍa-muggara-jāṇu-muṭṭhīhi hanati potheti; api nu kho mahārāja tassa mātā labhati ākaḍḍhana-parikaḍḍhanaṁ gāhaṁ sāmino upanayanaṁ kātun-ti. — Na hi bhante ti. — Kena kāraṇena mahārājāti. — Attano bhante aparādhenāti. — Evam-eva kho mahārāja sattānaṁ ārakkhaṁ parittaṁ attano aparādhena vañjhaṁ karotīti. — Sādhu bhante Nāgasena, suvinicchito pañho, gahanaṁ agahanaṁ kataṁ, andhakāro āloko kato, viniveṭhitaṁ diṭṭhijālaṁ, tvaṁ gaṇivarapavaram-āsajjāti.

Bhante Nāgasena, tumhe bhaṇatha: lābhī Tathāgato cīvara-piṇḍapāta-senāsana-gilānapaccayabhesajja-parikkhārānan-ti. Puna ca: Tathāgato Pañcasālaṁ brāhmaṇagāmaṁ piṇḍāya pavisitvā kiñcid eva alabhitvā yathādhotena pattena nikkhanto ti. Yadi bhante Nāgasena Tathāgato lābhī cīvara-piṇḍapāta-senāsana-gilānapaccayabhesajja-parikkhārānaṁ, tena hi: Pañcasālaṁ brāhmaṇagāmaṁ piṇḍāya pavisitvā kiñcid-eva alabhitvā yathādhotena pattena nikkhanto ti yaṁ vacanaṁ taṁ micchā. Yadi Pañcasālaṁ brāhmaṇagāmaṁ piṇḍāya pavisitvā kiñcid-eva alabhitvā yathādhotena pattena nikkhanto, tena hi: lābhī Tathāgato cīvara-piṇḍapāta-senāsana-gi-

---

[8] ākampita- AbB. [9] hanti Aa [10] pothenti B. [11] vajjham all except Aa. [18] andhakāre Ab. [20] puna ca paraṁ A.

lānapaccayabhesajja-parikkhārānan-ti tam-pi vacanaṁ micchā. Ayam-pi ubhatokoṭiko pañho sumahanto dunnibbedho tavānuppatto, so tayā nibbāhitabbo ti.

Labhī mahārāja Tathāgato cīvara-piṇḍapāta-senāsana-gilānapaccayabhesajja-parikkhārānaṁ. Pañcasālañ-ca brāhmaṇagāmaṁ piṇḍāya pavisitvā kiñcid-eva alabhitvā yathādhotena pattena nikkhanto. Tañ-ca pana Mārassa pāpimato kāraṇā ti. — Tena hi bhante Nāgasena Bhagavato gaṇanapathaṁ vītivattakappe abhisankhataṁ kusalaṁ kin-ti niṭṭhitaṁ, adhunuṭṭhitena Mārena pāpimatā taṁ kusalaṁ balavegavihāraṁ kin-ti pihitaṁ. Tena hi bhante Nāgasena tasmiṁ vatthusmiṁ dvīsu ṭhānesu upavādo āgacchati: kusalato pi akusalaṁ balavataraṁ hoti, Buddhabalato pi Mārabalaṁ balavataraṁ hotīti. Tena hi rukkhassa mūlato pi aggaṁ bhārataraṁ hoti, guṇasamparikiṇṇato pi pāpiyaṁ balavataraṁ hotīti. — Na mahārāja tāvatakena kusalato pi akusalaṁ balavataraṁ nāma hoti Buddhabalato ca Mārabalaṁ balavataraṁ nāma hoti. Api c' ettha kāraṇaṁ icchitabbaṁ. Yathā mahārāja puriso rañño cakkavattissa madhuṁ vā madhupiṇḍikaṁ vā aññaṁ vā upāyanaṁ abhihareyya, tam-enaṁ rañño dvārapālo evaṁ vadeyya: akālo bho ayaṁ rañño dassanāya, tena hi bho tava upāyanaṁ gahetvā sīghasīghaṁ paṭinivatta pure tava rājā daṇḍaṁ dhāressatīti, tato so puriso daṇḍabhayā tasito ubbiggo taṁ upāyanaṁ ādāya sīghasīghaṁ paṭinivatteyya; api nu kho so mahārāja cakkavatti tāvatakena upāyanavikalamattakena dvārapālato dubbalataro nāma hoti, aññaṁ vā pana kiñci upāyanaṁ na labheyyāti. — Na hi bhante, issāpakato so bhante dvārapālo upāyanaṁ nivāresi, aññena pana dvārena satasahassaguṇam-pi rañño upāyanaṁ

---

10 -niṭṭhitena AaBCb, adhunā niṭṭhi- M. 15 kusala AB. 22 hi bho A.
25 sīghaṁ sīghaṁ C. 27 cakkavatti all.

upetīti. — Evam-eva kho mahārāja issāpakato Māro pāpimā Pañcasālake brāhmaṇagahapatike anvāvisi, aññāni pana anekāni devatāsatasahassāni amataṁ dibbaṁ ojaṁ gahetvā upagatāni: Bhagavato kāye ojaṁ odahissāmāti Bhagavantaṁ namassamānā pañjalikā ṭhitānīti.

Hotu bhante Nāgasena, sulabhā Bhagavato cattāro paccayā loke uttamapurisassa, yācito va Bhagavā devamanussehi cattāro paccaye paribhuñjati; api ca kho pana Mārassa yo adhippāyo so tāvatakena siddho yaṁ so Bhagavato bhojanassa antarāyam-akāsi. Ettha me bhante kaṅkhā na chijjati, vimatijāto 'haṁ tattha saṁsayapakkhanno, na me tattha mānasaṁ pakkhandati yaṁ Tathāgatassa arahato sammāsambuddhassa sadevake loke aggapuggalavarassa kusalavarapuññasambhavassa asamassa anupamassa appaṭisamassa chavakaṁ lāmakaṁ parittaṁ pāpam-anariyaṁ Māro lābhantarāyam-akāsīti. — Cattāro kho mahārāja antarāyā: adiṭṭhantarāyo uddissakaṭantarāyo upakkhaṭantarāyo paribhogantarāyo ti. Tattha adiṭṭhantarāyo nāma: anodissa adassanena abhisaṅkhataṁ koci antarāyaṁ karoti: kiṁ parassa dinnenāti, ayaṁ adiṭṭhantarāyo nāma. Katamo uddissakaṭantarāyo: idh' ekaccaṁ puggalaṁ upadisitvā uddissa bhojanaṁ paṭiyattaṁ hoti, taṁ koci antarāyaṁ karoti, ayaṁ uddissakaṭantarāyo nāma. Katamo upakkhaṭantarāyo: idha yaṁ kiñci upakkhaṭaṁ hoti appaṭiggahitaṁ tattha koci antarāyaṁ karoti, ayaṁ upakkhaṭantarāyo nāma. Katamo paribhogantarāyo: idha yaṁ kiñci paribhogaṁ tattha koci antarāyaṁ karoti, ayaṁ paribhogantarāyo nāma. Ime kho mahārāja cattāro antarāyā. Yaṁ pana Māro pāpimā Pañcasālake brāhmaṇagahapatike anvāvisi, taṁ n' eva Bhagavato paribhogaṁ na upakkhaṭaṁ na uddissakaṭaṁ,

[15] -pakkhanto ACM. [16] parittakaṁ AC. [17] cattāro 'me mah. BC (catt. te mah. M). [18] anabhisaṁkhataṁ BCM. [19] apaṭiggahitaṁ BCM.

anāgataṁ asampattaṁ adassanena antarāyaṁ kataṁ; taṁ pana n' ekassa Bhagavato yeva, atha kho ye tena samayena nikkhantā abbhāgatā sabbe pi te taṁ divasaṁ bhojanaṁ na labhiṁsu. Nâhan-taṁ mahārāja passāmi sadevake loke samārake sabrahmake sassamaṇabrāhmaṇiyā pajāya sadevamanussāya yo tassa Bhagavato uddissakataṁ upakkhaṭaṁ paribhogaṁ antarāyaṁ kareyya; sace koci issāya uddissakataṁ upakkhaṭaṁ paribhogaṁ antarāyaṁ kareyya phaleyya tassa muddhā satadhā vā sahassadhā vā.

Cattāro 'me mahārāja Tathāgatassa kenaci anāvaraṇīyā guṇā, katame cattāro: lābho mahārāja Bhagavato uddissakato upakkhaṭo na sakkā kenaci antarāyaṁ kātuṁ, sarīrānugatā mahārāja Bhagavato byāmappabhā na sakkā kenaci antarāyaṁ kātuṁ, sabbaññutaṁ mahārāja Bhagavato ñāṇaratanaṁ na sakkā kenaci antarāyaṁ kātuṁ, jīvitaṁ mahārāja Bhagavato na sakkā kenaci antarāyaṁ kātuṁ. Ime kho mahārāja cattāro Tathāgatassa kenaci anāvaraṇīyā guṇā. Sabbe p' ete mahārāja guṇā ekarasā arogā akuppā aparūpakkamā, aphusāni kiriyāni. Adassanena mahārāja Māro pāpimā nilīyitvā Pañcasālake brāhmaṇagahapatike anvāvisi. Yathā mahārāja rañño paccante dese visame adassanena nilīyitvā corā panthaṁ dūsenti, yadi pana rājā te core passeyya api nu kho te corā sotthiṁ labheyyun-ti. — Na hi bhante, pharasunā phālāpeyya satadhā vā sahassadhā vā ti. — Evam-eva kho mahārāja adassanena Māro pāpimā nilīyitvā Pañcasālake brāhmaṇagahapatike anvāvisi. Yathā vā pana mahārāja itthī sapatikā adassanena nilīyitvā parapurisaṁ sevati, evam-eva kho mahārāja adassanena Māro pāpimā nilīyitvā Pañcasālake brāhmaṇagahapatike anvāvisi; yadi

---

[9] sattadhā AC. [10] ārogā A. [11] phālāpeyya BC. [12] sattadhā A throughout.

mahārāja itthī sāmikassa sammukhā parapurisaṁ sevati, api nu kho sā itthī sotthiṁ labheyyāti. — Na hi bhante, haneyyāpi taṁ bhante sāmiko, vadheyyāpi, bandheyyāpi, dāsittaṁ vā upaneyyāti. — Evam-eva kho mahārāja adassanena Māro pāpimā nilīyitvā Pañcasālake brāhmaṇagahapatike anvāvisi. Yadi mahārāja Māro pāpimā Bhagavato uddissakataṁ upakkhaṭaṁ paribhogaṁ antarāyaṁ kareyya phaleyya tassa muddhā satadhā vā sahassadhā vā ti. — Evam-etaṁ bhante Nāgasena, corikāya kataṁ Mārena pāpimatā, nilīyitvā Māro pāpimā Pañcasālake brāhmaṇagahapatike anvāvisi. Sace so bhante Māro pāpimā Bhagavato uddissakataṁ upakkhaṭaṁ paribhogaṁ antarāyaṁ kareyya, muddhā vā 'ssa phaleyya satadhā vā sahassadhā vā, kāyo vā 'ssa bhusamuṭṭhi viya vikireyya. Sādhu bhante Nāgasena, evam-etaṁ, tathā sampaṭicchāmīti.

Bhante Nāgasena, tumhe bhaṇatha: Yo ajānanto pāṇātipātaṁ karoti so balavataraṁ apuññaṁ pasavatīti. Puna ca Bhagavatā Vinayapaṇṇattiyā bhaṇitaṁ: Anāpatti ajānantassāti. Yadi bhante Nāgasena ajānitvā pāṇātipātaṁ karonto balavataraṁ apuññaṁ pasavati, tena hi: Anāpatti ajānantassāti yaṁ vacanaṁ taṁ micchā. Yadi anāpatti ajānantassa, tena hi: ajānitvā pāṇātipātaṁ karonto balavataraṁ apuññaṁ pasavatīti tam-pi vacanaṁ micchā. Ayam-pi ubhatokoṭiko pañho duruttaro duratikkamo tavānuppatto, so tayā nibbāhitabbo ti.

Bhāsitam-p' etaṁ mahārāja Bhagavatā: Yo ajānanto pāṇātipātaṁ karoti so balavataraṁ apuññaṁ pasavatīti. Puna ca Vinayapaṇṇattiyā pi Bhagavatā bhaṇitaṁ: Anāpatti ajānantassāti. Tattha atthantaraṁ atthi, katamaṁ

---

[9] -eyya pi B throughout, Ab twice [10] [10] phaleyya AbCM. [11] kireyya AaBM. [12] so va AC. [13] tattha antaraṁ A, tatth' antaraṁ B.

atthantaraṁ: atthi mahārāja āpatti saññāvimokkhā, atthi āpatti no saññāvimokkhā; yā 'yaṁ mahārāja āpatti saññāvimokkhā taṁ āpattiṁ ārabbha Bhagavatā bhaṇitaṁ: Anāpatti ajānantassâti. — Sādhu bhante Nāgasena, evam-etaṁ, tathā sampaṭicchāmîti.

Bhante Nāgasena, bhāsitam-p' etaṁ Bhagavatā: Tathāgatassa kho Ānanda na evaṁ hoti: ahaṁ bhikkhusaṅghaṁ pariharissāmîti vā, mamuddesiko bhikkhusaṅgho ti vā ti. Puna ca Metteyyassa bhagavato sabhāvaguṇaṁ paridīpayamānena evaṁ bhaṇitaṁ: So anekasahassaṁ bhikkhusaṅghaṁ pariharissati seyyathā pi ahaṁ etarahi anekasataṁ bhikkhusaṅghaṁ pariharāmîti. Yadi bhante Nāgasena Bhagavatā bhaṇitaṁ: Tathāgatassa kho Ānanda na evaṁ hoti: ahaṁ bhikkhusaṅghaṁ pariharāmîti vā, mamuddesiko bhikkhusaṅgho ti vā ti, tena hi: anekasataṁ bhikkhusaṅghaṁ pariharāmîti yaṁ vacanaṁ taṁ micchā. Yadi Tathāgatena bhaṇitaṁ: seyyathā pi ahaṁ etarahi anekasataṁ bhikkhusaṅghaṁ pariharāmîti, tena hi: Tathāgatassa kho Ānanda na evaṁ hoti: ahaṁ bhikkhusaṅghaṁ pariharāmîti vā, mamuddesiko bhikkhusaṅgho ti vā ti tam-pi vacanaṁ micchā. Ayam-pi ubhatokoṭiko pañho tavânuppatto, so tayā nibbāhitabbo ti.

Bhāsitam-p' etaṁ mahārāja Bhagavatā: Tathāgatassa kho Ānanda na evaṁ hoti: ahaṁ bhikkhusaṅghaṁ pariharāmîti vā, mamuddesiko bhikkhusaṅgho ti vā ti. Metteyyassâpi bhagavato sabhāvaguṇaṁ paridīpayamānena Bhagavatā bhaṇitaṁ: So anekasahassaṁ bhikkhusaṅghaṁ pariharissati seyyathā pi ahaṁ etarahi anekasataṁ bhikkhusaṅghaṁ pariharāmîti. Etasmiṁ-ca mahārāja pañhe eko attho sâvaseso, eko attho niravaseso. Na mahārāja Tathāgato parisāya anugāmiko, parisā pana Tathāgatassa

---

[11-12] pariharissāmîti B.

anugāmikā. Sammuti mahārāja esā: ahan ti, mamā ti, na paramattho eso. Vigataṁ mahārāja Tathāgatassa pemaṁ, vigato sineho, mayhan ti pi Tathāgatassa gahaṇaṁ n' atthi, upādāya pana avassayo hoti. Yathā mahārāja paṭhavī bhummaṭṭhānaṁ sattānaṁ patiṭṭhā hoti upassayaṁ hoti, paṭhaviṭṭhā c' ete sattā, na ca mahāpaṭhaviyā: mayh' ete ti apekkhā hoti; evam eva kho mahārāja Tathāgato sabbasattānaṁ patiṭṭhā hoti upassayaṁ, Tathāgataṭṭhā c' ete sattā, na ca Tathāgatassa: mayh' ete ti apekkhā hoti. Yathā vā pana mahatimahāmegho abhivassanto tiṇa-rukkha-pasu-manussānaṁ vuddhiṁ deti santatiṁ anupāleti, vuṭṭhūpajīvino c' ete sattā sabbe, na ca mahāmeghassa: mayh' ete ti apekkhā hoti; evam eva kho mahārāja Tathāgato sabbasattānaṁ kusaladhamme janeti anupāleti, Satthūpajīvino c' ete sattā sabbe, na ca Tathāgatassa: mayh' ete ti apekkhā hoti; taṁ kissa hetu: attānudiṭṭhiyā pahīnattā ti. — Sādhu bhante Nāgasena, sunibbeṭhito pañho bahuvidhehi kāraṇehi, gambhīro uttānīkato, gaṇṭhi bhinno, gahanaṁ agahanaṁ kataṁ, andhakāro āloko kato, bhaggā parappavādā, Jinaputtānaṁ cakkhuṁ uppāditan ti.

— — -

Bhante Nāgasena, tumhe bhaṇatha: Tathāgato abhejjapariso ti. Puna ca bhaṇatha: Devadattena ekappahāraṁ pañca bhikkhusatāni bhinnānīti. Yadi bhante Nāgasena Tathāgato abhejjapariso, tena hi: Devadattena ekappahāraṁ pañca bhikkhusatāni bhinnānīti yaṁ vacanaṁ taṁ micchā. Yadi Devadattena ekappahāraṁ pañca

---

[5] paṭhaviṭṭhānaṁ M, paṭhaviyā ABC. [6] na ca mahārāja paṭhaviyā AbCM. [7] tathāgatassaṭṭhā AbBC (tathāgataṁ cete M). [8] ca om. all. [9] vuṭṭhūpajīvino ABC. [10] andhakāre AbC.

bhikkhusatāni bhinnāni, tena hi: Tathāgato abhejjapariso ti tam-pi vacanaṁ micchā. Ayam-pi ubhatokoṭiko pañho tavānuppatto gambhīro dunnibbeṭhiyo, ganthito pi ganthitaro, etthāyaṁ jano āvaṭo nivuto ovuto pihito pariyonaddho, ettha tava ñāṇabalaṁ dassehi paravādesūti.

Abhejjapariso mahārāja Tathāgato, Devadattena ca ekappahāreṇa pañca bhikkhusatāni bhinnāni. Tañ-ca pana bhedakassa balena, bhedake vijjamāne n'atthi mahārāja abhejjaṁ nāma. Bhedake sati mātā pi puttena bhijjati, putto pi mātarā bhijjati, pitā pi puttena bhijjati, putto pi pitarā bhijjati, bhātā pi bhaginiyā bhijjati, bhaginī pi bhātarā bhijjati, sahāyo pi sahāyena bhijjati, nāvā pi nānādārusaṅghaṭitā ūmivegasampahārena bhijjati, rukkho pi madhukappasampannaphalo anilabalavegābhihato bhijjati, suvaṇṇam-pi jātivantaṁ lohena bhijjati. Api ca mahārāja n' eso adhippāyo viññūnaṁ, n' esā buddhānaṁ adhimutti, n' eso paṇḍitānaṁ chando: Tathāgato bhejjapariso ti. Api c' ettha kāraṇaṁ atthi yena kāraṇena Tathāgato vuccati abhejjapariso ti. Katamaṁ ettha kāraṇaṁ: Tathāgatassa mahārāja katena ādānena vā appiyavacanena vā anatthacariyāya vā asamānattatāya vā yato kutoci cariyaṁ carantassa pi parisā bhinnā ti na sutapubbaṁ, tena kāraṇena Tathāgato vuccati abhejjapariso ti. Tayā p' etaṁ mahārāja ñātabbaṁ: atthi kiñci navaṅge Buddhavacane suttāgataṁ: iminā nāma kāraṇena Bodhisattassa katena Tathāgatassa parisā bhinnā ti. — Na-tthi bhante, no c' etaṁ loke dissati no pi sūyati, sādhu bhante Nāgasena, evam-etaṁ, tathā sampaṭicchāmīti.

Dutiyo vaggo.

---

[8] -vethito AC. [9] nivuto om. BM [13] -ghāṭitā AaCb, -ghaṭṭitā B, (-ghaṁ-ṭitā M). [18] -vegappahareṇa A. [20] ādānena AaM, apadānena B.

Bhante Nāgasena, bhāsitam-p' etaṁ Bhagavatā: Dhammo hi Vāseṭṭha 'seṭṭho jane tasmiṁ' diṭṭhe c' eva dhamme abhisamparāyañ-câti. Puna ca upāsako gihī sotāpanno pihitāpāyo diṭṭhippatto viññātasāsano bhikkhuṁ vā sāmaṇeraṁ vā puthujjanaṁ abhivādeti paccuṭṭheti. Yadi bhante Nāgasena Bhagavatā bhaṇitaṁ: Dhammo hi Vāseṭṭha 'seṭṭho jane tasmiṁ' diṭṭhe c' eva dhamme abhisamparāyañ-câti, tena hi: upāsako gihī sotāpanno pihitāpāyo diṭṭhippatto viññātasāsano bhikkhuṁ vā sāmaṇeraṁ vā puthujjanaṁ abhivādeti paccuṭṭhetîti yaṁ vacanaṁ taṁ micchā. Yadi upāsako gihī sotāpanno pihitāpāyo diṭṭhippatto viññātasāsano bhikkhuṁ vā sāmaṇeraṁ vā puthujjanaṁ abhivādeti paccuṭṭheti, tena hi: Dhammo hi Vāseṭṭha 'seṭṭho jane tasmiṁ' diṭṭhe c' eva dhamme abhisamparāyañ-câti tam-pi vacanaṁ micchā. Ayam-pi ubhatokoṭiko pañho tavânuppatto, so tayā nibbāhitabbo ti.

Bhāsitam-p' etaṁ mahārāja Bhagavatā: Dhammo hi Vāseṭṭha 'seṭṭho jane tasmiṁ' diṭṭhe c' eva dhamme abhisamparāyañ-câti. Upāsako ca gihī sotāpanno pihitāpāyo diṭṭhippatto viññātasāsano bhikkhuṁ vā sāmaṇeraṁ vā puthujjanaṁ abhivādeti paccuṭṭheti. Tattha pana kāraṇaṁ atthi, katamaṁ taṁ kāraṇaṁ: vīsati kho pan' ime mahārāja samaṇassa samaṇakaraṇā dhammā dve ca liṅgāni yehi samaṇo abhivādana-paccuṭṭhāna-sammānanapūjanâraho hoti, katame vīsati samaṇassa samaṇakaraṇā dhammā dve ca liṅgāni: seṭṭho yamo, aggo niyamo, cāro vihāro saṁyamo saṁvaro khanti soraccaṁ ekattacariyā ekattâbhirati paṭisallānaṁ hiriottappaṁ viriyaṁ appamādo sikkhāsamādānaṁ uddeso paripucchā sīlādiabhirati nirālayatā sikkhāpadapāripūritā, kāsāvadhāraṇaṁ bhaṇḍu-

---

9 paccuṭṭhetîti all. 10 taṁ om. C. 22 -karaṇa- A throughout; -kāraṇā CM throughout 29 -sallānaṁ ACM. 30 sikkhāpadānaṁ AbCM. 31 -paripūritā AaB, -paripūratā Ab.

bhāvo; ime kho mahārāja vīsati samaṇassa samaṇakaraṇā dhammā dve ca liṅgāni. Ete guṇe bhikkhu samādāya vattati, so tesaṁ dhammānaṁ anūnattā paripuṇṇattā sampannattā samannāgatattā asekhabhūmiṁ arahantabhūmiṁ okkamati, seṭṭhaṁ bhummantaraṁ okkamati, arahattāsannagato ti arahati upāsako sotāpanno bhikkhuṁ puthujjanaṁ abhivādetuṁ paccuṭṭhātuṁ. Khīṇāsavehi so sāmaññaṁ upagato, na-tthi me so samayo ti arahati upāsako sotāpanno bhikkhuṁ puthujjanaṁ abhivādetuṁ paccuṭṭhātuṁ. Aggaparisaṁ so upagato, nāhan-taṁ ṭhānaṁ upagato ti arahati upāsako sotāpanno bhikkhuṁ puthujjanaṁ abhivādetuṁ paccuṭṭhātuṁ. Labhati so Pātimokkhuddesaṁ sotuṁ, nāhan-taṁ labhāmi sotun-ti arahati upāsako sotāpanno bhikkhuṁ puthujjanaṁ abhivādetuṁ paccuṭṭhātuṁ. So aññe pabbājeti upasampādeti, Jinasāsanaṁ vaḍḍheti, aham-etaṁ na labhāmi kātun-ti arahati upāsako sotāpanno bhikkhuṁ puthujjanaṁ abhivādetuṁ paccuṭṭhātuṁ. Appamāṇesu so sikkhāpadesu samattakārī, nāhaṁ tesu vattāmīti arahati upāsako sotāpanno bhikkhuṁ puthujjanaṁ abhivādetuṁ paccuṭṭhātuṁ. Upagato so samaṇaliṅgaṁ, Buddhādhippāye ṭhito, tenāhaṁ liṅgena dūram-apagato ti arahati upāsako sotāpanno bhikkhuṁ puthujjanaṁ abhivādetuṁ paccuṭṭhātuṁ. 'Parūḷhakacchalomo so anañjita-amaṇḍito,' anulittasīlagandho, ahaṁ pana maṇḍana-vibhūsanābhirato ti arahati upāsako sotāpanno bhikkhuṁ puthujjanaṁ abhivādetuṁ paccuṭṭhātuṁ. Api ca mahārāja: ye te vīsati samaṇakaraṇā dhammā dve ca liṅgāni sabbe p' ete dhammā bhikkhussa saṁvijjanti, so yeva te dhamme dhāreti aññe pi tattha sikkhāpeti, so me āgamo sikkhāpanañ-ca na-tthīti arahati upāsako sotāpanno bhikkhuṁ puthujjanaṁ abhivādetuṁ

[5] arahattabhūmiṁ CM. [6] -sannāgato CM. [19] samanta- Aa (Ab?) C, samattā- B; -kārī all.

paccuṭṭhātuṁ. Api ca yathā mahārāja rājakumāro purohitassa santike vijjaṁ adhīyati khattadhammaṁ sikkhati, so aparena samayena abhisitto ācariyaṁ abhivādeti paccuṭṭheti: sikkhāpako me ayan-ti; evam-eva kho mahārāja: sikkhāpako vaṁsadharo ti arahati upāsako sotāpanno bhikkhuṁ puthujjanaṁ abhivādetuṁ paccuṭṭhātuṁ. Api ca mahārāja iminā p' etaṁ pariyāyena jānāhi bhikkhubhūmiyā mahantataṁ asamavipulabhāvaṁ: yadi mahārāja upāsako sotāpanno arahattaṁ sacchikaroti, dve va tassa gatiyo bhavanti, anaññā: tasmiṁ yeva divase parinibbāyeyya vā bhikkhubhāvaṁ vā upagaccheyya; acalā hi sā mahārāja pabbajjā mahatī accuggatā, yad-idaṁ bhikkhubhūmīti. — Ñāṇagato bhante Nāgasena pañho sunibbeṭhito balavatā atibuddhinā tayā, na-y-imaṁ pañhaṁ samattho añño evaṁ viniveṭhetuṁ aññatra tavādisena buddhimatā ti.

Bhante Nāgasena, tumhe bhaṇatha: Tathāgato sabbasattānaṁ ahitam-apanetvā hitam-upadahatīti. Puna ca bhaṇatha: Aggikkhandhūpame dhammapariyāye bhaññamāne saṭṭhimattānaṁ bhikkhūnaṁ uṇhalohitaṁ mukhato uggatan-ti. Aggikkhandhūpamaṁ bhante dhammapariyāyaṁ desentena Tathāgatena saṭṭhimattānaṁ bhikkhūnaṁ hitam-apanetvā ahitam-upadahitaṁ. Yadi bhante Nāgasena Tathāgato sabbasattānaṁ ahitam-apanetvā hitam-upadahati, tena hi: Aggikkhandhūpame dhammapariyāye bhaññamāne saṭṭhimattānaṁ bhikkhūnaṁ uṇhalohitaṁ mukhato uggatan-ti yaṁ vacanaṁ taṁ micchā. Yadi Aggikkhandhūpame dhammapariyāye bhaññamāne saṭṭhimattānaṁ bhikkhūnaṁ uṇhalohitaṁ mukhato uggataṁ,

---

[1] api ca om. AaM. [18] upadahattaṁ BC, -dahati M. [23] uggataṁ hoti A.

tena hi: Tathāgato sabbasattānaṁ ahitam-apanetvā hitam-upadahatîti tam-pi vacanaṁ micchā. Ayam-pi ubhatokoṭiko pañho tavânuppatto, so tayā nibbāhitabbo ti.

Tathāgato mahārāja sabbasattānaṁ ahitam-apanetvā hitam-upadahati. Aggikkhandhūpame ca dhammapariyāye bhaññamāne saṭṭhimattānaṁ bhikkhūnaṁ uṇhalohitaṁ mukhato uggataṁ. Tañ-ca pana na Tathāgatassa katena, tesaṁ yeva attano katenâti. — Yadi bhante Nāgasena Tathāgato Aggikkhandhūpamaṁ dhammapariyāyaṁ na bhāseyya, api nu tesaṁ uṇhalohitaṁ mukhato uggaccheyyâti. — Na hi mahārāja, micchā paṭipannānaṁ tesaṁ Bhagavato dhammapariyāyaṁ sutvā pariḷāho kāye uppajji, tena tesaṁ pariḷāhena uṇhalohitaṁ mukhato uggatan-ti. — Tena hi bhante Nāgasena Tathāgatass' eva katena tesaṁ uṇhalohitaṁ mukhato uggataṁ, Tathāgato yeva tattha adhikāro tesaṁ nāsanāya. Yathā nāma bhante Nāgasena ahi vammīkaṁ paviseyya, ath' aññataro paṁsukāmo puriso vammīkaṁ bhinditvā paṁsuṁ hareyya, tassa paṁsuharaṇena vammīkassa susiraṁ pidaheyya, atha tatth' eva so assāsaṁ alabhamāno mareyya; nanu so bhante ahi tassa purisassa katena maraṇam-patto ti. — Āma mahārājâti. — Evam-eva kho bhante Nāgasena Tathāgato yeva tattha adhikāro tesaṁ nāsanāyâti. — Tathāgato mahārāja dhammaṁ desayamāno anunaya-paṭighaṁ na karoti, anunaya-paṭighavippamutto dhammaṁ deseti, evaṁ dhamme desiyamāne ye tattha sammā paṭipannā te bujjhanti, ye pana micchā paṭipannā te patanti. Yathā mahārāja purisassa ambaṁ vā jambuṁ vā madhukaṁ vā cālayamānassa yāni tattha phalāni sārāni daḷhabandhanāni tāni tatth' eva accutāni tiṭṭhanti, yāni pana tattha phalāni pūtivaṇṭamūlāni dubbalabandhanāni

---

[7] na om. ABC. [10] mahārāja tesam AB. [17] vammik- CM throughout.
[20] tatth' eva ahi assāsaṁ M.

tāni patanti; evam-eva kho mahārāja Tathāgato dhammaṁ desayamāno anunaya-paṭighaṁ na karoti, anunaya-paṭighavippamutto dhammaṁ deseti, evaṁ dhamme desiyamāne ye tattha sammā paṭipannā te bujjhanti; ye pana micchā paṭipannā te patanti. Yathā vā pana mahārāja kassako dhaññaṁ ropetukāmo khettaṁ kasati, tassa kasantassa anekasatasahassāni tiṇāni maranti; evam-eva kho mahārāja Tathāgato paripakkamānase satte bodhento anunaya-paṭighavippamutto dhammaṁ deseti, evaṁ dhamme desiyamāne ye tattha sammā paṭipannā te bujjhanti, ye pana micchā paṭipannā te tiṇāni viya maranti. Yathā vā pana mahārāja manussā rasahetu yante ucchuṁ pīḷayanti, tesaṁ ucchuṁ pīḷayamānānaṁ ye tattha yantamukhagatā kimayo te pīḷiyanti; evam-eva kho mahārāja Tathāgato paripakkamānase satte bodhento dhammayantam-abhipīḷayati, ye tattha micchā paṭipannā te kimī viya marantīti. — Nanu bhante Nāgasena te bhikkhū tāya dhammadesanāya patitā ti. — Api nu kho mahārāja tacchako rukkhaṁ rakkhanto ujukaṁ parisuddhaṁ karotīti. — Na hi bhante, vajjanīyaṁ bhante apanetvā evam-idaṁ tacchako rukkhaṁ ujukaṁ parisuddhaṁ karotīti. — Evam-eva kho mahārāja Tathāgato parisaṁ rakkhanto na sakkoti bodhaneyye satte bodhetuṁ, micchā paṭipanne pana satte apanetvā evam-ete bodhaneyye satte bodheti. Attakatena pana te mahārāja micchā paṭipannā patanti. Yathā mahārāja kadalī veḷu assatarī attajena haññati, evam-eva kho mahārāja ye te micchā paṭipannā te attakatena haññanti patanti. Yathā mahārāja corā attakatena cakkhuppāṭanaṁ sūlāropanaṁ sīsacchedanaṁ pāpuṇanti, evam-eva kho mahārāja ye te micchā paṭipannā te attakatena haññanti Jinasāsanā pa-

---

15 yantena A. 16 pīḷayanti ABC. 17 kimayo A. 18 evameva te M, evameva kho te BbC. 19 haññanti A. 20 patanti om. M.

tanti. Yesaṁ mahārāja saṭṭhimattānaṁ bhikkhūnaṁ uṇhalohitaṁ mukhato uggataṁ tesaṁ taṁ n' eva Bhagavato katena na paresaṁ katena, atha kho attano yeva katena. Yathā mahārāja puriso sabbajanassa amataṁ dadeyya, te taṁ amataṁ asitvā arogā dīghāyukā sabbītito parimucceyyuṁ, ath' aññataro puriso durupacārena taṁ asitvā maraṇaṁ pāpuṇeyya; api nu kho so mahārāja amatadāyako puriso tatonidānaṁ kiñci apuññaṁ āpajjeyyāti. — Na hi bhante ti. — Evam-eva kho mahārāja Tathāgato dasasahassimhi lokadhātuyā devamanussānaṁ amataṁ dhammadānaṁ deti, ye te sattā bhabbā te dhammāmatena bujjhanti, ye pana te sattā abhabbā te dhammāmatena haññanti patanti. Bhojanaṁ mahārāja sabbasattānaṁ jīvitaṁ rakkhati, tam-ekacce bhuñjitvā visūcikāya maranti, api nu kho so mahārāja bhojanadāyako puriso tatonidānaṁ kiñci apuññaṁ āpajjeyyāti. — Na hi bhante ti. — Evam-eva kho mahārāja Tathāgato dasasahassimhi lokadhātuyā devamanussānaṁ amataṁ dhammadānaṁ deti, ye te sattā bhabbā te dhammāmatena bujjhanti, ye pana te sattā abhabbā te dhammāmatena haññanti patantīti. — Sādhu bhante Nāgasena, evam-etaṁ, tathā sampaṭicchāmīti.

Bhante Nāgasena, bhāsitam-p' etaṁ Tathāgatena:

Kāyena saṁvaro sādhu, sādhu vācāya saṁvaro,
manasā saṁvaro sādhu, sādhu sabbattha saṁvaro ti.

Puna ca Tathāgato catunnaṁ parisānaṁ majjhe nisīditvā purato devamanussānaṁ Selassa brāhmaṇassa kosohitaṁ vatthaguyhaṁ dassesi. Yadi bhante Nāgasena

---

[1] arogā C. [4] durūpa- all. [11] patanti om. M.

Bhagavatā bhaṇitaṁ: Kāyena saṁvaro sādhūti, tena hi: Selassa brāhmaṇassa kosohitaṁ vatthaguyhaṁ dassesīti yaṁ vacanaṁ taṁ micchā. Yadi Selassa brāhmaṇassa kosohitaṁ vatthaguyhaṁ dassesi, tena hi: Kāyena saṁvaro sādhūti tam-pi vacanaṁ micchā. Ayam-pi ubhatokoṭiko pañho tavânuppatto, so tayā nibbāhitabbo ti.

Bhāsitam-p' etaṁ mahārāja Bhagavatā: Kāyena saṁvaro sādhūti. Selassa ca brāhmaṇassa kosohitaṁ vatthaguyhaṁ dassitaṁ. Yassa kho mahārāja Tathāgate kankhā uppannā tassa bodhanatthāya Bhagavā iddhiyā tappaṭibhāgaṁ kāyaṁ dasseti, so yeva taṁ pāṭihāriyaṁ passatīti. — Ko pan' etaṁ bhante Nāgasena saddahissati yaṁ parisagato eko yeva taṁ guyhaṁ passati, avasesā tatth' eva santā na passanti. Ingha me tvaṁ tattha kāraṇaṁ upadisa, kāraṇena maṁ saññāpehīti. — Diṭṭhapubbo pana tayā mahārāja koci byādhito puriso parikiṇṇo ñātimittehīti. — Āma bhante ti. — Api nu kho mahārāja parisā passat' etaṁ vedanaṁ yāya so puriso vedanāya vediyatīti. — Na hi bhante, attanā yeva so bhante puriso vediyatīti. — Evam-eva kho mahārāja yass' eva Tathāgate kankhā uppannā tass' eva Tathāgato bodhanāya iddhiyā tappaṭibhāgaṁ kāyaṁ dasseti, so yeva taṁ pāṭihāriyaṁ passati. Yathā vā pana mahārāja kañcid-eva purisaṁ bhūto āviseyya, api nu kho sā mahārāja parisā passati taṁ bhūtāgaman-ti. — Na hi bhante, so yeva āturo tassa bhūtassa āgamanaṁ passatīti. — Evam-eva kho mahārāja yass' eva Tathāgate kankhā uppannā so yeva taṁ pāṭihāriyaṁ passatīti. — Dukkaraṁ bhante Nāgasena Bhagavatā kataṁ yaṁ ekassa pi adassanīyaṁ taṁ dassentenāti. — Na mahārāja Bhagavā guyhaṁ

---

11 dassesi AaM. 16 passantīti all. 19 kho sā mah. AC. 20 bhante om. AaB. 24 kiñcid-eva ACM, kocideva B. 26 sā om. B. 31 ekassāpi B.

dassesi, iddhiyā pana chāyaṁ dassesīti. — Chāyāya pi bhante diṭṭhāya diṭṭhaṁ yeva hoti guyhaṁ yaṁ disvā niṭṭhaṁ gato ti. — Dukkarañ-cāpi mahārāja Tathāgato karoti bodhaneyye satte bodhetuṁ. Yadi mahārāja Tathāgato kiriyaṁ kiriyaṁ hāpeyya, bodhaneyyā sattā na bujjheyyuṁ; yasmā ca kho mahārāja yogaññū Tathāgato bodhaneyye bodhetuṁ, tasmā Tathāgato yena yena yogena bodhaneyyā bujjhanti tena tena yogena bodhaneyye bodheti. Yathā mahārāja bhisakko sallakatto yena yena bhesajjena āturo arogo hoti tena tena bhesajjena āturaṁ upasaṅkamati: vamanīyaṁ vameti, virecanīyaṁ vireceti, anulepanīyaṁ anulimpeti, anuvāsanīyaṁ anuvāseti; evam-eva kho mahārāja Tathāgato yena yena yogena bodhaneyyā sattā bujjhanti tena tena yogena bodheti. Yathā vā pana mahārāja itthī mūḷhagabbhā bhisakkassa adassanīyaṁ guyhaṁ dasseti, evam-eva kho mahārāja Tathāgato bodhaneyye bodhetuṁ adassanīyaṁ guyhaṁ iddhiyā chāyaṁ dassesi. Na-tthi mahārāja adassanīyo nāma okāso puggalaṁ upādāya. Yadi mahārāja koci Bhagavato hadayaṁ disvā bujjheyya, tassa pi Bhagavā yogena hadayaṁ dasseyya. Yogaññū mahārāja Tathāgato desanākusalo. Nanu mahārāja Tathāgato therassa Nandassa adhimuttiṁ jānitvā taṁ devabhavanaṁ netvā devakaññāyo dassesi: iminā 'yaṁ kulaputto bujjhissatīti, tena ca so kulaputto bujjhi. Iti kho mahārāja Tathāgato anekapariyāyena subhanimittaṁ hīḷento garahanto jigucchanto tassa bodhanahetu kakuṭapādiniyo accharāyo dassesi. Evam-pi Tathāgato yogaññū desanākusalo. Puna ca paraṁ mahārāja Tathāgato therassa Cullapanthakassa bhātarā nikkaḍḍhitassa dukkhitassa dummanassa upagantvā sukhumaṁ coḷakhaṇḍaṁ adāsi: iminā 'yaṁ kulaputto bujjhissatīti,

---

[8] niṭṭhāgato B, niṭṭhagato M. [9] kiriyaṁ once AaM. [10] ārogo C. [11] anulimpati A, anulepati B. [20] tasmāpi B. [21] kapotapād- M.

so ca kulaputto tena kāraṇena Jinasāsane vasībhāvaṁ pāpuṇi. Evam-pi Tathāgato yogaññū desanākusalo. Puna ca paraṁ mahārāja Tathāgato brāhmaṇassa Mogharājassa yāvatatiyaṁ pañhaṁ puṭṭho na byākāsi: evam-imassa kulaputtassa māno upasamissati, mānūpasamā abhisamayo bhavissatîti, tena ca tassa kulaputtassa māno upasami, mānūpasamā so brāhmaṇo chasu abhiññāsu vasībhāvaṁ pāpuṇi. Evam-pi Tathāgato yogaññū desanākusalo ti. — Sādhu bhante Nāgasena, sunibbeṭhito pañho bahuvidhehi kāraṇehi, gahanaṁ agahanaṁ kataṁ, andhakāro āloko kato, gaṇṭhi bhinno, bhaggā parappavādā, Jinaputtānaṁ cakkhuṁ tayā uppāditaṁ, nippaṭibhānā titthiyā, tvaṁ gaṇivarapavaraṁ āsajjāti.

Bhante Nāgasena, bhāsitam-p' etaṁ therena Sāriputtena Dhammasenāpatinā: Parisuddhavacīsamācāro āvuso Tathāgato, na-tthi Tathāgatassa vacīduccaritaṁ yaṁ Tathāgato rakkheyya: mā me idaṁ paro aññāsîti. Puna ca Tathāgato therassa Sudinnassa Kalandaputtassa aparādhe pārājikaṁ paññāpento pharusāhi vācāhi moghapurisavādena samudācari, tena ca so thero moghapurisavādena garuttāsena tāsito vippaṭisārī nāsakkhi ariyamaggaṁ paṭivijjhituṁ. Yadi bhante Nāgasena parisuddhavacīsamācāro Tathāgatho, na-tthi Tathāgatassa vacīduccaritaṁ, tena hi: Tathāgatena therassa Sudinnassa Kalandaputtassa aparādhe moghapurisavādena samudāciṇṇan-ti yaṁ vacanaṁ taṁ micchā. Yadi Bhagavatā therassa Sudinnassa Kalandaputtassa aparādhe mogha-

[10] andhakāre AbC. [11] bhinnā M. [12] cakkhu B. [13] rudhitāsena M, garuddhitāsena Ab, garadhinattāsenā C; the passage wanting in B. [14] tathāgato M, na (sic) C, om. A; the passage wanting in B.

purisavādena samudāciṇṇaṁ, tena hi: parisuddhavacīsamācāro Tathāgato, na-tthi Tathāgatassa vacīduccaritan-ti tam-pi vacanaṁ micchā. Ayam-pi ubhatokoṭiko pañho tavânuppatto, so tayā nibbāhitabbo ti.

Bhāsitam-p' etaṁ mahārāja therena Sāriputtena Dhammasenāpatinā: Parisuddhavacīsamācāro āvuso Tathāgato, na-tthi Tathāgatassa vacīduccaritaṁ yaṁ Tathāgato rakkheyya: mā me idaṁ paro aññâsîti. Āyasmato ca Sudinnassa Kalandaputtassa aparādhe pārājikaṁ paññāpentena Bhagavatā moghapurisavādena samudāciṇṇaṁ. Tañ-ca pana na duṭṭhacittena, asārambhena yāthāvalakkhaṇena. Kiñ-ca tattha yāthāvalakkhaṇaṁ. Yassa mahārāja puggalassa imasmiṁ attabhāve catusaccâbhisamayo na hoti, tassa purisattanaṁ moghaṁ, aññaṁ kayiramānaṁ aññena sambhavati, tena vuccati moghapuriso ti. Iti pi mahārāja Bhagavatā āyasmato Sudinnassa Kalandaputtassa sabhāvavacanena samudāciṇṇaṁ, no abhūtavādenâti. — Sabhāvam-pi bhante Nāgasena yo akkosanto bhaṇati, tassa mayaṁ kahāpaṇaṁ daṇḍaṁ dhārema, aparādho yeva so, vatthuṁ nissāya visuṁ vohāraṁ ācaranto akkosatîti. — Atthi pana mahārāja sutapubbaṁ tayā khalitassa abhivādanaṁ vā paccuṭṭhānaṁ vā sakkāraṁ vā upāyanânuppadānaṁ vā ti. — Na hi bhante, yato kutoci yattha katthaci khalito paribhāsanâraho hoti tajjanâraho, uttamangam-pi 'ssa chindanti, hananti pi bandhanti pi ghātenti pi jāpenti pîti. — Tena hi mahārāja Bhagavatā kiriyā yeva katā no akiriyā ti. — Kiriyam-pi bhante Nāgasena kurumānena patirūpena kātabbaṁ anucchavikena, savanena pi bhante Nāgasena Tathāgatassa sadevako loko ottapati hiriyati, bhiyyo dassanena, tat' uttariṁ upasankamanena payirupāsanenâti. —

---

[12] yathāva- ABC the first time, C also the second. [13] kiñ-ca tattha AbCM. [14] purisattaṁ M [15] kiriyamānaṁ A.

Api nu kho mahārāja tikicchako abhisanne kāye kupite dose sinehaniyāni bhesajjāni detīti. — Na hi bhante, tiṇhāni lekhaniyāni bhesajjāni arogakāmo detīti. — Evam-eva kho mahārāja Tathāgato sabbakilesabyādhivūpasamanāya anusatthiṁ deti. Pharusā pi mahārāja Tathāgatassa vācā satte sinehayati, muduke karoti. Yathā mahārāja uṇham-pi udakaṁ yaṁ kiñci sinehaniyaṁ sinehayati, muduṁ karoti, evam-eva kho mahārāja pharusā pi Tathāgatassa vācā atthavatī hoti karuṇāsahagatā. Yathā mahārāja pitu vacanaṁ puttānaṁ atthavantaṁ hoti karuṇāsahagataṁ, evam-eva kho mahārāja pharusā pi Tathāgatassa vācā atthavatī hoti karuṇāsahagatā. Pharusā pi mahārāja Tathāgatassa vācā sattānaṁ kilesappahānā hoti. Yathā mahārāja duggandham-pi gomuttaṁ pītaṁ, virasam-pi agadaṁ khāyitaṁ sattānaṁ byādhiṁ hanti, evam-eva kho mahārāja pharusā pi Tathāgatassa vācā atthavatī hoti karuṇāsahagatā. Yathā mahārāja mahanto pi tūlapuñjo parassa kāye nipatitvā rujaṁ na karoti, evam-eva kho mahārāja pharusā pi Tathāgatassa vācā na kassaci dukkhaṁ uppādetīti. — Suvinicchito bhante Nāgasena pañho bahūhi kāraṇehi, sādhu bhante Nāgasena, evam-etaṁ, tathā sampaṭicchāmīti.

Bhante Nāgasena, bhāsitam-p' etaṁ Tathāgatena:

Acetanaṁ brāhmaṇa assuṇantaṁ
jānaṁ ajānantam-imaṁ palāsaṁ
āraddhaviriyo dhuvaṁ appamatto
sukhaseyyaṁ pucchasi kissa hetūti.

---

[7] sineha- C. [8] aroga- AC. [9] -vūpasamāya CbM. [11] -ppahānaṁ AB. [14] hanati M. [17] hoti om. ACM [21] asuṇantaṁ all [22] ajāna Jat. 307 v. 1). [23] ajānantaṁ all. [27] kassa B.

Puna ca bhaṇitaṁ:

Iti phandanarukkho pi tāvad-e ajjhabhāsatha:
mayham-pi vacanaṁ atthi, Bhāradvāja, suṇohi me ti.

Yadi bhante Nāgasena rukkho acetano, tena hi: phandanena rukkhena Bhāradvājena saha sallapitan-ti yaṁ vacanaṁ taṁ micchā. Yadi phandanena rukkhena Bhāradvājena saddhiṁ sallapitaṁ, tena hi: rukkho acetano ti tam-pi vacanaṁ micchā. Ayam-pi ubhatokoṭiko pañho tavānuppatto, so tayā nibbāhitabbo ti.

Bhāsitam-p' etaṁ mahārāja Bhagavatā: rukkho acetano ti. Phandanena ca rukkhena Bhāradvājena saddhiṁ sallapitaṁ. Tañ-ca pana vacanaṁ lokasamaññāya bhaṇitaṁ, na-tthi mahārāja acetanassa rukkhassa sallāpo nāma, api ca mahārāja tasmiṁ rukkhe adhivatthāya devatāy' etaṁ adhivacanaṁ rukkho ti, rukkho sallapatīti c' esā lokapaṇṇatti. Yathā mahārāja sakaṭaṁ dhaññassa paripūritaṁ dhaññasakaṭan-ti jano voharati, na ca taṁ dhaññamayaṁ sakaṭaṁ, rukkhamayaṁ sakaṭaṁ, tasmiṁ sakaṭe dhaññassa pana ākiritattā dhaññasakaṭan-ti jano voharati; evam-eva kho mahārāja na rukkho sallapati, rukkho acetano, yā pana tasmiṁ rukkhe adhivatthā devatā tassāy' etaṁ adhivacanaṁ rukkho ti, rukkho sallapatīti c' esā lokapaṇṇatti. Yathā vā pana mahārāja dadhiṁ manthayamāno takkaṁ manthemīti voharati, na taṁ takkaṁ yaṁ so mantheti, dadhiṁ yeva so manthento takkaṁ manthemīti voharati; evam-eva kho mahārāja na rukkho sallapati, rukkho acetano, yā pana tasmiṁ rukkhe adhivatthā devatā tassāy' etaṁ adhivacanaṁ rukkho ti, rukkho sallapatīti c' esā lokapaṇṇatti. Yathā vā pana mahārāja asantaṁ sādhetukāmo asantaṁ sādhemīti vo-

[3] tāvadeva ACM. [11] ca om. AC. [14] sakaṭaṁ om. BC in the first place.
[18] manthamāno BC. [22] dadhi BM. [24] na om. BC.

harati, asiddhaṁ siddhan-ti voharati, evam-esā lokasamaññā; evam-eva kho mahārāja na rukkho sallapati, rukkho acetano, yā pana tasmiṁ rukkhe adhivatthā devatā tassāy' etaṁ adhivacanaṁ rukkho ti, rukkho sallapatīti c' esā lokapaṇṇatti. Yāya mahārāja lokasamaññāya jano voharati, Tathāgato pi tāy' eva lokasamaññāya sattānaṁ dhammaṁ desetīti. — Sādhu bhante Nāgasena, evam-etaṁ, tathā sampaṭicchāmīti.

Bhante Nāgasena, bhāsitam-p' etaṁ dhammasaṅgītikārakehi therehi:

Cundassa bhattaṁ bhuñjitvā kammārassāti me sutaṁ
ābādhaṁ samphusī Buddho pabāḷhaṁ māraṇantikan-ti.

Puna ca Bhagavatā bhaṇitaṁ: Dve 'me Ānanda piṇḍapātā samā samaphalā samavipākā, ativiya aññehi piṇḍapātehi mahapphalatarā c' eva mahānisaṁsatarā cāti. Yadi bhante Nāgasena Bhagavato Cundassa bhattaṁ bhuttāvissa kharo ābādho uppanno, pabāḷhā vedanā pavattā māraṇantikā, tena hi: Dve 'me Ānanda piṇḍapātā samā samaphalā samavipākā, ativiya aññehi piṇḍapātehi mahapphalatarā c' eva mahānisaṁsatarā cāti yaṁ vacanaṁ taṁ micchā. Yadi dve p' ete piṇḍapātā samā samaphalā samavipākā, ativiya aññehi piṇḍapātehi mahapphalatarā c' eva mahānisaṁsatarā ca, tena hi: Bhagavato Cundassa bhattaṁ bhuttāvissa kharo ābādho uppanno, pabāḷhā vedanā pavattā māraṇantikā ti tam-pi vacanaṁ micchā. Kin-nu kho bhante Nāgasena so piṇḍapāto visagatatāya mahapphalo, roguppādakatāya ma-

---

[9] yā ABM. yathā C. [10] ca om. BM. [11] piṇḍapātā samasamaphalā B in the first four places

happhalo, āyuvināsakatāya mahapphalo, Bhagavato jīvitaharaṇatāya mahapphalo. Tattha me kāraṇaṁ brūhi, parappavādānaṁ niggahāya. Etthāyaṁ jano sammūḷho: lobhavasena, atibahuṁ khāyitena lohitapakkhandikā uppannā ti. Ayam-pi ubhatokoṭiko pañho tavânuppatto, so tayā nibbāhitabbo ti.

Bhāsitam-p' etaṁ mahārāja dhammasangītikārakehi therehi:

Cundassa bhattaṁ bhuñjitvā kammārassâti me sutaṁ
ābādhaṁ samphusī Buddho pabāḷhaṁ māraṇantikan-ti.

Bhagavatā ca bhaṇitaṁ: Dve 'me Ānanda piṇḍapātā samā samaphalā samavipākā, ativiya aññehi piṇḍapātehi mahapphalatarā c' eva mahānisaṁsatarā ca; katame dve: yañ-ca piṇḍapātaṁ paribhuñjitvā Tathāgato anuttaraṁ sammāsambodhiṁ abhisambujjhi, yañ-ca piṇḍapātaṁ paribhuñjitvā anupādisesāya nibbānadhātuyā parinibbāyati, ime dve piṇḍapātā samā samaphalā samavipākā, ativiya aññehi piṇḍapātehi mahapphalatarā c' eva mahānisaṁsatarā câti. So ca pana piṇḍapāto bahuguṇo anekānisaṁso. Devatā mahārāja haṭṭhā pasannamānasā: ayaṁ Bhagavato pacchimo piṇḍapāto ti dibbaṁ ojaṁ sūkaramaddave ākiriṁsu. Tañ-ca pana sammāpākaṁ lahupākaṁ manuññaṁ bahurasaṁ jaṭharaggitejassa hitaṁ, na mahārāja tatonidānaṁ Bhagavato koci anuppanno rogo uppanno, api ca mahārāja Bhagavato pakatidubbale sarīre khīṇe āyusaṅkhāre uppanno rogo bhiyyo abhivaḍḍhi. Yathā mahārāja pakatiyā jalamāno aggi aññasmiṁ upādāne dinne bhiyyo pajjalati, evam-eva kho mahārāja Bhagavato pakatidubbale sarīre khīṇe āyusaṅkhāre uppanno rogo bhiyyo abhivaḍḍhi. Yathā vā pana mahārāja

---

[16] bhuñjitvā A. [23] bahupākaṁ M.

soto pakatiyā sandamāno abhivaṭṭe mahāmeghe bhiyyo mahogho udakavāhako hoti, evam eva kho mahārāja Bhagavato pakatidubbale sarīre khīṇe āyusankhāre uppanno rogo bhiyyo abhivaḍḍhi. Yathā vā pana mahārāja pakatiyā 'bhisanno dhātukucchi aññasmiṁ ajjhohāre bhiyyo āyameyya, evam eva kho mahārāja Bhagavato pakatidubbale sarīre khīṇe āyusankhāre uppanno rogo bhiyyo abhivaḍḍhi. Na-tthi mahārāja tasmiṁ piṇḍapāte doso, na ca tassa sakkā doso āropetun-ti.

Bhante Nāgasena, kena kāraṇena te dve piṇḍapātā samā samaphalā samavipākā, atiriva aññehi piṇḍapātehi mahapphalatarā c' eva mahānisaṁsatarā cāti. — Dhammānumajjana-samāpattivasena mahārāja te dve piṇḍapātā samā samaphalā samavipākā, ativiya aññehi piṇḍapātehi mahapphalatarā c' eva mahānisaṁsatarā cāti. — Bhante Nāgasena, katamesaṁ dhammānaṁ anumajjanasamāpattivasena te dve piṇḍapātā samā samaphalā samavipākā, ativiya aññehi piṇḍapātehi mahapphalatarā c' eva mahānisaṁsatarā cāti. — Navannaṁ mahārāja anupubbavihārasamāpattīnaṁ anuloma-paṭiloma-samāpajjanavasena te dve piṇḍapātā samā samaphalā samavipākā, ativiya aññehi piṇḍapātehi mahapphalatarā c' eva mahānisaṁsatarā cāti.

Bhante Nāgasena, dvīsu yeva divasesu adhimattaṁ Tathāgato navānupubbavihārasamāpattiyo anuloma-paṭilomaṁ samāpajjiti. — Āma mahārājāti. — Acchariyaṁ bhante Nāgasena, abbhutaṁ bhante Nāgasena, yaṁ imasmiṁ Buddhakkhette asadisa-parama-dānaṁ tam-pi imehi dvīhi piṇḍapātehi agaṇitaṁ. Acchariyaṁ bhante Nāgasena, abbhutaṁ bhante Nāgasena, yāva mahantā navānupubbavihārasamāpattiyo, yatra hi nāma navānu-

---

pakati all. [1] abhivaṭṭhe M. [2] udavāhako R. [3] āyāmeyya B. [4] -paṭilomaṁ AB [5] -paramaṁ BC.

pubbavihārasamāpattivasena dānaṁ mahapphalataraṁ hoti mahānisaṁsatarañ-ca. Sādhu bhante Nāgasena, evam-etaṁ, tathā sampaṭicchāmīti.

Bhante Nāgasena, bhāsitam-p' etaṁ Tathāgatena: Abyāvaṭā tumhe Ānanda hotha Tathāgatassa sarīrapūjāyāti. Puna ca bhaṇitaṁ:

Pūjetha naṁ pūjaniyassa dhātuṁ,
evaṁkarā saggam-ito gamissathāti.

Yadi bhante Nāgasena Tathāgatena bhaṇitaṁ: Abyāvaṭā tumhe Ānanda hotha Tathāgatassa sarīrapūjāyāti, tena hi:

Pūjetha naṁ pūjaniyassa dhātuṁ,
evaṁkarā saggam-ito gamissathāti

yaṁ vacanaṁ taṁ micchā. Yadi Tathāgatena bhaṇitaṁ:

Pūjetha naṁ pūjaniyassa dhātuṁ,
evaṁkarā saggam-ito gamissathāti,

tena hi: Abyāvaṭā tumhe Ānanda hotha Tathāgatassa sarīrapūjāyāti tam-pi vacanaṁ micchā. Ayam-pi ubhatokoṭiko pañho tavānuppatto, so tayā nibbāhitabbo ti.

Bhāsitam-p' etaṁ mahārāja Bhagavatā: Abyāvaṭā tumhe Ānanda hotha Tathāgatassa sarīrapūjāyāti. Puna ca bhaṇitaṁ:

Pūjetha naṁ pūjaniyassa dhātuṁ,
evaṁkarā saggam-ito gamissathāti.

Tañ-ca pana na sabbesaṁ, Jinaputtānaṁ yeva ārabbha bhaṇitaṁ: Abyāvaṭā tumhe Ānanda hotha Tathāgatassa sarīrapūjāyāti. Akammaṁ h' etaṁ mahārāja

Jinaputtānaṃ yad idaṃ pūjā; sammasanaṃ saṅkhārānaṃ, yoniso manasikāro, satipaṭṭhānānupassanā, ārammaṇasāraggāho, kilesayuddhaṃ, sadatthamanuyuñjanā, etaṃ Jinaputtānaṃ karaṇīyaṃ; avasesānaṃ devamanussānaṃ pūjā karaṇīyā. Yathā mahārāja mahiyā rājaputtānaṃ hatthi-assa-ratha-dhanu-tharu-lekha-muddā-sikkhā khattamanta-suti-muti-yuddha-yujjhāpana-kiriyā karaṇīyā, avasesānaṃ puthuvessasuddānaṃ kasi vaṇijjā gorakkhā karaṇīyā, evam eva kho mahārāja akammaṃ h' etaṃ Jinaputtānaṃ yad idaṃ pūjā, sammasanaṃ saṅkhārānaṃ, yoniso manasikāro, satipaṭṭhānānupassanā, ārammaṇasāraggāho, kilesayuddhaṃ, sadatthamanuyuñjanā, etaṃ Jinaputtānaṃ karaṇīyaṃ, avasesānaṃ devamanussānaṃ pūjā karaṇīyā. Yathā vā pana mahārāja brāhmaṇamāṇavakānaṃ Irubbedaṃ Yajubbedaṃ Sāmavedaṃ Athabbanavedaṃ lakkhaṇaṃ itihāsaṃ purāṇaṃ nighaṇḍu keṭubhaṃ akkharappabhedaṃ padaṃ veyyākaraṇaṃ bhāsamaggaṃ uppādaṃ supinaṃ nimittaṃ chaḷaṅgaṃ candaggāhaṃ suriyaggāhaṃ Sukka-Rāhu-caritaṃ uḷuggahayuddhaṃ devadundubhissaraṃ okkanti ukkāpātaṃ bhūmikampaṃ disādāhaṃ bhummantalikkhaṃ jotisaṃ lokāyatikaṃ sācakkaṃ migacakkaṃ antaracakkaṃ missakuppādaṃ sakuṇarutaravitaṃ sikkhā karaṇīyā, avasesānaṃ puthuvessasuddānaṃ kasi vaṇijjā gorakkhā karaṇīyā, evam eva kho mahārāja akammaṃ h' etaṃ Jinaputtānaṃ yad idaṃ pūjā, sammasanaṃ saṅkhārānaṃ, yoniso manasikāro, satipaṭṭhānānupassanā, ārammaṇasāraggāho, kilesayuddhaṃ, sadatthamanuyuñjanā, etaṃ Jinaputtānaṃ karaṇīyaṃ, avasesānaṃ devamanussānaṃ pūjā karaṇīyā. Tasmā mahārāja Tathāgato: mā ime akamme yuñjantu, kamme

---

[15] -mudda- ABM. [16] sāmavedaṃ om. AB. [17] uppādanaṃ B. [18] candaggahaṃ suriyaggahaṃ B. [19] uluggāha- M, uḷuṅgaha- C; uluggayuddhaṃ B. [20] ukkantaṃ (for okkanti) B. [21] migapakkhaṃ M, om. B. [22] -ravitasikkhā ABC.

ime yuñjantûti āha: Abyāvaṭā tumhe Ānanda hotha Tathāgatassa sarīrapūjāyâti. Yad' etaṁ mahārāja Tathāgato na bhaṇeyya, pattacīvaraṁ-pi attano pariyādāpetvā bhikkhū Buddhapūjaṁ yeva kareyyun-ti. — Sādhu bhante Nāgasena, evam-etaṁ, tathā sampaṭicchāmîti.

— — —

Bhante Nāgasena, tumhe bhaṇatha: Bhagavato gacchantassa ayaṁ acetanā mahāpaṭhavī ninnaṁ unnamati unnataṁ oṇamatîti. Puna ca bhaṇatha: Bhagavato pādo sakalikāya khato ti. Yā sā sakalikā Bhagavato pāde patitā kissa pana sā sakalikā Bhagavato pādā na nivattā. Yadi bhante Nāgasena Bhagavato gacchantassa ayaṁ acetanā mahāpaṭhavī ninnaṁ unnamati unnataṁ oṇamati, tena hi: Bhagavato pādo sakalikāya khato ti yaṁ vacanaṁ taṁ micchā. Yadi Bhagavato pādo sakalikāya khato, tena hi: Bhagavato gacchantassa ayaṁ acetanā mahāpaṭhavī ninnaṁ unnamati unnataṁ oṇamatîti taṁ-pi vacanaṁ micchā. Ayam-pi ubhatokoṭiko pañho tavânuppatto, so tayā nibbāhitabbo ti.

Saccaṁ mahārāja atth' etaṁ: Bhagavato gacchantassa ayaṁ acetanā mahāpaṭhavī ninnaṁ unnamati unnataṁ oṇamati. Bhagavato ca pādo sakalikāya khato. Na ca pana sā sakalikā attano dhammatāya patitā, Devadattassa upakkamena patitā. Devadatto mahārāja bahūni jātisatasahassāni Bhagavati āghātaṁ bandhi, so tena āghātena mahantaṁ kūṭāgārappamāṇaṁ pāsāṇaṁ: Bhagavato upari pātessāmîti muñci. Atha dve selā paṭhavito uṭṭhahitvā taṁ pāsāṇaṁ sampaṭicchiṁsu, atha nesaṁ sampahārena pāsāṇato papaṭikā bhijjitvā yena vā tena

[10] sakkhal- M throughout.

vā patantī Bhagavato pāde patitā ti. — Yathā ca bhante Nāgasena dve selā pāsāṇaṁ sampaṭicchiṁsu, tath' eva papaṭikā pi sampaṭicchitabbā ti. — Sampaṭicchitam-pi mahārāja idh' ekaccaṁ paggharati passavati naṭṭhānam-upagacchati. Yathā mahārāja udakaṁ pāṇinā gahitaṁ aṅgulantarikāhi paggharati passavati naṭṭhānam-upagacchati, khīraṁ takkaṁ madhuṁ sappi telaṁ maccharasaṁ maṁsarasaṁ pāṇinā gahitaṁ aṅgulantarikāhi paggharati passavati naṭṭhānam-upagacchati, evam-eva kho mahārāja sampaṭicchanatthaṁ upagatānaṁ dvinnaṁ selānaṁ sampahārena pāsāṇato papaṭikā bhijjitvā yena vā tena vā patantī Bhagavato pāde patitā. Yathā vā pana mahārāja saṇha-sukhuma-aṇu-raja-samaṁ puḷinaṁ muṭṭhinā gahitaṁ aṅgulantarikāhi paggharati passavati naṭṭhānam-upagacchati, evam-eva kho mahārāja sampaṭicchanatthaṁ samāgacchantānaṁ dvinnaṁ selānaṁ sampahārena pāsāṇato papaṭikā bhijjitvā yena vā tena vā patantī Bhagavato pāde patitā. Yathā vā pana mahārāja kabaḷo mukhena gahito idh' ekaccassa mukhato muccitvā paggharati passavati naṭṭhānam-upagacchati, evam-eva kho mahārāja sampaṭicchanatthaṁ samāgacchantānaṁ dvinnaṁ selānaṁ sampahārena pāsāṇato papaṭikā bhijjitvā yena vā tena vā patantī Bhagavato pāde patitā ti. — Hotu bhante Nāgasena, selehi pāsāṇo sampaṭicchito hotu, atha papaṭikāya pi apaciti kātabbā yath' eva mahāpaṭhaviyā ti. — Dvādas' ime mahārāja apacitiṁ na karonti, katame dvādasa: ratto rāgavasena apacitiṁ na karoti, duṭṭho dosavasena, mūḷho mohavasena, uddhato mānavasena, nigguṇo avisesatāya, atitthaddho anisedhanatāya, hīno hīnasabhāvatāya, vacanakaro anissaratāya, pāpo kadariyatāya, dukkhāpito paṭidukkhāpanatāya, lud-

---

[1] ca om. C. [3] yathā ca BM. [7] mūḷho C. [13.20] patanti all. [14] pulinam ACM [19] kabalo ACM [20] muñcitvā all. [24] -pathavī all. [29] atisedh- A. atiuisedh- C.

dho lobhābhibhūtatāya, āyūhito atthasādhanena apacitiṁ na karoti. Ime kho mahārāja dvādasa apacitiṁ na karonti. Sā ca pana papaṭikā pāsāṇasampahārena bhijjitvā animittakatadisā yena vā tena vā patamānā Bhagavato pāde patitā. Yathā mahārāja saṇha-sukhuma-aṇu-rajo anilabalasamāhato animittakatadiso yena vā tena vā abhikirati, evam-eva kho mahārāja sā papaṭikā pāsāṇasampahārena bhijjitvā animittakatadisā yena vā tena vā patamānā Bhagavato pāde patitā. Yadi pana mahārāja sā papaṭikā pāsāṇato visuṁ na bhaveyya, tam-pi te selā pāsāṇapapaṭikaṁ uppatitvā gaṇheyyuṁ. Esā pana mahārāja papaṭikā na bhummaṭṭhā na ākāsaṭṭhā, pāsāṇasampahāravegena bhijjitvā animittakatadisā yena vā tena vā patamānā Bhagavato pāde patitā. Yathā vā pana mahārāja vātamaṇḍalikāya ukkhittaṁ purāṇapaṇṇaṁ animittakatadisaṁ yena vā tena vā patati, evam-eva kho mahārāja esā papaṭikā pāsāṇasampahāravegena animittakatadisā yena vā tena vā patamānā Bhagavato pāde patitā. Api ca mahārāja akataññussa kadariyassa Devadattassa dukkhānubhavanāya sā papaṭikā Bhagavato pāde patitā ti. — Sādhu bhante Nāgasena, evam-etaṁ, tathā sampaṭicchāmīti.

Bhante Nāgasena, bhāsitam-p' etaṁ Bhagavatā: Āsavānaṁ khayā samaṇo hotīti. Puna ca bhaṇitaṁ:

Catubbhi dhammehi samaṅgibhūtaṁ,
taṁ ve naraṁ samaṇaṁ āhu loke ti.

Tatr' ime cattāro dhammā: khanti appāhāratā rativippahānaṁ ākiñcaññaṁ. Sabbāni pan' etāni aparikkhī-

---

[1] ayūhito B, āyuhito ACM. [2] -sādhanatāya M [5] yathā pana C, yathā vā pana A, yadi (?) pana B; the passage wanting in M [20] -bhavanāya CM. [21] appaharatā ABC, abyāharatā M

nāsavassa sakilesassa' eva honti. Yadi bhante Nāgasena āsavānaṁ khayā samaṇo hoti, tena hi:

Catubbhi dhammehi samaṅgibhūtaṁ
taṁ ve naraṁ samaṇaṁ āhu loke ti

yaṁ vacanaṁ taṁ micchā. Yadi 'catubbhi dhammehi samaṅgibhūto' samaṇo hoti, tena hi: Āsavānaṁ khayā samaṇo hotīti tam-pi vacanaṁ micchā. Ayam-pi ubhatokoṭiko pañho tavānuppatto, so tayā nibbāhitabbo ti.

Bhāsitam-p' etaṁ mahārāja Bhagavatā: Āsavānaṁ khayā samaṇo hotīti. Bhaṇitañ-ca:

Catubbhi dhammehi samaṅgibhūtaṁ
taṁ ve naraṁ samaṇaṁ āhu loke ti.

Tad-idaṁ mahārāja vacanaṁ tesaṁ tesaṁ puggalānaṁ guṇavasena bhaṇitaṁ:

Catubbhi dhammehi samaṅgibhūtaṁ
taṁ ve naraṁ samaṇaṁ āhu loke ti.

Idaṁ pana niravasesavacanaṁ: Āsavānaṁ khayā samaṇo hotīti. Api ca mahārāja ye keci kilesūpasamāya paṭipannā te sabbe upādāy' upādāya samaṇo khīṇāsavo aggam-akkhāyati. Yathā mahārāja yāni kānici jalajathalajapupphāni vassikaṁ tesaṁ aggam-akkhāyati, avasesāni yāni kānici vividhāni pupphajātāni sabbāni tāni pupphāni yeva, upādāy' upādāya pana vassikaṁ yeva pupphaṁ janassa patthitaṁ pihayitaṁ, evam-eva kho mahārāja ye keci kilesūpasamāya paṭipannā te sabbe upādāy' upādāya samaṇo khīṇāsavo aggam-akkhāyati. Yathā vā pana mahārāja sabbadhaññānaṁ sāli aggam-akkhāyati, yā kāci avasesā vividhā dhaññajātiyo tā sabbā upādāy'

---

[11] Jalathalaja- AC.

upādāya bhojanāni sarīrayāpanāya, sālī yeva tesaṁ aggam-akkhāyati, evam-eva kho mahārāja ye keci kilesūpasamāya paṭipannā te sabbe upādāy' upādāya samaṇo khīṇāsavo aggam-akkhāyatīti. — Sādhu bhante Nāgasena, evam-etaṁ, tathā sampaṭicchāmīti.

Bhante Nāgasena, bhāsitam-p' etaṁ Bhagavatā: Mamaṁ vā bhikkhave pare vaṇṇaṁ bhāseyyuṁ dhammassa vā — saṅghassa vā vaṇṇaṁ bhāseyyuṁ, tatra tumhehi na ānando na somanassaṁ na cetaso ubbillāvitattaṁ karaṇīyan-ti. Puna ca Tathāgato Selassa brāhmaṇassa yathābhucce vaṇṇe bhaññamāne ānandito sumano ubbillāvito bhiyyo uttariṁ sakaguṇaṁ pakittesi:

Rājā 'ham-asmi Sela dhammarājā anuttaro,
dhammena cakkaṁ vattemi, cakkaṁ appativattiyan-ti.

Yadi bhante Nāgasena Bhagavatā bhaṇitaṁ: Mamaṁ vā bhikkhave pare vaṇṇaṁ bhāseyyuṁ dhammassa vā — saṅghassa vā vaṇṇaṁ bhāseyyuṁ, tatra tumhehi na ānando na somanassaṁ na cetaso ubbillāvitattaṁ karaṇīyan-ti, tena hi: Selassa brāhmaṇassa yathābhucce vaṇṇe bhaññamāne ānandito sumano ubbillāvito bhiyyo uttariṁ sakaguṇaṁ pakittesīti yaṁ vacanaṁ taṁ micchā. Yadi Selassa brāhmaṇassa yathābhucce vaṇṇe bhaññamāne ānandito sumano ubbillāvito bhiyyo uttariṁ sakaguṇaṁ pakittesi, tena hi: Mamaṁ vā bhikkhave pare vaṇṇaṁ bhāseyyuṁ dhammassa vā — saṅghassa vā vaṇṇaṁ bhāseyyuṁ, tatra tumhehi na ānando na somanassaṁ na cetaso ubbillāvitattaṁ karaṇīyan-ti tam-pi vacanaṁ micchā. Ayam-pi ubhatokoṭiko pañho tavānuppatto, so tayā nibbāhitabbo ti.

---

1) parikittesi C.

Bhāsitam-p' etaṁ mahārāja Bhagavatā: Mamaṁ vā bhikkhave pare vaṇṇaṁ bhāseyyuṁ dhammassa vā — saṅghassa vā vaṇṇaṁ bhāseyyuṁ, tatra tumhehi na ānando na somanassaṁ na cetaso ubbillāvitattaṁ karaṇīyan-ti. Selassa ca brāhmaṇassa yathābhucce vaṇṇe bhaññamāne bhiyyo uttariṁ sakaguṇaṁ pakittitaṁ:

Rājā 'ham-asmi Sela dhammarājā anuttaro,
dhammena cakkaṁ vattemi, cakkaṁ appativattiyan-ti.

Paṭhamaṁ mahārāja Bhagavatā dhammassa sabhāvasarasa-lakkhaṇaṁ sabhāvaṁ avitathaṁ bhūtaṁ tacchaṁ tathatthaṁ paridīpayamānena bhaṇitaṁ: Mamaṁ vā bhikkhave pare vaṇṇaṁ bhāseyyuṁ dhammassa vā — saṅghassa vā vaṇṇaṁ bhāseyyuṁ, tatra tumhehi na ānando na somanassaṁ na cetaso ubbillāvitattaṁ karaṇīyan-ti. Yaṁ pana Bhagavatā Selassa brāhmaṇassa yathābhucce vaṇṇe bhaññamāne bhiyyo uttariṁ sakaguṇaṁ pakittitaṁ: Rājā 'ham-asmi Sela dhammarājā anuttaro ti, taṁ na lābhahetu na yasahetu na pakkhahetu na antevāsikamyatāya, atha kho anukampāya kāruññena hitavasena: evaṁ imassa dhammābhisamayo bhavissati tiṇṇaṁ-ca māṇavakasatānan-ti, evaṁ bhiyyo uttariṁ sakaguṇaṁ bhaṇitaṁ: Rājā 'ham-asmi Sela dhammarājā anuttaro ti. — Sādhu bhante Nāgasena, evam-etaṁ, tathā sampaṭicchāmīti.

Bhante Nāgasena, bhāsitam-p' etaṁ Bhagavatā:

Ahiṁsayaṁ paraṁ loke piyo hohisi māmako ti.

Puna ca bhaṇitaṁ:

Niggaṇhe niggahārahaṁ, paggaṇhe paggahārahan-ti.

[5.14] parikittitaṁ AbC. [11] tathaṁ M

Niggaho nāma bhante Nāgasena hatthacchedo pādacchedo vadho bandhanaṁ kāraṇā māraṇaṁ santativikopanaṁ. Na etaṁ vacanaṁ Bhagavato yuttaṁ, na ca Bhagavā arahati etaṁ vacanaṁ vattuṁ. Yadi bhante Nāgasena Bhagavatā bhaṇitaṁ:

Ahiṁsayaṁ paraṁ loke piyo hohisi māmako ti,

tena hi:

Nigganhe niggahārahaṁ, pagganhe paggahārahan-ti

yaṁ vacanaṁ taṁ micchā. Yadi Tathāgatena bhaṇitaṁ:

Nigganhe niggahārahaṁ, pagganhe paggahārahan-ti,

tena hi:

Ahiṁsayaṁ paraṁ loke piyo hohisi māmako ti

tam-pi vacanaṁ micchā. Ayam-pi ubhatokoṭiko pañho tavānuppatto, so tayā nibbāhitabbo ti.

Bhāsitam-p' etaṁ mahārāja Bhagavatā:

Ahiṁsayaṁ paraṁ loke piyo hohisi māmako ti.

Bhaṇitañ-ca:

Nigganhe niggahārahaṁ, pagganhe paggahārahan-ti.

Ahiṁsayaṁ paraṁ loke piyo hohisi māmako ti,

sabbesaṁ mahārāja tathāgatānaṁ anumataṁ etaṁ, esā anusatthi, esā dhammadesanā, dhammo hi mahārāja ahiṁsālakkhaṇo, sabhāvavacanaṁ etaṁ. Yaṁ pana mahārāja Tathāgato āha:

Nigganhe niggahārahaṁ, pagganhe paggahārahan-ti,

bhāsā esā. Uddhataṁ mahārāja cittaṁ niggahetabbaṁ, līnaṁ cittaṁ paggahetabbaṁ; akusalaṁ cittaṁ niggahetabbaṁ, kusalaṁ cittaṁ paggahetabbaṁ; ayoniso manasikāro niggahetabbo, yoniso manasikāro paggahetabbo;

micchā paṭipanno niggahetabbo, sammā paṭipanno paggahetabbo; anariyo niggahetabbo, ariyo paggahetabbo; coro niggahetabbo, acoro paggahetabbo ti.

Hotu bhante Nāgasena, idāni tvaṁ paccāgato si mama visayaṁ, yam-ahaṁ pucchāmi so me attho upagato; coro pana bhante Nāgasena nigganhantena kathaṁ niggahetabbo ti. — Coro mahārāja nigganhantena evaṁ niggahetabbo: paribhāsaniyo paribhāsitabbo, daṇḍaniyo daṇḍetabbo, pabbājaniyo pabbājetabbo, bandhaniyo bandhitabbo, ghātaniyo ghātetabbo ti. — Yaṁ pana bhante Nāgasena corānaṁ ghātanaṁ taṁ tathāgatānaṁ anumatan-ti. — Na hi mahārājāti. — Kissa pana coro anusāsaniyo anumato tathāgatānan ti. — Yo so mahārāja ghātīyati na so tathāgatānaṁ anumatiyā ghātīyati, sayaṁkatena so ghātīyati, api ca dhammānusatthiṁ anusāsīyati, sakkā pana mahārāja purisaṁ akārakaṁ anaparādhaṁ vīthiyaṁ carantaṁ gahetvā matimatā ghātayitun-ti. — Na hi bhante ti. — Kena kāraṇena mahārājāti. — Akārakattā bhante ti. — Evam-eva kho mahārāja na coro tathāgatānaṁ anumatiyā haññati, sayaṁkatena so haññati, kim-pan' ettha anusāsako kañci dosaṁ āpajjatīti. — Na hi bhante ti. — Tena hi mahārāja tathāgatānaṁ anusatthi samā anusatthi hotīti. — Sādhu bhante Nāgasena, evam-etaṁ, tathā sampaṭicchāmīti.

Bhante Nāgasena, bhāsitam-p' etaṁ Bhagavatā:

Akkodhano vigatakhilo 'ham-asmīti.

Puna ca Tathāgato there Sāriputta-Moggallāne saparise paṇāmesi. Kin-nu kho bhante Nāgasena Tathā-

---

[illegible] -aniye A throughout. [illegible] -iyati AC twice, M throughout [illegible] khilā CM. [illegible] -khilo M.

gato kupito parisaṁ paṇāmesi udāhu tuṭṭho paṇāmesi: etaṁ tāva jānāhi imaṁ nāmāti. Yadi bhante Nāgasena kupito parisaṁ paṇāmesi, tena hi Tathāgatassa kodho appaṭivattito. Yadi tuṭṭho paṇāmesi, tena hi avatthusmiṁ ajānantena paṇāmitā. Ayam-pi ubhatokoṭiko pañho tavānuppatto, so tayā nibbāhitabbo ti.

Bhāsitam-p' etaṁ mahārāja Bhagavatā:

Akkodhano vigatakhilo[2] 'ham-asmīti.

Paṇāmitā ca therā Sāriputta-Moggallānā saparisā, tañ-ca pana na kopena. Idha mahārāja kocid eva puriso mahāpaṭhaviyā mūle vā khāṇuke vā pāsāṇe vā kaṭhale vā visame vā bhūmibhāge khalitvā patati, api nu kho mahārāja mahāpaṭhavī kupitā taṁ pātetīti. — Na hi bhante, na-tthi mahāpaṭhaviyā kopo vā pasādo vā, anunaya-paṭighavippamuttā mahāpaṭhavī, sayam-eva so alaso khalitvā patito ti. — Evam-eva kho mahārāja na-tthi tathāgatānaṁ kopo vā pasādo vā, anunaya-paṭighavippamuttā tathāgatā arahanto sammāsambuddhā, atha kho sayaṁkaten' eva te attano aparādhena paṇāmitā.[1] Idha pana mahārāja mahāsamuddo na matena kuṇapena saṁvasati, yaṁ hoti mahāsamudde mataṁ kuṇapaṁ taṁ khippam-eva nicchubhati, thalaṁ ussādeti[3]; api nu kho mahārāja mahāsamuddo kupito taṁ kuṇapaṁ nicchubhatīti. — Na hi bhante, na-tthi mahāsamuddassa kopo vā pasādo vā, anunaya-paṭighavippamutto mahāsamuddo ti. — Evam-eva kho mahārāja na-tthi tathāgatānaṁ kopo vā pasādo vā, anunaya-paṭighavippamuttā tathāgatā arahanto sammāsambuddhā, atha kho sayaṁkaten' eva te attano aparādhena paṇāmitā. Yathā mahārāja paṭhaviyā khalito patīyati, evaṁ Jinasāsanavare khalito paṇāmīyati: yathā mahāsamudde mataṁ

---

[1] paṇāmitā ti all [2] -khilo AsCbM. [3] ussāreti M.

kuṇapaṁ nicchubhīyati, evaṁ Jinasāsanavare khalito paṇāmīyati. Yaṁ pana te mahārāja Tathāgato paṇāmesi, tesaṁ atthakāmo hitakāmo sukhakāmo visuddhikāmo: evaṁ ime jāti-jarā-byādhi-maraṇena parimuccissantīti paṇāmesīti. — Sādhu bhante Nāgasena, evam etaṁ, tathā sampaṭicchāmīti.

Tatiyo vaggo.

Bhante Nāgasena, bhāsitam-p' etaṁ Bhagavatā: Etad-aggaṁ bhikkhave mama sāvakānaṁ bhikkhūnaṁ iddhimantānaṁ, yad-idaṁ Mahāmoggallāno ti. Puna ca kira so laguḷehi paripothito bhinnasīso sañcuṇṇitaṭṭhi-maṁsa-dhamani-majja-parikatto parinibbuto. Yadi bhante Nāgasena thero Mahāmoggallāno iddhiyā koṭiṁ gato, tena hi: laguḷehi paripothito parinibbuto ti yaṁ vacanaṁ taṁ micchā. Yadi laguḷehi paripothito parinibbuto, tena hi: iddhiyā koṭiṁ gato ti tam-pi vacanaṁ micchā. Kin-na samattho iddhiyā attano upaghātaṁ apanayituṁ, sadevakassa pi lokassa paṭisaraṇaṁ bhavituṁ araho ti. Ayam-pi ubhatokoṭiko pañho tavānuppatto, so tayā nibbāhitabbo ti.

Bhāsitam-p' etaṁ mahārāja Bhagavatā: Etad-aggaṁ bhikkhave mama sāvakānaṁ bhikkhūnaṁ iddhimantānaṁ, yad-idaṁ Mahāmoggallāno ti. Āyasmā ca Mahāmoggallāno laguḷahato parinibbuto, tañ-ca pana kammādhiggahitenāti. — Nanu bhante Nāgasena iddhimato

· parigatto M, parikanno C [12] parinibbuto ti ABC [13-14] koṭigato M. [18] araha hoti M.

iddhivisayo pi kammavipāko pi dve acintiyā, acintiyena acintiyaṁ apanayitabbaṁ. Yathā nāma bhante keci phalakāmā kapitthena kapitthaṁ pothenti, ambena ambaṁ pothenti, evam-eva kho bhante Nāgasena acintiyena acintiyaṁ pothayitvā apanetabban-ti. — Acintiyānam pi mahārāja ekaṁ adhimattaṁ balavataraṁ. Yathā mahārāja mahiyā rājāno honti samajaccā, samajaccānam-pi tesaṁ eko sabbe abhibhavitvā āṇaṁ pavatteti, evam-eva kho mahārāja tesaṁ acintiyānaṁ kammavipākaṁ yeva adhimattaṁ balavataraṁ, kammavipākaṁ yeva sabbe abhibhaviya āṇaṁ pavatteti, kammādhiggahitassa avasesā kiriyā okāsaṁ na labhanti. Idha pana mahārāja koci puriso kismicid-eva pakaraṇe aparajjhati, na tassa mātā vā pitā vā bhaginī-bhātaro vā sakhi-sahāyakā vā tāyanti, atha kho rājā yeva tattha abhibhaviya āṇaṁ pavatteti, kiṁ tattha kāraṇaṁ: aparādhikatā; evam-eva kho mahārāja tesaṁ acintiyānaṁ kammavipākaṁ yeva adhimattaṁ balavataraṁ, kammavipākaṁ yeva sabbe abhibhaviya āṇaṁ pavatteti, kammādhiggahitassa avasesā kiriyā okāsaṁ na labhanti. Yathā vā pana mahārāja mahiyā davaḍāhe samuṭṭhite ghaṭasahassam-pi udakaṁ na sakkoti nibbāpetuṁ, atha kho aggi yeva tattha abhibhaviya āṇaṁ pavatteti, kiṁ tattha kāraṇaṁ: balavatā tejassa; evam-eva kho mahārāja tesaṁ acintiyānaṁ kammavipākaṁ yeva adhimattaṁ balavataraṁ, kammavipākaṁ yeva sabbe abhibhaviya āṇaṁ pavatteti, kammādhiggahitassa avasesā kiriyā okāsaṁ na labhanti. Tasmā mahārāja āyasmato Mahāmoggallānassa kammādhiggahitassa laguḷehi pothiyamānassa iddhiyā samannāhāro nāhositi. — Sādhu bhante Nāgasena, evam-etaṁ, tathā sampaṭicchāmīti.

[3] kapiṭṭhena kapiṭṭham M. [4] kho om. M. [9] kammavipāko yeva adhimatto balavataro kammavipāko M throughout [11] davadāhe M.

Bhante Nāgasena[1], bhāsitam-p' etaṁ Bhagavatā: Tathāgatappavedito bhikkhave dhammavinayo vivaṭo virocati no paṭicchanno ti.[2] Puna ca Pātimokkhuddeso kevalañ-ca Vinayapiṭakaṁ pihitaṁ paṭicchannaṁ. Yadi bhante Nāgasena Jinasāsane yuttaṁ vā pattaṁ vā samayaṁ vā labhetha, Vinayapaṇṇatti vivaṭā sobheyya, kena kāraṇena: kevalaṁ tattha sikkhā saṁyamo niyamo sīla-guṇa-ācāra-paṇṇatti attharaso dhammaraso vimuttiraso. Yadi bhante Nāgasena Bhagavatā bhaṇitaṁ: Tathāgatappavedito bhikkhave dhammavinayo vivaṭo virocati no paṭicchanno ti, tena hi: Pātimokkhuddeso kevalañ-ca Vinayapiṭakaṁ pihitaṁ paṭicchannan-ti yaṁ vacanaṁ taṁ micchā. Yadi Pātimokkhuddeso kevalañ-ca Vinaya-piṭakaṁ pihitaṁ paṭicchannaṁ, tena hi: Tathāgatappavedito bhikkhave dhammavinayo vivaṭo virocati no paṭicchanno ti tam pi vacanaṁ micchā. Ayam-pi ubhatokoṭiko pañho tavānuppatto, so tayā nibbāhitabbo ti.

Bhāsitam-p' etaṁ mahārāja Bhagavatā: Tathāgatappavedito bhikkhave dhammavinayo vivaṭo virocati no paṭicchanno ti. Puna ca Pātimokkhuddeso kevalañ-ca Vinayapiṭakaṁ pihitaṁ paṭicchannaṁ. Tañ-ca pana na sabbesaṁ, sīmaṁ katvā pihitaṁ. Tividhena mahārāja Bhagavatā Pātimokkhuddeso sīmaṁ katvā pihito: pubbakānaṁ tathāgatānaṁ vaṁsavasena pihito, dhammassa garukattā pihito, bhikkhubhūmiyā garukattā pihito. Kathaṁ pubbakānaṁ tathāgatānaṁ vaṁsavasena Pātimokkhuddeso sīmaṁ katvā pihito: vaṁso eso mahārāja sabbesaṁ pubbakānaṁ tathāgatānaṁ, yad-idaṁ bhikkhumajjhe Pātimokkhuddeso, avasesānaṁ pihito. Yathā mahārāja khattiyānaṁ khattiyamāyā khattiyesu yeva carati, evam etaṁ khattiyānaṁ lokassa paveṇi avasesānaṁ pihitā;

---

[1] puna ca paraṁ AbCM. [2] paṭicchannanti AbC. [3,4] garukattā M in both places. [5] pihito AM

evam-eva kho mahārāja vaṁso eso sabbesaṁ pubbakānaṁ tathāgatānaṁ, yad-idaṁ bhikkhumajjhe Pātimokkhuddeso, avasesānaṁ pihito. Yathā vā pana mahārāja mahiyā gaṇā vattanti, seyyathīdaṁ: mallā atoṇā pabbatā dhammagiriyā brahmagiriyā naṭakā naccakā laṅghakā pisācā maṇibhaddā puṇṇabaddhā candima-suriyā siridevatā kalidevatā sivā vasudevā ghanikā asipāsā bhaddiputtā, tesaṁ tesaṁ rahassaṁ tesu tesu gaṇesu yeva carati, avasesānaṁ pihitaṁ; evam-eva kho mahārāja vaṁso eso sabbesaṁ pubbakānaṁ tathāgatānaṁ, yad-idaṁ bhikkhumajjhe Pātimokkhuddeso, avasesānaṁ pihito. Evaṁ pubbakānaṁ tathāgatānaṁ vaṁsavasena Pātimokkhuddeso sīmaṁ katvā pihito. Kathaṁ dhammassa garukattā Pātimokkhuddeso sīmaṁ katvā pihito: dhammo mahārāja garuko bhāriyo, tattha sammattakārī aññaṁ ārādheti, taṁ tattha paramparāsammattakāritāya pāpuṇāti, na taṁ tattha paramparāsammattakāritāya pāpuṇāti; mā cāyaṁ sāradhammo varadhammo asammattakārīnaṁ hatthagato oññāto avaññāto hīḷito khīḷito garahito bhavatu, mā cāyaṁ sāradhammo varadhammo dujjanagato oññāto avaññāto hīḷito khīḷito garahito bhavatūti evaṁ dhammassa garukattā Pātimokkhuddeso sīmaṁ katvā pihito. Yathā mahārāja sāra-vara-pavara-abhijāta-jātimanta-rattalohitacandanaṁ nāma Savarapuraṁ-anugataṁ oññātaṁ avaññātaṁ hīḷitaṁ khīḷitaṁ garahitaṁ bhavati, evam-eva kho mahārāja: mā 'yaṁ sāradhammo varadhammo paramparāasammattakārīnaṁ hatthagato oññāto avaññāto hīḷito khīḷito garahito bhavatu, mā cāyaṁ sāradhammo varadhammo dujjanagato oññāto avaññāto hīḷito khīḷito garahito bhavatūti evaṁ dhammassa garukattā Pātimokkhuddeso sīmaṁ katvā

[1] anoṇā C. [2] vajjakā (for pabbatā) M. [3] -hiriyā C twice. [4] kāli-devatā CM. [5] vāsudeva C, sasudevāvasudevā M. vāvasudevāsavā A. [6] ghanikā C, ghanigha B. [7] asipāsa M. [8] bhaddhiputtā AB. [9] guruko M. [10] sabara- Ab. [11] mā cāyaṁ AbM

pihito. Kathaṁ bhikkhubhūmiyā garukattā Pātimokkhuddeso sīmaṁ katvā pihito: bhikkhubhāvo kho mahārāja atuliyo appamāṇo anagghaniyo, na sakkā kenaci agghāpetuṁ tuletuṁ parimetuṁ, mā 'yaṁ evarūpe bhikkhubhāve ṭhito lokena samasamo bhavatūti bhikkhūnaṁ yeva antare Pātimokkhuddeso carati. Yathā mahārāja loke varapavarabhaṇḍaṁ, vatthaṁ vā attharaṇaṁ vā gaja-turanga-ratha-suvaṇṇa-rajata-maṇi-muttā-itthiratanādīni vā nijjitakammasūrā vā, sabbe te rājānam upagacchanti, evam-eva kho mahārāja yāvatā loke sikkhā-sugatāgamapariyatti-ācārasaṁyama-sīlasaṁvaraguṇā sabbe te bhikkhusangham-upagatā bhavanti. Evaṁ bhikkhubhūmiyā garukattā Pātimokkhuddeso sīmaṁ katvā pihito ti. — Sādhu bhante Nāgasena, evam-etaṁ, tathā sampaṭicchāmīti.

Bhante Nāgasena, bhāsitam-p' etaṁ Bhagavatā: Sampajānamusāvāde pārājiko hotīti. Puna ca bhaṇitaṁ: Sampajānamusāvāde lahukaṁ āpattiṁ āpajjati ekassa santike desanāvatthukan-ti. Bhante Nāgasena, ko pan' ettha viseso, kiṁ kāraṇaṁ yañ-c' ekena musāvādena ucchijjati, yañ-c' ekena musāvādena satekiccho hoti. Yadi bhante Nāgasena Bhagavatā bhaṇitaṁ: Sampajānamusāvāde pārājiko hotīti, tena hi: Sampajānamusāvāde lahukaṁ āpattiṁ āpajjati ekassa santike desanāvatthukan-ti yaṁ vacanaṁ taṁ micchā. Yadi Tathāgatena bhaṇitaṁ: Sampajānamusāvāde lahukaṁ āpattiṁ āpajjati ekassa santike desanāvatthukan-ti, tena hi: Sampajānamusāvāde pārājiko hotīti tam-pi vacanaṁ micchā. Ayam-pi ubhatokoṭiko pañho tavânuppatto, so tayā nibbāhitabbo ti.

[2] loka atulliyo A. [7] -turaga- AB. [10] yamakena C

Bhāsitam p' etaṁ mahārāja Bhagavatā: Sampajānamusāvāde pārājiko hotīti. Bhaṇitañ ca: Sampajānamusāvāde lahukaṁ āpattiṁ āpajjati ekassa santike desanāvatthukan ti. Tañ ca pana vatthuvasena garuka-lahukaṁ hoti. Taṁ kiṁ maññasi mahārāja: idha koci puriso parassa pāṇinā pahāraṁ dadeyya, tassa tumhe kiṁ daṇḍaṁ dhārethāti. — Yadi so bhante āha: na kkhamāmīti, tassa mayaṁ akkhamamāne kahāpaṇaṁ harāpemāti. — Idha pana mahārāja so yeva puriso tava pāṇinā pahāraṁ dadeyya, tassa pana ko daṇḍo ti. — Hattham pi 'ssa bhante chedāpeyyāma, pādam pi chedāpeyyāma, yāva sīsaṁ kaḷīracchejjaṁ chedāpeyyāma, sabbam pi taṁ gehaṁ vilumpāpeyyāma, ubhatopasse yāva sattamaṁ kulaṁ samugghātāpeyyāmāti. — Ko pan' ettha mahārāja viseso, kiṁ kāraṇaṁ yaṁ ekassa pāṇippahāre sukhumo kahāpaṇo daṇḍo, yaṁ tava pāṇippahāre hatthacchejjaṁ pādacchejjaṁ yāva kaḷīracchejjaṁ sabbagehādānaṁ ubhatopasse yāva sattamakulā samugghāto ti. — Manussantarena bhante ti. — Evam eva kho mahārāja sampajānamusāvādo vatthuvasena garuka-lahuko hotīti. — Sādhu bhante Nāgasena, evam etaṁ, tathā sampaṭicchāmīti.

Bhante Nāgasena, bhāsitam p' etaṁ Bhagavatā Dhammatādhammapariyāye: Pubbe va bodhisattānaṁ mātāpitaro niyatā honti, bodhi niyatā hoti, aggasāvakā niyatā honti, putto niyato hoti, upaṭṭhāko niyato hotīti. Puna ca tumhe bhaṇatha: Tusite kāye ṭhito Bodhisatto aṭṭha mahāvilokanāni viloketi: kālaṁ viloketi, dīpaṁ viloketi, desaṁ viloketi, kulaṁ viloketi, janettiṁ viloketi, āyuṁ viloketi, māsaṁ viloketi, nekkhammaṁ viloketīti.

---

[1]) naṁ A, na B; pi 'ssa gehaṁ M.

Bhante Nāgasena, aparipakke ñāṇe bujjhanaṁ na-tthi, paripakke ñāṇe na sakkā nimesantaram-pi āgametuṁ, anatikkamanīyaṁ paripakkamānasaṁ; kasmā Bodhisatto kālaṁ viloketi: kamhi kāle uppajjāmīti. Aparipakke ñāṇe bujjhanaṁ na-tthi, paripakke ñāṇe na sakkā nimesantaram-pi āgametuṁ; kasmā Bodhisatto kulaṁ viloketi: kamhi kule uppajjāmīti. Yadi bhante Nāgasena pubbe va Bodhisattassa mātāpitaro niyatā, tena hi: kulaṁ viloketīti yaṁ vacanaṁ taṁ micchā; yadi kulaṁ viloketi, tena hi: pubbe va Bodhisattassa mātāpitaro niyatā ti tam-pi vacanaṁ micchā. Ayam-pi ubhatokoṭiko pañho tavānuppatto, so tayā nibbāhitabbo ti.

Niyatā mahārāja pubbe va Bodhisattassa mātāpitaro, kulañ-ca Bodhisatto viloketi. Kin-ti pana kulaṁ viloketi: ye me mātāpitaro te khattiyā udāhu brāhmaṇā ti, evaṁ kulaṁ viloketi. Aṭṭhannaṁ mahārāja pubbe va anāgataṁ oloketabbaṁ hoti, katamesaṁ aṭṭhannaṁ: vāṇijassa mahārāja pubbe va vikkayabhaṇḍaṁ oloketabbaṁ hoti, hatthināgassa pubbe va soṇḍāya anāgato maggo oloketabbo hoti, sākaṭikassa pubbe va anāgataṁ titthaṁ oloketabbaṁ hoti, niyyāmakassa pubbe va anāgataṁ tīraṁ oloketvā nāvā pesetabbā hoti, bhisakkassa pubbe va āyuṁ oloketvā āturo upasankamitabbo hoti, uttarasetussa pubbe va thirāthirabhāvaṁ jānitvā abhirūhitabbaṁ hoti, bhikkhussa pubbe va anāgataṁ kālaṁ paccavekkhitvā bhojanaṁ bhuñjitabbaṁ hoti, bodhisattānaṁ pubbe va kulaṁ oloketabbaṁ hoti: khattiyakulaṁ vā brāhmaṇakulaṁ vā ti. Imesaṁ kho mahārāja aṭṭhannaṁ pubbe va anāgataṁ oloketabbaṁ hotīti. — Sādhu bhante Nāgasena, evam etaṁ, tathā sampaṭicchāmīti.

Bhante Nāgasena, bhāsitam-p' etaṁ Bhagavatā: Na bhikkhave attānaṁ pātetabbaṁ, yo pāteyya yathādhammo kāretabbo ti. Puna ca tumhe bhaṇatha: Yattha katthaci Bhagavā sāvakānaṁ dhammaṁ desayamāno anekapariyāyena jātiyā jarāya byādhino maraṇassa samucchedāya dhammaṁ deseti, yo hi koci jāti-jarā-byādhi-maraṇaṁ samatikkamati taṁ paramāya pasaṁsāya pasaṁsatīti. Yadi bhante Nāgasena Bhagavatā bhaṇitaṁ: Na bhikkhave attānaṁ pātetabbaṁ, yo pāteyya yathādhammo kāretabbo ti, tena hi: jātiyā jarāya byādhino maraṇassa samucchedāya dhammaṁ desetīti yaṁ vacanaṁ taṁ micchā. Yadi jātiyā jarāya byādhino maraṇassa samucchedāya dhammaṁ deseti, tena hi: Na bhikkhave attānaṁ pātetabbaṁ, yo pāteyya yathādhammo kāretabbo ti tam-pi vacanaṁ micchā. Ayam-pi ubhatokoṭiko pañho tavānuppatto, so tayā nibbāhitabbo ti.

Bhāsitam-p' etaṁ mahārāja Bhagavatā: Na bhikkhave attānaṁ pātetabbaṁ, yo pāteyya yathādhammo kāretabbo ti. Yattha katthaci Bhagavatā sāvakānaṁ dhammaṁ desayamānena ca anekapariyāyena jātiyā jarāya byādhino maraṇassa samucchedāya dhammo desito. Tattha pana kāraṇaṁ atthi yena Bhagavā kāraṇena paṭikkhipi samādapesi cāti. — Kim-pan' ettha bhante Nāgasena kāraṇaṁ yena Bhagavā kāraṇena paṭikkhipi samādapesi cāti. — Sīlavā mahārāja sīlasampanno agadasamo sattānaṁ kilesavisavināsane, osadhasamo sattānaṁ kilesabyādhivūpasame, udakasamo sattānaṁ kilesarajojallāpaharaṇe, maṇiratanasamo sattānaṁ sabbasampattidāne, nāvāsamo sattānaṁ caturoghapāragamane, satthavāhasamo sattānaṁ jātikantāratāraṇe, vātasamo sattānaṁ tividhaggisantāpanibbāpane, mahāmeghasamo sattānaṁ mānasaparipūraṇe, ācariyasamo sattānaṁ kusalasikkhāpane, sudesikasamo sattānaṁ khemapatham-ācikkhane. Evarūpo mahārāja bahuguṇo anekaguṇo appamāṇaguṇo guparāsi guṇapuñjo sattānaṁ vuḍḍhikaro sīlavā mā vinassīti sattānaṁ anukampāya mahārāja Bhagavā sikkhāpadaṁ paññāpesi: Na bhikkhave attānaṁ pātetabbaṁ, yo pāteyya yathādhammo kāretabbo ti. Idam-ettha mahārāja kāraṇaṁ yena kāraṇena Bhagavā paṭikkhipi. Bhāsitam-p' etaṁ mahārāja therena Kumārakassapena vicitrakathikena Pāyāsirājaññassa paralokaṁ dīpayamānena: Yathā yathā kho rājañña samaṇabrāhmaṇā sīlavanto kalyāṇadhammā ciraṁ dīgham-addhānaṁ tiṭṭhanti, tathā tathā bahujanahitāya paṭipajjanti bahujanasukhāya lokānukampāya atthāya hitāya sukhāya devamanussānan-ti. Kena pana kāraṇena Bhagavā samādapesi: jāti pi mahārāja dukkhā, jarā pi dukkhā, byādhi pi dukkhā, maraṇam-pi dukkhaṁ, soko pi dukkho, paridevo pi dukkho, dukkham-pi dukkhaṁ, domanassam-pi dukkhaṁ, upāyāso pi dukkho, appiyehi sampayogo pi dukkho, piyehi vippayogo pi dukkho, mātumaraṇam-pi dukkhaṁ, pitumaraṇam-pi dukkhaṁ, bhātumaraṇam-pi dukkhaṁ, bhaginimaraṇam-pi dukkhaṁ, puttamaraṇam-pi dukkhaṁ, dāramaraṇam-pi dukkhaṁ, ñātimaraṇam-pi dukkhaṁ, ñātibyasanam-pi dukkhaṁ, rogabyasanam-pi dukkhaṁ, bhogabyasanam-pi dukkhaṁ, sīlabyasanam-pi dukkhaṁ, diṭṭhibyasanam-pi dukkhaṁ, rājabhayam-pi dukkhaṁ, corabhayam-pi dukkhaṁ, veribhayam-pi dukkhaṁ, dubbhikkhabhayam-pi dukkhaṁ, aggibhayam-pi dukkhaṁ, udakabhayam-pi dukkhaṁ, ūmibhayam-pi dukkhaṁ, āvaṭṭabhayam-pi dukkhaṁ, kumbhīlabhayam-pi dukkhaṁ, susukābhayam pi dukkhaṁ, attānuvādabhayam-pi dukkhaṁ, parānuvādabhayam-pi dukkhaṁ, daṇḍabhayam-pi dukkhaṁ, duggatibhayam-pi dukkhaṁ, parisasārajjabhayam-pi dukkhaṁ, ājīvikabhayam-pi dukkhaṁ, maraṇabhayam-pi dukkhaṁ, vettahi

[11] lokānukampakāya ABC. [14] byādhī AB. [31] -sārajjampi B. [31] ājīvika- M, ājīvikā- C.

tāḷanam-pi dukkhaṁ, kasāhi tāḷanam-pi dukkhaṁ, addhadaṇḍakehi tāḷanam-pi dukkhaṁ, hatthacchedanam-pi dukkhaṁ, pādacchedanam-pi dukkhaṁ, hatthapādacchedanam-pi dukkhaṁ, kaṇṇacchedanam-pi dukkhaṁ, nāsacchedanam-pi dukkhaṁ, kaṇṇanāsacchedanam-pi dukkhaṁ, bilangathālikam-pi dukkhaṁ, sankhamuṇḍikam-pi dukkhaṁ, Rāhumukham-pi dukkhaṁ, jotimālakam-pi dukkhaṁ, hatthapajjotikam-pi dukkhaṁ, erakavattikam-pi dukkhaṁ, cīrakavāsikam-pi dukkhaṁ, eṇeyyakam-pi dukkhaṁ, baḷisamaṁsikam-pi dukkhaṁ, kahāpaṇakam-pi dukkhaṁ, khārāpatacchikam-pi dukkhaṁ, palighaparivattikam-pi dukkhaṁ, palālapīṭhakam-pi dukkhaṁ, tattena [pi] telena osiñcanam-pi dukkhaṁ, sunakhehi khādāpanam-pi dukkhaṁ, jīvasūlāropanam-pi dukkhaṁ, asinā sīsacchedanam-pi dukkhaṁ, evarūpāni evarūpāni mahārāja bahuvidhāni anekavidhāni dukkhāni saṁsāragato anubhavati. Yathā mahārāja Himavante pabbate abhivaṭṭaṁ udakaṁ Gangāya nadiyā pāsāṇa-sakkhara-khara-marumba-āvaṭṭa-gaggalaka-ūmikavankacadika-āvaraṇa-nīvaraṇa-mūlaka-sākhāsu pariyottharati, evam-eva kho mahārāja evarūpāni evarūpāni bahuvidhāni anekavidhāni dukkhāni saṁsāragato anubhavati. Pavattaṁ mahārāja dukkhaṁ, appavattaṁ sukhaṁ, appavattassa guṇaṁ pavatte ca bhayaṁ dīpayamāno mahārāja Bhagavā appavattassa sacchikiriyāya jāti-jarā-byādhi-maraṇasamatikkamāya samādapesi. Idam-ettha mahārāja kāraṇaṁ yena kāraṇena Bhagavā samādapesīti. — Sādhu bhante Nāgasena, sunibbeṭhito pañho, sukathitaṁ kāraṇaṁ, evam-etaṁ, tathā sampaṭicchāmīti.

---

[1] -chedampi BCM throughout. [15] evarūpāni once CM. [16] abhivuṭṭhaṁ M. [19] -vadika- C, -madika- Aa. [21] evarūpāni once C.

Bhante Nāgasena, bhāsitam-p' etaṁ Bhagavatā: Mettāya bhikkhave cetovimuttiyā āsevitāya bhāvitāya bahulīkatāya yānīkatāya vatthukatāya anuṭṭhitāya paricitāya susamāraddhāya ekādas' ānisaṁsā pāṭikaṅkhā, katame ekādasa: sukhaṁ supati, sukhaṁ paṭibujjhati, na pāpakaṁ supinaṁ passati, manussānaṁ piyo hoti, amanussānaṁ piyo hoti, devatā rakkhanti, nāssa aggi vā visaṁ vā satthaṁ vā kamati, tuvaṭaṁ cittaṁ samādhiyati, mukhavaṇṇo vippasīdati, asammūḷho kālaṁ karoti, uttariṁ appaṭivijjhanto brahmalokūpago hotīti. Puna ca tumhe bhaṇatha: Sāmo kumāro mettāvihārī migasaṅghena parivuto pavane vicaranto Piliyakkhena raññā viddho visapītena sallena tatth' eva mucchito patito ti. Yadi bhante Nāgasena Bhagavatā bhaṇitaṁ: Mettāya bhikkhave — pe — brahmalokūpago hotīti, tena hi: Sāmo kumāro mettāvihārī migasaṅghena parivuto pavane vicaranto Piliyakkhena raññā viddho visapītena sallena tatth' eva mucchito patito ti yaṁ vacanaṁ taṁ micchā. Yadi Sāmo kumāro mettāvihārī migasaṅghena parivuto pavane vicaranto Piliyakkhena raññā viddho visapītena sallena tatth' eva mucchito patito, tena hi: Mettāya bhikkhave — pe — nāssa aggi vā visaṁ vā satthaṁ vā kamatīti tam-pi vacanaṁ micchā. Ayam-pi ubhatokoṭiko pañho sunipuṇo parisaṇho sukhumo gambhīro, api sunipuṇānaṁ manujānaṁ gatte sedaṁ moceyya, so tavānuppatto, vijaṭehi taṁ mahājaṭājaṭitaṁ, anāgatānaṁ Jinaputtānaṁ cakkhuṁ dehi nibbāhanāyāti.

Bhāsitam-p' etaṁ mahārāja Bhagavatā: Mettāya bhikkhave — pe — nāssa aggi vā visaṁ vā satthaṁ vā kamatīti. Sāmo ca kumāro mettāvihārī migasaṅghena parivuto pavane vicaranto Piliyakkhena raññā viddho visapītena sallena tatth' eva mucchito patito. Tattha

[1] paṭikaṅkhā AaB. [2] piḷiyakkhena M throughout, pili- or pīli- C.

pana mahārāja kāraṇaṁ atthi. Katamaṁ tattha kāraṇaṁ: n' ete mahārāja guṇā puggalassa, mettābhāvanāy' ete guṇā. Sāmo mahārāja kumāro ghaṭaṁ ukkhipanto tasmiṁ khaṇe mettābhāvanāya pamatto ahosi. Yasmiṁ mahārāja khaṇe puggalo mettaṁ samāpanno hoti, na tassa puggalassa tasmiṁ khaṇe aggi vā visaṁ vā satthaṁ vā kamati, tassa ye keci ahitakāmā upagantvā taṁ na passanti, na tasmiṁ okāsaṁ labhanti; n' ete mahārāja guṇā puggalassa, mettābhāvanāy' ete guṇā. Idha mahārāja puriso saṅgāmasūro abhejjakavacajālikaṁ sannayhitvā saṅgāmaṁ otareyya, tassa sarā khittā upagantvā patanti vikiranti, na tasmiṁ okāsaṁ labhanti; n' eso mahārāja guṇo saṅgāmasūrassa, abhejjakavacajālikāy' eso guṇo, yassa sarā khittā upagantvā patanti vikiranti. Evam-eva kho mahārāja n' ete guṇā puggalassa, mettābhāvanāy' ete guṇā; yasmiṁ mahārāja khaṇe puggalo mettaṁ samāpanno hoti na tassa puggalassa tasmiṁ khaṇe aggi vā visaṁ vā satthaṁ vā kamati, tassa ye keci ahitakāmā upagantvā taṁ na passanti, tasmiṁ okāsaṁ na labhanti; n' ete mahārāja guṇā puggalassa, mettābhāvanāy' ete guṇā. Idha pana mahārāja puriso dibbaṁ antaradhānaṁ mūlaṁ hatthe kareyya, yāva taṁ mūlaṁ tassa hatthagataṁ hoti tāva na añño koci pakatimanusso taṁ purisaṁ passati, n' eso mahārāja guṇo purisassa, mūlass' eso guṇo antaradhānassa, yaṁ so pakatimanussānaṁ cakkhupatho na dissati. Evam-eva kho mahārāja n' ete guṇā puggalassa, mettābhāvanāy' ete guṇā; yasmiṁ mahārāja khaṇe puggalo mettaṁ samāpanno hoti na tassa puggalassa tasmiṁ khaṇe aggi vā visaṁ vā satthaṁ vā kamati, tassa ye keci ahitakāmā upagantvā taṁ na passanti, na tasmiṁ okāsaṁ labhanti; n' ete mahārāja guṇā puggalassa, mettābhāvanāy' ete guṇā. Yathā vā pana mahārāja

---

[1]) mulass' eva so AbC.

purisaṃ sukataṃ mahatimahālepanaṃ anupaviṭṭhaṃ mahatimahāmegho abhivassanto na sakkoti temayituṃ, n' eso mahārāja guṇo purisassa, mahālepanassa so guṇo, yaṃ mahatimahāmegho abhivassamāno na taṃ temeti; evam eva kho mahārāja n' ete guṇā puggalassa, mettābhāvanāy' ete guṇā, yasmiṃ mahārāja khaṇe puggalo mettaṃ samāpanno hoti na tassa puggalassa tasmiṃ khaṇe aggi vā visaṃ vā satthaṃ vā kamati, tassa ye keci ahitakāmā upagantvā taṃ na passanti, na tassa sakkonti ahitaṃ kātuṃ, n' ete mahārāja guṇā puggalassa, mettābhāvanāy' ete guṇā ti. — Acchariyaṃ bhante Nāgasena, abbhutaṃ bhante Nāgasena, sabbapāpanivāraṇā mettābhāvanā ti. — Sabbakusalaguṇāvahā mahārāja mettābhāvanā hitānam pi ahitānam pi, ye te sattā viññāṇabaddhā sabbesaṃ mahānisaṃsā mettābhāvanā saṃvibhajitabbā ti.

Bhante Nāgasena, kusalakārissa pi akusalakārissa pi vipāko samasamo udāhu koci viseso atthīti. — Atthi mahārāja kusalassa ca akusalassa ca viseso, kusalaṃ mahārāja sukhavipākaṃ saggasaṃvattanikaṃ, akusalaṃ dukkhavipākaṃ nirayasaṃvattanikan ti. — Bhante Nāgasena, tumhe bhaṇatha: Devadatto ekantakaṇho ekantakaṇhehi dhammehi samannāgato, Bodhisatto ekantasukko ekantasukkehi dhammehi samannāgato ti. Puna ca Devadatto bhave bhave yasena ca pakkhena ca Bodhisattena samasamo hoti, kadāci adhikataro vā. Yadā Devadatto nagare Bārāṇasiyaṃ Brahmadattassa rañño purohitaputto ahosi, tadā Bodhisatto chavakacaṇḍālo ahosi vijjādharo, vijjaṃ parijapitvā akāle ambaphalāni nibbattesi; ettha tāva Bodhisatto Devadattato jātiyā nihīno

[11] sabbaṃpāpa- ABC.

yasasā ca nihīno. Puna ca paraṁ yadā Devadatto rājā ahosi mahāmahīpati sabbakāmasamaṅgī, tadā Bodhisatto tassūpabhogo ahosi hatthināgo sabbalakkhaṇasampanno, tassa cārugativilāsaṁ asahamāno rājā vadham-icchanto hatthācariyaṁ evam-avoca: asikkhito te ācariya hatthināgo, tassa ākāsagamanaṁ nāma kāraṇaṁ karohīti; tattha pi tāva Bodhisatto Devadattato jātiyā nihīno, hīnako tiracchānagato. Puna ca paraṁ yadā Devadatto manusso ahosi pavane naṭṭhāyiko, tadā Bodhisatto Mahāpathavī nāma makkaṭo ahosi; ettha pi tāva dissati viseso manussassa ca tiracchānagatassa ca, ettha pi tāva Bodhisatto Devadattato jātiyā nihīno. Puna ca paraṁ yadā Devadatto manusso ahosi, Soṇuttaro nāma nesādo balavā balavataro nāgabalo, tadā Bodhisatto Chaddanto nāma nāgarājā ahosi, tadā so luddako taṁ hatthināgaṁ ghātesi; tattha pi tāva Devadatto va adhikataro. Puna ca paraṁ yadā Devadatto manusso ahosi vanacārako aniketavāsī, tadā Bodhisatto sakuṇo ahosi tittiro mantajjhāyī, tadā pi so vanacārako taṁ sakuṇaṁ ghātesi; tattha pi tāva Devadatto va jātiyā adhikataro. Puna ca paraṁ yadā Devadatto Kalābu nāma Kāsirājā ahosi, tadā Bodhisatto tāpaso ahosi khantivādī, tadā so rājā tassa tāpasassa kuddho hatthapāde vaṁsakaḷīre viya chedāpesi; tattha pi tāva Devadatto yeva adhikataro jātiyā ca yasena ca. Puna ca paraṁ yadā Devadatto manusso ahosi vanacaro, tadā Bodhisatto Nandiyo nāma vānarindo ahosi, tadā pi so vanacaro taṁ vānarindaṁ ghātesi saddhiṁ mātarā kaniṭṭhabhātikena ca; tattha pi tāva Devadatto yeva adhikataro jātiyā. Puna ca paraṁ yadā Devadatto manusso ahosi acelako Kārambhiyo nāma, tadā Bodhisatto Paṇḍarako nāma nāgarājā ahosi; tattha pi tāva Deva-

---

[11] soṇuttaro ACM. [17-18] vanavāraṇo BC, vanacaro, -carako M [18] -jjhāyī sil.

datto yeva adhikataro jātiyā. Puna ca paraṁ yadā Devadatto manusso ahosi pavane jaṭilako, tadā Bodhisatto Tacchako nāma mahāsūkaro ahosi; tattha pi tāva Devadatto yeva jātiyā adhikataro. Puna ca paraṁ yadā Devadatto Cetīsu Suraparicaro nāma rājā ahosi uparipurisamatte gagane vehāsangamo, tadā Bodhisatto Kapilo nāma brāhmaṇo ahosi; tattha pi tāva Devadatto yeva adhikataro jātiyā ca yasena ca. Puna ca paraṁ yadā Devadatto manusso ahosi Sāmo nāma, tadā Bodhisatto Ruru nāma migarājā ahosi; tattha pi tāva Devadatto yeva jātiyā adhikataro. Puna ca paraṁ yadā Devadatto manusso ahosi luddako pavanacaro, tadā Bodhisatto hatthināgo ahosi, so luddako tassa hatthināgassa sattakkhattuṁ dante chinditvā hari; tattha pi tāva Devadatto yeva yoniyā adhikataro. Puna ca paraṁ yadā Devadatto sigālo ahosi khattiyadhammo, so yāvatā Jambudīpe padesarājāno te sabbe anuyutte akāsi, tadā Bodhisatto Vidhuro nāma paṇḍito ahosi; tattha pi tāva Devadatto yeva yasena adhikataro. Puna ca paraṁ yadā Devadatto hatthināgo hutvā laṭukikāya sakuṇikāya puttake ghātesi, tadā Bodhisatto pi hatthināgo ahosi yūthapati; tattha tāva ubho pi te samasamā ahesuṁ. Puna ca paraṁ yadā Devadatto yakkho ahosi Adhammo nāma, tadā Bodhisatto pi yakkho ahosi Dhammo nāma; tattha pi tāva ubho pi samasamā ahesuṁ. Puna ca paraṁ yadā Devadatto nāviko ahosi pañcannaṁ kulasatānaṁ issaro, tadā Bodhisatto pi nāviko ahosi pañcannaṁ kulasatānaṁ issaro; tattha pi tāva ubho pi samasamā va ahesuṁ. Puna ca paraṁ yadā Devadatto satthavāho ahosi pañcannaṁ sakaṭasatānaṁ issaro, tadā Bodhisatto pi satthavāho ahosi pañcannaṁ sakaṭasatānaṁ issaro; tattha pi tāva ubho pi samasamā ahesuṁ. Puna ca

---

[17] vidhūro ABM.

paraṁ yadā Devadatto Sākho nāma migarājā ahosi, tadā Bodhisatto pi Nigrodho nāma migarājā ahosi; tattha pi tāva ubho pi samasamā ahesuṁ. Puna ca paraṁ yadā Devadatto Sākho nāma senāpati ahosi, tadā Bodhisatto Nigrodho nāma rājā ahosi; tattha pi tāva ubho pi samasamā ahesuṁ. Puna ca paraṁ yadā Devadatto Khaṇḍahālo nāma brāhmaṇo ahosi, tadā Bodhisatto Cando nāma rājakumāro ahosi; tadā ayaṁ Khaṇḍahālo yeva adhikataro. Puna ca paraṁ yadā Devadatto Brahmadatto nāma rājā ahosi, tadā Bodhisatto tassa putto Mahāpadumo nāma kumāro ahosi, tadā so rājā sakaputtaṁ corappapāte khipāpesi; yato kutoci pitā va puttānaṁ adhikataro hoti visiṭṭho ti tattha pi tāva Devadatto yeva adhikataro. Puna ca paraṁ yadā Devadatto Mahāpatāpo nāma rājā ahosi, tadā Bodhisatto tassa putto Dhammapālo nāma kumāro ahosi, tadā so rājā sakaputtassa hatthapāde sīsañ-ca chedāpesi; tattha pi tāva Devadatto yeva uttaro adhikataro. Ajj' etarahi ubho pi Sakyakule jāyiṁsu, Bodhisatto Buddho ahosi sabbaññū lokanāyako, Devadatto tassa atidevadevassa sāsane pabbajitvā iddhiṁ nibbattetvā Buddhālayaṁ akāsi. Kin-nu kho bhante Nāgasena yaṁ mayā bhaṇitaṁ taṁ sabbaṁ tathaṁ udāhu vitathan-ti. — Yan-tvaṁ mahārāja bahuvidhaṁ kāraṇaṁ osāresi, sabban-taṁ tath' eva no aññathā ti. — Yadi bhante Nāgasena kaṇho pi sukko pi samasamagatikā honti, tena hi kusalam-pi akusalam-pi samasamavipākaṁ hotīti. — Na hi mahārāja kusalam-pi akusalam-pi samasamavipākaṁ hoti, na hi mahārāja, Devadatto sabbajanehi paṭiviruddho, Bodhisatto n' eva paṭiviruddho, yo tassa Bodhisatte paṭivirodho so tasmiṁ tasmiṁ yeva bhave paccati phalaṁ deti. Devadatto pi mahārāja issa-

---

28 kutoci pi pitā BC. 29 ca AB. 30 atidevassa A, devātidevassa M
32 tattha C. 33 hi om. BC.

riye ṭhito janapadesu ārakkhaṁ deti, setuṁ sabbaṁ puññasālaṁ kāreti, samaṇa-brāhmaṇānaṁ kapaṇiddhika-vaṇibbakānaṁ nāthānāthānaṁ yathāpaṇihitaṁ dānaṁ deti; tassa so vipākena bhave bhave sampattiyo paṭilabhati. Kass' etaṁ mahārāja sakkā vattuṁ: vinā dānena damena saṁyamena uposathakammena sampattiṁ anubhavissatīti. Yaṁ pana tvaṁ mahārāja evaṁ vadesi: Devadatto ca Bodhisatto ca ekato anuparivattantīti, so na jātisatassa accayena samāgamo ahosi, na jātisahassassa accayena, na jātisatasahassassa accayena, kadāci karahaci bahunnaṁ ahorattānaṁ accayena samāgamo ahosi. Yaṁ pan' etaṁ mahārāja Bhagavatā kāṇakacchapopamaṁ upadassitaṁ manussattapaṭilābhāya, tathūpamaṁ mahārāja imesaṁ samāgamaṁ dhārehi. Na mahārāja Bodhisattassa Devadatten' eva saddhiṁ samāgamo ahosi, thero pi mahārāja Sāriputto anekesu jātisatasahassesu Bodhisattassa pitā ahosi, mahāpitā ahosi, cullapitā ahosi, bhātā ahosi, putto ahosi, bhāgineyyo ahosi, mitto ahosi. Bodhisatto pi mahārāja anekesu jātisatasahassesu therassa Sāriputtassa pitā ahosi, mahāpitā ahosi, cullapitā ahosi, bhātā ahosi, putto ahosi, bhāgineyyo ahosi, mitto ahosi. Sabbe pi mahārāja sattakāyapariyāpannā saṁsārasotam-anugatā saṁsārasotena vuyhantā appiyehi pi piyehi pi samāgacchanti. Yathā mahārāja udakaṁ sotena vuyhamānaṁ suci-asuci-kalyāṇa-pāpakena samāgacchati, evam-eva kho mahārāja sabbe pi sattakāyapariyāpannā saṁsārasotam-anugatā saṁsārasotena vuyhantā appiyehi pi piyehi pi samāgacchanti. Devadatto mahārāja yakkho samāno attanā Adhammo pare adhamme niyojetvā sattapaññāsa vassakoṭiyo saṭṭhiñ-ca vassasatasahassāni mahāniraye

[7] kapaṇaddhika- M. [8] saññāṇena B. [10] manussattam paj. BCM. [11] jātisahassesu AB. [12] jātisahassesu A. [13 14] sattā kāy. Ab. [15] asucim asucim C, asuciasuci- B, asucim sucim A.

pacci. Bodhisatto pi mahārāja yakkho samāno attanā Dhammo pare dhamme niyojetvā sattapaññāsa vassakoṭiyo saṭṭhiñ-ca vassasatasahassāni sagge modi sabbakāmasamangī. Api ca mahārāja Devadatto imasmiṁ bhave Buddhaṁ anāsādaniyam-āsādayitvā samaggañ-ca sanghaṁ bhinditvā paṭhaviṁ pāvisi; Tathāgato bujjhitvā sabbadhamme parinibbuto upadhisankhaye ti. — Sādhu bhante Nāgasena, evam-etaṁ, tathā sampaṭicchāmīti.

Bhante Nāgasena, bhāsitam-p' etaṁ Bhagavatā:

Sace labhetha khaṇaṁ vā raho vā,
nimantakaṁ vā pi labhetha tādisaṁ,
sabbā pi itthiyo kareyyu pāpaṁ,
aññaṁ aladdhā pīṭhasappinā saddhin-ti.

Puna ca kathīyati: Mahosadhassa bhariyā Amarā nāma itthī gāmake ṭhapitā pavutthapatikā raho nisinnā vivittā rājapaṭisamaṁ sāmikaṁ karitvā sahassena nimantiyamānā pāpaṁ nākāsīti. Yadi bhante Nāgasena Bhagavatā bhaṇitaṁ:

Sace labhetha khaṇaṁ vā raho vā,
nimantakaṁ vā pi labhetha tādisaṁ,
sabbā pi itthiyo kareyyu pāpaṁ,
aññaṁ aladdhā pīṭhasappinā saddhin-ti,

tena hi: Mahosadhassa bhariyā Amarā nāma itthī gāmake ṭhapitā pavutthapatikā raho nisinnā vivittā rājapaṭisamaṁ sāmikaṁ karitvā sahassena nimantiyamānā pāpaṁ nākāsīti yaṁ vacanaṁ taṁ micchā. Yadi Mahosadhassa bhariyā

---

[11] pi om AB. [12] kareyyuṁ all throughout. [13] pi om. M.

Amarā nāma itthī gāmake ṭhapitā pavutthapatikā raho nisinnā vivittā rājapatisamaṁ sāmikaṁ karitvā sahassena nimantiyamānā pāpaṁ nākāsi, tena hi:

Sace labbhetha khaṇaṁ vā raho vā,
nimantakaṁ vā pi labhetha tādisaṁ,
sabbā pi itthiyo kareyyu pāpaṁ,
aññaṁ aladdhā pīṭhasappinā saddhin - ti

tam - pi vacanaṁ micchā. Ayam - pi ubhatokoṭiko pañho tavānuppatto, so tayā nibbāhitabbo ti.

Bhāsitam - p' etaṁ mahārāja Bhagavatā:

Sace labbhetha khaṇaṁ vā raho vā,
nimantakaṁ vā pi labhetha tādisaṁ,
sabbā pi itthiyo kareyyu pāpaṁ,
aññaṁ aladdhā pīṭhasappinā saddhin - ti.

Kathīyati ca: Mahosadhassa bhariyā Amarā nāma itthī gāmake ṭhapitā pavutthapatikā raho nisinnā vivittā rājapatisamaṁ sāmikaṁ karitvā sahassena nimantiyamānā pāpaṁ nākāsīti. Kareyya sā mahārāja itthī sahassaṁ labhamānā tādisena purisena saddhiṁ pāpakammaṁ, na sā kareyya, sace khaṇaṁ vā raho vā nimantakaṁ vā pi tādisaṁ labheyya. Vicinantī sā mahārāja Amarā itthī na addasa khaṇaṁ vā raho vā nimantakaṁ vā pi tādisaṁ. Idhaloke garahabhayā khaṇaṁ na passi, paraloke nirayabhayā khaṇaṁ na passi, kaṭukavipākaṁ pāpan - ti khaṇaṁ na passi, piyaṁ na muñcitukāmā khaṇaṁ na passi, sāmikassa garukatāya khaṇaṁ na passi, dhammaṁ apacāyantī khaṇaṁ na passi, anariyaṁ garahantī khaṇaṁ na passi, kiriyaṁ na bhinditukāmā khaṇaṁ na passi. Evarūpehi bahukehi kāraṇehi khaṇaṁ na passi. Raho pi sā loke vicinitvā na passantī pāpaṁ nākāsi. Sace sā

[13] pi om. AaM. [17] pāsādena A. [18,17,20] satti all.

manussehi raho labheyya, atha amanussehi raho na labheyya; sace amanussehi raho labheyya, atha paracittavidūhi pabbajitehi raho na labheyya; sace paracittavidūhi pabbajitehi raho labheyya, atha paracittavidūnīhi devatāhi raho na labheyya; sace paracittavidūnīhi devatāhi raho labheyya, atha attanā va pāpehi raho na labheyya; sace attanā va pāpehi raho labheyya, atha adhammena raho na labheyya. Evarūpehi bahuvidhehi kāraṇehi raho na labhitvā pāpaṁ nâkāsi. Nimantakam-*pi sā loke vicinitvā tādisaṁ alabhantī pāpaṁ nâkāsi. Mahosadho mahārāja paṇḍito aṭṭhavīsatiyā angehi samannāgato, katamehi aṭṭhavīsatiyā angehi samannāgato: Mahosadho mahārāja sūro, hirimā, ottāpī, sapakkho, mittasampanno, khamo, sīlavā, saccavādī, soceyyasampanno, akkodhano, anatimānī, anusuyyako, viriyavā, āyūhako, sangāhako, saṁvibhāgī, sakhilo, nivātavutti, asaṭho, amāyāvī, atibuddhisampanno, kittimā, vijjāsampanno, hitesī upanissitānaṁ, patthito sabbajanassa, dhanavā, yasavā. Mahosadho mahārāja paṇḍito imehi aṭṭhavīsatiyā angehi samannāgato. Sā aññaṁ tādisaṁ nimantakaṁ alabhitvā pāpaṁ nâkāsîti. — Sādhu bhante Nāgasena, evam-etaṁ, tathā sampaṭicchāmîti.

Bhante Nāgasena, bhāsitam-p' etaṁ Bhagavatā: Vigatabhayasantāsā arahanto ti. Puna ca nagare Rājagahe Dhanapālakaṁ hatthiṁ Bhagavati opatantaṁ disvā pañca khīṇāsavasatāni pariccajitvā Jinavaraṁ pakkantāni disāvidisaṁ, ekaṁ ṭhapetvā theraṁ Ânandaṁ. Kin-nu kho bhante Nāgasena te arahanto bhayā pakkantā, paññāyissati sakena kammenâti Dasabalaṁ pātetukāmā pak-

* bahukehi A

kantā, udāhu Tathāgatassa atulaṁ vipulam-asamaṁ pāṭihāriyaṁ daṭṭhukāmā pakkantā. Yadi bhante Nāgasena Bhagavatā bhaṇitaṁ: Vigatabhayasantāsā arahanto ti, tena hi: nagare Rājagahe Dhanapālakaṁ hatthiṁ Bhagavati opatantaṁ disvā pañca khīṇāsavasatāni pariccajitvā Jinavaraṁ pakkantāni disāvidisaṁ ekaṁ ṭhapetvā theraṁ Ānandan-ti yaṁ vacanaṁ taṁ micchā. Yadi nagare Rājagahe Dhanapālakaṁ hatthiṁ Bhagavati opatantaṁ disvā pañca khīṇāsavasatāni pariccajitvā Jinavaraṁ pakkantāni disāvidisaṁ ekaṁ ṭhapetvā theraṁ Ānandaṁ, tena hi: Vigatabhayasantāsā arahanto ti tam-pi vacanaṁ micchā. Ayam-pi ubhatokoṭiko pañho tavānuppatto, so tayā nibbāhitabbo ti.

Bhāsitam-p' etaṁ mahārāja Bhagavatā: Vigatabhayasantāsā arahanto ti. Nagare ca Rājagahe Dhanapālakaṁ hatthiṁ Bhagavati opatantaṁ disvā pañca khīṇāsavasatāni pariccajitvā Jinavaraṁ pakkantāni disāvidisaṁ ekaṁ ṭhapetvā theraṁ Ānandaṁ. Tañ-ca pana na bhayā, nāpi Bhagavantaṁ pātetukāmatāya. Yena pana mahārāja hetunā arahanto bhāyeyyuṁ vā taseyyuṁ vā so hetu arahantānaṁ samucchinno, tasmā vigatabhayasantāsā arahanto. Bhāyati nu mahārāja mahāpaṭhavī khaṇante pi bhindante pi dhārente pi samudda-pabbatagirisikhare ti. — Na hi bhante ti. — Kena kāraṇena mahārājāti. — Na-tthi bhante mahāpaṭhaviyā so hetu yena hetunā mahāpaṭhavī bhāyeyya vā taseyya vā ti. — Evam-eva kho mahārāja na-tthi arahantānaṁ so hetu yena hetunā arahanto bhāyeyyuṁ vā taseyyuṁ vā. Bhāyati nu mahārāja girisikharaṁ chindante vā bhindante vā patante vā agginā dahante vā ti. — Na hi bhante ti. — Kena kāraṇena mahārājāti. — Na-tthi bhante giri-

---

[1] vipulam CM [11] Ānandanti AbCM [22-23] nanu AC [26] vā ti all.

sikharassa so hetu yena hetunā girisikharaṁ bhāyeyya vā taseyya vā ti. — Evam-eva kho mahārāja na-tthi arahantānaṁ so hetu yena hetunā arahanto bhāyeyyuṁ vā taseyyuṁ vā. Yadi pi mahārāja lokadhātusatasahassesu ye keci sattakāyapariyāpannā sabbe pi te sattihatthā ekaṁ arahantaṁ upadhāvitvā tāseyyuṁ, na bhaveyya arahato cittassa kiñci aññathattaṁ, kiṅkāraṇaṁ: aṭṭhāna-m-anavakāsatāya. Api ca mahārāja tesaṁ khīṇāsavānaṁ evaṁ cetoparivitakko ahosi: ajja naravarapavare jinavaravasabhe nagaravaram-anupaviṭṭhe vīthiyā Dhanapālako hatthī āpatissati, asaṁsayam-atidevadevaṁ upaṭṭhāko na pariccajissati, yadi mayaṁ sabbe pi Bhagavantaṁ na pariccajissāma, Ānandassa guṇo pākaṭo na bhavissati, na h' eva ca Tathāgataṁ samupagamissati hatthināgo, handa mayaṁ apagacchāma, evam-idaṁ mahato janakāyassa kilesabandhanamokkho bhavissati, Ānandassa ca guṇo pākaṭo bhavissatīti. Evaṁ te arahanto ānisaṁsaṁ disvā disāvidisaṁ pakkantā ti. — Suvibhatto bhante Nāgasena pañho, evam-etaṁ, na-tthi arahantānaṁ bhayaṁ vā santāso vā, ānisaṁsaṁ disvā te arahanto pakkantā disāvidisan-ti.

— ————

Bhante Nāgasena, tumhe bhaṇatha: Tathāgato sabbaññū ti. Puna ca bhaṇatha: Tathāgatena Sāriputta-Moggallānapamukhe bhikkhusaṅghe paṇāmite Cātumeyyakā ca Sakyā Brahmā ca Sahampati bījūpamañ-ca vacchataruṇūpamañ-ca upadassetvā Bhagavantaṁ pasādesuṁ khamāpesuṁ nijjhattaṁ akaṁsūti. Kin-nu kho bhante Nāgasena aññātā tā upamā Tathāgatassa yāhi Tathāgato

---

[12] hatthī all. [13] asaṁsayaṁ mati- AbBC. [14] ca om. AC. [15] -kāyassa ca A. [16] -bandhanā mokkho A. [21] upadaṁsetvā M.

upamāhi orato khamito upasanto nijjhattiṁ gato. Yadi bhante Nāgasena Tathāgatassa tā upamā aññātā, tena hi Buddho asabbaññū; yadi ñātā, tena hi okassa pasayha vīmaṁsāpekho paṇāmesi, tena hi tassa akāruññatā sambhavati.[1] Ayam-pi ubhatokoṭiko pañho tavânuppatto, so tayā nibbāhitabbo ti.

Sabbaññū mahārāja Tathāgato, tāhi ca upamāhi Bhagavā pasanno orato khamito upasanto nijjhattiṁ gato. Dhammassāmī mahārāja Tathāgato, Tathāgatappaveditehi eva te opammehi Tathāgataṁ ārādhesuṁ tosesuṁ pasādesuṁ, tesañ-ca Tathāgato pasanno sādhûti abbhanumodi. Yathā mahārāja itthī sāmikassa santaken' eva dhanena sāmikaṁ ārādheti toseti pasādeti, tañ-ca sāmiko sādhûti abbhanumodati, evam-eva kho mahārāja Cātumeyyakā ca Sakyā Brahmā ca Sahampati Tathāgatappaveditehi eva opammehi Tathāgataṁ ārādhesuṁ tosesuṁ pasādesuṁ, tesañ-ca Tathāgato pasanno sādhûti abbhanumodi. Yathā vā pana mahārāja kappako rañño santaken' eva suvaṇṇapanakena rañño uttamaṅgaṁ pasādhayamāno rājānaṁ ārādheti toseti pasādeti, tassa ca rājā pasanno sādhûti abbhanumodati yathicchitaṁ anuppadeti; evam-eva kho mahārāja Cātumeyyakā ca Sakyā Brahmā ca Sahampati Tathāgatappaveditehi eva opammehi Tathāgataṁ ārādhesuṁ tosesuṁ pasādesuṁ, tesañ-ca Tathāgato pasanno sādhûti abbhanumodi. Yathā vā pana mahārāja saddhivihāriko upajjhāyâbhataṁ piṇḍapātaṁ gahetvā upajjhāyassa upanāmento upajjhāyaṁ ārādheti toseti pasādeti, tañ-ca upajjhāyo pasanno sādhûti abbhanumodati; evam-eva kho mahārāja Cātumeyyakā ca Sakyā Brahmā ca Sahampati Tathāgatappaveditehi eva opammehi Tathāgataṁ ārādhesuṁ tosesuṁ pasādesuṁ,

---

[1] sambhavatîti ABC.

tesañ-ca Tathāgato pasanno sādhūti abbhanumoditvā sabbadukkhaparimuttiyā dhammaṁ desesīti. — Sādhu bhante Nāgasena, evam-etaṁ, tathā sampaṭicchāmīti.

Tatiyo vaggo.

Bhante Nāgasena, bhāsitam-p' etaṁ Bhagavatā:

Santhavāto bhayaṁ jātaṁ, niketā jāyatī rajo,
aniketam-asanthavaṁ, etaṁ ve munidassanan-ti.

Puna ca bhaṇitaṁ:

Vihāre kāraye ramme, vāsay' ettha bahussute ti.

Yadi bhante Nāgasena Tathāgatena bhaṇitaṁ:

Santhavāto bhayaṁ jātaṁ, niketā jāyatī rajo,
aniketam-asanthavaṁ, etaṁ ve munidassanan-ti,

tena hi:

Vihāre kāraye ramme, vāsay' ettha bahussute ti

yaṁ vacanaṁ taṁ micchā. Yadi Tathāgatena bhaṇitaṁ:

Vihāre kāraye ramme, vāsay' ettha bahussute ti,

tena hi: Santhavāto bhayaṁ jātaṁ — pe — dassanan-ti taṁ-pi vacanaṁ micchā. Ayam-pi ubhatokoṭiko pañho tavānuppatto, so tayā nibbāhitabbo ti.

---

[1] sabbadukkhā par. C. [2] jāyatī CM throughout (jāyate Sn. xii, v. 1). [11] bhayaṁ jātaṁ om. BC

Bhāsitam-p' etaṁ mahārāja Bhagavatā:

Santhavāto bhayaṁ jātaṁ, niketā jāyatī rajo,
aniketam-asanthavaṁ, etaṁ ve munidassanan-ti.

Bhaṇitañ-ca:

Vihāre kāraye ramme, vāsay' ettha bahussute ti.

Yaṁ mahārāja Bhagavatā bhaṇitaṁ: Santhavāto — pe — dassanan-ti, taṁ sabhāvavacanaṁ asesavacanaṁ nissesavacanaṁ nippariyāyavacanaṁ samaṇānucchavaṁ samaṇasāruppaṁ samaṇapatirūpaṁ samaṇārahaṁ samaṇagocaraṁ samaṇapaṭipadā samaṇapaṭipatti. Yathā mahārāja āraññako migo araññe pavane caramāno nirālayo aniketo yathicchakaṁ sayati, evam-eva kho mahārāja bhikkhunā:

Santhavāto bhayaṁ jātaṁ, niketā jāyatī rajo,
aniketam-asanthavaṁ, etaṁ ve munidassanan-ti

cintetabbaṁ. Yaṁ pana mahārāja Bhagavatā bhaṇitaṁ:

Vihāre kāraye ramme, vāsay' ettha bahussute ti,

taṁ dve atthavase sampassamānena Bhagavatā bhaṇitaṁ, katame dve: Vihāradānaṁ nāma sabbabuddhehi vaṇṇitaṁ anumataṁ thomitaṁ pasatthaṁ, taṁ te vihāradānaṁ datvā jāti-jarā-maraṇā parimuccissantîti; ayaṁ tāva paṭhamo ānisaṁso vihāradāne. Puna ca-paraṁ: vihāre vijjamāne bhikkhuniyo byattasanketā bhavissanti, sulabhaṁ dassanaṁ dassanakāmānaṁ, anikete duddassanā bhavissantîti; ayaṁ dutiyo ānisaṁso vihāradāne. Ime dve atthavase sampassamānena Bhagavatā bhaṇitaṁ:

---

[9] -cchavikaṁ M. [11] araññako C

Vihāre kāraye ramme, vāsay' ettha bahussute ti;

na tattha Buddhaputtena ālayo karaṇīyo nikete ti. — Sādhu bhante Nāgasena, evam-etaṁ, tathā sampaṭicchāmīti.

Bhante Nāgasena, bhāsitam-p' etaṁ Bhagavatā:

Uttiṭṭhe na-ppamajjeyya, udare saṁyato siyā ti.

Puna ca Bhagavatā bhaṇitaṁ: Ahaṁ kho pan' Udāyi app-ekadā iminā pattena samatittikam-pi bhuñjāmi bhiyyo pi bhuñjāmīti. Yadi bhante Nāgasena Bhagavatā bhaṇitaṁ:

Uttiṭṭhe na-ppamajjeyya, udare saṁyato siyā ti,

tena hi: Ahaṁ kho pan' Udāyi app-ekadā iminā pattena samatittikam-pi bhuñjāmi bhiyyo pi bhuñjāmīti yaṁ vacanaṁ taṁ micchā. Yadi Tathāgatena bhaṇitaṁ: Ahaṁ kho pan' Udāyi app-ekadā iminā pattena samatittikam-pi bhuñjāmi bhiyyo pi bhuñjāmīti, tena hi:

Uttiṭṭhe na-ppamajjeyya, udare saṁyato siyā ti

tam-pi vacanaṁ micchā. Ayam-pi ubhatokoṭiko pañho tavānuppatto, so tayā nibbāhitabbo ti.

Bhāsitam-p' etaṁ mahārāja Bhagavatā:

Uttiṭṭhe na-ppamajjeyya, udare saṁyato siyā ti.

Bhaṇitañ-ca: Ahaṁ kho pan' Udāyi app-ekadā iminā pattena samatittikam-pi bhuñjāmi bhiyyo pi bhuñjāmīti. Yaṁ mahārāja Bhagavatā bhaṇitaṁ:

Uttiṭṭhe na-ppamajjeyya, udare saṁyato siyā ti.

taṁ sabhāvavacanaṁ asesavacanaṁ nissesavacanaṁ nippariyāyavacanaṁ bhūtavacanaṁ tacchavacanaṁ yāthāvavacanaṁ aviparītavacanaṁ isivacanaṁ munivacanaṁ bhagavantavacanaṁ arahantavacanaṁ paccekabuddhavacanaṁ jinavacanaṁ sabbaññūvacanaṁ, Tathāgatassa arahato sammāsambuddhassa vacanaṁ. Udare asaṁyato mahārāja pāṇam-pi hanti, adinnam-pi ādiyati, paradāram-pi gacchati, musā pi bhaṇati, majjam-pi pivati, mātaram pi jīvitā voropeti, pitaram-pi jīvitā voropeti, arahantam-pi jīvitā voropeti, saṅgham-pi bhindati, duṭṭhena cittena Tathāgatassa lohitam-pi uppādeti. Nanu mahārāja Devadatto udare asaṁyato saṅghaṁ bhinditvā kappaṭṭhiyaṁ kammaṁ āyūhi. Evarūpāni mahārāja aññāni pi bahuvidhāni kāraṇāni disvā Bhagavatā bhaṇitaṁ:

Uttiṭṭhe na-ppamajjeyya, udare saṁyato siyā ti.

Udare saṁyato mahārāja catusaccābhisamayaṁ abhisameti, cattāri sāmaññaphalāni sacchikaroti, catusu paṭisambhidāsu aṭṭhasu samāpattisu chasu ca abhiññāsu vasībhāvaṁ pāpuṇāti, kevalañ-ca samaṇadhammaṁ pūreti. Nanu mahārāja sukapotako udare saṁyato hutvā yāva Tāvatiṁsabhavanaṁ kampetvā Sakkaṁ devānam-indaṁ upaṭṭhānam-upanesi. Evarūpāni mahārāja aññāni pi bahuvidhāni kāraṇāni disvā Bhagavatā bhaṇitaṁ:

Uttiṭṭhe na-ppamajjeyya, udare saṁyato siyā ti.

Yaṁ pana mahārāja Bhagavatā bhaṇitaṁ: Ahaṁ kho pan' Udāyi app-ekadā iminā pattena samatittikam-pi bhuñjāmi bhiyyo pi bhuñjāmīti, taṁ katakiccena niṭṭhitakiriyena siddhatthena vusitavosānena nirāvaraṇena sabbaññunā sayambhunā Tathāgatena attānaṁ upādāya bhaṇitaṁ. Yathā mahārāja vantassa virittassa anuvāsitassa

[3] yathāvavacanaṁ B, yathāvacanaṁ AC. [5] hanati M. [7] adīyati AC. [10] aṭṭhasu ca samāpattisu AC.

āturassa sappāyakiriyā icchitabbā hoti, evam-eva kho mahārāja sakilesassa adiṭṭhasaccassa udare saṃyamo karaṇīyo hoti. Yathā mahārāja maṇiratanassa sappabhāsassa jātimantassa abhijātiparisuddhassa majjana-nighaṃsana-parisodhanena karaṇīyaṃ na hoti, evam-eva kho mahārāja Tathāgatassa buddhavisaye pāramiṃ gatassa kiriyākaraṇesu āvaraṇaṃ na hotīti. — Sādhu bhante Nāgasena, evam-etaṃ, tathā sampaṭicchāmīti.

— — —

Bhante Nāgasena, bhāsitam-p' etaṃ Bhagavatā: Aham-asmi bhikkhave brāhmaṇo yācayogo sadā payatapāṇi antimadehadharo anuttaro bhisakko sallakatto ti. Puna ca bhaṇitaṃ Bhagavatā: Etad-aggaṃ bhikkhave mama sāvakānaṃ bhikkhūnaṃ appābādhānaṃ yad-idaṃ Bakkulo ti. Bhagavato ca sarīre bahukkhattuṃ ābādho uppanno dissati. Yadi bhante Nāgasena Tathāgato anuttaro, tena hi: Etad-aggaṃ bhikkhave mama sāvakānaṃ bhikkhūnaṃ appābādhānaṃ yad-idaṃ Bakkulo ti yaṃ vacanaṃ taṃ micchā. Yadi thero Bakkulo appābādhānaṃ aggo, tena hi: Aham-asmi bhikkhave brāhmaṇo yācayogo sadā payatapāṇi antimadehadharo anuttaro bhisakko sallakatto ti tam-pi vacanaṃ micchā. Ayam-pi ubhatokoṭiko pañho tavānuppatto, so tayā nibbāhitabbo ti.

Bhāsitam-p' etaṃ mahārāja Bhagavatā: Aham-asmi bhikkhave brāhmaṇo yācayogo sadā payatapāṇi antimadehadharo anuttaro bhisakko sallakatto ti. Bhaṇitañ-ca: Etad-aggaṃ bhikkhave mama sāvakānaṃ bhikkhūnaṃ appābādhānaṃ yad-idaṃ Bakkulo ti. Tañ-ca pana bāhirānaṃ āgamānaṃ adhigamānaṃ pariyattīnaṃ attani

---

[a] pāramīgatassa B. [11] -dharo AaIIC, and so B throughout. [14] bakulo M throughout.

vijjamānataṁ sandhāya bhāsitaṁ. Santi kho pana mahārāja Bhagavato sāvakā ṭhānacankamikā, te ṭhānena cankamena divārattiṁ vītināmenti, Bhagavā pana mahārāja ṭhānena cankamena nisajjāya sayanena divārattiṁ vītināmeti; ye te mahārāja bhikkhū ṭhānacankamikā te tena angena atirekā. Santi kho pana mahārāja Bhagavato sāvakā ekāsanikā, te jīvitahetu pi dutiyaṁ bhojanaṁ na bhuñjanti, Bhagavā pana mahārāja dutiyam-pi yāva tatiyam-pi bhojanaṁ bhuñjati; ye te mahārāja bhikkhū ekāsanikā te tena angena atirekā. Anekavidhāni mahārāja tāni kāraṇāni tesaṁ tesaṁ taṁ taṁ sandhāya bhaṇitāni. Bhagavā pana mahārāja anuttaro sīlena samādhinā paññāya vimuttiyā vimuttiñāṇadassanena, dasahi ca balehi catuhi vesārajjehi aṭṭhārasahi buddhadhammehi chahi asādhāraṇehi ñāṇehi. Kevale ca buddhavisaye taṁ sandhāya bhaṇitaṁ: Aham-asmi bhikkhave brāhmaṇo yācayogo sadā payatapāṇī antimadehadharo anuttaro bhisakko sallakatto ti. Idha mahārāja manussesu eko jātimā hoti, eko dhanavā, eko vijjavā, eko sippavā, eko sūro, eko vicakkhaṇo, sabbe p' ete abhibhaviya rājā yeva tesaṁ uttamo hoti; evam-eva kho mahārāja Bhagavā sabbasattānaṁ aggo jeṭṭho seṭṭho. Yaṁ pan' āyasmā Bakkulo appābādho ahosi, taṁ abhinīhāravasena. So hi mahārāja Anomadassissa bhagavato udaravātābādhe uppanne Vipassissa ca bhagavato aṭṭhasaṭṭhiyā ca bhikkhusatasahassānaṁ tiṇapupphakaroge uppanne sayaṁ tāpaso samāno nānābhesajjehi taṁ byādhiṁ apanetvā appābādhataṁ patto, bhaṇito ca: Etad-aggaṁ bhikkhave mama sāvakānaṁ bhikkhūnaṁ appābādhānaṁ yad-idaṁ Bakkulo ti. Bhagavato mahārāja byādhimhi uppajjante pi anuppajjante pi, dhutangaṁ ādiyante pi anādiyante pi,

---

[8] te (in the second place) om. AB. [14] ca om. M. [22] suro ABM. [23] Vipassissa bhag. ABCs [31] dhūtangaṁ C

na-tthi Bhagavatā sadiso koci satto. Bhāsitam-p' etaṁ mahārāja Bhagavatā devātidevena Saṁyuttanikāyavaralañcake: Yāvatā bhikkhave sattā apadā vā dipadā vā catuppadā vā bahuppadā vā rūpino vā arūpino vā saññino vā asaññino vā nevasaññi-nāsaññino vā Tathāgato tesaṁ aggam-akkhāyati arahaṁ sammāsambuddho ti. — Sādhu bhante Nāgasena, evam-etaṁ, tathā sampaṭicchāmīti.

Bhante Nāgasena, bhāsitam-p' etaṁ Bhagavatā: Tathāgato bhikkhave arahaṁ sammāsambuddho anuppannassa maggassa uppādetā ti. Puna ca bhaṇitaṁ: Addasā kho 'haṁ bhikkhave purāṇaṁ maggaṁ purāṇaṁ añjasaṁ pubbakehi sammāsambuddhehi anuyātan-ti. Yadi bhante Nāgasena Tathāgato anuppannassa maggassa uppādetā, tena hi: Addasā kho 'haṁ bhikkhave purāṇaṁ maggaṁ purāṇaṁ añjasaṁ pubbakehi sammāsambuddhehi anuyātan-ti yaṁ vacanaṁ taṁ micchā. Yadi Tathāgatena bhaṇitaṁ: Addasā kho 'haṁ bhikkhave purāṇaṁ maggaṁ purāṇaṁ añjasaṁ pubbakehi sammāsambuddhehi anuyātan-ti, tena hi: Tathāgato bhikkhave arahaṁ sammāsambuddho anuppannassa maggassa uppādetā ti tam-pi vacanaṁ micchā. Ayam-pi ubhatokoṭiko pañho tavânuppatto, so tayā nibbāhitabbo ti.

Bhāsitam-p' etaṁ mahārāja Bhagavatā: Tathāgato bhikkhave arahaṁ sammāsambuddho anuppannassa maggassa uppādetā ti. Bhaṇitañ-ca: Addasā kho 'haṁ bhikkhave purāṇaṁ maggaṁ purāṇaṁ añjasaṁ pubbakehi sammāsambuddhehi anuyātan-ti. Taṁ dvayam-pi sabhāvavacanam-eva. Pubbakānaṁ mahārāja tathāgatānaṁ antaradhānena asati anusāsake maggo antaradhāyi, so taṁ Tathāgato maggaṁ luggaṁ paluggaṁ rūḷhaṁ pihitaṁ paṭicchannaṁ asañcaraṇaṁ paññācakkhunā sammasamāno addasa pubbakehi sammāsambuddhehi anuyātaṁ, taṅkāraṇā āha: Addasā kho 'haṁ bhikkhave purāṇaṁ maggaṁ purāṇaṁ añjasaṁ pubbakehi sammāsambuddhehi anuyātan-ti. Pubbakānaṁ mahārāja tathāgatānaṁ antaradhānena asati anusāsake luggaṁ paluggaṁ rūḷhaṁ pihitaṁ paṭicchannaṁ maggaṁ yaṁ dāni Tathāgato sañcaraṇaṁ akāsi, taṅkāraṇā āha: Tathāgato bhikkhave arahaṁ sammāsambuddho anuppannassa maggassa uppādetā ti. Idha mahārāja rañño cakkavattissa antaradhānena maṇiratanaṁ girisikharantare nilīyati, aparassa cakkavattissa sammāpaṭipattiyā upagacchati; api nu kho taṁ mahārāja maṇiratanaṁ tassa pakatan-ti. — Na hi bhante, pākatikaṁ yeva taṁ bhante maṇiratanaṁ, tena pana nibbattan-ti. — Evam-eva kho mahārāja pākatikaṁ pubbakehi tathāgatehi anuciṇṇaṁ aṭṭhaṅgikaṁ sivaṁ maggaṁ asati anusāsake luggaṁ paluggaṁ rūḷhaṁ pihitaṁ paṭicchannaṁ asañcaraṇaṁ Bhagavā paññācakkhunā sammasamāno uppādesi sañcaraṇaṁ akāsi, taṅkāraṇā āha: Tathāgato bhikkhave arahaṁ sammāsambuddho anuppannassa maggassa uppādetā ti. Yathā vā pana mahārāja santaṁ yeva puttaṁ yoniyā janayitvā mātā janikā ti vuccati, evam-eva kho mahārāja Tathāgato santaṁ yeva maggaṁ luggaṁ paluggaṁ rūḷhaṁ pihitaṁ paṭicchannaṁ a-sañcaraṇaṁ paññācakkhunā sammasamāno uppādesi sañcaraṇaṁ akāsi, taṅkāraṇā āha: Tathāgato bhikkhave arahaṁ sammāsambuddho anuppannassa maggassa uppādetā ti. Yathā vā pana mahārāja koci puriso yaṁ kiñci naṭṭhaṁ passati, tena taṁ bhaṇḍaṁ nibbattitan-ti jano voharati, evam-eva kho mahārāja Tathāgato santaṁ yeva maggaṁ luggaṁ paluggaṁ rūḷhaṁ pihitaṁ paṭicchannaṁ asañcaraṇaṁ sammasamāno uppādesi

---

[1] taṅkāraṇāti CM twice, -raṇaṁāha M three times. [2] dāni naṁ ABC.
[1?] pākatikanti M.

sañcaraṇaṁ akāsi, taṅkāraṇā āha: Tathāgato bhikkhave arahaṁ sammāsambuddho anuppannassa maggassa uppādetā ti. Yathā vā pana mahārāja koci puriso vanaṁ sodhetvā bhūmiṁ nīharati, tassa sā bhūmīti jano voharati, na c' esā bhūmi tena pavattitā, taṁ bhūmiṁ kāraṇaṁ katvā bhūmisāmiko nāma hoti; evam-eva kho mahārāja Tathāgato santaṁ yeva maggaṁ luggaṁ paluggaṁ rūḷhaṁ pihitaṁ paṭicchannaṁ asañcaraṇaṁ paññāya sammasamāno uppādesi sañcaraṇaṁ akāsi, taṅkāraṇā āha: Tathāgato bhikkhave arahaṁ sammāsambuddho anuppannassa maggassa uppādetā ti. — Sādhu bhante Nāgasena, evam-etaṁ, tathā sampaṭicchāmīti.

Bhante Nāgasena, bhāsitam-p' etaṁ Bhagavatā: Pubbe va 'haṁ manussabhūto samāno sattānaṁ aviheṭhakajātiko ahosin-ti. Puna ca bhaṇitaṁ: Lomasakassapo nāma isi samāno anekasate pāṇe ghātayitvā vājapeyyaṁ mahāyaññaṁ yajīti. Yadi bhante Nāgasena Bhagavatā bhaṇitaṁ: Pubbe va 'haṁ manussabhūto samāno sattānaṁ aviheṭhakajātiko ahosin-ti, tena hi: Lomasakassapena isinā anekasate pāṇe ghātayitvā vājapeyyaṁ mahāyaññaṁ yajitan-ti yaṁ vacanaṁ taṁ micchā. Yadi Lomasakassapena isinā anekasate pāṇe ghātayitvā vājapeyyaṁ mahāyaññaṁ yajitaṁ, tena hi: Pubbe va 'haṁ manussabhūto samāno sattānaṁ aviheṭhakajātiko ahosin-ti tam-pi vacanaṁ micchā. Ayam-pi ubhatokoṭiko pañho tavānuppatto, so tayā nibbāhitabbo ti.

Bhāsitam-p' etaṁ mahārāja Bhagavatā: Pubbe va 'haṁ manussabhūto samāno sattānaṁ aviheṭhakajātiko ahosin-ti. Lomasakassapena ca isinā anekasate pāṇe

---

[1] sā om. All. [2] paññācakkhunā M. [3 4] vāhaṁ M throughout.

ghātayitvā vājapeyyaṁ mahāyaññaṁ yajitaṁ; tañ-ca pana rāgavasena visaññinā, no sacetanenâti. — Aṭṭh' ime bhante Nāgasena puggalā pāṇaṁ hananti, katame aṭṭha: ratto rāgavasena pāṇaṁ hanati, duṭṭho dosavasena pāṇaṁ hanati, mūḷho mohavasena pāṇaṁ hanati, mānī mānavasena pāṇaṁ hanati, luddho lobhavasena pāṇaṁ hanati, akiñcano jīvikatthāya pāṇaṁ hanati, bālo hassavasena pāṇaṁ hanati, rājā vinayanavasena pāṇaṁ hanati. Ime kho bhante Nāgasena aṭṭha puggalā pāṇaṁ hananti. Pakatikaṁ yeva bhante Nāgasena Bodhisattena katan-ti. — Na mahārāja pakatikaṁ Bodhisattena kataṁ. Yadi mahārāja Bodhisatto pakatibhāvena oṇameyya mahāyaññaṁ yajituṁ, na-y-imaṁ gāthaṁ bhaṇeyya:

Sasamuddapariyāyaṁ mahiṁ sāgarakuṇḍalaṁ
na icche saha nindāya, evaṁ Sayha vijānahīti.

Evaṁvādī mahārāja Bodhisatto saha dassanena Candavatiyā rājakaññāya visaññī ahosi khittacitto ratto, visaññībhūto ākulākulo turitaturito tena vikkhitta-bhanta-luḷita-cittena mahatimahā-pasughāta-galaruhira-sañcayaṁ vājapeyyaṁ mahāyaññaṁ yaji. Yathā mahārāja ummattako khittacitto jalitam-pi jātavedaṁ akkamati, kupitam-pi āsīvisaṁ gaṇhāti, mattam-pi hatthiṁ upeti, samuddam-pi atīradassī pakkhandati, candanikam-pi oḷigallam-pi omaddati, kaṇṭakādhānam-pi abhirūhati, papāte pi patati, asucim-pi bhakkheti, naggo pi rathiyā carati, aññam-pi bahuvidhaṁ akiriyaṁ karoti; evam-eva kho mahārāja Bodhisatto saha dassanena Candavatiyā rājakaññāya visaññī ahosi khittacitto, visaññībhūto ākulākulo turitaturito tena vikkhitta-bhanta-luḷita-cittena mahatimahā-pasughāta-galaruhira-sañcayaṁ vājapeyyaṁ

---

¹ hanti Aa throughout. ² vinayanayavasena AbBC, vinayavasena M.
³ ratto om. M.

mahāyaññaṁ yaji. Khittacittena mahārāja kataṁ pāpaṁ diṭṭhadhamme pi na mahāsāvajjaṁ hoti, samparāye vipākena pi no tathā. Idha mahārāja koci ummattako vajjham-āpajjeyya, tassa tumhe kiṁ daṇḍaṁ dhārethāti. — Ko bhante ummattakassa daṇḍo bhavissati, taṁ mayaṁ pothāpetvā nīharāpema, eso va tassa daṇḍo ti. — Iti kho mahārāja ummattakassa aparādhe daṇḍo pi na bhavati, tasmā ummattakassa kate pi na doso bhavati, satekiccho. Evam-eva kho mahārāja Lomasakassapo isi saha dassanena Candavatiyā rājakaññāya visaññī ahosi khittacitto ratto, visaññībhūto visaṭapayāto ākulākulo turitaturito tena vikkhitta-bhanta-luḷita-cittena mahatimahā-pasughāta-galaruhira-sañcayaṁ vājapeyyaṁ mahāyaññaṁ yaji. Yadā ca pana pakaticitto ahosi paṭiladdhasati, tadā puna-d-eva pabbajitvā pañcābhiññāyo nibbattetvā brahmalokūpago ahositi. — Sādhu bhante Nāgasena, evam-etaṁ, tathā sampaṭicchāmīti.

Bhante Nāgasena, bhāsitam-p' etaṁ Bhagavatā: Chaddanto nāgarājā:

> Vadhissam-etan-ti parāmasanto
> kāsāvam-addakkhi dhajaṁ isīnaṁ;
> dukkhena phuṭṭhass' udapādi saññā:
> arahaddhajo sabbhi avajjharūpo ti.

Puna ca bhaṇitaṁ: Jotipālamāṇavo samāno Kassapaṁ bhagavantaṁ arahantaṁ sammāsambuddhaṁ muṇḍakavādena samaṇakavādena asabbhāhi pharusāhi vācāhi akkosi paribhāsīti. Yadi bhante Nāgasena Bodhisatto tiracchānagato samāno kāsāvaṁ abhipūjayi, tena hi: Jotipālena

---

¹ katena doso M. ¹¹ visaṭapayāto A. visaṭapayāno M.

māṇavena Kassapo bhagavā arahaṁ sammāsambuddho muṇḍakavādena samaṇakavādena asabbhāhi pharusāhi vācāhi akkuṭṭho paribhāsito ti yaṁ vacanaṁ taṁ micchā. Yadi Jotipālena māṇavena Kassapo bhagavā arahaṁ sammāsambuddho muṇḍakavādena samaṇakavādena asabbhāhi pharusāhi vācāhi akkuṭṭho paribhāsito, tena hi: Chaddantena nāgarājena kāsāvaṁ pūjitan-ti tam-pi vacanaṁ micchā. Yadi tiracchānagatena Bodhisattena kakkhaḷa-khara-kaṭuka-vedanaṁ vediyamānena luddakena nivatthaṁ kāsāvaṁ pūjitaṁ, kiṁ manussabhūto samāno paripakkañāṇo paripakkāya bodhiyā Kassapaṁ bhagavantaṁ arahantaṁ sammāsambuddhaṁ dasabalaṁ lokanāyakaṁ uditoditaṁ jalitabyāmobhāsaṁ pavaruttamaṁ pavara-rucira-Kāsikakāsāvam-abhipārutaṁ disvā na pūjayi. Ayam-pi ubhatokoṭiko pañho tavānuppatto, so tayā nibbāhitabbo ti.

Bhāsitam-p etaṁ mahārāja Bhagavatā: Chaddanto nāgarājā:

> Vadhissam-etan ti parāmasanto
> kāsāvam-addakkhi dhajaṁ isīnaṁ;
> dukkhena phuṭṭhass' udapādi saññā:
> arahaddhajo sabbhi avajjharūpo ti.

Jotipālena ca māṇavena Kassapo bhagavā arahaṁ sammāsambuddho muṇḍakavādena samaṇakavādena asabbhāhi pharusāhi vācāhi akkuṭṭho paribhāsito. Tañ-ca pana jātivasena kulavasena. Jotipālo mahārāja māṇavo assaddhe appasanne kule paccājāto, tassa mātāpitaro bhagini-bhātaro dāsi-dāsa-ceṭaka-parivāraka-manussā Brahmadevatā Brahmagarukā, te: brāhmaṇā eva uttamā pavarā ti avasese pabbajite garahanti jigucchanti, tesaṁ taṁ vacanaṁ sutvā Jotipālo māṇavo Ghaṭīkārena kumbhakārena satthāraṁ dassanāya pakkosito evam-āha: Kiṁ pana te muṇḍakena samaṇakena diṭṭhenāti. Yathā mahārāja amataṁ visam-āsajja tittakaṁ hoti, yathā ca sītodakaṁ aggim-āsajja uṇhaṁ hoti, evam-eva kho mahārāja Jotipālo māṇavo assaddhe appasanne kule paccājāto, so kulavasena tathāgataṁ akkosi paribhāsi. Yathā mahārāja jalita-pajjalito mahā aggikkhandho sappabhāso udakam-āsajja upahata-ppabhā-tejo sītalo kāḷako bhavati paripakka-niggundiphala-sadiso, evam-eva kho mahārāja Jotipālo māṇavo puññavā saddho ñāṇa-vipulasappabhāso assaddhe appasanne kule paccājāto, so kulavasena andho hutvā tathāgataṁ akkosi paribhāsi, upagantvā ca buddhaguṇam-aññāya ceṭakabhūto viya ahosi, jinasāsane pabbajitvā abhiññā ca samāpattiyo ca nibbattetvā brahmalokūpago ahosîti. — Sādhu bhante Nāgasena, evam-etaṁ, tathā sampaṭicchāmîti.

Bhante Nāgasena, bhāsitam-p' etaṁ Bhagavatā: Ghaṭīkārassa kumbhakārassa āvesanaṁ sabbaṁ temāsaṁ ākāsacchadanaṁ aṭṭhāsi na cābhivassîti. Puna ca bhaṇitaṁ: Kassapassa tathāgatassa kuṭi ovassatîti. Kissa pana bhante Nāgasena tathāgatassa evam-ussannakusalamūlassa kuṭi ovassati; tathāgatassa nāma so ānubhāvo icchitabbo. Yadi bhante Nāgasena Ghaṭīkārassa kumbhakārassa āvesanaṁ anovassaṁ ākāsacchadanaṁ ahosi, tena hi: Tathāgatassa kuṭi ovassatîti yaṁ vacanaṁ taṁ micchā. Yadi Tathāgatassa kuṭi ovassati, tena hi: Ghaṭīkārassa kumbhakārassa āvesanaṁ anovassakaṁ ahosi ākāsacchadanan-ti tam-pi vacanaṁ micchā. Ayam-pi ubhatokoṭiko pañho tavânuppatto, so tayā nibbāhitabbo ti.

Bhāsitam-p' etaṁ mahārāja Bhagavatā: Ghaṭīkārassa kumbhakārassa āvesanaṁ sabbaṁ temāsaṁ ākāsaccha-

---

[6] kulavasena andho hutvā tath. M. [7] -nigguṇḍi- AC. [15] anovassaṁ B.

danaṁ aṭṭhāsi na câbhivassīti. Bhaṇitañ-ca: Kassapassa tathāgatassa kuṭi ovassatīti. Ghaṭīkāro mahārāja kumbhakāro sīlavā kalyāṇadhammo ussannakusalamūlo andhe jiṇṇe mātāpitaro poseti, tassa asammukhā anâpucchā yev' assa ghare tiṇaṁ haritvā bhagavato kuṭiṁ chādesuṁ, so tena tiṇaharaṇena akampitaṁ asañcalitaṁ susaṇṭhitaṁ vipulam-asamaṁ pītiṁ paṭilabhi, bhiyyo somanassañ-ca atulaṁ uppādesi: aho vata me bhagavā lokuttamo suvissattho ti, tena tassa diṭṭhadhammiko vipāko nibbatto. Na hi mahārāja tathāgato tāvatakena vikārena calati. Yathā mahārāja Sineru girirājā anekasatasahassavātasampahārena pi na kampati na calati, mahodadhi varapavarasāgaro anekasatanahuta-mahāgangā-satasahassehi pi na pūrati na vikāram-āpajjati; evam-eva kho mahārāja tathāgato na tāvatakena vikārena calati. Yaṁ pana mahārāja tathāgatassa kuṭi ovassati, taṁ mahato janakāyassa anukampāya. Dve 'me mahārāja atthavase sampassamānā tathāgatā sayaṁnimmitaṁ paccayaṁ na paṭisevanti: ayaṁ aggadakkhiṇeyyo satthā ti bhagavato paccayaṁ datvā devamanussā sabbaduggatito parimuccissantīti; pāṭihīraṁ dassetvā vuttiṁ pariyesantīti mā aññe upavadeyyun-ti. Ime dve atthavase sampassamānā tathāgatā sayaṁnimmitaṁ paccayaṁ na paṭisevanti. Yadi mahārāja Sakko vā taṁ kuṭiṁ anovassaṁ kareyya Brahmā vā sayaṁ vā, sāvajjaṁ bhaveyya taṁ yeva kāraṇaṁ sadosaṁ saniggahaṁ: ime vibhūsaṁ katvā lokaṁ sammohenti adhikataṁ karontīti, tasmā taṁ kāraṇaṁ vajjanīyaṁ. Na mahārāja tathāgatā vatthuṁ yācanti, tāya avatthuyācanāya aparibhāsiyā bhavantīti. — Sādhu bhante Nāgasena, evam-etaṁ, tathā sampaṭicchāmīti.

———

[30] pāṭiheraṁ B, -hāraṁ A. [31] bhaveyya sāvajjaṁ ABC, kareyya sāv. yeva sadosaṁ M. [32] yeva taṁ Aall.

Bhante Nāgasena, bhāsitam-p' etaṁ Tathāgatena: Aham-asmi bhikkhave brāhmaṇo yācayogo ti. Puna ca bhaṇitaṁ: Rājā 'ham-asmi Selāti. Yadi bhante Nāgasena Bhagavatā bhaṇitaṁ: Aham-asmi bhikkhave brāhmaṇo yācayogo ti, tena hi: Rājā 'ham-asmi Selāti yaṁ vacanaṁ taṁ micchā. Yadi Tathāgatena bhaṇitaṁ: Rājā 'ham-asmi Selāti, tena hi: Aham-asmi bhikkhave brāhmaṇo yācayogo ti tam-pi vacanaṁ micchā. Khattiyo vā hi bhaveyya brāhmaṇo vā, na-tthi ekāya jātiyā dve vaṇṇā nāma. Ayam-pi ubhatokoṭiko pañho tavânuppatto, so tayā nibbāhitabbo ti.

Bhāsitam-p' etaṁ mahārāja Bhagavatā: Aham-asmi bhikkhave brāhmaṇo yācayogo ti. Puna ca bhaṇitaṁ: Rājā 'ham-asmi Selāti. Tattha kāraṇaṁ atthi yena kāraṇena Tathāgato brāhmaṇo ca rājā ca hotīti. — Kiṁ pana taṁ bhante Nāgasena kāraṇaṁ yena kāraṇena Tathāgato brāhmaṇo ca rājā ca hotīti. — Sabbe mahārāja pāpakā akusalā dhammā Tathāgatassa bāhitā pahīnā apagatā byapagatā ucchinnā khīṇā khayaṁ pattā nibbutā upasantā, tasmā Tathāgato brāhmaṇo ti vuccati. Brāhmaṇo nāma saṁsayam-anekaṁsaṁ vimatipathaṁ vītivatto, Bhagavā pi mahārāja saṁsayam-anekaṁsaṁ vimatipathaṁ vītivatto, tena kāraṇena Tathāgato brāhmaṇo ti vuccati. Brāhmaṇo nāma sabbabhavagatiyoninissaṭo malarajagatavippamutto asahāyo, Bhagavā pi mahārāja sabbabhavagatiyoninissaṭo malarajagatavippamutto asahāyo, tena kāraṇena Tathāgato brāhmaṇo ti vuccati. Brāhmaṇo nāma agga-seṭṭha-vara-pavara-dibbavihārabahulo, Bhagavā pi mahārāja agga-seṭṭha-vara-pavara-dibbavihārabahulo, tenâpi kāraṇena Tathāgato brāhmaṇo ti vuccati. Brāhmaṇo nāma ajjhayana-ajjhāpana-dānapaṭiggahaṇa-dama-saṁyama-niyama-pubbamānusatthi-paveṇi-vaṁsa-dharaṇo, Bhagavā pi mahārāja ajjhayana-ajjhāpana-dānapaṭiggahaṇa-dama-saṁyama-niyama-pubbajinācinṇamānusatthi-paveṇi-vaṁsa-dhāraṇo, tenāpi kāraṇena Tathāgato brāhmaṇo ti vuccati. Brāhmaṇo nāma brahāsukhavihāra-jjhānajhāyī, Bhagavā pi mahārāja brahāsukhavihāra-jjhānajhāyī, tenāpi kāraṇena Tathāgato brāhmaṇo ti vuccati. Brāhmaṇo nāma sabbabhavābhavagatisu abhijātivattitam-anucaritaṁ jānāti, Bhagavā pi mahārāja sabbabhavābhavagatisu abhijātivattitam-anucaritaṁ jānāti, tenāpi kāraṇena Tathāgato brāhmaṇo ti vuccati. Brāhmaṇo ti mahārāja Bhagavato n' etaṁ nāmaṁ mātarā kataṁ, na pitarā kataṁ, na bhātarā kataṁ, na bhaginiyā kataṁ, na mittāmaccehi kataṁ, na ñātisālohitehi kataṁ, na samaṇabrāhmaṇehi kataṁ, na devatāhi kataṁ. Vimokkhantikam-etaṁ buddhānaṁ bhagavantānaṁ nāmaṁ, bodhiyā yeva mūle Mārasenaṁ vidhamitvā atītānāgatapaccuppanne pāpake akusale dhamme bāhetvā saha sabbaññutañāṇassa paṭilābhā paṭiladdha-pātubhūta-samuppannamatte saccikā paññatti, yad-idaṁ brāhmaṇo ti. Tena kāraṇena Tathāgato vuccati brāhmaṇo ti. — Kena pana bhante Nāgasena kāraṇena Tathāgato vuccati rājā ti. — Rājā nāma mahārāja yo koci rajjaṁ kāreti lokam-anusāsati, Bhagavā pi mahārāja dasasahassimhi lokadhātuyā dhammena rajjaṁ kāreti, sadevakaṁ lokaṁ samārakaṁ sabrahmakaṁ sassamaṇabrāhmaṇiṁ pajaṁ anusāsati, tenāpi kāraṇena Tathāgato vuccati rājā ti. Rājā nāma mahārāja sabbajanamanusse abhibhavitvā nandayanto ñātisaṅghaṁ socayanto amittasaṅghaṁ mahatimahāyasasirіharaṁ thirasāradaṇḍaṁ anūnasatasalākālaṅkataṁ ussāpeti paṇḍara-vimala-setacchattaṁ, Bhagavā pi mahārāja socayanto Mārasenaṁ micchā paṭipannaṁ nandayanto devamanusse sammā paṭipanne dasasahas-

---

6.7 -jātinivatti- Ab (C once). 6.7 ānucaritaṁ B. 16 -ñāṇassa ca paṭi- AB. 17 sacchikā ABC. 27 thirasāradaṇḍaṁ om. AaCM; khantithirasāradaṇḍaṁ ñāṇavara AbB. 27 anūna etc. B.

siṁhi lokadhātuyā mahatimahāyasasiribharaṁ khanti-thirasāradaṇḍaṁ ñāṇavara-satasalākālankataṁ ussāpeti aggavaravimutti-paṇḍaravimalasetacchattaṁ, tenāpi kāraṇena Tathāgato vuccati rājā ti. Rājā nāma upagata-sampattajanānaṁ bahunnam-abhivandanīyo bhavati, Bhagavā pi mahārāja upagata-sampatta-devamanussānaṁ bahunnam-abhivandanīyo, tenāpi kāraṇena Tathāgato vuccati rājā ti. Rājā nāma yassa kassaci ārādhakassa pasīditvā varitaṁ varaṁ datvā kāmena tappayati, Bhagavā pi mahārāja yassa kassaci kāyena vācāya manasā ārādhakassa pasīditvā varitaṁ varam-anuttaraṁ sabbadukkhaparimuttiṁ datvā asesakāmavarena [ca] tappayati, tenāpi kāraṇena Tathāgato vuccati rājā ti. Rājā nāma āṇaṁ vītikkamantaṁ vigarahati jāpeti dhaṁseti, Bhagavato pi mahārāja sāsanavare āṇaṁ atikkamanto alajjī maṅkubhāvena oññāto hīḷito garahito bhavitvā vajjati Jinasāsanavaramhā, tenāpi kāraṇena Tathāgato vuccati rājā ti. Rājā nāma pubbakānaṁ dhammikānaṁ rājūnaṁ paveṇimanusatthiyā dhammādhammam-anudīpayitvā dhammena rajjaṁ kārayamāno pihayito piyo patthito bhavati janamanussānaṁ, ciraṁ rājakulavaṁsaṁ ṭhapayati dhammaguṇabalena, Bhagavā pi mahārāja pubbakānaṁ sayambhūnaṁ paveṇimanusatthiyā dhammādhammam-anudīpayitvā dhammena lokam-anusāsamāno pihayito piyo patthito devamanussānaṁ ciraṁ sāsanaṁ pavatteti dhammaguṇabalena; tenāpi kāraṇena Tathāgato vuccati rājā ti. Evam-anekavidhaṁ mahārāja kāraṇaṁ yena kāraṇena Tathāgato brāhmaṇo pi bhaveyya rājā pi bhaveyya, sunipuṇo bhikkhu kappam-pi no naṁ sampādeyya, kiṁ atibahuṁ bhaṇitena, saṅkhittaṁ sampaṭicchitabban-ti. — Sādhu bhante Nāgasena, evam-etaṁ, tathā sampaṭicchāmīti.

---

[11] varita- ACM. [15] alajji all except Aa or Ab. [29] no om. AC; no na M; taṁ C; the passage wanting in B. [29] atibahu M.

Bhante Nāgasena, bhāsitam-p' etaṁ Bhagavatā:

Gāthābhigītam-me abhojanīyaṁ,
sampassataṁ brāhmaṇa n' esa dhammo,
gāthābhigītam-panudanti buddhā,
dhamme sati brāhmaṇa vuttir-esāti.

Puna ca Bhagavā parisāya dhammaṁ desento kathento ānupubbikathaṁ paṭhamaṁ tāva dānakathaṁ katheti, pacchā sīlakathaṁ, tassa Bhagavato sabbalokissarassa bhāsitaṁ sutvā devamanussā abhisankharitvā dānaṁ denti, tassa taṁ uyyojitaṁ dānaṁ sāvakā paribhuñjanti. Yadi bhante Nāgasena Bhagavatā bhaṇitaṁ: Gāthābhigītam-me abhojanīyan-ti, tena hi: Bhagavā dānakathaṁ paṭhamaṁ kathetīti yaṁ vacanaṁ taṁ micchā. Yadi dānakathaṁ paṭhamaṁ katheti, tena hi: Gāthābhigītam-me abhojanīyan-ti tam-pi vacanaṁ micchā. Kinkāraṇaṁ: yo so bhante dakkhiṇeyyo gihīnaṁ piṇḍapātadānassa vipākaṁ katheti tassa te dhammakathaṁ sutvā pasannacittā aparāparaṁ dānaṁ denti, ye taṁ dānaṁ paribhuñjanti sabbe te gāthābhigītaṁ paribhuñjanti. Ayam-pi ubhatokoṭiko pañho nipuṇo gambhīro tavānuppatto, so tayā nibbāhitabbo ti.

Bhāsitam-p' etaṁ mahārāja Bhagavatā:

Gāthābhigītam-me abhojanīyaṁ,
sampassataṁ brāhmaṇa n' esa dhammo,
gāthābhigītam-panudanti buddhā,
dhamme sati brāhmaṇa vuttir-esāti.

Katheti ca Bhagavā paṭhamaṁ dānakathaṁ. Tañ-ca pana kiriyaṁ sabbesaṁ tathāgatānaṁ: paṭhamaṁ dānakathāya tattha cittaṁ abhiramāpetvā pacchā sīle niyojenti. Yathā mahārāja manussā taruṇadārakānaṁ paṭhamaṁ

---

7 anupubbi- ACM. 11 hi bhante bhag. BC.

tāva kiḷābhaṇḍakāni denti, seyyathīdaṁ: vaṁkakaṁ ghaṭikaṁ cingulakaṁ pattāḷhakaṁ rathakaṁ dhanukaṁ, pacchā te sake sake kamme niyojenti; evam-eva kho mahārāja Tathāgato paṭhamaṁ tāva dānakathāya cittaṁ abhiramāpetvā pacchā sīle niyojeti. Yathā vā pana mahārāja bhisakko nāma āturānaṁ paṭhamaṁ tāva catuhapañcāhaṁ telaṁ pāyeti balakaraṇāya sinehanāya, pacchā vireceti, evam-eva kho mahārāja Tathāgato paṭhamaṁ dānakathāya cittaṁ abhiramāpetvā pacchā sīle niyojeti. Dāyakānaṁ mahārāja dānapatīnaṁ cittaṁ mudukaṁ hoti maddavaṁ siniddhaṁ, tena te dānasetusankamena dānanāvāya saṁsārasāgarapāram-anugacchanti, tasmā tesaṁ paṭhamaṁ kammabhūmim-anusāsati, na ca tena viññattiṁ āpajjatīti.

Bhante Nāgasena, viññatti-ti yaṁ vadesi, kati pana tā viññattiyo ti. — Dve 'mā mahārāja viññattiyo: kāyaviññatti vacīviññatti cāti. Tattha atthi kāyaviññatti sāvajjā, atthi anavajjā; atthi vacīviññatti sāvajjā, atthi anavajjā. Katamā kāyaviññatti sāvajjā: idh' ekacco bhikkhu kulāni upagantvā anokāse ṭhito ṭhānaṁ bhajati, ayaṁ kāyaviññatti sāvajjā, tāya ca viññāpitaṁ ariyā na paribhuñjanti, so ca puggalo ariyānaṁ samaye oñāto hoti hīḷito khīḷito garahito paribhūto acittikato, bhinnājīvo t' eva sankhaṁ gacchati. Puna ca paraṁ mahārāja: idh' ekacco bhikkhu kulāni upagantvā anokāse ṭhito galaṁ paṇāmetvā morapekkhitaṁ pekkhati: evaṁ ime passantīti, tena ca te passanti, ayam-pi kāyaviññatti sāvajjā, tāya ca viññāpitaṁ ariyā na paribhuñjanti, so ca puggalo ariyānaṁ samaye oñāto hoti hīḷito khīḷito garahito paribhūto acittikato, bhinnājīvo t' eva sankhaṁ gacchati. Puna ca paraṁ mahārāja: idh' ekacco bhikkhu hanukāya

---

[1] vaṁkaṁ AaB. [2] cingūlakaṁ Bb (or Ba). [3] niyojenti ABC. [11] 'mā om. AM. [15] bhañjati CM. [21] t'eva all throughout.

vā bhamukāya vā angutthena vā viññāpeti, ayam-pi kāyaviññatti sāvajjā, tāya ca viññāpitaṁ ariyā na paribhuñjanti, so ca puggalo ariyānaṁ samaye oñāto hoti hīḷito khīḷito garahito paribhūto acittikato, bhinnājīvo t' eva sankhaṁ gacchati. Katamā kāyaviññatti anavajjā: idha bhikkhu kulāni upagantvā sato samāhito sampajāno ṭhāne pi aṭṭhāne pi yathānnsatthiṁ gantvā ṭhāne tiṭṭhati, dātukāmesu tiṭṭhati, adātukāmesu pakkamati; ayaṁ kāyaviññatti anavajjā, tāya ca viññāpitaṁ ariyā paribhuñjanti, so ca puggalo ariyānaṁ samaye vaṇṇito hoti thuto pasattho, sallekhitācāro parisuddhājīvo t' eva sankhaṁ gacchati. Bhāsitam-p' etaṁ mahārāja Bhagavatā devātidevena:

Na ve yācanti sappaññā, ariyā garahanti yācanaṁ,
uddissa ariyā tiṭṭhanti, esā ariyāna' yācanā ti.

Katamā vacīviññatti sāvajjā: idha mahārāja bhikkhu vācāya bahuvidhaṁ viññāpeti cīvara-piṇḍapāta-senāsana-gilānapaccayabhesajja-parikkhāraṁ, ayaṁ vacīviññatti sāvajjā, tāya ca viññāpitaṁ ariyā na paribhuñjanti, so ca puggalo ariyānaṁ samaye oñāto hoti hīḷito khīḷito garahito paribhūto acittikato, bhinnājīvo t' eva sankhaṁ gacchati. Puna ca paraṁ mahārāja: idh' ekacco bhikkhu paresaṁ sāvento evaṁ bhaṇati: iminā me attho ti, tāya ca vācāya paresaṁ sāvitāya tassa lābho uppajjati; ayam-pi vacīviññatti sāvajjā, tāya ca viññāpitaṁ ariyā na paribhuñjanti, so ca puggalo ariyānaṁ samaye oñāto hoti hīḷito khīḷito garahito paribhūto acittikato, bhinnājīvo t' eva sankhaṁ gacchati. Puna ca paraṁ mahārāja: idh' ekacco bhikkhu vacīvipphārena parisāya sāveti: evañ-ca evañ-ca bhikkhūnaṁ dātabban-ti, tañ-ca te vacanaṁ sutvā parikittitaṁ abhiharanti; ayam-pi vacīviññatti sāvajjā, tāya ca viññāpitaṁ ariyā na paribhuñjanti, so ca puggalo ariyānaṁ samaye oñāto hoti hīḷito khīḷito garahito paribhūto acittikato, bhinnājīvo t' eva saṅkhaṁ gacchati. Nanu mahārāja thero pi Sāriputto atthaṁ gate suriye rattibhāge gilāno samāno therena Mahāmoggallānena bhesajjaṁ pucchiyamāno vācaṁ bhindi, tassa tena vacībhedena bhesajjaṁ uppajji; atha thero Sāriputto: vacībhedena me imaṁ bhesajjaṁ uppannaṁ, mā me ājīvo bhijjīti ājīvabhedabhayā taṁ bhesajjaṁ pajahi, na upajīvi. Evam-pi vacīviññatti sāvajjā, tāya ca viññāpitaṁ ariyā na paribhuñjanti, so ca puggalo ariyānaṁ samaye oññāto hoti hīḷito khīḷito garahito paribhūto acittikato, bhinnājīvo t' eva saṅkhaṁ gacchati. Katamā vacīviññatti anavajjā: idha mahārāja bhikkhu sati paccaye bhesajjaṁ viññāpeti ñātipavāritesu kulesu, ayaṁ vacīviññatti anavajjā, tāya ca viññāpitaṁ ariyā paribhuñjanti, so ca puggalo ariyānaṁ samaye vaṇṇito hoti thomito pasattho, parisuddhājīvo t' eva saṅkhaṁ gacchati, anumato tathāgatehi arahantehi sammāsambuddhehi. Yaṁ pana mahārāja Tathāgato Kasibhāradvājassa brāhmaṇassa bhojanaṁ pajahi, taṁ āveṭhana-viniveṭhana-kaḍḍhana-niggaha-paṭikammena nibbattaṁ, tasmā Tathāgato taṁ piṇḍapātaṁ paṭikkhipi, na upajīvīti. — Sabbakālaṁ bhante Nāgasena Tathāgate bhuñjamāne devatā dibbaṁ ojaṁ patte ākiranti, udāhu sūkaramaddave ca madhupāyāse cāti dvīsu yeva piṇḍapātesu ākiriṁsūti. — Sabbakālaṁ mahārāja Tathāgate bhuñjamāne devatā dibbaṁ ojaṁ gahetvā upatiṭṭhitvā uddhaṭuddhaṭe ālope ākiranti. Yathā mahārāja rañño sūdo rañño bhuñjantassa sūpaṁ gahetvā upatiṭṭhitvā kabaḷe kabaḷe sūpaṁ ākirati, evam-eva kho mahārāja sabbakālaṁ Tathāgate bhuñjamāne devatā dibbaṁ ojaṁ gahetvā upatiṭṭhitvā uddhaṭuddhaṭe ālope dibbaṁ ojaṁ ākiranti. Verañjāyam-pi

---

[9] upajīvīti all. [10] -paṭikammena C, -paṭikamena M.

mahārāja Tathāgatassa sukkhayavapulake bhuñjamānassa devatā dibbena ojena temayitvā temayitvā upasaṁhariṁsu, tena Tathāgatassa kāyo upacito ahosīti. — Lābhā vata bhante Nāgasena tāsaṁ devatānaṁ yā Tathāgatassa sarīrapaṭijaggane satataṁ samitaṁ ussukkam-āpannā. Sādhu bhante Nāgasena, evam-etaṁ, tathā sampaṭicchāmīti.

Bhante Nāgasena, tumhe bhaṇatha: Tathāgatena catuhi ca asankheyyehi kappānaṁ kappasatasahassena ca etth' antare sabbaññutañāṇaṁ paripācitaṁ mahato janakāyassa samuddharaṇāyāti. Puna ca: Sabbaññutaṁ pattassa appossukkatāya cittaṁ nami, no dhammadesanāyāti. Yathā nāma bhante Nāgasena issāso vā issāsantevāsī vā bahuke divase sangāmatthāya upāsanaṁ sikkhitvā sampatte mahāyuddhe osakkeyya, evam-eva kho bhante Nāgasena Tathāgatena catuhi ca asankheyyehi kappānaṁ kappasatasahassena ca etth' antare sabbaññutañāṇaṁ paripācetvā mahato janakāyassa samuddharaṇāya sabbaññutaṁ pattena dhammadesanāya osakkitaṁ. Yathā vā pana bhante Nāgasena mallo vā mallantevāsī vā bahuke divase nibbuddhaṁ sikkhitvā sampatte mallayuddhe osakkeyya, evam-eva kho bhante Nāgasena Tathāgatena catuhi ca asankheyyehi kappānaṁ kappasatasahassena ca etth' antare sabbaññutañāṇaṁ paripācetvā mahato janakāyassa samuddharaṇāya sabbaññutaṁ pattena dhammadesanāya osakkitaṁ. Kin-nu kho bhante Nāgasena Tathāgatena bhayā osakkitaṁ, udāhu apākaṭatāya osakkitaṁ, udāhu dubbalatāya osakkitaṁ, udāhu asabbaññu-

---

[1] bhuñjamānassa all. [2] temayitvā once AB. [4] ca om. ABM. [8] kappa om. M throughout, B three times. [10] puna ca bhaṇitaṁ M. [10] nibaddhaṁ AaCa [12] ca om. AaBM [13] apākaṭattāya AbB, apākatā Aa

tāya osakkitaṁ. Kiṁ tattha kāraṇaṁ, iṅgha me tvaṁ kāraṇaṁ brūhi kaṅkhāvitaraṇāya. Yadi bhante Nāgasena Tathāgatena catuhi ca asaṅkheyyehi kappānaṁ kappasatasahassena ca etth' antare sabbaññutaññāṇaṁ paripācitaṁ mahato janakāyassa samuddharaṇāya, tena hi: sabbaññutaṁ pattassa appossukkatāya cittaṁ nami, no dhammadesanāyâti yaṁ vacanaṁ taṁ micchā. Yadi sabbaññutaṁ pattassa appossukkatāya cittaṁ nami, no dhammadesanāya, tena hi: Tathāgatena catuhi ca asaṅkheyyehi kappānaṁ kappasatasahassena ca etth' antare sabbaññutaññāṇaṁ paripācitaṁ mahato janakāyassa samuddharaṇāyâti tam-pi vacanaṁ micchā. Ayam-pi ubhatokoṭiko pañho gambhīro dunnibbedho tavânuppatto, so tayā nibbāhitabbo ti.

Paripācitañ-ca mahārāja Tathāgatena catuhi ca asaṅkheyyehi kappānaṁ kappasatasahassena ca etth' antare sabbaññutaññāṇaṁ [paripācitaṁ] mahato janakāyassa samuddharaṇāya; pattasabbaññutassa ca appossukkatāya cittaṁ nami, no dhammadesanāya. Tañ-ca pana dhammassa gambhīra-nipuṇa-duddasa-duranubodha-sukhuma-duppaṭivedhataṁ sattānañ-ca ālayārāmataṁ sakkāyadiṭṭhiyā daḷhasuggahitatañ-ca disvā: kin-nu kho kathan-nu kho ti appossukkatāya cittaṁ nami, no dhammadesanāya; sattānaṁ paṭivedhacintanamānasaṁ yev' etaṁ. Yathā mahārāja bhisakko sallakatto anekabyādhiparipīḷitaṁ naraṁ upasaṅkamitvā evaṁ cintayati: kena nu kho upakkamena katamena vā bhesajjena imassa byādhi vūpasameyyâti; evam-eva kho mahārāja Tathāgatassa sabbakilesabyādhiparipīḷitaṁ janaṁ dhammassa ca gambhīra-nipuṇa-duddasa-duranubodha-sukhuma-duppaṭivedhataṁ disvā: kin-nu kho kathan-nu kho ti appossukkatāya cittaṁ nami, no dhammadesanāya; sattā-

---

[1] kiṁ om. AB. [2] ālayarāmataṁ AB twice, C once. [3] -cintanā- M.

naṁ paṭivedhacintanamānasaṁ yev' etaṁ. Yathā mahārāja rañño khattiyassa muddhāvasittassa dovārika-anīkaṭṭha-pārisajja-negama-bhaṭa-balattha-amacca-rājañña-rājūpajīvine jane disvā evaṁ cittam-uppajjeyya: kin-nu kho kathan-nu kho ime saṅgaṇhissāmīti; evam-eva kho mahārāja Tathāgatassa dhammassa gambhīra-nipuṇa-duddasa-duranubodha-sukhuma-duppaṭivedhataṁ sattānañ-ca ālayārāmataṁ sakkāyadiṭṭhiyā daḷhasuggahitatañ-ca disvā: kin-nu kho kathan-nu kho ti appossukkatāya cittaṁ nami, no dhammadesanāya; sattānaṁ paṭivedhacintanamānasaṁ yev' etaṁ. Api ca mahārāja sabbesaṁ tathāgatānaṁ dhammatā esā yaṁ Brahmunā āyācitā dhammaṁ desenti. Tattha pana kiṁ kāraṇaṁ. Ye tena samayena manussā tāpasaparibbājakā samaṇabrāhmaṇā sabbe te Brahmadevatā honti Brahmagarukā Brahmaparāyanā; tasmā tassa balavato yasavato ñātassa paññātassa uttarassa accuggatassa oṇamanena sadevako loko oṇamissati okappessati adhimuccissatīti iminā va mahārāja kāraṇena tathāgatā Brahmunā āyācitā dhammaṁ desenti. Yathā mahārāja koci rājā vā rājamahāmatto vā yassa oṇamati apacitiṁ karoti, balavatarassa tassa oṇamanena avasesā janatā oṇamati apacitiṁ karoti; evam-eva kho mahārāja Brahme oṇamite tathāgatānaṁ sadevako loko oṇamissati. Pūjitapūjako mahārāja loko, tasmā so Brahmā sabbesaṁ tathāgatānaṁ āyācati dhammadesanāya, tena ca kāraṇena tathāgatā Brahmunā āyācitā dhammaṁ desentīti. — Sādhu bhante Nāgasena, sunibbeṭhito pañho, atibhadrakaṁ veyyākaraṇaṁ, evam-etaṁ, tathā sampaṭicchāmīti.

Pañcamo vaggo.

---

[2] muddhābhisittassa AbC. [4] -jīvino BC. [9] -suggahī- B. [13] desentīti all [15] -garukā M. [16] ca ACM; om. B. [28] sunivethito B.

Bhante Nāgasena, bhāsitam - p' etaṁ Bhagavatā:

Na me ācariyo atthi, sadiso me na vijjati,
sadevakasmiṁ lokasmiṁ na - tthi me paṭipuggalo ti.

Puna ca bhaṇitaṁ: Iti kho bhikkhave Āḷāro Kālāmo ācariyo me samāno antevāsiṁ maṁ samānaṁ attanā samasamaṁ ṭhapesi uḷārāya ca maṁ pūjāya pūjesīti. Yadi bhante Nāgasena Tathāgatena bhaṇitaṁ:

Na me ācariyo atthi, sadiso me na vijjatīti

tena hi: Iti kho bhikkhave Āḷāro Kālāmo ācariyo me samāno antevāsiṁ maṁ samānaṁ attanā samasamaṁ ṭhapesīti yaṁ vacanaṁ taṁ micchā. Yadi Tathāgatena bhaṇitaṁ: Iti kho bhikkhave Āḷāro Kālāmo ācariyo me samāno antevāsiṁ maṁ samānaṁ attanā samasamaṁ ṭhapesīti, tena hi:

Na me ācariyo atthi, sadiso me na vijjatīti

tam - pi vacanaṁ micchā. Ayam - pi ubhatokoṭiko pañho tavānuppatto, so tayā nibbāhitabbo ti.

Bhāsitam - p' etaṁ mahārāja Bhagavatā:

Na me ācariyo atthi, sadiso me na vijjati,
sadevakasmiṁ lokasmiṁ na - tthi me paṭipuggalo ti.

Bhaṇitañ - ca: Iti kho bhikkhave Āḷāro Kālāmo ācariyo me samāno antevāsiṁ maṁ samānaṁ attanā samasamaṁ ṭhapesi uḷārāya ca maṁ pūjāya pūjesīti. Tañ - ca pana vacanaṁ pubbe va sambodhā anabhisambuddhassa bodhisattass' eva sato ācariyabhāvaṁ sandhāya bhāsitaṁ. Pañc' ime mahārāja pubbe va sambodhā anabhisambuddhassa bodhisattassa sato ācariyā, yehi anusiṭṭho Bodhisatto tattha tattha divasaṁ vītināmesi, katame pañca: Ye te mahārāja aṭṭha brāhmaṇā jātamatte Bodhisatte lakkhaṇāni pariggaṇhiṁsu, seyyathīdaṁ: Rāmo, Dhajo, Lakkhaṇo, Mantī, Yañño, Suyāmo, Subhojo, Sudatto, te tassa sotthiṁ pavedayitvā rakkhākammaṁ akaṁsu, te ca paṭhamaṁ ācariyā. Puna ca paraṁ mahārāja: Bodhisattassa pitā Suddhodano rājā yaṁ tena samayena abhijātaṁ udiccaṁ jātivantaṁ padakaṁ veyyākaraṇaṁ chaḷaṅgavantaṁ Sabbamittaṁ nāma brāhmaṇaṁ upanetvā sovaṇṇena bhiṅkārena udakaṁ oṇojetvā: imaṁ kumāraṁ sikkhāpehîti adâsi, ayaṁ dutiyo ācariyo. Puna ca paraṁ mahārāja: Yā sā devatā Bodhisattaṁ saṁvejesi, yassā vacanaṁ sutvā Bodhisatto saṁviggo ubbiggo tasmiṁ yeva khaṇe nekkhammaṁ nikkhamitvā pabbaji, ayaṁ tatiyo ācariyo. Puna ca paraṁ mahārāja: Āḷāro Kālāmo, ayaṁ catuttho ācariyo. Puna ca paraṁ mahārāja: Uddako Rāmaputto, ayaṁ pañcamo ācariyo. Ime kho mahārāja pubbe va sambodhā anabhisambuddhassa bodhisattassa sato pañca ācariyā. Te ca pana ācariyā lokiye dhamme. Imasmiñ-ca pana mahārāja lokuttare dhamme sabbaññutañāṇapaṭivedhāya na-tthi Tathāgatassa anuttaro anusāsako. Sayaṁbhū mahārāja Tathāgato anācariyako, tasmā kāraṇā Tathāgatena bhaṇitaṁ:

Na me ācariyo atthi, sadiso me na vijjati,
sadevakasmiṁ lokasmiṁ na-tthi me paṭipuggalo ti.

— Sādhu bhante Nāgasena, evam-etaṁ, tathā sampaṭicchāmîti.

Bhante Nāgasena, bhāsitam-p' etaṁ Bhagavatā: Aṭṭhānam-etaṁ bhikkhave anavakāso yaṁ ekissā lokadhātuyā dve arahanto sammāsambuddhā apubbaṁ acari-

---

[1] sañño A. [2] sabhojo B. [3] udicca- AaM. [10] udako M [11] anuttaro om. AaM

maṁ uppajjeyyuṁ, n' etaṁ ṭhānaṁ vijjatīti. Desentā pi bhante Nāgasena sabbe pi tathāgatā sattatiṁsa bodhapakkhiye dhamme desenti, kathayamānā ca cattāri ariyasaccāni kathenti, sikkhāpentā ca tīsu sikkhāsu sikkhāpenti, anusāsamānā ca appamādapaṭipattiyā anusāsanti. Yadi bhante Nāgasena sabbesam-pi tathāgatānaṁ ekā desanā ekā kathā ekā sikkhā ekā 'nusatthī, kena kāraṇena dve tathāgatā ekakkhaṇe na uppajjanti. Ekena pi tāva buddhuppādena ayaṁ loko obhāsajāto, yadi dutiyo buddho bhaveyya dvinnaṁ pabhāya ayaṁ loko bhiyyosomattāya obhāsajāto bhaveyya, ovadamānā ca dve tathāgatā sukhaṁ ovadeyyuṁ, anusāsamānā ca sukhaṁ anusāseyyuṁ. Tattha me kāraṇaṁ brūhi, yathā 'haṁ nissaṁsayo bhaveyyan-ti.

Ayaṁ mahārāja dasasahassī lokadhātu ekabuddhadhāraṇī, ekass' eva tathāgatassa guṇaṁ dhāreti; yadi dutiyo buddho uppajjeyya nāyaṁ dasasahassī lokadhātu dhāreyya, caleyya kampeyya nameyya oṇameyya vinameyya vikireyya vidhameyya viddhaṁseyya, naṭṭhānam-upagaccheyya. Yathā mahārāja nāvā ekapurisasantāraṇī bhaveyya, ekasmiṁ purise abhirūḷhe samupādikā bhaveyya, atha dutiyo puriso āgaccheyya tādiso āyunā vaṇṇena vayena pamāṇena kisa-thūlena sabbangapaccangena, so taṁ nāvaṁ abhirūheyya, api nu sā mahārāja nāvā dvinnam-pi dhāreyyāti. — Na hi bhante, caleyya kampeyya nameyya oṇameyya vinameyya vikireyya vidhameyya viddhaṁseyya, naṭṭhānam-upagaccheyya, osīdeyya udake ti. — Evam-eva kho mahārāja ayaṁ dasasahassī lokadhātu ekabuddhadhāraṇī, ekass' eva tathāgatassa guṇaṁ dhāreti; yadi dutiyo buddho uppajjeyya, nāyaṁ dasasahassī lokadhātu dhāreyya, caleyya kampeyya nameyya oṇameyya vinameyya vikireyya vidhameyya viddhaṁseyya, naṭṭhānam-upagaccheyya. Yathā vā pana mahārāja

---

[1] desento ABM [2] anusāsenti ABC [3] ekā anusatthī AM

puriso yāvadatthaṁ bhojanaṁ bhuñjeyya chādentaṁ yāva kaṇṭham-abhipūrayitvā, so dhāto pīṇito paripuṇṇo nirantaro tandikato anoṇamidaṇḍajāto puna-d-eva tattakaṁ bhojanaṁ bhuñjeyya; api nu kho so mahārāja puriso sukhito bhaveyyāti. — Na hi bhante, sakiṁ bhutto va mareyyāti. — Evam-eva kho mahārāja ayaṁ dasasahassī lokadhātu ekabuddhadhāraṇī, ekass' eva tathāgatassa guṇaṁ dhāreti; yadi dutiyo buddho uppajjeyya, nâyaṁ dasasahassī lokadhātu dhāreyya, caleyya kampeyya nameyya oṇameyya vinameyya vikīreyya vidhameyya viddhaṁseyya, naṭṭhānam-upagaccheyyāti. — Kin-nu kho bhante Nāgasena atidhammabhārena paṭhavī calatīti. — Idha mahārāja dve sakaṭā ratanaparipūritā bhaveyyuṁ yāva mukhasmā, ekasmā sakaṭato ratanaṁ gahetvā ekasmiṁ sakaṭe ākireyyuṁ, api nu taṁ mahārāja sakaṭaṁ dvinnam-pi sakaṭānaṁ ratanaṁ dhāreyyāti. — Na hi bhante, nābhi pi tassa phaleyya, arā pi tassa bhijjeyyuṁ, nemī pi tassa opateyya, akkho pi tassa bhijjeyyāti. — Kin-nu kho mahārāja atiratanabhārena sakaṭaṁ bhijjatīti. — Āma bhante ti. — Evam-eva kho mahārāja atidhammabhārena paṭhavī calati. Api ca mahārāja imaṁ kāraṇaṁ buddhabalaparidīpanāya osāritaṁ. Aññam-pi tattha abhirūpaṁ kāraṇaṁ suṇohi yena kāraṇena dve sammāsambuddhā ekakkhaṇe n' uppajjanti. Yadi mahārāja dve sammāsambuddhā ekakkhaṇe uppajjeyyuṁ, tesaṁ parisāya vivādo uppajjeyya: tumhākaṁ buddho, amhākaṁ buddho ti ubhatopakkhajātā bhaveyyuṁ. Yathā mahārāja dvinnaṁ balavāmaccānaṁ parisāya vivādo uppajjeyya: tumhākaṁ amacco, amhākaṁ amacco ti ubhatopakkhajātā honti; evam-eva kho mahārāja yadi dve sammāsambuddhā ekakkhaṇe uppajjeyyuṁ, tesaṁ parisāya vivādo uppajjeyya: tumhākaṁ buddho, amhākaṁ buddho ti ubha-

---

[2] -pūretvā B. [4] nandikato AbC, kandi- M. [5] anokami- M, anonami- A. anonami- BC. [14] mukhasamā ABC.

topakkhajātā bhaveyyuṁ. Idaṁ tāva mahārāja ekaṁ kāraṇaṁ yena kāraṇena dve sammāsambuddhā ekakkhaṇe na uppajjanti. Aparam-pi mahārāja uttariṁ kāraṇaṁ suṇohi yena kāraṇena dve sammāsambuddhā ekakkhaṇe na uppajjanti. Yadi mahārāja dve sammāsambuddhā ekakkhaṇe uppajjeyyuṁ, aggo Buddho ti yaṁ vacanaṁ taṁ micchā bhaveyya, jeṭṭho Buddho ti yaṁ vacanaṁ taṁ micchā bhaveyya, seṭṭho Buddho ti yaṁ vacanaṁ taṁ micchā bhaveyya, visiṭṭho Buddho ti — uttamo Buddho ti — pavaro Buddho ti — asamo Buddho ti — asamasamo Buddho ti — appaṭimo Buddho ti — appaṭibhāgo Buddho ti — appaṭipuggalo Buddho ti yaṁ vacanaṁ taṁ micchā bhaveyya. Idam-pi kho tvaṁ mahārāja kāraṇaṁ atthato sampaṭiccha yena kāraṇena dve sammāsambuddhā ekakkhaṇe na uppajjanti. Api ca kho mahārāja buddhānaṁ bhagavantānaṁ sabhāvapakati esā yaṁ eko yeva buddho loke uppajjati, kasmā kāraṇā: mahantatāya sabbaññūbuddhaguṇānaṁ. Aññam-pi mahārāja yaṁ loke mahantaṁ taṁ ekaṁ yeva hoti: paṭhavī mahārāja mahantā, sā ekā yeva; sāgaro mahanto, so eko yeva; Sineru girirājā mahanto, so eko yeva; ākāso mahanto, so eko yeva; Sakko mahanto, so eko yeva; Māro mahanto, so eko yeva; Mahābrahmā mahanto, so eko yeva; Tathāgato arahaṁ sammāsambuddho mahanto, so eko yeva lokasmiṁ. Yatth' ete uppajjanti tattha aññassa okāso na hoti. Tasmā mahārāja Tathāgato arahaṁ sammāsambuddho eko yeva lokasmiṁ uppajjatīti. — Sukathito bhante Nāgasena pañho opammehi kāraṇehi, anipuṇo p' etaṁ sutvā attamano bhaveyya, kim-pana mādiso mahāpañño; sādhu bhante Nāgasena, evam-etaṁ, tathā sampaṭicchāmīti.

Bhante Nāgasena, bhāsitam-p' etaṁ Bhagavatā mātucchāya Mahāpajāpatiyā Gotamiyā vassikasāṭikāya dīyamānāya: Sanghe Gotami dehi, sanghe te dinne ahañ-c' eva pūjito bhavissāmi sangho câti. Kin-nu kho bhante Nāgasena Tathāgato sangharatanato na bhāriko na garuko na dakkhiṇeyyo, yaṁ Tathāgato sakāya mātucchāya sayampiñjitaṁ sayaṁluñcitaṁ sayampoṭhitaṁ sayaṁkantitaṁ sayaṁvāyitaṁ vassikasāṭikaṁ attano dīyamānaṁ sanghassa dāpesi. Yadi bhante Nāgasena Tathāgato sangharatanato uttaro bhaveyya adhiko vā visiṭṭho vā: mayi dinne mahapphalaṁ bhavissatîti na Tathāgato mātucchāya sayampiñjitaṁ sayaṁluñcitaṁ sayampoṭhitaṁ taṁ vassikasāṭikaṁ sanghe dāpeyya. Yasmā ca kho bhante Nāgasena Tathāgato attānaṁ na pattīyati na upanissayati, tasmā Tathāgato mātucchāya taṁ vassikasāṭikaṁ sanghassa dāpesîti.

Bhāsitam-p' etaṁ mahārāja Bhagavatā mātucchāya Mahāpajāpatiyā Gotamiyā vassikasāṭikāya dīyamānāya: Sanghe Gotami dehi, sanghe dinne ahañ-c' eva pūjito bhavissāmi sangho câti. Taṁ pana na attano patimānanassa avipākatāya na adakkhiṇeyyatāya, api ca kho hitatthāya anukampāya: anāgatam-addhānaṁ sangho mam' accayena cittikato bhavissatîti vijjamāne yeva guṇe parikittayanto evam-āha: Sanghe Gotami dehi, sanghe dinne ahañ-c' eva pūjito bhavissāmi sangho câti. Yathā mahārāja pitā dharamāno yeva amacca-bhaṭa-balattha-dovārika-anīkaṭṭha-pārisajja-janamajjhe rañño santike puttassa vijjamānaṁ yeva guṇaṁ pakitteti: idha ṭhapito anāgatam-addhānaṁ janamajjhe pūjito bhavissatîti; evam-eva kho mahārāja Tathāgato hitatthāya anukampāya: anāgatam-addhānaṁ sangho mam' accayena cittikato bhavissatîti vijjamāne yeva guṇe pakittayanto evam-āha:

[8] te om. M. [9] -picchitaṁ M [17] sayampiñj- , -poṭhitaṁ om. AsrM [18] taṁ om. AaK. [21] parikitt- M.

Sanghe Gotami dehi, sanghe dinne ahañ-c' eva pūjito bhavissāmi sangho cāti. Na kho mahārāja tāvatakena vassikasāṭikānuppadānamattakena sangho Tathāgatato adhiko nāma hoti visiṭṭho vā. Yathā mahārāja mātāpitaro puttānaṁ ucchādenti parimaddanti nahāpenti sambāhenti, api nu kho mahārāja tāvatakena ucchādana-parimaddana-nahāpana-sambāhanamattakena putto mātāpitūhi adhiko nāma hoti visiṭṭho vā ti. — Na hi bhante, akāmakaraṇīyā bhante puttā mātāpitunnaṁ, tasmā mātāpitaro puttānaṁ ucchādana-parimaddana-nahāpana-sambāhanaṁ karontîti. — Evam-eva kho mahārāja na tāvatakena vassikasāṭikānuppadānamattakena sangho Tathāgatato adhiko nāma hoti visiṭṭho vā. Api ca Tathāgato akāmakaraṇīyaṁ karonto mātucchāya taṁ vassikasāṭikaṁ sanghassa dāpesi. Yathā vā pana mahārāja koci-eva puriso rañño upāyanaṁ āhareyya, taṁ rājā upāyanaṁ aññatarassa bhaṭassa vā balatthassa vā senāpatissa vā purohitassa vā dadeyya, api nu kho so mahārāja puriso tāvatakena upāyanapaṭilābhamattakena raññā adhiko nāma hoti visiṭṭho vā ti. — Na hi bhante, rājabhattiko bhante so puriso rājûpajīvī, taṁṭhāne ṭhapento rājā upāyanaṁ detîti. — Evam-eva kho mahārāja na tāvatakena vassikasāṭikānuppadānamattakena sangho Tathāgatato adhiko nāma hoti visiṭṭho vā, atha kho Tathāgatabhattiko Tathāgatopajīvī, taṁṭhāne ṭhapento Tathāgato sanghassa vassikasāṭikaṁ dāpesi. Api ca mahārāja Tathāgatassa evaṁ ahosi: sabhāvapatipūjanīyo sangho, mama santakena sanghaṁ patipūjessāmîti sanghassa vassikasāṭikaṁ dāpesi. Na mahārāja Tathāgato attano yeva patipūjanaṁ vaṇṇeti, atha kho ye loke patipūjanārahā tesam-pi Tathāgato patipūjanaṁ vaṇṇeti. Bhāsitam-p' etaṁ mahārāja Bhagavatā devātidevena Majjhimanikāya-

---

[19] raññō all. [21-22] taṭṭhāne M. [30] patipūjanaṁ all.

varalañcake Dhammadāyādadhammapariyāye appicchapaṭipattiṁ pakittayamānena: Asu yeva me purimo bhikkhu pujjataro ca pāsaṁsataro cāti. Na-tthi mahārāja bhavesu koci satto Tathāgatato dakkhiṇeyyo vā uttaro vā adhiko vā visiṭṭho vā, Tathāgato va uttaro adhiko visiṭṭho. Bhāsitam-p' etaṁ mahārāja Saṁyuttanikāyavare Māṇavagāmikena devaputtena Bhagavato purato ṭhatvā devamanussamajjhe:

Vipulo Rājagahikānaṁ giri seṭṭho pavuccati,
Seto Himavataṁ seṭṭho, ādicco aghagāminaṁ,
Samuddo udadhīnaṁ seṭṭho, nakkhattānañ-ca candimā;
sadevakassa lokassa Buddho aggaṁ pavuccatîti.

Tā kho pan' etā mahārāja Māṇavagāmikena devaputtena gāthā sugītā na duggītā, subhāsitā na dubbhāsitā, anumatā ca Bhagavatā. Nanu mahārāja therena pi Sāriputtena dhammasenāpatinā bhaṇitaṁ:

Eko manopasādo saraṇāgamanaṁ añjalippaṇāmo vā
ussahate tārayituṁ Mārabalanisūdane Buddhe ti.

Bhagavatā ca bhaṇitaṁ devātidevena: Ekapuggalo bhikkhave loke uppajjamāno uppajjati bahujanahitāya bahujanasukhāya lokānukampāya atthāya hitāya sukhāya devamanussānaṁ; katamo ekapuggalo: Tathāgato arahaṁ sammāsambuddho — pe — devamanussānan-ti. — Sādhu bhante Nāgasena, evam-etaṁ, tathā sampaṭicchāmîti.

Bhante Nāgasena, bhāsitam-p' etaṁ Bhagavatā: Gihino vā 'haṁ bhikkhave pabbajitassa vā sammāpaṭi-

---

[8] pasaṁsataro B. [9] va om. AC. [11] udadhīnaṁ AbM. [12] aggo M (and so SN II, 30 v. 9). [16] pi om. AC. [17] añjalimpaṇāmo C; añjalipaṇāmo BM. [19] ca om. AM. [21] -kampakāya all.

pattiṁ vaṇṇemi, gihī vā bhikkhave pabbajito vā sammā paṭipanno sammāpaṭipattādhikaraṇaṁ ārādhako hoti ñāyaṁ dhammaṁ kusalan ti. Yadi bhante Nāgasena gihī odātavasano kāmabhogī puttadārasambādhasayanaṁ ajjhāvasanto Kāsikacandanaṁ paccanubhonto mālā-gandha-vilepanaṁ dhārento jātarūpa-rajataṁ sādiyanto maṇi-kanaka-vicitta-moḷibaddho sammā paṭipanno ārādhako hoti ñāyaṁ dhammaṁ kusalaṁ, pabbajito pi bhaṇḍu kāsāvavatthavasano parapiṇḍam-ajjhupagato catusu sīlakkhandhesu sammā paripūrakārī diyaḍḍhesu sikkhāpadasatesu samādāya vattanto terasasu dhutaguṇesu anavasesaṁ vattanto sammā paṭipanno ārādhako hoti ñāyaṁ dhammaṁ kusalaṁ; tattha bhante ko viseso gihino vā pabbajitassa vā, aphalaṁ hoti tapokammaṁ, niratthikā pabbajjā, vañjhā sikkhāpadagopanā, moghaṁ dhutaguṇasamādānaṁ, kiṁ tattha dukkham-anuciṇṇena, nanu nāma sukhen' eva sukhaṁ adhigantabban-ti.

Bhāsitam-p' etaṁ mahārāja Bhagavatā: Gihino vā 'haṁ bhikkhave pabbajitassa vā sammāpaṭipattiṁ vaṇṇemi, gihī vā bhikkhave pabbajito vā sammā paṭipanno sammāpaṭipattādhikaraṇaṁ ārādhako hoti ñāyaṁ dhammaṁ kusalan-ti. Evam-etaṁ mahārāja, sammā paṭipanno va seṭṭho. Pabbajito pi mahārāja: pabbajito 'mhīti na sammā paṭipajjeyya, atha kho so ārakā va sāmaññā, ārakā va brahmaññā; pag-eva gihī odātavasano. Gihī pi mahārāja sammā paṭipanno ārādhako hoti ñāyaṁ dhammaṁ kusalaṁ, pabbajito pi mahārāja sammā paṭipanno ārādhako hoti ñāyaṁ dhammaṁ kusalaṁ. Api ca mahārāja pabbajito va sāmaññassa issaro adhipati, pabbajjā mahārāja bahuguṇā anekaguṇā appamāṇaguṇā, na sakkā pabbajjāya guṇā parimāṇaṁ kātuṁ. Yathā mahārāja kāmadadassa maṇiratanassa na sakkā dhanena

---

[8] ajjhā- ABC. [11] terasa AB. [15 16] dhūta- C. dhutangaguṇ- M. [28] anekaguṇā om. BM.

aggho parimāṇaṁ kātuṁ: ettakaṁ maṇiratanassa mūlan-ti; evam-eva kho mahārāja pabbajjā bahuguṇā anekaguṇā appamāṇaguṇā, na sakkā pabbajjāya guṇā parimāṇaṁ kātuṁ. Yathā vā pana mahārāja mahāsamudde ūmiyo na sakkā parimāṇaṁ kātuṁ: ettakā mahāsamudde ūmiyo ti; evam-eva kho mahārāja pabbajjā bahuguṇā anekaguṇā appamāṇaguṇā, na sakkā pabbajjāya guṇā parimāṇaṁ kātuṁ. Pabbajitassa mahārāja yaṁ kiñci karaṇīyaṁ sabban-taṁ khippam-eva samijjhati no cirarattāya; kinkāraṇaṁ: pabbajito mahārāja appiccho hoti santuṭṭho pavivitto asaṁsaṭṭho āraddhaviriyo nirālayo aniketo paripuṇṇasīlo sallekhitācāro dhutapaṭipattikusalo hoti; taṅkāraṇā pabbajitassa yaṁ kiñci karaṇīyaṁ sabban-taṁ khippam-eva samijjhati no cirarattāya. Yathā mahārāja nigganṭhi-sama-sudhota-uju-vimala-nārāco susajjito sammā vahati, evam-eva kho mahārāja pabbajitassa yaṁ kiñci karaṇīyaṁ sabban-taṁ khippam-eva samijjhati no cirarattāyāti. — Sādhu bhante Nāgasena, evam-etaṁ, tathā sampaṭicchāmīti.

Bhante Nāgasena, yadā Bodhisatto dukkarakārikaṁ akāsi, n' etādiso aññatra ārambho ahosi nikkamo kilesayuddhaṁ Maccusenavidhamanaṁ āhārapariggaho dukkarakārikā, evarūpe parakkame kañci assādaṁ alabhitvā tam-eva cittaṁ parihāpetvā evam-avoca: Na kho panāhaṁ imāya kaṭukāya dukkarakārikāya adhigacchāmi uttariṁ manussadhammā alamariyañāṇadassanavisesaṁ, siyā nu kho añño maggo bodhāyāti. Tato nibbinditvā aññena maggena sabbaññutaṁ patto puna tāya paṭipadāya sāvake anusāsati samādapeti:

---

[13] dhūta- C. [15] yathā pana BC, yathā vā pana A. [18] nārāmo C, nārābo B, nirādho M. [21] no tādiso AbC. [22] uttari all [24] -dhaṁsanaṁ M.

Ārabhatha, nikkamatha, yuñjatha Buddhasāsane,
dhunātha Maccuno senaṁ, naḷāgāraṁ va kuñjaro ti.

Kena nu kho bhante Nāgasena kāraṇena Tathāgato yāya paṭipadāya attanā nibbinno viratarūpo tattha sāvake anusāsati samādapetîti.

Tadā pi mahārāja etarahi pi sā yeva paṭipadā, taṁ yeva paṭipadaṁ paṭipajjitvā Bodhisatto sabbaññutaṁ patto. Api ca mahārāja Bodhisatto ativiriyaṁ karonto niravasesato āhāraṁ uparundhi, tassa āhārūparodhena cittadubbalyaṁ uppajji, so tena dubbalyena nāsakkhi sabbaññutaṁ pāpuṇituṁ; so mattamattaṁ kabaḷinkārāhāraṁ sevanto tāy' eva paṭipadāya nacirass' eva sabbaññutaṁ pāpuṇi. Sā yeva mahārāja paṭipadā sabbesaṁ tathāgatānaṁ sabbaññutañāṇapaṭilābhāya. Yathā mahārāja sabbasattānaṁ āhāro upatthambho, āhārūpanissitā sabbe sattā sukhaṁ anubhavanti; evam-eva kho mahārāja sā yeva paṭipadā sabbesaṁ tathāgatānaṁ sabbaññutañāṇapaṭilābhāya. N' eso mahārāja doso ārambhassa, na nikkamassa, na kilesayuddhassa, yena Tathāgato tasmiṁ samaye na pāpuṇi sabbaññutañāṇaṁ, atha kho āhārūparodhass' ev' eso doso, sadā paṭiyattā yeva sā paṭipadā. Yathā mahārāja puriso addhānaṁ ativegena gaccheyya, tena so pakkhahato vā bhaveyya pīṭhasappī vā asañcaro paṭhavitale, api nu kho mahārāja mahāpaṭhaviyā doso atthi yena so puriso pakkhahato ahosîti. — Na hi bhante, sadā paṭiyattā bhante mahāpaṭhavī, kuto tassā doso, vāyāmass' ev' eso doso yena so puriso pakkhahato ahosîti. — Evam-eva kho mahārāja n' eso doso ārambhassa, na nikkamassa, na kilesayuddhassa, yena Tathāgato tasmiṁ samaye na pāpuṇi sabbaññutañāṇaṁ, atha kho āhārūparodhass' ev' eso doso, sadā paṭi-

---

1 nikkhamatha AbC. 2 dhūnātha As. 15 sabbe C, sabbesaṁ M. 18 -sappi all. 19 nikkhamassa As.

yattā yeva sā paṭipadā. Yathā vā pana mahārāja puriso kiliṭṭhaṁ sāṭakaṁ nivāseyya, na so taṁ dhovāpeyya, n' eso doso udakassa, sadā paṭiyattaṁ udakaṁ, purisass' ev' eso doso; evam-eva kho mahārāja n' eso doso ārambhassa, na nikkamassa, na kilesayuddhassa, yena Tathāgato tasmiṁ samaye na pāpuṇi sabbaññutañāṇaṁ, atha kho āhārūparodhass' ev' eso doso, sadā paṭiyattā yeva sā paṭipadā. Tasmā Tathāgato tāy' eva paṭipadāya sāvake anusāsati samādapeti. Evaṁ kho mahārāja sadā paṭiyattā anavajjā sā paṭipadā ti. — Sādhu bhante Nāgasena, evam-etaṁ, tathā sampaṭicchāmīti.

Bhante Nāgasena, mahantaṁ idaṁ Tathāgatasāsanaṁ sāraṁ varaṁ seṭṭhaṁ pavaraṁ anupamaṁ parisuddhaṁ vimalaṁ paṇḍaraṁ anavajjaṁ, na yuttaṁ gihiṁ tāvatakaṁ pabbājetuṁ, gihiṁ yeva ekasmiṁ phale vinetvā yadā apunarāvattī hoti tadā so pabbājetabbo; kinkāraṇaṁ: ime dujjanā tāva tattha sāsane visuddhe pabbajitvā paṭinivattitvā hīnāy' āvattanti, tesaṁ paccāgamanena ayaṁ mahājano evaṁ vicinteti: tucchakaṁ vata bho etaṁ samaṇassa Gotamassa sāsanaṁ bhavissati, yaṁ ime paṭinivattantīti. Idam-ettha kāraṇan-ti.

Yathā mahārāja taḷākaṁ bhaveyya sampuṇṇa-sucivimala-sītala-salilaṁ, atha yo koci kiliṭṭho mala-kaddama-gato taṁ taḷākaṁ gantvā anahāyitvā kiliṭṭho va paṭinivatteyya, tattha mahārāja katamaṁ jano garaheyya, kiliṭṭhaṁ vā taḷākaṁ vā ti. — Kiliṭṭhaṁ bhante jano garaheyya: ayaṁ taḷākaṁ gantvā anahāyitvā kiliṭṭho va paṭinivatto, kiṁ imaṁ anahāyitukāmaṁ taḷāko sayaṁ nahāpessati, ko doso taḷākassāti. — Evam-eva kho

---

13 anūpamam B (likewise at p. 156 15). 14 -vatti all. 15 hīnāya vatt- As almost throughout, AC four or five times, M once.

mahārāja Tathāgato vimuttivara-salilasampuṇṇaṁ saddhammavara-taḷākaṁ māpesi: ye keci kilesamalakiliṭṭhā sacetanā budhā te idha nahāyitvā sabbakilese pavāhayissantîti; yadi koci taṁ saddhammavara-taḷākaṁ gantvā anahāyitvā sakileso va paṭinivattitvā hīnāy' āvattati, taṁ yeva jano garahissati: ayaṁ Jinasāsane pabbajitvā tattha patiṭṭhaṁ alabhitvā hīnāy' āvatto, kiṁ imaṁ appaṭipajjantaṁ Jinasāsanaṁ sayaṁ sodhessati, ko doso Jinasāsanassâti.

Yathā vā pana mahārāja puriso paramabyādhito roguppattikusalaṁ amoghadhuvasiddhakammaṁ bhisakkaṁ sallakattaṁ disvā na tikicchāpetvā sabyādhiko va paṭinivatteyya, tattha katamaṁ jano garaheyya, āturaṁ vā bhisakkaṁ vā ti. — Āturaṁ bhante jano garaheyya: ayaṁ roguppattikusalaṁ amoghadhuvasiddhakammaṁ bhisakkaṁ sallakattaṁ disvā na tikicchāpetvā sabyādhiko va paṭinivatto, kiṁ imaṁ atikicchāpentaṁ bhisakko sayaṁ tikicchissati, ko doso bhisakkassâti. — Evam-eva kho mahārāja Tathāgato antosāsanasamugge kevalaṁ sakalakilesabyādhi-vūpasamanasamatthaṁ amatosadhaṁ pakkhipi: ye keci kilesabyādhipīḷitā sacetanā budhā te imaṁ amatosadhaṁ pivitvā sabbakilesabyādhiṁ vūpasamessantîti; yadi koci taṁ amatosadhaṁ apivitvā sakileso va paṭinivattitvā hīnāy' āvattati, taṁ yeva jano garahissati: ayaṁ Jinasāsane pabbajitvā tattha patiṭṭhaṁ alabhitvā hīnāy' āvatto, kiṁ imaṁ appaṭipajjantaṁ Jinasāsanaṁ sayaṁ sodhessati, ko doso Jinasāsanassâti.

Yathā vā pana mahārāja chāto puriso mahatimahāpuññabhattaparivesanaṁ gantvā taṁ bhattaṁ abhuñjitvā chāto va paṭinivatteyya, tattha katamaṁ jano garaheyya, chātaṁ vā puññabhattaṁ vā ti. — Chātaṁ bhante jano

---

[8] buddhā M throughout, BC once. [10] -byādhiko M. [11] -byādhi ACM; -byādhimupasam- B [13] mahati om. AbC.

garaheyya: ayaṁ khudāpīḷito puññabhattaṁ paṭilabhitvā abhuñjitvā chāto va paṭinivatto, kiṁ imassa abhuñjantassa bhojanaṁ sayaṁ mukhaṁ pavisissati, ko doso bhojanassâti. — Evam-eva kho mahārāja Tathāgato antosāsanasamugge paramapavaraṁ santaṁ sivaṁ paṇītaṁ amataṁ paramamadhuraṁ kāyagatāsatibhojanaṁ ṭhapesi: ye keci kilesakilantajjhattā taṇhāparetamānasā sacetanā budhā te imaṁ bhojanaṁ bhuñjitvā kāma-rūpârūpabhavesu sabbaṁ taṇham-apanessantîti; yadi koci taṁ bhojanaṁ abhuñjitvā taṇhāsito va paṭinivattitvā hīnāy' āvattati, taṁ yeva jano garahissati: ayaṁ Jinasāsane pabbajitvā tattha patiṭṭhaṁ alabhitvā hīnāy' āvatto, kiṁ imaṁ appaṭipajjantaṁ Jinasāsanaṁ sayaṁ sodhessati, ko doso Jinasāsanassâti.

Yadi mahārāja Tathāgato gihiṁ yeva ekasmiṁ phale vinītaṁ pabbājeyya, na nāmâyaṁ pabbajjā kilesappahānāya visuddhiyā vā, na-tthi pabbajjāya karaṇīyaṁ. Yathā mahārāja puriso anekasatena kammena taḷākaṁ khaṇāpetvā parisāya evam-anusāveyya: mā me bhonto keci sankiliṭṭhā imaṁ taḷākaṁ otaratha, pavāhitarajojallā parisuddhā vimalamaṭṭā imaṁ taḷākaṁ otarathâti; api nu kho mahārāja tesaṁ pavāhitarajojallānaṁ parisuddhānaṁ vimalamaṭṭānaṁ tena taḷākena karaṇīyaṁ bhaveyyâti. — Na hi bhante, yass' atthāya te taṁ taḷākaṁ upagaccheyyuṁ taṁ aññatr' eva tesaṁ kataṁ karaṇīyaṁ, kiṁ tesaṁ tena taḷākenâti. — Evam-eva kho mahārāja yadi Tathāgato gihiṁ yeva ekasmiṁ phale vinītaṁ pabbājeyya, tatth' eva tesaṁ kataṁ karaṇīyaṁ, kiṁ tesaṁ pabbajjāya.

Yathā vā pana mahārāja sabhāva-isibhattiko sutamantapadadharo atakkiko roguppattikusalo amoghadhuvasiddhakammo bhisakko sallakatto sabbarogūpasamabhesajjaṁ sannipātetvā parisāya evam-anusāveyya: mā kho

---

[12] anussāveyya M throughout. [16] saṅkiliṭṭhā all. [21-22] -maṭṭh- M [26] sv AaCM.

bhonto keci sabyādhikā mama santike upagacchatha, abyādhikā arogā mama santike upagacchathāti, api nu kho mahārāja tesaṁ abyādhikānaṁ arogānaṁ paripuṇṇānaṁ udaggānaṁ tena bhisakkena karaṇīyaṁ bhaveyyāti. — Na hi bhante, yass' atthāya te taṁ bhisakkaṁ sallakattaṁ upagaccheyyuṁ taṁ aññatr' eva tesaṁ kataṁ karaṇīyaṁ, kiṁ tesaṁ tena bhisakkenāti. — Evam-eva kho mahārāja yadi Tathāgato gihiṁ yeva ekasmiṁ phale vinītaṁ pabbājeyya, tatth' eva tesaṁ kataṁ karaṇīyaṁ, kiṁ tesaṁ pabbajjāya.

Yathā vā pana mahārāja koci puriso anekathālipākasataṁ bhojanaṁ paṭiyādāpetvā parisāya evam-anussāveyya: mā me bhonto keci chātā imaṁ parivesanaṁ upagacchatha, subhuttā tittā suhitā dhātā pīṇitā paripuṇṇā imaṁ parivesanaṁ upagacchathāti, api nu kho mahārāja tesaṁ bhuttāvīnaṁ tittānaṁ suhitānaṁ dhātānaṁ pīṇitānaṁ paripuṇṇānaṁ tena bhojanena karaṇīyaṁ bhaveyyāti. — Na hi bhante, yass' atthāya te taṁ parivesanaṁ upagaccheyyuṁ taṁ aññatr' eva tesaṁ kataṁ karaṇīyaṁ, kiṁ tesaṁ tāya parivesanāyāti. — Evam-eva kho mahārāja yadi Tathāgato gihiṁ yeva ekasmiṁ phale vinītaṁ pabbājeyya, tatth' eva tesaṁ kataṁ karaṇīyaṁ, kiṁ tesaṁ pabbajjāya.

Api ca mahārāja ye hīnāy' āvattanti te Jinasāsanassa pañca atuliye guṇe dassenti; katame pañca: bhūmimahantabhāvaṁ dassenti, parisuddhavimalabhāvaṁ dassenti, pāpehi asaṁvāsiyabhāvaṁ dassenti, duppaṭivedhabhāvaṁ dassenti, bahusaṁvararakkhiyabhāvaṁ dassenti. Kathaṁ bhūmimahantabhāvaṁ dassenti: yathā mahārāja puriso adhano hīnajacco nibbiseso buddhiparihīno mahatimahārajjaṁ paṭilabhitvā nacirass' eva paripaṭati paridhaṁsati parihāyati yasato, na sakkoti issariyaṁ sandhāretuṁ,

---

[1] ārogā As. [2] ārog- AsC. [3] paripuṇṇānaṁ om. M.

kinkāraṇaṁ: mahantattā issariyassa; evam-eva kho mahārāja ye keci nibbisesā akatapuññā buddhiparihīnā Jinasāsane pabbajanti te taṁ pabbajjaṁ pavaruttamaṁ sandhāretuṁ na visahantā nacirass' eva Jinasāsanā paripatitvā paridhaṁsitvā parihāyitvā hīnāy' āvattanti, na sakkonti Jinasāsanaṁ sandhāretuṁ, kinkāraṇaṁ: mahantattā Jinasāsanabhūmiyā. Evaṁ bhūmimahantabhāvaṁ dassenti.

Kathaṁ parisuddhavimalabhāvaṁ dassenti: yathā mahārāja vāri pokkharapatte vikirati vidhamati viddhaṁsati, naṭṭhānam-upagacchati, nūpalippati, kinkāraṇaṁ: parisuddhavimalattā padumassa; evam-eva kho mahārāja ye keci saṭhā kūṭā vankā kuṭilā visamadiṭṭhino Jinasāsane pabbajanti te parisuddha-vimala-nikkaṇṭaka-paṇḍara-varapavara-sāsanato nacirass' eva vikiritvā vidhamitvā viddhaṁsitvā na saṇṭhahitvā nūpalippitvā hīnāy' āvattanti, kinkāraṇaṁ: parisuddhavimalattā Jinasāsanassa. Evaṁ parisuddhavimalabhāvaṁ dassenti.

Kathaṁ pāpehi asaṁvāsiyabhāvaṁ dassenti: yathā mahārāja mahāsamuddo na matena kuṇapena saṁvasati, yaṁ hoti mahāsamudde mataṁ kuṇapaṁ taṁ khippam-eva tīraṁ upaneti thalaṁ vā ussādeti, kinkāraṇaṁ: mahābhūtānaṁ bhavanattā mahāsamuddassa; evam-eva kho mahārāja ye keci pāpā akiriyā osannaviriyā kuthitā kiliṭṭhā dujjanā manussā Jinasāsane pabbajanti te nacirass' eva Jinasāsanato arahantavimala-khīṇāsavamahābhūta-bhavanato nikkhamitvā na saṁvasitvā hīnāy' āvattanti, kinkāraṇaṁ: pāpehi asaṁvāsiyattā Jinasāsanassa. Evaṁ pāpehi asaṁvāsiyabhāvaṁ dassenti.

Kathaṁ duppaṭivedhabhāvaṁ dassenti: yathā mahārāja ye keci acchekā asikkhitā asippino mativippahīnā issatthā vālaggavedhaṁ na visahantā vigaḷanti pakkamanti, kinkāraṇaṁ: saṇha-sukhuma-duppaṭivedhattā vā-

---

[19] nup- BM. [20] nup- AM. [21] nasārvti M. [22] osanna- AHC, oss- M. [23] dujjanamanussā A [27] asaṁvāsikattā all.

laggassa; evam-eva kho mahārāja ye keci duppaññā jaḷā eḷamūgā mūḷhā dandhagatikā janā Jinasāsane pabbajanti te taṁ parama-saṇha-sukhuma-catusacca-paṭivedhaṁ paṭivijjhituṁ na visahantā Jinasāsanā vigaḷitvā pakkamitvā naciras' eva hīnāy' āvattanti, kiṁkāraṇaṁ: parama-saṇha-sukhuma-duppaṭivedhatāya saccānaṁ. Evaṁ duppaṭivedhabhāvaṁ dassenti.

Kathaṁ bahusaṁvararakkhiyabhāvaṁ dassenti: yathā mahārāja kocid-eva puriso mahatimahāyuddhabhūmim-upagato parasenāya disāvidisāhi samantā parivārito sattihatthaṁ janam-upentaṁ disvā bhīto osakkati paṭinivattati palāyati, kiṁkāraṇaṁ: bahuvidhayuddhamukharakkhaṇabhayā; evam-eva kho mahārāja ye keci pāpakatā asaṁvutā ahirikā akiriyā akkhantī capalā calitā ittarā bālajanā Jinasāsane pabbajanti te bahuvidhaṁ sikkhāpadaṁ parirakkhituṁ na visahantā okkamitvā paṭinivattitvā palāyitvā naciras' eva hīnāy' āvattanti, kiṁkāraṇaṁ: bahuvidhasaṁvararakkhiyabhāvattā Jinasāsanassa. Evaṁ bahuvidhasaṁvararakkhiyabhāvaṁ dassenti.

Thalajuttame pi mahārāja vassikāgumbe kimividdhāni pupphāni honti, tāni aṅkurāni saṅkuṭitāni antarā yeva paripaṭanti, na ca tesu paripaṭitesu vassikāgumbo hīḷito nāma hoti, yāni tattha ṭhitāni pupphāni tāni sammā gandhena disāvidisaṁ abhibyāpenti; evam-eva kho mahārāja ye te Jinasāsane pabbajitvā hīnāy' āvattanti te Jinasāsane kimividdhāni vassikāpupphāni viya vaṇṇagandharahitāni nibbaṇṇākārasīlā abhabbā vepullāya, na ca tesaṁ hīnāy' āvattanena Jinasāsanaṁ hīḷitaṁ nāma hoti, ye tattha ṭhitā bhikkhū te sadevakaṁ lokaṁ sīlavaragandhena abhibyāpenti. Sālīnam-pi mahārāja nirātaṅ-

---

[2] elamugā ACM. [4] -sukhuma- om. BC. [12] pāpakatā C, pāpakā AbM. [14] opakkamitvā C, osakkitvā A [19] vassika- M throughout [21] -kuci-tāni A [24] abhibyāpenti AC [30] abhikhyāpenti AbC.

kānaṃ lohitakānaṃ antare karumbhakaṃ nāma sālijāti uppajjitvā antarā yeva vinassati, na ca tassā vinaṭṭhattā lohitakasālī hīḷitā nāma honti, ye tattha ṭhitā sālī te rājūpabhogā honti; evam-eva kho mahārāja ye te Jinasāsane pabbajitvā hīnāy' āvattanti te lohitakasālīnam-antare karumbhakā viya Jinasāsane na vaḍḍhitvā vepullataṃ pāpuṇitvā antarā yeva hīnāy' āvattanti, na ca tesaṃ hīnāy' āvattanena Jinasāsanaṃ hīḷitaṃ nāma hoti, ye tattha ṭhitā bhikkhū te arahattassa anucchavikā honti. Kāmadadassāpi mahārāja maṇiratanassa ekadesaṃ kakkasaṃ uppajjati, na ca tattha kakkasuppannattā maṇiratanaṃ hīḷitaṃ nāma hoti, yaṃ tattha parisuddhaṃ maṇiratanassa taṃ janassa hāsakaraṃ hoti; evam-eva kho mahārāja ye te Jinasāsane pabbajitvā hīnāy' āvattanti kakkasā te Jinasāsane papaṭikā, na ca tesaṃ hīnāy' āvattanena Jinasāsanaṃ hīḷitaṃ nāma hoti, ye tattha ṭhitā bhikkhū te devamanussānaṃ hāsajanakā honti. Jātisampannassa pi mahārāja lohitacandanassa ekadesaṃ pūtikaṃ hoti appagandhaṃ, na tena lohitacandanaṃ hīḷitaṃ nāma hoti, yaṃ tattha apūtikaṃ sugandhaṃ taṃ samantā vidhūpeti abhibyāpeti; evam-eva kho mahārāja ye te Jinasāsane pabbajitvā hīnāy' āvattanti te lohitacandanasārantare pūtikadesam-iva chaḍḍanīyā Jinasāsane, na ca tesaṃ hīnāy' āvattanena Jinasāsanaṃ hīḷitaṃ nāma hoti, ye tattha ṭhitā bhikkhū te sadevakaṃ lokaṃ sīlavaracandanagandhena anulimpayantīti. — Sādhu bhante Nāgasena, tena tena anucchavikena tena tena sadisena kāraṇena niravajjam-anupāpitaṃ Jinasāsanaṃ seṭṭhabhāvena paridīpitaṃ, hīnāy' āvattamānā pi te Jinasāsanassa seṭṭhabhāvaṃ yeva paridīpentīti.

———

1. 6 karumpa- M. 6 -sāsane vaḍḍhitvā na vep. AbC; M repeats na in both places. 6 vepullattaṃ AbBC. 10 -dese M. 11 abhibhyāpeti Ab.

Bhante Nāgasena, tumhe bhaṇatha: arahā ekaṁ vedanaṁ vediyati kāyikaṁ na cetasikan-ti. Kin-nu kho bhante Nāgasena arahato cittaṁ yaṁ kāyaṁ nissāya pavattati tattha arahā anissaro assāmī avasavattī ti. — Āma mahārājāti. — Na kho bhante Nāgasena yuttam-etaṁ yaṁ so sakacittassa pavattamāne kāye anissaro hoti assāmī avasavattī, sakuṇo pi tāva bhante yasmiṁ kulāvake paṭivasati tattha so issaro hoti sāmī vasavattī ti. Das' ime mahārāja kāyānugatā dhammā bhave bhave kāyaṁ anudhāvanti anuparivattanti, katame dasa: sītaṁ uṇhaṁ jighacchā pipāsā uccāro passāvo thīnamiddhaṁ jarā byādhi maraṇaṁ. Ime kho mahārāja dasa kāyānugatā dhammā bhave bhave kāyaṁ anudhāvanti anuparivattanti; tattha arahā anissaro assāmī avasavattī ti. — Bhante Nāgasena, kena kāraṇena arahato kāye āṇā na-ppavattati issariyaṁ vā, tattha me kāraṇaṁ brūhîti. — Yathā mahārāja ye keci paṭhavinissitā sattā sabbe te paṭhaviṁ nissāya caranti viharanti vottiṁ kappenti, api nu mahārāja tesaṁ paṭhaviyā āṇā pavattati issariyaṁ vā ti. — Na hi bhante ti. — Evam-eva kho mahārāja arahato cittaṁ kāyaṁ nissāya pavattati, na ca pana arahato kāye āṇā pavattati issariyaṁ vā ti.

Bhante Nāgasena, kena kāraṇena puthujjano kāyikam-pi cetasikam-pi vedanaṁ vediyatîti. — Abhāvitattā mahārāja cittassa puthujjano kāyikam-pi cetasikam-pi vedanaṁ vediyati. Yathā mahārāja goṇo chāto paritasito abala-dubbala-parittaka-tiṇesu vā latāya vā upanibaddho assa, yadā so goṇo parikupito hoti tadā saha upanibandhanena pakkamati; evam-eva kho mahārāja abhāvitacittassa vedanā uppajjitvā cittaṁ parikopeti, cittaṁ parikupitaṁ kāyaṁ ābhujati nibbhujati, samparivat-

---

[8] assámi all. [17] paṭhavî- M. [17] na kho AM. [21] vediyatîti ABC. [23] ābhuñjati nibbhuñjati all, and so ACM throughout.

takaṁ karoti, atha so abhāvitacitto tasati ravati, bheravarāvam - abhiravati. Idam - ettha mahārāja - kāraṇaṁ yena kāraṇena puthujjano kāyikam - pi cetasikam - pi vedanaṁ vediyatīti. — Kiṁ pana taṁ kāraṇaṁ yena kāraṇena arahā ekaṁ vedanaṁ vediyati, kāyikaṁ na cetasikan - ti. — Arahato mahārāja cittaṁ bhāvitaṁ hoti subhāvitaṁ dantaṁ sudantaṁ assavaṁ vacanakaraṁ, so dukkhāya vedanāya phuṭṭho samāno aniccan - ti daḷhaṁ gaṇhāti, samādhitthambhe cittaṁ upanibandhati, tassa taṁ cittaṁ samādhitthambhe upanibaddhaṁ na vedhati na calati, ṭhitaṁ hoti avikkhittaṁ, tassa vedanāvikāravipphārena kāyo pana ābhujati nibbhujati samparivattati. Idam - ettha mahārāja kāraṇaṁ yena kāraṇena arahā ekaṁ vedanaṁ vediyati, kāyikaṁ na cetasikan - ti.

Bhante Nāgasena, taṁ nāma loke acchariyaṁ yaṁ kāye calamāne cittaṁ na calati, tattha me kāraṇaṁ brūhīti. — Yathā mahārāja mahatimahārukkhe khandhasākhā-palāsasampanne anilabalasamāhate sākhā calati, api nu tassa khandho pi calatīti. — Na hi bhante ti. — Evam - eva kho mahārāja arahā dukkhāya vedanāya phuṭṭho samāno aniccan - ti daḷhaṁ gaṇhāti, samādhitthambhe cittaṁ upanibandhati, tassa taṁ cittaṁ samādhitthambhe upanibaddhaṁ na vedhati na calati, ṭhitaṁ hoti avikkhittaṁ, tassa vedanāvikāravipphārena kāyo ābhujati nibbhujati samparivattati, cittaṁ pana tassa na vedhati na calati, khandho viya mahārukkhassāti. — Acchariyaṁ bhante Nāgasena, abbhutaṁ bhante Nāgasena, na me evarūpo sabbakāliko dhammappadīpo diṭṭhapubbo ti.

---

[9] vediyati yadi (meaning perhaps yadidaṁ) kāyikaṁ AbBC. [12] -vitthārena Ab. [17] mahati om. C. [18] -samāgate AC. [19] na kho AM. [20] -vitthārena C. [24] dhammapadīpo AM. [25] diṭṭhapubbo, evametaṁ, tathā sampaṭicchāmīti M.

Bhante Nāgasena, idha yo koci gihī pārājikaṁ ajjhāpanno bhaveyya, so aparena samayena pabbajeyya, attanā pi so na jāneyya: gihī pārājikaṁ ajjhāpanno 'smîti, na pi tassa añño koci ācikkheyya: gihī pārājikaṁ ajjhāpanno sîti, so ca tathattāya paṭipajjeyya, api nu tassa dhammābhisamayo bhaveyyâti. — Na hi mahārājâti. — Kena bhante kāraṇenâti. — Yo tassa hetu dhammābhisamayāya so tassa samucchinno, tasmā dhammābhisamayo na bhavatîti. — Bhante Nāgasena, tumhe bhaṇatha: jānantassa kukkuccaṁ hoti, kukkucce sati āvaraṇaṁ hoti, āvaṭe citte dhammābhisamayo na hotîti. Imassa pana ajānantassa akukkuccajātassa santacittassa viharato kena kāraṇena dhammābhisamayo na hoti; visamena visamen' eso pañho gacchati, cintetvā vissajjethâti. — Rūhati mahārāja sukaṭṭhe sukalale maṇḍakhette sāradaṁ sukhasayitaṁ bījan ti. — Āma bhante ti. — Api nu mahārāja taṁ yeva bījaṁ ghanaselasilātale rūheyyâti. — Na hi bhante ti. — Kissa pana mahārāja taṁ yeva bījaṁ kalale rūhati, kissa ghanasele na rūhatîti. — Na-tthi bhante tassa bījassa rūhanāya ghanasele hetu, ahetunā bījaṁ na rūhatîti. — Evam-eva kho mahārāja yena hetunā tassa dhammābhisamayo bhaveyya so tassa hetu samucchinno, ahetunā dhammābhisamayo na hoti. Yathā vā pana mahārāja daṇḍa-leḍḍu-lakuṭa-muggarā paṭhaviyā ṭhānam-upagacchanti, api nu mahārāja te yeva daṇḍa-leḍḍu-lakuṭa-muggarā gagane ṭhānam-upagacchantîti. — Na hi bhante ti. — Kiṁ pan' ettha mahārāja kāraṇaṁ yena kāraṇena te yeva daṇḍa-leḍḍu-lakuṭa-muggarā paṭhaviyā ṭhānam-upagacchanti, kena kāraṇena gagane na tiṭṭhantîti. — Na-tthi bhante tesaṁ daṇḍa-leḍḍu-lakuṭa-muggarānaṁ patiṭṭhānāya ākāse hetu, ahetunā na

---

13 visamena visamena so AM. 15 sukhasayitaṁ AC. 18 kissa pana A. 23 hotîti all. 24 -leṇḍu- As throughout. 25 nu kho M.

tiṭṭhantīti. — Evam-eva kho mahārāja tassa tena dosena abhisamayahetu samucchinno, hetusamugghāte ahetunā abhisamayo na hoti. Yathā vā pana mahārāja thale aggi jalati, api nu kho mahārāja so yeva aggi udake jalatīti. — Na hi bhante ti. — Kiṁ pan' ettha mahārāja kāraṇaṁ yena kāraṇena so yeva aggi thale jalati, kena kāraṇena udake na jalatīti. — Na-tthi bhante aggissa jalanāya udake hetu, ahetunā na jalatīti. — Evam-eva kho mahārāja tassa tena dosena abhisamayahetu samucchinno, hetusamugghāte ahetunā dhammābhisamayo na hotīti.

Bhante Nāgasena, puna p' etaṁ atthaṁ cintehi, na me tattha cittasaññatti bhavati: ajānantassa asati kukkucce āvaraṇaṁ hotīti; kāraṇena maṁ saññāpehīti. — Api nu mahārāja visaṁ halāhalaṁ ajānantena pi khāyitaṁ jīvitaṁ haratīti. - Āma bhante ti. — Evam-eva kho mahārāja ajānantena pi kataṁ pāpaṁ abhisamayantarāyakaraṁ hoti. Api nu mahārāja aggi ajānitvā akkamantaṁ ḍahatīti. — Āma bhante ti. — Evam-eva kho mahārāja ajānantena pi kataṁ pāpaṁ abhisamayantarāyakaraṁ hoti. Api nu mahārāja ajānantaṁ āsīviso ḍasitvā jīvitaṁ haratīti. - Āma bhante ti. — Evam-eva kho mahārāja ajānantena pi kataṁ pāpaṁ abhisamayantarāyakaraṁ hoti. Nanu mahārāja Kāliṅgarājā Samaṇakolañño sattaratanaparikiṇṇo hatthiratanaṁ-abhiruyha kuladassanāya gacchanto ajānanto pi nāsakkhi bodhimaṇḍassa upariṭo gantuṁ. Idam-ettha mahārāja kāraṇaṁ yena kāraṇena ajānantena pi kataṁ pāpaṁ abhisamayantarāyakaraṁ hotīti. — Jinabhāsitaṁ bhante Nāgasena kāraṇaṁ na-sakkā paṭikkosituṁ, eso v' etassa attho, tathā sampaṭicchāmīti.

[1-19-21-24] hotīti all [15-16] nu kho AM [21] nu kho M. [30] c' etassa M. metassa AC.

Bhante Nāgasena, gihidussīlassa ca samaṇadussīlassa ca ko viseso kiṁ nānākaraṇaṁ; ubho p' ete samasamagatikā, ubhinnam pi samasamo vipāko hoti, udāhu kiñci nānākaraṇaṁ atthīti. — Dasa ime mahārāja guṇā samaṇadussīlassa gihidussīlato visesena atirekā, dasahi ca kāraṇehi uttariṁ dakkhiṇaṁ visodheti. Katame dasa guṇā samaṇadussīlassa gihidussīlato visesena atirekā: idha mahārāja samaṇadussīlo Buddhe sagāravo hoti, dhamme sagāravo hoti, saṅghe sagāravo hoti, sabrahmacārisu sagāravo hoti, uddesa-paripucchāya vāyamati, savanabahulo hoti, bhinnasīlo pi mahārāja dussīlo parisagato ākappaṁ upaṭṭhapeti, garahabhayā kāyikaṁ vācasikaṁ rakkhati, padhānābhimukham assa hoti cittaṁ, bhikkhusāmaññaṁ upagato hoti. Karonto pi mahārāja samaṇadussīlo pāpaṁ paṭicchannaṁ ācarati. Yathā mahārāja itthī sapatikā nilīyitvā rahassen' eva pāpam ācarati, evam eva kho mahārāja karonto pi samaṇadussīlo pāpaṁ paṭicchannaṁ ācarati. Ime kho mahārāja dasa guṇā samaṇadussīlassa gihidussīlato visesena atirekā.

Katamehi dasahi kāraṇehi uttariṁ dakkhiṇaṁ visodheti: avajjha-kavaca-dhāraṇatāya pi dakkhiṇaṁ visodheti, isisāmañña-bhaṇḍuliṅga-dhāraṇato pi dakkhiṇaṁ visodheti, saṅghasamayam anupaviṭṭhatāya pi dakkhiṇaṁ visodheti, Buddha-dhamma-saṅgha-saraṇagatatāya pi dakkhiṇaṁ visodheti, padhānāsayaniketavāsitāya pi dakkhiṇaṁ visodheti, Jinasāsanadhanapariyesanato pi dakkhiṇaṁ visodheti, pavaradhammadesanato pi dakkhiṇaṁ visodheti, dhammadīpagatiparāyanatāya pi dakkhiṇaṁ visodheti, aggo Buddho ti ekantaujudiṭṭhitāya pi dakkhiṇaṁ visodheti, uposathasamādānato pi dakkhiṇaṁ visodheti. Imehi kho mahārāja dasahi kāraṇehi uttariṁ dakkhiṇaṁ viso-

3. 4 -kāraṇaṁ A. 21 -mukhaṁ assa ABC, -mukhaṁ yevassa M. 27 anavajjha- C; -kavāca- Ab, -kavaci- M. 30 -gatāya ABC (-gamanatāya M). 34 padhānasaya- AaB, padhānātisaya- M.

dheti. Suvipanno pi hi mahārāja samaṇadussīlo dāyakānaṁ dakkhiṇaṁ visodheti. Yathā mahārāja udakaṁ subahalam-pi kalala-kaddama-rajojallaṁ apaneti, evam-eva kho mahārāja suvipanno pi samaṇadussīlo dāyakānaṁ dakkhiṇaṁ visodheti. Yathā vā pana mahārāja uṇhodakaṁ sukaṭhitam-pi pajjalantaṁ mahantaṁ aggikkhandhaṁ nibbāpeti, evam-eva kho mahārāja suvipanno pi samaṇadussīlo dāyakānaṁ dakkhiṇaṁ visodheti. Yathā vā pana mahārāja bhojanaṁ virasam-pi khudādubbalyaṁ apaneti, evam-eva kho mahārāja suvipanno pi samaṇadussīlo dāyakānaṁ dakkhiṇaṁ visodheti. Bhāsitam-p' etaṁ mahārāja devātidevena Majjhimanikāyavaralañcake Dakkhiṇāvibhange veyyākaraṇe:

Yo sīlavā dussīlesu dadāti dānaṁ
dhammena laddhā supasannacitto,
abhisaddahaṁ kammaphalaṁ uḷāraṁ,
sā dakkhiṇā dāyakato visujjhatīti.

— Acchariyaṁ bhante Nāgasena, abbhutaṁ bhante Nāgasena, tāvatakaṁ mayaṁ pañhaṁ apucchimha, taṁ tvaṁ opammehi kāraṇehi vibhāvento amatamadhuraṁ savanūpagaṁ akāsi. Yathā nāma bhante sūdo vā sūdantevāsī vā tāvatakaṁ maṁsaṁ labhitvā nānāvidhehi sambhārehi sampādetvā rājūpabhogaṁ karoti, evam-eva kho bhante Nāgasena tāvatakaṁ mayaṁ pañhaṁ apucchimha, taṁ tvaṁ opammehi kāraṇehi vibhāvetvā amatamadhuraṁ savanūpagaṁ akāsīti.

Bhante Nāgasena, imaṁ udakaṁ aggimhi tappamānaṁ cicciṭāyati ciṭiciṭāyati saddāyati bahuvidhaṁ; kin-nu kho bhante Nāgasena udakaṁ jīvati, kiṁ kīḷamānaṁ saddāyati,

---

[1] hi om. AaB [9] -dubbalaṁ C. [13] dakkhiṇa- ABC. [20.25] -mbā M.
[26] akāsi, evametaṁ, tathā sampaṭicchāmīti M [27] idaṁ M.

udāhu aññena paṭipīḷitaṃ saddāyatīti. — Na hi mahārāja udakaṃ jīvati, na-tthi udake jīvo vā satto vā; api ca mahārāja aggisantāpavegassa mahantatāya udakaṃ cicciṭāyati ciṭiciṭāyati saddāyati bahuvidhan ti. — Bhante Nāgasena, idh' ekacce titthiyā: udakaṃ jīvatīti sītūdakaṃ paṭikkhipitvā udakaṃ tāpetvā vekaṭikavekaṭikaṃ paribhuñjanti, te tumhe garahanti paribhavanti: ekindriyaṃ samaṇā Sakyaputtiyā jīvaṃ viheṭhentīti; taṃ tesaṃ garahaṃ paribhavaṃ vinodehi apanehi nicchārehīti. — Na hi mahārāja udakaṃ jīvati, na-tthi mahārāja udake jīvo vā satto vā; api ca mahārāja aggisantāpavegassa mahantatāya udakaṃ cicciṭāyati ciṭiciṭāyati saddāyati bahuvidhaṃ. Yathā mahārāja udakaṃ sobbha-sara-sarita-daha-taḷāka-kandara-padara-udapāna-ninna-pokkharaṇigataṃ vātātapavegassa mahantatāya pariyādiyati parikkhayaṃ gacchati, api nu tattha udakaṃ cicciṭāyati ciṭiciṭāyati saddāyati bahuvidhan-ti. — Na hi bhante ti. — Yadi mahārāja udakaṃ jīveyya, tatthāpi udakaṃ saddāyeyya. Iminā pi mahārāja kāraṇena jānāhi: na-tthi udake jīvo vā satto vā, aggisantāpavegassa mahantatāya udakaṃ cicciṭāyati ciṭiciṭāyati saddāyati bahuvidhan-ti.

Aparam-pi mahārāja uttariṃ kāraṇaṃ suṇohi: na-tthi udake jīvo vā satto vā, aggisantāpavegassa mahantatāya udakaṃ saddāyatīti. Yadā pana mahārāja udakaṃ taṇḍulehi sammissitaṃ bhājanagataṃ hoti pihitaṃ uddhane aṭṭhapitaṃ, api nu tattha udakaṃ saddāyatīti. — Na hi bhante, acalaṃ hoti santasantan-ti. — Taṃ yeva pana mahārāja udakaṃ bhājanagataṃ aggiṃ ujjāletvā uddhane ṭhapitaṃ hoti, api nu tattha udakaṃ acalaṃ hoti santasantan-ti. — Na hi bhante, calati khubbhati luḷati āvilati, ūmijātaṃ hoti, uddham-adho disāvidisaṃ gacchati,

[12] bahuvidhanti all. [14] -pokkharaṇī- M. [15] mah. udakaṃ pariy. AbC. [19] pi om. A. [24] saddāyati M. [25] sammissaṃ AM.

uttarati patarati, pheṇamāli hotîti. — Kissa pana taṁ mahārāja pākatikaṁ udakaṁ na calati, santasantaṁ hoti, kissa pana aggigataṁ calati khubbhati luḷati āvilati, ūmijātaṁ hoti, uddham-adho disāvidisaṁ gacchati, pheṇamāli hotîti. — Pākatikaṁ bhante udakaṁ na calati, aggigataṁ pana udakaṁ aggisantāpavegassa mahantatāya ciccitāyati ciṭiciṭāyati saddāyati bahuvidhan-ti. — Iminā pi mahārāja kāraṇena jānāhi: na-tthi udake jīvo vā satto vā, aggisantāpavegassa mahantatāya udakaṁ saddāyatîti.

Aparam-pi mahārāja uttariṁ kāraṇaṁ suṇohi: na-tthi udake jīvo vā satto vā, aggisantāpavegassa mahantatāya udakaṁ saddāyatîti. Hoti taṁ mahārāja udakaṁ ghare ghare udakavārakagataṁ pihitan-ti. — Āma bhante ti. — Api nu taṁ mahārāja udakaṁ calati khubbhati luḷati āvilati, ūmijātaṁ hoti, uddham-adho disāvidisaṁ gacchati, uttarati patarati, pheṇamāli hotîti. — Na hi bhante, acalaṁ taṁ hoti pākatikaṁ udakavāragataṁ udakan-ti. — Sutapubbaṁ pana tayā mahārāja: mahāsamudde udakaṁ calati khubbhati luḷati āvilati, ūmijātaṁ hoti, uddham-adho disāvidisaṁ gacchati, uttarati patarati, pheṇamāli hoti, ussakkitvā velāya paharati, saddāyati bahuvidhan-ti. — Āma bhante, sutapubbaṁ etaṁ mayā diṭṭhapubbañ-ca, mahāsamudde udakam hatthasatam-pi dve pi hatthasatāni gagane ussakkatîti. — Kissa mahārāja udakavāragataṁ udakaṁ na calati na saddāyati, kissa pana mahāsamudde udakaṁ calati saddāyatîti. — Vātavegassa mahantatāya bhante mahāsamudde udakaṁ calati saddāyati, udakavāragataṁ udakaṁ aghaṭṭitaṁ kehici na calati na saddāyatîti. — Yathā mahārāja vātavegassa mahantatāya mahāsamudde udakaṁ calati

---

[17] -vāragataṁ A. [18] -vārakagataṁ C [19] ussakkitvā ussakkitvā AbC.
[20] -pubbaṁ ca taṁ B.

saddāyati, evam-evaṁ aggisantāpavegassa mahantatāya udakaṁ saddāyati.

Nanu mahārāja bheripokkharaṁ sukkhaṁ sukkhena gocammena onandhantīti. — Āma bhante ti. — Api nu mahārāja bheriyā jīvo vā satto vā atthīti. — Na hi bhante ti. — Kissa pana mahārāja bheri saddāyatīti. — Itthiyā vā bhante purisassa vā tajjena vāyāmenāti. — Yathā mahārāja itthiyā vā purisassa vā tajjena vāyāmena bheri saddāyati, evam-evaṁ aggisantāpavegassa mahantatāya udakaṁ saddāyati. Iminā pi mahārāja kāraṇena jānāhi: na-tthi udake jīvo vā satto vā, aggisantāpavegassa mahantatāya udakaṁ saddāyatīti.

Mayham-pi tāva mahārāja tava pucchitabbaṁ atthi, evam-eso pañho suvinicchito hoti. Kin-nu kho mahārāja sabbehi pi bhājanehi udakaṁ tappamānaṁ saddāyati, udāhu ekaccehi yeva bhājanehi tappamānaṁ saddāyatīti. — Na hi bhante sabbehi pi bhājanehi udakaṁ tappamānaṁ saddāyati, ekaccehi yeva bhājanehi udakaṁ tappamānaṁ saddāyatīti. — Tena hi mahārāja jahito si sakasamayaṁ, paccāgato si mamaṁ visayaṁ, na-tthi udake jīvo vā satto vā; yadi mahārāja sabbehi pi bhājanehi udakaṁ tappamānaṁ saddāyeyya, yuttam-idaṁ: udakaṁ jīvatīti vattuṁ. Na hi mahārāja udakaṁ dvayaṁ hoti: yaṁ saddāyati taṁ jīvati, yaṁ na saddāyati taṁ na jīvatīti. Yadi mahārāja udakaṁ jīveyya, mahantānaṁ hatthināgānaṁ ussannakāyānaṁ pabhinnānaṁ soṇḍāya ussiñcitvā mukhe pakkhipitvā kucchiṁ pavesayantānaṁ tam-pi udakaṁ tesaṁ dantantare cippiyamānaṁ saddāyeyya. Hatthasatikā pi mahānāvā garukā bhārikā anekasatasahassabhāraparipūrā mahāsamudde vicaranti, tāhi pi cippiyamānaṁ udakaṁ saddāyeyya. Mahatimahantā pi

---

[3] saddāyatīti all. [4] onandhatīti AbC. [5] natthi bhante A. [24] ussannakānaṁ AbC. [28] dantantare pi cipp. AB.

macchā anekasatayojanikakāyā, timī timiṅgalā[1] timirapiṅgalā, abbhantare nimuggā mahāsamudde nivāsaṭṭhānatāya[2] paṭivasantā mahā-udakadhārā ācamanti dhamanti[3] ca, tesam pi taṁ dantantare pi udarantare pi[4] cippiyamānaṁ udakaṁ saddāyeyya.[5] Yasmā ca kho mahārāja evarūpehi evarūpehi mahantehi paṭipīḷanehi paṭipīḷitaṁ udakaṁ na saddāyati, tasmā pi n' atthi udake jīvo vā satto vā ti evam etaṁ mahārāja dhārehīti. — Sādhu bhante Nāgasena, desāgato pañho anucchavikāya vibhattiyā vibhatto. Yathā nāma bhante Nāgasena mahagghaṁ maṇiratanaṁ chekaṁ ācariyaṁ kusalaṁ sikkhitaṁ maṇikārakaṁ pāpuṇitvā kittiṁ labheyya thomanaṁ pasaṁsaṁ, muttāratanaṁ vā muttikaṁ, dussaratanaṁ vā dussikaṁ, lohitacandanaṁ vā gandhikaṁ pāpuṇitvā kittiṁ labheyya thomanaṁ pasaṁsaṁ, evam eva kho bhante Nāgasena desāgato pañho anucchavikāya vibhattiyā vibhatto, evam etaṁ, tathā sampaṭicchāmīti.

Chaṭṭho vaggo.

Bhante Nāgasena, bhāsitam p' etaṁ Bhagavatā: Nippapañcārāmā bhikkhave viharatha nippapañcaratino ti. Katamaṁ taṁ nippapañcan ti. — Sotāpattiphalaṁ mahārāja nippapañcaṁ, sakadāgāmiphalaṁ nippapañcaṁ, anāgāmiphalaṁ nippapañcaṁ, arahattaphalaṁ nippapañcan ti. — Yadi bhante Nāgasena sotāpattiphalaṁ nippapañcaṁ, sakadāgāmi-anāgāmi-arahattaphalaṁ nippapañ-

---

[1] timiṅgilā B [2] nivāsanaṭṭh- AC [3] dhamenti AbC [4] udarantare pi om. BM [5] saddāyeyya all.

caṁ, kissa pana ime bhikkhū uddisanti paripucchanti suttaṁ geyyaṁ veyyākaraṇaṁ gāthaṁ udānaṁ itivuttakaṁ jātakaṁ abbhutadhammaṁ vedallaṁ, navakammena palibujjhanti dānena ca pūjāya ca; nanu te Jinapaṭikkhittaṁ kammaṁ karontîti. — Ye te mahārāja bhikkhū uddisanti paripucchanti suttaṁ geyyaṁ veyyākaraṇaṁ gāthaṁ udānaṁ itivuttakaṁ jātakaṁ abbhutadhammaṁ vedallaṁ, navakammena palibujjhanti dānena ca pūjāya ca, sabbe te nippapañcassa pattiyā karonti. Ye te mahārāja sabhāvaparisuddhā pubbe vāsitavāsanā te ekacittakkhaṇena nippapañcā honti; ye pana te bhikkhū mahārajakkhā te imehi payogehi nippapañcā honti. Yathā mahārāja eko puriso khette bījaṁ ropetvā attano yathābalaviriyena vinā pākāravatiyā dhaññaṁ uddhareyya, eko puriso khette bījaṁ ropetvā vanaṁ pavisitvā kaṭṭhañ-ca sākhañ-ca chinditvā vatipākāraṁ katvā dhaññaṁ uddhareyya, yā tattha tassa vatipākārapariyesanā sā dhaññatthāya; evam-eva kho mahārāja ye te sabhāvaparisuddhā pubbe vāsitavāsanā te ekacittakkhaṇena nippapañcā honti, vinā vatipākāraṁ puriso viya dhaññuddhāro; ye pana te bhikkhū mahārajakkhā te imehi payogehi nippapañcā honti, vatipākāraṁ katvā puriso viya dhaññuddhāro. Yathā vā pana mahārāja mahatimahante amberukkhamatthake phalapiṇḍi bhaveyya, atha tattha yo koci iddhimā āgantvā tassa phalaṁ hareyya, yo pana tattha aniddhimā so kaṭṭhañ-ca valliñ-ca chinditvā nisseṇiṁ bandhitvā tāya taṁ rukkhaṁ abhirūhitvā phalaṁ hareyya, yā tattha tassa nisseṇipariyesanā sā phalatthāya; evam-eva kho mahārāja ye te sabhāvaparisuddhā pubbe vāsitavāsanā te ekacittakkhaṇena nippapañcā honti, iddhimā viya rukkhaphalaṁ haranto; ye pana te bhikkhū mahārajakkhā te iminā payogena saccāni abhisamenti, nisseṇiyā viya puriso rukkhaphalaṁ

---

[1] itiuttakaṁ A twice, B once [11] mahārājakkhā all throughout [17.21] vati- A,

haranto. Yathā vā pana mahārāja eko puriso atthakaraṇiko ekako yeva sāmikaṁ upagantvā atthaṁ sādheti, eko dhanavā dhanavasena parisaṁ vaḍḍhetvā parisāya atthaṁ sādheti, yā tattha tassa parisapariyesanā sā atthatthāya; evam-eva kho mahārāja ye te sabhāvaparisuddhā pubbe vāsitavāsanā te ekacittakkhaṇena chasu abhiññāsu vasībhāvaṁ pāpuṇanti, puriso viya ekako atthasiddhiṁ karonto; ye pana te bhikkhū mahārajakkhā te imehi payogehi sāmaññatthaṁ abhisādhenti, parisāya viya puriso atthasiddhiṁ karonto.

Uddeso pi mahārāja bahukāro, paripucchā pi bahukārā, navakammam-pi bahukāraṁ, dānam-pi bahukāraṁ, pūjā pi bahukārā tesu tesu karaṇīyesu. Yathā mahārāja puriso rājūpasevī katāvi amacca-bhaṭa-balattha-dovārika-anīkaṭṭha-pārisajjajanehi, te tassa karaṇīye anuppatte sabbe pi upakārā honti; evam-eva kho mahārāja uddeso pi bahukāro, paripucchā pi bahukārā, navakammam-pi bahukāraṁ, dānam-pi bahukāraṁ, pūjā pi bahukārā tesu tesu karaṇīyesu. Yadi mahārāja sabbe pi abhijātiparisuddhā bhaveyyuṁ, anusāsakena karaṇīyaṁ na bhaveyya; yasmā ca kho mahārāja † savanena karaṇīyaṁ hoti. Thero mahārāja Sāriputto aparimitamasankheyyakappaṁ upādāya upacitakusalamūlo paññāya koṭiṁ gato, so pi vinā savanena nāsakkhi āsavakkhayaṁ pāpuṇituṁ. Tasmā mahārāja bahukāraṁ savanaṁ, tathā uddeso pi paripucchā pi, tasmā uddesa-paripucchā pi nippapañcā asankhatā ti. — Sunijjhāpito bhante Nāgasena pañho, evam-etaṁ, tathā sampaṭicchāmīti.

Bhante Nāgasena, tumhe bhaṇatha: yo gihī arahattaṁ patto dve v' assa gatiyo bhavanti, anaññā: tasmiṁ yeva divase pabbajati vā parinibbāyati vā, na so divaso sakkā atikkametun ti. Sace so bhante Nāgasena tasmiṁ divase ācariyaṁ vā upajjhāyaṁ vā pattacīvaraṁ vā na labhetha, api nu so arahā sayaṁ vā pabbajeyya, divasaṁ vā atikkameyya, añño vā koci arahā iddhimā āgantvā taṁ pabbājeyya, parinibbāyeyya vā ti. — Na so mahārāja arahā sayaṁ pabbajeyya, sayaṁ pabbajanto theyyaṁ āpajjati; na ca divasaṁ atikkameyya; aññassa arahantassa āgamanaṁ bhaveyya vā na vā bhaveyya, tasmiṁ yeva divase parinibbāyeyyāti. — Tena hi bhante Nāgasena arahattassa santabhāvo vijahito hoti, yena adhigatassa jīvitahāro bhavatīti. — Visamaṁ mahārāja gihilingaṁ, visame linge lingadubbalatāya arahattaṁ patto gihī tasmiṁ yeva divase pabbajati vā parinibbāyati vā; n' eso mahārāja doso arahattassa, gihilingass' eso doso, yad-idaṁ lingadubbalatā. Yathā mahārāja bhojanaṁ sabbasattānaṁ āyupālakaṁ jīvitarakkhakaṁ visamakoṭṭhassa mandadubbalagahaṇikassa avipākena jīvitaṁ harati, n' eso mahārāja doso bhojanassa, koṭṭhass' eso doso, yad-idaṁ aggidubbalatā; evam-eva kho mahārāja visame linge lingadubbalatāya arahattaṁ patto gihī tasmiṁ yeva divase pabbajati vā parinibbāyati vā; n' eso mahārāja doso arahattassa, gihilingass' eso doso, yad-idaṁ lingadubbalatā. Yathā vā pana mahārāja parittaṁ tiṇasalākaṁ upari garuke pāsāṇe ṭhapite dubbalatāya bhijjitvā patati, evam-eva kho mahārāja arahattaṁ patto gihī tena lingena arahattaṁ dhāretuṁ asakkonto tasmiṁ yeva divase pabbajati vā parinibbāyati vā. Yathā vā pana mahārāja puriso abalo dubbalo nihīnajacco parittapuñño mahatimahārajjaṁ labhitvā khaṇena paripatati paridhaṁsati osakkati, na sakkoti issariyaṁ dhāretuṁ; evam-eva kho mahārāja arahattaṁ patto gihī tena lingena ara-

[1] atikkām- ABC. [4] atikkām ACMb. [7] atikkām- M. [9] arahantassa ABC, -hattāya M [11] -hāro ABC, -bhāro M. [12] vijavisame AbC. [13] -latāya BC throughout. A once, Ab twice.

hattaṁ dhāretuṁ na sakkoti, tena kāraṇena tasmiṁ-yeva divase pabbajati vā parinibbāyati vā ti. — Sādhu bhante Nāgasena, evam-etaṁ, tathā sampaṭicchāmīti.

Bhante Nāgasena, atthi arahato satisammoso ti. — Vigata-satisammosā kho mahārāja arahanto, na-tthi arahantānaṁ satisammoso ti. Āpajjeyya pana bhante arahā āpattin-ti. — Āma mahārājāti. — Kismiṁ vatthusmin-ti. — Kuṭikāre mahārāja, sañcaritte, vikāle kālasaññāya, pavārite appavāritasaññāya, anatiritte atirittasaññāyāti. — Bhante Nāgasena, tumhe bhaṇatha: ye āpattiṁ āpajjanti te dvīhi kāraṇehi āpajjanti, anādariyena vā ajānanena vā ti. Api nu kho bhante arahato anādariyaṁ hoti, yaṁ arahā āpattiṁ āpajjatīti. — Na hi mahārājāti. — Yadi bhante Nāgasena arahā āpattiṁ āpajjati na·tthi ca arahato anādariyaṁ, tena hi atthi arahato satisammoso ti. — Na·tthi mahārāja arahato satisammoso, āpattiñ-ca arahā āpajjatīti. — Tena hi bhante kāraṇena maṁ saññāpehi, kiṁ tattha kāraṇan-ti. Dve 'me mahārāja kilesā: lokavajjaṁ paṇṇattivajjañ-câti. Katamaṁ mahārāja lokavajjaṁ: dasa akusalakammapathā, idaṁ vuccati lokavajjaṁ. Katamaṁ paṇṇattivajjaṁ: yaṁ loke atthi samaṇānaṁ ananucchavikaṁ ananulomikaṁ, gihīnaṁ anavajjaṁ, tattha Bhagavā sāvakānaṁ sikkhāpadaṁ paññāpeti yāvajīvaṁ anatikkamanīyaṁ: vikālabhojanaṁ mahārāja lokassa anavajjaṁ, taṁ Jinasāsane vajjaṁ; bhūtagāmavikopanaṁ mahārāja lokassa anavajjaṁ, taṁ Jinasāsane vajjaṁ; udake hassadhammaṁ mahārāja lokassa anavajjaṁ, taṁ Jinasāsane vajjaṁ; iti evarūpāni evarūpāni mahārāja Jinasāsane vajjāni; idaṁ vuccati paṇṇattivajjaṁ. Yaṁ kilesaṁ lokavajjaṁ abhabbo khīṇāsavo taṁ ajjhācarituṁ, yaṁ kilesaṁ paṇṇattivajjaṁ taṁ ajānanto āpajjeyya. Avisayo mahārāja ekaccassa arahato sabbaṁ jānituṁ, na hi tassa balaṁ atthi sabbaṁ jānituṁ. Anaññātaṁ mahārāja arahato itthipurisānaṁ nāmam-pi gottam-pi, maggo pi tassa mahiyā anaññāto; vimuttiṁ yeva mahārāja ekacco arahā jāneyya, chaḷabhiñño arahā sakavisayaṁ jāneyya. Sabbaññū mahārāja Tathāgato va sabbaṁ jānātīti. Sādhu bhante Nāgasena, evam-etaṁ, tathā sampaṭicchāmīti.

Bhante Nāgasena, dissanti loke buddhā, dissanti paccekabuddhā, dissanti tathāgatasāvakā, dissanti cakkavattirājāno, dissanti padesarājāno, dissanti devamanussā, dissanti sadhanā, dissanti adhanā, dissanti sugatā, dissanti duggatā, dissati purisassa itthiliṅgaṁ pātubhūtaṁ, dissati itthiyā purisaliṅgaṁ pātubhūtaṁ, dissati sukataṁ dukkataṁ kammaṁ, dissanti kalyāṇapāpakānaṁ kammānaṁ vipākūpabhogino sattā, atthi loke sattā aṇḍajā jalābujā saṁsedajā opapātikā, atthi sattā apadā dipadā catuppadā bahuppadā, atthi loke yakkhā rakkhasā kumbhaṇḍā asurā dānavā gandhabbā petā pisācā, atthi kinnarā mahoragā nāgā supaṇṇā siddhā vijjādharā, atthi hatthī assā gāvo mahisā oṭṭhā gadrabhā ajā eḷakā migā sūkarā sīhā byagghā dīpī acchā kokā taracchā soṇā sigālā, atthi bahuvidhā sakuṇā, atthi suvaṇṇaṁ rajataṁ muttā maṇi saṅkho silā pavāḷaṁ lohitaṅko masāragallaṁ veḷuriyo vajiraṁ phaḷikaṁ kāḷalohaṁ tambalohaṁ vaṭṭalohaṁ kaṁsalohaṁ, atthi khomaṁ koseyyaṁ kappāsikaṁ sāṇaṁ bhaṅgaṁ kambalaṁ, atthi sāli vīhi yavo kaṅgu kudrūso varako godhūmo muggo māso tilaṁ kulatthaṁ, atthi mūlagandho sāragandho pheggugandho tacagandho

---

[1] taṁ om. AaB. [2] ca A; om B. [34] bahupadā M.

pattagandho pupphagandho phalagandho sabbagandho, atthi tiṇa-latā-gaccha-rukkha-osadhi-vanaspati-nadī-pabbata-samudda-maccha-kacchapā, sabbaṃ loke atthi. Yaṃ bhante loke na-tthi taṃ me kathehîti. — Tīṇ' imāni mahārāja loke na-tthi, katamāni tīṇi: sacetanā vā acetanā vā ajarāmarā loke na-tthi, saṅkhārānaṃ niccatā na-tthi, paramatthena sattūpaladdhi na-tthi. Imāni kho mahārāja tīṇi loke na-tthîti. — Sādhu bhante Nāgasena, evam-etaṃ, tathā sampaṭicchāmîti.

Bhante Nāgasena, dissanti loke kammanibbattā, dissanti hetunibbattā, dissanti utunibbattā; yaṃ loke akammajaṃ ahetujaṃ anutujaṃ taṃ me kathehîti. — Dve 'me mahārāja lokasmiṃ akammajā ahetujā anutujā, katame dve: ākāso mahārāja akammajo ahetujo anutujo, nibbānaṃ mahārāja akammajaṃ ahetujaṃ anutujaṃ. Ime kho mahārāja dve akammajā ahetujā anutujā ti. — Mā bhante Nāgasena Jinavacanaṃ makkhehi, mā ajānitvā pañhaṃ byākarohîti. — Kiṃ kho mahārāja ahaṃ vadāmi, yaṃ maṃ tvaṃ evaṃ vadesi: mā bhante Nāgasena Jinavacanaṃ makkhehi, mā ajānitvā pañhaṃ byākarohîti. — Bhante Nāgasena, yuttam-idaṃ tāva vattuṃ: ākāso akammajo ahetujo anutujo ti. Anekasatehi pana bhante Nāgasena kāraṇehi Bhagavatā sāvakānaṃ nibbānassa sacchikiriyāya maggo akkhāto, atha ca pana tvaṃ evaṃ vadesi: ahetujaṃ nibbānan-ti. — Saccaṃ mahārāja Bhagavatā anekasatehi kāraṇehi sāvakānaṃ nibbānassa sacchikiriyāya maggo akkhāto, na ca pana nibbānassa uppādāya hetu akkhāto ti.

Ettha mayaṃ bhante Nāgasena andhakārato andha-

---

[1] -pañ AC [2] -samuddā B (-uddho M). [3] me om. AC. [4] tava AbC.

kāratarам pavisāma, vanato vanataraṁ pavisāma, gahanato gahanataraṁ pavisāma, yatra hi nāma nibbānassa sacchikiriyāya hetu atthi, tassā pana dhammassa uppādāya hetu na-tthi. Yadi bhante Nāgasena nibbānassa sacchikiriyāya hetu atthi, tena hi nibbānassa uppādāya pi hetu icchitabbo. Yathā [pana] bhante Nāgasena puttassa pitā atthi, tena kāraṇena pituno pi pitā icchitabbo; yathā antevāsikassa ācariyo atthi, tena kāraṇena ācariyassa pi ācariyo icchitabbo; yathā aṅkurassa bījaṁ atthi, tena kāraṇena bījassa pi bījaṁ icchitabbaṁ; evam-eva kho bhante Nāgasena yadi nibbānassa sacchikiriyāya hetu atthi, tena kāraṇena nibbānassa uppādāya pi hetu icchitabbo. Yathā rukkhassa vā latāya vā agge sati tena kāraṇena majjham-pi atthi mūlam-pi atthi, evam-eva kho bhante Nāgasena yadi nibbānassa sacchikiriyāya hetu atthi, tena kāraṇena nibbānassa uppādāya pi hetu icchitabbo ti. — Anuppādaniyaṁ mahārāja nibbānaṁ, tasmā na nibbānassa uppādāya hetu akkhāto ti. — Iṅgha bhante Nāgasena kāraṇaṁ dassetvā kāraṇena maṁ saññāpehi, yathā 'haṁ jāneyyaṁ: nibbānassa sacchikiriyāya hetu atthi, nibbānassa uppādāya hetu na-tthīti.

Tena hi mahārāja sakkaccaṁ sotaṁ odaha, sādhukaṁ suṇohi, vakkhāmi tattha kāraṇaṁ. Sakkuṇeyya mahārāja puriso pākatikena balena ito Himavantaṁ pabbatarājaṁ upagantun-ti. — Āma bhante ti. — Sakkuṇeyya pana so mahārāja puriso pākatikena balena Himavantaṁ pabbatarājaṁ idha-m-āharitun-ti. — Na hi bhante ti. — Evam-eva kho mahārāja sakkā nibbānassa sacchikiriyāya maggo akkhātuṁ, na sakkā nibbānassa uppādāya hetu dassetuṁ. Sakkuṇeyya mahārāja puriso pākatikena balena mahāsamuddaṁ nāvāya uttaritvā pārimatīraṁ gantun-ti. — Āma bhante ti. — Sakkuṇeyya pana so

[1] natthīti all [2] ācariyassāpi AC [3] [4] pārimaṁ tīraṁ C.

mahārāja puriso pākatikena balena mahāsamuddassa pārimatīraṁ idha-m-āharitun-ti. — Na hi bhante ti. — Evam-eva kho mahārāja sakkā nibbānassa sacchikiriyāya maggo akkhātuṁ, na sakkā nibbānassa uppādāya hetu dassetuṁ; kiṅkāraṇaṁ: asaṅkhatattā dhammassāti. — Asaṅkhataṁ bhante Nāgasena nibbānan-ti. — Āma mahārāja, asaṅkhataṁ nibbānaṁ, na kehici kataṁ; nibbānaṁ mahārāja na vattabbaṁ: uppannan-ti vā anuppannan-ti vā uppādaniyan-ti vā atītan-ti vā anāgatan-ti vā paccuppannan-ti vā cakkhuviññeyyan-ti vā sotaviññeyyan-ti vā ghānaviññeyyan-ti vā jivhāviññeyyan-ti vā kāyaviññeyyan-ti vā ti. — Yadi bhante Nāgasena nibbānaṁ na uppannaṁ na anuppannaṁ na uppādaniyaṁ na atītaṁ na anāgataṁ na paccuppannaṁ na cakkhuviññeyyaṁ na sotaviññeyyaṁ na ghānaviññeyyaṁ na jivhāviññeyyaṁ na kāyaviññeyyaṁ, tena hi bhante Nāgasena tumhe natthidhammaṁ nibbānaṁ apadisatha, natthi nibbānan-ti. — Atthi mahārāja nibbānaṁ, manoviññeyyaṁ nibbānaṁ, visuddhena mānasena paṇītena ujukena anāvaraṇena nirāmisena sammā paṭipanno ariyasāvako nibbānaṁ passatīti. — Kīdisaṁ pana taṁ bhante nibbānaṁ, yan-taṁ opammehi ādīpanīyaṁ, kāraṇehi maṁ saññāpehi yathā yathā atthidhammaṁ opammehi ādīpanīyan-ti. — Atthi mahārāja vāto nāmāti. — Āma bhante ti. — Iṅgha mahārāja vātaṁ dassehi vaṇṇato vā saṇṭhānato vā aṇuṁ vā thūlaṁ vā dīghaṁ vā rassaṁ vā ti. — Na sakkā bhante Nāgasena vāto upadassayituṁ, na so vāto hatthagahaṇaṁ vā nimmaddanaṁ vā upeti, api ca atthi so vāto ti. — Yadi mahārāja na sakkā vāto upadassayituṁ, tena hi na-tthi vāto ti. — Jānām' ahaṁ bhante Nāgasena, vāto atthīti me hadaye anupaviṭṭhaṁ,

---

[1] pārimaṁ tīraṁ AC. [5] -kāraṇā M. [11] jivhā- B. [23] yathā once M. [26] vāto ti āma AbC. [27] upadassituṁ AM throughout, C twice

na-câhaṁ sakkomi vātaṁ upadassayitun-ti. — Evam-eva kho mahārāja atthi nibbānaṁ, na ca sakkā nibbānaṁ upadassayituṁ vaṇṇena vā saṇṭhānena vā ti. — Sādhu bhante Nāgasena, sūpadassitaṁ opammaṁ, suniddiṭṭhaṁ kāraṇaṁ, evam-etaṁ, tathā sampaṭicchāmi: atthi nibbānan-ti.

Bhante Nāgasena, katame ettha kammajā, katame hetujā, katame utujā, katame na kammajā na hetujā na utujā ti. — Ye keci mahārāja sattā sacetanā sabbe te kammajā, aggi ca sabbāni ca bījajātāni hetujāni, paṭhavī ca pabbatā ca udakañ-ca vāto ca sabbe te utujā, ākāso ca nibbānañ-ca ime dve akammajā ahetujā anutujā. Nibbānaṁ pana mahārāja na vattabbaṁ: kammajan-ti vā hetujan-ti vā utujan-ti vā uppannan-ti vā anuppannan-ti vā uppādaniyan-ti vā atītan-ti vā anāgatan-ti vā paccuppannan-ti vā cakkhuviññeyyan-ti vā sotaviññeyyan-ti vā ghānaviññeyyan-ti vā jivhāviññeyyan-ti vā kāyaviññeyyan-ti vā. Api ca mahārāja manoviññeyyaṁ nibbānaṁ yaṁ so sammā paṭipanno ariyasāvako visuddhena ñāṇena passatîti. — Ramaṇīyo bhante Nāgasena pañho suvinicchito nissaṁsayo ekantagato, vimati upacchinnā, tvaṁ gaṇivarapavaram-āsajjâti.

Bhante Nāgasena, atthi loke yakkhā nāmâti. — Āma mahārāja, atthi loke yakkhā nāmâti. — Cavanti pana te bhante yakkhā tamhā yoniyā ti. — Āma mahārāja, cavanti te yakkhā tamhā yoniyā ti. Kissa pana bhante Nāgasena tesaṁ matānaṁ yakkhānaṁ sarīraṁ na dissati,

---

[13] anutujā BC, asvutujā A. [18] pana om. AaB.

kuṇapagandho pi na vāyatīti. — Dissati mahārāja matānaṁ yakkhānaṁ sarīraṁ, kuṇapagandho pi tesaṁ vāyati. Matānaṁ mahārāja yakkhānaṁ sarīraṁ kīṭavaṇṇena vā dissati, kimivaṇṇena vā dissati, kipillikavaṇṇena vā dissati, paṭaṅgavaṇṇena vā dissati, ahivaṇṇena vā dissati, vicchikavaṇṇena vā dissati, satapadivaṇṇena vā dissati, dijavaṇṇena vā dissati, migavaṇṇena vā dissatīti. — Ko hi bhante Nāgasena añño imaṁ pañhaṁ puṭṭho vissajjeyya aññatra tavādisena buddhimatā ti.

Bhante Nāgasena, ye te ahesuṁ tikicchakānaṁ pubbakā ācariyā, seyyathīdaṁ: Nārado Dhammantarī Aṅgīraso Kapilo Kaṇḍaraggisāmo Atulo Pubbakaccāyano, sabbe p' ete ācariyā sakiṁ yeva roguppattiñ - ca nidānañ - ca sabhāvañ - ca samuṭṭhānañ - ca tikicchañ - ca kiriyañ - ca siddhāsiddhañ - ca sabban - taṁ niravasesaṁ jānitvā: imasmiṁ kāye ettakā rogā uppajjissantīti ekappahārena kalāpaggāhaṁ karitvā suttaṁ bandhiṁsu. Asabbaññuno ete sabbe. Kissa pana Tathāgato sabbaññū samāno anāgataṁ kiriyaṁ buddhañāṇena jānitvā: ettake nāma vatthusmiṁ ettakaṁ nāma sikkhāpadaṁ paññāpetabbaṁ bhavissatīti paricchinditvā anavasesato sikkhāpadaṁ na paññāpesi; uppannuppanne vatthusmiṁ, ayase pākaṭe, dose vitthārike puthugate, ujjhāyantesu manussesu, tasmiṁ tasmiṁ kāle sāvakānaṁ sikkhāpadaṁ paññāpesīti. Ñātam - etaṁ mahārāja Tathāgatassa: imasmiṁ samaye imesu manussesu sādhikaṁ diyaḍḍhaṁ sikkhāpadasataṁ paññāpetabbaṁ bhavissatīti. Api ca Tathāgatassa evaṁ ahosi: Sace kho ahaṁ sādhikaṁ diyaḍḍhaṁ sikkhāpadasataṁ ekappahāraṁ paññāpessāmi, mahājano santāsam - āpajjis-

---

7 dvija- A. 12 kaṇḍaraggilomā M. 22 vitthārite A.

sati: bahukaṁ idha rakkhitabbaṁ, dukkaraṁ vata bho samaṇassa Gotamassa sāsane pabbajitun-ti pabbajitukāmā pi na pabbajissanti, vacanañ-ca me na saddahissanti, asaddahantā te manussā apāyagāmino bhavissanti; uppannuppanne vatthusmiṁ dhammadesanāya viññāpetvā pākaṭe dose sikkhāpadaṁ paññāpessāmīti. — Acchariyaṁ bhante Nāgasena buddhānaṁ, abbhutaṁ bhante Nāgasena buddhānaṁ, yāva mahantaṁ Tathāgatassa sabbaññutañāṇaṁ; evam-etaṁ bhante Nāgasena, sunidiṭṭho eso attho Tathāgatena, bahukaṁ idha rakkhitabban-ti sutvā sattānaṁ santāso uppajjeyya, eko pi Jinasāsane na pabbajeyya. evam-etaṁ, tathā sampaṭicchāmīti.

Bhante Nāgasena, ayaṁ suriyo sabbakālaṁ kaṭhinaṁ tapati, udāhu kañci kālaṁ mandaṁ tapatīti. — Sabbakālaṁ mahārāja suriyo kaṭhinaṁ tapati, na kañci kālaṁ mandaṁ tapatīti. Yadi bhante Nāgasena suriyo sabbakālaṁ kaṭhinaṁ tapati, kissa pana app-ekadā suriyo kaṭhinaṁ tapati app-ekadā mandaṁ tapatīti. — Cattāro 'me mahārāja suriyassa rogā yesaṁ aññatarena rogena paṭipīḷito suriyo mandaṁ tapati. katame cattāro: abbhaṁ mahārāja suriyassa rogo, tena rogena paṭipīḷito suriyo mandaṁ tapati; mahikā mahārāja suriyassa rogo, tena rogena paṭipīḷito suriyo mandaṁ tapati; megho mahārāja suriyassa rogo, tena rogena paṭipīḷito suriyo mandaṁ tapati; Rāhu mahārāja suriyassa rogo, tena rogena paṭipīḷito suriyo mandaṁ tapati. Ime kho mahārāja cattāro suriyassa rogā, tesaṁ aññatarena paṭipīḷito suriyo mandaṁ tapatīti. — Acchariyaṁ bhante Nāgasena, abbhutaṁ

---

[19] suniṭṭho B. [20] kañci kañci B [21] abbha M. [22] aññat. rogena paṭip. A

bhante Nāgasena, suriyassa pi tāva tejosampannassa rogo uppajjissati, kimanga pana aññesaṁ sattānaṁ; n'atthi bhante esā vibhatti aññassa aññatra tavādisena buddhimatā ti.

Bhante Nāgasena, kissa hemante suriyo kaṭhinaṁ tapati, no tathā gimhe ti. — Gimhe mahārāja anupahataṁ hoti rajojallaṁ, vātakkhubhitā reṇū gaganānugatā honti, ākāse pi abbhā subahalā honti, mahāvāto ca adhimattaṁ vāyati; te sabbe nānākulā samāyutā suriyaraṁsiyo pidahanti; tena gimhe suriyo mandaṁ tapati. Hemante pana mahārāja heṭṭhā paṭhavī nibbutā hoti, upari mahāmegho upaṭṭhito hoti, upasantaṁ hoti rajojallaṁ, reṇu ca santasantaṁ gagane carati, vigatavalāhako ca hoti ākāso, vāto ca maṇdamandaṁ vāyati; etesaṁ uparatiyā visadā honti suriyaraṁsiyo, upaghātavimuttassa suriyassa tāpo ativiya tapati. Idam ettha mahārāja kāraṇaṁ yena kāraṇena suriyo hemante kaṭhinaṁ tapati, no tathā gimhe ti. — Sabbītimutto bhante suriyo kaṭhinaṁ tapati, meghādisahagato kaṭhinaṁ na tapatīti.

Sattamo vaggo.

Bhante Nāgasena, sabbe va bodhisattā puttadāraṁ denti, udāhu Vessantaren' eva raññā puttadāraṁ dinnan-ti. — Sabbe pi mahārāja bodhisattā puttadāraṁ denti, na Vessantaren' eva raññā puttadāraṁ dinnan-ti.

---

[3] uppajjissatīti AaB. [4] -matā evarūpaṁ etc. M. [7] reṇu ABC. [10] mandaṁ mandaṁ AC.

— Api nu kho bhante te tesaṁ anumatena dentīti. — Bhariyā mahārāja anumatā, dārakā pana bālatāya lālappiṁsu; yadi te atthato jāneyyuṁ, te pi anumodeyyuṁ, na te vilapeyyun-ti. — Dukkaraṁ bhante Nāgasena Bodhisattena kataṁ, yaṁ so attano orase piye putte brāhmaṇassa dāsatthāya adāsi. Idam-pi dutiyaṁ dukkarato dukkarataraṁ, yaṁ so attano orase piye putte bālake taruṇake latāya bandhitvā tena brāhmaṇena latāya anumajjiyante disvā ajjhupekkhi. Idam-pi tatiyaṁ dukkarato dukkarataraṁ, yaṁ so sakena balena bandhanā muccitvā āgate dārake sārajjam-upagate puna-d-eva latāya bandhitvā adāsi. Idam-pi catutthaṁ dukkarato dukkarataraṁ, yaṁ so dārake: ayaṁ kho tāta yakkho khāditum neti amhe ti vilapante: mā bhāyitthāti na assāsesi. Idam-pi pañcamaṁ dukkarato dukkarataraṁ, yaṁ so Jālissa kumārassa rudamānassa pādesu nipatitvā: alaṁ tāta, Kaṇhājinaṁ nivattehi, aham-eva gacchāmi yakkhena saha, khādatu maṁ yakkho ti yācamānassa eva na sampaṭicchi. Idam-pi chaṭṭhaṁ dukkarato dukkarataraṁ, yaṁ so Jālikumārassa: pāsāṇasamaṁ nūna te tāta hadayaṁ, yaṁ tvaṁ amhākaṁ dukkhitānaṁ pekkhamāno nimmanussake brahāraññe yakkhena nīyamāne na nivāresīti vilapamānassa kāruññaṁ nākāsi. Idam-pana sattamaṁ dukkarato dukkarataraṁ, yaṁ tassa rūḷarūḷassa bhīmabhīmassa nīte dārake adassanaṁ gamite na phali hadayaṁ satadhā vā sahassadhā vā; puññakāmena manujena kiṁ paradukkhāpanena, nanu nāma sakadānaṁ dātabbaṁ hotīti. — Dukkarassa mahārāja katattā Bodhisattassa kittisaddo dasasahassimhi lokadhātuyā sadevamanussesu abbhuggato, devā deva-

[1] anumatiyā M. [9] dasattāya AM. [11] muñcitvā AaltM. [18] ti ca var. AC. [19] esaṁ M. [20] jātiyaku- C. [21] yaṁ om. AaM. [22] idampina Aa, idampi pana Ab; idampi sattamaṁ M. [23] rūḷarūḷassa BM. [25] nate BC.

bhavane pakittenti, asurā asurabhavane pakittenti, garuḷā garuḷabhavane pakittenti, nāgā nāgabhavane pakittenti, yakkhā yakkhabhavane pakittenti; anupubbena tassa kittisaddo paramparāya ajj' etarahi idha amhākaṁ samayaṁ anuppatto, taṁ mayaṁ dānaṁ vikittentā vikopentā nisinnā: sudinnaṁ udāhu duddinnan-ti. So kho panāyaṁ mahārāja kittisaddo nipuṇānaṁ viññūnaṁ vidūnaṁ vibhāvīnaṁ bodhisattānaṁ dasa guṇe anudassati, katame dasa: agedhatā nirālayatā cāgo pahānaṁ apunarāvattitā sukhumatā mahantatā duranubodhatā dullabhatā asadisatā buddhadhammassa; so kho panāyaṁ mahārāja kittisaddo nipuṇānaṁ viññūnaṁ vidūnaṁ vibhāvīnaṁ bodhisattānaṁ ime dasa guṇe anudassatīti.

Bhante Nāgasena, yo paraṁ dukkhāpetvā dānaṁ deti, api nu taṁ dānaṁ sukhavipākaṁ hoti saggasaṁvattanikan-ti. — Āma mahārāja, kiṁ vattabban-ti. — Iṅgha bhante Nāgasena kāraṇaṁ upadassehīti. — Idha mahārāja koci samaṇo vā brāhmaṇo vā sīlavā hoti kalyāṇadhammo, so bhaveyya pakkhahato vā pīṭhasappī vā aññataraṁ vā byādhiṁ āpanno; tam-enaṁ yo koci puññakāmo yānaṁ āropetvā patthitaṁ desam-anupāpeyya; api nu kho mahārāja tassa purisassa tatonidānaṁ kiñci sukhaṁ nibbatteyya, saggasaṁvattanikaṁ taṁ kamman-ti. — Āma bhante, kiṁ vattabbaṁ, hatthiyānaṁ vā so bhante puriso labheyya, assayānaṁ vā, rathayānaṁ vā, thale thalayānaṁ jale jalayānaṁ, devesu devayānaṁ manussesu manussayānaṁ, tadanucchavikaṁ tadanulomikaṁ bhave bhave nibbatteyya, tadanucchavikāni c' assa sukhāni nibbatteyyuṁ, sugatito sugatiṁ gaccheyya, ten' eva kammābhisandena iddhiyānam-abhiruyha patthitaṁ nibbānanagaraṁ pāpuṇeyyāti. — Tena hi mahārāja paradukkhāpanena dinnadānaṁ sukhavipākaṁ hoti saggasaṁvat-

---

[9] -yamanuppatto A. [13] anudassatīti AaB. [18] -sappi all.

tanikaṁ, yaṁ so puriso balivadde dukkhāpetvā evarūpaṁ
sukhaṁ anubhavati. Aparam - pi mahārāja uttariṁ kāra-
ṇaṁ suṇohi, yathā paradukkhāpanena dinnadānaṁ sukha-
vipākaṁ hoti saggasaṁvattanikaṁ. Idha mahārāja yo
koci rājā janapadato dhammikaṁ baliṁ uddharāpetvā
āṇāpavattanena dānaṁ dadeyya, api nu kho so mahārāja
rājā tatonidānaṁ kiñci sukhaṁ anubhaveyya, saggasaṁ-
vattanikaṁ taṁ dānan - ti. — Āma bhante, kiṁ vattab-
baṁ, tatonidānaṁ so bhante rājā uttariṁ anekasatasa-
hassaṁ guṇaṁ labheyya, rājūnaṁ atirājā bhaveyya, de-
vānaṁ atidevo bhaveyya, brahmānaṁ atibrahmā bha-
veyya, samaṇānaṁ atisamaṇo bhaveyya, brāhmaṇānaṁ
atibrāhmaṇo bhaveyya, arahantānaṁ atiarahā bhaveyyāti.
— Tena hi mahārāja paradukkhāpanena dinnadānaṁ su-
khavipākaṁ hoti saggasaṁvattanikaṁ, yaṁ so rājā balinā
janaṁ pīḷetvā dinnadānena evarūpaṁ uttariṁ yasasukhaṁ
anubhavatīti.

Atidānaṁ bhante Nāgasena Vessantarena raññā din-
naṁ, yaṁ so sakaṁ bhariyaṁ parassa bhariyatthāya
adāsi, sake orase putte brāhmaṇassa dāsatthāya adāsi.
Atidānaṁ nāma bhante Nāgasena loke vidūhi ninditaṁ
garahitaṁ. Yathā nāma bhante Nāgasena atibhārena
sakaṭassa akkho bhijjati, atibhārena nāvā osīdati, ati-
bhuttena bhojanaṁ visamaṁ pariṇamati, ativassena
dhaññaṁ vinassati, atidānena bhogakkhayaṁ upeti, ati-
tāpena upaḍayhati, atirāgena ummattako hoti, atidosena
vajjho hoti, atimohena anayaṁ āpajjati, atilobhena cora-
gahaṇam - upagacchati, atibhayena nirujjhati, atipūrena
nadī uttarati, ativātena asani patati, atiagginā odanaṁ
uttarati, atisañcarena na ciraṁ jīvati; evam - eva kho
bhante Nāgasena atidānaṁ nāma loke vidūhi ninditaṁ
garahitaṁ. Atidānaṁ bhante Nāgasena Vessantarena

[14] -sahassaguṇaṁ C. [15] yasaṁ sukhaṁ AbC. [16] -cārena Aa, -caraṇena M.

raññā dinnaṁ, na tattha kiñci phalaṁ icchitabban-ti. — Atidānaṁ mahārāja loke vidūhi vaṇṇitaṁ thutaṁ pasatthaṁ, ye keci yādisaṁ kīdisaṁ dānaṁ denti, atidānadāyī loke kittiṁ pāpuṇāti. Yathā mahārāja atipavaratāya dibbaṁ vanamūlaṁ gahitaṁ api hatthapāse ṭhitānaṁ parajanānaṁ na dassayati, agado atijaccatāya pīḷāya samugghātako rogānaṁ antakaro, aggi atijotitāya ḍahati, udakaṁ atisītatāya nibbāpeti, padumaṁ atiparisuddhatāya na upalippati vārikaddamena, maṇi atiguṇatāya kāmadado, vajiraṁ atitikhiṇatāya vijjhati maṇi-muttā-phalikaṁ, paṭhavī atimahantatāya naroraga-miga-pakkhī jala-sela-pabbata-dume dhāreti, samuddo atimahantatāya aparipūraṇo, Sineru atibhārikatāya acalo, ākāso ativitthāratāya ananto, suriyo atippabhatāya timiraṁ ghāteti, sīho atijātitāya vigatabhayo, mallo atibalavatāya paṭimallaṁ khippaṁ ukkhipati, rājā atipuññatāya adhipati, bhikkhu atisīlavantatāya nāga-yakkha-nara-marūhi namassaniyo, Buddho atiaggatāya anupamo; — evam-eva kho mahārāja atidānaṁ nāma loke vidūhi vaṇṇitaṁ thutaṁ pasatthaṁ, ye keci yādisaṁ kīdisaṁ dānaṁ denti, atidānadāyī loke kittiṁ pāpuṇāti. Atidānena Vessantaro rājā dasasahassimhi lokadhātuyā vaṇṇito thuto pasattho mahito kittito, ten' eva atidānena Vessantaro rājā ajj' etarahi Buddho jāto aggo sadevake loke.

Atthi pana mahārāja loke ṭhapanīyaṁ dānaṁ yaṁ dakkhiṇeyye anuppatte na dātabban-ti. — Dasa kho pan' imāni bhante Nāgasena dānāni loke adānasammatāni, yo tāni dānāni deti so apāyagāmī hoti; katamāni dasa: majjadānaṁ bhante Nāgasena loke adānasammataṁ, yo taṁ dānaṁ deti so apāyagāmī hoti; samajjadānaṁ — pe — itthidānaṁ — usabhadānaṁ — cittakammadānaṁ —

---

6 atijaññatāya M. 7 ḍayhati AM. 8 navupalippati A 11 -pakkhi all. 12 anūpamo B. 13 dānāni yāni loke ABM.

satthadānaṁ — visadānaṁ — saṅkhalikadānaṁ — kukkuṭa-sūkaradānaṁ — tulākūṭa-mānakūṭadānaṁ bhante Nāgasena loke adānasammataṁ, yo taṁ dānaṁ deti so apāyagāmī hoti. Imāni kho bhante Nāgasena dasa dānāni loke adānasammatāni, yo tāni dānāni deti so apāyagāmī hotīti. — Nāhaṁ taṁ mahārāja adānasammataṁ pucchāmi. Imaṁ kho 'haṁ mahārāja taṁ pucchāmi: atthi pana mahārāja loke ṭhapanīyaṁ dānaṁ yaṁ dakkhiṇeyye anuppatte na dātabban-ti. — Na-tthi bhante Nāgasena loke ṭhapanīyaṁ dānaṁ yaṁ dakkhiṇeyye anuppatte na dātabbaṁ; cittappasāde uppanne keci dakkhiṇeyyānaṁ bhojanaṁ denti, keci acchādanaṁ, keci sayanaṁ, keci āvasathaṁ, keci attharaṇapāpuraṇaṁ, keci dāsidāsaṁ, keci khettavatthuṁ, keci dipadacatuppadaṁ, keci satam sahassaṁ satasahassaṁ, keci mahārajjaṁ, keci jīvitam-pi dentīti. — Yadi pana mahārāja keci jīvitam-pi denti, kiṅkāraṇā Vessantaraṁ dānapatiṁ atibāḷhaṁ paripātesi sudinne putte ca dāre ca. Api nu kho mahārāja atthi lokapakati lokāciṇṇaṁ: labhati pitā puttaṁ iṇaṭṭo vā ājīvikapakato vā āvapituṁ vā vikkiṇituṁ vā ti. — Āma bhante, labhati pitā puttaṁ iṇaṭṭo vā ājīvikapakato vā āvapituṁ vā vikkiṇituṁ vā ti. — Yadi mahārāja labhati pitā puttaṁ iṇaṭṭo vā ājīvikapakato vā āvapituṁ vā vikkiṇituṁ vā, Vessantaro pi mahārāja rājā alabhamāno sabbaññutañāṇaṁ upaddnto dukkhito tassa dhammadhanassa paṭilābhāya puttadāraṁ āvapesi ca vikkiṇi ca. Iti mahārāja Vessantarena raññā aññesaṁ dinnaṁ yeva dinnaṁ, kataṁ yeva kataṁ. Kissa pana tvaṁ mahārāja tena dānena Vessantaraṁ dānapatiṁ atibāḷhaṁ apasādesīti.

Nāhaṁ bhante Nāgasena Vessantarassa dānapatino dānaṁ garahāmi, api ca puttadāraṁ yācanena niminitvā

---

[12] dārake AB; cāti all. [13] kho om. AC [14] yācante M (and perhaps C). [15] nimitvā M.

attānaṁ dātabban-ti. — Etaṁ kho mahārāja asabbhikāraṇaṁ, yaṁ puttadāraṁ yācante attānaṁ dadeyya; yaṁ yaṁ hi yācante taṁ tad-eva dātabbaṁ, etaṁ sappurisānaṁ kammaṁ. Yathā mahārāja koci puriso pānīyaṁ āharāpeyya, tassa yo bhojanaṁ dadeyya api nu so mahārāja puriso tassa kiccakārī assāti. — Na hi bhante, yaṁ so āharāpeti tam-eva tassa dento kiccakārī assāti. — Evam-eva kho mahārāja Vessantaro rājā brāhmaṇe puttadāraṁ yācante puttadāraṁ yeva adāsi. Sace mahārāja brāhmaṇo Vessantarassa sarīraṁ yāceyya, na so mahārāja attānaṁ rakkheyya, na kampeyya, na rajjeyya, tassa dinnaṁ pariccattaṁ yeva sarīraṁ bhaveyya. Sace mahārāja koci Vessantaraṁ dānapatiṁ upagantvā yāceyya: dāsattaṁ me upehīti, dinnaṁ pariccattaṁ yev' assa sarīraṁ bhaveyya, na so datvā tapeyya. Rañño mahārāja Vessantarassa kāyo bahusādhāraṇo. Yathā mahārāja pakkā maṁsapesi bahusādhāraṇā, evam-eva kho mahārāja rañño Vessantarassa kāyo bahusādhāraṇo. Yathā vā pana mahārāja phalito rukkho nānādijagaṇasādhāraṇo, evam-eva kho mahārāja rañño Vessantarassa kāyo bahusādhāraṇo. Kiṁkāraṇā: evāhaṁ paṭipajjanto sammāsambodhiṁ pāpuṇissāmīti. Yathā mahārāja puriso adhano dhanatthiko dhanapariyesanaṁ caramāno ajapathaṁ saṅkupathaṁ vettapathaṁ gacchati, jalathalavaṇijjaṁ karoti, kāyena vācāya manasā dhanaṁ ārādheti, dhanapaṭilābhāya vāyamati; evam-eva kho mahārāja Vessantaro dānapati adhano buddhadhanena sabbaññutaratanapaṭilābhāya yācakānaṁ dhanadhaññaṁ dāsidāsaṁ yānavāhanaṁ sakalaṁ sāpateyyaṁ sakaṁ puttadāraṁ attānañ-ca cajitvā sammāsambodhiṁ yeva pariyesati. Yathā vā pana mahārāja amacco muddakāmo muddā-

---

[8] -o C, om. AaB. [7] tadeva M [21] -kāraṇaṁ BC [31] evaṁhaṁ AbC.

dhikaraṇaṃ yaṃ kiñci gehe dhanadhaññaṃ hiraññasuvaṇṇaṃ taṃ sabbaṃ datvā pi muddapaṭilābhāya vāyamati; evam-eva kho mahārāja Vessantaro dānapati sabban-taṃ bāhirabbhantaraṃ dhanaṃ datvā jīvitam-pi paresaṃ datvā sammāsambodhiṃ yeva pariyesati.

Api ca mahārāja Vessantarassa dānapatino evaṃ ahosi: yaṃ so brāhmaṇo yācati taṃ-evāhaṃ tassa dento kiccakārī nāma homīti, evaṃ so tassa puttadāram-adāsi. Na kho mahārāja Vessantaro dānapati dessatāya brāhmaṇassa puttadāram-adāsi, na adassanakāmatāya puttadāram-adāsi, na: atibahukā me puttadārā, na sakkomi te posetun-ti puttadāram-adāsi, na ukkaṇṭhito: appiyā me ti nīharitukāmatāya puttadāram-adāsi; atha kho sabbaññutaratanass' eva piyattā sabbaññutañāṇassa kāraṇā Vessantaro rājā evarūpaṃ atulaṃ vipulam-anuttaraṃ piyaṃ manāpaṃ dayitaṃ pāṇasamaṃ puttadāradānavaraṃ brāhmaṇassa adāsi. Bhāsitam-p' etaṃ mahārāja Bhagavatā devātidevena Cariyāpiṭake:

Na me dessā ubho puttā, Maddī devī na dessiyā;
sabbaññutaṃ piyaṃ mayhaṃ, tasmā piye adās' ahan-ti.

Tatra mahārāja Vessantaro rājā puttadānaṃ datvā paṇṇasālaṃ pavisitvā nipajji, tassa atipemena dukkhitassa balavasoko uppajji, hadayavatthuṃ uṇham-ahosi, nāsikāya appahontiyā mukhena uṇhe assāsa-passāse vissajjesi, assūni parivattitvā lohitabindūni hutvā nettehi nikkhamiṃsu. Evaṃ kho mahārāja dukkhena Vessantaro rājā brāhmaṇassa puttadānam-adāsi: mā me dānapatho parihāyīti. Api ca mahārāja Vessantaro rājā dve atthavase paṭicca brāhmaṇassa dve dārake adāsi, katame dve: dānapatho ca me aparihīno bhavissati, dukkhite ca me puttake vanamūlaphalehi itonidānaṃ ayyako mocessatīti.

---

[1] -dhañña- AB. [16] maddi AB. [17] puttadāramadāsi AM

Jānāti hi mahārāja Vessantaro rājā: na ime dārakā sakkā kenaci dāsabhogena bhuñjituṁ, ime ca dārake ayyako nikkiṇissati, evaṁ amhākam-pi gamanaṁ bhavissatīti. Ime kho mahārāja dve atthavase paṭicca brāhmaṇassa dve dārake adāsi.

Api ca mahārāja Vessantaro rājā jānāti: ayaṁ kho brāhmaṇo jiṇṇo vuddho mahallako dubbalo bhaggo daṇḍaparāyano khīṇāyuko parittapuñño, n' eso samattho ime dārake dāsabhogena bhuñjitun-ti. Sakkuṇeyya pana mahārāja puriso pākatikena balena ime candimasuriye evaṁ mahiddhike evaṁ mahānubhāve gahetvā peḷāya vā samugge vā pakkhipitvā nippabhe katvā thālakaparibhogena paribhuñjitun-ti. — Na hi bhante ti. — Evam-eva kho mahārāja imasmiṁ loke candimasuriyapaṭibhāgassa Vessantarassa dārakā na sakkā kenaci dāsabhogena bhuñjituṁ. Aparam-pi mahārāja uttariṁ kāraṇaṁ suṇohi yena kāraṇena Vessantarassa dārakā na sakkā kenaci dāsabhogena bhuñjituṁ. Yathā mahārāja rañño cakkavattissa maṇiratanaṁ subhaṁ jātimantaṁ aṭṭhaṁsaṁ suparikammakataṁ catuhatthāyāmaṁ sakaṭanābhipariṇāhaṁ na sakkā kenaci pilotikāya veṭhetvā peḷāya pakkhipitvā satthakanisānaparibhogena paribhuñjituṁ; evam-eva kho mahārāja loke cakkavattirañño maṇiratanapaṭibhāgassa Vessantarassa dārakā na sakkā kenaci dāsabhogena bhuñjituṁ. Aparam-pi mahārāja uttariṁ kāraṇaṁ suṇohi yena kāraṇena Vessantarassa dārakā na sakkā kenaci dāsabhogena bhuñjituṁ. Yathā mahārāja tidhāppabhinno sabbaseto sattappatiṭṭhito aṭṭharatanubbedho navaratanāyāmapariṇāho pāsādiko dassanīyo Uposatho nāgarājā na sakkā kenaci suppena vā sarāvena vā pidahituṁ, govacchako viya vacchakasālāya pakkhipitvā

[1] hi om. C. [2] nikkhi- Aa. [3] saku- M. [4] tidhappabhinno B [5] sarāṭena B, sarāpena C, sarāṇena M.

pariharituṁ vā, evam-eva kho mahārāja loke Uposathanāgarājapaṭibhāgassa Vessantarassa dārakā na sakkā kenaci dāsabhogena bhuñjituṁ. Aparam-pi mahārāja uttariṁ kāraṇaṁ suṇohi yena kāraṇena Vessantarassa dārakā na sakkā kenaci dāsabhogena bhuñjituṁ. Yathā mahārāja mahāsamuddo dīgha-puthula-vitthiṇṇo gambhīro appameyyo duruttaro apariyogāḷho anāvaṭo na sakkā kenaci sabbattha pidahitvā ekatitthena paribhogaṁ kātuṁ, evam-eva kho mahārāja loke mahāsamuddapaṭibhāgassa Vessantarassa dārakā na sakkā kenaci dāsabhogena bhuñjituṁ. Aparam-pi mahārāja uttariṁ kāraṇaṁ suṇohi yena kāraṇena Vessantarassa dārakā na sakkā kenaci dāsabhogena bhuñjituṁ. Yathā mahārāja Himavanto pabbatarājā pañcayojanasataṁ accuggato nabhe tisahassayojanāyāmavitthāro caturāsītikūṭasahassapatimaṇḍito pañcannaṁ mahānadīsatānaṁ pabhavo mahābhūtagaṇālayo nānāvidhagandhadharo dibbosadhasatasamalaṅkato nabhe valāhako viya accuggato dissati; evam-eva kho mahārāja loke Himavantapabbatarājapaṭibhāgassa Vessantarassa dārakā na sakkā kenaci dāsabhogena bhuñjituṁ. Aparam-pi mahārāja uttariṁ kāraṇaṁ suṇohi yena kāraṇena Vessantarassa dārakā na sakkā kenaci dāsabhogena bhuñjituṁ. Yathā mahārāja rattandhakāratimisāyaṁ uparipabbatagge jalamāno mahā aggikkhandho suvidūre pi paññāyati, evam-eva kho mahārāja Vessantaro rājā pabbataggo jalamāno mahā aggikkhandho viya suvidūre pi pākaṭo paññāyati, tassa dārakā na sakkā kenaci dāsabhogena bhuñjituṁ. Aparam-pi mahārāja uttariṁ kāraṇaṁ suṇohi yena kāraṇena Vessantarassa dārakā na sakkā kenaci dāsabhogena bhuñjituṁ. Yathā mahārāja Himavante pabbate nāgapupphasamaye ujuvāte vāyante dasa dvādasa yojanāni pupphagandho vāyati, evam-eva

[1] samuddo AB.

kho mahārāja Vessantarassa rañño api yojanasahassehi pi yāva Akaniṭṭhabhavanaṁ etth' antare surāsura-garuḷa-gandhabba-yakkha-rakkhasa-mahoraga-kinnara-Indabhavanesu kittisaddo abbhuggato sīlavaragandho c' assa sampavāyati, tena tassa dārakā na sakkā kenaci dāsabhogena bhuñjituṁ.

Anusiṭṭho mahārāja Jālikumāro pitarā Vessantarena raññā: ayyako te tāta tumhe brāhmaṇassa dhanaṁ datvā nikkiṇanto taṁ nikkhasahassaṁ datvā nikkiṇātu, Kaṇhājinaṁ nikkiṇanto dāsasataṁ dāsisataṁ hatthisataṁ assasataṁ dhenusataṁ usabhasataṁ nikkhasatan ti sabbasataṁ datvā nikkiṇātu; yadi te tāta ayyako tumhe brāhmaṇassa hatthato āṇāya balasā mudhā gaṇhāti, mā tumhe ayyakassa vacanaṁ karittha, brāhmaṇass' eva anuyāyino hothāti, evam anusāsitvā pesesi. Tato Jālikumāro gantvā ayyakena puṭṭho kathesi:

Sahassagghaṁ hi maṁ tāta brāhmaṇassa pitā adā,
atho Kaṇhājinaṁ kaññaṁ hatthinā ca satena cāti.

— Sunibbeṭhito bhante Nāgasena pañho, subhinnaṁ diṭṭhijālaṁ, sumadditā parappavādā, sakasamayo sudīpito, byañjanaṁ suparisodhitaṁ, suvibhatto attho, evam etaṁ, tathā sampaṭicchāmīti.

Bhante Nāgasena, sabbe va bodhisattā dukkarakārikaṁ karonti, udāhu Gotamen' eva bodhisattena dukkarakārikā katā ti. — N' atthi mahārāja sabbesaṁ bodhisattānaṁ dukkarakārikā, Gotamen' eva bodhisattena dukkarakārikā katā ti. — Bhante Nāgasena, yadi evaṁ, ayuttaṁ yaṁ bodhisattānaṁ bodhisattehi vemattatā hotīti.

[7] -bhavanā M. [8] te om. AaB. [9] nikkha- AaC twice. [10] Jāliyakumāro A. [11] hatthī- C

— Catuhi mahārāja ṭhānehi bodhisattānaṁ bodhisattehi vemattatā hoti, katamehi catuhi: kulavemattatā addhānavemattatā āyuvemattatā pamāṇavemattatā. Imehi kho mahārāja catuhi ṭhānehi bodhisattānaṁ bodhisattehi vemattatā hoti. Sabbesam-pi mahārāja buddhānaṁ rūpe sīle samādhimhi paññāya vimuttiyā vimuttiñāṇadassane catuvesārajje dasatathāgatabale chaasādhāraṇañāṇe cuddasabuddhañāṇe aṭṭhārasabuddhadhamme kevale ca buddhadhamme n' atthi vemattatā, sabbe pi buddhā buddhadhammehi samasamā ti. — Yadi bhante Nāgasena sabbe pi buddhā buddhadhammehi samasamā, kena kāraṇena Gotamen' eva bodhisattena dukkarakārikā katā ti. — Aparipakke mahārāja ñāṇe aparipakkāya bodhiyā Gotamo bodhisatto nekkhammam-abhinikkhanto, aparipakkaṁ ñāṇaṁ paripācayamānena dukkarakārikā katā ti. — Bhante Nāgasena, kena kāraṇena Bodhisatto aparipakke ñāṇe aparipakkāya bodhiyā mahābhinikkhamanaṁ nikkhanto, nanu nāma ñāṇaṁ paripācetvā paripakke ñāṇe nikkhamitabban-ti. — Bodhisatto mahārāja viparītaṁ itthāgāraṁ disvā vippaṭisārī ahosi, tassa vippaṭisārissa arati uppajji, araticittaṁ uppannaṁ disvā aññataro Mārakāyiko devaputto: ayaṁ kho kālo araticittassa vinodanāyāti vehāsaṁ ṭhatvā idaṁ vacanam-abravi: mārisa mārisa, mā kho tvaṁ ukkaṇṭhito ahosi, ito te sattame divase dibbaṁ cakkaratanaṁ pātubhavissati sahassāraṁ sanemikaṁ sanābhikaṁ sabbākāraparipūraṁ, paṭhavigatāni ca te ratanāni ākāsaṭṭhāni ca sayam-eva upagacchissanti, dvisahassa-parittadīpa-parivāresu catusu mahādīpesu ekamukhena āṇāpanaṁ vattissati, parosahassañ-ca te puttā bhavissanti sūrā vīraṅgarūpā parasenappamaddanā, tehi puttehi parikiṇṇo sattaratanasamannāgato catudīpam-anusāsissasīti. Yathā nāma divasasantattaṁ ayosūlaṁ

---

[11] abruvi A

sabbattha ḍahantaṁ kaṇṇasotaṁ paviseyya, evam-eva kho mahārāja Bodhisattassa taṁ vacanaṁ kaṇṇasotaṁ pavisittha, iti so pakatiyā va ukkaṇṭhito tassā devatāya vacanena bhiyyosomattāya ubbiji saṁviji saṁvegam-āpajji. Yathā vā pana mahārāja mahatimahā aggikkhandho jalamāno aññena kaṭṭhena upadahito bhiyyosomattāya jaleyya, evam-eva kho mahārāja Bodhisatto pakatiyā va ukkaṇṭhito tassā devatāya vacanena bhiyyosomattāya ubbiji saṁviji saṁvegam-āpajji. Yathā vā pana mahārāja mahāpathavī pakatitintā nibbattaharitasaddalā āsittodakā cikkhallajātā puna-d-eva mahāmeghe abhivaṭṭe bhiyyosomattāya cikkhallatarā assa, evam-eva kho mahārāja Bodhisatto pakatiyā va ukkaṇṭhito tassā devatāya vacanena bhiyyosomattāya ubbiji saṁviji saṁvegam-āpajjīti.

Api nu kho bhante Nāgasena Bodhisattassa yadi sattame divase dibbaṁ cakkaratanaṁ nibbatteyya, patinivatteyya Bodhisatto dibbe cakkaratane nibbatte ti. — Na hi mahārāja sattame divase Bodhisattassa dibbaṁ cakkaratanaṁ nibbatteyya, api ca palobhanatthāya tāya devatāya musā bhaṇitaṁ. Yadi pi mahārāja sattame divase dibbaṁ cakkaratanaṁ nibbatteyya, Bodhisatto na nivatteyya. Kiṁkāraṇaṁ: aniccan-ti mahārāja Bodhisatto daḷhaṁ aggahesi, dukkhaṁ, anattā ti daḷhaṁ aggahesī upādānakkhayaṁ patto. Yathā mahārāja Anotattadahato udakaṁ Gaṅgaṁ nadiṁ pavisati, Gaṅgāya nadiyā mahāsamuddaṁ pavisati, mahāsamuddato Pātālamukhaṁ pavisati, api nu taṁ udakaṁ Pātālamukhagataṁ paṭinivattitvā mahāsamuddaṁ paviseyya, mahāsamuddato Gaṅgaṁ nadiṁ paviseyya, Gaṅgāya nadiyā puna Anotat-

[7] ḍayhantaṁ B [8] pavisitvā AC. [9] tassāya AbC [10] pathavī AaB. [11] -dinnā C [12] -odikā AC. [13] cikkhalya- AC [14] abhivaṭṭhe M. [15] tassāya AC. [16] dibba- BC. [17] pati- M. [18] pi om. C. [19] patto ti all. [20] gaṅgānadiṁ CM. [21] gaṅgānadiyā AC. [22] pavisati evameva kho mahārāja api nu ABC.

taṁ pariseyyāti. — Na hi bhante ti. — Evam-eva kho mahārāja Bodhisattena kappānaṁ satasahassaṁ caturo ca asankheyye kusalaṁ paripācitaṁ imassa bhavassa kāraṇā, so 'yaṁ antimabhavo anuppatto, paripakkaṁ bodhiñāṇaṁ, chahi vassehi Buddho bhavissati sabbaññū loke aggapuggalo, api nu kho mahārāja Bodhisatto cakkaratanassa kāraṇā paṭinivatteyyāti. — Na hi bhante ti. — Api ca mahārāja mahāpaṭhavī parivatteyya sakānanasapabbatā, na tv-eva Bodhisatto paṭinivatteyya apatvā sammāsambodhiṁ. Āroheyya pi ce mahārāja Gangāya udakaṁ paṭisotaṁ, na tv-eva Bodhisatto paṭinivatteyya apatvā sammāsambodhiṁ. Visusseyya pi ce mahārāja mahāsamuddo aparimitajaladharo gopade udakaṁ viya, na tv-eva Bodhisatto paṭinivatteyya apatvā sammāsambodhiṁ. Phaleyya pi ce mahārāja Sineru pabbatarājā satadhā vā sahassadhā vā, na tv-eva Bodhisatto paṭinivatteyya apatvā sammāsambodhiṁ. Pateyyuṁ-pi ce mahārāja candimasuriyā satārakā leḍḍu viya chamāyaṁ, na tv-eva Bodhisatto paṭinivatteyya apatvā sammāsambodhiṁ. Saṁvaṭṭeyya pi ce mahārāja ākāso kilañjam-iva, na tv-eva Bodhisatto paṭinivatteyya apatvā sammāsambodhiṁ. Kiṁkāraṇā: padālitattā sabbabandhanānan-ti.

Bhante Nāgasena, kati loke bandhanānîti. — Dasa kho pan' imāni mahārāja loke bandhanāni, yehi bandhanehi baddhā sattā na nikkhamanti, nikkhamitvā pi paṭinivattanti. Katamāni dasa: mātā mahārāja loke bandhanaṁ, pitā mahārāja loke bandhanaṁ, bhariyā mahārāja loke bandhanaṁ, puttā mahārāja loke bandhanaṁ, ñāti mahārāja loke bandhanaṁ, mittā mahārāja loke bandhanaṁ, dhanaṁ mahārāja loke bandhanaṁ, lābhasakkāro

---

[9] appatvā AC throughout. [10] leḍḍumiva BC. [11] -kāraṇaṁ B. [12] dālitattā AaB.

mahārāja loke bandhanaṁ, issariyaṁ mahārāja loke bandhanaṁ, pañca kāmaguṇā mahārāja loke bandhanaṁ. Imāni kho mahārāja dasa loke bandhanāni, yehi bandhanehi baddhā sattā na nikkhamanti, nikkhamitvā pi paṭinivattanti. Tāni dasa pi bandhanāni Bodhisattassa chinnāni dālitāni padālitāni. Tasmā mahārāja Bodhisatto na paṭinivattatīti.

Bhante Nāgasena, yadi Bodhisatto uppanne araticitte devatāya vacanena aparipakke ñāṇe aparipakkāya bodhiyā nekkhammaṁ abhinikkhanto, kiṁ tassa dukkarakārikāya katāya, nanu nāma sabbabhakkhena bhavitabbaṁ ñāṇaparipākaṁ āgamayamānenāti. — Dasa kho pan' ime mahārāja puggalā lokasmiṁ oññātā avaññātā hīḷitā khīḷitā garahitā paribhūtā acittikatā, katame dasa: itthī mahārāja vidhavā lokasmiṁ oññātā avaññātā hīḷitā khīḷitā garahitā paribhūtā acittikatā, dubbalo mahārāja puggalo, amittañāti mahārāja puggalo, mahagghaso mahārāja puggalo, agarukulavāsiko mahārāja puggalo, pāpamitto mahārāja puggalo, dhanahīno mahārāja puggalo, ācārahīno mahārāja puggalo, kammahīno mahārāja puggalo, payogahīno mahārāja puggalo lokasmiṁ oññāto avaññāto hīḷito khīḷito garahito paribhūto acittikato. Ime kho mahārāja dasa puggalā lokasmiṁ oññātā avaññātā hīḷitā khīḷitā garahitā paribhūtā acittikatā. Imāni kho mahārāja dasa ṭhānāni anussaramānassa Bodhisattassa evaṁ saññā uppajji: mā 'haṁ kammahīno assaṁ payogahīno garahito devamanussānaṁ, yan nūnāhaṁ kammassāmī assaṁ kammagaru kammādhipateyyo kammasīlo kammadhoreyyo kammaniketavā appamatto vihareyyan ti. Evaṁ kho mahārāja Bodhisatto ñāṇaṁ paripācento dukkarakārikaṁ akāsīti.

Bhante Nāgasena, Bodhisatto dukkarakārikaṁ karonto

---

[1] dālitāni om. A. [2] padālitāni om. C.

evam āha: 'Na kho panāhaṁ imāya kaṭukāya dukkarakārikāya adhigacchāmi uttariṁ manussadhammā alamariyañāṇadassanavisesaṁ, siyā nu kho añño maggo bodhāyāti. Api nu tasmiṁ samaye Bodhisattassa maggaṁ ārabbha satisammoso ahosīti. — Pañcavīsati kho pan' ime mahārāja cittadubbalīkaraṇā dhammā yehi dubbalīkataṁ cittaṁ na sammā samādhiyati āsavānaṁ khayāya, katame pañcavīsati: kodho mahārāja cittassa dubbalīkaraṇo dhammo yena dubbalīkataṁ cittaṁ na sammā samādhiyati āsavānaṁ khayāya; upanāho makkho paḷāso issā macchariyaṁ māyā sāṭheyyaṁ thambho sārambho māno atimāno mado pamādo thīnamiddhaṁ nandī ālasyaṁ pāpamittatā rūpā saddā gandhā rasā phoṭṭhabbā khudāpipāsā arati mahārāja cittadubbalīkaraṇo dhammo yena dubbalīkataṁ cittaṁ na sammā samādhiyati āsavānaṁ khayāya. Ime kho mahārāja pañcavīsati cittadubbalīkaraṇā dhammā yehi dubbalīkataṁ cittaṁ na sammā samādhiyati āsavānaṁ khayāya. Bodhisattassa kho mahārāja khudāpipāsā kāyaṁ pariyādiyiṁsu, kāye pariyādinne cittaṁ na sammā samādhiyati āsavānaṁ khayāya. Satasahassaṁ mahārāja kappānaṁ caturo ca asaṅkheyye kappe Bodhisatto catunnaṁ yeva ariyasaccānaṁ abhisamayaṁ anvesi tāsu tāsu jātisu, kiṁ pan' assa pacchime bhave abhisamayajātiyaṁ maggaṁ ārabbha satisammoso hessati. Api ca mahārāja Bodhisattassa saññāmattaṁ uppajji: siyā nu kho añño maggo bodhāyāti. Pubbe kho mahārāja Bodhisatto ekamāsiko samāno pitu Sakkassa kammante sītāya jambucchāyāya sirisayane pallaṅkaṁ ābhujitvā nisinno vivicc' eva kāmehi vivicca akusalehi dhammehi savitakkaṁ savicāraṁ vivekajaṁ pītisukhaṁ paṭhamajjhānaṁ upasam-

---

[1] uttari AM. [2] -dhammam BaM. [3] -dubbalak- all; -karaṇadhammā AB. [10] pal- C. [12] thīnam BCM [15] nandī ABM. [16] alasam M. [21] asaṅkheyyakappe A [25] pathamam jhānam M.

pajja vihāsi — pe — catutthajjhānaṁ upasampajja vihāsīti. — Sādhu bhante Nāgasena, evam-etaṁ, tathā sampaṭicchāmi: ñāṇaṁ paripācento Bodhisatto dukkarakārikaṁ akāsīti.

Bhante Nāgasena, katamaṁ adhimattaṁ balavataraṁ, kusalaṁ vā akusalaṁ vā ti. — Kusalaṁ mahārāja adhimattaṁ balavataraṁ, no tathā akusalan-ti. — Nāhaṁ bhante Nāgasena taṁ vacanaṁ sampaṭicchāmi: kusalaṁ adhimattaṁ balavataraṁ, no tathā akusalan-ti. Dissanti bhante Nāgasena idha pāṇātipātino adinnādāyino kāmesu micchācārino musāvādino gāmaghātakā panthadūsakā nekatikā vañcanikā, sabbe te tāvatakena pāpena labhanti hatthacchedaṁ pādacchedaṁ hatthapādacchedaṁ kaṇṇacchedaṁ nāsacchedaṁ kaṇṇanāsacchedaṁ bilaṅgathālikaṁ saṅkhamuṇḍikaṁ Rāhumukhaṁ jotimālikaṁ hatthapajjotikaṁ erakavattikaṁ cīrakavāsikaṁ eṇeyyakaṁ balisamaṁsikaṁ kahāpaṇakaṁ khārāpatacchikaṁ palighaparivattikaṁ palālapīṭhakaṁ, tattena pi telena osiñcanaṁ, sunakhehi pi khādāpanaṁ, sūlāropanaṁ, asinā pi sīsacchedaṁ; keci rattiṁ pāpaṁ katvā rattiṁ yeva vipākaṁ anubhavanti, keci rattiṁ katvā divā yeva anubhavanti, keci divā katvā divā yeva anubhavanti, keci divā katvā rattiṁ yeva anubhavanti, keci dve tayo divase vītivatte anubhavanti; sabbe pi te diṭṭhe va dhamme vipākaṁ anubhavanti. Atthi pana bhante Nāgasena koci ekassa vā dvinnaṁ vā tinnaṁ vā catunnaṁ vā pañcannaṁ vā dasannaṁ vā satassa vā sahassassa vā satasahassassa vā saparivāraṁ dānaṁ datvā diṭṭhadhammikaṁ bhogaṁ vā yasaṁ vā sukhaṁ vā anubhavitā, sīlena vā uposathakammena vā ti. — Atthi

---

[16] -mālakaṁ BM [17] -vattakaṁ CM. [18] -pīṭhikaṁ Ab, -piṭṭhikaṁ Aa, -pīṭhaṁ BCM.

mahārāja cattāro purisā dānaṁ datvā sīlaṁ samādiyitvā uposathakammaṁ katvā diṭṭhe va dhamme ten' eva sarīradehena Tidasapure yasam-anuppattā ti. — Ko ca ko ca bhante ti. — Mandhātā mahārāja rājā, Nimi rājā, Sādhīno rājā, Guttilo ca gandhabbo ti. — Bhante Nāgasena, anekehi taṁ bhavasahassehi antaritaṁ, dvinnam-p' etaṁ ambākaṁ parokkhaṁ; yadi samattho si, vattamānake bhave Bhagavato dharamānakāle kathehîti. — Vattamānake pi mahārāja bhave Puṇṇako dāso therassa Sāriputtassa bhojanaṁ datvā tadah' eva seṭṭhiṭṭhānaṁ ajjhupagato, so etarahi Puṇṇako seṭṭhîti paññāyi. Gopālamātā devī attano kese vikkiṇitvā laddhehi aṭṭhahi kahāpaṇehi therassa Mahākaccāyanassa attaṭṭhamakassa piṇḍapātaṁ datvā tadah' eva rañño Udenassa aggamahesittaṁ pattā. Suppiyā upāsikā aññatarassa gilānabhikkhuno attano ūrumaṁsena paṭicchādaniyaṁ datvā dutiyadivase yeva rūḷhavaṇā sacchavi arogā jātā. Mallikā devī Bhagavato ābhidosikaṁ kummāsapiṇḍaṁ datvā tadah' eva rañño Kosalassa aggamahesī jātā. Sumano mālākāro aṭṭhahi sumanapupphamuṭṭhīhi Bhagavantaṁ pūjetvā taṁ divasaṁ yeva mahāsampattiṁ patto. Ekasāṭako brāhmaṇo uttarasāṭakena Bhagavantaṁ pūjetvā taṁ divasaṁ yeva sabbaṭṭhakaṁ labhi. Sabbe p' ete mahārāja diṭṭhadhammikaṁ bhogañ-ca yasañ-ca anubhaviṁsûti. — Bhante Nāgasena, vicinitvā pariyesitvā cha jane yeva addasāsîti. — Āma mahārājāti. — Tena hi bhante Nāgasena akusalaṁ yeva adhimattaṁ balavataraṁ, no tathā kusalaṁ. Ahaṁ hi bhante Nāgasena ekadivasaṁ yeva dasa pi purise passāmi pāpassa kammassa vipākena sūlesu āropente, vīsatim-pi tiṁsam-pi cattālīsam-pi paññāsam-pi

---

[1] samādayitvā BCM [3] mah. nimi all. [4] sādhīno all. [5] bhagavati ABC. [15] -kaccānassa B. [16] -daniyaṁ BC. [17] ārogā C. [18] abhido- CM. [19] mālakāro BC [20] timsatimpi C.

purise purisasatam-pi purisasahassam-pi passāmi pāpassa kammassa vipākena sūlesu āropente. Nandakulassa bhante Nāgasena Bhaddasālo nāma senāpatiputto ahosi, tena ca raññā Candaguttena saṅgāmo samupabbūḷho ahosi. Tasmiṁ kho pana bhante Nāgasena saṅgāme ubhatobalakāye asīti kavandharūpāni ahesuṁ, ekasmiṁ kira sīsakalande paripuṇṇe ekaṁ kavandharūpaṁ uṭṭhahati, sabbe p' ete pāpass' eva kammassa vipākena anayabyasanaṁ āpannā. Iminā pi bhante Nāgasena kāraṇena bhaṇāmi: akusalaṁ yeva adhimattaṁ balavataraṁ, no tathā kusalan-ti. Sūyati bhante Nāgasena imasmiṁ Buddhasāsane Kosalena raññā asadisadānaṁ dinnan-ti. — Āma mahārāja, sūyatîti. — Api nu kho bhante Nāgasena Kosalarājā taṁ asadisadānaṁ datvā tatonidānaṁ kañci diṭṭhadhammikaṁ bhogaṁ vā yasaṁ vā sukhaṁ vā paṭilabhîti. — Na hi mahārājâti. — Yadi bhante Nāgasena Kosalarājā evarūpaṁ anuttaraṁ dānaṁ datvā pi na labhi tatonidānaṁ diṭṭhadhammikaṁ bhogaṁ vā yasaṁ vā sukhaṁ vā, tena hi bhante Nāgasena akusalaṁ yeva adhimattaṁ balavataraṁ, no tathā kusalan-ti.

Parittattā mahārāja akusalaṁ khippaṁ pariṇamati, vipulattā kusalaṁ dīghena kālena pariṇamati. Upamāya pi mahārāja etaṁ upaparikkhitabbaṁ. Yathā mahārāja aparante janapade kumudabhaṇḍikā nāma dhaññajāti māsaluṇā antogehagatā hoti, sāliyo chappañcamāsehi pariṇamanti; kiṁ pan' ettha mahārāja antaraṁ ko viseso kumudabhaṇḍikāya ca sālīnañ-câti. — Parittatā bhante kumudabhaṇḍikāya, vipulatā ca sālīnaṁ. Sāliyo bhante Nāgasena rājārahā rājabhojanaṁ, kumudabhaṇḍikā dāsakammakarānaṁ bhojanan-ti.

---

7 -kavabandha- C, -kabaddha- M 14 kiñci all. 25 dhaññā- AaM, dhaññaṁ C 25 māsaluṇa B, -luṇā Aa, -luṇāma AbC. massaphaluṇā M. 28 parittatā all. 28 vipulatāya M 29 rājarahaṁ AaC

— Evam-eva kho mahārāja parittattā akusalaṁ khippaṁ pariṇamati, vipulattā kusalaṁ dīghena kālena pariṇamatīti. — Yaṁ tattha bhante Nāgasena khippaṁ pariṇamati taṁ nāma loke adhimattaṁ balavataraṁ, tasmā akusalaṁ adhimattaṁ balavataraṁ, no tathā kusalaṁ. Yathā nāma bhante Nāgasena yo koci yodho mahatimahāyuddhaṁ pavisitvā paṭisattuṁ upakacchake gahetvā ākaḍḍhitvā khippataraṁ sāmino upaneyya so yodho loke samattho sūro nāma, yo ca bhisakko khippaṁ sallaṁ uddharati rogaṁ-apaneti so bhisakko cheko nāma, yo gaṇako sīghasīghaṁ gaṇetvā khippaṁ dassayati so gaṇako cheko nāma, yo mallo khippaṁ paṭimallaṁ ukkhipitvā uttānakaṁ pāteti so mallo samattho sūro nāma; evam-eva kho bhante Nāgasena yaṁ khippaṁ pariṇamati kusalaṁ vā akusalaṁ vā taṁ loke adhimattaṁ balavataran-ti. — Ubhayam-pi taṁ mahārāja kammaṁ samparāyavedaniyaṁ yeva, api ca akusalaṁ sāvajjatāya khaṇena diṭṭhadhammavedaniyaṁ hoti. Pubbakehi mahārāja khattiyehi ṭhapito eso niyamo: yo pāṇaṁ hanati so daṇḍāraho, yo adinnaṁ ādiyati, yo paradāraṁ gacchati, yo musā bhaṇati, yo gāmaṁ ghāteti, yo panthaṁ dūseti, yo nikativañcanaṁ karoti so daṇḍāraho vadhitabbo chettabbo bhettabbo hantabbo ti. Taṁ te upādāya vicinitvā vicinitvā daṇḍenti vadhenti chindanti bhindanti hananti ca. Api nu mahārāja atthi kehici ṭhapito niyamo: yo dānaṁ vā deti sīlaṁ vā rakkhati uposathakammaṁ vā karoti tassa dhanaṁ vā yasaṁ vā dātabban-ti. Api nu taṁ vicinitvā vicinitvā dhanaṁ vā yasaṁ vā denti, corassa katakammassa vadhabandhanaṁ viyāti. — Na hi bhante ti. — Yadi mahārāja dāyakānaṁ vicinitvā vicinitvā dhanaṁ vā yasaṁ vā dadeyyuṁ, kusalam-pi diṭṭhadhamma-

---

[7] upakacchakena AbC. [8] upanāmeyya AbC. [9] suro all. [10] -vedanīyaṁ C throughout. [19] hanti B. [22] vicinitvā once AM. [23] [24] vicinitvā once CM.

vedaniyaṁ bhaveyya. Yasmā ca kho mahārāja dāyake na vicinanti: dhanaṁ vā yasaṁ vā dassāmâti, tasmā kusalaṁ na diṭṭhadhammavedaniyaṁ. Iminā mahārāja kāraṇena akusalaṁ diṭṭhadhammavedaniyaṁ, samparāye va so adhimattaṁ balavataraṁ vedanaṁ vediyatîti. — Sādhu bhante Nāgasena, tavādisena buddhimantena vinā n' eso pañho sunibbedhiyo; lokikam-bhante Nāgasena lokuttarena viññāpitan-ti.

Bhante Nāgasena, ime dāyakā dānaṁ datvā pubbapetānaṁ ādisanti: imaṁ tesaṁ pāpuṇātûti. Api nu te kañci tatonidānaṁ vipākaṁ paṭilabhantîti. — Keci mahārāja paṭilabhanti, keci na paṭilabhantîti. — Ke bhante paṭilabhanti, ke na paṭilabhantîti. — Nirayūpapannā mahārāja na paṭilabhanti, saggagatā na paṭilabhanti, tiracchānayonigatā na paṭilabhanti; catunnaṁ petānaṁ tayo petā na paṭilabhanti: vantāsikā khuppipāsino nijjhāmataṇhikā; labhanti petā paradattûpajîvino, te pi saramānā yeva labhantîti. — Tena hi bhante Nāgasena dāyakānaṁ dānaṁ vissotaṁ hoti aphalaṁ, yesaṁ uddissa kataṁ yadi te na paṭilabhantîti. — Na hi taṁ mahārāja dānaṁ aphalaṁ hoti avipākaṁ, dāyakā yeva tassa phalaṁ anubhavantîti. — Tena hi bhante kāraṇena maṁ saññāpehîti. — Idha mahārāja keci manussā maccha-maṁsa-surā-bhatta-khajjakāni paṭiyādetvā ñātikulaṁ gacchanti; yadi te ñātakā taṁ upāyanaṁ na sampaṭiccheyyuṁ, api nu taṁ upāyanaṁ vissotaṁ gaccheyya vinasseyya vā ti. — Na hi bhante, sāmikānaṁ yeva taṁ hotîti. — Evam-eva kho mahārāja dāyakā yeva tassa phalaṁ anubhavanti. Yathā

[4] ca B. [8] vedanaṁ om. BM. [10] ādisantîti M, ādiyanti AbBC, adhiyanti Aa. [11] kiñci all. [12] bhante Nāgasena AbBaM. [13] naṁ ABC, naṁ taṁ M. [14] anubhavantîti all.

vā pana mahārāja puriso gabbhaṁ paviṭṭho asati purato nikkhamanamukhe kena nikkhameyyāti. — Paviṭṭhen' eva bhante ti. — Evam eva kho mahārāja dāyakā yeva tassa phalaṁ anubhavantīti. — Hotu bhante Nāgasena, evam etaṁ, tathā sampaṭicchāma: dāyakā yeva tassa phalaṁ anubhavanti, na mayaṁ taṁ kāraṇaṁ vilomemāti.

Bhante Nāgasena, yadi imesaṁ dāyakānaṁ dinnaṁ dānaṁ pubbapetānaṁ pāpuṇāti te ca tassa vipākaṁ anubhavanti, tena hi yo pāṇātipātī luddo lohitapāṇi paduṭṭhamanasaṅkappo manusse ghātetvā dāruṇaṁ kammaṁ katvā pubbapetānaṁ ādiseyya: imassa me kammassa vipāko pubbapetānaṁ pāpuṇātūti, api nu tassa vipāko pubbapetānaṁ pāpuṇātīti. — Na hi mahārājāti. — Bhante Nāgasena, ko tattha hetu kiṁ kāraṇaṁ yena kusalaṁ pāpuṇāti akusalaṁ na pāpuṇātīti. — N' eso mahārāja pañho pucchitabbo, mā ca tvaṁ mahārāja: vissajjako atthīti apucchitabbaṁ pucchi; kissa ākāso nirālambo, kissa Gaṅgā uddhamukhā na sandati, kissa ime manussā ca dijā ca dipadā, migā catuppadā ti tam pi maṁ tvaṁ pucchissasīti. — Nāhan taṁ bhante Nāgasena vihesāpekkho pucchāmi, api ca nibbāhanatthāya sandehassa pucchāmi. Bahū manussā loke vāmagāhino vicakkhukā; kin ti te otāraṁ na labheyyun ti evāhan taṁ pucchāmīti. — Na sakkā mahārāja saha akatena ananumatena saha pāpaṁ kammaṁ saṁvibhajituṁ. Yathā mahārāja manussā udakanibbāhanena udakaṁ suvidūram pi haranti, api nu mahārāja sakkā ghanamahāselapabbato nibbāhanena yathicchitaṁ haritun ti. — Na hi bhante ti. — Evam eva kho mahārāja sakkā kusalaṁ saṁvibhajituṁ, na sakkā akusalaṁ saṁvibhajituṁ. Yathā vā pana mahārāja sakkā telena padīpo jaletuṁ, api nu mahārāja sakkā udakena

---

[7] dinnadānaṁ CM. [11] ādiyeyya ABC. [15] na om all [19] dvijā C. [19] dvipada CaM [23] okāraṁ M. [25] pāpakammaṁ CM. [26] sudūrampi A

padīpo jaletun-ti. — Na hi bhante ti. — Evam-eva kho mahārāja sakkā kusalaṁ saṁvibhajituṁ, na sakkā akusalaṁ saṁvibhajituṁ. Yathā vā pana mahārāja kassakā taḷākato udakaṁ nīharitvā dhaññaṁ paripācenti, api nu kho mahārāja sakkā mahāsamuddato udakaṁ nīharitvā dhaññaṁ paripācetun-ti. — Na hi bhante ti. — Evam-eva kho mahārāja sakkā kusalaṁ saṁvibhajituṁ, na sakkā akusalaṁ saṁvibhajitun-ti.

Bhante Nāgasena, kena kāraṇena sakkā kusalaṁ saṁvibhajituṁ, na sakkā akusalaṁ saṁvibhajituṁ; kāraṇena maṁ saññāpehi, nāhaṁ andho anāloko, sutvā vedissāmīti. — Akusalaṁ mahārāja thokaṁ, kusalaṁ bahukaṁ, thokattā akusalaṁ kattāraṁ yeva pariyādiyati, bahukattā kusalaṁ sadevakaṁ lokaṁ ajjhottharatīti. — Opammaṁ karohīti. — Yathā mahārāja parittaṁ ekaṁ udabindu paṭhaviyaṁ nipateyya, api nu kho taṁ mahārāja udabindu dasa pi dvādasa pi yojanāni ajjhotthareyyāti. — Na hi bhante, yattha taṁ udabindu nipatitaṁ tatth' eva pariyādiyatīti. — Kena kāraṇena mahārājāti. — Parittattā bhante udabindussāti. — Evam-eva kho mahārāja parittaṁ akusalaṁ, parittattā kattāraṁ yeva pariyādiyati, na sakkā saṁvibhajituṁ. Yathā vā pana mahārāja mahatimahāmegho abhivasseyya tappayanto dharaṇitalaṁ, api nu kho so mahārāja mahāmegho samantato otthareyyāti. — Āma bhante, pūrayitvā so mahāmegho sobbha-sara-saritā-sākhā-kandara-padara-daha-taḷāka-udapāna-pokkharaṇiyo dasa pi dvādasa pi yojanāni ajjhotthareyyāti. — Kena kāraṇena mahārājāti. — Mahantattā bhante meghassāti. — Evam-eva kho mahārāja kusalaṁ bahukaṁ, bahukattā sakkā devamanussehi pi saṁvibhajitun-ti.

Bhante Nāgasena, kena kāraṇena akusalaṁ thokaṁ,

16 udakabindu ACM, and so M throughout. 19 -diyatīti ABC.

kusalaṁ bahutaran-ti. — Idha mahārāja yo koci dānaṁ deti sīlaṁ samādiyati uposathakammaṁ karoti, so haṭṭho pahaṭṭho hasito pahasito pamudito pasannamānaso vedajāto hoti; tassa aparāparaṁ pīti uppajjati, pītimanassa bhiyyo bhiyyo kusalaṁ pavaḍḍhati. Yathā mahārāja udapāne bahusalilasampuṇṇe ekena desena udakaṁ paviseyya ekena nikkhameyya, nikkhamante pi aparāparaṁ uppajjati, na sakkā hoti khayaṁ pāpetuṁ; evam-eva kho mahārāja kusalaṁ bhiyyo bhiyyo pavaḍḍhati. Vassasate pi ce mahārāja puriso kataṁ kusalaṁ āvajjeyya, āvajjite āvajjite bhiyyo bhiyyo kusalaṁ pavaḍḍhati, tassa taṁ kusalaṁ sakkā hoti yathicchakehi saddhiṁ saṁvibhajituṁ. Idam-ettha mahārāja kāraṇaṁ yena kāraṇena kusalaṁ bahutaraṁ. Akusalaṁ pana mahārāja karonto pacchā vippaṭisārī hoti, vippaṭisārino cittaṁ patilīyati patikuṭati pativaṭṭati, na sampasārīyati, socati tappati hāyati khīyati, na parivaḍḍhati, tatth' eva pariyādiyati. Yathā mahārāja sukkhāya nadiyā mahāpuḷināya unnatâvanatāya kuṭila-saṅkuṭilāya uparito parittaṁ udakaṁ āgacchantaṁ hāyati khīyati, na parivaḍḍhati, tatth' eva pariyādiyati; evam-eva kho mahārāja akusalaṁ karontassa cittaṁ patilīyati patikuṭati pativaṭṭati, na sampasārīyati, socati tappati hāyati khīyati, na parivaḍḍhati, tatth' eva pariyādiyati. Idam-ettha mahārāja kāraṇaṁ yena kāraṇena akusalaṁ thokan-ti. — Sādhu bhante Nāgasena, evam-etaṁ, tathā sampaṭicchāmīti.

Bhante Nāgasena, imasmiṁ loke naranāriyo supinaṁ passanti kalyāṇam-pi pāpakam-pi, diṭṭhapubbam-pi adiṭṭhapubbam-pi, katapubbam-pi akatapubbam-pi,

---

[9] yathā pana MC, yathā vā pana AM [10] āvajjeyya āvajjeyya M. [11] -puli- C.

khemam-pi sabhayam-pi, dūre pi santike pi, bahuvidhāni pi anekavaṇṇasahassāni dissanti. Kiñ-c' etaṁ supinaṁ nāma, ko c' etaṁ passatīti. — Nimittam-etaṁ mahārāja supinaṁ nāma yaṁ cittassa āpātham-upagacchati. Cha-y-ime mahārāja supinaṁ passanti: vātiko supinaṁ passati, pittiko supinaṁ passati, semhiko supinaṁ passati, devatūpasaṁhārato supinaṁ passati, samudāciṇṇato supinaṁ passati, pubbanimittato supinaṁ passati. Tatra mahārāja yaṁ pubbanimittato supinaṁ passati taṁ yeva saccaṁ, avasesaṁ micchā ti. — Bhante Nāgasena, yo pubbanimittato supinaṁ passati, kiṁ tassa cittaṁ sayaṁ gantvā taṁ nimittaṁ vicināti, taṁ vā nimittaṁ cittassa āpātham-upagacchati, añño vā āgantvā tassa ārocetīti. — Na mahārāja tassa cittaṁ sayaṁ gantvā taṁ nimittaṁ vicināti, nāpi añño koci āgantvā tassa āroceti, atha kho taṁ yeva nimittaṁ cittassa āpātham-upagacchati. Yathā mahārāja ādāso na sayaṁ kuhiñci gantvā chāyaṁ vicināti, nāpi añño koci chāyaṁ ānetvā ādāsaṁ āropeti, atha kho yato kutoci chāyā āgantvā ādāsassa āpātham-upagacchati; evam-eva kho mahārāja na tassa cittaṁ sayaṁ gantvā taṁ nimittaṁ vicināti, nāpi añño koci āgantvā āroceti, atha kho yato kutoci nimittaṁ āgantvā cittassa āpātham-upagacchatīti.

Bhante Nāgasena, yan-taṁ cittaṁ supinaṁ passati, api nu taṁ cittaṁ jānāti: evaṁ nāma vipāko bhavissati khemaṁ vā bhayaṁ vā ti. — Na hi mahārāja taṁ cittaṁ jānāti: evaṁ vipāko bhavissati khemaṁ vā bhayaṁ vā ti; nimitte pana uppanne aññesaṁ katheti, tato te atthaṁ kathentīti. — Iṅgha bhante Nāgasena kāraṇaṁ dassehīti. — Yathā mahārāja sarīre tilakā piḷakā daddūni uṭṭhahanti lābhāya vā alābhāya vā yasāya vā ayasāya vā

---

[3] kimetaṁ C [9] nimittataṁ A. [10] avasesā M. [12] añño vā koci all [14] tassa na ār. AC [15] mah. tassa ... nimittaṁ na vicināti AC [16] añño vā koci AC.

nindāya vā pasaṁsāya vā sukhāya vā dukkhāya vā, api nu tā mahārāja [tilakā] piḷakā jānitvā uppajjanti: imaṁ nāma mayaṁ atthaṁ nipphādessāmāti. — Na hi bhante, yādise tā 'okāse piḷakā sambhavanti, tattha tā piḷakā disvā nemittakā byākaronti: evaṁ nāma vipāko bhavissatīti. — Evam-eva kho mahārāja yan-taṁ cittaṁ supinaṁ passati na taṁ cittaṁ jānāti: evaṁ nāma vipāko bhavissati khemaṁ vā bhayaṁ vā ti; nimitte pana uppanne aññesaṁ katheti, tato te atthaṁ kathentīti.

Bhante Nāgasena, yo supinaṁ passati so niddāyanto passati udāhu jagganto passatīti. — Yo so mahārāja supinaṁ passati na so niddāyanto passati nāpi jagganto passati, api ca okkante middhe asampatte bhavaṅge etth' antare supinaṁ passati. Middhasamārūḷhassa mahārāja cittaṁ bhavaṅgagataṁ hoti, bhavaṅgagataṁ cittaṁ na-ppavattati, appavattaṁ cittaṁ sukhadukkhaṁ na-ppajānāti, appaṭivijānantassa supino na hoti, pavattamāne citte supinaṁ passati. Yathā mahārāja timire andhakāre appabhāse suparisuddhe pi ādāse chāyā na dissati, evam-eva kho mahārāja middhasamārūḷhe citte bhavaṅgagate tiṭṭhamāne pi sarīre cittaṁ appavattaṁ hoti, appavatte citte supinaṁ na passati. Yathā mahārāja ādāso evaṁ sarīraṁ daṭṭhabbaṁ, yathā andhakāro evaṁ middhaṁ daṭṭhabbaṁ, yathā āloko evaṁ cittaṁ daṭṭhabbaṁ. Yathā vā pana mahārāja mahikotthaṭassa suriyassa pabhā na dissati, santā yeva suriyarasmi appavattā hoti, appavattāya suriyarasmiyā āloko na hoti; evam-eva kho mahārāja middhasamārūḷhassa cittaṁ bhavaṅgagataṁ hoti, bhavaṅgagataṁ cittaṁ na-ppavattati, appavatte citte supinaṁ na passati. Yathā mahārāja suriyo evaṁ sarīraṁ daṭṭhabbaṁ, yathā mahikottharaṇaṁ evaṁ

---

[4] yādise om. AC. [5] nemittikā B. [11.12] jāgaranto M. [13] passati so nidd. na passati AC [21] appavattaṁ om AC.

middhaṁ daṭṭhabbaṁ, yathā suriyarasmi evaṁ cittaṁ daṭṭhabbaṁ.

Dvinnaṁ mahārāja sante pi sarīre cittaṁ appavattaṁ hoti: middhasamārūḷhassa bhavangagatassa sante pi sarīre cittaṁ appavattaṁ hoti, nirodhasamāpannassa sante pi sarīre cittaṁ appavattaṁ hoti. Jāgarantassa mahārāja cittaṁ lolaṁ hoti vivaṭaṁ pākaṭaṁ anibaddhaṁ, evarūpassa citte nimittaṁ āpāthaṁ na upeti. Yathā mahārāja purisaṁ vivaṭaṁ pākaṭaṁ akiriyaṁ arahassaṁ rahassakāmā parivajjenti, evam-eva kho mahārāja jāgarantassa dibbo attho āpāthaṁ na upeti, tasmā jāgaranto supinaṁ na passati. Yathā vā pana mahārāja bhikkhuṁ bhinnājīvaṁ anācāraṁ pāpamittaṁ dussīlaṁ kusītaṁ hīnaviriyaṁ kusalā bodhapakkhiyā dhammā āpāthaṁ na upenti, evam-eva kho mahārāja jāgarantassa dibbo attho āpāthaṁ na upeti, tasmā jāgaranto supinaṁ na passatīti.

Bhante Nāgasena, atthi middhassa ādi-majjha-pariyosānan-ti. — Āma mahārāja, atthi middhassa ādi, atthi majjhaṁ, atthi pariyosānan-ti. — Katamaṁ ādi, katamaṁ majjhaṁ, katamaṁ pariyosānan-ti. — Yo mahārāja kāyassa onāho pariyonāho dubbalyaṁ mandatā akammaññatā kāyassa, ayaṁ middhassa ādi; yo mahārāja kapiniddāpareto vokiṇṇakaṁ jaggati, idaṁ middhassa majjhaṁ; bhavangagati pariyosānaṁ. Majjhūpagato mahārāja kapiniddāpareto supinaṁ passati. Yathā mahārāja koci yatacārī samāhitacitto ṭhitadhammo acalabuddhi pahīnakotūhalasaddaṁ vanam-ajjhogāhitvā sukhumaṁ atthaṁ cintayati, na ca so tattha middhaṁ okkamati, so tattha samāhito ekaggacitto sukhumaṁ atthaṁ paṭivijjhati; evam-eva kho mahārāja jāgaro na middhasamāpanno ajjhupagato kapiniddaṁ kapiniddāpareto su-

[8] āpātaṁ C. [9] arahassārahaṁ AbC. [11] -vīriyaṁ ABC [12] kusalaṁ AC.
[14] āpātaṁ Aa [16] saññatacārī A. [17] -gāhetvā M, -gahetvā ABC.

pinaṁ passati. Yathā mahārāja kotūhalasaddo evaṁ jāgaraṇaṁ daṭṭhabbaṁ, yathā vivittaṁ vanaṁ evaṁ kapiniddāpareto daṭṭhabbo, yathā so kotūhalasaddaṁ ohāya middhaṁ vivajjetvā majjhattabhūto sukhumaṁ atthaṁ paṭivijjhati, evaṁ jāgaro na middhasamāpanno kapiniddāpareto supinaṁ passatīti. — Sādhu bhante Nāgasena, evam-etaṁ, tathā sampaṭicchāmīti.

Bhante Nāgasena, ye te sattā maranti, sabbe te kāle yeva maranti, udāhu akāle pi marantīti. — Atthi mahārāja kāle pi maraṇaṁ, atthi akāle pi maraṇan-ti. — Ke te bhante Nāgasena kāle maranti, ke akāle marantīti. — Diṭṭhapubbā pana mahārāja tayā ambarukkhā vā jamburukkhā vā aññasmā vā pana phalarukkhā phalāni patantāni āmāni ca pakkāni cāti. — Āma bhante ti. — Yāni tāni mahārāja phalāni rukkhato patanti sabbāni tāni kāle yeva patanti udāhu akāle pīti. — Yāni tāni bhante Nāgasena phalāni paripakkāni vilīnāni patanti sabbāni tāni kāle patanti; yāni pana tāni avasesāni phalāni tesu kānici kimividdhāni patanti, kānici lakuṭahatāni patanti, kānici vātapahatāni patanti, kānici antopūtikāni hutvā patanti, sabbāni tāni akāle patantīti. — Evam-eva kho mahārāja ye te jarāvegahatā maranti te yeva kāle maranti; avasesā keci kammapaṭibāḷhā maranti, keci gatipaṭibāḷhā, keci kiriyapaṭibāḷhā marantīti. — Bhante Nāgasena, ye te kammapaṭibāḷhā maranti, ye pi te gatipaṭibāḷhā maranti, ye pi te kiriyapaṭibāḷhā maranti, ye pi te jarāvegapaṭibāḷhā maranti, sabbe te kāle yeva maranti; yo pi mātukucchigato marati, so tassa kālo, kāle yeva so marati; yo pi vijātaghare marati, so tassa

---

[8] jāgaraṇaṁ A. [9] majjhattha- AaB [11] tvayā C [12] lakuṭāh- C [13] patanti ABC.

kālo, so pi kāle yeva marati; yo pi māsiko marati — pe — yo pi vassasatiko marati, so tassa kālo, kāle yeva so marati. Tena hi bhante Nāgasena akāle maraṇaṃ nāma na hoti; ye keci maranti sabbe te kāle yeva marantîti.

Satt[1] ime mahārāja vijjamāne pi uttariṁ āyusmiṁ akāle maranti, katame satta: jighacchito mahārāja bhojanaṁ alabhamāno upahatabbhantaro vijjamāne pi uttariṁ āyusmiṁ akāle marati; pipāsito mahārāja pānīyaṁ alabhamāno parisukkhahadayo vijjamāne pi uttariṁ āyusmiṁ akāle marati; ahinā daṭṭho mahārāja visavegābhihato tikicchakaṁ alabhamāno vijjamāne pi uttariṁ āyusmiṁ akāle marati; visam-āsito mahārāja ḍayhantesu aṅgapaccaṅgesu agadaṁ alabhamāno vijjamāne pi uttariṁ āyusmiṁ akāle marati; aggigato mahārāja jhāyamāno nibbāpanaṁ alabhamāno vijjamāne pi uttariṁ āyusmiṁ akāle marati; udakagato mahārāja patiṭṭhaṁ alabhamāno vijjamāne pi uttariṁ āyusmiṁ akāle marati; sattihato mahārāja ābādhiko bhisakkaṁ alabhamāno vijjamāne pi uttariṁ āyusmiṁ akāle marati. Ime kho mahārāja satta vijjamāne pi uttariṁ āyusmiṁ akāle maranti. Tatra pàhaṁ mahārāja ekaṁsena vadāmi. Aṭṭhavidhena mahārāja sattānaṁ kālakiriyā hoti: vātasamuṭṭhānena pittasamuṭṭhānena semhasamuṭṭhānena sannipātikena utupariṇāmena visamaparihārena opakkamikena kammavipākena mahārāja sattānaṁ kālakiriyā hoti. Tatra mahārāja yad-idaṁ kammavipākena kālakiriyā sā yeva tattha sāmāyikā kālakiriyā, avasesā asāmāyikā kālakiriyā. Bhavati ca:

> Jighacchāya pipāsāya ahinā daṭṭho visena ca
> aggi-udaka-sattīhi akāle tattha mīyati.

---

[1] sa° C. [27] sāmayik- B throughout, A five times, Aa three times, CM once; samā- C twice. [28] asāmayikā ABC. [29] kālakiriyā ti all.

Vāta-pittena semhena sannipāten' utūhi ca
visamôpakkamakammehi akāle tattha mīyatīti.

Keci mahārāja sattā pubbe katena tena tena akusalakammavipākena maranti. Idha mahārāja yo pubbe pare jighacchāya māreti so bahūni vassasatasahassāni jighacchāya paripīlito chāto parikilanto sukkha-pamilātahadayo sukkhito visukkhito jhāyanto abbhantaraṁ paridayhanto jighacchāya yeva marati daharo pi majjhimo pi mahallako pi; idam-pi tassa sāmāyikaṁ maraṇaṁ. Yo pubbe pare pipāsāya māreti so bahūni vassasatasahassāni peto hutvā nijjhāmataṇhiko samāno lūkho kiso parisukkhitahadayo pipāsāya yeva marati daharo pi majjhimo pi mahallako pi; idam-pi tassa sāmāyikaṁ maraṇaṁ. Yo pubbe pare ahinā dasāpetvā māreti so bahūni vassasatasahassāni ajagaramukhen' eva ajagaramukhaṁ kaṇhasappamukhen' eva kaṇhasappamukhaṁ parivattitvā tehi khāyitakhāyito ahīhi daṭṭho yeva marati daharo pi majjhimo pi mahallako pi; idam-pi tassa sāmāyikaṁ maraṇaṁ. Yo pubbe pare visaṁ datvā māreti so bahūni vassasatasahassāni ḍayhantehi aṅgapaccaṅgehi bhijjamānena sarīrena kuṇapagandhaṁ vāyanto visen' eva marati daharo pi majjhimo pi mahallako pi; idam-pi tassa sāmāyikaṁ maraṇaṁ. Yo pubbe pare agginā māreti so bahūni vassasatasahassāni aṅgārapabbaten' eva aṅgārapabbataṁ Yamavisayen' eva Yamavisayaṁ parivattitvā daḍḍhavidaḍḍhagatto agginā yeva marati daharo pi majjhimo pi mahallako pi; idam-pi tassa sāmāyikaṁ maraṇaṁ. Yo pubbe pare udakena māreti so bahūni vassasatasahassāni hata-vilutta-bhagga-dubbalagatto khubhitacitto udake yeva marati daharo pi majjhimo pi mahallako pi; idam-pi tassa sāmāyikaṁ maraṇaṁ. Yo pubbe pare sattiyā māreti

[7] pubbe kate akusalakamme tena ak. M. [8] sukkhampilita- B, sukkhamilāta- M. [9] -ḍayh- M. [10] -āy'eva M. [13] -āy'eva AaB. [14] daṭṭhāpetvā AlIaCM (in B corr. by first hand). [17] khayitakhayito ABC. [18] aṅgamaṅgehi B.

so bahūni vassasatasahassāni chinna-bhinna-koṭṭita-vikoṭṭito sattimukhasamāhato sattiyā yeva marati daharo pi majjhimo pi mahallako pi; idam-pi tassa sāmāyikaṁ maraṇan-ti.

Bhante Nāgasena, akāle maraṇaṁ atthīti yaṁ vadesi, iṅgha me tvaṁ tattha kāraṇaṁ atidisāti. — Yathā mahārāja mahatimahāaggikkhandho ādiṇṇa-tiṇa-kaṭṭha-sākhā-palāso pariyādiṇṇabhakkho upādānasaṅkhayā nibbāyati, so aggi vuccati anītiko anupaddavo samaye nibbuto nāmāti, evam-eva kho mahārāja yo koci bahūni divasasahassāni jīvitvā jarājiṇṇo āyukkhayā anītiko anupaddavo marati so vuccati samaye maraṇam-upagato ti. Yathā vā pana mahārāja mahatimahāaggikkhandho ādiṇṇa-tiṇa-kaṭṭha-sākhā-palāso assa, taṁ apariyādiṇṇe yeva tiṇa-kaṭṭha-sākhā-palāse mahatimahāmegho abhippavassitvā nibbāpeyya, api nu kho so mahārāja mahāaggikkhandho samaye nibbuto nāma hotīti. — Na hi bhante ti. — Kissa pana so mahārāja pacchimo aggikkhandho purimakena aggikkhandhena samasamagatiko nāhosīti. — Āgantukena bhante meghena paṭipīḷito so aggikkhandho asamayanibbuto ti. — Evam-eva kho mahārāja yo koci akāle marati so āgantukena rogena paṭipīḷito vātasamuṭṭhānena vā pittasamuṭṭhānena vā semhasamuṭṭhānena vā sannipātikena vā utupariṇāmajena vā visamaparihārajena vā opakkamikena vā jighacchāya vā pipāsāya vā sappadaṭṭhena vā visam-āsitena vā agginā vā udakena vā sattiyā vā paṭipīḷito akāle marati. Idam-ettha mahārāja kāraṇaṁ yena kāraṇena akāle maraṇaṁ atthi.

Yathā vā pana mahārāja gagane mahatimahāvalāhako uṭṭhahitvā ninnañ-ca thalañ-ca paripūrayanto abhivassati, so vuccati megho anītiko anupaddavo vassatīti, evam-eva kho mahārāja yo koci ciraṁ jīvitvā jarājiṇṇo

---

[7,12] ādinna- C (A once). [8] pariyādinna- C [13] vā om. Aa. [14] so om. AaBM.

āyukkhayā anītiko anupaddavo marati so vuccati samaye maraṇam-upagato ti. Yathā vā pana mahārāja gagane mahatimahāvalāhako uṭṭhahitvā antarā yeva mahatā vātena abbhatthaṁ gaccheyya, api nu kho so mahārāja valāhako samaye vigato nāma hotīti. — Na hi bhante ti. — Kissa pana so mahārāja pacchimo valāhako purimakena valāhakena samasamagatiko nāhosīti. — Āgantukena bhante vātena paṭipīḷito so valāhako asamayappatto yeva vigato ti. — Evam-eva kho mahārāja yo koci akāle marati so āgantukena rogena paṭipīḷito vātasamuṭṭhānena vā — pe — sattivegapaṭipīḷito vā akāle marati. Idam-ettha mahārāja kāraṇaṁ yena kāraṇena akāle maraṇaṁ atthi.

Yathā vā pana mahārāja balavā āsīviso kupito kañcid-eva purisaṁ ḍaseyya, tassa taṁ visaṁ anītikam-anupaddavaṁ maraṇaṁ pāpeyya, taṁ visaṁ vuccati anītikam-anupaddavaṁ koṭigatan-ti; evam-eva kho mahārāja yo koci ciraṁ jīvitvā jarājiṇṇo āyukkhayā anītiko anupaddavo marati so vuccati anītiko anupaddavo jīvitakoṭigato sāmāyikaṁ maraṇam-upagato ti.' Yathā vā pana mahārāja balavatā āsīvisena daṭṭhassa antarā yeva ahiguṇṭhiko agadaṁ datvā avisaṁ kareyya, api nu kho taṁ mahārāja visaṁ samaye vigataṁ nāma hotīti. — Na hi bhante ti. — Kissa pana taṁ mahārāja pacchimaṁ visaṁ purimakena visena samasamagatikaṁ nāhosīti. — Āgantukena bhante agadena paṭipīḷitaṁ visaṁ akoṭigataṁ yeva vigatan-ti. — Evam-eva kho mahārāja yo koci akāle marati so āgantukena rogena paṭipīḷito vātasamuṭṭhānena vā — pe — sattivegapaṭipīḷito vā akāle marati. Idam-ettha mahārāja kāraṇaṁ yena kāraṇena akāle maraṇaṁ atthi.

Yathā vā pana mahārāja issattho saraṁ pāteyya,

---

[1] -guṇṭiko B., -guṇḍiko AaM.

sace so saro yathāgati-gamanapatha-matthakaṁ gacchati, so saro vuccati anītiko anupaddavo yathāgati-gamanapatha-matthakaṁ gato nāmāti; evam-eva kho mahārāja yo koci ciraṁ jīvitvā jarājiṇṇo āyukkhayā anītiko anupaddavo marati so vuccati anītiko anupaddavo samaye maraṇam-upagato ti. Yathā vā pana mahārāja issattho saraṁ pāteyya, tassa taṁ saraṁ tasmiṁ yeva khaṇe koci gaṇheyya, api nu kho so mahārāja saro yathāgati-gamanapatha-matthakaṁ gato nāma hotīti. — Na hi bhante ti. — Kissa pana so mahārāja pacchimo saro purimakena sarena samasamagatiko nāhositi. — Āgantukena bhante gahaṇena tassa sarassa gamanaṁ upacchinnan-ti. — Evam-eva kho mahārāja yo koci akāle marati so āgantukena rogena paṭipīḷito vātasamuṭṭhānena vā — pe — sattivegapaṭipīḷito vā akāle marati. Idam-ettha mahārāja kāraṇaṁ yena kāraṇena akāle maraṇaṁ atthi.

Yathā vā pana mahārāja yo koci lohamayaṁ bhājanaṁ ākoṭeyya, tassa ākoṭanena saddo nibbattitvā yathāgati-gamanapatha-matthakaṁ gacchati, so saddo vuccati anītiko anupaddavo yathāgati-gamanapatha-matthakaṁ gato nāmāti; evam-eva kho mahārāja yo koci bahūni divasasahassāni jīvitvā jarājiṇṇo āyukkhayā anītiko anupaddavo marati so vuccati anītiko anupaddavo samaye maraṇam-upagato ti. Yathā vā pana mahārāja yo koci lohamayaṁ bhājanaṁ ākoṭeyya, tassa ākoṭanena saddo nibbatteyya, nibbatte sadde adūragate koci āmaseyya, sah' āmasanena saddo nirujjheyya, api nu kho so mahārāja saddo yathāgati-gamanapatha-matthakaṁ gato nāma hotīti. — Na hi bhante ti. — Kissa pana mahārāja pacchimo saddo purimakena saddena samasamagatiko nāhositi. — Āgantukena bhante āmasanena so saddo

---

[17] atthīti all throughout.

uparato ti. — Evam-eva kho mahārāja yo koci akāle marati so āgantukena rogena patipīḷito vātasamuṭṭhānena vā — pe — sattivegapatipīḷito vā akāle marati. Idam-ettha mahārāja kāraṇaṁ yena kāraṇena akāle maraṇaṁ atthi.

Yathā vā pana mahārāja khette suvirūḷhaṁ dhaññabījaṁ sammā pavattamānena vassena otata-vitata-ākiṇṇabahu-phalaṁ hutvā sassuṭṭhānasamayaṁ pāpuṇāti, taṁ dhaññaṁ vuccati anītikam-anupaddavaṁ samayasampattaṁ nāma hotīti; evam-eva kho mahārāja yo koci bahūni divasasahassāni jīvitvā jarājiṇṇo āyukkhayā anītiko anupaddavo marati so vuccati anītiko anupaddavo samaye maraṇam-upagato ti. Yathā vā pana mahārāja khette suvirūḷhaṁ dhaññabījaṁ udakena vikalaṁ mareyya, api nu kho taṁ mahārāja dhaññaṁ samayasampattaṁ nāma hotīti. — Na hi bhante ti. — Kissa pana taṁ mahārāja pacchimaṁ dhaññaṁ purimakena dhaññena samasamagatikaṁ nāhosīti. — Āgantukena bhante uṇhena patipīḷitaṁ taṁ dhaññaṁ matan-ti. — Evam-eva kho mahārāja yo koci akāle marati so āgantukena rogena patipīḷito vātasamuṭṭhānena vā — pe — sattivegapatipīḷito vā akāle marati. Idam-ettha mahārāja kāraṇaṁ yena kāraṇena akāle maraṇaṁ atthi.

Sutapubbaṁ pana tayā mahārāja sampannaṁ taruṇasassaṁ kimayo uṭṭhahitvā samūlaṁ nāsentīti. — Sutapubbañ-c' eva taṁ bhante amhehi diṭṭhapubbañ-cāti. — Kin-nu kho taṁ mahārāja sassaṁ kāle naṭṭhaṁ, udāhu akāle naṭṭhan-ti. — Akāle bhante; yadi kho taṁ bhante sassaṁ kimayo na khādeyyuṁ, sassuddharaṇasamayaṁ pāpuṇeyyāti. — Kim-pana mahārāja āgantukena upaghātena sassaṁ vinassati, nirupaghātaṁ sassaṁ sassuddharaṇasamayaṁ pāpuṇātīti. — Āma bhante ti. —

[18] taṁ om. BM.

Evam-eva kho mahārāja yo koci akāle marati so āgantukena rogena paṭipīḷito vātasamuṭṭhānena vā — pe — sattivegapaṭipīḷito vā marati. Idam-ettha mahārāja kāraṇaṁ yena kāraṇena akāle maraṇaṁ atthi.

Sutapubbaṁ pana tayā mahārāja sampanne sasse phalabhāraṇamite mañjaritapatte karakavassaṁ nāma vassajāti nipatitvā vināseti aphalaṁ karotîti. — Sutapubbañ-c' eva taṁ bhante amhehi diṭṭhapubbañ-cāti. — Api nu kho taṁ mahārāja sassaṁ kāle naṭṭhaṁ udāhu akāle naṭṭhan-ti. — Akāle bhante; yadi kho taṁ bhante [sassaṁ] karakavassaṁ na vasseyya, sassuddharaṇasamayaṁ pāpuṇeyyāti. — Kim-pana mahārāja āgantukena upaghātena sassaṁ vinassati, nirupaghātaṁ sassaṁ sassuddharaṇasamayaṁ pāpuṇātîti. — Āma bhante ti. — Evam-eva kho mahārāja yo koci akāle marati so āgantukena rogena paṭipīḷito vātasamuṭṭhānena vā pittasamuṭṭhānena vā semhasamuṭṭhānena vā sannipātikena vā utupariṇāmajena vā visamaparihārajena vā opakkamikena vā jighacchāya vā pipāsāya vā sappadaṭṭhena vā visam-āsitena vā agginā vā udakena vā sattivegapaṭipīḷito vā akāle marati; yadi pana āgantukena rogena paṭipīḷito na bhaveyya, samaye va maraṇaṁ pāpuṇeyya. Idam-ettha mahārāja kāraṇaṁ yena kāraṇena akāle maraṇaṁ atthîti.

Acchariyaṁ bhante Nāgasena, abbhutaṁ bhante Nāgasena, sudassitaṁ kāraṇaṁ, saddassitaṁ opammaṁ akāle maraṇassa paridīpanāya; atthi akāle maraṇan-ti uttānīkataṁ pākaṭaṁ kataṁ vibhūtaṁ kataṁ. Acittavikkhittako pi bhante Nāgasena manujo ekamekena pi tāva opammena niṭṭhaṁ gaccheyya: atthi akāle mara-

---

[21] pana so āg. A [22] vā AbBC; om. AaM. [23] uttāni-ACM. [24] acinta-C. acinti- A.

ṇan ti; kiṁ pana manuja sacetano. Paṭhamopamman' evâhaṁ bhante saññatto: atthi akāle maraṇan ti, api ca aparāparaṁ nibbāhanaṁ sotukāmo na sampaṭicchin ti.

Bhante Nāgasena, sabbesaṁ parinibbutānaṁ cetiye pāṭihīraṁ hoti, udāhu ekaccānaṁ yeva hotîti. — Ekaccānaṁ mahārāja hoti, ekaccānaṁ na hotîti. — Katamesaṁ bhante hoti, katamesaṁ na hotîti. — Tiṇṇannaṁ mahārāja aññatarassa adhiṭṭhānā parinibbutassa cetiye pāṭihīraṁ hoti, katamesaṁ tiṇṇannaṁ: Idha mahārāja arahā devamanussānaṁ anukampāya tiṭṭhanto va adhiṭṭhāti: evaṁnāmacetiye pāṭihīraṁ hotûti, tassa adhiṭṭhānavasena cetiye pāṭihīraṁ hoti: evaṁ arahato adhiṭṭhānavasena parinibbutassa cetiye pāṭihīraṁ hoti. Puna ca paraṁ mahārāja devatā manussānaṁ anukampāya parinibbutassa cetiye pāṭihīraṁ dassenti: iminā pāṭihīrena saddhammo niccasampaggahīto bhavissati, manussā ca pasannā kusalena abhivaḍḍhissantîti; evaṁ devatānaṁ adhiṭṭhānena parinibbutassa cetiye pāṭihīraṁ hoti. Puna ca paraṁ mahārāja itthī vā puriso vā saddho pasanno paṇḍito byatto medhāvī buddhisampanno yoniso cintayitvā gandhaṁ vā mālaṁ vā dussaṁ vā aññataraṁ vā kiñci adhiṭṭhahitvā cetiye ukkhipati: evaṁ nāma hotûti, tassa pi adhiṭṭhānavasena parinibbutassa cetiye pāṭihīraṁ hoti; evaṁ manussānaṁ adhiṭṭhānavasena parinibbutassa cetiye pāṭihīraṁ hoti. Imesaṁ kho mahārāja tiṇṇannaṁ aññatarassa adhiṭṭhānavasena parinibbutassa cetiye pāṭihīraṁ hoti. Yadi mahārāja tesaṁ adhiṭṭhānaṁ na hoti, khīṇāsavassa pi chaḷabhiññassa cetovasippattassa cetiye pāṭihīraṁ na hoti. Asati

---

15 -ggahīto ACM

pi mahārāja pāṭihīre caritaṁ disvā suparisuddhaṁ okappetabbaṁ niṭṭhaṁ gantabbaṁ saddahitabbaṁ: suparinibbuto ayaṁ Buddhaputto ti. — Sādhu bhante Nāgasena, evam - etaṁ, tathā sampaṭicchāmîti.

Bhante Nāgasena, ye te sammā paṭipajjanti tesaṁ sabbesaṁ yeva dhammābhisamayo hoti, udāhu kassaci na hotîti. — Kassaci mahārāja hoti, kassaci na hotîti. — Kassa bhante hoti, kassa na hotîti. — Tiracchānagatassa mahārāja supaṭipannassâpi dhammābhisamayo na hoti, pettivisayūpapannassa micchādiṭṭhikassa kuhakassa mātughātakassa pitughātakassa arahantaghātakassa saṅghabhedakassa lohituppādakassa theyyasaṁvāsakassa titthiyapakkantakassa bhikkhunidūsakassa terasannaṁ garukāpattīnaṁ aññataraṁ āpajjitvā avuṭṭhitassa paṇḍakassa ubhatobyañjanakassa supaṭipannassâpi dhammābhisamayo na hoti, yo pi manussadaharako ūnakasattavassiko tassa supaṭipannassâpi dhammābhisamayo na hoti. Imesaṁ kho mahārāja soḷasannaṁ puggalānaṁ supaṭipannānam - pi dhammābhisamayo na hotîti.

Bhante Nāgasena, ye te pannarasa puggalā viruddhā yeva tesaṁ dhammābhisamayo hotu vā mā vā hotu, atha kena kāraṇena manussadaharakassa ūnakasattavassikassa supaṭipannassâpi dhammābhisamayo na hoti, ettha tāva pañho bhavati. Nanu nāma daharakassa na rāgo hoti, na doso hoti, na moho hoti, na māno hoti, na micchādiṭṭhi hoti, na arati hoti, na kāmavitakko hoti. Amissito kilesehi so nāma daharako yutto ca patto ca arahati ca cattāri saccāni ekapaṭivedhena paṭivijjhitun - ti. — Tañ - ñev' ettha mahārāja kāraṇaṁ yenâhaṁ kāraṇena

---

[10] -sayuppannassa AM. [13] buddhalohit- M. [21] tesaṁ tesaṁ ABC. [31] yutto patto AB.

bhaṇāmi: ūnakasattavassikassa supaṭipannassāpi dhammābhisamayo na hotīti. Yadi mahārāja ūnakasattavassiko rajanīye rajjeyya, dussanīye dusseyya, mohanīye muyheyya, madanīye majjeyya, diṭṭhiṁ vijāneyya, ratiñ ca aratiñ ca vijāneyya, kusalākusalaṁ vitakkeyya, bhaveyya tassa dhammābhisamayo. Api ca mahārāja ūnakasattavassikassa cittaṁ abalaṁ dubbalaṁ parittaṁ appaṁ thokaṁ mandaṁ avibhūtaṁ, asankhatā nibbānadhātu garukā bhārikā vipulā mahatī; ūnakasattavassiko mahārāja tena dubbalena cittena parittakena mandena avibhūtena na sakkoti garukaṁ bhārikaṁ vipulaṁ mahatiṁ asankhataṁ nibbānadhātuṁ paṭivijjhituṁ. Yathā mahārāja Sinerupabbatarājā garuko bhāriko vipulo mahanto, api nu kho taṁ mahārāja puriso attano pākatikena thāma-bala-viriyena sakkuṇeyya Sinerupabbatarājānaṁ uddharitun ti. — Na hi bhante ti. — Kena kāraṇena mahārājāti. — Dubbalattā bhante purisassa, mahantattā Sinerupabbatarājassāti. — Evam eva kho mahārāja ūnakasattavassikassa cittaṁ abalaṁ dubbalaṁ parittaṁ appaṁ thokaṁ mandaṁ avibhūtaṁ, asankhatā nibbānadhātu garukā bhārikā vipulā mahatī, ūnakasattavassiko tena dubbalena cittena parittakena mandena avibhūtena na sakkoti garukaṁ bhārikaṁ vipulaṁ mahatiṁ asankhataṁ nibbānadhātuṁ paṭivijjhituṁ, tena kāraṇena ūnakasattavassikassa supaṭipannassāpi dhammābhisamayo na hoti. Yathā vā pana mahārāja ayaṁ mahāpaṭhavī dīghā āyatā puthulā vitthatā visālā vitthiṇṇā vipulā mahantā, api nu kho taṁ mahārāja mahāpaṭhaviṁ sakkā parittakena udakabindukena temetvā udakacikkhallaṁ kātun ti. — Na hi bhante ti. — Kena kāraṇena mahārājāti. — Parittattā bhante udakabindussa, mahantattā mahāpaṭhaviyā ti. — Evam eva kho mahārāja ūnakasattavassikassa cittaṁ

---

[1] moheyya BM [12] hotīti all throughout. [11] -dukassa M.

abalaṁ dubbalaṁ parittaṁ appaṁ thokaṁ mandaṁ avibhūtaṁ, asaṅkhatā nibbānadhātu dīghā āyatā puthulā vitthatā visālā vitthiṇṇā vipulā mahantā, ūnakasattavassiko tena dubbalena cittena parittakena mandena avibhūtena na sakkoti mahatiṁ asaṅkhataṁ nibbānadhātuṁ paṭivijjhituṁ, tena kāraṇena ūnakasattavassikassa supaṭipannassāpi dhammābhisamayo na hoti. Yathā vā pana mahārāja abala-dubbala-paritta-appa-thoka-mandaggi bhaveyya, api nu kho mahārāja tāvatakena mandena agginā sakkā sadevake loke andhakāraṁ vidhametvā ālokaṁ dassetun ti. — Na hi bhante ti. — Kena kāraṇena mahārājāti. — Mandattā bhante aggissa, lokassa mahantattā ti. — Evam-eva kho mahārāja ūnakasattavassikassa cittaṁ abalaṁ dubbalaṁ parittaṁ appaṁ thokaṁ mandaṁ avibhūtaṁ, mahatā ca avijjandhakārena pihitaṁ, tasmā dukkaraṁ ñāṇālokaṁ dassayituṁ, tena kāraṇena ūnakasattavassikassa supaṭipannassāpi dhammābhisamayo na hoti. Yathā vā pana mahārāja āturo kiso aṇu-parimita-kāyo sālakakimi hatthināgaṁ tidhāppabhinnaṁ navāyataṁ tivitthataṁ dasapariṇāhaṁ aṭṭharatanikaṁ ṭhānam upagataṁ disvā gilituṁ parikaḍḍheyya, api nu kho so mahārāja sālakakimi sakkuṇeyya taṁ hatthināgaṁ gilitun-ti. — Na hi bhante ti. — Kena kāraṇena mahārājāti. — Parittattā bhante sālakasarīrassa, mahantattā hatthināgassāti. — Evam-eva kho mahārāja ūnakasattavassikassa cittaṁ abalaṁ dubbalaṁ parittaṁ appaṁ thokaṁ mandaṁ avibhūtaṁ, mahatī asaṅkhatā nibbānadhātu, so tena dubbalena cittena parittakena mandena avibhūtena na sakkoti mahatiṁ asaṅkhataṁ nibbānadhātuṁ paṭivijjhituṁ, tena kāraṇena ūnakasattavassikassa supaṭipannassāpi dhammābhisamayo na hotīti. — Sādhu bhante Nāgasena, evam-etaṁ, tathā sampaṭicchāmīti.

---

[17] aṇu- all. [18] salāka- AbB. [19] tidhapp- BM. [20] cittena om all.

Bhante Nāgasena, kiṁ ekantasukhaṁ nibbānaṁ, udāhu dukkhena missan ti. Ekantasukhaṁ mahārāja nibbānaṁ dukkhena amissan ti. — Na mayan taṁ bhante Nāgasena vacanaṁ saddahāma: ekantasukhaṁ nibbānan ti. Evam ettha mayaṁ bhante Nāgasena paccema: nibbānaṁ dukkhena missan ti; kāraṇañ c' ettha upalabhāma: nibbānaṁ dukkhena missan ti, katamaṁ ettha kāraṇaṁ: Ye te bhante Nāgasena nibbānaṁ pariyesanti tesaṁ dissati kāyassa ca cittassa ca ātāpo paritāpo, ṭhāna-caṅkama-nisajjā-sayana-āhāra-pariggaho, middhassa ca uparodho, āyatanānañ ca paṭipīḷanaṁ, dhanadhañña-piyañātimitta-pajahanaṁ; ye keci loke sukhitā sukhasamappitā te sabbe pi pañcahi kāmaguṇehi āyatane ramenti brūhenti, manāpika-manāpika-bahuvidha-subhanimittena rūpena cakkhuṁ ramenti brūhenti, manāpika-manāpika-gītavādita-bahuvidha-subhanimittena saddena sotaṁ ramenti brūhenti, manāpika-manāpika puppha-phala-patta-taca-mūla-sāra-bahuvidha-subhanimittena gandhena ghānaṁ ramenti brūhenti, manāpika-manāpika-khajja-bhojja-leyya-peyya-sāyaniya-bahuvidha-subhanimittena rasena jivhaṁ ramenti brūhenti, manāpika-manāpika-saṇhasukhuma-mudumaddava-bahuvidha-subhanimittena phassena kāyaṁ ramenti brūhenti, manāpika-manāpika-kalyāṇapāpaka-subhāsubha-bahuvidha-vitakka-manasikārena manaṁ ramenti brūhenti. Tumhe taṁ cakkhu-sota-ghāna-jivhā-kāya-mano-brūhanaṁ hanatha upahanatha chindatha upacchindatha rundhatha uparundhatha, tena kāyo pi paritappati cittam pi paritappati, kāye paritatte kāyikaṁ dukkhaṁ vedanaṁ vediyati, citte paritatte cetasikaṁ dukkhaṁ vedanaṁ vediyati. Nanu Māgandiyo pi paribbājako Bhagavantaṁ garahamāno

---

10 -caṅkamana- A. 11 -kuvitakka- ABC. 12 upachindatha B; om. AC.

evam-āha: Bhūtahacco samaṇo Gotamo ti. Idam-ettha kāraṇaṁ yenāhaṁ kāraṇena brūmi: nibbānaṁ dukkhena missan-ti.

Na hi mahārāja nibbānaṁ dukkhena missaṁ, ekantasukhaṁ nibbānaṁ. Yaṁ pana tvaṁ mahārāja brūsi: nibbānaṁ dukkhan-ti, n' etaṁ dukkhaṁ nibbānaṁ nāma, nibbānassa pana sacchikiriyāya pubbabhāgo eso, nibbānapariyesanaṁ etaṁ. Ekantasukhaṁ yeva mahārāja nibbānaṁ, na dukkhena missaṁ. Tattha kāraṇaṁ vadāmi. Atthi mahārāja rājūnaṁ rajjasukhaṁ nāmāti. — Āma bhante, atthi rājūnaṁ rajjasukhan ti. — Api nu kho taṁ mahārāja rajjasukhaṁ dukkhena missan-ti. — Na hi bhante ti. — Kissa pana te mahārāja rājāno paccante kupite tesaṁ paccantanissitānaṁ paṭisedhāya amaccehi pariṇāyakehi bhaṭehi balatthehi parivutā pavāsaṁ gantvā ḍaṁsamakasa-vātātapa-paṭipīḷitā samavisame paridhāvanti mahāyuddhañ-ca karonti jīvitasaṁsayañ-ca pāpuṇantīti. — N' etaṁ bhante Nāgasena rajjasukhaṁ nāma, rajjasukhassa pariyesanāya pubbabhāgo eso. Dukkhena bhante Nāgasena rājāno rajjaṁ pariyesitvā rajjasukhaṁ anubhavanti. Evaṁ bhante Nāgasena rajjasukhaṁ dukkhena amissaṁ, aññaṁ taṁ rajjasukhaṁ, aññaṁ dukkhan-ti. — Evam-eva kho mahārāja ekantasukhaṁ nibbānaṁ na dukkhena missaṁ, ye pana taṁ nibbānaṁ pariyesanti te kāyañ-ca cittañ-ca ātāpetvā ṭhāna-caṅkama-nisajjā-sayanāhāraṁ pariggahetvā middhaṁ uparundhitvā āyatanāni paṭipīḷetvā kāyañ-ca jīvitañ-ca pariccajitvā dukkhena nibbānaṁ pariyesitvā ekantasukhaṁ nibbānaṁ anubhavanti, nihatapaccāmittā va rājāno rajjasukhaṁ. Evaṁ mahārāja ekantasukhaṁ nibbānaṁ na dukkhena missaṁ, aññaṁ nibbānaṁ, aññaṁ dukkhaṁ.

---

[1] bhūtabhaṇḍo C, bhūṇahacco Aa, bhunatacco M (bhūnahu MN. 75). [2] dukkhaṁ nibbānaṁ dukkhaṁ Ab, nibbānaṁ dukkhaṁ C [3] nāma om. C. [10] kho pana taṁ A. [11] -caṅkamana- Ab [12] dukkhanti all

Aparam-pi mahārāja uttariṁ kāraṇaṁ suṇohi: ekantasukhaṁ nibbānaṁ na dukkhena missaṁ, aññaṁ dukkhaṁ, aññaṁ nibbānan-ti. Atthi mahārāja ācariyānaṁ sippavantānaṁ sippasukhaṁ nāmāti. — Āma bhante, atthi ācariyānaṁ sippavantānaṁ sippasukhan-ti. — Api nu kho taṁ mahārāja sippasukhaṁ dukkhena missan-ti. — Na hi bhante ti. — Kissa pana te mahārāja ācariyānaṁ abhivādana-paccupaṭṭhānena udakāharaṇa-gharasammajjana-dantakaṭṭhamukhodakānuppadānena ucchiṭṭhapaṭiggahaṇa-ucchādana-nahāpana-pādaparikammena sakacittaṁ nikkhipitvā paracittānuvattanena dukkhaseyyāya visamabhojanena kāyaṁ ātāpentîti. — N' etaṁ bhante Nāgasena sippasukhaṁ nāma, sippapariyesanāya pubbabhāgo eso. Dukkhena bhante Nāgasena ācariyā sippaṁ pariyesitvā sippasukhaṁ anubhavanti. Evaṁ bhante Nāgasena sippasukhaṁ dukkhena amissaṁ, aññaṁ taṁ sippasukhaṁ, aññaṁ dukkhan-ti. — Evam-eva kho mahārāja ekantasukhaṁ nibbānaṁ na dukkhena missaṁ, ye pana taṁ nibbānaṁ pariyesanti te kāyañ-ca cittañ-ca ātāpetvā ṭhāna-caṅkama-nisajjā-sayanâhāraṁ pariggahetvā middhaṁ uparundhitvā āyatanāni paṭipīḷetvā kāyañ-ca jīvitañ-ca pariccajitvā dukkhena nibbānaṁ pariyesitvā ekantasukhaṁ nibbānaṁ anubhavanti, ācariyā viya sippasukhaṁ. Evaṁ mahārāja ekantasukhaṁ nibbānaṁ na dukkhena missaṁ, aññaṁ dukkhaṁ, aññaṁ nibbānan-ti. — Sādhu bhante Nāgasena, evam-etaṁ, tathā sampaṭicchāmîti.

Bhante Nāgasena, nibbānaṁ nibbānan-ti yaṁ vadesi, sakkā pana tassa nibbānassa rūpaṁ vā saṇṭhānaṁ vā vayaṁ vā pamāṇaṁ vā opammena vā kāraṇena vā

[8-10] aññaṁ nibb. a. dukkhanti M. [8] -paccupaṭṭhānena A. [9] ucchiṭṭha- AbC [10] -caṅkamana- AM

hetunā vā nayena vā upadassayitun-ti. — Appaṭibhāgaṁ mahārāja nibbānaṁ, na sakkā nibbānassa rūpaṁ vā saṇṭhānaṁ vā vayaṁ vā pamāṇaṁ vā opammena vā kāraṇena vā hetunā vā nayena vā upadassayitun-ti. — Etam-p' ahaṁ bhante Nāgasena na sampaṭicchāmi yaṁ atthidhammassa nibbānassa rūpaṁ vā saṇṭhānaṁ vā vayaṁ vā pamāṇaṁ vā opammena vā kāraṇena vā hetunā vā nayena vā apaññāpanaṁ, kāraṇena maṁ saññāpehiti. — Hotu mahārāja, kāraṇena taṁ saññāpessāmi.

Atthi mahārāja mahāsamuddo nāmāti. — Āma bhante, atth' eso mahāsamuddo ti. — Sace taṁ mahārāja koci evaṁ puccheyya: kittakaṁ mahārāja mahāsamudde udakaṁ, kati pana te sattā ye mahāsamudde paṭivasantīti; evaṁ puṭṭho tvaṁ mahārāja kin-ti tassa byākareyyāsīti. — Sace maṁ bhante koci evaṁ puccheyya: kittakaṁ mahārāja mahāsamudde udakaṁ, kati pana te sattā ye mahāsamudde paṭivasantīti, tam-ahaṁ bhante evaṁ vadeyyaṁ: apucchaṁ maṁ tvaṁ ambho purisa pucchasi, n' esā pucchā kenaci pucchitabbā, ṭhapanīyo eso pañho, avibhatto lokakkhāyikehi mahāsamuddo, na sakkā mahāsamudde udakaṁ parimiņituṁ sattā vā ye tattha vāsam-upagatā ti. Evāhaṁ bhante tassa paṭivacanaṁ dadeyyan-ti. — Kissa pana tvaṁ mahārāja atthidhamme mahāsamudde evaṁ paṭivacanaṁ dadeyyāsi, nanu viganetvā tassa ācikkhitabbaṁ: ettakaṁ mahāsamudde udakaṁ ettakā ca sattā mahāsamudde paṭivasantīti. — Na sakkā bhante, avisayo eso pañho ti. — Yathā mahārāja atthidhamme yeva mahāsamudde na sakkā udakaṁ pariganetuṁ sattā vā ye tattha vāsam-upagatā, evam-eva kho mahārāja atthidhammass' eva nibbānassa na sakkā rūpaṁ vā saṇṭhānaṁ vā vayaṁ vā pamāṇaṁ vā opammena

---

[1] -dassitu- A in the first five places, C once. [8] etamahaṁ M [9] -pessāmīti AbC [10] samudde A. [11] ye om. A. [12] ye te tattha A.

vā kāraṇena vā hetunā vā nayena vā upadassayituṁ. Vigaṇeyya mahārāja iddhimā cetovasippatto mahāsamudde udakaṁ tatrāsaye ca satte, na tv-eva so iddhimā cetovasippatto sakkuṇeyya nibbānassa rūpaṁ vā saṇṭhānaṁ vā vayaṁ vā pamāṇaṁ vā opammena vā kāraṇena vā hetunā vā nayena vā upadassayituṁ.

Aparam-pi mahārāja uttariṁ kāraṇaṁ suṇohi: atthidhammass' eva nibbānassa na sakkā rūpaṁ vā saṇṭhānaṁ vā vayaṁ vā pamāṇaṁ vā opammena vā kāraṇena vā hetunā vā nayena vā upadassayitun-ti. Atthi mahārāja devesu arūpakāyikā nāma devā ti. — Āma bhante, sūyati: atthi devesu arūpakāyikā nāma devā ti. — Sakkā pana mahārāja tesaṁ arūpakāyikānaṁ devānaṁ rūpaṁ vā saṇṭhānaṁ vā vayaṁ vā pamāṇaṁ vā opammena vā kāraṇena vā hetunā vā nayena vā upadassayitun-ti. — Na hi bhante ti. — Tena hi mahārāja na-tthi arūpakāyikā devā ti. — Atthi bhante arūpakāyikā devā, na ca sakkā tesaṁ rūpaṁ vā saṇṭhānaṁ vā vayaṁ vā pamāṇaṁ vā opammena vā kāraṇena vā hetunā vā nayena vā upadassayitun-ti. — Yathā mahārāja atthisattānaṁ yeva arūpakāyikānaṁ devānaṁ na sakkā rūpaṁ vā saṇṭhānaṁ vā vayaṁ vā pamāṇaṁ vā opammena vā kāraṇena vā hetunā vā nayena vā upadassayituṁ, evam-eva kho mahārāja atthidhammass' eva nibbānassa na sakkā rūpaṁ vā saṇṭhānaṁ vā vayaṁ vā pamāṇaṁ vā opammena vā kāraṇena vā hetunā vā nayena vā upadassayitun-ti.

Bhante Nāgasena, hotu ekantasukhaṁ nibbānaṁ na ca sakkā tassa rūpaṁ vā saṇṭhānaṁ vā vayaṁ vā pamāṇaṁ vā opammena vā kāraṇena vā hetunā vā nayena vā upadassayituṁ. Atthi pana bhante nibbānassa guṇaṁ aññehi anupaviṭṭhaṁ, kiñci opammanidassanamattan-ti. — Sarūpato mahārāja na-tthi, guṇato pana sakkā kiñci

---

[1] -yitunti AC. [11] nāma te devā A

opammanidassanamattaṁ upadassayitun-ti. — Sādhu bhante Nāgasena, yathā 'haṁ labhāmi nibbānassa guṇato pi ekadesaparidīpanamattaṁ tathā sīghaṁ brūhi, nibbāpehi me hadayapariḷāhaṁ, vinaya sītala-madhura-vacana-mālutenāti.

Padumassa mahārāja eko guṇo nibbānaṁ anupaviṭṭho, udakassa dve guṇā, agadassa tayo guṇā, mahāsamuddassa cattāro guṇā, bhojanassa pañca guṇā, ākāsassa dasa guṇā, maṇiratanassa tayo guṇā, lohitacandanassa tayo guṇā, sappimaṇḍassa tayo guṇā, girisikharassa pañca guṇā nibbānaṁ anupaviṭṭhā ti.

Bhante Nāgasena, padumassa eko guṇo nibbānaṁ anupaviṭṭho ti yaṁ vadesi, katamo padumassa eko guṇo nibbānaṁ anupaviṭṭho ti. — Yathā mahārāja padumaṁ anupalittaṁ udakena, evam-eva kho mahārāja nibbānaṁ sabbakilesehi anupalittaṁ. Ayaṁ mahārāja padumassa eko guṇo nibbānaṁ anupaviṭṭho ti.

Bhante Nāgasena, udakassa dve guṇā nibbānaṁ anupaviṭṭhā ti yaṁ vadesi, katame udakassa dve guṇā nibbānaṁ anupaviṭṭhā ti. — Yathā mahārāja udakaṁ sītalaṁ pariḷāhanibbāpanaṁ, evam-eva kho mahārāja nibbānaṁ sītalaṁ sabbakilesa-pariḷāha-nibbāpanaṁ. Ayaṁ mahārāja udakassa paṭhamo guṇo nibbānaṁ anupaviṭṭho. Puna ca paraṁ mahārāja udakaṁ kilanta-tasita-pipāsita-ghammābhitattānaṁ jana-pasu-pajānaṁ pipāsāvinayanaṁ, evam-eva kho mahārāja nibbānaṁ kāmataṇhā-bhavataṇhā-vibhavataṇhā-pipāsā-vinayanaṁ. Ayaṁ mahārāja udakassa dutiyo guṇo nibbānaṁ anupaviṭṭho. Ime kho mahārāja udakassa dve guṇā nibbānaṁ anupaviṭṭhā ti.

Bhante Nāgasena, agadassa tayo guṇā nibbānaṁ anupaviṭṭhā ti yaṁ vadesi, katame agadassa tayo guṇā

---

11 -sammābhitattānaṁ C, sammābhi- A.

nibbānaṁ anupaviṭṭhā ti. — Yathā mahārāja agado visapīḷitānaṁ sattānaṁ paṭisaraṇaṁ, evam-eva kho mahārāja nibbānaṁ kilesavisa-pīḷitānaṁ sattānaṁ paṭisaraṇaṁ. Ayaṁ mahārāja agadassa paṭhamo guṇo nibbānaṁ anupaviṭṭho. Puna ca paraṁ mahārāja agado rogānaṁ antakaro, evam-eva kho mahārāja nibbānaṁ sabbadukkhānaṁ antakaraṁ. Ayaṁ mahārāja agadassa dutiyo guṇo nibbānaṁ anupaviṭṭho. Puna ca paraṁ mahārāja agado amataṁ, evam-eva kho mahārāja nibbānaṁ amataṁ. Ayaṁ mahārāja agadassa tatiyo guṇo nibbānaṁ anupaviṭṭho. Ime kho mahārāja agadassa tayo guṇā nibbānaṁ anupaviṭṭhā ti.

Bhante Nāgasena, mahāsamuddassa cattāro guṇā nibbānaṁ anupaviṭṭhā ti yaṁ vadesi, katame mahāsamuddassa cattāro guṇā nibbānaṁ anupaviṭṭhā ti. — Yathā mahārāja mahāsamuddo suñño sabbakuṇapehi, evam-eva kho mahārāja nibbānaṁ suññaṁ sabbakilesakuṇapehi. Ayaṁ mahārāja mahāsamuddassa paṭhamo guṇo nibbānaṁ anupaviṭṭho. Puna ca paraṁ mahārāja mahāsamuddo mahanto anorapāro, na pūrati sabbasavantīhi, evam-eva kho mahārāja nibbānaṁ mahantaṁ anorapāraṁ, na pūrati sabbasattehi. Ayaṁ mahārāja mahāsamuddassa dutiyo guṇo nibbānaṁ anupaviṭṭho. Puna ca paraṁ mahārāja mahāsamuddo mahantānaṁ bhūtānaṁ āvāso, evam-eva kho mahārāja nibbānaṁ mahantānaṁ arahantānaṁ vimalakhīṇāsava-balappatta-vasībhūta-mahābhūtānaṁ āvāso. Ayaṁ mahārāja mahāsamuddassa tatiyo guṇo nibbānaṁ anupaviṭṭho. Puna ca paraṁ mahārāja mahāsamuddo aparimita-vividha-vipula-vīcipuppha-sankusumito, evam-eva kho mahārāja nibbānaṁ aparimita-vividha-vipula-parisuddha-vijjāvimuttipuppha-sankusumitaṁ. Ayaṁ mahārāja mahāsamuddassa catuttho guṇo nibbānaṁ anupaviṭṭho. Ime kho mahārāja mahāsamuddassa cattāro guṇā nibbānaṁ anupaviṭṭhā ti.

Bhante Nāgasena, bhojanassa pañca guṇā nibbānaṁ anupaviṭṭhā ti yaṁ vadesi, katame bhojanassa pañca guṇā nibbānaṁ anupaviṭṭhā ti. — Yathā mahārāja bhojanaṁ sabbasattānaṁ āyudhāraṇaṁ, evam-eva kho mahārāja nibbānaṁ sacchikataṁ jarā-maraṇa-nāsanato āyudhāraṇaṁ. Ayaṁ mahārāja bhojanassa paṭhamo guṇo nibbānaṁ anupaviṭṭho. Puna ca paraṁ mahārāja bhojanaṁ sabbasattānaṁ balavaḍḍhanaṁ, evam-eva kho mahārāja nibbānaṁ sacchikataṁ sabbasattānaṁ iddhibalavaḍḍhanaṁ. Ayaṁ mahārāja bhojanassa dutiyo guṇo nibbānaṁ anupaviṭṭho. Puna ca paraṁ mahārāja bhojanaṁ sabbasattānaṁ vaṇṇajananaṁ, evam-eva kho mahārāja nibbānaṁ sacchikataṁ sabbasattānaṁ guṇavaṇṇajananaṁ. Ayaṁ mahārāja bhojanassa tatiyo guṇo nibbānaṁ anupaviṭṭho. Puna ca paraṁ mahārāja bhojanaṁ sabbasattānaṁ darathavūpasamanaṁ, evam-eva kho mahārāja nibbānaṁ sacchikataṁ sabbasattānaṁ sabbakilesadarathavūpasamanaṁ. Ayaṁ mahārāja bhojanassa catuttho guṇo nibbānaṁ anupaviṭṭho. Puna ca paraṁ mahārāja bhojanaṁ sabbasattānaṁ jighacchādubbalya-paṭivinodanaṁ, evam-eva kho mahārāja nibbānaṁ sacchikataṁ sabbasattānaṁ sabbadukkha-jighacchādubbalya-paṭivinodanaṁ. Ayaṁ mahārāja bhojanassa pañcamo guṇo nibbānaṁ anupaviṭṭho. Ime kho mahārāja bhojanassa pañca guṇā nibbānaṁ anupaviṭṭhā ti.

Bhante Nāgasena, ākāsassa dasa guṇā nibbānaṁ anupaviṭṭhā ti yaṁ vadesi, katame ākāsassa dasa guṇā nibbānaṁ anupaviṭṭhā ti. — Yathā mahārāja ākāso na jāyati na jīyati na mīyati na cavati na uppajjati, duppasaho acorāharaṇo anissito vihagagamano nirāvaraṇo ananto,

---

[30] acora- C, acoro- M. [31] vihaggamano Bm. vibhaggamano C, vihataggamano M.

evam-eva kho mahārāja nibbānaṁ na jāyati na jīyati na mīyati na cavati na uppajjati, duppasahaṁ acoraharaṇaṁ anissitaṁ ariyagamanaṁ nirāvaraṇaṁ anantaṁ. Ime kho mahārāja ākāsassa dasa guṇā nibbānaṁ anupaviṭṭhā ti.

Bhante Nāgasena, maṇiratanassa tayo guṇā nibbānaṁ anupaviṭṭhā ti yaṁ vadesi, katame maṇiratanassa tayo guṇā nibbānaṁ anupaviṭṭhā ti. — Yathā mahārāja maṇiratanaṁ kāmadadaṁ, evam-eva kho mahārāja nibbānaṁ kāmadadaṁ. Ayaṁ mahārāja maṇiratanassa paṭhamo guṇo nibbānaṁ anupaviṭṭho. Puna ca paraṁ mahārāja maṇiratanaṁ hāsakaraṁ, evam-eva kho mahārāja nibbānaṁ hāsakaraṁ. Ayaṁ mahārāja maṇiratanassa dutiyo guṇo nibbānaṁ anupaviṭṭho. Puna ca paraṁ mahārāja maṇiratanaṁ ujjotatthakaraṁ, evam-eva kho mahārāja nibbānaṁ ujjotatthakaraṁ. Ayaṁ mahārāja maṇiratanassa tatiyo guṇo nibbānaṁ anupaviṭṭho. Ime kho mahārāja maṇiratanassa tayo guṇā nibbānaṁ anupaviṭṭhā ti.

Bhante Nāgasena, lohitacandanassa tayo guṇā nibbānaṁ anupaviṭṭhā ti yaṁ vadesi, katame lohitacandanassa tayo guṇā nibbānaṁ anupaviṭṭhā ti. — Yathā mahārāja lohitacandanaṁ dullabhaṁ, evam-eva kho mahārāja nibbānaṁ dullabhaṁ. Ayaṁ mahārāja lohitacandanassa paṭhamo guṇo nibbānaṁ anupaviṭṭho. Puna ca paraṁ mahārāja lohitacandanaṁ asamasugandhaṁ, evam-eva kho mahārāja nibbānaṁ asamasugandhaṁ. Ayaṁ mahārāja lohitacandanassa dutiyo guṇo nibbānaṁ anupaviṭṭho. Puna ca paraṁ mahārāja lohitacandanaṁ sajjanapasatthaṁ, evam-eva kho mahārāja nibbānaṁ ariyajanapasatthaṁ. Ayaṁ, mahārāja lohitacandanassa tatiyo guṇo nibbānaṁ anupaviṭṭho. Ime kho mahārāja lohitacandanassa tayo guṇā nibbānaṁ anupaviṭṭhā ti.

---

11 13 bhāsakaraṁ A

Bhante Nāgasena, sappimaṇḍassa tayo guṇā nibbānaṁ anupaviṭṭhā ti yaṁ vadesi, katame sappimaṇḍassa tayo guṇā nibbānaṁ anupaviṭṭhā ti. — Yathā mahārāja sappimaṇḍo vaṇṇasampanno, evam-eva kho mahārāja nibbānaṁ guṇavaṇṇasampannaṁ. Ayaṁ mahārāja sappimaṇḍassa paṭhamo guṇo nibbānaṁ anupaviṭṭho. Puna ca paraṁ mahārāja sappimaṇḍo gandhasampanno, evam-eva kho mahārāja nibbānaṁ sīlagandhasampannaṁ. Ayaṁ mahārāja sappimaṇḍassa dutiyo guṇo nibbānaṁ anupaviṭṭho. Puna ca paraṁ mahārāja sappimaṇḍo rasasampanno, evam-eva kho mahārāja nibbānaṁ rasasampannaṁ. Ayaṁ mahārāja sappimaṇḍassa tatiyo guṇo nibbānaṁ anupaviṭṭho. Ime kho mahārāja sappimaṇḍassa tayo guṇā nibbānaṁ anupaviṭṭhā ti.

Bhante Nāgasena, girisikharassa pañca guṇā nibbānaṁ anupaviṭṭhā ti yaṁ vadesi, katame girisikharassa pañca guṇā nibbānaṁ anupaviṭṭhā ti. — Yathā mahārāja girisikharaṁ accuggataṁ, evam-eva kho mahārāja nibbānaṁ accuggataṁ. Ayaṁ mahārāja girisikharassa paṭhamo guṇo nibbānaṁ anupaviṭṭho. Puna ca paraṁ mahārāja girisikharaṁ acalaṁ, evam-eva kho mahārāja nibbānaṁ acalaṁ. Ayaṁ mahārāja girisikharassa dutiyo guṇo nibbānaṁ anupaviṭṭho. Puna ca paraṁ mahārāja girisikharaṁ duradhirohaṁ, evam-eva kho mahārāja nibbānaṁ duradhirohaṁ sabbakilesānaṁ. Ayaṁ mahārāja girisikharassa tatiyo guṇo nibbānaṁ anupaviṭṭho. Puna ca paraṁ mahārāja girisikharaṁ sabbabījānaṁ avirūhanaṁ, evam-eva kho mahārāja nibbānaṁ sabbakilesānaṁ avirūhanaṁ. Ayaṁ mahārāja girisikharassa catuttho guṇo nibbānaṁ anupaviṭṭho. Puna ca paraṁ mahārāja girisikharaṁ anunayapaṭighavippamuttaṁ, evam-eva kho mahārāja nibbānaṁ anunayapaṭighavippamuttaṁ. Ayaṁ mahārāja girisikharassa pañcamo guṇo nibbānaṁ anupaviṭṭho. Ime kho mahārāja girisikharassa pañca guṇā nibbānaṁ anupaviṭṭhā ti.

Sādhu bhante Nāgasena, evam-etaṁ, tathā sampaṭicchāmīti.

Bhante Nāgasena, tumhe bhaṇatha: nibbānaṁ na atītaṁ na anāgataṁ na paccuppannaṁ, na uppannaṁ na anuppannaṁ na uppādaniyan-ti. Idha bhante Nāgasena yo koci sammā paṭipanno nibbānaṁ sacchikaroti so uppannaṁ sacchikaroti udāhu uppādetvā sacchikarotīti. — Yo koci mahārāja sammā paṭipanno nibbānaṁ sacchikaroti so na uppannaṁ sacchikaroti na uppādetvā sacchikaroti. Api ca mahārāja atth' esā nibbānadhātu yaṁ so sammā paṭipanno sacchikarotīti. — Mā bhante Nāgasena imaṁ pañhaṁ paṭicchannaṁ katvā dīpehi, vivaṭaṁ pākaṭaṁ katvā dīpehi, chandajāto ussāhajāto yaṁ te sikkhitaṁ taṁ sabbaṁ etth' ev' ākirāhi, etthāyaṁ jano sammūḷho vimatijāto saṁsayapakkhanno, bhind' etaṁ antodosasallan ti.

Atth' esā mahārāja nibbānadhātu santā sukhā paṇītā, taṁ sammā paṭipanno Jinānusatthiyā saṅkhāre sammasanto paññāya sacchikaroti. Yathā mahārāja antevāsiko ācariyānusatthiyā vijjaṁ paññāya sacchikaroti, evam-eva kho mahārāja sammā paṭipanno Jinānusatthiyā paññāya nibbānaṁ sacchikaroti. Katham-pana nibbānaṁ daṭṭhabban-ti: anītito nirupaddavato abhayato khemato santato sukhato sātato paṇītato sucito sītalato daṭṭhabbaṁ. Yathā mahārāja puriso bahukaṭṭhapuñjena jalita-kaṭhitena agginā ḍayhamāno vāyāmena tato muñcitvā niraggikokā-

---

[11] yo naṁ Aall. [12] ācikkhāhi M. [13] -pakkhanto AC, -pakkhantiko M [14] -karotīti all. [15] pana bhante taṁ nibb M. [16] anītito mahārāja nir. M.

saṁ pavisitvā tattha paramasukhaṁ labheyya, evam-eva kho mahārāja yo sammā paṭipanno so yoniso manasikārena byapagata-tividhaggisantāpaṁ paramasukhaṁ nibbānaṁ sacchikaroti. Yathā mahārāja aggi evaṁ tividhaggi daṭṭhabbo, yathā aggigato puriso evaṁ sammā paṭipanno daṭṭhabbo, yathā niraggikokāso evaṁ nibbānaṁ daṭṭhabbaṁ. Yathā vā pana mahārāja puriso ahi-kukkura-manussa-kuṇapa-sarīravaḷañja-koṭṭhāsarāsigato kuṇapa-jaṭājaṭitantaram-anupaviṭṭho vāyāmena tato muñcitvā nikkuṇapokāsaṁ pavisitvā tattha paramasukhaṁ labheyya, evam-eva kho mahārāja yo sammā paṭipanno so yoniso manasikārena byapagata-kilesakuṇapaṁ paramasukhaṁ nibbānaṁ sacchikaroti. Yathā mahārāja kuṇapaṁ evaṁ pañca kāmaguṇā daṭṭhabbā, yathā kuṇapagato puriso evaṁ sammā paṭipanno daṭṭhabbo, yathā nikkuṇapokāso evaṁ nibbānaṁ daṭṭhabbaṁ. Yathā vā pana mahārāja puriso bhīto tasito kampito viparīta-vibbhantacitto vāyāmena tato muñcitvā daḷhaṁ thiram-acalam-abhayaṭṭhānaṁ pavisitvā tattha paramasukhaṁ labheyya, evam-eva kho mahārāja yo sammā paṭipanno so yoniso manasikārena byapagata-bhayasantāsaṁ paramasukhaṁ nibbānaṁ sacchikaroti. Yathā mahārāja bhayaṁ evaṁ jāti-jarā-byādhi-maraṇaṁ paṭicca aparāparaṁ pavattabhayaṁ daṭṭhabbaṁ, yathā bhīto puriso evaṁ sammā paṭipanno daṭṭhabbo, yathā abhayaṭṭhānaṁ evaṁ nibbānaṁ daṭṭhabbaṁ. Yathā vā pana mahārāja puriso kiliṭṭha-malina-kalala-kaddamadese patito vāyāmena taṁ kalala-kaddamaṁ apavāhetvā parisuddhavimaladesam-upagantvā tattha paramasukhaṁ labheyya, evam-eva kho mahārāja yo sammā paṭipanno so yoniso manasikārena byapagata-kilesa-malakaddamaṁ paramasukhaṁ nibbānaṁ sacchikaroti. Yathā mahārāja kalalaṁ evaṁ

---

[1] vā om. AB. [2] -val- CM. [10] so om. ABC.

lābha-sakkāra-siloko daṭṭhabbo, yathā kalalagato puriso evaṁ sammā paṭipanno daṭṭhabbo, yathā parisuddhavimaladeso evaṁ nibbānaṁ daṭṭhabbaṁ.

Taṁ-ca pana nibbānaṁ sammā paṭipanno kin-ti sacchikaroti: Yo so mahārāja sammā paṭipanno so saṅkhārānaṁ pavattaṁ sammasati, pavattaṁ sammasamāno tattha jātiṁ passati jaraṁ passati byādhiṁ passati maraṇaṁ passati, na tattha kiñci sukhaṁ sātaṁ passati, ādito pi majjhato pi pariyosānato pi so tattha na kiñci gayhūpagaṁ passati. Yathā mahārāja puriso divasasantatte ayoguḷe jalite tatte kaṭhite ādito pi majjhato pi pariyosānato pi na kañci gayhūpagaṁ padesaṁ passati, evam-eva kho mahārāja yo saṅkhārānaṁ pavattaṁ sammasati so pavattaṁ sammasamāno tattha jātiṁ passati jaraṁ passati byādhiṁ passati maraṇaṁ passati, na tattha kiñci sukhaṁ sātaṁ passati, ādito pi majjhato pi pariyosānato pi na kiñci gayhūpagaṁ passati. Tassa gayhūpagaṁ apassantassa citte arati saṇṭhāti, kāyasmiṁ ḍāho okkamati, so attāṇo asaraṇo asaraṇībhūto bhavesu nibbindati. Yathā mahārāja puriso jalitajālaṁ mahantaṁ aggikkhandhaṁ paviseyya, so tattha attāṇo asaraṇo asaraṇībhūto aggimhi nibbindeyya, evam-eva kho mahārāja tassa gayhūpagaṁ apassantassa citte arati saṇṭhāti, kāyasmiṁ ḍāho okkamati, so attāṇo asaraṇo asaraṇībhūto bhavesu nibbindati. Tassa pavatte bhayadassāvissa evaṁ cittaṁ uppajjati: santattaṁ kho pan' etaṁ pavattaṁ ādittaṁ sampajjalitaṁ bahudukkhaṁ bahupāyāsaṁ; yadi koci labhetha appavattaṁ, etaṁ santaṁ etaṁ paṇītaṁ, yad-idaṁ sabbasaṅkhārasamatho sabbūpadhipaṭinissaggo taṇhakkhayo virāgo nirodho nibbānan-ti. Iti h' idaṁ tassa appavatte cittaṁ pakkhandati

---

[11] sajotitatte Ab, sajotatatte B, jātatte C. [12] kiñci all. [13] gayh. padesaṁ passati AbBC [14] saṇṭhahati B. [15] maha B.

pasīdati pahaṁsīyati kuhīyati: paṭiladdhaṁ kho me nissaraṇan - ti. Yathā mahārāja puriso vippanaṭṭho videsapakkhanno nibbāhanamaggaṁ disvā tattha pakkhandati pasīdati pahaṁsīyati kuhīyati: paṭiladdho me nibbāhanamaggo ti, evam - eva kho mahārāja pavatte bhayadassāvissa appavatte cittaṁ pakkhandati pasīdati pahaṁsīyati kuhīyati: paṭiladdhaṁ kho me nissaraṇan - ti. So appavattāya maggaṁ āyūhati gavesati bhāveti bahulīkaroti, tassa tadatthaṁ sati santiṭṭhati, tadatthaṁ viriyaṁ santiṭṭhati, tadatthaṁ pīti santiṭṭhati, tassa taṁ cittaṁ aparāparaṁ manasikaroto pavattaṁ samatikkamitvā appavattaṁ okkamati; appavattam - anuppatto mahārāja sammā paṭipanno nibbānaṁ sacchikarotīti vuccatīti. — Sādhu bhante Nāgasena, evam - etaṁ, tathā sampaṭicchāmīti.

Bhante Nāgasena, atthi so padeso puratthimāya vā disāya dakkhiṇāya vā disāya pacchimāya vā disāya uttarāya vā disāya, uddhaṁ vā adho vā tiriyaṁ vā, yattha nibbānaṁ sannihitan - ti. — Na - tthi mahārāja so padeso puratthimāya vā disāya dakkhiṇāya vā disāya pacchimāya vā disāya uttarāya vā disāya, uddhaṁ vā adho vā tiriyaṁ vā, yattha nibbānaṁ sannihitan - ti. — Yadi bhante Nāgasena na - tthi nibbānassa sannihitokāso, tena hi na - tthi nibbānaṁ, yesañ - ca taṁ nibbānaṁ sacchikataṁ tesam - pi sacchikiriyā micchā. Kāraṇaṁ tattha vakkhāmi: Yathā bhante Nāgasena mahiyā dhaññuṭṭhānaṁ khettaṁ atthi, gandhuṭṭhānaṁ pupphaṁ atthi, pupphuṭṭhānaṁ gumbo atthi, phaluṭṭhānaṁ rukkho atthi, ratanuṭṭhānaṁ ākaro atthi, tattha yo koci yaṁ yaṁ icchati so tattha gantvā taṁ taṁ harati; evam - eva kho bhante Nāgasena

---

[3] pakkhanto A. pakkhando M; pakkanto C [12] anupatto CM [25] dhaññatthanam ABC. [26] pupphatthanam BM.

yadi nibbānaṁ atthi, tassa nibbānassa uṭṭhānokāso pi icchitabbo. Yasmā ca kho bhante Nāgasena nibbānassa uṭṭhānokāso na-tthi, tasmā na-tthi nibbānan-ti brūmi, yesañ-ca nibbānaṁ sacchikataṁ tesam-pi sacchikiriyā micchā ti. — Na-tthi mahārāja nibbānassa sannihitokāso, atthi c' etaṁ nibbānaṁ, sammā paṭipanno yoniso manasikārena nibbānaṁ sacchikaroti. Yathā [pana] mahārāja atthi aggi nāma, na-tthi tassa sannihitokāso, dve kaṭṭhāni saṅghaṭṭento aggiṁ adhigacchati, evam-eva kho mahārāja atthi nibbānaṁ, na-tthi tassa sannihitokāso, sammā paṭipanno yoniso manasikārena nibbānaṁ sacchikaroti. Yathā vā pana mahārāja atthi satta ratanāni nāma, seyyathīdaṁ: cakkaratanaṁ hatthiratanaṁ assaratanaṁ maṇiratanaṁ itthiratanaṁ gahapatiratanaṁ pariṇāyakaratanaṁ, na ca tesaṁ ratanānaṁ sannihitokāso atthi, khattiyassa pana sammā paṭipannassa paṭipattibalena tāni ratanāni upagacchanti; evam-eva kho mahārāja atthi nibbānaṁ, na-tthi tassa sannihitokāso, sammā paṭipanno yoniso manasikārena nibbānaṁ sacchikarotîti.

Bhante Nāgasena, nibbānassa sannihitokāso mā hotu, atthi pana taṁ ṭhānaṁ yattha ṭhito sammā paṭipanno nibbānaṁ sacchikarotîti. — Āma mahārāja, atthi taṁ ṭhānaṁ yattha ṭhito sammā paṭipanno nibbānaṁ sacchikarotîti. — Katamaṁ pana bhante taṁ ṭhānaṁ yattha ṭhito sammā paṭipanno nibbānaṁ sacchikarotîti. — Sīlaṁ mahārāja ṭhānaṁ, sīle patiṭṭhito yoniso manasikaronto Saka-Yavane pi Cīna-Vilāte pi Alasande pi Nikumbe pi Kāsi-Kosale pi Kasmīre pi Gandhāre pi nagamuddhani pi brahmaloke pi yattha katthaci pi ṭhito sammā paṭipanno nibbānaṁ sacchikaroti. Yathā mahārāja yo koci

---

[27] -villāte A, -cilāte B, -vigate M, all in both places (cīnalāto C the first time); comp. p. 331. [27] nigumbe M (twice). [28] kāsmīre C (twice). [29] pi om. ABC, and so in the sequel AM twice.

cakkhumā puriso Saka-Yavane pi Cīna-Vilāte pi Alasande pi Nikumbe pi Kāsi-Kosale pi Kasmīre pi Gandhāre pi nagamuddhani pi brahmaloke pi yattha katthaci pi ṭhito ākāsaṃ passati, evam eva kho mahārāja sīle patiṭṭhito yoniso manasikaronto Saka-Yavane pi — pe — yattha katthaci pi ṭhito sammā paṭipanno nibbānaṃ sacchikaroti. Yathā vā pana mahārāja Saka-Yavane pi — pe — yattha katthaci pi ṭhitassa pubbadisā atthi, evam eva kho mahārāja sīle patiṭṭhitassa yoniso manasikarontassa Saka-Yavane pi — pe — yattha katthaci pi ṭhitassa sammā paṭipannassa atthi nibbānasacchikiriyā ti. — Sādhu bhante Nāgasena, desitaṃ tayā nibbānaṃ, desitā nibbānasacchikiriyā, parikkhatā sīlaguṇā, dassitā sammāpaṭipatti, ussāpito dhammaddhajo, saṇṭhāpitā dhammanetti, avañjho suppayuttānaṃ sammāpayogo, evam etaṃ gaṇivarapavara, tathā sampaṭicchāmīti.

Aṭṭhamo vaggo.

—

[6] -karotīti BC. [7] vā om. B; vā pana om. C. [8] pubbā A. [16] saṇṭhāp- AaB; -pito all except Aa. [17] M adds, Lakkhaṇavaggo kaṇḍo (meaning no doubt Lakkhaṇakaṇḍo).

Atha kho Milindo rājā yen' āyasmā Nāgaseno ten' upasaṅkami, upasaṅkamitvā āyasmantaṁ Nāgasenaṁ abhivādetvā ekamantaṁ nisīdi. Ekamantaṁ nisinno kho Milindo rājā ñātukāmo sotukāmo dhāretukāmo, ñāṇālokaṁ daṭṭhukāmo aññāṇaṁ bhinditukāmo, ñāṇālokaṁ uppādetukāmo avijjandhakāraṁ nāsetukāmo, adhimattaṁ dhitiñ-ca ussāhañ-ca satiñ-ca sampajaññañ-ca upaṭṭhapetvā āyasmantaṁ Nāgasenaṁ etad-avoca:

Bhante Nāgasena, kim-pana Buddho tayā diṭṭho ti. — Na hi mahārājāti. — Kim-pana te ācariyehi Buddho diṭṭho ti. — Na hi mahārājāti. — Bhante Nāgasena, na kira tayā Buddho diṭṭho, nāpi kira te ācariyehi Buddho diṭṭho. Tena hi bhante Nāgasena na-tthi Buddho, na h' ettha Buddho paññāyatīti. — Atthi pana te mahārāja pubbakā khattiyā ye te tava khattiyavaṁsassa pubbaṅgamā ti. — Āma bhante, ko saṁsayo, atthi pubbakā khattiyā ye mama khattiyavaṁsassa pubbaṅgamā ti. — Diṭṭhapubbā tayā mahārāja pubbakā khattiyā ti. — Na hi bhante ti. — Ye pana taṁ mahārāja anusāsanti, purohitā senāpatino akkhadassā mahāmattā, tehi pubbakā khattiyā diṭṭhapubbā ti. — Na hi bhante ti. — Yadi pana te mahārāja pubbakā khattiyā na diṭṭhā, nāpi kira te anusāsakehi pubbakā khattiyā diṭṭhā, kattha pubbakā khattiyā, na h' ettha pubbakā khattiyā paññāyantīti. — Dissanti bhante Nāgasena pubbakānaṁ khattiyānaṁ anubhūtāni paribhogabhaṇḍāni, seyyathīdaṁ:

-ṭhāp- M [11] na pi B. [13] te om AaM [22] tattha AbC

setacchattaṁ uṇhīsaṁ pādukā vālavījanī khaggaratanaṁ mahārahāni ca sayanāni, yehi mayaṁ jāneyyāma saddaheyyāma: atthi pubbakā khattiyā ti. — Evam-eva kho mahārāja mayam-p' etaṁ Bhagavantaṁ jāneyyāma saddaheyyāma, atthi taṁ kāraṇaṁ yena mayaṁ kāraṇena jāneyyāma saddaheyyāma: atthi so Bhagavā ti. Katamaṁ taṁ kāraṇaṁ: Atthi kho mahārāja tena Bhagavatā jānatā passatā arahatā sammāsambuddhena anubhūtāni paribhogabhaṇḍāni, seyyathīdaṁ: cattāro satipaṭṭhānā, cattāro sammappadhānā, cattāro iddhipādā, pañc' indriyāni, pañca balāni, satta bojjhaṅgā, ariyo aṭṭhaṅgiko maggo, yehi sadevako loko jānāti saddahati: atthi so Bhagavā ti. Iminā mahārāja kāraṇena, iminā hetunā, iminā nayena, iminā anumānena ñātabbaṁ: atthi so Bhagavā ti.

Bahū jane tārayitvā nibbuto upadhikkhaye,
anumānena ñātabbaṁ: atthi so dipaduttamo ti.

Bhante Nāgasena, opammaṁ karohīti. Yathā mahārāja nagaravaḍḍhakī nagaraṁ māpetukāmo paṭhamaṁ tāva samaṁ anunnatam-anonataṁ asakkharapāsāṇaṁ nirupaddavam-anavajjaṁ ramaṇīyaṁ bhūmibhāgaṁ anuviloketvā yaṁ tattha visamaṁ taṁ samaṁ kārāpetvā khāṇukaṇṭakaṁ visodhāpetvā tattha nagaraṁ māpeyya sobhanaṁ vibhattaṁ bhāgaso mitaṁ ukkiṇṇa-parikha-pākāraṁ daḷha-gopur-aṭṭāla-koṭṭakaṁ puthu-caccara-catukka-sandhi-siṅghāṭakaṁ suci-samatala-rājamaggaṁ suvibhatta-antarāpaṇaṁ ārām-uyyāna-taḷāka-pokkharaṇī-udapāna-sampannaṁ bahuvidha-devaṭṭhāna-patimaṇḍitaṁ sabbadosavirahitaṁ, so tasmiṁ nagare sabbathā vepullataṁ patte aññaṁ desaṁ upagaccheyya, atha taṁ nagaraṁ aparena samayena iddhaṁ bhaveyya phītaṁ subhik-

[8-10] so om. AC. [11] -aṅgāni AaM. [13] bahu all [18] ukkhiṇṇa- AbC, udiṇṇa- M. [21] -koṭṭhakaṁ ACM. [24] -pokkharaṇī- B. [30] pītaṁ AC.

khaṁ khemaṁ samiddhaṁ sivaṁ anītikaṁ nirupaddavaṁ nānājanasamākulaṁ, puthū khattiyā brāhmaṇā vessā suddā hatthārohā assārohā rathikā pattikā dhanuggahā tharuggahā celakā calakā piṇḍadāvikā uggā rājaputtā pakkhandino mahānāgā sūrā vammino yodhino dāsaputtā bhaṭṭiputtā mallagaṇā āḷārikā sūdā kappakā nahāpakā cundā mālākārā suvaṇṇakārā sajjhakārā sīsakārā tipukārā lohakārā vaṭṭakārā ayakārā maṇikārā pesakārā kumbhakārā loṇakārā cammakārā rathakārā dantakārā rajjukārā kocchakārā suttakārā vilīvakārā dhanukārā jiyakārā usukārā cittakārā raṅgakārā rajakā tantavāyā tunnavāyā heraññikā dussikā gandhikā tiṇahārakā kaṭṭhahārakā bhatakā paṇṇikā phalikā mūlikā odanikā pūvikā macchikā maṁsikā majjikā naṭakā naccakā laṅghakā indajālikā vetālikā mallā chavaḍāhakā pupphachaḍḍakā venā nesādā gaṇikā lāsikā kumbhadāsiyo Saka-Yavana-Cīna-Vilātā Ujjenakā Bhārukacchakā Kāsi-Kosalāparantakā Māgadhakā Sāketakā Soraṭṭhakā Pāṭheyyakā Koṭumbara-Mādhurakā Alasanda-Kasmīra-Gandhārā taṁ nagaraṁ vāsāya upagatā nānāvisayino janā navaṁ suvibhattaṁ adosaṁ anavajjaṁ ramaṇīyaṁ taṁ nagaraṁ passitvā anumānena jānanti: cheko vata bho so nagaravaḍḍhakī yo imassa nagarassa māpetā ti; — evam-eva kho mahārāja so Bhagavā asamo asamasamo appaṭisamo asadiso atulo asaṅkheyyo appameyyo aparimeyyo amitaguṇo guṇapāramippatto anantadhiti anantatejo anantaviriyo anantabalo buddhabalapāramiṁ

---

[1] puthu all. [2] khattiya- ABM. [3] sūra ACM. [4] kappikā BC. [5] mālakārā B [6] sajjhukārā AC. [7] naṭṭakārā A, tandhakārā B, taṭṭakārā C. [8] lohakārā C, veṇukārā M; om. A. [9] viliep- A. [10] rajakārā AM. [11] vetālikā AB [12] lasikā or layikā B. [13] -yavana- AbC [14] -milātā Aac. [15] ujjenaka- BC. [16] bharu- A. [17] -parantaka- AB. [18] sāketaka-soraṭṭhaka-pātheyyaka- BM. [19] -madhuraka A. [20] vāsaya B; vāsayamupagatā Ab, vāsamupagatā Aa. [21] nanāvisa janā taṁ nagaraṁ vāsāya upagatā M. [22] pavisitvā AM. [23] appaṭimo A.

gato sasenaṁ Māraṁ parājetvā diṭṭhijālaṁ padāletvā avijjaṁ khepetvā vijjaṁ uppādetvā dhammukkaṁ dhārayitvā sabbaññutaṁ pāpuṇitvā nijjita-vijita-sangāmo dhammanagaraṁ māpesi.

Bhagavato kho mahārāja dhammanagaraṁ sīla-pākāraṁ hiri-parikhaṁ ñāṇa-dvārakoṭṭhakaṁ viriya-aṭṭālakaṁ saddhā-esikaṁ sati-dovārikaṁ paññā-pāsādaṁ Suttanta-caccaraṁ Abhidhamma-singhāṭakaṁ Vinaya-vinicchayaṁ satipaṭṭhāna-vīthikaṁ. Tassa kho pana mahārāja satipaṭṭhānavīthiyaṁ evarūpā āpaṇā pasāritā honti, seyyathidaṁ: pupphāpaṇaṁ gandhāpaṇaṁ phalāpaṇaṁ agadāpaṇaṁ osadhāpaṇaṁ amatāpaṇaṁ ratanāpaṇaṁ sabbāpaṇan ti.

Bhante Nāgasena, katamaṁ Buddhassa Bhagavato pupphāpaṇan ti. — Atthi kho pana mahārāja tena Bhagavatā jānatā passatā arahatā sammāsambuddhena ārammaṇavibhattiyo akkhātā, seyyathidaṁ: aniccasaññā anattasaññā asubhasaññā ādīnavasaññā pahānasaññā virāgasaññā nirodhasaññā sabbaloke anabhiratasaññā sabbasankhāresu aniccasaññā ānāpānasati uddhumātakasaññā vinīlakasaññā vipubbakasaññā vicchiddakasaññā vikkhāyitakasaññā vikkhittakasaññā hatavikkhittakasaññā lohitakasaññā puḷavakasaññā aṭṭhikasaññā mettāsaññā karuṇāsaññā muditāsaññā upekkhāsaññā maraṇānussati kāyagatāsati. Imā kho mahārāja Buddhena Bhagavatā ārammaṇavibhattiyo akkhātā. Tattha yo koci jarāmaraṇā muccitukāmo so tesu aññataraṁ ārammaṇaṁ gaṇhāti, tena ārammaṇena rāgā vimuccati, dosā vimuccati, mohā vimuccati, mānato vimuccati, diṭṭhito vimuccati, saṁsāraṁ tarati, taṇhāsotaṁ nivāreti, tividhaṁ malaṁ visodheti, sabbakilese upahantvā amalaṁ virajaṁ suddhaṁ paṇḍaraṁ

---

[7] dhāretvā AbC [8] -koṭṭakaṁ AaB. [9] -vīthiyaṁ AbC. [22] vikkhāyitasaññā ACa. [23] pul- CM. [24] upekhā- AC. [27] muñc- C.

ajātiṁ ajaraṁ amaraṁ sukhaṁ sītibhūtaṁ abhayaṁ nagaruttamaṁ nibbānanagaraṁ pavisitvā arahatte cittaṁ vimoceti. Idaṁ vuccati mahārāja Bhagavato pupphāpaṇan-ti.

Kammamūlaṁ gahetvāna āpaṇaṁ upagacchatha,
ārammaṇaṁ kiṇitvāna tato muccatha muttiyā ti.

Bhante Nāgasena, katamaṁ Buddhassa Bhagavato gandhāpaṇan-ti. — Atthi kho mahārāja tena Bhagavatā sīlavibhattiyo akkhātā, yena sīlagandhena anulittā Bhagavato puttā sadevakaṁ lokaṁ sīlagandhena dhūpenti sampadhūpenti, disam-pi anudisam-pi anuvātam-pi paṭivātam-pi vāyanti ativāyanti, pharitvā tiṭṭhanti. Katamā tā sīlavibhattiyo: saraṇasīlaṁ pañcasīlaṁ aṭṭhangasīlaṁ dasangasīlaṁ pañcuddesapariyāpannaṁ pātimokkhasaṁvarasīlaṁ. Idaṁ vuccati mahārāja Bhagavato gandhāpaṇan-ti. Bhāsitam-p' etaṁ mahārāja Bhagavatā devātidevena:

Na pupphagandho paṭivātam-eti,
na candanaṁ, tagara-mallikā vā;
satañ-ca gandho paṭivātam-eti,
sabbā disā sappuriso pavāti.
Candanaṁ, tagaraṁ vā pi, uppalaṁ, atha vassikī,
etesaṁ gandhajātānaṁ sīlagandho anuttaro.
Appamatto ayaṁ gandho yāyaṁ tagara-candanī;
yo ca sīlavataṁ gandho vāti devesu uttamo ti.

Bhante Nāgasena, katamaṁ Buddhassa Bhagavato phalāpaṇan-ti. — Phalāni kho mahārāja Bhagavatā akkhātāni, seyyathīdaṁ: sotāpattiphalaṁ sakadāgāmiphalaṁ anāgāmiphalaṁ arahattaphalaṁ suññataphalasamāpatti animittaphalasamāpatti appaṇihitaphalasamā-

---

[14] dasasīlaṁ A, om. M.

patti. Tattha yo koci yaṁ phalaṁ icchati so kammamūlaṁ datvā patthitaṁ phalaṁ kiṇāti, yadi sotāpattiphalaṁ, yadi sakadāgāmiphalaṁ, yadi anāgāmiphalaṁ, yadi arahattaphalaṁ, yadi suññataphalasamāpattiṁ, yadi animittaphalasamāpattiṁ, yadi appaṇihitaphalasamāpattiṁ. Yathā mahārāja kassaci purisassa dhuvaphalo ambo bhaveyya, so na tāva tato-phalāni pāteti yāva kayikā na āgacchanti, anuppatte pana kayike mūlaṁ gahetvā evaṁ ācikkhati: ambho purisa, eso kho dhuvaphalo ambo, tato yaṁ icchasi ettakaṁ phalaṁ gaṇhāhi, salāṭukaṁ vā dovilaṁ vā kesikaṁ vā āmaṁ vā pakkaṁ vā ti, so tena attanā dinnamūlena yadi salāṭukaṁ icchati salāṭukaṁ gaṇhāti, yadi dovilaṁ icchati dovilaṁ gaṇhāti, yadi kesikaṁ icchati kesikaṁ gaṇhāti, yadi āmakaṁ icchati āmakaṁ gaṇhāti, yadi pakkaṁ icchati pakkaṁ gaṇhāti; evam eva kho mahārāja yo yaṁ phalaṁ icchati so kammamūlaṁ datvā patthitaṁ phalaṁ gaṇhāti, yadi sotāpattiphalaṁ — pe — yadi appaṇihitaphalasamāpattiṁ. Idaṁ vuccati mahārāja Bhagavato phalāpaṇan-ti.

Kammamūlaṁ janā datvā gaṇhanti amatapphalaṁ,
tena te sukhitā honti ye kītā amatapphalan-ti.

Bhante Nāgasena, katamaṁ Buddhassa Bhagavato agadāpaṇan-ti. Agadāni kho mahārāja Bhagavatā akkhātāni, yehi agadehi so Bhagavā sadevakaṁ lokaṁ kilesavisato parimoceti. Katamāni pana tāni agadāni: Yān' imāni mahārāja Bhagavatā cattāri ariyasaccāni akkhātāni, seyyathīdaṁ: dukkhaṁ ariyasaccaṁ, dukkhasamudayaṁ ariyasaccaṁ, dukkhanirodhaṁ ariyasaccaṁ, dukkhanirodhagāminī paṭipadā ariyasaccaṁ. Tattha ye keci aññāpekkhā catusaccaṁ dhammaṁ suṇanti, te jātiyā

[illegible] kāyikā all except Ab. [illegible] na om. BM [illegible] ti om. all. [illegible] amataṁ phalaṁ Ab., amatamphalaṁ C. [illegible] kita all [illegible] catusaccadh- B.

parimuccanti, jarāya parimuccanti, maraṇā parimuccanti, soka-parideva-dukkha-domanass-upāyāsehi parimuccanti. Idaṁ vuccati mahārāja Bhagavato agadāpaṇan-ti.

Ye keci loke agadā visānaṁ paṭibāhakā,
dhammāgadasamaṁ na-tthi; etaṁ pivatha bhikkhavo ti.

Bhante Nāgasena, katamaṁ Buddhassa Bhagavato osadhāpaṇan-ti. — Osadhāni kho mahārāja Bhagavatā akkhātāni, yehi osadhehi so Bhagavā devamanusse tikicchati, seyyathīdaṁ: cattāro satipaṭṭhānā, cattāro sammappadhānā, cattāro iddhipādā, pañc' indriyāni, pañca balāni, satta bojjhangā, ariyo aṭṭhangiko maggo. Etehi osadhehi Bhagavā micchādiṭṭhiṁ vireceti, micchāsankappaṁ vireceti, micchāvācaṁ vireceti, micchākammantaṁ vireceti, micchāājīvaṁ vireceti, micchāvāyāmaṁ vireceti, micchāsatiṁ vireceti, micchāsamādhiṁ vireceti, lobhavamanaṁ kāreti, dosavamanaṁ kāreti, mohavamanaṁ kāreti, mānavamanaṁ kāreti, diṭṭhivamanaṁ kāreti, vicikicchāvamanaṁ kāreti, uddhaccavamanaṁ kāreti, thīnamiddhavamanaṁ kāreti, ahirikānottappavamanaṁ kāreti, sabbakilesavamanaṁ kāreti. Idaṁ vuccati mahārāja Bhagavato osadhāpaṇan-ti.

Ye keci osadhā loke vijjanti vividhā bahū,
dhammosadhasamaṁ na-tthi; etaṁ pivatha bhikkhavo.
Dhammosadhaṁ pivitvāna ajarāmaraṇā siyuṁ,
bhāvayitvā ca passitvā nibbutā upadhikkhaye ti.

Bhante Nāgasena, katamaṁ Buddhassa Bhagavato amatāpaṇan-ti. — Amataṁ kho mahārāja Bhagavatā akkhātaṁ, yena amatena so Bhagavā sadevakaṁ lokaṁ

4 viyānaṁ Ab. 12 -aṅgāni AC. 20 -kamanott- C. 24 phassitvā AbBC.

abhisiñci, yena amatena abhisittā devamanussā jāti-jarā-byādhi-maraṇa-soka-parideva-dukkha-domanass-upāyāsehi parimucciṁsu. Katamaṁ taṁ amataṁ: yad-idaṁ kāyagatāsati. Bhāsitam-p' etaṁ mahārāja Bhagavatā devātidevena: Amatan-te bhikkhave paribhuñjanti ye kāyagatāsatiṁ paribhuñjantīti. Idaṁ vuccati mahārāja Bhagavato amatāpaṇan-ti.

Byādhitaṁ janataṁ disvā amatāpaṇaṁ pasārayi:
kammena taṁ kiṇitvāna amataṁ ādetha bhikkhavo ti.

Bhante Nāgasena, katamaṁ Buddhassa Bhagavato ratanāpaṇan-ti. — Ratanāni kho mahārāja Bhagavatā akkhātāni, yehi ratanehi bhūsitā Bhagavato puttā sadevakaṁ lokaṁ virocenti obhāsenti pabhāsenti, jalanti pajjalanti, uddhaṁ adho tiriyaṁ ālokaṁ dassenti. Katamāni tāni ratanāni: sīlaratanaṁ samādhiratanaṁ paññāratanaṁ vimuttiratanaṁ vimuttiñāṇadassanaratanaṁ paṭisambhidāratanaṁ bojjhaṅgaratanaṁ. Katamaṁ mahārāja Bhagavato sīlaratanaṁ: pātimokkhasaṁvarasīlaṁ indriyasaṁvarasīlaṁ ājīvapārisuddhisīlaṁ paccayasannissitasīlaṁ cullasīlaṁ majjhimasīlaṁ mahāsīlaṁ maggasīlaṁ phalasīlaṁ. Sīlaratanena kho mahārāja vibhūsitassa puggalassa sadevako loko samārako sabrahmako sassamaṇabrāhmaṇī pajā pihayati pattheti. Sīlaratanapiḷandho kho mahārāja bhikkhu disam-pi anudisam-pi uddham-pi adho pi tiriyam-pi virocati atirocati; heṭṭhato Avīciṁ, uparito bhavaggaṁ upādāya etth' antare sabbaratanāni atikkamitvā atisayitvā ajjhottharitvā tiṭṭhati. Evarūpāni kho mahārāja sīlaratanāni Bhagavato ratanāpaṇe pasāritāni. Idaṁ vuccati mahārāja Bhagavato sīlaratanan-ti.

[13] -maniyā AC. [14] -ratanaṁ pil AC.

Evarūpāni sīlāni santi Buddhassa āpaṇe;
kammena taṁ kiṇitvāna ratanaṁ vo pilandhathāti.

Katamaṁ mahārāja Bhagavato samādhiratanaṁ: savitakka-savicāro samādhi, avitakka-vicāramatto samādhi, avitakka-avicāro samādhi, suññato samādhi, animitto samādhi, appaṇihito samādhi. Samādhiratanaṁ kho mahārāja pilandhassa bhikkhuno ye te kāmavitakkā byāpādavitakkā vihiṁsāvitakkā mān-uddhacca-diṭṭhi-vicikicchā-kilesavatthūni vividhāni ca kuvitakkāni te sabbe samādhiṁ āsajja vikiranti vidhamanti viddhaṁsanti na saṇṭhanti na upalippanti. Yathā mahārāja vāri pokkharapatte vikirati vidhamati viddhaṁsati na saṇṭhāti na upalippati, taṁ kissa hetu: parisuddhattā padumassa; evam-eva kho mahārāja samādhiratanaṁ pilandhassa bhikkhuno ye te kāmavitakka-byāpādavitakka-vihiṁsāvitakka-mān-uddhacca-diṭṭhi-vicikicchā-kilesavatthūni vividhāni ca kuvitakkāni te sabbe samādhiṁ āsajja vikiranti vidhamanti viddhaṁsanti na saṇṭhanti na upalippanti, taṁ kissa hetu: parisuddhattā samādhissa. Idaṁ vuccati mahārāja Bhagavato samādhiratanan-ti. Evarūpāni kho mahārāja samādhiratanāni Bhagavato ratanāpaṇe pasāritāni.

Samādhiratanamālassa kuvitakkā na jāyare,
na ca vikkhippate cittaṁ; etaṁ tumhe pilandhathāti.

Katamaṁ mahārāja Bhagavato paññāratanaṁ: Yāya mahārāja paññāya ariyasāvako idaṁ kusalan-ti yathābhūtaṁ pajānāti, idaṁ akusalan-ti yathābhūtaṁ pajānāti, idaṁ sāvajjaṁ idaṁ anavajjaṁ, idaṁ sevitabbaṁ idaṁ na sevitabbaṁ, idaṁ hīnaṁ idaṁ paṇītaṁ, idaṁ kaṇhaṁ

---

[8] avitakka-vicāramatto all except B (-savicāra- Bb). [10] -dhaṁsenti all.
[11] saṇṭhahenti ABM. [12] saṇṭhahanti M. [23] vikkhipate ABC.

idaṁ sukkaṁ idaṁ kaṇha-sukka-sappaṭibhāgan-ti yathābhūtaṁ pajānāti, idaṁ dukkhan-ti yathābhūtaṁ pajānāti, ayaṁ dukkhasamudayo ti yathābhūtaṁ pajānāti, ayaṁ dukkhanirodho ti yathābhūtaṁ pajānāti, ayaṁ dukkhanirodhagāminī paṭipadā ti yathābhūtaṁ pajānāti, idaṁ vuccati mahārāja Bhagavato paññāratanan-ti.

Paññāratanamālassa na ciraṁ vattate bhavo,
khippaṁ phasseti amataṁ, na ca so rocate bhave ti.

Katamaṁ mahārāja Bhagavato vimuttiratanaṁ: Vimuttiratanan-ti kho mahārāja arahattaṁ vuccati, arahattaṁ patto kho mahārāja bhikkhu vimuttiratanaṁ pilandho ti vuccati. Yathā mahārāja puriso muttākalāpa-maṇi-kanaka-pavāḷābharaṇa-paṭimaṇḍito akalu-tagara-tālīsaka-lohitacandanānulitta-gatto nāga-punnāga-sāla-salaḷa-campaka-yūthikātimuttaka-pāṭal-uppala-vassika-mallikā-vicitto sesajane atikkamitvā virocati atirocati obhāsati pabhāsati sampabhāsati jalati pajjalati abhibhavati ajjhottharati mālā-gandha-ratanābharaṇehi, evam-eva kho mahārāja arahattaṁ patto khīṇāsavo vimuttiratanapilandho upādāy' upādāya vimuttānaṁ bhikkhūnaṁ atikkamitvā samatikkamitvā virocati atirocati obhāsati pabhāsati sampabhāsati jalati pajjalati abhibhavati ajjhottharati vimuttiyā; taṁ kissa hetu: aggaṁ mahārāja etaṁ pilandhanaṁ sabbapilandhanānaṁ, yad-idaṁ vimuttipilandhanaṁ. Idaṁ vuccati mahārāja Bhagavato vimuttiratanan-ti.

Maṇimālādharaṁ gehajano sāmiṁ udikkhati,
vimuttiratanamālan-tu udikkhanti sadevakā ti.

Katamaṁ mahārāja Bhagavato vimuttiñāṇadassanaratanaṁ: Paccavekkhaṇañāṇaṁ mahārāja Bhagavato vi-

---

[1] agalu- M, agaru-akalu- AC [1] -salala- CM [1] adhibhavati BC.

muttiñāṇadassanaratanan' ti vuccati, yena ñāṇena ariyasāvako magga-phala-nibbānāni pahīnakilesāvasiṭṭhakilese ca paccavekkhati.

Yena ñāṇena bujjhanti ariyā katakiccataṁ,
taṁ ñāṇaratanaṁ laddhuṁ vāyametha Jinorasā ti.

Katamaṁ mahārāja Bhagavato paṭisambhidāratanaṁ: Catasso kho mahārāja paṭisambhidāyo: atthapaṭisambhidā dhammapaṭisambhidā niruttipaṭisambhidā paṭibhānapaṭisambhidā ti. Imehi kho mahārāja catuhi paṭisambhidāratanehi samalankato bhikkhu yaṁ yaṁ parisaṁ upasankamati, yadi khattiyaparisaṁ yadi brāhmaṇaparisaṁ yadi gahapatiparisaṁ yadi samaṇaparisaṁ, visārado upasankamati, amankubhūto abhīru acchambhī anutrāsī vigatalomahaṁso parisaṁ upasankamati. Yathā mahārāja yodho sangāmasūro sannaddhapañcāvudho asambhīto sangāmaṁ otarati: sace amittā dūre bhavissanti usunā pātayissāmi, tato orato bhavissanti sattiyā paharissāmi, tato orato bhavissanti kaṇayena paharissāmi, upagataṁ santaṁ maṇḍalaggena dvidhā chindissāmi, kāyūpagataṁ churikāya vinivijjhissāmīti; evam-eva kho mahārāja catupaṭisambhidāratanamaṇḍito bhikkhu asambhīto parisaṁ upasankamati: yo koci maṁ atthapaṭisambhide pañhaṁ pucchissati, tassa atthena atthaṁ kathayissāmi, kāraṇena kāraṇaṁ kathayissāmi, hetunā hetuṁ kathayissāmi, nayena nayaṁ kathayissāmi, nissaṁsayaṁ karissāmi, vimatiṁ vivecessāmi, tosayissāmi pañhaveyyākaraṇena; yo koci maṁ dhammapaṭisambhide pañhaṁ pucchissati, tassa dhammena dhammaṁ kathayissāmi, amatena amataṁ kathayissāmi, asankhatena asankhataṁ kathayissāmi, nibbānena nibbānaṁ kathayissāmi, suññatāya suññataṁ

---

[9] cato AIIC [11] -āyudho C. [12] -sambhidāyaṁ M throughout [14] vimocessāmi As, and so C throughout

kathayissāmi, animittena animittaṁ kathayissāmi, appaṇihitena appaṇihitaṁ kathayissāmi, anejena anejaṁ kathayissāmi, nissaṁsayaṁ karissāmi, vimatiṁ vivecessāmi, tosayissāmi pañhaveyyākaraṇena; yo koci maṁ niruttipaṭisambhide pañhaṁ pucchissati, tassa niruttiyā niruttiṁ kathayissāmi, padena padaṁ kathayissāmi, anupadena anupadaṁ kathayissāmi, akkharena akkharaṁ kathayissāmi, sandhiyā sandhiṁ kathayissāmi, byañjanena byañjanaṁ kathayissāmi, anubyañjanena anubyañjanaṁ kathayissāmi, vaṇṇena vaṇṇaṁ kathayissāmi, sarena saraṁ kathayissāmi, paññattiyā paññattiṁ kathayissāmi, vohārena vohāraṁ kathayissāmi, nissaṁsayaṁ karissāmi, vimatiṁ vivecessāmi, tosayissāmi pañhaveyyākaraṇena; yo koci maṁ paṭibhānapaṭisambhide pañhaṁ pucchissati, tassa paṭibhānena paṭibhānaṁ kathayissāmi, opammena opammaṁ kathayissāmi, lakkhaṇena lakkhaṇaṁ kathayissāmi, rasena rasaṁ kathayissāmi, nissaṁsayaṁ karissāmi, vimatiṁ vivecessāmi, tosayissāmi pañhaveyyākaraṇenāti. Idaṁ vuccati mahārāja Bhagavato paṭisambhidāratanan-ti.

Paṭisambhidā kiṇitvāna ñāṇena phassayeyya yo,
asambhito anubbiggo atirocati sadevake ti.

Katamaṁ mahārāja Bhagavato bojjhaṅgaratanaṁ: Satt' ime mahārāja bojjhaṅgā: satisambojjhaṅgo dhammavicayasambojjhaṅgo viriyasambojjhaṅgo pītisambojjhaṅgo passaddhisambojjhaṅgo samādhisambojjhaṅgo upekhāsambojjhaṅgo. Imehi kho mahārāja sattahi bojjhaṅgaratanehi paṭimaṇḍito bhikkhu sabbaṁ tamaṁ abhibhuyya sadevakaṁ lokaṁ obhāseti pabhāseti ālokaṁ janeti. Idaṁ vuccati mahārāja Bhagavato bojjhaṅgaratanan-ti.

---

[9] pucchati ABC. [11] okārena AC [12] ohāraṁ C [13] vim. viv. om. all.
[25] passayeyya Ab, passameyya AaC. [26] sa ABC [27] maṇḍito B.

Bojjhangaratanamālassa uggahanti sadevakā;
kammena taṁ kiṇitvāna ratanaṁ vo piḷandhathāti.

Bhante Nāgasena, katamaṁ Buddhassa Bhagavato sabbāpaṇan-ti. — Sabbāpaṇaṁ kho mahārāja Bhagavato navangaṁ Buddhavacanaṁ, sārīrikāni pāribhogikāni cetiyāni, sangharatanañ-ca. Sabbāpaṇe mahārāja Bhagavatā jātisampatti pasāritā, bhogasampatti pasāritā, āyusampatti pasāritā, ārogyasampatti pasāritā, vaṇṇasampatti pasāritā, paññāsampatti pasāritā, mānusikasampatti pasāritā, dibbasampatti pasāritā, nibbānasampatti pasāritā. Tattha ye taṁ taṁ sampattiṁ icchanti te kammamūlaṁ datvā patthitapatthitaṁ sampattiṁ kiṇanti, keci sīlasamādānena kiṇanti, keci uposathakammena kiṇanti; appamattakena pi kammamūlena upāday' upādāya sampattiyo paṭilabhanti. Yathā mahārāja āpaṇikassa āpaṇe tila-mugga-māse parittakena pi taṇḍula-muggamāsena appakena pi mūlena upāday' upādāya gaṇhanti; evam-eva kho mahārāja Bhagavato sabbāpaṇe appamattakena pi kammamūlena upāday' upādāya sampattiyo paṭilabhanti. Idaṁ vuccati mahārāja Bhagavato sabbāpaṇan-ti.

Āyu ārogatā vaṇṇaṁ saggaṁ uccākulīnatā
asankhatañ-ca amataṁ atthi sabbāpaṇe Jine.
Appena bahukenāpi kammamūlena gayhati;
kiṇitvā saddhāmūlena samiddhā hotha bhikkhavo ti.

Bhagavato kho mahārāja dhammanagare evarūpā janā paṭivasanti: suttantikā venayikā ābhidhammikā dhammakathikā Jātakabhāṇakā Dīghabhāṇakā Majjhimabhāṇakā

[3] sarīr- BM. [5] paribh- M. [7] bhogas. pas om AsM. [9] ārogya- B, āroga- M [11] ye taṁ taṁ A, ye ca taṁ C; ye sampattiṁ BM. [12] ārogataṁ M; āyu āyurogataṁ C. [13] jino C, jane M, jano B. [14] gaṇhati AM, gaṇhanti C. [17] abhidh- CM.

Saṁyuttabhāṇakā Aṅguttarabhāṇakā Khuddakabhāṇakā sīlasampannā samādhisampannā paññāsampannā bojjhaṅgabhāvanāratā vipassakā sadattham-anuyuttā āraññikā rukkhamūlikā abbhokāsikā palālapuñjakā sosānikā nesajjikā paṭipannakā phalaṭṭhā sekhā phalasamaṅgino sotāpannā sakadāgāmino anāgāmino arahanto tevijjā chaḷabhiññā iddhimanto paññāya pāramiṁ gatā satipaṭṭhāna-sammappadhāna-iddhipāda-indriyabala-bojjhaṅga-maggavara-jhāna vimokkha-rūpārūpa-santasukhasamāpatti-kusalā, tehi arahantehi ākulaṁ samākulaṁ ākiṇṇaṁ samākiṇṇaṁ naḷavana-saravanam-iva dhammanagaraṁ ahosi. Bhavatiha:

Vītarāgā vītadosā vītamohā anāsavā
vītataṇhā anādānā dhammanagare vasanti te.
Āraññakā dhutadharā jhāyino lūkhacīvarā
vivekābhiratā dhīrā dhammanagare vasanti te.
Nesajjikā santhatikā atho pi ṭhānacaṅkamā
paṁsukūladharā sabbe dhammanagare vasanti te.
Ticīvaradharā santā cammakhaṇḍacatutthakā
ratā ekāsane viññū dhammanagare vasanti te.
Appicchā nipakā dhīrā appāhārā alolupā
lābhālābhena santuṭṭhā dhammanagare vasanti te.
Jhāyī jhānaratā dhīrā santacittā samāhitā
ākiñcaññaṁ patthayānā dhammanagare vasanti te.
Paṭipannā phalaṭṭhā ca sekhā phalasamaṅgino
āsiṁsakā uttamatthaṁ dhammanagare vasanti te.
Sotāpannā ca vimalā sakadāgāmino ca ye
anāgāmī ca arahanto dhammanagare vasanti te.
Satipaṭṭhānakusalā bojjhaṅgabhāvanāratā
vipassakā dhammadharā dhammanagare vasanti te.

---

[8] āraññakā C [9] pāramiṁgatā M. [10] ākulā B. [11] ākiṇṇā AC. [12] ahosīti all. [16] āraññikā M. [19] dhūta- CM. [21] nipuṇā M.

Iddhipādesu kusalā samādhibhāvanāratā
sammappadhānam-anuyuttā dhammanagare vasanti te.
Abhiññāpāramippattā pettike gocare ratā
antalikkhamhi caraṇā dhammanagare vasanti te.
Okkhittacakkhū mitabhāṇī guttadvārā susaṃvutā
sudantā uttame dhamme dhammanagare vasanti te.
Tevijjā chaḷabhiññā ca iddhiyā pāramīgatā
paññāya pāramippattā dhammanagare vasanti te ti.

Ye kho te mahārāja bhikkhū aparimita-ñāṇavara-dharā asaṅgā atuliyaguṇā atulayasā atulabalā atulatejā dhammacakkānuppavattakā paññāpāramiṃ gatā, evarūpā kho mahārāja bhikkhū Bhagavato dhammanagare dhammasenāpatino ti vuccanti. Ye pana te mahārāja bhikkhū iddhimanto adhigatapaṭisambhidā pattavesārajjā gaganacarā durāsadā duppasahā anālambacarā sasāgara-mahīdhara-paṭhavikampakā canda-suriya-parimajjakā vikubbana-m-adhiṭṭhānābhinīhāra-kusalā iddhiyā pāramiṃ gatā, evarūpā kho mahārāja bhikkhū Bhagavato dhammanagare purohitā ti vuccanti. Ye pana te mahārāja bhikkhū dhutaṅgam-anugatā appicchā santuṭṭhā viññatti-m-anesana-jigucchakā piṇḍāya sapadānacārino bhamarā va gandham-anughāyitvā pavisanti vivittakānanaṃ kāye ca jīvite ca nirapekkhā arahattam-anuppattā dhutaṅgaguṇe agganikkhittā, evarūpā kho mahārāja bhikkhū Bhagavato dhammanagare akkhadassā ti vuccanti. Ye pana te mahārāja bhikkhū parisuddhā vimalā nikkilesā cutūpapātakusalā dibbacakkhumhi pāramiṃ gatā, evarūpā kho mahārāja bhikkhū Bhagavato dhammanagare nagarajotakā ti vuccanti. Ye pana te mahārāja bhikkhū

5 6 -pāramippattā M 7 pāramiṃ gatā C 8 ti om. BM 17 -pāramī-gatā M throughout 20 dhūt- Ab, dhūtaṅgaguṇaṃ- M 21 dhūt- AM. 24 atinikkhittā M 25 -jotikā Aa

bahussutā āgatāgamā Dhammadharā Vinayadharā Mātikādharā sithila-dhanita-dīgha-rassa-garuka-lahukakkhara-paricchedakusalā navaṅgasāsanadharā, evarūpā kho mahārāja bhikkhū Bhagavato dhammanagare dhammarakkhā ti vuccanti. Ye pana te mahārāja bhikkhū vinayaññū vinayakovidā nidāna-paṭhana-kusalā āpatti-anāpatti-garuka-lahuka-satekiccha-atekiccha-vuṭṭhāna-desanā-niggaha-paṭikamma-osāraṇa-nissāraṇa-paṭisāraṇa-kusalā vinaye pāramiṃ gatā, evarūpā kho mahārāja bhikkhū Bhagavato dhammanagare rūpadakkhā ti vuccanti. Ye pana te mahārāja bhikkhū vimuttivara-kusumamāla-baddhā vara-pavara-mahaggha-seṭṭha-bhāvam-anuppattā bahujana-kantam abhipatthitā, evarūpā kho mahārāja bhikkhū Bhagavato dhammanagare pupphāpaṇikā ti vuccanti. Ye pana te mahārāja bhikkhū catusaccābhisamaya-paṭividdhā diṭṭhasaccā viññātasāsanā catusu sāmaññaphalesu tiṇṇa-vicikicchā paṭiladdhaphalasukhā aññesam-pi paṭipannānaṃ te phale saṃvibhajanti, evarūpā kho mahārāja bhikkhū Bhagavato dhammanagare phalāpaṇikā ti vuccanti. Ye pana te mahārāja bhikkhū sīlavarasugandham-anulittā anekavidhabahuguṇadharā kilesamaladuggandha-vidhamakā, evarūpā kho mahārāja bhikkhū Bhagavato dhammanagare gandhāpaṇikā ti vuccanti. Ye pana te mahārāja bhikkhū dhammakāmā piyasamudāhārā abhidhamme abhivinaye uḷārapāmojjā araññagatā pi rukkhamūlagatā pi suññāgāragatā pi dhammavararasaṃ pivanti, kāyena vācāya manasā dhammavararasam-ogāḷhā adhimattapaṭibhānā dhammesu dhammesanapaṭipannā ito vā tato vā yattha yattha appicchakathā santuṭṭhikathā pavivekakathā asaṃsaggakathā viriyārambhakathā sīlakathā samādhikathā paññākathā vimuttikathā vimuttiñāṇadas-

---

[1] dhammarakkha AB. [2] āpattānāpatti- M [3] vata AC. [4] yattha once ABC.

sanakathā tattha tattha gantvā taṁ taṁ kathārasaṁ pivanti, evarūpā kho mahārāja bhikkhū Bhagavato dhammanagare soṇḍā pipāsā ti vuccanti. Ye pana te mahārāja bhikkhū pubbarattāpararattaṁ jāgariyānuyogam anuyuttā nisajja-ṭṭhāna-caṅkamehi rattindivaṁ atināmenti, bhāvanānuyogam anuyuttā kilesapaṭibāhanāya sadatthapasutā, evarūpā kho mahārāja bhikkhū Bhagavato dhammanagare nagaraguttikā ti vuccanti. Ye pana te mahārāja bhikkhū navaṅgaṁ Buddhavacanaṁ atthato ca byañjanato ca nayato ca kāraṇato ca hetuto ca udāharaṇato ca vācenti anuvācenti bhāsanti anubhāsanti, evarūpā kho mahārāja bhikkhū Bhagavato dhammanagare dhammāpaṇikā ti vuccanti. Ye pana te mahārāja bhikkhū dhammaratanabhogena āgama-pariyatti-sutabhogena bhogino dhanino niddiṭṭha-sara-byañjana-lakkhaṇa-paṭivedhā viññū pharaṇā, evarūpā kho mahārāja bhikkhū Bhagavato dhammanagare dhammaseṭṭhino ti vuccanti. Ye pana te mahārāja bhikkhū uḷāradesanāpaṭivedhā paricinṇārammaṇa-vibhatti-niddesā sikkhāguṇapāramippattā, evarūpā kho mahārāja bhikkhū Bhagavato dhammanagare vissutadhammikā ti vuccanti. Evaṁ suvibhattaṁ kho mahārāja Bhagavato dhammanagaraṁ, evaṁ sumāpitaṁ, evaṁ suvihitaṁ, evaṁ suparipūritaṁ, evaṁ suvavatthāpitaṁ, evaṁ surakkhitaṁ, evaṁ sugopitaṁ, evaṁ duppasayhaṁ paccatthikehi paccāmittehi. Iminā mahārāja kāraṇena iminā hetunā iminā nayena iminā anumānena ñātabbaṁ: atthi so Bhagavā ti.

Yathā pi nagaraṁ disvā suvibhattaṁ manoramaṁ
anumānena jānanti vaḍḍhakissa mahattanaṁ,
Tath' eva lokanāthassa disvā dhammapuraṁ varaṁ
anumānena jānanti: atthi so Bhagavā iti.

[16] taraṇā M [17] paṭicinṇ- AC. [18] pāramipattā M [19] -bantanaṁ A, -bantataṁ C.

. Anumānena jānanti ūmiṁ disvāna sāgare:
yathā 'yaṁ dissate ūmī mahanto so bhavissati;
Tathā Buddhaṁ sokanudaṁ sabbattha-m-aparājitaṁ
taṇhakkhayam-anuppattaṁ bhavasaṁsāramocanaṁ
Anumānena ñātabbaṁ ūmiṁ disvā sadevake:
yathā dhammummivipphāro aggo Buddho bhavissati.
Anumānena jānanti disvā accuggataṁ giriṁ:
yathā accuggato eso Himavā so bhavissati;
Tathā disvā dhammagiriṁ sītibhūtaṁ nirūpadhiṁ
accuggataṁ Bhagavato acalaṁ suppatiṭṭhitaṁ
Anumānena ñātabbaṁ disvāna dhammapabbataṁ:
tathā hi so mahāvīro aggo Buddho bhavissati.
Yathā pi gajarājassa padaṁ disvāna mānusā
anumānena jānanti: mahā eso gajo iti,
Tath' eva Buddhanāgassa padaṁ disvā vibhāvino
anumānena jānanti: uḷāro so bhavissati.
Anumānena jānanti bhīte disvāna kummige:
migarājassa saddena bhītā 'me kummigā iti:
Tath' eva titthiye disvā vitthate bhītamānase
anumānena ñātabbaṁ: dhammarājena gajjitaṁ.
Nibbutaṁ paṭhaviṁ disvā haritapattaṁ mahodikaṁ
anumānena jānanti: mahāmeghena nibbutaṁ;
Tath' ev' imaṁ janaṁ disvā āmoditapamoditaṁ
anumānena ñātabbaṁ: dhammameghena tappitaṁ.
Laggaṁ disvā bhusaṁpankaṁ kalaladdagataṁ mahiṁ
anumānena jānanti: vārikkhandho mahāgato;
Tath' ev' imaṁ janaṁ disvā rajapankasamohitaṁ
vahitaṁ dhammanadiyā vissaṭṭhaṁ dhammasāgare,
Dhammāmatagataṁ disvā sadevakam-imaṁ mahiṁ,
anumānena ñātabbaṁ: dhammakkhandho mahāgato.

1-3 ūmī Ab. 7 -vitthāro AC 24.25 tath' evimaṁ AC. 28 bhusā- C.

Anumānena jānanti ghāyitvā gandham-uttamaṁ:
yathā 'yaṁ vāyatī gandho hessanti pupphitā dumā;
Tath' evāyaṁ sīlagandho pavāyati sadevake,
anumānena ñātabbaṁ: atthi Buddho anuttaro ti.

Evarūpena kho mahārāja kāraṇasatena kāraṇasahassena hetusatena hetusahassena nayasatena nayasahassena opammasatena opammasahassena sakkā Buddhabalaṁ upadassayituṁ. Yathā mahārāja dakkho mālākāro nānāpuppharāsimhā ācariyānusatthiyā paccattapurisakārena vicittaṁ mālāguṇarāsiṁ kareyya, evam-eva kho mahārāja so Bhagavā vicittapuppharāsi viya anantaguṇo appameyyaguṇo, ahaṁ-etarahi Jinasāsane mālākāro viya pupphaganthako pubbakānaṁ ācariyānaṁ maggena pi mayhaṁ buddhibalena pi asaṅkheyyena pi kāraṇena anumānena Buddhabalaṁ dīpayissāmi, tvaṁ pan' ettha chandaṁ janehi savanāyāti.

Dukkaraṁ bhante Nāgasena aññesaṁ evarūpena kāraṇena anumānena Buddhabalaṁ upadassayituṁ, nibbuto 'smi bhante Nāgasena tumhākaṁ paramavicittena pañhaveyyākaraṇenāti.

Anumānapañhaṁ.

[8, 9] mālakāro BC. [10] māla- C.

Passat' āraññake bhikkhū ajjhogāḷhe dhute guṇe,
puna passati gihī rājā anāgāmiphale ṭhite.
Ubho pi te viloketvā uppajji saṁsayo mahā:
bujjheyya ce gihī dhamme dhutaṅgaṁ nipphalaṁ siyā;
Paravādivādamathanaṁ nipuṇaṁ Piṭakattaye
handa pucche kathiseṭṭhaṁ, so me kaṅkhaṁ vinessatīti.

Atha kho Milindo rājā yen' āyasmā Nāgaseno ten' upasaṅkami, upasaṅkamitvā āyasmantaṁ Nāgasenaṁ abhivādetvā ekamantaṁ nisīdi. Ekamantaṁ nisinno kho Milindo rājā āyasmantaṁ Nāgasenaṁ etad-avoca: Bhante Nāgasena, atthi koci gihī agāriko kāmabhogī puttadārasambādhasayanaṁ ajjhāvasanto Kāsikacandanaṁ paccanubhonto mālā-gandha-vilepanaṁ dhārayanto jātarūparajataṁ sādiyanto maṇi-muttā-kañcana-vicittamolibaddho, yena santaṁ paramatthaṁ nibbānaṁ sacchikatan-ti. — Na mahārāja ekaṁ-ñeva sataṁ na dve satāni na tīṇi catupañca satāni na sahassaṁ na satasahassaṁ na koṭisataṁ na koṭisahassaṁ na koṭisatasahassaṁ; tiṭṭhatu mahārāja dasannaṁ vīsatiyā satassa sahassassa abhisamayo, katamena te pariyāyena anuyogaṁ dammīti. — Tvam-ev' etaṁ brūhīti. — Tena hi te mahārāja kathayissāmi, satena vā sahassena vā satasahassena vā koṭiyā vā koṭisatena vā koṭisahassena vā koṭisatasahassena vā. Yā kāci navaṅge Buddhavacane sallekhitācārapaṭipatti-

[1] passitāraññake M, passaharaññake AC. [1,4] dhū- M. [6] kathi- ABC. [13] -dāra- AC. [31] dammi all [32] brūhi all

dhutaguṇavaraṅga-nissitā kathā, tā sabbā idha samosarissanti. Yathā mahārāja ninnunnata-samavisama-thalāthala-desabhāge abhivaṭṭaṁ udakaṁ sabban-taṁ tato vinigaḷitvā mahodadhiṁ sāgaraṁ samosarati; evam-eva kho mahārāja sampādake sati yā kāci navaṅge Buddhavacane sallekhitācārapaṭipatti-dhutaguṇavaraṅga-nissitā kathā tā sabbā idha samosarissanti. Mayham-p' ettha mahārāja paribyattatāya buddhiyā kāraṇaparidīpanaṁ samosarissati, ten' eso attho suvibhatto vicitto paripuṇṇo samānīto bhavissati. Yathā mahārāja kusalo lekhācariyo anusiṭṭho lekhaṁ osārento attano byattatāya buddhiyā kāraṇaparidīpanena lekhaṁ paripūreti, evaṁ sā lekhā samattā paripuṇṇā anūnikā bhavissati; evam-eva mayham-p' ettha paribyattatāya buddhiyā kāraṇaparidīpanaṁ samosarissati, ten' eso attho suvibhatto vicitto paripuṇṇo parisuddho samānīto bhavissati.

Nagare mahārāja Sāvatthiyā pañcakoṭimattā ariyasāvakā Bhagavato upāsaka-upāsikāyo sattapaṇṇāsa sahassāni tīṇi satasahassāni anāgāmiphale patiṭṭhitā, te sabbe pi gihī yeva na pabbajitā. Puna tatth' eva Gaṇḍambamūle yamakapāṭihāriye vīsati pāṇakoṭiyo abhisamiṁsu. Puna Mahārāhulovāde Mahāmaṅgalasuttante Samacittapariyāye Parābhavasuttante Purābhedasuttante Kalahavivādasuttante Cūḷabyūhasuttante Mahābyūhasuttante Tuvaṭakasuttante Sāriputtasuttante gaṇanapatham-atītānaṁ devatānaṁ dhammābhisamayo ahosi. Nagare Rājagahe paññāsa sahassāni tīṇi satasahassāni ariyasāvakā Bhagavato upāsika-upāsikāyo, puna tatth' eva Dhanapālahatthināgadamane navuti pāṇakoṭiyo, Pārāyanasamāgame Pāsāṇake cetiye cuddasa pāṇakoṭiyo, puna Indasālaguhāyaṁ asīti devatākoṭiyo, puna Bārāṇasiyaṁ

---

[1] -dhita- ACM. [8] -dhūta- C [11] osārento B. [13] evameva kho CaM. [15] tena so CM [16] tīni ca M. [17] tīṇi ca BM. [19] parāyana- ABC.

Isipatane migadāye paṭhame dhammadesane aṭṭhārasa brahmakoṭiyo aparimāṇā ca devatāyo, puna Tāvatiṁsabhavane Paṇḍukambalasilāyaṁ Abhidhammadesanāya asīti devatākoṭiyo, devorohaṇe Saṅkassanagaradvāre lokavivaraṇapāṭihāriye pasannānaṁ nara-marūnaṁ tiṁsa koṭiyo abhisamiṁsu. Puna Sakkesu Kapilavatthusmiṁ Nigrodhārāme Buddhavaṁsadesanāya Mahāsamayasuttantadesanāya ca gaṇanapatham atītānaṁ devatānaṁ dhammābhisamayo ahosi. Puna Sumanamālākārasamāgame Garahadinnasamāgame Ānandaseṭṭhisamāgame Jambukājīvakasamāgame Maṇḍūkadevaputtasamāgame Maṭṭakuṇḍalidevaputtasamāgame Sulasānagarasobhanisamāgame Sirimānagarasobhanisamāgame pesakāradhītusamāgame Cūlasubhaddāsamāgame Sāketabrāhmaṇassa āḷāhanadassanasamāgame Sūnāparantakasamāgame Sakkapañhasamāgame Tirokuḍḍasamāgame Ratanasuttasamāgame paccekaṁ caturāsītiyā pāṇasahassānaṁ dhammābhisamayo ahosi. Yāvatā mahārāja Bhagavā loke aṭṭhāsi tāva tīsu maṇḍalesu soḷasasu mahājanapadesu yattha yattha Bhagavā vihāsi tattha tattha yebhuyyena dve tayo catupañca sataṁ sahassaṁ satasahassaṁ devā ca manussā ca santaṁ paramatthaṁ nibbānaṁ sacchikariṁsu. Ye te mahārāja devā gihī yeva te, na te pabbajitā. Etāni c' eva mahārāja aññāni ca anekāni devatākoṭisatasahassāni gihī agārikā kāmabhogino santaṁ paramatthaṁ nibbānaṁ sacchikariṁsūti.

Yadi bhante Nāgasena gihī agārikā kāmabhogino santaṁ paramatthaṁ nibbānaṁ sacchikaronti, atha imāni dhutaṅgāni kam-atthaṁ sādhenti; tena kāraṇena dhu-

---

[9] -māla- ABC. [11] -jīvasamāgame ABCb. [12] maṇḍuka- AC, maṇḍaka- M. [13] maṭṭha- M. [14,15] sobhani- C [16] -subhadda- C. [17] āḷāhana- Ab. [18] saṇā- ACM. [19] ca paccekaṁ AB. [20] devā om. AC. [21] yeva te na te na pabb B, yeva te na te na p. C, yeva te te na p. A. yeva na p. M. [25-26] āgārikā M. [27] dhūta- M throughout, C mostly. [28] kamatthaṁ all

taṅgāni akiccakarāni honti. Yadi bhante Nāgasena vinā mantosadhehi byādhayo vūpasamanti, kiṁ vamanavirecanādinā sarīradubbalakaraṇena; yadi muṭṭhīhi paṭisattuniggaho bhavati, kiṁ asi-satti-sara-dhanu-kodaṇḍa-lagoḷa-muggarehi; yadi gaṇṭhi-kuṭila-susira-kaṇṭa-latā-sākhā ālambitvā rukkhamabhirūhanaṁ bhavati, kiṁ dīgha-daḷha-nisseni-pariyesanena; yadi thaṇḍilaseyyāya dhātusamatā bhavati, kiṁ sukhasamphassa-mahatimahāsirisayana-pariyesanena; yadi ekako sāsanka-sabhaya-visama-kantāra-taraṇasamattho bhavati, kiṁ sannaddhasajja-mahatimahā-sattha-pariyesanena; yadi nadī-saraṁ bāhunā tarituṁ samattho bhavati, kiṁ dhuvasetu-nāvā-pariyesanena; yadi sakasantakena ghāsacchādanaṁ kātuṁ pahoti, kiṁ parūpasevanā-piyasamullāpa-pacchāpuredhāvanena; yadi akhātataḷāke udakaṁ labhati, kiṁ udapāna-taḷāka-pokkharaṇi-khaṇanena. Evam-eva kho bhante Nāgasena yadi gihī agārikā kāmabhogino santaṁ paramatthaṁ nibbānaṁ sacchikaronti, kiṁ dhutaguṇavara-samādiyanenāti.

Aṭṭhavīsati kho pan' ime mahārāja dhutańgaguṇā yathābhuccaguṇā yehi guṇehi dhutaṅgāni sabbabuddhānaṁ pihayitāni patthitāni; katame aṭṭhavīsati: idha mahārāja dhutaṅgaṁ suddhājīvaṁ sukhaphalaṁ anavajjaṁ na paradukkhāpanaṁ abhayaṁ asampīḷaṁ ekantavaḍḍhikaṁ aparihāniyaṁ amāyaṁ ārakkhā patthitadadaṁ sabbasattadamanaṁ saṁvarahitaṁ patirūpaṁ anissitaṁ vippamuttaṁ rāgakkhayaṁ dosakkhayaṁ mohakkhayaṁ mānappahānaṁ kuvitakkacchedanaṁ kańkhāvitaraṇaṁ kosajjaviddhaṁsanaṁ aratippahānaṁ khamanaṁ atulaṁ appamāṇaṁ sabbadukkhakkhayagamanaṁ. Ime kho mahārāja aṭṭhavīsati dhutańgaguṇā yathābhuccaguṇā yehi

---

[7] -sammanti C. [8] -kaṇṭha- B, -kaḷha- or -kattha- M. [9] -pokkharaṇī- M. [10] dhutaguṇā B.

guṇehi dhutaṅgāni sabbabuddhānaṁ pihayitāni patthitāni. Ye kho te mahārāja dhutaguṇe sammā upasevanti te aṭṭhārasahi guṇehi samupetā bhavanti; katamehi aṭṭhārasahi: cāro tesaṁ suvisuddho hoti, paṭipadā supūritā hoti, kāyikaṁ vācasikaṁ surakkhitaṁ hoti, manosamācāro suvisuddho hoti, viriyaṁ supaggahitaṁ hoti, bhayaṁ vūpasammati, attānudiṭṭhi byapagatā hoti, āghāto uparato hoti, mettā upaṭṭhitā hoti, āhāro pariññāto hoti, sabbasattānaṁ garukato hoti, bhojane mattaññū hoti, jāgariyaṁ anuyutto hoti, aniketo hoti, yattha phāsu tatthavihārī hoti, pāpajegucchī hoti, vivekārāmo hoti, satataṁ appamatto hoti. Ye te mahārāja dhutaguṇe sammā upasevanti te imehi aṭṭhārasahi guṇehi samupetā bhavanti.

Dasa ime mahārāja puggalā dhutaguṇārahā; katame dasa: saddho hoti hirimā dhitimā akoho atthavasī alolo sikkhākāmo daḷhasamādāno anujjhānabahulo mettāvihārī. Ime kho mahārāja dasa puggalā dhutaguṇārahā.

Ye te mahārāja gihī agārikā kāmabhogino santaṁ paramatthaṁ nibbānaṁ sacchikaronti sabbe te purimāsu jātisu terasasu dhutaguṇesu katupāsanā katabhūmikammā; te tattha cārañ ca paṭipattiñ ca sodhayitvā ajj' etarahi gihī va santā santaṁ paramatthaṁ nibbānaṁ sacchikaronti. Yathā mahārāja kusalo issattho antevāsike paṭhamaṁ tāva upāsanasālāyaṁ cāpabheda-cāpāropana-gahaṇa-muṭṭhipaṭipīḷana-aṅgulivināmana-pādaṭhapana-saraggahaṇa-sandahana-ākaḍḍhana-sandhāraṇa-lakkhaṇiyamana-khipane tiṇapurisaka-chaṇaka-tiṇa-palāla-mattikāpuñja-phalaka-lakkha-vedhe anusikkhāpetvā rañño santike upāsanaṁ ārādhayitvā ājaññaratha-gaja-turaṅga-dhanadhañña-hiraññasuvaṇṇa-dāsidāsa-bhariya-gāmavaraṁ

[1] dhutaṅgaguṇ- M throughout [6] cāro M [7] -sammati M [10] aṭṭhārasa AC [13] agārikā M. [14] -ropaṇa- BM, -rohaṇa- AC. [15] -aṅgulivināmana- AC. [16] -sandahana- all. [17] -chaṇaka- A, -janaka- C, -chakalātā- M. [19] -turaga- B. [20] -dāsadāsī- M

labhati; evam-eva kho mahārāja ye te gihī agārikā kāmabhogino santaṁ paramatthaṁ nibbānaṁ sacchikaronti, te sabbe purimāsu jātisu terasasu dhutaguṇesu katupāsanā katabhūmikammā; te tatth' eva cārañ-ca paṭipattiñ-ca sodhayitvā ajj' etarahi gihī yeva santā santaṁ paramatthaṁ nibbānaṁ sacchikaronti. Na mahārāja dhutaguṇesu pubbāsevanaṁ vinā ekissā yeva jātiyā arahattaṁ sacchikiriyā hoti, uttamena pana viriyena uttamāya paṭipattiyā tathārūpena ācariyena kalyāṇamittena arahattaṁ sacchikiriyā hoti. Yathā vā pana mahārāja bhisakko sallakatto ācariyaṁ dhanena vā vattapaṭipattiyā vā ārādhetvā sattha-gahaṇa-chedana-lekhana-vedhana-salluddharaṇa-vaṇadhovana-sosana-bhesajjānulimpana-vamana-virecanānuvāsana-kiriyam-anusikkhitvā vijjāsu katasikkho katupāsano katahattho āture upasankamati tikicchāya; evam-eva kho mahārāja ye te gihī agārikā kāmabhogino santaṁ paramatthaṁ nibbānaṁ sacchikaronti, te sabbe purimāsu jātisu terasasu dhutaguṇesu katupāsanā katabhūmikammā; te tatth' eva cārañ-ca paṭipattiñ-ca sodhayitvā ajj' etarahi gihī yeva santā santaṁ paramatthaṁ nibbānaṁ sacchikaronti. Na mahārāja dhutaguṇehi avisuddhānaṁ dhammābhisamayo hoti. Yathā mahārāja udakassa asecanena bījānaṁ avirūhanaṁ hoti, evam-eva kho mahārāja dhutaguṇehi avisuddhānaṁ dhammābhisamayo na hoti. Yathā vā pana mahārāja akatakusalānaṁ akatakalyāṇānaṁ sugatigamanaṁ na hoti, evam-eva kho mahārāja dhutaguṇehi avisuddhānaṁ dhammābhisamayo na hoti.

Paṭhavisamaṁ mahārāja dhutaguṇaṁ, visuddhikāmānaṁ patiṭṭhaṭṭhena. Āposamaṁ mahārāja dhutaguṇaṁ, visuddhikāmānaṁ sabbakilesamala-dhovanaṭṭhena. Tejosamaṁ mahārāja dhutaguṇaṁ, visuddhikāmānaṁ sabba-

---

[1] āgārikā CM. [7] [9] arahatta- B [11] -paṭivattiyā ACa [12] āgārikā M
[13] asevanena all [14] paṭhavī- C

kilesavana-jjhāpanaṭṭhena. Vāyosamaṃ mahārāja dhutaguṇaṃ, visuddhikāmānaṃ sabbakilesamalarajo-pavāhanaṭṭhena. Agadasamaṃ mahārāja dhutaguṇaṃ visuddhikāmānaṃ sabbakilesabyādhi-vūpasamanaṭṭhena. Amatasamaṃ mahārāja dhutaguṇaṃ, visuddhikāmānaṃ sabbakilesavisa-nāsanaṭṭhena. Khettasamaṃ mahārāja dhutaguṇaṃ, visuddhikāmānaṃ sabbasāmaññaguṇasassa-virūhanaṭṭhena. Manoharasamaṃ mahārāja dhutaguṇaṃ, visuddhikāmānaṃ patthiticchita-sabbasampattivara-dadaṭṭhena. Nāvāsamaṃ mahārāja dhutaguṇaṃ, visuddhikāmānaṃ saṃsāramahaṇṇava-pāragamanaṭṭhena. Bhīruttāṇasamaṃ mahārāja dhutaguṇaṃ, visuddhikāmānaṃ jarāmaraṇabhītānaṃ assāsakaraṇaṭṭhena. Mātusamaṃ mahārāja dhutaguṇaṃ, visuddhikāmānaṃ kilesadukkha-paṭipīḷitānaṃ anuggāhakaṭṭhena. Pitusamaṃ mahārāja dhutaguṇaṃ, visuddhikāmānaṃ kusalavaḍḍhikāmānaṃ sabbasāmaññaguṇa-janakaṭṭhena. Mittasamaṃ mahārāja dhutaguṇaṃ, visuddhikāmānaṃ sabbasāmaññaguṇapariyesana-avisaṃvādakaṭṭhena. Padumasamaṃ mahārāja dhutaguṇaṃ, visuddhikāmānaṃ sabbakilesamalehi anupalittaṭṭhena. Catujātiyavaragandhasamaṃ mahārāja dhutaguṇaṃ, visuddhikāmānaṃ kilesaduggandha-paṭivinodanaṭṭhena. Girirājavarasamaṃ mahārāja dhutaguṇaṃ, visuddhikāmānaṃ aṭṭhalokadhamma-vātehi akampiyaṭṭhena. Ākāsasamaṃ mahārāja dhutaguṇaṃ, visuddhikāmānaṃ sabbattha-gahaṇāpagata-uru-visaṭa-vitthata-mahantaṭṭhena. Nadīsamaṃ mahārāja dhutaguṇaṃ, visuddhikāmānaṃ kilesamala-pavāhanaṭṭhena. Sudesikasamaṃ mahārāja dhutaguṇaṃ, visuddhikāmānaṃ jātikantāra-kilesavanagahana-nittharaṇaṭṭhena. Mahāsatthavāhasamaṃ mahārāja dhutaguṇaṃ, visuddhikāmānaṃ sabbabhayasuñña-khema-abhaya-vara-

[1] -vanajjhā- AC. [2] -visavināsa- B. [3] -gāmana- C. [4] girirājasamaṃ AC. [5] akampanaṭṭhena B. [6] -gahaṇopa- M, -gahaṇopa- C.

pavara-nibbānanagara-sampāpanaṭṭhena. Sumajjitavimalādāsasamaṁ mahārāja dhutaguṇaṁ, visuddhikāmānaṁ saṅkhārānaṁ sabhāvadassanaṭṭhena. Phalakasamaṁ mahārāja dhutaguṇaṁ, visuddhikāmānaṁ kilesa-laguḷasara-satti-paṭibāhanaṭṭhena. Chattasamaṁ mahārāja dhutaguṇaṁ, visuddhikāmānaṁ kilesavassa-tividhaggisantāpātapa-paṭibāhanaṭṭhena. Candasamaṁ mahārāja dhutaguṇaṁ, visuddhikāmānaṁ pihayita-patthitaṭṭhena. Suriyasamaṁ mahārāja dhutaguṇaṁ, visuddhikāmānaṁ moha-tamatimira-nāsanaṭṭhena. Sāgarasamaṁ mahārāja dhutaguṇaṁ, visuddhikāmānaṁ anekavidha-sāmaññaguṇa-vararatanuṭṭhānaṭṭhena aparimita-m-asaṅkhya-m-appameyyaṭṭhena ca.

Evaṁ kho mahārāja dhutaguṇaṁ visuddhikāmānaṁ bahūpakāraṁ sabbadarathapariḷāhanudaṁ aratinudaṁ bhayanudaṁ bhavanudaṁ khilanudaṁ malanudaṁ sokanudaṁ dukkhanudaṁ rāganudaṁ dosanudaṁ mohanudaṁ mānanudaṁ diṭṭhinudaṁ sabbākusaladhammanudaṁ, yasāvahaṁ hitāvahaṁ sukhāvahaṁ, phāsukaraṁ pītikaraṁ yogakkhemakaraṁ, anavajjaṁ, iṭṭhasukhavipākaṁ, guṇarāsi guṇapuñjaṁ aparimita-m-appameyya-guṇaṁ, varaṁ pavaraṁ aggaṁ.

Yathā mahārāja manussā upatthambhavasena bhojanaṁ upasevanti, hitavasena bhesujjaṁ upasevanti, upakāravasena mittaṁ upasevanti, tāraṇavasena nāvaṁ upasevanti, sugandhavasena mālāgandhaṁ upasevanti, abhayavasena bhīruttāṇaṁ upasevanti, patiṭṭhāvasena pathaviṁ upasevanti, sippavasena ācariyaṁ upasevanti, yasavasena rājānaṁ upasevanti, kāmadadavasena maṇiratanaṁ upasevanti; evam-eva kho mahārāja sabbasāmaññaguṇadadavasena ariyā dhutaguṇaṁ upasevanti.

Yathā vā pana mahārāja udakaṁ bījavirūhanāya,

---

[18] -asankhyāta- AC, -asankheyya- M. [19] iṭṭhaṁ M. [20] -guṇa all. [21] vara B. [24] kāraṇa- BC, hāraṇa- M. [26] patiṭṭhānavasena AC.

aggi jhāpanāya, āhāro balāharaṇāya, latā bandhanāya, sattham chedanāya, pānīyam pipāsāvinayanāya, nidhi assāsakaraṇāya, nāvā tīrasampāpanāya, bhesajjaṁ byādhivūpasamanāya, yānaṁ sukhagamanāya, bhīruttāṇaṁ bhayavinodanāya, rājā ārakkhatthāya, phalakaṁ daṇḍa-leḍḍu-laguḷa-sara-sattipaṭibāhanāya, ācariyo anusāsanāya, mātā posanāya, ādāso olokanāya, alankāro sobhanāya, vatthaṁ paṭicchādanāya, nisseṇī ārohaṇāya, tulā nikkhepanāya, mantaṁ parijapanāya, āvudhaṁ tajjaniyapaṭibāhanāya, padīpo andhakāravidhamanāya, vāto pariḷāhanibbāpanāya, sippaṁ vuttinipphādanāya, agadaṁ jīvitarakkhaṇāya, ākaro ratanuppādāya, ratanaṁ alankārāya, āṇā anatikkamanāya, issariyaṁ vasavattanāya; evam-eva kho mahārāja dhutaguṇaṁ sāmaññabīja-virūhanāya kilesamalajhāpanāya iddhibalāharaṇāya satisaṁvara-nibandhanāya vimativicikicchā-samucchedanāya taṇhāpipāsā-vinayanāya abhisamay-assāsakaraṇāya caturogha-nittharaṇāya kilesabyādhi-vūpasamāya nibbānasukha-paṭilābhāya jāti-jarā-byādhi-maraṇa-soka-parideva-dukkha-domanass-upāyāsa-bhayavinodanāya sāmaññaguṇa-parirakkhaṇāya aratikuvitakka-paṭibāhanāya sakalasāmaññatthānusāsanāya sabbasāmaññaguṇa-posanāya samatha-vipassanā-magga-phala-nibbāna-dassanāya sakalalokathutathomita-mahatimahāsobhākaraṇāya sabbāpāya-pidahanāya sāmaññattha-selasikharamuddhani abhirūhanāya vanka-kuṭila-visama-citta-nikkhepanāya sevitabbāsevitabbadhamme sādhu sajjhāyakaraṇāya sabbakilesapaṭisattu-tajjanāya avijjandhakāra-vidhamanāya tividhaggi-santāpa-pariḷāha-nibbāpanāya saṇha-sukhuma-santa-samāpatti-nipphādanāya sakalasāmaññaguṇa-parirakkhaṇāya bojjhanga-vararatanuppādāya yogijanālankaraṇāya anavajja-nipuṇa-sukhu-

---

[1] -samāya M. [2] ārohaṇāya ACM. [3] parijapp- M [4] āvudho M [5] -hamāya AC [6,7] -parikkhaṇāya AC [8] -uppādanāya AC

ma-santisukha-m-anatikkamanāya sakala-sāmaññu-ariyadhamma-vasavattanāya. Iti mahārāja imesaṁ guṇānaṁ adhigamāya yad-idaṁ ekamekaṁ dhutaguṇaṁ. Evaṁ mahārāja atuliyaṁ dhutaguṇaṁ appameyyaṁ asamaṁ appaṭibhāgaṁ appaṭiseṭṭhaṁ uttaraṁ seṭṭhaṁ visiṭṭhaṁ adhikaṁ āyataṁ puthulaṁ visaṭaṁ vitthataṁ garukaṁ bhāriyaṁ mahantaṁ.

Yo kho mahārāja puggalo pāpiccho icchāpakato kuhako luddho odariko lābhakāmo yasakāmo kittikāmo ayutto appatto ananucchaviko anaraho appatirūpo dhutangaṁ samādiyati, so diguṇaṁ daṇḍam-āpajjati, sabbaguṇaghātam-āpajjati: diṭṭhadhammikaṁ hīḷanaṁ khīḷanaṁ garahanaṁ uppaṇḍanaṁ khipanaṁ asambhogaṁ nissāraṇaṁ nicchubhanaṁ pavāhanaṁ pabbājanaṁ paṭilabhati, samparāye pi satayojanike Avīcimahāniraye uṇha-kaṭhita-tatta-santatta-accijālāmālake anekavassakoṭi-satasahassāni uddham-adho tiriyaṁ pheṇuddehakaṁ samparivattakaṁ paccati, tato muccitvā kisa-pharusa-kāḷ-angapaccango sūn-uddhumāta-susir-uttamango chāto pipāsito visama-bhīma-rūpavaṇṇo bhagga-kaṇṇasoto ummīlita-nimīlita-nettanayano arugatta-pakkagatto puḷavākiṇṇa-sabbakāyo, vātamukhe jalamāno viya aggikkhandho anto jalamāno pajjalamāno, attāṇo asaraṇo āruṇṇaruṇṇa-kāruñña-ravaṁ paridevamāno nijjhāmataṇhiko samaṇamahāpeto hutvā āhiṇḍamāno mahiyā aṭṭassaraṁ karoti. Yathā mahārāja koci ayutto appatto ananucchaviko anaraho appatirūpo hīno kujātiko khattiyābhisekena abhisiñcati, so labhati hatthacchedaṁ pādacchedaṁ hatthapādacchedaṁ kaṇṇacchedaṁ nāsacchedaṁ kaṇṇanāsac-

[1] -sukha- BC. [4] asamaṁ appaṭisamaṁ appaṭibhāgaṁ AC. [5] uttamaṁ M [7] mahantaṁ all. [9] ludda AC. [10] anāraho M. [13] khipanaṁ C; B has an illegible word beginning with khī [15] -kaṭhina- ABC. [19] muñcitvā C. [21] pul- AC. [24] nejjh- AC. [27] anāraho ACM.

chedaṁ bilaṅgathālikaṁ sankhamuṇḍikaṁ Rāhumukhaṁ jotimālikaṁ hatthapajjotikaṁ erakavattikaṁ cīrakavāsikaṁ eṇeyyakaṁ baḷisamaṁsikaṁ kahāpaṇakaṁ khārāpatacchikaṁ palighaparivattikaṁ palālapīṭhakaṁ, tattena telena osiñcanaṁ, sunakhehi khādāpanaṁ, jīvasūlāropanaṁ, asinā sīsacchedaṁ, anekavihitam-pi kammakaraṇaṁ anubhavati, kiṅkāraṇaṁ: ayutto appatto ananucchaviko anaraho appatirūpo hīno kujātiko mahante issariye ṭhāne attānaṁ ṭhapesi, velaṁ ghātesi; evam-eva kho mahārāja yo koci puggalo pāpiccho — pe — mahiyā aṭṭassaraṁ karoti.

Yo pana mahārāja puggalo yutto patto anucchaviko araho patirūpo appiccho santuṭṭho pavivitto asaṁsaṭṭho āraddhaviriyo pahitatto asaṭho amāyo na odariko na lābhakāmo na yasakāmo na kittikāmo saddho saddhā pabbajito jarāmaraṇā muccitukāmo sāsanaṁ paggaṇhissāmīti dhutaguṇaṁ samādiyati, so diguṇaṁ pūjaṁ arahati: devānañ-ca manussānañ-ca piyo hoti manāpo pihayito patthito, jātisumana-mallikādīnaṁ viya pupphaṁ nahātānulittassa, jighacchitassa viya paṇītabhojanaṁ, pipāsitassa viya sītala-vimala-surabhi-pānīyaṁ, visagatassa viya osadhavaraṁ, sīghagamanakāmassa viya ājaññarathavaruttamaṁ, atthakāmassa viya manoharamaṇiratanaṁ, abhisiñcitukāmassa viya paṇḍara-vimala-setacchattaṁ, dhammakāmassa viya arahattaphalādhigamam-anuttaraṁ. Tassa cattāro satipaṭṭhānā bhāvanāpāripūriṁ gacchanti, cattāro sammappadhānā cattāro iddhipādā panc' indriyāni pañca balāni satta bojjhangā ariyo aṭṭhangiko maggo bhāvanāpāripūriṁ gacchati, samatha-vipassanā adhigacchati, adhigamapaṭipatti pariṇamati, cattāri sāmaññapha-

[9] -mālakaṁ B. [10] hatthap. om. all [11] khārāp. om. all. [12] paligha- AC [13] asinā pi BM. [14] -kāraṇā M [15] anāraho ACM. [16] mahanto ACM [17] saddhāya M. [18] singhaṁ M [19] -pāripūritaṁ A, -paripūritaṁ C. [20] bojjhangāni AC [21] gacchanti AC. [22] adhigacchanti AB.

lāni cattāso paṭisambhidā tisso vijjā chaḷ-abhiññā kevalo ca samaṇadhammo sabbe tass' ādheyyā honti, vimuttipaṇḍaravimala-setacchattena abhisiñcati. Yathā mahārāja rañño khattiyassa abhijātakulakulīnassa khattiyābhisekena abhisittassa paricaranti saraṭṭha-negama-jānapada-bhaṭabalatthā, aṭṭhatiṁsā ca rājaparisā naṭa-naccakā mukhamaṅgalikā sotthivācakā samaṇa-brāhmaṇa sabbapāsaṇḍagaṇā abhigacchanti, yaṁ kiñci paṭhaviyā paṭṭana-ratanākara-nagara-suṅkaṭṭhāna-verajjaka-chejjabhejjajana-m-anusāsanaṁ sabbattha sāmiko bhavati; evam-eva kho mahārāja yo koci puggalo yutto patto — pe — vimuttipaṇḍaravimala-setacchattena abhisiñcati.

Terasa' ime mahārāja dhutaṅgāni yehi suddhikato nibbānamahāsamuddaṁ pavisitvā bahuvidhadhammakīḷaṁ abhikīḷati, rūpārūpa-aṭṭhasamāpattiyo vaḷañjeti, iddhividhaṁ dibbasotadhātuṁ paracittavijānanaṁ pubbenivāsānussatiṁ dibbacakkhuṁ sabbāsavakkhayañ-ca pāpuṇāti; katame terasa: paṁsukūlikaṅgaṁ tecīvarikaṅgaṁ piṇḍapātikaṅgaṁ sapadānacārikaṅgaṁ ekāsanikaṅgaṁ pattapiṇḍikaṅgaṁ khalupacchābhattikaṅgaṁ āraññakaṅgaṁ rukkhamūlikaṅgaṁ abbhokāsikaṅgaṁ sosānikaṅgaṁ yathāsanthatikaṅgaṁ nesajjikaṅgaṁ. Imehi kho mahārāja terasahi dhutaguṇehi pubbe āsevitehi nisevitehi ciṇṇehi pariciṇṇehi caritehi upacaritehi paripūritehi kevalaṁ sāmaññaṁ paṭilabhati, tass' ādheyyā honti kevalā santā sukhā samāpattiyo.

Yathā mahārāja sadhano nāviko paṭṭane suṭṭhu katasuṅko mahāsamuddaṁ pavisitvā Vaṅgaṁ Takkolaṁ Cīnaṁ Sovīraṁ Suraṭṭhaṁ Alasandaṁ Kolapaṭṭanaṁ Suvaṇṇabhūmiṁ gacchati aññam-pi yaṁ kiñci nāvāsañcaraṇaṁ, evam-eva kho mahārāja imehi terasahi dhuta-

---

6 rājapurisā M. 13 terasa hime AC. 15 valañj- AC. 23 āsevitanisevitehi ACM. 24 pariciṇṇehi om. ABC.

guṇehi pubbe āsevitehi nisevitehi ciṇṇehi pariciṇṇehi caritehi upacaritehi paripūritehi kevalaṁ sāmaññaṁ paṭilabhati, tass' ādheyyā honti kevalā santā sukhā samāpattiyo.

Yathā mahārāja kassako paṭhamaṁ khettadosaṁ tiṇa-kaṭṭha-pāsāṇaṁ apanetvā kasitvā vapitvā sammā udakaṁ pavesetvā rakkhitvā gopetvā lavana-maddanena bahudhaññako hoti, tass' ādheyyā bhavanti ye keci adhanā kapaṇā daliddā duggatajanā; evam-eva kho mahārāja imehi terasahi dhutaguṇehi pubbe āsevitehi nisevitehi — pe — kevalā santā sukhā samāpattiyo.

Yathā vā pana mahārāja khattiyo muddhāvasitto abhijātakulakulīno chejja-bhejja-janam-anusāsane issaro hoti vasavattī sāmiko icchākaraṇo, kevalā ca mahāpaṭhavī tass' ādheyyā hoti; evam-eva kho mahārāja imehi terasahi dhutaguṇehi pubbe āsevitehi nisevitehi ciṇṇehi pariciṇṇehi caritehi upacaritehi paripūritehi Jinasāsanavare issaro hoti vasavattī sāmiko icchākaraṇo, kevalā ca samaṇaguṇā tass' ādheyyā honti.

Nanu mahārāja thero Upaseno Vangantaputto sallekhadhutaguṇe paripūrakāritāya anādiyitvā Sāvatthiyā saṅghassa katikaṁ sapariso naradammasārathiṁ paṭisallānagataṁ upasankamitvā Bhagavato pāde sirasā vanditvā ekamantaṁ nisīdi. Bhagavā ca taṁ suvinītaṁ parisaṁ oloketvā haṭṭhatuṭṭho pamudito udaggo parisāya saddhiṁ sallāpaṁ sallapitvā asambhinnena brahmassarena etad-avoca: Pāsādikā kho pana tyāyaṁ Upasena parisā, kathaṁ tvaṁ Upasena parisaṁ vinesîti. So pi sabbaññunā dasabalena devātidevena puṭṭho yathābhūta-sabhāvaguṇavasena Bhagavantaṁ etad-avoca: Yo koci maṁ bhante upasankamitvā pabbajjaṁ vā nissayaṁ vā yācati tam-

---

[10] āsevitanisevitehi AB. [11] kevalā ca AC. [12] -janasamanusa- BM [13] katikaṁ C [14] -sallāna- ACM.

ahaṁ evaṁ vadāmi: ahaṁ kho āvuso āraññako piṇḍapātiko paṁsukūliko tecīvariko; sace tvam-pi āraññako bhavissasi piṇḍapātiko paṁsukūliko tecīvariko evāhan-taṁ pabbājessāmi nissayaṁ dassāmīti; sace so me bhante paṭisuṇitvā nandati oramati, evāhan-taṁ pabbājemi nissayaṁ demi; sace na nandati na oramati, na taṁ pabbājemi na nissayaṁ demi; evāhaṁ bhante parisaṁ vinemīti. Evam-pi mahārāja dhutaguṇavara-samādiṇṇo Jinasāsanavare issaro hoti vasavattī sāmiko icchākarano, tass' ādheyyā honti kevalā santā sukhā samāpattiyo.

Yathā mahārāja padumaṁ abhivuddha-parisuddha-udiccajātippabhavaṁ siniddhaṁ muduṁ lobhaniyaṁ sugandhaṁ piyaṁ patthitaṁ pasatthaṁ jalakaddama-m-anupalittaṁ aṇu-patta-kesara-kaṇṇikābhimaṇḍitaṁ bhamara-gaṇasevitaṁ sītalasalilasaṁvaddhaṁ, evam-eva kho mahārāja imehi terasahi dhutaguṇehi pubbe āsevitehi nisevitehi ciṇṇehi pariciṇṇehi caritehi upacaritehi paripūritehi ariyasāvako tiṁsa-guṇavarehi samupeto hoti. Katamehi tiṁsa-guṇavarehi: siniddha-mudu-maddava-mettacitto hoti, ghātita-hata-vihata-kileso hoti, hata-nihata-mānadappo hoti, acala-daḷha-niviṭṭha-nibbematika-saddho hoti, paripuṇṇa-pīṇita-pahaṭṭha-lobhaniya-santa-sukha-samāpatti-lābhī hoti, sīla-varapavara-asama-sucigandha-paribhāvito hoti, devamanussānaṁ piyo hoti manāpo, khīṇāsava-ariyavarapuggala-patthito, devamanussānaṁ vandita-pūjito, budha-vibudha-paṇḍita-janānaṁ thuta-thavita-thomita-pasattho, idha vā huraṁ vā lokena anupalitto, appathokavajje pi bhayadassāvī, vipula-vara-sampattikāmānaṁ maggaphalavaratthasādhano, āyācita-vipula-paṇīta-paccaya-bhāgī, aniketasayano, jhānajjhāsita-

---

1 araññako B. 2 araññako M 8 -dinno AC. 12 mudu M 13 ana-lit; anuppatta- AC 14 -kaṇṇikāhi m. C. 15 -saṁvaḍḍhaṁ B. 18 vandito pūj AC. 19 jhānajjhāsitatara- (or -sita-) A, -sitava- C; jhāyitapav- M

tapavara-vihārī, vijaṭita-kilesa-jālavatthu, bhinna-bhagga-saṅkuṭita-sañchinna-gatinīvaraṇo, akuppadhammo, abhinītavāso, anavajjabhogī, gativimutto, uttiṇṇa-sabbavicikiccho, vimuttijjhāsitatto, diṭṭhadhammo, acala-daḷha-bhīruttāṇam-upagato, samucchinnānusayo, sabbāsavakkhayaṁ patto, santa-sukha-samāpatti-vihāra-bahulo, sabbasamaṇaguṇa-samupeto. Imehi tiṁsa-guṇavarehi samupeto hoti.

Nanu mahārāja thero Sāriputto dasasahassimhi lokadhātuyā aggapuriso, ṭhapetvā dasabalaṁ lokācariyaṁ. So pi aparimita-m-asaṅkheyya-kappe samācitakusalamūlo brāhmaṇakulakulīno manāpikaṁ kāmaratiṁ anekasatasaṅkha-dhanavarañ-ca ohāya Jinasāsane pabbajitvā imehi terasahi dhutaguṇehi kāya-vacī-cittaṁ damayitvā ajj' etarahi anantaguṇasamannāgato Gotamassa bhagavato sāsanavare dhammacakkam-anupavattako jāto. Bhāsitam-p' etaṁ mahārāja Bhagavatā devātidevena Ekuttaranikāyavaralañcake: Nāham-bhikkhave aññaṁ ekapuggalam-pi samanupassāmi yo Tathāgatena anuttaraṁ dhammacakkaṁ pavattitaṁ samma-d-eva anupavatteti yatha y-idaṁ Sāriputto; Sāriputto bhikkhave Tathāgatena anuttaraṁ dhammacakkaṁ pavattitaṁ samma-d-eva anupavattetīti.

Sādhu bhante Nāgasena, yaṁ kiñci navaṅgaṁ Buddhavacanaṁ, yā ca lokuttarā kiriyā, yā ca loke adhigamavipulavarasampattiyo, sabban-taṁ terasasu dhutaguṇesu samodhānopagatan-ti.

Navamo vaggo.

[Meṇḍakapañho samatto.]

---

[4] vimuttajjhā- C, vimuttijjhāyatatto M. [15] -saṅkhaṁ B [16] jāto ti all
[17] Aṅguttara- AC. [21] yathayidaṁ Sāriputto bhikkhave all

Bhante Nāgasena, katihi aṅgehi samannāgato bhikkhu arahattaṁ sacchikarotīti. — Idha mahārāja arahattaṁ sacchikātukāmena bhikkhunā ghorassarassa ekaṁ aṅgaṁ gahetabbaṁ. Kukkuṭassa pañca aṅgāni gahetabbāni. Kalandakassa ekaṁ aṅgaṁ gahetabbaṁ. Dīpiniyā ekaṁ aṅgaṁ gahetabbaṁ. Dīpikassa dve aṅgāni gahetabbāni. Kummassa pañca aṅgāni gahetabbāni. Vaṁsassa ekaṁ aṅgaṁ gahetabbaṁ. Cāpassa ekaṁ aṅgaṁ gahetabbaṁ. Vāyasassa dve aṅgāni gahetabbāni. Makkaṭassa dve aṅgāni gahetabbāni. Lāpulatāya ekaṁ aṅgaṁ gahetabbaṁ. Padumassa tīṇi aṅgāni gahetabbāni. Bījassa dve aṅgāni gahetabbāni. Sālakalyāṇikāya ekaṁ aṅgaṁ gahetabbaṁ. Nāvāya tīṇi aṅgāni gahetabbāni. Nāvālagganakassa dve aṅgāni gahetabbāni. Kūpassa ekaṁ aṅgaṁ gahetabbaṁ. Niyyāmakassa tīṇi aṅgāni gahetabbāni. Kammakarassa ekaṁ aṅgaṁ gahetabbaṁ. Samuddassa pañca aṅgāni gahetabbāni. Paṭhaviyā pañca aṅgāni gahetabbāni. Āpassa pañca aṅgāni gahetabbāni. Tejassa pañca aṅgāni gahetabbāni. Vāyussa pañca aṅgāni gahetabbāni. Pabbatassa pañca aṅgāni gahetabbāni. Ākāsassa pañca aṅgāni gahetabbāni. Candassa pañca aṅgāni gahetabbāni. Suriyassa satta aṅgāni gahetabbāni. Sakkassa tīṇi aṅgāni gahetabbāni. Cakkavattissa cattāri aṅgāni gahetabbāni. Upacikāya ekaṁ aṅgaṁ gahetabbaṁ. Biḷārassa dve aṅgāni gahetabbāni. Undurassa ekaṁ aṅgaṁ gahetabbaṁ. Vicchikassa ekaṁ aṅgaṁ gahetabbaṁ. Nakulassa ekaṁ

---

[12] -laggamukassa M. [13] kammakārassa AC.

aṅgaṁ gahetabbaṁ. Jarasigālassa dve aṅgāni gahetabbāni. Migassa tīṇi aṅgāni gahetabbāni. Gorūpassa cattāri aṅgāni gahetabbāni. Varāhassa dve aṅgāni gahetabbāni. Hatthissa pañca aṅgāni gahetabbāni. Sīhassa satta aṅgāni gahetabbāni. Cakkavākassa tīṇi aṅgāni gahetabbāni. Peṇāhikāya dve aṅgāni gahetabbāni. Gharakapotassa ekaṁ aṅgaṁ gahetabbaṁ. Ulūkassa dve aṅgāni gahetabbāni. Satapattassa ekaṁ aṅgaṁ gahetabbaṁ. Vaggulissa dve aṅgāni gahetabbāni. Jalūkāya ekaṁ aṅgaṁ gahetabbaṁ. Sappassa tīṇi aṅgāni gahetabbāni. Ajagarassa ekaṁ aṅgaṁ gahetabbaṁ. Panthamakkaṭakassa ekaṁ aṅgaṁ gahetabbaṁ. Thanasitadārakassa ekaṁ aṅgaṁ gahetabbaṁ. Cittakadharakummassa ekaṁ aṅgaṁ gahetabbaṁ. Pavanassa pañca aṅgāni gahetabbāni. Rukkhassa tīṇi aṅgāni gahetabbāni. Meghassa pañca aṅgāni gahetabbāni. Maṇiratanassa tīṇi aṅgāni gahetabbāni. Māgavikassa cattāri aṅgāni gahetabbāni. Bāḷisikassa dve aṅgāni gahetabbāni. Tacchakassa dve aṅgāni gahetabbāni. Kumbhassa ekaṁ aṅgaṁ gahetabbaṁ. Kāḷāyasassa dve aṅgāni gahetabbāni. Chattassa tīṇi aṅgāni gahetabbāni. Khettassa tīṇi aṅgāni gahetabbāni. Agadassa dve aṅgāni gahetabbāni. Bhojanassa tīṇi aṅgāni gahetabbāni. Issatthassa cattāri aṅgāni gahetabbāni. Rañño cattāri aṅgāni gahetabbāni. Dovārikassa dve aṅgāni gahetabbāni. Nisadāya ekaṁ aṅgaṁ gahetabbaṁ. Padīpassa dve aṅgāni gahetabbāni. Mayūrassa dve aṅgāni gahetabbāni. Turaṅgassa dve aṅgāni gahetabbāni. Soṇḍikassa dve aṅgāni gahetabbāni. Indakhīlassa dve aṅgāni gahetabbāni. Tulāya ekaṁ aṅgaṁ gahetabbaṁ. Khaggassa dve aṅgāni gahetabbāni. Macchassa dve aṅgāni gahetabbāni. Iṇagāha-

[illegible] peṇā- AC. [illegible] Jalukāya BM [illegible] panamakkaṭassa M. [illegible] madhurassa AC. [illegible] turagassa A.

kassa ekaṁ aṅgaṁ gahetabbaṁ. Byādhitassa dve aṅgāni gahetabbāni. Matassa dve aṅgāni gahetabbāni. Nadiyā dve aṅgāni gahetabbāni. Usabhassa ekaṁ aṅgaṁ gahetabbaṁ. Maggassa dve aṅgāni gahetabbāni. Suṅkasāyikassa ekaṁ aṅgaṁ gahetabbaṁ. Corassa tīṇi aṅgāni gahetabbāni. Sakuṇagghiyā ekaṁ aṅgaṁ gahetabbaṁ. Sunakhassa ekaṁ aṅgaṁ gahetabbaṁ. Tikicchakassa tīṇi aṅgāni gahetabbāni. Gabbhiniyā dve aṅgāni gahetabbāni. Camariyā ekaṁ aṅgaṁ gahetabbaṁ. Kikiyā dve aṅgāni gahetabbāni. Kapotikāya tīṇi aṅgāni gahetabbāni. Ekanayanassa dve aṅgāni gahetabbāni. Kassakassa tīṇi aṅgāni gahetabbāni. Jambukasigāliyā ekaṁ aṅgaṁ gahetabbaṁ. Caṅgavārakassa dve aṅgāni gahetabbāni. Dabbiyā ekaṁ aṅgaṁ gahetabbaṁ. Iṇasādhakassa tīṇi aṅgāni gahetabbāni. Anuvicinakassa ekaṁ aṅgaṁ gahetabbaṁ. Sārathissa dve aṅgāni gahetabbāni. Bhojakassa dve aṅgāni gahetabbāni. Tunnavāyassa ekaṁ aṅgaṁ gahetabbaṁ. Nāvāyikassa ekaṁ aṅgaṁ gahetabbaṁ. Bhamarassa dve aṅgāni gahetabbānīti.

Mātikā samattā.

Bhante Nāgasena, ghorassarassa ekaṁ aṅgaṁ gahetabban-ti yaṁ vadesi, katamaṁ taṁ ekaṁ aṅgaṁ gahetabban-ti. — Yathā mahārāja gadrabho nāma saṅkārakūṭe pi catukke pi siṅghāṭake pi gāmadvāre pi thusarāsimhi pi yattha katthaci sayati, na sayanabahulo hoti,

[1] -dhikassa CM. [2] mattassa AC [4] suṅkaghāyikassa A. -sārikassa M.
[11] vaṅgavārakassa C [12] nāvāy- AC

evam-eva kho mahārāja yoginā yogāvacarena tiṇasanthāre pi paṇṇasanthāre pi kaṭṭhamañcake pi chamāya pi yattha katthaci cammakhaṇḍaṁ pattharitvā yattha katthaci sayitabbaṁ, na sayanabahulena bhavitabbaṁ. Idaṁ mahārāja ghorassarassa ekaṁ aṅgaṁ gahetabbaṁ. Bhāsitam-p' etaṁ mahārāja Bhagavatā devātidevena: Kaliṅgarūpadhānā bhikkhave etarahi mama sāvakā viharanti appamattā ātāpino padhānasmin-ti. Bhāsitam-p' etaṁ mahārāja therena Sāriputtena dhammasenāpatinā pi:

Pallaṅkena nisinnassa jaṇṇukenābhivassati;
alam-phāsuvihārāya pahitattassa bhikkhuno ti.

Bhante Nāgasena, kukkuṭassa pañca aṅgāni gahetabbānīti yaṁ vadesi, katamāni tāni pañca aṅgāni gahetabbānīti. — Yathā mahārāja kukkuṭo kālena samayena paṭisallīyati, evam-eva kho mahārāja yoginā yogāvacarena kālena samayen' eva cetiyaṅgaṇaṁ sammajjitvā pānīyaṁ paribhojanīyaṁ upaṭṭhapetvā sarīraṁ paṭijaggitvā nahāyitvā cetiyaṁ vanditvā buddhānaṁ bhikkhūnaṁ dassanāya gantvā kālena samayena suññāgāraṁ pavisitabbaṁ. Idaṁ mahārāja kukkuṭassa paṭhamaṁ aṅgaṁ gahetabbaṁ. Puna ca paraṁ mahārāja kukkuṭo kālena samayen' eva vuṭṭhāti, evam-eva kho mahārāja yoginā yogāvacarena kālena samayen' eva vuṭṭhahitvā cetiyaṅgaṇaṁ sammajjitvā pānīyaṁ paribhojanīyaṁ upaṭṭhapetvā sarīraṁ paṭijaggitvā cetiyaṁ vanditvā puna-d-eva suññāgāraṁ pavisitabbaṁ. Idaṁ mahārāja kukkuṭassa dutiyaṁ aṅgaṁ gahetabbaṁ. Puna ca paraṁ mahārāja kukkuṭo paṭhaviṁ khaṇitvā khaṇitvā ajjhohāraṁ ajjhoharati, evam-eva kho mahārāja yoginā yogāvacarena paccavekkhitvā paccavekkhitvā ajjhohāraṁ ajjhoharitabbaṁ: n' eva davāya na

[1] -santhare BC in both places [2] kaliṅga- ACM. [3] pi om. M. [11] pāniya- AM. [12] khaṇitvā once AM

madāya na maṇḍanāya na vibhūsanāya, yāvad-eva imassa kāyassa ṭhitiyā yāpanāya vihiṁsūparatiyā brahmacariyānuggahāya; iti purāṇañ-ca vedanaṁ paṭihankhāmi navañ-ca vedanaṁ na uppādessāmi, yātrā ca me bhavissati anavajjatā ca phāsuvihāro cāti. Idaṁ mahārāja kukkuṭassa tatiyaṁ angaṁ gahetabbaṁ. Bhāsitam-p' etaṁ mahārāja Bhagavatā devātidevena:

Kantāre puttamaṁsaṁ va, akkhass' abbhañjanaṁ yathā,
evaṁ āhari āhāraṁ, yāpanatthāy' amucchito ti.

Puna ca paraṁ mahārāja kukkuṭo sacakkhuko pi rattiṁ andho hoti, evam-eva kho mahārāja yoginā yogāvacarena anandhen' eva andhena viya bhavitabbaṁ, araññe pi gocaragāme piṇḍāya carantena pi rajanīyesu rūpa-sadda-gandha-rasa-phoṭṭhabba-dhammesu andhena badhirena mūgena viya bhavitabbaṁ, na nimittaṁ gahetabbaṁ, nānubyañjanaṁ gahetabbaṁ. Idaṁ mahārāja kukkuṭassa catutthaṁ angaṁ gahetabbaṁ. Bhāsitam-p' etaṁ mahārāja therena Mahākaccāyanena:

Cakkhum' assa yathā andho, sotavā badhiro yathā,
jivhāv' assa yathā mūgo, balavā dubbalo-r-iva,
atha atthe samuppanne sayetha matasāyikan-ti.

Puna ca paraṁ mahārāja kukkuṭo leḍḍu-daṇḍa-lakuṭa-muggarehi paripātiyanto pi sakaṁ gehaṁ na vijahati, evam-eva kho mahārāja yoginā yogāvacarena cīvarakammaṁ karontena pi navakammaṁ karontena pi vattapaṭivattaṁ karontena pi uddisantena pi uddisāpentena pi yoniso manasikāro na vijahitabbo; sakaṁ kho pan' etaṁ mahārāja yogino gehaṁ yad-idaṁ yoniso manasikāro. Idaṁ mahārāja kukkuṭassa pañcamaṁ angaṁ

[1] navuppādessāmi AB. [13] rattindho M. rattindhn B. [14] pi piṇḍāya ABC. [15] -kaccāyanena AC.

gahetabbaṁ. Bhāsitam-p' etaṁ mahārāja Bhagavatā devātidevena: Ko ca bhikkhave bhikkhuno gocaro sako pettiko visayo: yad-idaṁ cattāro satipaṭṭhānā ti. Bhāsitam-p' etaṁ mahārāja therena Sāriputtena dhammasenāpatinā pi:

Yathā sumanto mātaṅgo sakaṁ soṇḍaṁ na maddati,
bhakkhābhakkhaṁ vijānāti, attano vuttikappanaṁ;
Tath' eva Buddhaputtena appamattena vā pana
Jinavacanaṁ na madditabbaṁ, manasikāravaruttaman-ti.

Bhante Nāgasena, kalandakassa ekaṁ aṅgaṁ gahetabban-ti yaṁ vadesi, kataman-taṁ ekaṁ aṅgaṁ gahetabban-ti. — Yathā mahārāja kalandako paṭisattumhi upatante naṅguṭṭhaṁ papphoṭetvā mahantaṁ katvā ten' eva naṅguṭṭhalakuṭena paṭisattuṁ paṭibāhati, evam-eva kho mahārāja yoginā yogāvacarena kilesasattumhi upatante satipaṭṭhānalakuṭaṁ papphoṭetvā mahantaṁ katvā ten' eva satipaṭṭhānalakuṭena sabbe kilesā paṭibāhitabbā. Idaṁ mahārāja kalandakassa ekaṁ aṅgaṁ gahetabbaṁ. Bhāsitam-p' etaṁ mahārāja therena Cullapanthakena:

Yadā kilesā upatanti sāmaññaguṇadhaṁsanā,
satipaṭṭhānalakuṭena hantabbā te punappunan-ti.

Bhante Nāgasena, dīpiniyā ekaṁ aṅgaṁ gahetabban-ti yaṁ vadesi, kataman-taṁ ekaṁ aṅgaṁ gahetabban-ti. — Yathā mahārāja dīpinī sakiṁ yeva gabbhaṁ gaṇhāti, na punappunaṁ purisaṁ upeti, evam-eva kho mahārāja yoginā yogāvacarena āyatiṁ paṭisandhiṁ uppattiṁ gabbhaseyyaṁ cutiṁ bhedaṁ khayaṁ vināsaṁ saṁsārabhayaṁ duggatiṁ visamaṁ sampīḷitaṁ disvā:

[2] kari bb. all [8] supanto M, supanno AC. [14] papphoṭhetvā AC, papphoṭhetvā B. [15] papphoṭhetvā ABC [26] uppatti BM

punabbhave na paṭisandahissāmîti yoniso manasikāro karaṇīyo. Idaṁ mahārāja dīpiniyā ekaṁ aṅgaṁ gahetabbaṁ. Bhāsitam-p' etaṁ mahārāja Bhagavatā devātidevena Suttanipāte Dhaniyagopālakasutte:

Usabho-r-iva chetvā bandhanāni,
nāgo pūtilataṁ va dālayitvā,
nāhaṁ puna upessaṁ gabbhaseyyaṁ;
atha ce patthayasi pavassa devâti.

Bhante Nāgasena, dīpikassa dve aṅgāni gahetabbānîti yaṁ vadesi, katamāni tāni dve aṅgāni gahetabbānîti. — Yathā mahārāja dīpiko araññe tiṇagahanaṁ vā vanagahanaṁ vā pabbatagahanaṁ vā nissāya nilīyitvā mige gaṇhāti, evam-eva kho mahārāja yoginā yogāvacarena vivekaṁ sevitabbaṁ, araññaṁ rukkhamūlaṁ pabbataṁ kandaraṁ giriguhaṁ susānaṁ vanapatthaṁ abbhokāsaṁ palālapuñjaṁ appasaddaṁ appanigghosaṁ vijanavātaṁ manussarāhaseyyakaṁ paṭisallānasāruppaṁ; vivekaṁ sevamāno hi mahārāja yogī yogāvacaro nacirass' eva chaḷabhiññāsu vasībhāvaṁ pāpuṇāti. Idaṁ mahārāja dīpikassa paṭhamaṁ aṅgaṁ gahetabbaṁ. Bhāsitam-p' etaṁ mahārāja therehi dhammasaṅgāhakehi:

Yathā pi dīpiko nāma nilīyitvā gaṇhatī mige,
tath' evâyaṁ Buddhaputto yuttayogo vipassako
araññaṁ pavisitvāna gaṇhāti phalam-uttaman-ti.

Puna ca paraṁ mahārāja dīpiko yaṁ kañci pasuṁ vadhitvā vāmena passena patitaṁ na bhakkheti, evam-eva kho mahārāja yoginā yogāvacarena veḷudānena vā pattadānena vā pupphadānena vā phaladānena vā sinānadānena vā mattikadānena vā cuṇṇadānena vā dantakaṭṭha-

---

[11] -sallāna- ACM [13] gaṇhati B, gaṇhāti CM [17] kiñci all [18] bhakkhati B [19] mattika- B.

dānena vā mukhodakadānena vā cāṭukammatāya vā muggasuppatāya vā pāribhaṭṭakatāya vā janghapesaniyena vā vejjakammena vā dūtakammena vā pahiṇagamanena vā piṇḍapaṭipiṇḍena vā dānānuppadānena vā vatthuvijjāya vā nakkhattavijjāya vā angavijjāya vā aññataraññatarena vā Buddhapaṭikuṭṭhena micchājīvena nipphāditaṁ bhojanaṁ na paribhuñjitabbaṁ, vāmena passena patitaṁ pasuṁ viya dīpiko. Idaṁ mahārāja dīpikassa dutiyaṁ angaṁ gahetabbaṁ. Bhāsitam p' etaṁ mahārāja therena Sāriputtena dhammasenāpatinā:

Vacīviññattivipphārā uppannaṁ madhupāyasaṁ
sace bhutto bhaveyyâhaṁ, s' ājīvo garahito mama.
Yadi pi me antaguṇaṁ nikkhamitvā bahī care,
n' eva bhindeyya' ājīvaṁ, cajamāno pi jīvitan ti.

Bhante Nāgasena, kummassa pañca angāni gahetabbānîti yaṁ vadesi, katamāni tāni pañca angāni gahetabbānîti. — Yathā mahārāja kummo udakacaro udake yeva vāsaṁ kappeti, evam-eva kho mahārāja yoginā yogāvacarena sabbapāṇabhūtapuggalānaṁ hitānukampinā mettāsahagatena cetasā vipulena mahaggatena appamāṇena averena abyāpajjhena sabbāvantaṁ lokaṁ pharitvā viharitabbaṁ. Idaṁ mahārāja kummassa paṭhamaṁ angaṁ gahetabbaṁ. Puna ca paraṁ mahārāja kummo udake uppilavanto sīsaṁ ukkhipitvā yadi koci passati, tatth' eva nimujjati gāḷham-ogāhati: mā maṁ te puna passeyyun ti, evam-eva kho mahārāja yoginā yogāvacarena kilesesu opatantesu ārammaṇasare nimujjitabbaṁ gāḷham-ogāhitabbaṁ: mā maṁ kilesā puna passeyyun-ti. Idaṁ mahārāja kummassa dutiyaṁ angaṁ gahetabbaṁ. Puna ca

---

[1] cāṭukamyatāya M. [2] -supa- M [3] -pesaṇiyena AB. [4] pahiṇa- AM, pahīnā- C [5] -pāyāsaṁ BM. [6] bahi BCM. [7] bhindeyyaṁ B. [8] cavamāno C, cajjamāno AM (-māna B).

paraṃ mahārāja kummo udakato nikkhamitvā kāyaṃ otāpeti, evam-eva kho mahārāja yoginā yogāvacarena nisajja-ṭṭhāna-sayana-caṅkamato mānasaṃ nīharitvā sammappadhāne mānasaṃ otāpetabbaṃ. Idaṃ mahārāja kummassa tatiyaṃ aṅgaṃ gahetabbaṃ. Puna ca paraṃ mahārāja kummo paṭhaviṃ khaṇitvā vivitte vāsaṃ kappeti, evam-eva kho mahārāja yoginā yogāvacarena lābha-sakkāra-silokaṃ pajahitvā suññaṃ vivittaṃ kānanaṃ vanapatthaṃ pabbataṃ kandaraṃ giriguhaṃ appasaddaṃ appanigghosaṃ pavivittam-ogāhitvā vivitte yeva vāsam-upagantabbaṃ. Idaṃ mahārāja kummassa catutthaṃ aṅgaṃ gahetabbaṃ. Bhāsitam-p' etaṃ mahārāja therena Upasenena Vaṅgantaputtena:

Vivittaṃ appanigghosaṃ vāḷamiganisevitaṃ
seve senāsanaṃ bhikkhu paṭisallānakāraṇā ti.

Puna ca paraṃ mahārāja kummo cārikaṃ caramāno yadi kañci passati vā saddaṃ suṇāti vā, soṇḍipañcamāni aṅgāni sake kapāle nidahitvā appossukko tuṇhībhūto tiṭṭhati kāyam-anurakkhanto, evam-eva kho mahārāja yoginā yogāvacarena sabbattha rūpa-sadda-gandha-rasa-phoṭṭhabba-dhammesu āpatantesu chasu dvāresu saṃvara-kavāṭaṃ anugghāṭetvā mānasaṃ samodahitvā saṃvaraṃ katvā satena sampajānena vihātabbaṃ samaṇadhammaṃ anurakkhamānena. Idaṃ mahārāja kummassa pañcamaṃ aṅgaṃ gahetabbaṃ. Bhāsitam-p' etaṃ mahārāja Bhagavatā devātidevena Saṃyuttanikāyavare Kummūpamasuttante:

Kummo va aṅgāni sake kapāle
samodahaṃ bhikkhu manovitakke

[10] ogāhetvā all. [15] pati- AC; -sallāna- CM [17] passati ca ABC.
[18] vā om. ABC [21] apat- AC. [23] vibhāvitabbaṃ B, viharitabbaṃ M.
[25] -upame- ACM

anissito aññam-ahethayāno
parinibbuto na upavadeyya kañciti.

Bhante Nāgasena, vaṁsassa ekaṁ angaṁ gahetabban-ti yaṁ vadesi, katamaṁ-taṁ ekaṁ angaṁ gahetabban-ti. Yathā mahārāja vaṁso yattha vāto tattha anulometi nāññattha-m-anudhāvati, evam-eva kho mahārāja yoginā yogāvacarena yaṁ Buddhena bhagavatā bhāsitaṁ navangaṁ Satthusāsanaṁ taṁ anulomayitvā kappiye anavajje ṭhatvā samaṇadhammaṁ yeva pariyesitabbaṁ. Idaṁ mahārāja vaṁsassa ekaṁ angaṁ gahetabbaṁ. Bhāsitam-p' etaṁ mahārāja therena Rāhulena:

Navangaṁ Buddhavacanaṁ anulometvāna sabbadā
kappiye anavajjasmiṁ ṭhatvā 'pāyaṁ samuttaran-ti.

Bhante Nāgasena, cāpassa ekaṁ angaṁ gahetabban-ti yaṁ vadesi, katamaṁ-taṁ ekaṁ angaṁ gahetabban-ti. — Yathā mahārāja cāpo sutacchito mito yāv' aggamūlaṁ samakam-eva anunamati na paṭitthambhati, evam-eva kho mahārāja yoginā yogāvacarena thera-nava-majjhimasamakesu anunamitabbaṁ na paṭippharitabbaṁ. Idaṁ mahārāja cāpassa ekaṁ angaṁ gahetabbaṁ. Bhāsitam-p' etaṁ mahārāja Bhagavatā devātidevena Vidhura-Puṇṇakajātake:

Cāpo vānuname dhīro, vaṁso va anulomayaṁ
paṭilomaṁ na vatteyya, sa rājavasatiṁ vase ti.

Bhante Nāgasena, vāyasassa dve angāni gahetabbānīti yaṁ vadesi, katamāni tāni dve angāni gahetabbānīti. — Yathā mahārāja vāyaso āsankitaparisankito

---

[15] anulomena B. [16] ṭhapetvā B. [17] samuttareti B (ṭhatvā yaṁ samuttariti M) [18] there ABC. [19] -samaṇakesu M; -majjhimakesu B. [20] paṭiharitabbaṁ AC, paṭitthambhitabbaṁ M. [21] vidhūra- A. [22] (vaṁso vāpi pakampiye Jāt. 545 v. 159.)

yattapayatto carati, evam-eva kho mahārāja yoginā yogāvacarena āsankitaparisankitena yattapayattena upaṭṭhitāya satiyā saṁvutehi indriyehi caritabbaṁ. Idaṁ mahārāja vāyasassa paṭhamaṁ angaṁ gahetabbaṁ. Puna ca paraṁ mahārāja vāyaso yaṁ kiñci bhojanaṁ disvā ñātīhi saṁvibhajitvā bhuñjati, evam-eva kho mahārāja yoginā yogāvacarena ye te lābhā dhammikā dhammaladdhā antamaso pattapariyāpannamattam-pi tathārūpehi lābhehi appaṭivibhattabhoginā bhavitabbaṁ sīlavantehi sabrahmacārīhi. Idaṁ mahārāja vāyasassa dutiyaṁ angaṁ gahetabbaṁ. Bhāsitam-p' etaṁ mahārāja therena Sāriputtena dhammasenāpatinā:

Sace me upanāmenti yathāladdhaṁ tapassino,
sabbesaṁ vibhajitvāna tato bhuñjāmi bhojanan-ti.

Bhante Nāgasena, makkaṭassa dve angāni gahetabbānîti yaṁ vadesi, katamāni tāni dve angāni gahetabbānîti. — Yathā mahārāja makkaṭo vāsam-upagacchanto tathārūpe okāse mahatimahārukkhe pavivitte sabbaṭṭhakasākhe bhīruttāṇe vāsam-upagacchati, evam-eva kho mahārāja yoginā yogāvacarena lajjiṁ pesalaṁ sīlavantaṁ kalyāṇadhammaṁ bahussutaṁ dhammadharaṁ piyaṁ garuṁ bhāvaniyaṁ vattāraṁ vacanakkhamaṁ ovādakaṁ viññāpakaṁ sandassakaṁ samādapakaṁ samuttejakaṁ sampahaṁsakaṁ, evarūpaṁ kalyāṇamittaṁ ācariyaṁ upanissāya viharitabbaṁ. Idaṁ mahārāja makkaṭassa paṭhamaṁ angaṁ gahetabbaṁ. Puna ca paraṁ mahārāja makkaṭo rukkhe yeva carati tiṭṭhati nisīdati, yadi middhaṁ okkamati tatth' eva rattiṁ vāsam-anubhavati, evam-eva kho mahārāja yoginā yogāvacarena pavanābhimukhena bhavitabbaṁ, pavane yeva ṭhāna-

[1.2] yuttapayutt- M [9] paṭivi- M. [10] tāni om. BC. [14] sabbaṭṭha- M.
[15] garu BCM.

cankama-nisajja-sayanaṁ niddaṁ okkamitabbaṁ, tatth' eva satipaṭṭhānam-anubhavitabbaṁ. Idaṁ mahārāja makkaṭassa dutiyaṁ angaṁ gahetabbaṁ. Bhāsitam-p' etaṁ mahārāja therena Sāriputtena dhammasenāpatinā:

Cankamanto pi tiṭṭhanto, nisajjasayanena vā,
pavane sobhate bhikkhu, pavanantaṁ va vaṇṇitan-ti.

Uddānaṁ: Ghorassaro ca kukkuṭo kalando dīpini-dīpiko
kummo vaṁso ca cāpu ca vāyaso atha makkaṭo ti.

Paṭhamo vaggo.

Bhante Nāgasena, lāpulatāya ekaṁ angaṁ gahetabban-ti yaṁ vadesi, katamaṁ taṁ ekaṁ angaṁ gahetabban-ti. — Yathā mahārāja lāpulatā tiṇe vā kaṭṭhe vā latāya vā soṇḍikāhi ālambitvā tassūpari vaḍḍhati, evam-eva kho mahārāja yoginā yogāvacarena arahatte abhivaḍḍhitukāmena manasā ārammaṇaṁ ālambitvā arahatte abhivaḍḍhitabbaṁ. Idaṁ mahārāja lāpulatāya ekaṁ angaṁ gahetabbaṁ. Bhāsitam p' etaṁ mahārāja therena Sāriputtena dhammasenāpatinā:

Yathā lāpulatā nāma tiṇe kaṭṭhe latāya vā
ālambitvā soṇḍikāhi tato vaḍḍhati uppari,
Tath' eva Buddhaputtena arahattaphalakāminā
ārammaṇaṁ ālambitvā vaḍḍhitabbaṁ asekhaphale ti.

Bhante Nāgasena, padumassa tīṇi angāni gahetabbānīti yaṁ vadesi, katamāni tāni tīṇi angāni gahetabbā-

---

[13] [14] [15] lābu- M. [16] upari M.

nīti. — Yathā mahārāja padumaṁ udake jātaṁ udake saṁvaddhaṁ anupalittaṁ udakena, evam-eva kho mahārāja yoginā yogāvacarena kule gaṇe lābhe yase sakkāre sammānanāya paribhogapaccayesu ca sabbattha anupalittena bhavitabbaṁ. Idaṁ mahārāja padumassa paṭhamaṁ angaṁ gahetabbaṁ. Puna ca paraṁ mahārāja padumaṁ udakā accuggamma ṭhāti, evam-eva kho mahārāja yoginā yogāvacarena sabbalokaṁ abhibhavitvā accuggamma lokuttaradhamme ṭhātabbaṁ. Idaṁ mahārāja padumassa dutiyaṁ angaṁ gahetabbaṁ. Puna ca paraṁ mahārāja padumaṁ appamattakena pi anilena eritaṁ calati, evam-eva kho mahārāja yoginā yogāvacarena appamattakesu pi kilesesu saññamo karaṇīyo, bhayadassāvinā viharitabbaṁ. Idaṁ mahārāja padumassa tatiyaṁ angaṁ gahetabbaṁ. Bhāsitam-p' etaṁ mahārāja Bhagavatā devātidevena: Aṇumattesu vajjesu bhayadassāvī samādāya sikkhati sikkhāpadesūti.

Bhante Nāgasena, bījassa dve angāni gahetabbānīti yaṁ vadesi, katamāni tāni dve angāni gahetabbānīti. — Yathā mahārāja bījaṁ appakam-pi samānaṁ bhaddakakhette vuttaṁ deve sammā dhāraṁ pavecchante subahūni phalāni anudassati, evam-eva kho mahārāja yoginā yogāvacarena yathā paṭipāditaṁ sīlaṁ kevalaṁ sāmaññaphalam-anudassati evaṁ sammā paṭipajjitabbaṁ. Idaṁ mahārāja bījassa paṭhamaṁ angaṁ gahetabbaṁ. Puna ca paraṁ mahārāja bījaṁ suparisodhite khette ropitaṁ khippam-eva saṁvirūhati, evam-eva kho mahārāja yoginā yogāvacarena mānasaṁ supariggahītaṁ suññāgāre parisodhitaṁ satipaṭṭhāna-khettavare khittaṁ khippam-eva virūhati. Idaṁ mahārāja bījassa dutiyaṁ angaṁ

[9] ṭhitaṁ M; the passage wanting in B. [15] cariyaṁ ABC [18] saṁyamo M. [19] vittaṁ M, om AC

gahetabbaṁ. Bhāsitam-p' etaṁ mahārāja therena Anuruddhena:

Yathā pi khette parisuddhe bījaṁ c' assa patiṭṭhitaṁ,
vipulaṁ tassa phalaṁ hoti, api toseti kassakaṁ;
Tath' eva yogino cittaṁ suññāgāre visodhitaṁ
satipaṭṭhānakhettamhi khippam-eva virūhatīti.

Bhante Nāgasena, sālakalyāṇikāya ekaṁ angaṁ gahetabban-ti yaṁ vadesi, katamaṁ-taṁ ekaṁ angaṁ gahetabban-ti. — Yathā mahārāja sālakalyāṇikā antopaṭhaviyaṁ yeva abhivaḍḍhati hatthasatam pi bhiyyo pi, evam-eva kho mahārāja yoginā yogāvacarena cattāri sāmaññaphalāni catasso paṭisambhidā chaḷ-abhiññāyo kevalañ-ca samaṇadhammaṁ suññāgāre yeva paripūrayitabbaṁ. Idaṁ mahārāja sālakalyāṇikāya ekaṁ angaṁ gahetabbaṁ. Bhāsitam-p' etaṁ mahārāja therena Rāhulena.

Sālakalyāṇikā nāma pādapo dharaṇīruho
antopaṭhaviyaṁ yeva satahattho pi vaḍḍhati.
Yathā kālamhi sampatte paripākena so dumo
uggañchitvāna ekāhaṁ satahattho pi vaḍḍhati,
Evam-evāhaṁ mahāvīra, sālakalyāṇikā viya,
abbhantare suññāgāre dhammato abhivaḍḍhayin-ti.

Bhante Nāgasena, nāvāya tīṇi angāni gahetabbānīti yaṁ vadesi, katamāni tāni tīṇi angāni gahetabbānīti. — Yathā mahārāja nāvā bahuvidha-dāru-sanghāṭa-samavāyena bahum-pi janaṁ tārayati, evam-eva kho mahārāja yoginā yogāvacarena ācāra-sīla-guṇa-vattapaṭivatta-bahuvidhadhamma-sanghāṭa-samavāyena sadevako loko tārayitabbo. Idaṁ mahārāja nāvāya paṭhamaṁ angaṁ gahetabbaṁ. Puna ca paraṁ mahārāja nāvā

[10] uggachitvāna C. uggañchitvāna M

bahuvidha-ūmi-tthanita-vega-visaṭa-m-āvaṭṭavegaṁ sahati, evam eva kho mahārāja yoginā yogāvacarena bahuvidha-kiles-ūmi-vegaṁ lābhasakkāra-yasasiloka-pūjanavandanā parakulesu nindāpasaṁsā sukhadukkha-sammānanavimānana-bahuvidhadosa-ūmivegañ-ca sahitabbaṁ. Idaṁ mahārāja nāvāya dutiyaṁ aṅgaṁ gahetabbaṁ. Puna ca paraṁ mahārāja nāvā aparimita-m-ananta-m-apāra-m-akkhobhita-gambhīre mahatimahāghose timi-timiṅgala-makara-maccha-gaṇākule mahatimahāsamudde carati, evam eva kho mahārāja yoginā yogāvacarena tiparivaṭṭa-dvādasākāra-catusaccābhisamaya-paṭivedhe mānasaṁ sañcārayitabbaṁ. Idaṁ mahārāja nāvāya tatiyaṁ aṅgaṁ gahetabbaṁ. Bhāsitam-p' etaṁ mahārāja Bhagavatā devātidevena Saṁyuttanikāyavare Saccasaṁyutte: Vitakkentā ca kho tumhe bhikkhave: idaṁ dukkhan-ti vitakkeyyātha, ayaṁ dukkhasamudayo ti vitakkeyyātha, ayaṁ dukkhanirodho ti vitakkeyyātha, ayaṁ dukkhanirodhagāminī paṭipadā ti vitakkeyyāthāti.

Bhante Nāgasena, nāvālakanakassa dve aṅgāni gahetabbānīti yaṁ vadesi, katamāni tāni dve aṅgāni gahetabbānīti. — Yathā mahārāja nāvālakanakaṁ bahu-ūmijāl-ākulavikkhobhita-salilatale mahatimahāsamudde nāvaṁ laketi ṭhapeti, na deti disāvidisaṁ harituṁ, evam-eva kho mahārāja yoginā yogāvacarena rāga-dosa-moh-ummijāle mahatimahā-vitakka-sampahāre cittaṁ laketabbaṁ, na dātabbaṁ disāvidisaṁ harituṁ. Idaṁ mahārāja nāvālakanakassa paṭhamaṁ aṅgaṁ gahetabbaṁ. Puna ca paraṁ mahārāja nāvālakanakaṁ na pilavati, visīdati, hatthasate pi udake nāvaṁ laketi ṭhānam-upaneti, evam-eva kho mahārāja yoginā yogāvacarena lābha-yasa-sakkāra-mānana-vandana-pūjana-apacitisu lābhagga-ya-

[9] -sammānanāvimānanā- AC. [?] -bhita- AC. [10] va ABC [11] -laggana- M throughout. [12] lagg- M throughout [1] plav- Ab

sagge pi na pilavitabbaṁ, sarīrayāpanamattake yeva cittaṁ ṭhapetabbaṁ. Idaṁ mahārāja nāvālakanakassa dutiyaṁ aṅgaṁ gahetabbaṁ. Bhāsitam-p' etaṁ mahārāja therena Sāriputtena dhammasenāpatinā:

Yathā samudde lakanaṁ na plavati, visīdati,
tath' eva lābhasakkāre mā plavatha, visīdathāti.

Bhante Nāgasena, kūpassa ekaṁ aṅgaṁ gahetabban-ti yaṁ vadesi, katamaṁ taṁ ekaṁ aṅgaṁ gahetabban-ti. — Yathā mahārāja kūpo rajjuñ-ca varattañ-ca lakārañ-ca dhāreti, evam-eva kho mahārāja yoginā yogāvacarena satisampajaññasamannāgatena bhavitabbaṁ, abhikkante paṭikkante ālokite vilokite sammiñjite pasārite saṅghāṭipatta-cīvara-dhāraṇe asite pīte khāyite sāyite uccārapassāvakamme gate ṭhite nisinne sutte jāgarite bhāsite tuṇhībhāve sampajānakārinā bhavitabbaṁ. Idaṁ mahārāja kūpassa ekaṁ aṅgaṁ gahetabbaṁ. Bhāsitam-p' etaṁ mahārāja Bhagavatā devātidevena: Sato bhikkhave bhikkhu vihareyya sampajāno, ayaṁ vo amhākaṁ anusāsanī ti.

Bhante Nāgasena, niyyāmakassa tīṇi aṅgāni gahetabbānīti yaṁ vadesi, katamāni tāni tīṇi aṅgāni gahetabbānīti. — Yathā mahārāja niyyāmako rattindivaṁ satataṁ samitaṁ appamatto yattapayatto nāvaṁ sāreti, evam-eva kho mahārāja yoginā yogāvacarena cittaṁ niyāmayamānena rattindivaṁ satataṁ samitaṁ appamattena yoniso manasikārena cittaṁ niyāmetabbaṁ. Idaṁ mahārāja niyyāmakassa paṭhamaṁ aṅgaṁ gahetabbaṁ. Bhāsitam-p' etaṁ mahārāja Bhagavatā devātidevena Dhammapade:

---

[1] pilav- Ab [5] palav- BC, pilav- AaM. [6] palav- C, pilav- M. [9] lankār- M [12] yuttapayutto M. [15] niyyā- M [16] niyyā- BCM [17] niya- M in the sequel throughout.

Appamādaratā hotha, sacittam-anurakkhatha,
duggā uddharath' attānaṁ, panke sanno va kuñjaro ti.

Puna ca paraṁ mahārāja niyyāmakassa yaṁ kiñci mahāsamudde kalyāṇaṁ vā pāpakaṁ vā sabban-taṁ viditaṁ hoti, evam-eva kho mahārāja yoginā yogāvacarena kusalākusalaṁ sāvajjānavajjaṁ hīna-ppaṇītaṁ kaṇha-sukka-sappaṭibhāgaṁ vijānitabbaṁ. Idaṁ mahārāja niyyāmakassa dutiyaṁ aṅgaṁ gahetabbaṁ. Puna ca paraṁ mahārāja niyyāmako yante muddikaṁ deti: mā koci yantaṁ āmasitthāti, evam-eva kho mahārāja yoginā yogāvacarena citte saṁvara-muddikā dātabbā: mā kañci pāpakaṁ akusalavitakkaṁ vitakkesīti. Idaṁ mahārāja niyyāmakassa tatiyaṁ aṅgaṁ gahetabbaṁ. Bhāsitam-p' etaṁ mahārāja Bhagavatā devātidevena Saṁyuttanikāyavare: Mā bhikkhave pāpake akusale vitakke vitakkayittha, seyyathīdaṁ: kāmavitakkaṁ byāpādavitakkaṁ vihiṁsāvitakkan-ti.

Bhante Nāgasena, kammakarassa ekaṁ aṅgaṁ gahetabban-ti yaṁ vadesi, katamaṁ taṁ ekaṁ aṅgaṁ gahetabban-ti. — Yathā mahārāja kammakaro evaṁ cintayati: bhatako ahaṁ, imāya nāvāya kammaṁ karomi, imāyāhaṁ nāvāya vāhasā bhattavetanaṁ labhāmi, na me pamādo karaṇīyo, appamādena me ayaṁ nāvā vāhetabbā ti, evam-eva kho mahārāja yoginā yogāvacarena evaṁ cintayitabbaṁ: imaṁ kho ahaṁ cātummahābhūtikaṁ kāyaṁ sammasanto satataṁ samitaṁ appamatto upaṭṭhitasati sato sampajāno samāhito ekaggacitto jāti-jarā-byādhi-maraṇa-soka-parideva-dukkha-domanass-upāyāsehi parimuccissāmīti appamādo me karaṇīyo ti. Idaṁ mahārāja kammakarassa ekaṁ aṅgaṁ gahetabbaṁ. Bhāsitam-p' etaṁ mahārāja therena Sāriputtena dhammasenāpatinā:

---

[6] sante AsC [9] āmasayitthāti AC, āmasitu M [14] catumahā- M [17] byādhi om B. [19] -upāyāsehi B.

Kāyaṃ imaṃ sammasatha, parijānātha punappunaṃ;
kāye sabhāvaṃ disvāna dukkhass' antaṃ karissathāti.

Bhante Nāgasena, samuddassa pañca aṅgāni gahetabbānīti yaṃ vadesi, katamāni tāni pañca aṅgāni gahetabbānīti. — Yathā mahārāja mahāsamuddo matena kuṇapena saddhiṃ na saṃvasati, evam eva kho mahārāja yoginā yogāvacarena rāga-dosa-moha-māna-diṭṭhi-makkha-paḷāsa-issā-macchariya-māyā-saṭha-kuṭila-visama-duccarita-kilesa-malehi saddhiṃ na saṃvasitabbaṃ. Idaṃ mahārāja samuddassa paṭhamaṃ aṅgaṃ gahetabbaṃ. Puna ca paraṃ mahārāja samuddo muttā-maṇi-veḷuriya-saṅkhasilā-pavāḷa-phaḷikamaṇi-vividharatana-nicayaṃ dhārento pidahati, na bahi vikirati, evam eva kho mahārāja yoginā yogāvacarena magga-phala-jhāna-vimokha-samādhi-samāpatti-vipassanā-'bhiññā-vividhaguṇaratanāni adhigantvā pidahitabbāni, na bahi nīharitabbāni. Idaṃ mahārāja samuddassa dutiyaṃ aṅgaṃ gahetabbaṃ. Puna ca paraṃ mahārāja samuddo mahatimahābhūtehi saddhiṃ saṃvasati, evam eva kho mahārāja yoginā yogāvacarena appicchaṃ santuṭṭhaṃ dhutavādaṃ sallekhavuttiṃ ācārasampannaṃ lajjiṃ pesalaṃ garuṃ bhāvanīyaṃ vattāraṃ vacanakkhamaṃ codakaṃ pāpagarahiṃ ovādakaṃ anusāsakaṃ viññāpakaṃ sandassakaṃ samādapakaṃ samuttejakaṃ sampahaṃsakaṃ kalyāṇamittaṃ sabrahmacāriṃ upanissāya vasitabbaṃ. Idaṃ mahārāja samuddassa tatiyaṃ aṅgaṃ gahetabbaṃ. Puna ca paraṃ mahārāja samuddo navasalila-sampuṇṇa-Gaṅgā-Yamunā-Aciravatī-Sarabhū-Mahī-ādīhi nadīsatasahassehi antalikkhe salila-dhārāhi ca pūrito pi sakaṃ velaṃ nātivattati, evam eva kho mahārāja yoginā yogāvacarena lābha-sakkāra-siloka-vandana-mānana-pūjanakāraṇā jīvitahetu pi sañcicca sikkhāpadavītikkamo na karaṇīyo. Idaṃ mahārāja samud-

9 -palāsa- AC 10 pidahati ABC 12 pidahitabbāni ABC. 14 garu all
17 -sampuṇṇāhi anna- AM.

dassa catutthaṁ aṅgaṁ gahetabbaṁ. Bhāsitam-p' etaṁ mahārāja Bhagavatā devātidevena: Seyyathā pi mahārāja mahāsamuddo ṭhitadhammo velaṁ nātikkamati, evam-eva kho mahārāja yaṁ mayā sāvakānaṁ sikkhāpadaṁ paññattaṁ taṁ mama sāvakā jīvitahetu pi nātikkamantīti. Puna ca paraṁ mahārāja samuddo sabbasavantīhi Gaṅgā-Yamunā-Aciravatī-Sarabhū-Mahīhi antalikkhe udakadhārāhi pi na paripūrati, evam-eva kho mahārāja yoginā yogāvacarena uddesa-paripucchā-savana-dhāraṇa-vinicchaya-abhidhamma-vinaya-gāḷha-suttanta-viggaha-padanikkhepa-padasandhi-padavibhatti-navaṅga-jinasāsanavaraṁ suṇantenāpi na tappitabbaṁ. Idaṁ mahārāja samuddassa pañcamaṁ aṅgaṁ gahetabbaṁ. Bhāsitam-p' etaṁ mahārāja Bhagavatā devātidevena Sutasomajātake:

Aggi yathā tiṇakaṭṭhaṁ ḍahanto
na tappati, sāgaro vā nadīhi,
evaṁ h' ime paṇḍitā, rājaseṭṭha,
sutvā na tappanti subhāsitenāti.

Uddānaṁ: Lāpulatā ca padumaṁ bījaṁ sālakalyāṇikā
nāvā ca nāvālakanaṁ kūpo niyyāmako tathā
kammakāro samuddo ca vaggo tena pavuccatīti.

Dutiyo vaggo.

---

3 mahāsamudde ACl. 14 -vinayagāḷha- B. 15 aggī Ab. 17 (evampi te Jāt. 537 v. 47). 21 kammakāro B.

Bhante Nāgasena, paṭhaviyā pañca angāni gahetabbānīti yaṁ vadesi, katamāni tāni pañca angāni gahetabbānīti. — Yathā mahārāja paṭhavī iṭṭhāniṭṭhāni kappūrāgaru-tagara-candana-kuṅkumādīni ākirante pi pitta-semha-pubba-ruhira-seda-meda-kheḷa-singhāṇika-lasikā-mutta-karīsādīni ākirante pi tādisā yeva, evam-eva kho mahārāja yoginā yogāvacarena iṭṭhāniṭṭhe lābhālābhe yasāyase nindāpasaṁsāya sukhe dukkhe sabbattha tādinā yeva bhavitabbaṁ. Idaṁ mahārāja paṭhaviyā paṭhamaṁ angaṁ gahetabbaṁ. Puna ca paraṁ mahārāja paṭhavī maṇḍana-vibhūsanāpagatā sakagandha-paribhāvitā, evam-eva kho mahārāja yoginā yogāvacarena vibhūsanāpagatena sakasīlagandha-paribhāvitena bhavitabbaṁ. Idaṁ mahārāja paṭhaviyā dutiyaṁ angaṁ gahetabbaṁ. Puna ca paraṁ mahārāja paṭhavī nirantarā acchiddā asusirā bahalā ghanā vitthiṇṇā, evam-eva kho mahārāja yoginā yogāvacarena nirantara-m-akhaṇḍacchidda-m-asusira-bahala-ghana-vitthiṇṇa-sīlena bhavitabbaṁ. Idaṁ mahārāja paṭhaviyā tatiyaṁ angaṁ gahetabbaṁ. Puna ca paraṁ mahārāja paṭhavī gāma-nigama-nagara-janapada-rukkha-pabbata-nadī-taḷāka-pokkharaṇī-miga-pakkhi-manuja-nara-nārī-gaṇaṁ dhārentī pi akilāsu hoti, evam-eva kho mahārāja yoginā yogāvacarena ovadantena pi anusāsantena pi viññāpentena pi sandassentena pi samādapentena pi samuttejentena pi sampahaṁsentena pi dhammadesanāsu akilāsunā bhavitabbaṁ. Idaṁ mahārāja paṭhaviyā catutthaṁ angaṁ gahetabbaṁ. Puna ca paraṁ mahārāja paṭhavī anunayapaṭighavippamuttā, evam-eva kho mahārāja yoginā yogāvacarena anunayapaṭighavippamuttena paṭhavīsamena cetasā viharitabbaṁ. Idaṁ mahārāja paṭhaviyā pañcamaṁ angaṁ gahetabbaṁ.

---

[3] kappur- AC. [5] -ṭikā- C [11] maṇḍanavibhūsanā- M [17] -akkhaṇḍā- ABC [21] -raṇī- M. [21] -nārī- CM. [25] -haṁsantena AaCM [30] paṭhavī- AC.

Bhāsitam-p' etaṁ mahārāja upāsikāya Cullasubhaddāya sakasamaṇe parikittayamānāya:

Ekañ-c' evāhaṁ vāsiyā taccheyya' kupitamānasā,
ekañ-c' evāhaṁ gandhena ālimpeyya' pamoditā,
Amusmiṁ paṭigho n'atthi, rāgo asmiṁ na vijjati,
paṭhavīsamacittā te, tādisā samaṇā mamāti.

Bhante Nāgasena, āpassa pañca angāni gahetabbānīti yaṁ vadesi, katamāni tāni pañca angāni gahetabbānīti. — Yathā mahārāja āpo susanṭhita-m-akampita-m-aluḷitasabhāvaparisuddho, evam-eva kho mahārāja yoginā yogāvacarena kuhana-lapana-nemittaka-nippesikataṁ apanetvā susanṭhita-m-akampita-m-aluḷita-sabhāvaparisuddhācārena bhavitabbaṁ. Idaṁ mahārāja āpassa paṭhamaṁ angaṁ gahetabbaṁ. Puna ca paraṁ mahārāja āpo sītalasabhāvasanṭhito, evam-eva kho mahārāja yoginā yogāvacarena sabbasattesu khanti-mettā-'nuddaya-sampannena hitesinā anukampakena bhavitabbaṁ. Idaṁ mahārāja āpassa dutiyaṁ angaṁ gahetabbaṁ. Puna ca paraṁ mahārāja āpo asuciṁ suciṁ karoti, evam-eva kho mahārāja yoginā yogāvacarena gāme vā araññe vā upajjhāye ācariye ācariyamattesu sabbattha anadhikaraṇena bhavitabbaṁ anavakāsakārinā. Idaṁ mahārāja āpassa tatiyaṁ angaṁ gahetabbaṁ. Puna ca paraṁ mahārāja āpo bahujanapatthito, evam-eva kho mahārāja yoginā yogāvacarena appiccha-santuṭṭha-pavivitta-paṭisallānena satataṁ sabbalokamabhipatthitena bhavitabbaṁ. Idaṁ mahārāja āpassa catutthaṁ angaṁ gahetabbaṁ. Puna ca paraṁ mahārāja āpo na kassaci ahitaṁ upadahati, evam-eva kho mahārāja yoginā yogāvacarena parabhaṇḍana-kalaha-viggaha-vivāda-rittajjhāna-arati-jananaṁ

---

1 -mānaso all. 2 pamodito BC, -diko M. 3 asmiṁ na AUM, amusmiṁ na B. 10 -mattesu AB. 11 anakāsa- Aa, anokāsa- Ab. 12 -sallānena C.

kāya-vacī-cittehi pāpakaṁ na karaṇīyaṁ. Idaṁ mahārāja āpassa pañcamaṁ angaṁ gahetabbaṁ. Bhāsitam-p' etaṁ mahārāja Bhagavatā devātidevena Kaṇhajātake:

Varañ-ce me ado Sakka, sabbabhūtānam-issara, na mano vā sarīraṁ vā mankato Sakka kassaci kudāci upahaññetha, etaṁ Sakka varaṁ vare ti.

Bhante Nāgasena, tejassa pañca angāni gahetabbānīti yaṁ vadesi, katamāni tāni pañca angāni gahetabbānīti. — Yathā mahārāja tejo tiṇa-kaṭṭha-sākhā-palāsaṁ ḍahati, evam-eva kho mahārāja yoginā yogāvacarena ye te abbhantarā vā bāhirā vā kilesā iṭṭhāniṭṭhārammaṇānubhavanā sabbe te ñāṇagginā ḍahitabbā. Idaṁ mahārāja tejassa paṭhamaṁ angaṁ gahetabbaṁ. Puna ca paraṁ mahārāja tejo niddayo akāruṇiko, evam-eva kho mahārāja yoginā yogāvacarena sabbakilesesu kāruññam-anuddayā na kātabbā. Idaṁ mahārāja tejassa dutiyaṁ angaṁ gahetabbaṁ. Puna ca paraṁ mahārāja tejo sītaṁ paṭihanti, evam-eva kho mahārāja yoginā yogāvacarena viriya-santāpa-tejaṁ abhijanetvā kilesā paṭihantabbā. Idaṁ mahārāja tejassa tatiyaṁ angaṁ gahetabbaṁ. Puna ca paraṁ mahārāja tejo anunayapaṭighavippamutto uṇham-abhijaneti, evam eva kho mahārāja yoginā yogāvacarena anunayapaṭighavippamuttena tejosamena cetasā viharitabbaṁ. Idaṁ mahārāja tejassa catutthaṁ angaṁ gahetabbaṁ. Puna ca paraṁ mahārāja tejo andhakāraṁ vidhamati ālokaṁ dassayati, evam-eva kho mahārāja yoginā yogāvacarena avijjandhakāraṁ vidhamitvā ñāṇālokaṁ dassayitabbaṁ. Idaṁ mahārāja tejassa pañcamaṁ angaṁ gahetabbaṁ. Bhāsitam-p' etaṁ mahārāja Bhagavatā devātidevena sakaputtaṁ Rāhulaṁ

---

[9] kadāci M (so Jāt. 140 v 13) [10] -anuddaya M [11] -hanati CM. [12] sakaṁ BM

ovadantena: Tejosamaṁ Rāhula bhāvanaṁ bhāvehi, tejosamaṁ hi te Rāhula bhāvanaṁ bhāvayato anuppannā c' eva akusalā dhammā na uppajjanti uppannā ca akusalā dhammā cittaṁ na pariyādāya ṭhassantīti.

Bhante Nāgasena, vāyussa pañca angāni gahetabbānīti yaṁ vadesi, katamāni tāni pañca angāni gahetabbānīti. — Yathā mahārāja vāyu supupphitavanasaṇḍantaram-abhivāyati, evam-eva kho mahārāja yoginā yogāvacarena vimutti-varakusuma-pupphitārammaṇa-vanantare ramitabbaṁ. Idaṁ mahārāja vāyussa paṭhamaṁ angaṁ gahetabbaṁ. Puna ca paraṁ mahārāja vāyu dharaṇiruha-pādapa-gaṇe mathayati, evam-eva kho mahārāja yoginā yogāvacarena vanantaragatena saṅkhāre vicinantena kilesā mathayitabbā. Idaṁ mahārāja vāyussa dutiyaṁ angaṁ gahetabbaṁ. Puna ca paraṁ mahārāja vāyu ākāse carati, evam-eva kho mahārāja yoginā yogāvacarena lokuttaradhammesu mānasaṁ sañcārayitabbaṁ. Idaṁ mahārāja vāyussa tatiyaṁ angaṁ gahetabbaṁ. Puna ca paraṁ mahārāja vāyu gandham-anubhavati, evam-eva kho mahārāja yoginā yogāvacarena attano sīla-surabhigandho anubhavitabbo. Idaṁ mahārāja vāyussa catutthaṁ angaṁ gahetabbaṁ. Puna ca paraṁ mahārāja vāyu nirālayo aniketavāsī, evam-eva kho mahārāja yoginā yogāvacarena nirālaya-m-aniketa-m-asanthavena sabbattha vimuttena bhavitabbaṁ. Idaṁ mahārāja vāyussa pañcamaṁ angaṁ gahetabbaṁ. Bhāsitam-p' etaṁ mahārāja Bhagavatā devātidevena Suttanipāte:

Santhavāto bhayaṁ jātaṁ, niketā jāyati rajo,
aniketam-asanthavaṁ, etaṁ ve munidassanan-ti.

Bhante Nāgasena, pabbatassa pañca angāni gahetabbānīti yaṁ vadesi, katamāni tāni pañca angāni gahe-

[13] vanantaragatānitena AB, -gatonatena C. [17] cārayitabbaṁ B. [19] jayate M; comp. p. 211

tabbānīti. — Yathā mahārāja pabbato acalo akampiyo asampavedhī, evam-eva kho mahārāja yoginā yogāvacarena sammānane vimānane sakkāre asakkāre garukāre agarukāre yase ayase nindāya pasaṁsāya sukhe dukkhe iṭṭhāniṭṭhesu sabbattha rūpa-sadda-gandha-rasa-phoṭṭhabba-dhammesu rajanīyesu na rajjitabbaṁ, dussanīyesu na dussitabbaṁ, muyhanīyesu na muyhitabbaṁ, na kampitabbaṁ na calitabbaṁ, pabbatena viya acalena bhavitabbaṁ. Idaṁ mahārāja pabbatassa paṭhamaṁ angaṁ gahetabbaṁ. Bhāsitam-p' etaṁ mahārāja Bhagavatā devātidevena:

Selo yathā ekaghano vātena na samīrati,
evaṁ nindāpasaṁsāsu na samiñjanti paṇḍitā ti.

Puna ca paraṁ mahārāja pabbato thaddho na kenaci saṁsaṭṭho, evam-eva kho mahārāja yoginā yogāvacarena thaddhena asaṁsaṭṭhena bhavitabbaṁ, na kenaci saṁsaggo karaṇīyo. Idaṁ mahārāja pabbatassa dutiyaṁ angaṁ gahetabbaṁ. Bhāsitam-p' etaṁ mahārāja Bhagavatā devātidevena:

Asaṁsaṭṭhaṁ gahaṭṭhehi anāgārehi cūbhayaṁ,
anokasāriṁ appicchaṁ, tam-ahaṁ brūmi brāhmaṇan-ti.

Puna ca paraṁ mahārāja pabbate bījaṁ na virūhati, evam-eva kho mahārāja yoginā yogāvacarena sakamānase kilesā na virūhāpetabbā. Idaṁ mahārāja pabbatassa tatiyaṁ angaṁ gahetabbaṁ. Bhāsitam-p' etaṁ mahārāja therena Subhūtinā:

Rāgūpasaṁhitaṁ cittaṁ yadā uppajjate mama,
sayam-eva paccavekkhitvā ekako taṁ damem' ahaṁ:
Rajjasi rajanīyesu, dosanīyesu dussasi,
muyhase mohanīyesu; nikkhamassu vanā tuvaṁ.

---

[11] [12] devātid. Dhammapade M. [14] pabbate sīlāmaye M. [27] -hasi M

Visuddhānaṁ ayaṁ vāso, nimmalānaṁ tapassinaṁ;
mā kho visuddhaṁ dūsesi, nikkhamassu vanā tuvan-ti.

Puna ca paraṁ mahārāja pabbato accuggato, evam-eva kho mahārāja yoginā yogāvacarena ñāṇaccuggatena bhavitabbaṁ. Idaṁ mahārāja pabbatassa catutthaṁ aṅgaṁ gahetabbaṁ. Bhāsitam-p' etaṁ mahārāja Bhagavatā devātidevena:

Pamādaṁ appamādena yadā nudati paṇḍito,
paññāpāsādam-āruyha asoko sokiniṁ-pajaṁ,
pabbataṭṭho va bhummaṭṭhe, dhīro bāle avekkhatīti.

Puna ca paraṁ mahārāja pabbato anunnato anoṇato, evam-eva kho mahārāja yoginā yogāvacarena unnatāvanati na karaṇīyā. Idaṁ mahārāja pabbatassa pañcamaṁ aṅgaṁ gahetabbaṁ. Bhāsitam-p' etaṁ mahārāja upāsikāya Cullasubhaddāya sakasamaṇe parikittayamānāya:

Lābhena unnato loko, alābhena ca oṇato;
lābhālābhena ekaṭṭhā, tādisā samaṇā mamāti.

Bhante Nāgasena, ākāsassa pañca aṅgāni gahetabbānīti yaṁ vadesi, katamāni tāni pañca aṅgāni gahetabbānīti. — Yathā mahārāja ākāso sabbaso agayho, evam-eva kho mahārāja yoginā yogāvacarena sabbaso kilesehi agayhena bhavitabbaṁ. Idaṁ mahārāja ākāsassa paṭhamaṁ aṅgaṁ gahetabbaṁ. Puna ca paraṁ mahārāja ākāso isi-tāpasa-bhūta-dijagaṇānusañcarito, evam-eva kho mahārāja yoginā yogāvacarena: aniccaṁ dukkham-anattā ti saṅkhāresu mānasaṁ sañcārayitabbaṁ. Idaṁ mahārāja ākāsassa dutiyaṁ aṅgaṁ gahetabbaṁ. Puna ca paraṁ mahārāja ākāso santāsaniyo, evam-eva kho

[9] -niṁ B. [10] bhūmaṭṭhe M. [12] unnatoṇati M. [24] -ānucarito B. [28] asantāsaniyo AC.

mahārāja yoginā yogāvacarena sabbabhavapaṭisandhisu mānasaṁ ubbejayitabbaṁ, assādo na kātabbo. Idaṁ mahārāja ākāsassa tatiyaṁ aṅgaṁ gahetabbaṁ. Puna ca paraṁ mahārāja ākāso ananto appamāṇo aparimeyyo, evam-eva kho mahārāja yoginā yogāvacarena anantasīlena aparimitañāṇena bhavitabbaṁ. Idaṁ mahārāja ākāsassa catutthaṁ aṅgaṁ gahetabbaṁ. Puna ca paraṁ mahārāja ākāso alaggo asatto appatiṭṭhito apalibuddho, evam-eva kho mahārāja yoginā yogāvacarena kule gaṇe lābhe āvāse palibodhe paccaye sabbakilesesu ca sabbattha alaggena bhavitabbaṁ, asattena appatiṭṭhitena apalibuddhena bhavitabbaṁ. Idaṁ mahārāja ākāsassa pañcamaṁ aṅgaṁ gahetabbaṁ. Bhāsitam-p' etaṁ mahārāja Bhagavatā devātidevena sakaputtaṁ Rāhulaṁ ovadantena: Seyyathā pi Rāhula ākāso na katthaci patiṭṭhito, evam-eva kho tvaṁ Rāhula ākāsasamaṁ bhāvanaṁ bhāvehi; ākāsasamaṁ hi te Rāhula bhāvanaṁ bhāvayato uppannuppannā manāpāmanāpā phassā cittaṁ na pariyādāya ṭhassantīti.

Bhante Nāgasena, candassa pañca aṅgāni gahetabbānīti yaṁ vadesi, katamāni tāni pañca aṅgāni gahetabbānīti. — Yathā mahārāja cando sukkapakkhe udayanto uttaruttariṁ vaḍḍhati, evam-eva kho mahārāja yoginā yogāvacarena ācāra-sīla-guṇa-vattapaṭipattiyā āgamādhigame paṭisallāne satipaṭṭhāne indriyesu guttadvāratāya bhojane mattaññutāya jāgariyānuyoge uttaruttariṁ vaḍḍhitabbaṁ. Idaṁ mahārāja candassa paṭhamaṁ aṅgaṁ gahetabbaṁ. Puna ca paraṁ mahārāja cando uḷārādhipati, evam-eva kho mahārāja yoginā yogāvacarena uḷāracchandādhipatinā bhavitabbaṁ. Idaṁ mahārāja candassa dutiyaṁ aṅgaṁ gahetabbaṁ. Puna ca paraṁ mahārāja cando nisāya carati, evam-eva kho mahārāja yoginā yogāvacarena pavivittena bhavitabbaṁ. Idaṁ mahārāja candassa

---

[11] uppannānuppannā AC (uppanna MN. 62) [24] -sallāne CM

tatiyaṁ aṅgaṁ gahetabbaṁ. Puna ca paraṁ mahārāja cando vimānaketu, evam-eva kho mahārāja yoginā yogāvacarena sīlaketunā bhavitabbaṁ. Idaṁ mahārāja candassa catutthaṁ aṅgaṁ gahetabbaṁ. Puna ca paraṁ mahārāja cando āyācita-patthito udeti, evam-eva kho mahārāja yoginā yogāvacarena āyācita-patthitena kulāni upasaṅkamitabbāni. Idaṁ mahārāja candassa pañcamaṁ aṅgaṁ gahetabbaṁ. Bhāsitam-p' etaṁ mahārāja Bhagavatā devātidevena Saṁyuttanikāyavare: Candūpamā bhikkhave kulāni upasaṅkamatha, apakass' eva kāyaṁ apakassa cittaṁ, niccaṁ naviyā kulesu appagabbhā ti.

Bhante Nāgasena, suriyassa satta aṅgāni gahetabbānīti yaṁ vadesi, katamāni tāni satta aṅgāni gahetabbānīti. — Yathā mahārāja suriyo sabbaṁ udakaṁ parisoseti, evam-eva kho mahārāja yoginā yogāvacarena sabbe kilesā anavasesaṁ parisosetabbā. Idaṁ mahārāja suriyassa paṭhamaṁ aṅgaṁ gahetabbaṁ. Puna ca paraṁ mahārāja suriyo tamandhakāraṁ vidhamati, evam-eva kho mahārāja yoginā yogāvacarena sabbaṁ rāgatamaṁ dosatamaṁ mohatamaṁ mānatamaṁ diṭṭhitamaṁ kilesatamaṁ sabbaṁ duccaritatamaṁ vidhamayitabbaṁ. Idaṁ mahārāja suriyassa dutiyaṁ aṅgaṁ gahetabbaṁ. Puna ca paraṁ mahārāja suriyo abhikkhaṇaṁ carati, evam-eva kho mahārāja yoginā yogāvacarena abhikkhaṇaṁ yoniso manasikāro kātabbo. Idaṁ mahārāja suriyassa tatiyaṁ aṅgaṁ gahetabbaṁ. Puna ca paraṁ mahārāja suriyo raṁsimālī, evam-eva kho mahārāja yoginā yogāvacarena ārammaṇamālinā bhavitabbaṁ. Idaṁ mahārāja suriyassa catutthaṁ aṅgaṁ gahetabbaṁ. Puna ca paraṁ mahārāja suriyo mahājanakāyaṁ santāpento carati, evam-eva kho mahārāja yoginā yogāvacarena ācāra-sīla-guṇa-

---

[17] nicca BM. [18] -sesā M [19] sabba- AC. [21] -mitabbaṁ M. [24] santap- BC.

vattapaṭipattiyā jhāna-vimokha-samādhi-samāpatti-indriya-bala-bojjhanga-satipaṭṭhāna-sammappadhāna-iddhipādehi sadevako loko santāpayitabbo. Idaṁ mahārāja suriyassa pañcamaṁ angaṁ gahetabbaṁ. Puna ca paraṁ mahārāja suriyo Rāhubhayā bhīto carati, evam-eva kho mahārāja yoginā yogāvacarena duccarita-duggati-visamakantāra-vipāka-vinipāta-kilesajālajaṭite diṭṭhisanghāṭapaṭimukke kupathapakkhanne kummaggapaṭipanne satte disvā mahatā saṁvegabhayena mānasaṁ saṁvejetabbaṁ. Idaṁ mahārāja suriyassa chaṭṭhaṁ angaṁ gahetabbaṁ. Puna ca paraṁ mahārāja suriyo kalyāṇapāpake dasseti, evam-eva kho mahārāja yoginā yogāvacarena indriyabala-bojjhanga-satipaṭṭhāna-sammappadhāna-iddhipāda-lokiyalokuttaradhammā dassetabbā. Idaṁ mahārāja suriyassa sattamaṁ angaṁ gahetabbaṁ. Bhāsitam-p' etaṁ mahārāja therena Vangīsena:

Yathā pi suriyo udayanto rūpaṁ dasseti pāṇinaṁ,
suciñ-ca asuciñ-cāpi, kalyāṇañ-cāpi pāpakaṁ,
Tathā bhikkhu dhammadharo avijjāpihitaṁ janaṁ
pathaṁ dasseti vividhaṁ, ādicco v' udayaṁ yathā ti.

Bhante Nāgasena, Sakkassa tīṇi angāni gahetabbānīti yaṁ vadesi, katamāni tāni tīṇi angāni gahetabbānīti. — Yathā mahārāja Sakko ekantasukhasamappito, evam-eva kho mahārāja yoginā yogāvacarena ekantapavivekasukhābhiratena bhavitabbaṁ. Idaṁ mahārāja Sakkassa paṭhamaṁ angaṁ gahetabbaṁ. Puna ca paraṁ mahārāja Sakko deve disvā paggaṇhāti hāsam-abhijaneti, evam-eva kho mahārāja yoginā yogāvacarena kusalesu dhammesu alīnam-atanditaṁ santaṁ mānasaṁ paggahetabbaṁ, hāsam-abhijanetabbaṁ, uṭṭhahitabbaṁ ghaṭitabbaṁ vāya-

---

[1] -paṭivattiyā C. [2] -pakkhante AB, -pakkhande M; -pakkante C. [3] kummagga- M. [4] mahā AC. [5] tathā pi C, yathā pi A. [6] ādiccomudayaṁ ACM. [7] paggaṇhāti C.

mitabbaṁ. Idaṁ mahārāja Sakkassa dutiyaṁ angaṁ gahetabbaṁ. Puna ca paraṁ mahārāja Sakkassa anabhirati na uppajjati, evam-eva kho mahārāja yoginā yogāvacarena suññāgāre anabhirati na uppādetabbā. Idaṁ mahārāja Sakkassa tatiyaṁ angaṁ gahetabbaṁ. Bhāsitam-p' etaṁ mahārāja therena Subhūtinā:

Sāsane te mahāvīra yato pabbajito ahaṁ,
nābhijānāmi uppannaṁ mānasaṁ kāmasaṁhitan-ti.

Bhante Nāgasena, cakkavattissa cattāri angāni gahetabbānīti yaṁ vadesi, katamāni tāni cattāri angāni gahetabbānīti. — Yathā mahārāja cakkavattī catuhi sangahavatthūhi janaṁ sanganhāti, evam-eva kho mahārāja yoginā yogāvacarena catassannaṁ parisānaṁ mānasaṁ sangahetabbaṁ anuggahetabbaṁ sampahaṁsetabbaṁ. Idaṁ mahārāja cakkavattissa paṭhamaṁ angaṁ gahetabbaṁ. Puna ca paraṁ mahārāja cakkavattissa vijite corā na uṭṭhahanti, evam-eva kho mahārāja yoginā yogāvacarena kāmarāga-byāpāda-vihiṁsāvitakkā na uppādetabbā. Idaṁ mahārāja cakkavattissa dutiyaṁ angaṁ gahetabbaṁ. Bhāsitam-p' etaṁ mahārāja Bhagavatā devātidevena:

Vitakkūpasame ca yo rato
asubhaṁ bhāvayatī sadā sato,
esa kho byantikāhiti,
esa-cchecchati Mārabandhanan-ti.

Puna ca paraṁ mahārāja cakkavattī divase divase samuddapariyantaṁ mahāpaṭhaviṁ anuyāyati kalyāṇapāpakāni vicinamāno, evam-eva kho mahārāja yoginā yogāvacarena kāyakammaṁ vacīkammaṁ manokammaṁ divase divase paccavekkhitabbaṁ: kin-nu kho me imehi tīhi ṭhānehi anupavajjassa divaso vītivattatīti. Idaṁ mahārāja

---

[16] mānasaṁ gahe- ABC. [17] -sitabbaṁ ABC. [18] anusāsati ABC. [19] kāyakamma-vacīkamma- AC.

cakkavattissa tatiyaṁ aṅgaṁ gahetabbaṁ. Bhāsitam-p' etaṁ mahārāja Bhagavatā devātidevena Ekuttarikanikāyavare: Kathambhūtassa me rattindivā vītipatantīti pabbajitena abhiṇhaṁ paccavekkhitabban-ti. Puna ca paraṁ mahārāja cakkavattissa abbhantarabāhirārakkhā susaṁvihitā hoti, evam-eva kho mahārāja yoginā yogāvacarena abbhantarānaṁ bāhirānaṁ kilesānaṁ ārakkhāya satidovāriko ṭhapetabbo. Idaṁ mahārāja cakkavattissa catutthaṁ aṅgaṁ gahetabbaṁ. Bhāsitam-p' etaṁ mahārāja Bhagavatā devātidevena: Satidovāriko bhikkhave ariyasāvako akusalaṁ pajahati kusalaṁ bhāveti, sāvajjaṁ pajahati anavajjaṁ bhāveti, suddham-attānaṁ pariharatīti.

Uddānaṁ: Paṭhavī āpo ca tejo ca vāyo ca pabbatena ca
ākāso canda-suriyo ca Sakko ca cakkavattinā ti

Tatiyo vaggo.

Bhante Nāgasena, upacikāya ekaṁ aṅgaṁ gahetabban-ti yaṁ vadesi, katamaṁ-taṁ ekaṁ aṅgaṁ gahetabban-ti. — Yathā mahārāja upacikā uparicchadanaṁ katvā attānaṁ pidahitvā gocarāya carati, evam-eva kho mahārāja yoginā yogāvacarena sīlasaṁvarachadanaṁ katvā mānasaṁ pidahitvā piṇḍāya caritabbaṁ. Sīlasaṁvarachadanena kho mahārāja yogī yogāvacaro sabbabhayasamatikkanto hoti. Idaṁ mahārāja upacikāya ekaṁ

---

[3] Aṅguttarikanikāyavare M. [7] -antarabā- M. [12] āpo tejo ca M. [14] -suriyā A, -suriyaṁ M. [20 22] -cchad- M [23] yoginā all. [25] -kkamanto AC; -bhayamatikkanto M.

angaṁ gahetabbaṁ. Bhāsitam-p' etaṁ mahārāja therena Upasenena Vangantaputtena:

Sīlasaṁvarachadanaṁ yogī katvāna mānasaṁ
anupalitto lokena bhayā ca parimuccatīti.

Bhante Nāgasena, biḷārassa dve angāni gahetabbānīti yaṁ vadesi, katamāni tāni dve angāni gahetabbānīti. — Yathā mahārāja biḷāro guhāgato pi susiragato pi hammiyantaragato pi undūraṁ yeva pariyesati, evam-eva kho mahārāja yoginā yogāvacarena gāmagatenāpi araññagatenāpi rukkhamūlagatenāpi suññāgāragatenāpi satataṁ samitaṁ appamattena kāyagatāsatibhojanaṁ yeva pariyesitabbaṁ. Idaṁ mahārāja biḷārassa paṭhamaṁ angaṁ gahetabbaṁ. Puna ca paraṁ mahārāja biḷāro āsanne yeva gocaraṁ pariyesati, evam-eva kho mahārāja yoginā yogāvacarena imesu yeva pañcas' upādānakkhandhesu udayabbayānupassinā vihāritabbaṁ: iti rūpaṁ, iti rūpassa samudayo, iti rūpassa atthagamo; iti vedanā, iti vedanāya samudayo, iti vedanāya atthagamo; iti saññā, iti saññāya samudayo, iti saññāya atthagamo; iti sankhārā, iti sankhārānaṁ samudayo, iti sankhārānaṁ atthagamo; iti viññāṇaṁ, iti viññāṇassa samudayo, iti viññāṇassa atthagamo ti. Idaṁ mahārāja biḷārassa dutiyaṁ angaṁ gahetabbaṁ. Bhāsitam-p' etaṁ mahārāja Bhagavatā devātidevena:

Na ito dūre bhavitabbaṁ, bhavaggaṁ kiṁ karissati,
paccuppannamhi vohāre sake kāyamhi vindathāti.

Bhante Nāgasena, undūrassa ekaṁ angaṁ gahetabban-ti yaṁ vadesi, katamaṁ taṁ ekaṁ angaṁ gahetabban-ti. — Yathā mahārāja undūro ito c' ito ca vicaranto āhārūpasiṁsako yeva carati, evam-eva kho ma-

---

[16] āsanena AC (and perhaps B). [17] atthangamo M throughout.

hārāja yoginā yogāvacarena ito c' ito ca vicarantena yoniso manasikārūpasiṁsaken' eva bhavitabbaṁ. Idaṁ mahārāja undurassa ekaṁ angaṁ gahetabbaṁ. Bhāsitam-p' etaṁ mahārāja therena Upasenena Vangantaputtena:

Dhammasīsaṁ karitvāna viharanto vipassako
anolīno viharati upasanto sadā sato ti.

Bhante Nāgasena, vicchikassa ekaṁ angaṁ gahetabban-ti yaṁ vadesi, kataman-taṁ ekaṁ angaṁ gahetabban-ti. — Yathā mahārāja vicchiko nangulāvudho, nangulaṁ ussāpetvā carati, evam-eva kho mahārāja yoginā yogāvacarena ñāṇāvudhena bhavitabbaṁ, ñāṇaṁ ussāpetvā viharitabbaṁ. Idaṁ mahārāja vicchikassa ekaṁ angaṁ gahetabbaṁ. Bhāsitam-p' etaṁ mahārāja therena Upasenena Vangantaputtena:

Ñāṇakhaggaṁ gahetvāna viharanto vipassako
parimuccati sabbabhayā, duppasaho ca so bhave ti.

Bhante Nāgasena, nakulassa ekaṁ angaṁ gahetabban-ti yaṁ vadesi, kataman-taṁ ekaṁ angaṁ gahetabban-ti. — Yathā mahārāja nakulo uragam-upagacchanto bhesajjena kāyaṁ paribhāvetvā uragam-upagacchati gahetuṁ, evam-eva kho mahārāja yoginā yogāvacarena kodhāghātabahulaṁ kalaha-viggaha-vivāda-virodhābhibhūtaṁ lokam-upagacchantena mettābhesajjena mānasaṁ anulimpitabbaṁ. Idaṁ mahārāja nakulassa ekaṁ angaṁ gahetabbaṁ. Bhāsitam-p' etaṁ mahārāja therena Sāriputtena dhammasenāpatinā:

Tasmā sakaṁ paresam-pi, kātabbā mettabhāvanā,
mettacittena pharitabbaṁ, etaṁ buddhāna' sāsanan-ti.

---

[1] va M; ca so va so C

Bhante Nāgasena, jarasigālassa dve aṅgāni gahetabbānīti yaṁ vadesi, katamāni tāni dve aṅgāni gahetabbānīti. — Yathā mahārāja jarasigālo bhojanaṁ paṭilabhitvā ajigucchamāno yāvadatthaṁ āharayati, evam-eva kho mahārāja yoginā yogāvacarena bhojanaṁ paṭilabhitvā ajigucchamānena sarīrayāpanamattam-eva paribhuñjitabbaṁ. Idaṁ mahārāja jarasigālassa paṭhamaṁ aṅgaṁ gahetabbaṁ. Bhāsitam-p' etaṁ mahārāja therena Mahākassapena:

Senāsanamhā oruyha gāmaṁ piṇḍāya pāvisiṁ;
bhuñjantaṁ purisaṁ kuṭṭhiṁ sakkacca naṁ upaṭṭhahiṁ.
So me pakkena hatthena ālopaṁ upanāmayi,
ālopaṁ pakkhipantassa aṅgulim-p' ettha chijjatha.
Kuḍḍamūlañ-ca nissāya ālopaṁ paribhuñjisaṁ;
bhuñjamāne va bhutte vā jegucchaṁ-me na vijjatīti.

Puna ca paraṁ mahārāja jarasigālo bhojanaṁ paṭilabhitvā na vicināti: lūkhaṁ vā paṇītaṁ vā ti, evam-eva kho mahārāja yoginā yogāvacarena bhojanaṁ paṭilabhitvā na vicinitabbaṁ: lūkhaṁ vā paṇītaṁ vā sampannaṁ vā asampannaṁ vā ti, yathāladdhena santussitabbaṁ. Idaṁ mahārāja jarasigālassa dutiyaṁ aṅgaṁ gahetabbaṁ. Bhāsitam-p' etaṁ mahārāja therena Upasenena Vaṅgantaputtena:

Lūkhena pi ca santusse, nāññaṁ patthe rasaṁ bahuṁ,
rasesu anugiddhassa jhāne na ramatī mano,
itarītarena santuṭṭhe sāmaññaṁ paripūratīti.

Bhante Nāgasena, migassa tīṇi aṅgāni gahetabbānīti yaṁ vadesi, katamāni tāni tīṇi aṅgāni gahetabbānīti. — Yathā mahārāja migo divā araññe carati, rattiṁ abbhokāse, evam-eva kho mahārāja yoginā yogāvacarena divā araññe viharitabbaṁ, rattiṁ abbhokāse. Idaṁ mahārāja

---

[4] āharati AC. [11] pakena A, sakena M. [12] -ṭṭhiṁ B. [13] -ñjiyaṁ B, -ñjihaṁ AaCb. -ñji naṁ Ca, -ñjahaṁ Ab. [14] ca . . . ca M [16] santuṭṭho ACM. [17] vasati AC

migassa paṭhamaṁ angaṁ gahetabbaṁ. Bhāsitam-p' etaṁ mahārāja Bhagavatā devātidevena Lomahaṁsanapariyāye: So kho ahaṁ Sāriputta yā tā rattiyo sītā hemantikā antaraṭṭhake himapātasamaye tathārūpāsu rattisu rattiṁ abbhokāse viharāmi, divā vanasaṇḍe; gimhānaṁ pacchime māse divā abbhokāse viharāmi, rattiṁ vanasaṇḍe ti. Puna ca paraṁ mahārāja migo sattimhi vā sare vā opatante vañceti palāyati, na kāyam-upaneti, evam-eva kho mahārāja yoginā yogāvacarena kilesesu opatantesu vañcayitabbaṁ palāyitabbaṁ, na cittam-upanetabbaṁ. Idaṁ mahārāja migassa dutiyaṁ angaṁ gahetabbaṁ. Puna ca param mahārāja migo manusse disvā yena vā tena vā palāyati: mā maṁ te addasaṁsūti, evam-eva kho mahārāja yoginā yogāvacarena bhaṇḍanakalaha-viggaha-vivādasīle dussīle kusīte sanganikārāme disvā yena vā tena vā palāyitabbaṁ: mā maṁ te addasaṁsu ahañ-ca te mā addasan-ti. Idaṁ mahārāja migassa tatiyaṁ angaṁ gahetabbaṁ. Bhāsitam-p' etaṁ mahārāja therena Sāriputtena dhammasenāpatinā:

Mā me kadāci pāpiccho kusīto hīnavīriyo
appassuto anācāro sameto katthaci ahū ti.

Bhante Nāgasena, gorūpassa cattāri angāni gahetabbānīti yaṁ vadesi, katamāni tāni cattāri angāni gahetabbānīti. — Yathā mahārāja gorūpo sakaṁ gehaṁ na vijahati, evam-eva kho mahārāja yoginā yogāvacarena sako kāyo na vijahitabbo: anicc-ucchādana-parimaddana-bhedana-vikiraṇa-viddhaṁsanadhammo ayaṁ kāyo ti. Idaṁ mahārāja gorūpassa paṭhamaṁ angaṁ gahetabbaṁ. Puna ca paraṁ mahārāja gorūpo ādiṇṇadhuro sukhadukkhena dhuraṁ vahati, evam-eva kho mahārāja yoginā yogāvacarena

[illegible] yo kho AM, sekho S. [illegible] tā om. AC. [11] samano AC, sammato M.
[12] ādinna- AC.

ādinnabrahmacariyena[1] sukhadukkhena yāva jīvitapariyādānā āpāṇakoṭikaṁ brahmacariyaṁ caritabbaṁ. Idaṁ mahārāja gorūpassa dutiyaṁ aṅgaṁ gahetabbaṁ. Puna ca paraṁ mahārāja gorūpo chandena ghāyamāno pāniyaṁ pivati, evam-eva kho mahārāja yoginā yogāvacarena ācariyupajjhāyānaṁ anusatthi chandena pemena pasādena ghāyamānena paṭiggahetabbā. Idaṁ mahārāja gorūpassa tatiyaṁ aṅgaṁ gahetabbaṁ. Puna ca paraṁ mahārāja gorūpo yena kenaci vāhiyamāno vahati, evam-eva kho mahārāja yoginā yogāvacarena thera-nava-majjhimabhikkhūnam-pi gihiupāsakassâpi ovādānusāsanī sirasā sampaṭicchitabbā. Idaṁ mahārāja gorūpassa catutthaṁ aṅgaṁ gahetabbaṁ. Bhāsitam-p' etaṁ mahārāja therena Sāriputtena dhammasenāpatinā:

Tadahu pabbajito santo, jātiyā sattavassiko,
so pi maṁ anusāseyya, sampaṭicchāmi matthake.
Tibbaṁ chandañ-ca pemañ-ca tasmiṁ disvā upaṭṭhape,
ṭhapeyy' ācariye ṭhāne, sakkacca naṁ punappunan-ti.

Bhante Nāgasena, varāhassa dve aṅgāni gahetabbānīti yaṁ vadesi, katamāni tāni dve aṅgāni gahetabbānīti. — Yathā mahārāja varāho santatta-kaṭhite[22] gimhasamaye sampatte udakaṁ upagacchati, evam-eva kho mahārāja yoginā yogāvacarena dosena citte[24] āluḷita-khalita-vibbhanta-santatte sītalāmatapaṇīta-mettābhāvanaṁ[25] upagantabbaṁ. Idaṁ mahārāja varāhassa paṭhamaṁ aṅgaṁ gahetabbaṁ. Puna ca paraṁ mahārāja varāho cikkhallam-[27]udakam-[28]upagantvā nāsikāya paṭhaviṁ[28] khaṇitvā doṇiṁ katvā doṇikāya sayati, evam-eva kho mahārāja yoginā

[1] ādinna- AC. [22] -kathine AC. [24] cittena ACM. [25] sītalālamatavaḷitamettā- M, sītalāpanita- AaC, sītalapanīta- Ab. [27] vikkh- BC (and perhaps A). [28] -udakaṁ- om. B. [28] paṭhaviyaṁ A.

yogāvacarena mānase kāyaṁ nikkhipitvā ārammaṇantaragatena sayitabbaṁ. Idaṁ mahārāja varāhassa dutiyaṁ aṅgaṁ gahetabbaṁ. Bhāsitam-p' etaṁ mahārāja therena Piṇḍolabhāradvājena:

Kāye sabhāvaṁ disvāna vicinitvā vipassako
ekākiyo adutiyo seti ārammaṇantare ti.

Bhante Nāgasena, hatthissa pañca aṅgāni gahetabbānîti yaṁ vadesi, katamāni tāni pañca aṅgāni gahetabbānîti. — Yathā mahārāja hatthī nāma caranto yeva paṭhaviṁ dāleti, evam-eva kho mahārāja yoginā yogāvacarena kāyaṁ sammasamānen' eva sabbe kilesā dāletabbā. Idaṁ mahārāja hatthissa paṭhamaṁ aṅgaṁ gahetabbaṁ. Puna ca paraṁ mahārāja hatthī sabbakāyen' eva apaloketi, ujukaṁ yeva pekkhati, na disāvidisā viloketi, evam-eva kho mahārāja yoginā yogāvacarena sabbakāyena apalokinā bhavitabbaṁ, na disāvidisā viloketabbā, na uddhaṁ ulloketabbaṁ, na adho oloketabbaṁ, yugamattaṁ pekkhinā bhavitabbaṁ. Idaṁ mahārāja hatthissa dutiyaṁ aṅgaṁ gahetabbaṁ. Puna ca paraṁ mahārāja hatthī anibaddhasayano gocarāya-m-anugantvā na tam-eva desaṁ vāsatthaṁ-upagacchati, na dhuvapatiṭṭhālayo, evam-eva kho mahārāja yoginā yogāvacarena anibaddhasayanena bhavitabbaṁ, nirālayena piṇḍāya gantabbaṁ; yadi passati vipassako manuññaṁ patirūpaṁ ruciradese bhavaṁ maṇḍapaṁ vā rukkhamūlaṁ vā guhaṁ vā pabbhāraṁ vā, tatth' eva vāsam-upagantabbaṁ, dhuvapatiṭṭhālayo na kātabbo. Idaṁ mahārāja hatthissa tatiyaṁ aṅgaṁ gahetabbaṁ. Puna ca paraṁ mahārāja hatthī udakaṁ ogāhitvā suci-vimala-sītala-salilaparipuṇṇaṁ kumud-uppala-paduma-puṇḍarīkasañchannaṁ ma-

---

* hatthi all throughout. ** gocarāya samanugantvā M. *** ogāhetvā all throughout.

hatimahantaṁ padumasaraṁ ogāhitvā kīḷati gajavarakīḷaṁ, evam-eva kho mahārāja yoginā yogāvacarena suci-vimala-vippasanna-m-anāvila-dhammavaravāri-puṇṇaṁ vimutti-kusumasañchannaṁ mahāsatipaṭṭhānapokkharaṇiṁ ogāhitvā ñāṇena sankhārā odhunitabbā vidhunitabbā, yogāvacarakīḷā kīḷitabbā. Idaṁ mahārāja hatthissa catutthaṁ angaṁ gahetabbaṁ. Puna ca paraṁ mahārāja hatthī sato pādaṁ uddharati sato pādaṁ nikkhipati, evam-eva kho mahārāja yoginā yogāvacarena satena sampajānena pādaṁ uddharitabbaṁ, satena sampajānena pādaṁ nikkhipitabbaṁ, abhikkama-paṭikkame sammiñjana-pasāraṇe sabbattha satena sampajānena bhavitabbaṁ. Idaṁ mahārāja hatthissa pañcamaṁ angaṁ gahetabbaṁ. Bhāsitam-p' etaṁ mahārāja Bhagavatā devātidevena Saṁyuttanikāyavare:

Kāyena saṁvaro sādhu, sādhu vācāya saṁvaro,
manasā saṁvaro sādhu, sādhu sabbattha saṁvaro;
sabbattha saṁvuto lajjī rakkhito ti pavuccatîti.

Uddānaṁ: Upacikā biḷāro ca unduro vicchikena ca
nakulo sigālo migo gorāpo varāho hatthinā dasâti.

Catuttho vaggo.

---

[10] padaṁ ABC in both places

Bhante Nāgasena, sīhassa satta angāni gahetabbānīti yaṁ vadesi, katamāni tāni satta angāni gahetabbānīti. — Yathā mahārāja sīho nāma seta-vimala-parisuddha-paṇḍaro, evam-eva kho mahārāja yoginā yogāvacarena seta-vimala-parisuddha-paṇḍaracittena byapagatakukkuccena bhavitabbaṁ. Idaṁ mahārāja sīhassa paṭhamaṁ angaṁ gahetabbaṁ. Puna ca paraṁ mahārāja sīho catucaraṇo vikkantacārī, evam-eva kho mahārāja yoginā yogāvacarena caturiddhipādacaraṇena bhavitabbaṁ. Idaṁ mahārāja sīhassa dutiyaṁ angaṁ gahetabbaṁ. Puna ca paraṁ mahārāja sīho abhirūpa-rucira-kesarī, evam-eva kho mahārāja yoginā yogāvacarena abhirūpa-rucira-sīla-kesarinā bhavitabbaṁ. Idaṁ mahārāja sīhassa tatiyaṁ angaṁ gahetabbaṁ. Puna ca paraṁ mahārāja sīho jīvitapariyādāne pi na kassaci oṇamati, evam-eva kho mahārāja yoginā yogāvacarena cīvara-piṇḍapāta-senāsana-gilānapaccayabhesajja-parikkhāra-pariyādāne pi na kassaci oṇamitabbaṁ. Idaṁ mahārāja sīhassa catutthaṁ angaṁ gahetabbaṁ. Puna ca paraṁ mahārāja sīho sapadānabhakkho, yasmiṁ okāse nipatati tatth' eva yāvadatthaṁ bhakkhayati, na varamaṁsaṁ vicināti; evam-eva kho mahārāja yoginā yogāvacarena sapadānabhakkhena bhavitabbaṁ, na kulāni vicinitabbāni, na pubbagehaṁ hitvā kulāni upasankamitabbāni, na bhojanaṁ vicinitabbaṁ, yasmiṁ okāse kabaḷaṁ ādiyati tasmiṁ yeva okāse bhuñjitabbaṁ sarīrayāpanamattaṁ, na varabhojanaṁ vicinitabbaṁ. Idaṁ mahārāja sīhassa pañcamaṁ angaṁ gahetabbaṁ. Puna ca paraṁ mahārāja sīho asannidhibhakkho, sakiṁ gocaraṁ bhakkhayitvā na puna taṁ upagacchati, evam-eva kho mahārāja yoginā yogāvacarena asannidhikāraparibhoginā bhavitabbaṁ. Idaṁ mahārāja sīhassa chaṭṭhaṁ angaṁ gahetabbaṁ. Puna ca

[9] vikkantavicārī AC. [18] kabalaṁ SOM [21] -kāraṁ As

paraṁ mahārāja sīho bhojanaṁ aladdhā na paritassati, laddhā pi bhojanaṁ agadhito amucchito anajjhāpanno paribhuñjati, evam-eva kho mahārāja yoginā yogāvacarena bhojanaṁ aladdhā na paritassitabbaṁ, laddhā pi bhojanaṁ agadhitena amucchitena anajjhāpannena ādīnavadassāvinā nissaraṇapaññena paribhuñjitabbaṁ. Idaṁ mahārāja sīhassa sattamaṁ angaṁ gahetabbaṁ. Bhāsitam-p' etaṁ mahārāja Bhagavatā devātidevena Saṁyuttanikāyavare theraṁ Mahākassapaṁ parikittayamānena: Santuṭṭho 'yaṁ bhikkhave Kassapo itarītarena piṇḍapātena, itarītarapiṇḍapātasantuṭṭhiyā ca vaṇṇavādī, na ca piṇḍapātahetu anesanaṁ appatirūpaṁ āpajjati, aladdhā ca piṇḍapātaṁ na paritassati, laddhā ca piṇḍapātaṁ agadhito amucchito anajjhāpanno ādīnavadassāvī nissaraṇapañño paribhuñjatīti.

Bhante Nāgasena, cakkavākassa tīṇi angāni gahetabbānīti yaṁ vadesi, katamāni tāni tīṇi angāni gahetabbānīti. — Yathā mahārāja cakkavāko yāva jīvitapariyādānā dutiyikaṁ na vijahati, evam-eva kho mahārāja yoginā yogāvacarena yāva jīvitapariyādānā yoniso manasikāro na vijahitabbo. Idaṁ mahārāja cakkavākassa paṭhamaṁ angaṁ gahetabbaṁ. Puna ca paraṁ mahārāja cakkavāko sevāla-paṇaka-bhakkho, tena ca santuṭṭhiṁ āpajjati, tāya ca santuṭṭhiyā balena ca vaṇṇena ca na parihāyati, evam-eva kho mahārāja yoginā yogāvacarena yathālābhasantoso karaṇīyo. Yathālābhasantuṭṭho kho pana mahārāja yogī yogāvacaro na parihāyati sīlena, na parihāyati samādhinā, na parihāyati paññāya, na parihāyati vimuttiyā, na parihāyati vimuttiñāṇadassanena, na parihāyati sabbehi kusalehi dhammehi. Idaṁ mahārāja

---

7 laddhā va bh. B. 8 adhigato BC. avigato M. 9 -tuṭṭhāyaṁ ABB'. 10 bhikkhave om. AC. 16 (agadhito SN XV, 1.) 17 yoginā yogāvacare sīl. 19 na parih. vimuttiyā om AB'C

cakkavākassa dutiyaṁ aṅgaṁ gahetabbaṁ. Puna ca paraṁ mahārāja cakkavāko pāṇe na viheṭhayati, evam-eva kho mahārāja yoginā yogāvacarena nihitadaṇḍena nihitasatthena lajjinā dayāpannena sabbapāṇabhūta-hitānukampinā bhavitabbaṁ. Idaṁ mahārāja cakkavākassa tatiyaṁ aṅgaṁ gahetabbaṁ. Bhāsitam-p' etaṁ mahārāja Bhagavatā devātidevena Cakkavākajātake:

Yo na hanti, na ghāteti, na jināti, na jāpaye,
ahiṁsā' sabbabhūtesu veraṁ tassa na kenacīti.

Bhante Nāgasena, peṇāhikāya dve aṅgāni gahetabbānīti yaṁ vadesi, katamāni tāni dve aṅgāni gahetabbānīti. — Yathā mahārāja peṇāhikā sakapatimhi usūyāya chāpake na poseti, evam-eva kho mahārāja yoginā yogāvacarena sakamane kilese uppanne usūyāyitabbaṁ, satipaṭṭhānena sammāsaṁvarasusire pakkhipitvā manodvāre kāyagatā sati bhāvetabbā. Idaṁ mahārāja peṇāhikāya paṭhamaṁ aṅgaṁ gahetabbaṁ. Puna ca paraṁ mahārāja peṇāhikā pavane divasaṁ gocaraṁ caritvā sāyaṁ pakkhigaṇaṁ upeti attano guttiyā, evam-eva kho mahārāja yoginā yogāvacarena ekānikena pavivekaṁ sevitabbaṁ saṁyojanaparimuttiyā, tatra ratiṁ alabhamānena upavādabhayaparirakkhaṇāya saṅghaṁ osaritvā saṅgharakkhitena vasitabbaṁ. Idaṁ mahārāja peṇāhikāya dutiyaṁ aṅgaṁ gahetabbaṁ. Bhāsitam-p' etaṁ mahārāja Brahmunā Sahampatinā Bhagavato santike:

Sevetha pantāni senāsanāni,
careyya saṁyojanavippamokkhā';
sace ratiṁ nādhigaccheyya tattha,
saṅghe vase rakkhitatto satimā ti.

---

[8] nikkhitta- M twice. [9] (mettaṁso sabbabh., Jāt 451 v. 10, also AN. VIII, 1, 1 v. 5.) [10] pen- C throughout, A four times. [11] -pariguttiyā A. [12] ratiṁ AB^C [13] (so co SN. VI, 13 v. 1) [14] satimā all.

Bhante Nāgasena, gharakapoṭassa ekaṁ angaṁ gahetabban-ti yaṁ vadesi, kataman-taṁ ekaṁ angaṁ gahetabban-ti. — Yathā mahārāja gharakapoto paragehe vasamāno na tesaṁ kiñci bhaṇḍassa nimittaṁ gaṇhāti, majjhatto vasati saññābahulo, evam-eva kho mahārāja yoginā yogāvacarena parakulaṁ upagatena tasmiṁ kule itthīnaṁ vā purisānaṁ vā mañce vā pīṭhe vā vatthe vā alankāre vā upabhoge vā paribhoge vā bhojanavikatisu vā na nimittaṁ gahetabbaṁ, majjhattena bhavitabbaṁ, samaṇasaññā paccupaṭṭhapetabbā. Idaṁ mahārāja gharakapoṭassa ekaṁ angaṁ gahetabbaṁ. Bhāsitam-p' etaṁ mahārāja Bhagavatā devātidevena Cullanāradajātake:

Pavisitvā parakulaṁ pānesu bhojanesu vā
mitaṁ khāde, mitaṁ bhuñje, na ca rūpe manaṁ kare ti.

Bhante Nāgasena, ulūkassa dve angāni gahetabbānīti yaṁ vadesi, katamāni tāni dve angāni gahetabbānīti. — Yathā mahārāja ulūko kākehi paṭiviruddho rattiṁ kākasanghaṁ gantvā bahū pi kāke hanati, evam-eva kho mahārāja yoginā yogāvacarena aññāṇena paṭivirodho kātabbo, ekena raho nisīditvā aññāṇaṁ sampamadditabbaṁ, mūlato chinditabbaṁ. Idaṁ mahārāja ulūkassa paṭhamaṁ angaṁ gahetabbaṁ. Puna ca paraṁ mahārāja ulūko supaṭisallīno hoti, evam-eva kho mahārāja yoginā yogāvacarena paṭisallāṇārāmena bhavitabbaṁ paṭisallāṇaratena. Idaṁ mahārāja ulūkassa dutiyaṁ angaṁ gahetabbaṁ. Bhāsitam-p' etaṁ mahārāja Bhagavatā devātidevena Saṁyuttanikāyavare: Idha bhikkhave bhikkhu paṭisallāṇārāmo paṭisallāṇarato: idaṁ dukkhan-ti yathābhūtaṁ pajānāti, ayaṁ dukkhasamudayo ti yathābhūtaṁ

---

[4] vasamāne AB'C. [10] -paṭṭhā- M [13] (pānattho bhojanāya vā Jāt. 477 v. 13.) [19] hanāti AB'C. [21] -sallāṇ- ACM throughout, B' twice. [23] sallāṇaratena B', sallāna- AC.

pajānāti, ayaṁ dukkhanirodho ti yathābhūtaṁ pajānāti, ayaṁ dukkhanirodhagāminī paṭipadā ti yathābhūtaṁ pajānātīti.

Bhante Nāgasena, satapattassa ekaṁ angaṁ gahetabban-ti yaṁ vadesi, katamaṁ-taṁ ekaṁ angaṁ gahetabban-ti. — Yathā mahārāja satapatto ravitvā paresaṁ khemaṁ vā bhayaṁ vā ācikkhati, evam-eva kho mahārāja yoginā yogāvacarena paresaṁ dhammaṁ desayamānena vinipātaṁ bhayato dassayitabbaṁ, nibbānaṁ khemato dassayitabbaṁ. Idaṁ mahārāja satapattassa ekaṁ angaṁ gahetabbaṁ. Bhāsitam-p' etaṁ mahārāja therena Piṇḍolabhāradvājena:

> Niraye bhayasantāsaṁ, nibbāne vipulaṁ sukhaṁ,
> ubhayān' etāni atthāni dassetabbāni yoginā ti.

Bhante Nāgasena, vaggulissa dve angāni gahetabbānīti yaṁ vadesi, katamāni tāni dve angāni gahetabbānīti. — Yathā mahārāja vagguli gehaṁ pavisitvā vicaritvā nikkhamati, na tattha palibuddhati, evam-eva kho mahārāja yoginā yogāvacarena gāmaṁ piṇḍāya pavisitvā sapadānaṁ vicaritvā paṭiladdhalābhena khippam-eva nikkhamitabbaṁ, na tattha palibuddhena bhavitabbaṁ. Idaṁ mahārāja vaggulissa paṭhamaṁ angaṁ gahetabbaṁ. Puna ca paraṁ mahārāja vagguli paragehe vasamāno na tesaṁ parihāniṁ karoti, evam-eva kho mahārāja yoginā yogāvacarena kulāni upasankamitvā atiyācanāya vā viññattibahulatāya vā kāyadosabahulatāya vā atibhāṇitāya vā samānasukhadukkhatāya vā na tesaṁ koci vippaṭisāro karaṇīyo, na pi tesaṁ mūlakammaṁ parihāpetabbaṁ, sabbathā vaḍḍhi yeva icchitabbā. Idaṁ mahārāja vaggulissa dutiyaṁ angaṁ gahetabbaṁ. Bhāsitam-p' etaṁ mahārāja

---

[9] pare saddhammaṁti AaB[c]. [14] etāni AM. [17] [22] vaggulī B[c]. [20] caritvā A.

Bhagavatā devātidevena Dīghanikāyavare Lakkhaṇa-suttante:

> Saddhāya sīlena sutena buddhiyā
> cāgena dhammena bahūhi sādhuhi
> dhanena dhaññena ca khettavatthunā
> puttehi dārehi catuppadehi ca
> Ñātīhi mittehi ca bandhavehi
> balena vaṇṇena sukhena cūbhayaṁ
> kathaṁ na hāyeyyuṁ pare ti icchati,
> atthassa-m-iddhiñ-ca panābhikaṅkhatīti.

Bhante Nāgasena, jalūkāya ekaṁ aṅgaṁ gahetabban-ti yaṁ vadesi, katamaṁ-taṁ ekaṁ aṅgaṁ gahetabban-ti. — Yathā mahārāja jalūkā yattha allīyati tatth' eva daḷhaṁ allīyitvā ruhiraṁ pivati, evam-eva kho mahārāja yoginā yogāvacarena yasmiṁ ārammaṇe cittaṁ allīyati taṁ ārammaṇaṁ vaṇṇato ca saṇṭhānato ca disato ca okāsato ca paricchedato ca liṅgato ca nimittato ca daḷhaṁ patiṭṭhāpetvā ten' ev' ārammaṇena vimuttirasam-asecanakaṁ pātabbaṁ. Idaṁ mahārāja jalūkāya ekaṁ aṅgaṁ gahetabbaṁ. Bhāsitam-p' etaṁ mahārāja therena Anuruddhena:

> Parisuddhena cittena ārammaṇe patiṭṭhāya
> tena cittena pātabbaṁ vimuttirasam-asecanan-ti.

Bhante Nāgasena, sappassa tīṇi aṅgāni gahetabbānīti yaṁ vadesi, katamāni tāni tīṇi aṅgāni gahetabbānīti. Yathā mahārāja sappo urena gacchati, evam-eva kho mahārāja yoginā yogāvacarena paññāya caritabbaṁ; paññāya caramānassa kho mahārāja yogino cittaṁ ñāye carati, vilakkhaṇaṁ vivajjeti salakkhaṇaṁ bhāveti. Idaṁ

---

[9] bhāyeyyuṁ AB¹. [11] jalu- AM throughout. [19] -ṭṭhap- B¹M. [20] asev- C, asec- Ab. [21] -ṭṭhaya A. [22] asec- AbC. [24] yogino yogāvacarassa M. [25] avilakkhaṇaṁ B¹C. [26] saṁlakkhaṇaṁ M.

mahārāja sappassa paṭhamaṁ aṅgaṁ gahetabbaṁ. Puna ca paraṁ mahārāja sappo caramāno osadhaṁ parivajjento carati, evam-eva kho mahārāja yoginā yogāvacarena duccaritaṁ parivajjentena caritabbaṁ. Idaṁ mahārāja sappassa dutiyaṁ aṅgaṁ gahetabbaṁ. Puna ca paraṁ mahārāja sappo manusse disvā tappati socati cintayati, evam-eva kho mahārāja yoginā yogāvacarena kuvitakke vitakketvā aratiṁ uppādayitvā tappitabbaṁ socitabbaṁ cintayitabbaṁ: pamādena me divaso vītināmito, na so puna sakkā laddhun-ti. Idaṁ mahārāja sappassa tatiyaṁ aṅgaṁ gahetabbaṁ. Bhāsitam-p' etaṁ mahārāja Bhallāṭiyajātake dvinnaṁ kinnarānaṁ:

Yam-ekarattiṁ vippavasimha ludda,
akāmakā, aññamaññaṁ sarantā,
tam-ekarattiṁ anutappamānā
socāma, sā ratti punan-na hessatīti.

Bhante Nāgasena, ajagarassa ekaṁ aṅgaṁ gahetabban-ti yaṁ vadesi, kataman-taṁ ekaṁ aṅgaṁ gahetabban-ti. — Yathā mahārāja ajagaro mahatimahākāyo bahū pi divase ūnūdaro dīnataro kucchipūraṁ āhāraṁ na labhati, aparipuṇṇo yeva yāvad-eva sarīrayāpanamattakena yāpeti, evam-eva kho mahārāja yogino yogāvacarassa bhikkhācariyapasutassa parapiṇḍam-upagatassa paradinnapāṭikaṅkhissa sayaṁgāhapaṭiviratassa dullabhaṁ udarapūrapūraṁ āhāraṁ, api ca atthavasikena kulaputtena cattāro pañca ālope abhuñjitvā avasesaṁ udakena paripūretabbaṁ. Idaṁ mahārāja ajagarassa ekaṁ aṅgaṁ gahetabbaṁ. Bhāsitam-p' etaṁ mahārāja therena Sāriputtena dhammasenāpatinā:

---

[17] bhallātiya- M. [18] ūnudaro ACM. [19] bhuñjitvā A.

Allaṁ sukkhañ-ca bhuñjanto na bāḷhaṁ suhito siyā,
ūnūdaro mitāhāro sato bhikkhu paribbaje.
Cattāro pañca ālope abhutvā udakaṁ pive,
alaṁ-phāsuvihārāya pahitattassa bhikkhuno ti.

Uddānaṁ: Kesarī cakkavāko ca penāhi gharakapotako
ulūko satapatto ca vagguli ca jalūpikā
sappo ajagaro c' eva, vaggo tena pavuccatīti.

Pañcamo vaggo.

Bhante Nāgasena, panthamakkaṭakassa ekaṁ aṅgaṁ gahetabban-ti yaṁ vadesi, katamaṁ-taṁ ekaṁ aṅgaṁ gahetabban-ti. — Yathā mahārāja panthamakkaṭako panthe makkaṭajālavitānaṁ katvā yadi tattha jālake laggati kimi vā makkhikā vā paṭaṅgo vā, taṁ gahetvā bhakkhayati, evam-eva kho mahārāja yoginā yogāvacarena chasu dvāresu satipaṭṭhānajālavitānaṁ katvā yadi tattha kilesamakkhikā bajjhanti, tatth' eva ghātetabbā. Idaṁ mahārāja panthamakkaṭakassa ekaṁ aṅgaṁ gahetabbaṁ. Bhāsitam-p' etaṁ mahārāja therena Anuruddhena:

Cittaṁ niyame chasu dvāresu satipaṭṭhānavaruttame,
kilesā tattha laggā ce hantabbā te vipassinā ti.

Bhante Nāgasena, thanasitadārakassa ekaṁ aṅgaṁ gahetabban-ti yaṁ vadesi, katamaṁ-taṁ ekaṁ aṅgaṁ

---

1 sukhito A. 2 ūnodaro M, ūna- AC. 8 jalop- A, jalūkikā M. 12 makkaṭakajāla- M. 13 jālakesu AB'C. 14 bhakkhati M. 16 niyamena AbB'C.

gahetabban-ti. — Yathā mahārāja thanasitadārako sakatthe laggati, khīratthiko rodati, evam-eva kho mahārāja yoginā yogāvacarena sadatthe laggitabbaṁ, sabbattha dhammaññāṇena bhavitabbaṁ, uddese paripucchāya sammappayoge paviveke garusaṁvāse kalyāṇamittasevane. Idaṁ mahārāja thanasitadārakassa ekaṁ aṅgaṁ gahetabbaṁ. Bhāsitam-p' etaṁ mahārāja Bhagavatā devātidevena Dīghanikāyavare Parinibbānasuttante: Iṅgha tumhe Ānanda sadatthe ghaṭatha, sadatthe anuyuñjatha, sadatthe appamattā ātāpino pahitattā viharathāti.

Bhante Nāgasena, cittakadharakummassa ekaṁ aṅgaṁ gahetabban-ti yaṁ vadesi, katamaṁ taṁ ekaṁ aṅgaṁ gahetabban-ti. — Yathā mahārāja cittakadharakummo udakabhayā udakaṁ parivajjetvā vicarati, tāya ca pana udakaṁ parivajjanāya āyunā na parihāyati, evam-eva kho mahārāja yoginā yogāvacarena pamāde bhayadassāvinā bhavitabbaṁ, appamāde guṇavisesadassāvinā, tāya ca pana bhayadassāvitāya na parihāyati sāmaññā, nibbānassa santike upeti. Idaṁ mahārāja cittakadharakummassa ekaṁ aṅgaṁ gahetabbaṁ. Bhāsitam-p' etaṁ mahārāja Bhagavatā devātidevena Dhammapade:

Appamādarato bhikkhu, pamāde bhayadassivā,
abhabbo parihānāya nibbānass' eva santike ti.

Bhante Nāgasena, pavanassa pañca aṅgāni gahetabbānīti yaṁ vadesi, katamāni tāni pañca aṅgāni gahetabbānīti. — Yathā mahārāja pavanaṁ nāma asucijanaṁ paṭicchādeti, evam-eva kho mahārāja yoginā yogāvacarena paresaṁ aparaddhaṁ khalitaṁ paṭicchādetabbaṁ, na vivaritabbaṁ. Idaṁ mahārāja pavanassa paṭhamaṁ aṅgaṁ gahetabbaṁ. Puna ca paraṁ mahārāja pavanaṁ suññaṁ pacurajanehi, evam-eva kho mahārāja yoginā

[11] (sadatthaṁ anuy. or sadatthamanuy. DN. 16). [12] udaka M. [13] paṭicchādetu AB'C. [14] sāmaññā all.

yogāvacarena rāga-dosa-moha-māna-diṭṭhijālehi sabbehi ca kilesehi suññena bhavitabbaṁ. Idaṁ mahārāja pavanassa dutiyaṁ angaṁ gahetabbaṁ. Puna ca paraṁ mahārāja pavanaṁ vivittaṁ janasambādharahitaṁ, evam-eva kho mahārāja yoginā yogāvacarena pāpakehi akusalehi dhammehi anariyehi pavivittena bhavitabbaṁ. Idaṁ mahārāja pavanassa tatiyaṁ angaṁ gahetabbaṁ. Puna ca paraṁ mahārāja pavanaṁ santaṁ parisuddhaṁ, evam-eva kho mahārāja yoginā yogāvacarena santena parisuddhena bhavitabbaṁ, nibbutena pahīnamānena pahīnamakkhena bhavitabbaṁ. Idaṁ mahārāja pavanassa catutthaṁ angaṁ gahetabbaṁ. Puna ca paraṁ mahārāja pavanaṁ ariyajanasaṁsevitaṁ, evam-eva kho mahārāja yoginā yogāvacarena ariyajanasaṁsevitena bhavitabbaṁ. Idaṁ mahārāja pavanassa pañcamaṁ angaṁ gahetabbaṁ. Bhāsitam-p' etaṁ mahārāja Bhagavatā devātidevena Saṁyuttanikāyavare:

Pavivittehi ariyehi pahitattehi jhāyīhi
niccaṁ āraddhaviriyehi paṇḍitehi sahā vase ti.

Bhante Nāgasena, rukkhassa tīṇi angāni gahetabbānīti yaṁ vadesi, katamāni tāni tīṇi angāni gahetabbānīti. — Yathā mahārāja rukkho nāma pupphaphaladharo, evam-eva kho mahārāja yoginā yogāvacarena vimuttipuppha-sāmaññaphala-dhārinā bhavitabbaṁ. Idaṁ mahārāja rukkhassa paṭhamaṁ angaṁ gahetabbaṁ. Puna ca paraṁ mahārāja rukkho upagatānam-anuppaviṭṭhānaṁ janānaṁ chāyaṁ deti, evam-eva kho mahārāja yoginā yogāvacarena upagatānam-anuppaviṭṭhānaṁ puggalānaṁ āmisapaṭisanthārena vā dhammapaṭisanthārena vā paṭisantharitabbaṁ. Idaṁ mahārāja rukkhassa dutiyaṁ angaṁ gahetabbaṁ. Puna ca paraṁ mahārāja rukkho

---

[8] satataṁ C, om. A. [9] santena om AB'C. [10] pahīnakkhena B'C.

chāyāvemattaṁ na karoti, evam-eva kho mahārāja yoginā yogāvacarena sabbasattesu vemattatā na kātabbā, cora-vadhaka-paccatthikesu pi attani pi samasamā mettābhāvanā kātabbā: kin-ti ime sattā averā abyāpajjhā anīghā sukhī attānaṁ parihareyyun-ti. Idaṁ mahārāja rukkhassa tatiyaṁ angaṁ gahetabbaṁ. Bhāsitam-p' etaṁ mahārāja therena Sāriputtena dhammasenāpatinā:

Vadhake Devadattamhi, core Angulimālake,
Dhanapāle, Rāhule c' eva, sabbattha samako Munīti.

Bhante Nāgasena, meghassa pañca angāni gahetabbānīti yaṁ vadesi, katamāni tāni pañca angāni gahetabbānīti. — Yathā mahārāja megho uppannaṁ rajojallaṁ vūpasameti, evam-eva kho mahārāja yoginā yogāvacarena uppannaṁ kilesarajojallaṁ vūpasametabbaṁ. Idaṁ mahārāja meghassa paṭhamaṁ angaṁ gahetabbaṁ. Puna ca paraṁ mahārāja megho paṭhaviyā uṇhaṁ nibbāpeti, evam-eva kho mahārāja yoginā yogāvacarena mettābhāvanāya sadevako loko nibbāpetabbo. Idaṁ mahārāja meghassa dutiyaṁ angaṁ gahetabbaṁ. Puna ca paraṁ mahārāja megho sabbabījāni virūhāpeti, evam-eva kho mahārāja yoginā yogāvacarena sabbasattānaṁ saddhaṁ uppādetvā taṁ saddhābījaṁ tīsu sampattīsu ropetabbaṁ, dibbamānusikāsu sampattisu yāva paramatthanibbānasukhasampatti. Idaṁ mahārāja meghassa tatiyaṁ angaṁ gahetabbaṁ. Puna ca paraṁ mahārāja megho ututo samuṭṭhahitvā dharaṇitalaruhe tiṇa-rukkha-latā-gumba-osadhi-vanaspatayo parirakkhati, evam-eva kho mahārāja yoginā yogāvacarena yoniso manasikāraṁ nibbattetvā tena yoniso manasikārena samaṇadhammo parirakkhitabbo, yoniso manasikāramūlakā sabbe kusalā dhammā. Idaṁ mahārāja meghassa catutthaṁ angaṁ gahetabbaṁ. Puna

[1] anighā B'M [4] sukhaṁ M. [19] viruh- all. [24] dharaṇi- C.

ca paraṁ mahārāja megho vassamāno nadī-taḷāka-pokkharaṇiyo kandara-padara-sara-sobbha-udapānāni ca paripūreti udakadhārāhi, evam-eva kho mahārāja yoginā yogāvacarena āgamapariyattiyā dhammamegham-abhivassayitvā adhigamakāmānaṁ mānasaṁ paripūrayitabbaṁ. Idaṁ mahārāja meghassa pañcamaṁ angaṁ gahetabbaṁ. Bhāsitam-p' etaṁ mahārāja therena Sāriputtena dhammasenāpatinā:

Bodhaneyyaṁ janaṁ disvā satasahasse pi yojane
khaṇena upagantvāna bodheti taṁ Mahāmuniti.

Bhante Nāgasena, maṇiratanassa tīṇi angāni gahetabbānīti yaṁ vadesi, katamāni tāni tīṇi angāni gahetabbānīti. — Yathā mahārāja maṇiratanaṁ ekantaparisuddhaṁ, evam-eva kho mahārāja yoginā yogāvacarena ekantaparisuddhājīvena bhavitabbaṁ. Idaṁ mahārāja maṇiratanassa paṭhamaṁ angaṁ gahetabbaṁ. Puna ca paraṁ mahārāja maṇiratanaṁ na kenaci saddhiṁ missīyati, evam-eva kho mahārāja yoginā yogāvacarena pāpehi pāpasahāyehi saddhiṁ na missitabbaṁ. Idaṁ mahārāja maṇiratanassa dutiyaṁ angaṁ gahetabbaṁ. Puna ca paraṁ mahārāja maṇiratanaṁ jātiratanehi yojīyati, evam-eva kho mahārāja yoginā yogāvacarena uttamavarajātimantehi saddhiṁ saṁvasitabbaṁ, paṭipannakaphalaṭṭha-sekhaphalasamangīhi sotāpanna-sakadāgāmi-anāgāmi-arahanta-tevijja-chaḷabhiñña-samaṇa-maṇiratanehi saddhiṁ saṁvasitabbaṁ. Idaṁ mahārāja maṇiratanassa tatiyaṁ angaṁ gahetabbaṁ. Bhāsitam-p' etaṁ mahārāja Bhagavatā devātidevena Suttanipāte:

Suddhā suddhehi saṁvāsaṁ kappayavho patissatā,
tato samaggā nipakā dukkhass' antaṁ karissathāti.

---

[1] taḷākā AB'C. [22] -jātiratanehi A [26] missakā AB'C.

Bhante Nāgasena, māgavikassa cattāri angāni gahetabbānîti yaṁ vadesi, katamāni tāni cattāri angāni gahetabbānîti. — Yathā mahārāja māgaviko appamiddho hoti, evam-eva kho mahārāja yoginā yogāvacarena appamiddhena bhavitabbaṁ. Idaṁ mahārāja māgavikassa paṭhamaṁ angaṁ gahetabbaṁ. Puna ca paraṁ mahārāja māgaviko migesu yeva cittaṁ upanibandhati, evam-eva kho mahārāja yoginā yogāvacarena ārammaṇesu yeva cittaṁ upanibandhitabbaṁ. Idaṁ mahārāja māgavikassa dutiyaṁ angaṁ gahetabbaṁ. Puna ca paraṁ mahārāja māgaviko kālaṁ kammassa jānāti, evam-eva kho mahārāja yoginā yogāvacarena paṭisallāṇassa kālo jānitabbo: ayaṁ kālo paṭisallāṇassa, ayaṁ kālo nikkhamanāyâti. Idaṁ mahārāja māgavikassa tatiyaṁ angaṁ gahetabbaṁ. Puna ca paraṁ mahārāja māgaviko migaṁ disvā hāsam-abhijaneti: imaṁ lacchāmîti, evam-eva kho mahārāja yoginā yogāvacarena ārammaṇe abhiramitabbaṁ, hāsam-abhijanetabbaṁ: uttariṁ visesam-adhigacchissāmîti. Idaṁ mahārāja māgavikassa catutthaṁ angaṁ gahetabbaṁ. Bhāsitam-p' etaṁ mahārāja therena Mogharājena:

Ārammaṇe labhitvāna pahitattena bhikkhunā
bhiyyo hāso janetabbo: adhigacchissāmi uttarin-ti.

Bhante Nāgasena, bāḷisikassa dve angāni gahetabbānîti yaṁ vadesi, katamāni tāni dve angāni gahetabbānîti. — Yathā mahārāja bāḷisiko baḷisena macche uddharati, evam-eva kho mahārāja yoginā yogāvacarena ñāṇena uttariṁ sāmaññaphalāni uddharitabbāni. Idaṁ mahārāja bāḷisikassa paṭhamaṁ angaṁ gahetabbaṁ. Puna ca paraṁ mahārāja bāḷisiko parittakaṁ vadhitvā vipulaṁ lābham-adhigacchati, evam-eva kho mahārāja

---

[11] kammassa kālaṁ M. [18 18] -sallāṇ- ACM

yoginā yogāvacarena parittalokāmisamattaṁ pariccajitabbaṁ; lokāmisamattaṁ mahārāja pariccajitvā yogī yogāvacaro vipulaṁ sāmaññaphalam-adhigacchati. Idaṁ mahārāja bāḷisikassa dutiyaṁ angaṁ gahetabbaṁ. Bhāsitam-p' etaṁ mahārāja therena Rāhulena:

Suññatañ-cānimittañ-ca vimokkhañ-cāppaṇihitaṁ
caturo phale chaḷ-abhiññā, cajitvā lokāmisaṁ, labhe ti.

Bhante Nāgasena, tacchakassa dve angāni gahetabbānîti yaṁ vadesi, katamāni tāni dve angāni gahetabbānîti. — Yathā mahārāja tacchako kāḷasuttaṁ anulometvā rukkhaṁ tacchati, evam-eva kho mahārāja yoginā yogāvacarena Jinasāsanam-anulomayitvā sīlapaṭhaviyaṁ patiṭṭhahitvā saddhāhatthena paññāvāsiṁ gahetvā kilesā tacchetabbā. Idaṁ mahārāja tacchakassa paṭhamaṁ angaṁ gahetabbaṁ. Puna ca paraṁ mahārāja tacchako pheggum apaharitvā sāram-ādiyati, evam-eva kho mahārāja yoginā yogāvacarena sassataṁ, ucchedaṁ, taṁ jīvaṁ taṁ sarīraṁ, aññaṁ jīvaṁ aññaṁ sarīraṁ, tad-uttamaṁ aññad-uttamaṁ, akaṭam-abhabbaṁ, apurisakāraṁ, abrahmacariyavāsaṁ, sattavināsaṁ navasattapātubhāvaṁ, sankhārasassatabhāvaṁ, yo karoti so paṭisaṁvedeti, añño karoti añño paṭisaṁvedeti, kammaphaladassanā ca kiriyaphaladiṭṭhi ca, iti evarūpāni c' eva aññāni ca vivādapathāni apanetvā sankhārānaṁ sabhāvaṁ paramasuññataṁ nirīha-nijjīvataṁ accantaṁ suññataṁ ādiyitabbaṁ. Idaṁ mahārāja tacchakassa dutiyaṁ angaṁ gahetabbaṁ. Bhāsitam-p' etaṁ mahārāja Bhagavatā devātidevena Suttanipāte:

---

[8] -nihitaṁ AC, c' appaṇihitaṁ B'. [9] caritvā AsC. [10] anulomehatvā AB'C. [18] pañña- AsB'C. [21] -nijjīvitaṁ AB'C. [23] asantaṁ AB'C.

Kāraṇḍavaṁ niddhamatha, kasambuñ - cāpakassatha,
tato palāpe vāhetha, assamaṇe samaṇamānine.
Niddhamitvāna pāpicche pāpaācāragocare
suddhā suddhehi saṁvāsaṁ kappayavho patissatā ti.

Uddānaṁ: Makkaṭo dārako kummo vanaṁ rukkho ca pañcamo,
megho maṇi māgaviko bāḷisī tacchakena cāti.

Chaṭṭho vaggo.

Bhante Nāgasena, kumbhassa ekaṁ aṅgaṁ gahetabban - ti yaṁ vadesi, kataman - taṁ ekaṁ aṅgaṁ gahetabban - ti. — Yathā mahārāja kumbho sampuṇṇo na saṇati, evam - eva kho mahārāja yoginā yogāvacarena āgame adhigame pariyattiyaṁ sāmaññe pāramiṁ patvā na saṇitabbaṁ, na tena māno karaṇīyo, na dappo dassetabbo, nihatamānena nihatadappena bhavitabbaṁ ujukena amukharena avikatthinā. Idaṁ mahārāja kumbhassa ekaṁ aṅgaṁ gahetabbaṁ. Bhāsitam - p' etaṁ mahārāja Bhagavatā devātidevena Suttanipāte:

Yad - ūnakaṁ taṁ saṇati, yaṁ pūraṁ santam -
eva taṁ;
rittakumbhūpamo bālo, rahado pūro va paṇḍito ti.

Bhante Nāgasena, kāḷāyasassa dve aṅgāni gahetabbānīti yaṁ vadesi, katamāni tāni dve aṅgāni gahetabbā-

---

[1] kasambu upakassa M (=buṁ apakassa. Sn. xviii, v. 3). [10] sanati AB'CMa. [11] pāramī AC. [12] san- AC. [14] nihita- AB'C twice [15] amukhabarena B'C. [18] sanati C. [19] ca B'C.

nīti. — Yathā mahārāja kāḷāyaso [7] suthito va vahati, evam-eva kho mahārāja yogino yogāvacarassa mānasaṁ yoniso manasikāre appitaṁ vahati. Idaṁ mahārāja kāḷāyasassa paṭhamaṁ aṅgaṁ gahetabbaṁ. Puna ca paraṁ mahārāja kāḷāyaso sakiṁ pītaṁ udakaṁ na vamati, evam-eva kho mahārāja yoginā yogāvacarena yo sakiṁ uppanno pasādo na puna so vamitabbo: uḷāro so Bhagavā sammāsambuddho, svākkhāto dhammo, supaṭipanno saṅgho ti; rūpaṁ aniccaṁ, vedanā aniccā, saññā aniccā, saṅkhārā aniccā, viññāṇaṁ aniccan-ti yaṁ sakiṁ uppannaṁ ñāṇaṁ na puna taṁ vamitabbaṁ. Idaṁ mahārāja kāḷāyasassa dutiyaṁ aṅgaṁ gahetabbaṁ. Bhāsitam-p' etaṁ mahārāja Bhagavatā devātidevena:

Dassanamhi parisudhito naro
ariyadhamme niyato visesagū
na pavedhati anekabhāgaso,
sabbato ca [17] mukhabhāvānam-eva so ti.

Bhante Nāgasena, chattassa tīṇi aṅgāni gahetabbānīti yaṁ vadesi, katamāni tāni tīṇi aṅgāni gahetabbānīti. — Yathā mahārāja chattaṁ uparimuddhani carati, evam-eva kho mahārāja yoginā yogāvacarena kilesānaṁ uparimuddhani-carena bhavitabbaṁ. Idaṁ mahārāja chattassa paṭhamaṁ aṅgaṁ gahetabbaṁ. Puna ca paraṁ mahārāja chattaṁ muddhanupatthambhaṁ hoti, evam-eva kho mahārāja yoginā yogāvacarena yonisomanasikārupatthambhena bhavitabbaṁ. Idaṁ mahārāja chattassa dutiyaṁ aṅgaṁ gahetabbaṁ. Puna ca paraṁ mahārāja chattaṁ vātātapameghavuṭṭhiyo paṭihanti, evam-eva kho mahārāja yoginā yogāvacarena nānāvidhadiṭṭhi-puthusamaṇabrāhmaṇānaṁ matavāta-tividhaggisantāpa-kilesavuṭṭhiyo paṭi-

[7] suthiketā B', suphito C; supito vahati M. [8] -kārena CM. [10] -dhite AB'. [14] -gu all. [15] -bhāveso M. [16] sabbaso M. [17] -bhāvātameva M, -bhāvena- C. [18] -hanati M.

hantabbā. Idaṁ mahārāja chattassa tatiyaṁ angaṁ gahetabbaṁ. Bhāsitam-p' etaṁ mahārāja therena Sāriputtena dhammasenāpatinā:

Yathā pi chattaṁ vipulaṁ acchiddaṁ thirasaṁhataṁ
vātātapaṁ nivāreti, mahatī devavuṭṭhiyo,
Tath' eva Buddhaputto pi sīlacchattadharo suci
kilesavuṭṭhiṁ vāreti santāpatividhaggayo ti.

Bhante Nāgasena, khettassa tīṇi angāni gahetabbānīti yaṁ vadesi, katamāni tāni tīṇi angāni gahetabbānīti. — Yathā mahārāja khettaṁ mātikāsampannaṁ hoti, evam-eva kho mahārāja yoginā yogāvacarena sucaritavattapaṭivatta-mātikāsampannena bhavitabbaṁ. Idaṁ mahārāja khettassa paṭhamaṁ angaṁ gahetabbaṁ. Puna ca paraṁ mahārāja khettaṁ mariyādāsampannaṁ hoti, tāya ca mariyādāya udakaṁ rakkhitvā dhaññaṁ paripācenti, evam-eva kho mahārāja yoginā yogāvacarena sīla-hiri-mariyādāsampannena bhavitabbaṁ, tāya ca sīla-hiri-mariyādāya sāmaññaṁ rakkhitvā cattāri sāmaññaphalāni gahetabbāni. Idaṁ mahārāja khettassa dutiyaṁ angaṁ gahetabbaṁ. Puna ca paraṁ mahārāja khettaṁ uṭṭhānasampannaṁ hoti kassakassa hāsajanakaṁ, appam-pi bījaṁ vuttaṁ bahu hoti, bahu vuttaṁ bahutaraṁ hoti, evam-eva kho mahārāja yoginā yogāvacarena uṭṭhānasampannena vipulaphaladāyinā bhavitabbaṁ, dāyakānaṁ hāsajanakena bhavitabbaṁ, yathā appaṁ dinnaṁ bahu hoti, bahu dinnaṁ bahutaraṁ hoti. Idaṁ mahārāja khettassa tatiyaṁ angaṁ gahetabbaṁ. Bhāsitam-p' etaṁ mahārāja therena Upālinā Vinayadharena:

Khettūpamena bhavitabbaṁ uṭṭhānavipuladāyinā;
esa khettavaro nāma yo dadāti vipulaṁ phalan-ti.

---

[1] -hitaṁ M. [2] vāreti AB'C. [3] meghavuṭṭhiyo M. [11] bahuṁ A (or Ab)B' throughout, B once; C omits bahu hoti bahu vuttaṁ (dinnaṁ).

Bhante Nāgasena, agadassa dve aṅgāni gahetabbānīti yaṁ vadesi, katamāni tāni dve aṅgāni gahetabbānīti. — Yathā mahārāja agade kimī na saṇṭhahanti, evam-eva kho mahārāja yoginā yogāvacarena mānase kilesā na saṇṭhapetabbā. Idaṁ mahārāja agadassa paṭhamaṁ aṅgaṁ gahetabbaṁ. Puna ca paraṁ mahārāja agado daṭṭha-phuṭṭha-diṭṭha-asita-pīta-khāyita-sāyitaṁ sabbaṁ visaṁ paṭihanti, evam-eva kho mahārāja yoginā yogāvacarena rāga-dosa-moha-māna-diṭṭhi-visaṁ sabbaṁ paṭihanitabbaṁ. Idaṁ mahārāja agadassa dutiyaṁ aṅgaṁ gahetabbaṁ. Bhāsitam p' etaṁ mahārāja Bhagavatā devātidevena:

Saṅkhārānaṁ sabhāvatthaṁ daṭṭhukāmena yoginā
agadeneva hotabbaṁ kilesavisanāsane ti.

Bhante Nāgasena, bhojanassa tīṇi aṅgāni gahetabbānīti yaṁ vadesi, katamāni tāni tīṇi aṅgāni gahetabbānīti. — Yathā mahārāja bhojanaṁ sabbasattānaṁ upatthambho, evam eva kho mahārāja yoginā yogāvacarena sabbasattānaṁ maggupatthambhena bhavitabbaṁ. Idaṁ mahārāja bhojanassa paṭhamaṁ aṅgaṁ gahetabbaṁ. Puna ca paraṁ mahārāja bhojanaṁ sattānaṁ balaṁ vaḍḍheti, evam-eva kho mahārāja yoginā yogāvacarena puññavaḍḍhiyā vaḍḍhitabbaṁ. Idaṁ mahārāja bhojanassa dutiyaṁ aṅgaṁ gahetabbaṁ. Puna ca paraṁ mahārāja bhojanaṁ sabbasattānaṁ abhipatthitaṁ, evam-eva kho mahārāja yoginā yogāvacarena sabbalokābhipatthitena bhavitabbaṁ. Idaṁ mahārāja bhojanassa tatiyaṁ aṅgaṁ gahetabbaṁ. Bhāsitam-p' etaṁ mahārāja therena Mahāmoggallānena:

---

[7] diṭṭhādiṭṭha- M. [8] -diṭṭha- om. M. [9] -hanati M. [10] -hantabbaṁ B.
[11] sabbasattānaṁ M.

Saṁyamena niyamena sīlena paṭipattiyā
patthitena bhavitabbaṁ sabbalokassa yoginā ti.

Bhante Nāgasena, issatthassa cattāri angāni gahetabbānīti yaṁ vadesi, katamāni tāni cattāri angāni gahetabbānīti. — Yathā mahārāja issattho sare pātayanto ubho pāde paṭhaviyaṁ daḷhaṁ patiṭṭhāpeti, jaṇṇū avekallaṁ karoti, sarakalāpaṁ kaṭisandhimhi ṭhapeti, kāyaṁ upatthaddhaṁ karoti, dve hatthe sandhiṭṭhānaṁ āropeti, muṭṭhiṁ pīḷayati, anguliyo nirantaraṁ karoti, gīvaṁ paggaṇhāti, cakkhūni mukhañ-ca pidahati, nimittaṁ ujuṁ karoti, hāsaṁ uppādeti: vijjhissāmīti; evam-eva kho mahārāja yoginā yogāvacarena sīlapaṭhaviyaṁ viriyapāde patiṭṭhāpetabbaṁ, khantisoraccaṁ avekallaṁ kātabbaṁ, saṁvare cittaṁ ṭhapetabbaṁ, saṁyamaniyame attā upanetabbo, icchāmucchā pīḷayitabbā, yoniso manasikāre cittaṁ nirantaraṁ kātabbaṁ, viriyaṁ paggahetabbaṁ, cha dvārā pidahitabbā, sati upaṭṭhāpetabbā, hāsam-uppādetabbaṁ: sabbakilese ñāṇanārācena vijjhissāmīti. Idaṁ mahārāja issatthassa paṭhamaṁ angaṁ gahetabbaṁ. Puna ca paraṁ mahārāja issattho āḷakaṁ pariharati vanka-jimba-kuṭila-nārācassa ujukaraṇāya, evam-eva kho mahārāja yoginā yogāvacarena imasmiṁ kāye satipaṭṭhāna-āḷakaṁ pariharitabbaṁ vanka-jimha-kuṭila-cittassa ujukaraṇāya. Idaṁ mahārāja issatthassa dutiyaṁ angaṁ gahetabbaṁ. Puna ca paraṁ mahārāja issattho lakkhe upāseti, evam-eva kho mahārāja yoginā yogāvacarena imasmiṁ kāye upāsitabbaṁ; kathaṁ mahārāja yoginā yogāvacarena imasmiṁ kāye upāsitabbaṁ: aniccato upāsitabbaṁ, dukkhato upāsitabbaṁ, anattato upāsitabbaṁ, rogato — pe — gaṇḍato sallato aghato ābādhato parato palokato ītito upaddavato bhayato upasaggato calato pabhangato addhuvato attāṇato aleṇato asaraṇato asaraṇībhūtato rittato tucchato ādīnavato asā-

---

[6] niyamena C. [8] jannu AB²C²M, channa C. [9] sandi- ABB²C. [18] icchāmucchā pīḷ. M, [19] āḷakaṁ B, alakaṁ AC. [20] after -jimba B adds "— Milindapañhaṁ —," and the rest is wanting. [22] āḷakaṁ AB. [23] aniato AB²C. [24] ilitito (for ītito) AB², rutito C. [25] attāṇato all [26] alenato all.

rato aghamūlato vadhakato sāsavato sankhatato jātidhammato jarādhammato byādhidhammato maraṇadhammato sokadhammato paridevadhammato upāyāsadhammato sankilesadhammato, evaṁ kho mahārāja yoginā yogāvacarena imasmiṁ kāye upāsitabbaṁ. Idaṁ mahārāja issatthassa tatiyaṁ angaṁ gahetabbaṁ. Puna ca paraṁ mahārāja issattho sāyapātaṁ upāsati, evam eva kho mahārāja yoginā yogāvacarena sāyapātaṁ ārammaṇe upāsitabbaṁ. Idaṁ mahārāja issatthassa catutthaṁ angaṁ gahetabbaṁ. Bhāsitam - p' etaṁ mahārāja therena Sāriputtena dhammasenāpatinā:

Yathā issatthako nāma sāyapātaṁ upāsati,
upāsanaṁ na riñcanto labhate bhattavetanaṁ;
Tath' eva Buddhaputto pi karoti kāyupāsanaṁ,
kāyupāsanam na riñcanto arahattam - adhigacchatîti.

Issatthassa pañhaṁ pañcamaṁ.

Iti imesu kaṇḍesu bāvīsativaggapatimaṇḍitesu dvāsaṭṭhi-adhikā dvesatā imasmiṁ potthake āgatā Milindapañhā samattā. Anāgatā ca pana dvācattālīsā honti. Āgatā ca anāgatā ca sabbā samodhānetvā catuhi adhikā tisatapañhā honti. Sabbā va Milindapañhā ti sankhaṁ gacchanti.]

[Rañño ca therassa ca pucchāvissajjanāvasāne caturāsīti-satasahassa-yojana-bahalā udakapariyantaṁ katvā ayaṁ mahāpaṭhavī chadhā pakampittha, vijjullatā nicchariṁsu, devatā dibbapupphavassam pavassiṁsu, Mahābrahmā sādhukāram - adāsi, mahāsamuddakucchiyaṁ meghatthanitanigghoso viya mahāghoso ahosi. Iti so Milindo rājā ca orodhagaṇā ca sirasā añjalim - paṇāmetvā vandiṁsu.

---

8 sāyaṁ pātaṁ M throughout. 12 labhati B²CM. 14 issatthapañha pañcamaṁ M 15 dvāvīsati- C. 16 -dhikā ca M 17 -satā ca AB²C. 18 -līsa M. 19 kittisata- A, tisata- B²C, tisatā p. M. 20 ca M 21 gacchati A 22 -bahala B², -bahala AC; caturāsītisahassayojanasatasahassa-bahala M 23 ayaṁ mah. udak katvā M 24 devaputtā M 25 -hiṁsu M. 26 akaṁsu M. 27 meghasajjitanigghoso M. 28 mahāmegho AB²C. 29 iti so.. vandiṁsu om M.

Milindo rājā ativiya pamuditahadayo sumathitamānahadayo Buddhasāsane sāramatiko ratanattaye sunikkankho niggumbo nitthaddho hutvā therassa guṇesu pabbajjā-supaṭipadā-iriyāpathesu ca ativiya pasanno vissattho nirālayo nihatamānadappo uddhaṭadāṭho viya bhujagindo evam-āha: Sādhu sādhu bhante Nāgasena, Buddhavisayo pañho tayā visajjito; imasmiṁ Buddhasāsane ṭhapetvā dhammasenāpati-Sāriputtatheraṁ añño tayā sadiso pañhavissajjane n'-atthi. Khamatha me bhante Nāgasena mama accayaṁ. Upāsakaṁ maṁ bhante Nāgasena dhāretha, ajjatagge pāṇupetaṁ saraṇaṁ gatan-ti.

Tadā rājā balakāyehi Nāgasenatheraṁ payirupāsitvā Milindaṁ nāma vihāraṁ kāretvā therassa niyyādetvā catuhi paccayehi koṭisatehi khīṇāsavehi bhikkhūhi Nāgasenatheraṁ paricari. Puna pi therassa paññāya pasīditvā puttassa rajjaṁ niyyādetvā agārasmā anagāriyaṁ pabbajitvā vipassanaṁ vaḍḍhetvā arahattaṁ pāpuṇīti. Tena vuttaṁ:

Paññā pasatthā lokasmiṁ, katā saddhammaṭṭhitiyā,
paññāya vimatiṁ hantvā santiṁ papponti paṇḍitā.
Yasmiṁ khandhe ṭhitā paññā, sati yattha anūnakā,
pūjāvisesassa dharo aggo so va anuttaro.
Tasmā hi paṇḍito poso sampassaṁ attham-attano
paññāvantâbhipūjeyya, cetiyaṁ viya pūjiyan-ti.

Milindassa c' eva Nāgasenatherassa ca
pañhā-veyyākaraṇa-pakaraṇaṁ
samattaṁ.]

---

[1] sumaddita- M [2] niggumbo nijaṭo hutvā M [3] -paṭipatti-iriy- AB²C, -paṭipūri- M [4] vissatthacitto AB², vissattho M. [5] -mānathambha M. [6] uddhaṭadāṭhā M, uddhaṭavyādho AB²C. [7] bhuj- M, bujjhatino C, bujjhatino AB². [9] Nāgasena om. M. [11] balanikāyehi saddhiṁ M. [12] mahāvihāraṁ M. [13] koṭisatasahassehi M [14] khīṇāsavabhik. B²C [15] bhikkhūhi saddhiṁ M [16] punarapi B². [18] [19] paññāya AB²C. [17] [18] paññā AB²C. [17] katā M, tathā AC [20] hantvāna AB²C. [21] sampassaṁ AB²C [22] -byākaraṇa- M.

NOTES.

P. 25[19] Carahi, S. tarhi; tarahi, Clough's Gr. p. 75, I have not met with. — 25[21] 'Anantariyakammam' ti anantarena attabhāve vipaccanakam kammam; tass' āvibhāvanattham ayam Anguttara-Ekake Aṭṭhānasuttapāḷi: Aṭṭhānam etam bhikkhave anavakāso yam diṭṭhisampanno puggalo mātaram jīvitā voropeyya, pitaram j. v., arahantam j. v., Tathāgatassa duṭṭhacittena lohitam uppādeyya, sangham bhindeyya: n' etam ṭhānam vijjatīti.' (Ss.). — 28[21] Cf. Jāt. II p. 9,[25] (read āveṭhikāya, nibbeṭhikāya). — 29[32] Āgacchati = shall he come, for āgacchatu: in questions of this sort both the imperative and the present are in use; comp. Jāt. II p. 251[9]. — 34[17] The first verse is found at SN. I, 23 v. 2: VII, 5 v. 2. — 35[19] Papaka = udakapappaṭaka (Mp.): nīlamaṇḍūkapiṭṭhivaṇṇena udakapiṭṭhim chādetvā nibbattapaṇṇakam (ib.). — 36[16] SN. X, 12 v. 4 — Sn. 10 v. 4. — 39[3] SN. XXI, 5. — 40[11] Cf. Paṭhamam kalalam hoti, kalalā hoti abbudam, abbudā jāyatī pesī, pesī (for pesyā, abl.) nibbattati ghano, ghanā pasākhā jāyanti, kesā lomā nakhāni ca, SN. X, 1 v. 2. — 42[10] Kiccaya for kicca is used in Parivāro and perhaps at Jāt. 536; cf. sovaṇṇaya and S. hiraṇyaya. — 43[7] Ālimpana from ālimpeti, 'to kindle, to light,' shows a confusion of DIP and LIP; the S. ādīpana seems to take the sense of the latter root. — 45[8] Th. vv. 1005-7 differ somewhat from our text. — 47[28] Māraṇantika for mar- seems to allude to the stanza quoted at p. 174 from DN. 16 (ed. Child. p. 48). — 48[32] Paṭigacc' eva, 'previously,' is frequent in the suttas and elsewhere; it derives — not from paṭigacchati, which makes bad sense, and GAM does not form the absolutive -gacca, but — from paṭikaroti, 'to provide against future events' (cf. Anāgataṁ paṭikayirātha kiccaṁ; mā maṁ kiccaṁ kiccakāle byadhesi; taṁ tādisaṁ paṭikatakiccakāriṁ [the schol. quotes paṭigata-] na taṁ kiccaṁ kiccakāle byadheti, Jāt. 466 v. 12); and though nearly destitute of other Burmese evidence besides that of M, I have a strong suspicion that in editing Piṭaka texts we shall have to write paṭikacc' eva. — 51[13] Comp. MN.18. — 52[3] I ought to have marked the passage as corrupt. — 53[4] Tajja I consider to be contracted from S. tadīya. — 56[3] Dinno possibly means 'a page,' comp. Jāt. I p. 135[17]. — 61[27] In Piṭaka texts I should not hesitate to adopt the Burmese reading upapajj° in phrases like this. — 65[14] Appesakkha and mahesakkha are traditionally explained appaparivāra and mahāparivāra, the former, I suppose, from appa and sakkha (S. sākhya), the latter an imitation of it. — 65[26] MN.135. — 66[24] SN.II.22 vv.4-6 (the reading māno perhaps means mānavo). — 67[25] MN.129; 130. — 68[28] Cf. DN.16 (ed. Child. p. 27) = AN.VIII,vii,10; Weber's Bhagav. (1866) pp. 176. 239. — 71[10] 'Alaṁ Vakkhali, kiṁ te iminā pūtikāyena diṭṭhena; yo kho V. dhammaṁ passati so maṁ passati, yo maṁ passati so dhammaṁ passati,' SN XXI.87; cf. DN.16 (ed. Child. p. 60). — 71[13] Here is no doubt a lacuna; likewise probably at l. 30; cf. p. 54. — 72[22] Dh. v. 1, etc.; I have marked this as a quotation, because va for iva is not used in prose. — 75[14] Pakkha is in this case perhaps S. prakhya. — 75[18] Asiyati, S. āçyāyate (visiveti was by Childers justly referred to the same root). — 78[1] The text is corrupt. — 80[4] Anekavihitaṁ ought to be added, as it is in all the sutta texts to which the passage alludes. — 81[23] Read, Tumhe [ca] kho, cf. l. 32. — 82[28] I think the text is correct: 'Do you remember ever calling to mind that you performed some act or other there?' — 85[2] Abhijānāsi ... laṅghitvā ought no doubt to be a...laṅghitā; though -itvā and other corruptions of -itā are about as frequent as this. — 85[27] Kākacchamāna has been variously rendered (Child. p. 611); I believe it means 'snoring,' see krathana in Wilson's Dict. — 87[10] I have ventured to write ajjhogāhitvā, though I never found that reading in MSS.; but ogāhitvā is not uncommon. — 90[4] I ought to have written āsi with M, the scribes thought of asīti. — 90[6] Meṇḍakapañha, 'a puzzling question,' no doubt alludes to the story about a ram which forms part of the Ummagga-Jātaka and is thus entitled. — 90 [16] In the Nikāyas only seven vatapadas are mentioned, and they differ from these; cf. Dh. pp. 185-9 ('vata-'), Jāt. I p. 202; also vattapada Jāt. 521 vv. 13.25.48. — 96 [20] The solecism dasasahassimhi lokadhātuyā is repeated at pp. 97, 133, 167, 275, 362, and is on a par with tamhā yoniyā p. 271; cf. Jāt. II p. 398. — 97 [8] Mahatimahā is a favourite word with our author, perhaps not used elsewhere (mahatimahabbhaye SN.III, 25 should probably be mahati mahabbhaye); mahatī is an adverb at AN.VI.v.4 (m. ujjhāyanti), if the reading is correct; cf. sassatisamaṁ, 'for ever and ever' (but explained by sassatīhi samaṁ, sassatiyo meaning, it is said, sun and moon, ocean and earth), yādisikidisa Jāt. 547 v. 732. — 98 [32] DN.16 (ed. Child. p. 60). — 100 [29] The yakkha is elsewhere called Nanda; the story is told at Ps. 101. — 106 [32] Read, pubbaṇṇāparaṇṇā (so M)...-phāṇitaṁ-ca. — 107 [2] Randha. S. raddha; cf. Jāt. 537 v. 108; 538 v. 85. — 113 [10] Cf. DN.16 (ed. Child. p. 27) = AN.VIII,vii,10. — 114 [11] In canonical writings there is sufficient authority to distinguish between t' eva = ti eva and tv-eva = tu eva. In comments the latter is never used, but the scribes often substitute tv-eva for t' eva. I do not scruple to correct it, though all my MSS. give the wrong form throughout. For itvera, MN.86 v. 4 = Th.v.872 (mentioned by Vanaratana, comp. itvevaṁ Bāl.p.7, Clough's Gr. p. 15), Ps. reads ice-eva. — 114 [20] Vitaṁsā or Vitaṁsā, which I have not found elsewhere, seems to be S. Vitastā. — 117 [10] Cp. v. 118. — 117 [12] Cf. Dh. v. 223. — 118 [7] Pariyoga, MN.81, is explained by subbhājana (sūpabhājana?). — 118 [27] Kajjopakkamako or kajjo pakkamako? — 119 [11] See Jāt. 499. — 119 [18] Kasaṭa (quasi ka-saṭa) is not rarely written sakaṭa, and it is no doubt that S. adj. (see Wilson; deriving from çakan, I suppose); it means anything unpalatable, especially dregs, lees, and it is also used in a figurative sense; cf. Dh. p. 275, Five Jāt. p. 7, Jāt. II p. 97. — 121 [9] Catunnam-pi... paṭivijjhantīti looks like an interpolation. — 123 [9] Cf. MN.38. — 128 [19] The text is no doubt corrupt. — 130 [4] Cf. MN.56. — 130 [19] Nicchuddha from nicchubhati 'to throw out' (see pp. 187. 188. 357; Jāt. 432 vv. 8.9.; Bv. v. 637; Cp. v. 89; cf. upacchubheyya 'to throw up to' MN.54; chuddha 'thrown away' Dh. v. 41; Jāt. 531 v. 37; Bv. v. 175 = Jāt. I p. 18) belongs to KSHIV, if niṭṭhubhati, oṭṭhubhati are rightly referred to SHṬHIV; Hemacandra, however, derives the Prakrit chuḍḍha from KSHIP, and all these forms may perhaps be modifications of that root. — 130[21] AN.VIII,vi,1 = Vin. II p.256. — 130[24] DN.16 (ed. Child. p. 59). — 133[17] Aññadatthu, lit. 'be the rest what it may,' means 'only, exclusively,' and often takes the meaning of 'on the contrary.' Childers's rendering is based on ekaṁsena, by which this like many other particles is explained in comments. — 135[9] The sense is obscure and the reading vibhāḍati is uncertain. — 136[11] I did not think the loc. tāsaṁ admissible in our text, if, at all, though in comments I have found tāsaṁ, imāsaṁ several times used before parisatiṁ (from parisā). At p. 179[28], in the same connection, the reading is 'atha nesaṁ sampahāreṇa.' — 137[17] SN.XXXV, 17. The term varalañcaka, 'excellent gift (to mankind),' is frequent in Mil., I have not found it in other texts. — 138[20] Cf. SN.LIII,11 et seq. — 140[22 27] DN.16 (ed. Child. pp. 23, 33: 26, 32) and the parallel texts of SN.(L,10), AN.(VIII,vii,9), and Ud.(51). — 142[15] Cf. DN.16 (ed. Child. p. 60). — 144[15] DN.16 (ed. Child. p. 22: 'na tatth' Ā.:' but the Copenhagen DN. agrees by first hand with Mil., and the parallel text SN.XLVI,9 has no other reading). — 144[13] See MN.63. The questions left unanswered by Buddha, are those mentioned at p. 145. They enter into many suttas and constitute the nucleus of several of the shorter. They form one of those very old texts which by being constantly repeated prove their existence before most of the present suttas, and many of which are no doubt genuine. 'Taṁ jīvaṁ taṁ sarīraṁ' means, 'Are life (or soul) and body identical;' this use of the doubled demonstrative is not unfrequent (Childers mistook the meaning, v. s. pañho). The last of these questions, 'hoti tathāgato paraṁ maraṇā, etc.,' is of particular interest, as proving the important fact that Buddha, so far from teaching anything about nirvāṇa after physical death, waived the question and put his veto on any discussion of the subject. The inconvenient interdiction was in after ages eluded by explaining tathāgato (undoubtedly = arhat) in this case to mean 'satto;' an arbitrary interpretation, for which there is no trace of authority. But it set philosophers at liberty to dive into speculations on a matter of vital interest; whereas the nonentity of the individual was a truism never probably controverted within the pale of Buddhism. — 144[26] Cf. DN.33 (quoted by Childers at pañho); AN.IV,v,2. — 145[26] Dh.v.120. — 146[19] The reading phāsū is very uncertain. — 147[24] Gāmikā here means 'travellers,' no doubt. — 148[16] The phrase dukkhā tippā (kharā is added in some texts) kaṭukā vedanā is frequent in AN. and especially in MN., rare in SN., and wanting, I think, in DN. The exchange of a surd for a sonant, which is most uncommon in case of doubling, may here be due not only to t, but to the surds of the foregoing and following words, and seems intended to mark great emphasis. The Singhalese constantly write so; the Burmese scarcely ever distinguish pp and bb accurately. — 150[5] Daṭṭhavisa, also used in Mp., contains the otherwise unknown daṭṭha = dāṭhā, S. daṁshṭrā. — 150[11] Paccācam° and ācam° are very often written -vam°, e. g. Jāt. I p. 311, but they mean 'to resorb' and must belong to CAM. — 150[23] Dh.v. 127 (with a various reading). — 150[28] For the Parittas see Journ. As. 1871, II p. 279. — 152[13] Ākurati is perhaps a denom. from *ākura = ākula. — 152[16 17] Pāṭiyamāno, cikkhassanto, ācamayamāno I can make nothing of. — 152[20] Cf. kaṭṭhatthaṁ pharati, 'serves the purpose of fuel,' used in several suttas; āhārattaṁ at Vin. I p. 199 is scarcely correct. — 152[23] Saṁvarati is no doubt the right word in this sense, not sañcarati, as Childers has it on Fausböll's authority. — 152[29] Jāt. 159. 491. — 153[4] Jāt.436. — 153[14] Jāt.391. — 154[20] SN.IV,10. — 157[20] Aphusāni kiriyāni seems wrong, at any rate it is unintelligible to me. — 159[7] DN.16 (ed. Child. p.22); SN.XLVI,9. — 161[20] Adānena is scarcely right. — 162[2] DN.27; 'seṭṭho jane tasmiṁ' alludes to a stanza often quoted in the suttas: Khattiyo seṭṭho jane tasmiṁ ye gottapaṭisārino, vijjācaraṇasampanno so seṭṭho devamānuse. — 164[19] AN.VII,vii,8. — 166[26] Cf. SN.VI,12; XVI,35; AN.IV,vii,8; Vin.II p. 188 (Dh. p.332). — 167[24] Dh.v.361. — 167[27] See MN.92 = Sn.33. — 169[23] See Ud.22 (Jāt. II pp.92-4). — 169[29] Cf. Jāt. I pp.114-9. — 170[18] At AN.VII,vi,5 these words are spoken by Buddha. — 172[24] Jāt.307 v.1. — 173[8] Jāt. 475 v.7. — 174[11] DN.16 (ed. Child. p.42). — 174[18] Ibid. (p.48), with a different reading. — 177[5] Ibid. (p.52). — 179[9] Cf. SN.I,38; IV,13. — 183[7] DN.1 (Grimblot, Sept

Suttas p. 4). — 183[18] MN.92 v. 7 — Sn.33 v. 7. — 184[27] Jāt. 521 v. 19. — 186[26] Sn.2 v. 2. — 186[27] Cf. MN.67. — 188[9] AN.I. — 189[21] Ghaṭasahassaṁ is as usual a subst.; the measure and the thing measured are often joined in juxtaposition. — 190[2] AN.III,xiii,9. — 190[31] Etaṁ is here an indeclinable, I think, as in some other cases. — 191[7] Bhaddiputta or bhaddhip. is written bhaṭṭiputta at p. 331. — 193[7] So . . tassa — the one . . the other; no very uncommon use of the demonstrative. — 196[9] DN.23. — 197[6] Bilangathālika, etc., cf. pp. 290,358; for the meaning of these words see Hardy, East. Mon. p. 32, his explanations however differ somewhat from Buddhaghosa's. — 197[19] Marumba, etc. are unknown to me. — 198[1] AN.XI,ii,5, see Journ. As. 1871, II p. 246. — 198[18] See Jāt. 540. — 199[14] Yassa should perhaps be yaṁ - assa, but the relative pronoun is elsewhere often used for the conjunction yaṁ. — 200[25] Most of the Jātakas here referred to will easily be found by means of the index which I suppose will conclude Mr. Fausböll's edition; some of them I have failed in identifying. — 201[30] Jāt. 518 reads Karambiyo and Kārambiyo. — 202[5] Jāt. 422 calls him Upacaro and Apacaro. — 204[12] See MN.129; SN.LV,47. — 204[17] Cf. Na so bhikkhave satto sulabharūpo yo na mātā . . pitā . . bhātā . . bhaginī . . putto . . dhītā bhūtapubbo SN.XIV (comp. Jāt. I p. 115[10]). — 204[20] See Jāt. 457. — 205[10] Jāt. 536 v. 26 (the number of the stanza is uncertain, for the Kuṇāla-jātaka is remarkable by being partly in prose, and some passages may or may not be verse; the Cop. MS. reads nivātakaṁ for nimantakaṁ, and so likewise in the preceding stanza — Jāt. I p. 289). — 205[14] See Jāt. 546. — 206[20] We must read 'na sā na kareyya.' — 208[23] Dhārente is scarcely correct. — 209[18] See MN.67. — 211[6] Sn.12 v. 1. — 211[9] SN.III,24 v. 3; cf. Vin. I p. 147 (Jāt. I p. 93). — 213[6] The first pāda occurs at Dh. v. 168, the second is either a various reading or some other text is alluded to. Uttiṭṭhe was no doubt well rendered by Fausböll as an optative, but it is remarkable that the commentator has no idea of that acceptation. Whatever is the reason — perhaps because other instances of uttiṭṭhati are wanting — uttiṭṭhe is traditionally considered the loc. of uttiṭṭha — piṇḍa; it being so called, we are told, because alms are received standing. In the text above it is undeniably understood in this sense. Ungrammatical as the form is, uttiṭṭhapiṇḍa is really in use: Jāt. 497 v. 2 ('upatiṭṭhitvā [read uttiṭṭhitvā] labhitabbaṁ piṇḍaṁ; uṭṭhāya ṭhitehi vā dīyamānaṁ heṭṭhā ṭhatvā labhitabbaṁ piṇḍaṁ.' Com.; Ps. 56 quotes ukkaṭṭhapiṇḍaṁ); ib. v. 20 ('ucciṭṭhakaṁ piṇḍaṁ; ucciṭṭhapiṇḍan ti pi pāṭho.' Com.); Th. v. 1060; Therig.vv. 332.352. I am disposed to surmise that the word resulted from the wrong interpretation of uttiṭṭhe na-ppamajjeyya. — 213[7] MN.77. — 215[13] AN.I. — 217[8] SN.XLIV,103. — 217[9] SN.XXI,58. — 217[11] Cf. SN.XII,65 ('evam-eva kho 'haṁ bhikkhave addasaṁ purāṇamaggaṁ purāṇañjasaṁ;' addasā in the first person is no doubt an error, though a frequent one). — 219[15] See Jāt. 433. — 220[14] Jāt. 310 v. 1. — 221[20] Jāt. 514 v. 25. — 221[21] See MN.81. — 223[16] Ibid. (Cop. MS. 'na cātivassi'). — 223[18] Ibid. — 225[3] See p. 183[13]. — 226[27] Añña ought probably to be cancelled, it is only in AC. — 228[2] Sn.4 v. 6 — 30 v. 26 (in both places 'abbhojaneyyaṁ') — SN.VII,8 v. 5, etc. — 229[1] Cf. DN.I, etc. — 230[13] Jāt. 403 v. 6 (the second pāda differs). — 231[18] See Sn.4. — 232[10] Cf. SN.VI,1, etc. — 235[2] MN.25.86; Vin.I p. 8. — 235[4] Cf. MN.85.100 (Cop. MS. 'attano' in both places). — 236[1] Cf. Jāt. I p. 56; the stanza recurs at Ps. 26 with Yañño for Koṇḍañño. — 236[19] Anuttaro is doubtful ('inferior?'). — 236[27] AN.I; comp. DN.28. — 237[20] This passage is quoted in Ps. and Ss. with the same reading samudāpikā, and in Mp. with samedikā in place of it, which may mean samodikā. Ss. remarks, 'Samupāditā (sic) ti sāmaṁ uddhaṁ pajja[la]ti pavattatīti samupādikā. udakassa upari sambhāvinī ti attho; samupādikā (sic) ti pi paṭhanti, ayam-ev' attho.' I should propose samupodikā, 'just on a level with the water's edge,' comp. S. upodaka. — 238[8] Anoṇamidaṇḍa is quoted anona- in the three places mentioned just now; 'an inflexible stick' I suppose, -mi- — -miya-. — 240[8] MN.142; 'saṅghe dinne,' as our text has it farther down, seems to be wrong. — 241[5] Puttānaṁ is scarcely correct. — 242[2] MN.3. — 242[9] SN.II,30 vv. 8-9. — 242[17] Metre requires -gamano' aññ-; the stanza is not found in Th. — 242[19] AN.I. — 242[26] SN.XLIV,24 (the Cop. MS. reads sammāpaṭipadaṁ, -ādhikaraṇahetu, āyudhamanaṁ). — 244[5] Ettakā should no doubt be ettikā, though there are a few other examples of it. — 244[24] MN.36. — 245[1] SN.VI, 14 vv. 1.3; Th. v. 259; the reading is here throughout nikkhamatha, and so the celebrated verse is quoted in several places; also the S. version has nishkramata, Lotus p. 529. But it is evident from our text that the author wrote nikkamatha, and this is no doubt the genuine reading; it seems to be the only instance of that verb, but nikkamo = parakkamo is frequent. — 246 [19] Hināy' āvattati is the correct phrase, not hināya vattati, though this is very frequent; Pj. says 'Hināyāti gahaṭṭhabhāvāya . .; āvattitvā ti osakkitvā.' — 256 [24] See Jāt. 479. — 258 [14] MN. 142. — 264 [24] See MN. 74. — 270 [22] The passage is corrupt. — 275 [9] Anumajjiyante alludes to Jāt. 547 v. 473, I have not elsewhere met with that verb in the sense of 'beating.' — 281 [19] Cp. v. 119. — 284 [17] Jāt. 547 v. 675. — 287 [10] Ce should perhaps be ca throughout, as in the first clause. — 289 [1] See p. 244 [21]. — 290 [1] The peyyāla may be filled out from Childers's Dict. at jhānaṁ. — 290 [21] I propose to read vitivattetvā, see Pali Misc. I. p. 67. — 291 [4] See Jāt. 258; MN. 83 and Jāt. 541; Jāt. 494; ib. 243. — 291 [9] The legends here alluded to are told in various comments, except the story of Candagutta. — 292 [15] Māsalu is otherwise unknown, it must mean a period shorter than five months; comp. S. māsala. — 298 [13] Apātha I suspect to be corrupted from āpāta (comp. āpatati p. 371 [27]) under an impression that it is allied to patha; but it is scarcely ever written so. — 314 [1] Instead of bhūtahacco the reading at MN. 75 is bhūnahu (once or twice bhūtahu). likewise at Sn. 36 v. 8; Jāt. 530 v. 21; 543 v. 138. It is explained by vaḍḍhihana. bhūtihanaka-vuddhihanaka. vaḍḍhighātaka. Also bhūnahata Jāt. 358 vv. 1-3 (= hatabhūna. hatavaḍḍhi). Bhūtahaccāni kammāni occurs at AN. VII, vi. 11 v. 14 (= hatavaḍḍhini); at Jāt. 517 vv. 691. 752 bhūtahaccaṁ is a subst. = vaḍḍhighātakammaṁ. Comp. S. bhūtahatyā and bhrūṇahan, -hatyā. — 317 [21] Atthi should perhaps be added before kiñci. — 323 [26] Here and in the sequel all the MSS. agree in writing muñcitvā for muccitvā. — 333 [11] Dh. vv. 54-56. — 337 [16] The reading ought no doubt to be 'ye te . . -vihiṁsāvitakkā.' — 341 [14] Taṇḍulamuggamāsena seems to be an interpolation. — 343 [21] Sapadāna I should derive from sapadi-ayana; sotthāna (S. svastyayana), tiracchāna, hemantāna, gimhāna, vassāna, ekānika (p. 402 [20]) likewise contain the contracted ayana. — 346 [1] The Singh. write ūmi like bhūmi, and I have met with ummi only in these verses and at pag. 377, and in one instance more. Ummi and mostly bhummi are the Burmese readings. It is doubtful if MSS. will bear us out in writing ummi and bhūmi. — 349[21] Mahā-Rāhulovāda — MN.147 — SN.XXXIV,120; above at p. 20[7] and often elsewhere it is called Rāhulovāda, and in MN. it is entitled Cūḷa-R., but it may also have borne the name of Mahā-R., as it treats of Rāhula's obtaining arhatship. Samacitta-p. — AN.II,iv,5. The other suttas form part of Su. — 349[23] Pārāyana — Sn. 55. — 350[1] The Dhammacakkappavattana-s. is alluded to. — 350[7] Mahāsamaya-s. = DN.20. — 350[15 18] For Sūnāparanta" see MN.145: SN.XXXIV,87 (comp. Burnouf, Introd. p. 252 et seq.); Sakkapañha — DN.21; Tirokuḍḍa — Khuddakap. 7; Ratana-s. — ib. 6 — Sn.13. But the statements of our text must rather be looked for in the comments, where also the other legends, which I have been unable to refer to old texts, are to be met with. — 352[26] The confusion of sandahati and sannayhati are among the most frequent of errors, but as the two verbs are quite distinct as to meaning and form, the correction is easy. Cf. Jāt. I pp. 120. 255. 266, etc. — 362[27] Caṇaka is obscure. — 362[18] AN.I. — 365[4] Sukhasāyika should perhaps be sukasādhaka. — 366[6] Cf. SN.XIX,8 ('bhikkhū' for 'mama sāvakā'). — 366[10] Th.v.988. Many of the stanzas which farther down are attributed to theras, are wanting in that collection. — 367[8] The similes alluded to are given at SN.XII,63; XXXIV,237. The context being unknown, I cannot tell if āhari ought to be āhari'. Cf. Jāt. I p. 294; Dh. p. 228 (read akkhabbhañjana-vaṇapaṭicchādana-). — 367[20] Th.v.504. — 368[1] SN.XLVI,7. — 369[5] Sn.2 v.12. — 371[14] Th.v.580. — 371[26] SN.I,17 v.3; XXXIV,238 v.1. — 372[12] Samuttaraṁ looks suspect, for first persons in -aṁ in aorists formed from S. imperfects, are very uncommon even in verse. — 372[28] Jāt. 545 v.159. — 373[9] In appaṭivibhattabhogin one negative seems to be wanting, 'not eating without sharing with others.' Buddhaghosa however takes a different view: 'Ettha dve paṭivibhattāni nāma: āmisapaṭivibhattaṁ puggalapaṭivibhattañ-ca: tattha: ettakaṁ dassāmi ettakaṁ na dassāmîti evaṁcittena vibhajanaṁ āmisapaṭivibhattaṁ nāma, asukassa (dassāmi asukassa na) dassāmîti evaṁcittena vibhajanaṁ pana puggalapaṭivibhattaṁ nāma: tadubhayam-pi akatvā yo pana appaṭivibhattaṁ bhuñjati so appaṭivibhattabhogi nāma.' — 375[15] MN.6, etc. — 376[23] The caus. abhivaddhayiṁ is scarcely correct. — 377[14] SN.LV,7. — 378[17] DN.16 (ed. Child. p. 18), etc. — 379[1] Dh.v.327. — 379[14] SN.LV,7. — 379[21] Vāhasā, 'by dint of,' is formed with the frequent suffix -sā, borrowed from the instr. or abl. of bases in -as; cf. balasā, thāmasā, padasā, damasā, vegasā, etc. — 381[15] Jāt.587v.47. — 383[2] The verse is wanting in Therīg. — 384[4] Jāt.440 v.18; mankato S. matkṛte, cf. kiṅkato DN.14; but also kate occurs: Jāt.537v.96; Therīg.v.305. — 385[1] The passage quoted is not found exactly so in any of the Rāhulovāda-suttas, but MN.62 is no doubt referred to. — 385[23] Sn.12 v.1. — 386[12] Dh.v.81. — 386[19] Ibid.v.404 and the corresponding verse of Sn.35, MN.98. — 387[8] Dh.v.28. — 388[16] MN.62. — 389[9] SN.XV,3. — 391[21] Dh.v.350. — 392[4] AN.X,v,8. — 395[9] Th.vv.1057-9 (with some various readings: nagaraṁ p.p., sakkaccaṁ taṁ u., aṅguli, ālopaṁ taṁ abhuñjisaṁ bh. ca bh. vā). — 395[22] Th.v.583 (the third hemist. wanting). — 396[12] MN.12. — 399[16] SN.III,5 v.1. — 401[10] SN.XV,1; gadhita for gathita is otherwise unknown. — 402[26] SN.VI,15 v.1; also Th.v.145. — 405[8] DN.30 vv.47-8. — 406[13] Jāt.504 v.8. — 407[1] Th.vv.985-6. — 408[6] DN.16 (ed. Child. p.52). — 408[27] Dh.v.32. — 409[15] SN.XIII,26 v.3; also Th.vv.151.269. — 410[6] The stanza is quoted at Dh.p.147 with a different close, and with other deviations at Ps.47: Vadhakassa Devadattassa, corassa' Aṅgulimālino, Dhanapālake, Rāhule ca, sabbesaṁ samako Muni. — 411[23] Sn.18 v.10. — 412[22] For adhigacchissāmi metre recommends -gañchāmi; the error perhaps arose from l.18; the aor. adhigacchi, it is true, renders that fut. less improbable than it would otherwise be, cf. Pāli Misc. I p.72. — 414[14] Sn.37 v.43. — 420[2] The nom. sāramatino is rather a barbarism than a clerical error.

CORRECTIONS.

Page 1[19] read daḷha-m-aṭṭâla-. — 2[19] pañham ti. — 6[27] devānam indaṁ. — 36[3] ubhatokūlāni. — 38[14] khvâhaṁ. — 76[27] evarūpaṁ. — 81[24] -gatānaṁ. — 108[10] Nāgasena. — 122 n.[4] galagalanti. — 124 n.[24] . . āha AB (in the first place). — 142[17] Ānanda. — 144[15] -karaṇena. — 177[3] -sataraṁ. Sādhu . . . ; add n.[2] -sataraṁ ca M. — 204[26] sattakāya-. — 204 n.[25] asucisuci- B. — 211[1] Catuttho vaggo. — 226 n.[27] sosūnasato om. M. — 232 n.[8] ca om. ABM (in the first place). — 238[15] sakaṭaṁ. — 254 n.[1] naṭati (for thaṭati) AaB, caruti M. — 279[15] [illegible]. — 285[24] ukkaṇṭhito. — 296[7] (This ought to have [illegible]) — 316 n.[5] etamahaṁ. — [illegible] Nātik[illegible]

www.ingramcontent.com/pod-product-compliance
Lightning Source LLC
Chambersburg PA
CBHW020859130726
47900CB00014B/1140
9783337389550